rororo

Carmen Korn

— UND DIE —
WELT WAR JUNG

Roman

Rowohlt Taschenbuch Verlag

Veröffentlicht im Rowohlt Taschenbuch Verlag,
Hamburg, Juni 2022
Copyright © 2020 by Rowohlt Verlag GmbH, Hamburg
Covergestaltung Cordula Schmidt Design, Hamburg
Coverabbildung Friedrich/INTERFOTO; Shutterstock
Stammtafel in der vorderen Klappe von Peter Palm
Satz aus der Warnock Pro
Gesamtherstellung CPI books GmbH, Leck, Germany
ISBN 978-3-499-27465-7

Die Rowohlt Verlage haben sich zu einer nachhaltigen Buchproduktion verpflichtet. Gemeinsam mit unseren Partnern und Lieferanten setzen wir uns für eine klimaneutrale Buchproduktion ein, die den Erwerb von Klimazertifikaten zur Kompensation des CO_2-Ausstoßes einschließt.
www.klimaneutralerverlag.de

Mami
1928–2019

PERSONENVERZEICHNIS

Die Kölner

Gerda Aldenhoven
Jahrgang 1902. Gerda sei eine Frau, die keine Konventionen kenne. Über diesen Satz ihrer Hamburger Freundin Elisabeth muss Gerda dann doch lächeln. Stimmt es denn? Ein weites Herz hat sie auf jeden Fall und nicht nur für ihre Liebsten. Zusammen mit ihrem Mann Heinrich, den beiden Kindern und Heinrichs Kusinen lebt sie am Pauliplatz im Kölner Stadtteil Braunsfeld.

Heinrich Aldenhoven
Jahrgang 1892. Den heiligen Heinrich nennt ihn seine Kusine Billa. Ja, Heinrich ist ein beständiger Mensch und das Leben für ihn eine ernste Angelegenheit. Er hat sich immer in der Verantwortung gefühlt, bei den Eltern, den Schwestern, von denen ihm nur die jüngste geblieben ist. Bei Gerda und den Kindern. Sogar bei seinen Kusinen, die seine Geduld manchmal arg strapazieren. Deren Vater gründete einst zusammen mit Heinrichs Vater die *Galerie Aldenhoven*, die Heinrich mittlerweile führt. Doch die Geschäfte laufen schlecht, nach dem Krieg fehlen den Menschen die Wände für die Bilder. Das Geld reicht kaum, um für all diejenigen zu sorgen, die auf ihn zählen.

Ursula und Ulrich Aldenhoven
Jahrgang 1929 und Jahrgang 1930. Die Kinder von Heinrich und Gerda.

Billa und Lucy Aldenhoven
Heinrichs unverheiratete Kusinen. Seit ihre Klettenberger Wohnung in einer Bombennacht verlorengegangen ist, leben sie bei Heinrich und Gerda am Pauliplatz. In Heinrich sehen sie das sorgende Familienoberhaupt.

Die Hamburger

Elisabeth Borgfeldt
Jahrgang 1900. Von ihrem Mann liebevoll Lilleken genannt. 1912 haben sich Gerda und Elisabeth, zehn und elf Jahre alt, kennengelernt, in Timmendorf am Ostseestrand. Seitdem sind sie lebenslange Freundinnen. Anders als ihr Mann Kurt nimmt Elisabeth die Dinge oft schwer. Vor allem quält sie das Schicksal ihres Schwiegersohns, der noch immer nicht aus dem Krieg zurückgekehrt ist. Fünf Jahre ist der nun schon vorbei, doch Elisabeth will und kann die Hoffnung nicht aufgeben.

Kurt Borgfeldt
Jahrgang 1896. Als Werbeleiter bei der Sparkasse ist Kurt nicht nur, aber auch für die Auswahl der Sparbüchsen verantwortlich. Den unzuverlässigen Herrn Borgfeldt nennt man ihn gelegentlich, wenn er mal wieder zu spät zu einer Sitzung kommt. Kurt schätzt die Leichtigkeit, manchmal hat er das Gefühl, als Einziger in seiner Familie. Ein groß-

zügiger Mann, der die Menschen um sich herum mit einem liebevollen und gelegentlich ironischen Blick betrachtet.

Nina Christensen, geborene Borgfeldt
Jahrgang 1920. Die Tochter von Elisabeth und Kurt. Ihr Mann **Joachim Christensen**, den sie Jockel nennt, wird seit dem März 1945 in Russland vermisst. Noch gibt es kein Lebenszeichen von ihm. Doch Elisabeth und Nina wollen die Hoffnung nicht aufgeben. Kurt dagegen hat den Eindruck, dass diese Hoffnung vergebens ist und sie sich damit nur quälen.

Jan Christensen
Ninas und Joachims Sohn. Gezeugt während eines Heimaturlaubs im April 1944, hat der mittlerweile Fünfjährige seinen Vater nie kennengelernt.

Vinton Langley
Nina begegnet dem jungen Engländer auf einer Silvesterfeier 1949/1950. Vinton kam 1948 als Korrespondent für den *Manchester Guardian* nach Hamburg. Mittlerweile arbeitet er für die von der britischen Militärregierung gegründete Zeitung *Die Welt*.

June Clarke
Ninas Arbeitgeberin und Freundin. Zusammen mit ihrem Mann Oliver betreibt die Engländerin ein Übersetzungsbüro am Hamburger Klosterstern. June nimmt gerne Menschen unter ihre Flügel und hisst ab und zu auch schon einmal zum Lunch die Cocktailflagge.

Die San Remeser

Margarethe Canna, geborene Aldenhoven
Jahrgang 1906. Heinrichs Schwester ist ihrem Mann Bruno ein Jahr nach Hitlers Machtergreifung in seine italienische Heimat nach San Remo gefolgt. An der Riviera führt sie ein komfortables Leben, doch das Familienvermögen verwaltet ihre Schwiegermutter, eine Abhängigkeit, die Margarethe quält.

Bruno Canna
Margarethes Mann. Seine zukünftige Frau lernte Bruno kennen, als er in einem Kölner Museum als Kurator tätig war. An Margarethe liebt er unter anderem, dass sie anders als seine Mutter frei von jeglichem Dünkel ist. Doch abgesehen von seiner Ehe geht Bruno gerne den Weg des geringsten Widerstands. Wenn er auch ab und zu kühne Vorhaben im Herzen trägt, umsetzen tut er sie selten.

Gianni Canna
Margarethes und Brunos einziges Kind. Gianni wurde 1930 noch in Köln geboren, bevor seine Eltern nach Italien zogen. Zweisprachig aufgewachsen, bewegt er sich in beiden Welten mit Leichtigkeit und seinem ganz eigenen Charme, dem sogar seine strenge Großmutter erliegt.

Agnese Canna
Brunos Mutter und Margarethes Schwiegermutter. Seit dem Tod ihres Mannes, Bruno Canna senior, im Mai 1945 steht sie dem Blumenhandel der Familie Canna vor. Agnese hat dabei klare Vorstellungen, wie die Dinge zu laufen haben. Nur ihr jüngerer Sohn Bixio genießt Narrenfreiheit bei ihr.

Bixio Canna
Anders als sein älterer Bruder Bruno hat Bixio die in ihn gesetzten Erwartungen erfüllt und arbeitet im Blumenhandel der Familie. Doch ansonsten hält Bixio nicht viel davon, Verantwortung zu übernehmen.

Donata Canna
Bixios Frau. Obwohl sie eine San Remeserin ist, einen leichten Stand hat auch Donata nicht bei der Schwiegermutter, die sie ein trockenes Täubchen nennt. Denn Donata ist immer noch kinderlos trotz ihrer nun bald zweiunddreißig Jahre. Agnese ist ganz und gar nicht zufrieden mit der Fruchtbarkeit ihrer Schwiegertöchter. Und um die Ehe zwischen Donata und Bixio steht es schlecht.

Carla Bianchi
Eine junge Frau aus Giannis Freundeskreis.

1950

— 1. JANUAR —

Köln

Gerda schob die Gardine beiseite und schaute zum Brunnen, der vor dem Haus am Pauliplatz stand. Ein vertrauter Blick auf den kleinen Pan aus Kalkstein, er saß auf der Kugel des Brunnenstocks und hielt die Hirtenflöte an die Lippen, beinah glaubte sie leise Töne zu hören. Grauer war er geworden, poröser schien der Stein zu sein. Doch keine der Erschütterungen des Krieges, die den Häusern der Straße geschehen waren, hatte dem Pan die Flöte aus den Händen schlagen können.

Das Betrachten der Brunnenfigur am Morgen des Neujahrstages war ein Ritual, Gerda Aldenhoven pflegte es seit vielen Jahren. Sollte sie es versäumen, vielleicht würde ihnen das Unglück bringen.

«Erinnerst du dich an unser letztes Konzert im Gürzenich?»

«Schumanns Dritte. Das ist lange her und kaum noch wahr», sagte Heinrich Aldenhoven. Er seufzte in Erinnerung an das alte Festhaus, eine liebe Gewohnheit war es gewesen, am ersten Tag des Jahres ins Konzert zu gehen.

«Sie werden den Gürzenich wiederaufbauen, Heinrich.»

«Hoffentlich erlebe ich das noch. Und? Hörst du Pans Flöte?»

Gerda lächelte. Sie ließ die Gardine fallen, verließ den Erker und trat zu ihrem Mann, der in der Tür zum Wohnzimmer stand. Strich ihm über die noch nicht rasierten Wangen. «Geliebter Grandpa», sagte sie. «Hast du vor, dir einen Bart wachsen zu lassen?» Er war zehn Jahre älter als sie, bis vor kurzem hatte man ihm das nicht angesehen.

«Ich gehe mich gleich rasieren. Aber vielleicht kannst du doch zu anderen Kosenamen zurückkehren. Dass ich in den letzten Stunden des großen Schlachtens nicht wie ein junger Gott ausgesehen habe, ist vielleicht verständlich.» Ihren vierzehnjährigen Sohn hatten sie im Keller verstecken können und ihn so vor dem Volkssturm bewahrt. Doch Heinrich Aldenhoven war im letzten Augenblick noch eingezogen worden an jenem Märztag 1945, als in Köln der Krieg zu Ende ging. Schon auf der Aachener Straße war er amerikanischen Soldaten in die Arme gelaufen, die in die westlichen Stadtteile vorgedrungen waren. Erleichtert hatte er sich das Gewehr abnehmen lassen. «Go home, Grandpa», hatten die jungen Amerikaner gesagt.

«Sind du und ich als Einzige wach?» Er sah zu der Penduhr, die dort hing, seit seine Eltern 1914 in das Haus gezogen waren. Viertel vor neun.

«Die Kinder sind erst gegen vier nach Hause gekommen. Sie waren leise, doch ich habe den Lichtschein vom Flur unter der Tür gesehen.»

«Dann ist es ihnen wohl gelungen, ihr Silvesterfest.»

«Glückliche Jugend», sagte Gerda. «Wir fangen an, alt zu werden.»

«Vor allem ich.»

«Ich fühle mich noch nicht reif genug fürs Altwerden.»

«Ach meine Kleine», sagte Heinrich. Vermutlich war es kein guter Gedanke gewesen, den Silvesterabend nur zu zweit zu verbringen. Gerda feierte gern, aber er hatte sich Stille gewünscht. Ohne die Kinder, die ausgelassen nachholten, was sie lange versäumt hatten. Ohne seine anstrengenden Kusinen, die bei ihnen lebten, seit ihre Klettenberger Wohnung in einer Bombennacht verlorengegangen war. Wie war ihnen beiden gelungen, unverheiratet zu bleiben? Männer hatte es genug gegeben in Billas und Lucys Leben. Nun sahen sie in ihm das sorgende Familienoberhaupt.

Gestern Abend waren die beiden *auf Jöck* gegangen, wie Billa es nannte, wenn sie Vergnügen suchte. In einem der Brauhäuser gegessen, in den neuen Lichtspielen am Hahnentor einen Film gesehen. Sie würden früh genug davon erzählen.

Er setzte sich in den verschlissenen Gobelinsessel, der neben dem Bücherschrank stand, legte die Hornbrille ab und griff nach dem erstbesten Buch. Gottfried Kellers *Grüner Heinrich*. Die Geschichte eines gescheiterten Kunstmalers. Auch das noch. Da fielen ihm gleich wieder die schlechten Geschäfte in der Galerie ein. Den Leuten fehlten noch die Wände für die Bilder. Nicht einmal die Landschaften ließen sich verkaufen, die vor dem Krieg gutgegangen waren.

Er rutschte tiefer in den Sessel und schlug das Buch auf. Auf der Treppe zum ersten Stock war lautes Getrappel zu hören. Die Holzpantoletten von Billa. Vielleicht sollte er besser das großformatige Buch vors Gesicht halten, das auf dem Telefontisch lag. *Das Große Jahrhundert Flämischer Malerei*. Gerda hatte ihm den Bildband zu Weihnachten geschenkt.

«Billa kommt», sagte Gerda.

«Ich höre es.» Seine Kusine schien in die Küche gegangen zu sein. Vermutlich würde sie ein Eigelb ins Glas schlagen, die letzten Tropfen Worcestershiresauce dazugeben und mit reichlich Salz und Pfeffer verrühren. Das schluckte Billa auch, wenn sie keinen Kater hatte. Sie hielt es für ein Getränk der Boheme.

«Sei geduldig mit ihr. Wenn wir die Verwandtschaft nicht hier hätten, wären Leute einquartiert, die uns fremd sind.»

«Das würde mich froher stimmen, ich kenne Billa viel zu gut.» Heinrich seufzte.

«Sie ist nicht ausgefüllt.»

«Dann soll sie eine Arbeit finden, statt die Grande Dame zu geben. Ich habe gelesen, dass Telefonistinnen gesucht werden. Da kann sie Gespräche belauschen und ihre Freundinnen mit Tratsch füttern.»

«Heute bist du aber besonders ungnädig mit deiner Kusine. Lass uns lieber mit den Hamburgern telefonieren und ein Gespräch nach San Remo anmelden. Das hebt deine Laune.»

«Ja», sagte Heinrich. «Das tun wir nachher. Wir wollen allen ein gutes Jahr wünschen. Was uns diese fünfziger Jahre wohl bescheren werden?»

Was überwog in ihm? Hoffnung oder Bangnis vor dem ersten neuen Jahrzehnt nach dem Krieg? Vor allem fragte er sich, wie er den Haushalt hier am Laufen halten konnte. Kaum länger mit Landschaften vom Niederrhein. Vielleicht sollte er doch mehr von den kolorierten Zeichnungen mit Motiven aus dem alten Köln anbieten. So wie es einmal gewesen war. Hatten nicht alle Sehnsucht danach, die Erinnerungen auszustaffieren?

«Ich habe übrigens blendende Laune», sagte er, als Gerda in die Küche ging. Gleich wurde dort der Heringssalat serviert. Mit Roter Bete und Äpfeln. In diese Tradition hatte er eingeheiratet. Eine Scheibe vom hefeduftenden Rosinenplatz mit Butter wäre ihm um neun Uhr am Neujahrsmorgen lieber gewesen.

Heinrich stand auf, um seiner Frau zu folgen und sich zu Billa an den Küchentisch zu setzen. Nicht nur die Kinder fehlten. «Was ist mit Lucy?», fragte er.

«Dat will noch schlafen», erklärte Billa die Abwesenheit ihrer jüngeren Schwester. «Hat nur geknurrt, als ich an die Tür geklopft habe.» Sie häufte sich Heringssalat auf den Teller, kaum dass Gerda die Schüssel auf den Tisch gestellt hatte. «Genau das Richtige für fröhliche Zecher.» Sagte Billa das nicht jedes Jahr?

Heinrich betrachtete die dicken dunkelroten Würfel beinah vorwurfsvoll. «Da ist diesmal aber viel Rote Bete drin.»

«Die ist gut fürs Herz», sagte Gerda. Ganz so blendend schien ihr Heinrichs Laune nicht zu sein.

Hamburg

«Joachim kehrt nicht zurück», sagte Kurt.

«Mit diesem hoffnungslosen Satz willst du das neue Jahr beginnen?»

Kurt Borgfeldt löste den Blick vom grauen Hamburger Himmel, der heute keine Heiterkeit versprach, und drehte sich zu seiner Frau um. «Ich will nur nicht, dass Nina und du euch länger quält, und auch dem Jungen tut es nicht gut, wenn ihr ihn glauben lasst, dass sein Vater aus dem Krieg zurückkehren wird.»

«Der Krieg ist im kommenden Mai fünf Jahre vorbei.»

«Eben», sagte Kurt.

«Und du denkst, dass es uns weniger quält, wenn wir Joachim für tot erklären?» Elisabeth Borgfeldt schüttelte den Kopf.

«Dann hat die Qual eher ein Ende, Lilleken. Hast du eine Ahnung, warum Nina gestern schon vor Mitternacht nach Hause gekommen ist? Ich dachte, sie habe sich über die Silvestereinladung der Clarkes gefreut.» Ihre Tochter hatte verstört gewirkt, als sie von der Silvesterfeier kam. Dabei schätzte sie die Gastgeber, liebenswürdige Engländer, die ein Übersetzungsbüro in Hamburg aufgebaut hatten, für das Nina seit einem halben Jahr arbeitete.

«Sie hat sicher bei Jan sein wollen, wenn die Glocken das Jahr einläuten.»

«Der Junge lag im Tiefschlaf, über den du und ich gut gewacht haben.»

«Das alles ist schwer für sie, Kurt. Ein neues Jahrzehnt hat angefangen, und Joachim entfernt sich mit jedem Jahr weiter von uns. Jan ist vor zwei Tagen fünf geworden, ohne dass sein Vater ihn je gesehen hat.»

«Ein Schicksal, das er mit vielen anderen Kindern teilt.»

«Das macht es nicht leichter.»

«Nein», sagte Kurt. «Lilleken, ich sehne mich nach mehr Leichtigkeit in unser aller Leben. Und ich vermute, dass Nina es auch tut.»

«Und die Leichtigkeit käme, wenn wir Joachim verlorengeben?»

«Dank des Roten Kreuzes ist es selbst den russischen Kriegsgefangenen möglich, ihren Familien ein Lebenszeichen zukommen zu lassen. Wir hätten längst von ihm hören müssen.»

«Ich verlasse mich auf mein gutes Gefühl», sagte Elisabeth.

«Das hattest du auch bei Tetjens Sohn, bis die Todesnachricht kam.»

Beide blickten sie zur Decke, wo die Lampe mit den

milchweißen Glasschalen schwankte. Büffelherden schienen zu trampeln. Dass sie da oben bei Blümels schon wieder munter waren, der Vater und Ernährer der Familie war erst am frühen Morgen vom Kellnern nach Hause gekommen.

Die erste Etage des Hauses hatten einmal Nina und Joachim bewohnt. Im April 1944 ein letzter Heimaturlaub ihres Schwiegersohns. Dann die Geburt des Jungen am Ende jenes Jahres. Nun lebten Nina und das Kind bei ihnen im Parterre. Elisabeth und Kurt hatten ihr Schlafzimmer geräumt und schliefen in der Kammer neben der Küche. Im ersten Stock war jetzt Familie Blümel einquartiert und unterm Dach das Ehepaar Tetjens.

Im ganzen Haus Gedränge. Selbst der Keller war meist überfüllt von Leuten, die unter den Heizungsrohren auf alten Matratzen schliefen und sich in der Waschküche wuschen. Blümels gaben die Adresse des heilen Hauses in Hamburg an alle schlesischen Bekannten, die auf der Durchreise waren oder auch länger blieben.

«Lass uns dankbar sein, noch ein Dach über dem Kopf zu haben.» Entweder er oder Elisabeth sagten das meist in solchen Momenten.

«Und die Hoffnung auf Joachims Heimkehr wollen wir auch behalten.»

Kurt nickte und fühlte Unbehagen. Sie blickten zur Tür, die um einen Spalt aufgegangen war. Ihr Enkel Jan trottete in die Küche, den großen alten Bären im Schlepptau, der schon Ninas Kindheit begleitet hatte.

«Mami schläft noch. Ist sie spät nach Hause gekommen?»

«Nein. Mami war schon wieder hier, noch ehe das neue Jahr begonnen hat.»

Elisabeth sah zu den beiden Sektgläsern, die auf der Keramikablage neben dem Spülstein standen. Nina hatte nicht mit ihnen anstoßen wollen, war gleich in ihr Zimmer gegangen, um sich neben Jan und dem Stoffbären ins Bett zu legen. Hatte es Streit gegeben auf der Silvesterfeier?

«Können wir Cornflakes frühstücken?», fragte Jan. Er liebte die Lebensmittel aus den Läden, in denen die britischen Besatzungssoldaten und ihre Familien einkauften. Die Clarkes versorgten Nina großzügig damit.

«Klöben mit Butter und Marmelade», sagte sein Großvater. «Und für dich Kakao, weil der erste Tag des Jahres ein Feiertag ist.» Er hatte sich immer für anglophil gehalten, doch die neuen Frühstücksgewohnheiten waren ihm nicht geheuer. Maisflocken. Erdnussbutter. Der größte Graus war eine Hefepaste, die Marmite hieß.

«Lass uns mit dem Frühstück warten, bis Nina wach ist», sagte Elisabeth. «Jan kann schon mal ein Schüsselchen mit Cornflakes haben.»

«Noch ein Wort zur Leichtigkeit», sagte Kurt. «Wir könnten am frühen Nachmittag um die Alster spazieren. Anschließend kehren wir bei Bobby Reich ein und trinken einen Grog.»

«Ich auch?», fragte Jan.

«Du auch», sagte sein Großvater. «Einen für Kinder.»

«Dann einen zweiten Grog und noch einen dritten und dir wird leicht im Kopf», sagte Elisabeth. «Das zum Thema Leichtigkeit.»

«Sei nicht streng, Lilleken. So steif sind die Grogs da nicht. Jan kann den Tretroller auf den Spaziergang mitnehmen.»

«Au ja», sagte Jan. An Weihnachten war die Enttäuschung groß gewesen, lauter weiche Päckchen hatten unter dem Tannenbaum gelegen, Pullover, Mütze, Schal, Fäustlinge. Doch dann hatte er den Tretroller am vorletzten Tag des Jahres zum Geburtstag geschenkt bekommen. Keinen aus Holz mit kleinen eisernen Rollen, einen aus glänzendem roten Metall mit dicken Gummireifen.

Elisabeth schob ihrem Enkel das Schüsselchen mit Cornflakes und Milch hin, stellte Teller und Tassen auf den Tisch, wo schon die Butterdose stand und das Glas Marmelade aus den Johannisbeeren der Sträucher im Garten. Legte den Klöben auf das Brotbrett. Sie blickte auf, als ihre Tochter in die Küche kam. Noch blinzelnd. Aufgelöste Haare. Vom Schlaf gerötete Wangen. So sah Nina an jedem Morgen aus, wenn sie gerade aufgestanden war. Doch irgendwas schien heute anders an ihr.

San Remo

Kalte Luft kam herein, als sie das Fenster zur Straße öffnete, kalt genug, um nachher den Hermelin zu tragen. Der tiefblaue Himmel täuschte, in der Neujahrsnacht war die Temperatur gefallen. Glitzerte nicht sogar die Via Matteotti vier Stockwerke unter ihr? Margarethe mochte den Hermelinmantel nicht, doch ihre Schwiegermutter wäre gekränkt, wenn sie ihn nicht trüge zum großen Familienessen im Ristorante Royal. Die Cannas zeigten, was sie besaßen, und dazu gehörte auch der Hermelin. *La pelliccia reale.* Ein königlicher Pelz.

Schließlich hatte Italien gerade noch einen König gehabt. Ihre Schwiegermutter litt darunter, dass man Umberto vor vier Jahren des Landes verwiesen hatte. Ein feiner Mann sei das. *Un uomo gentile.* Nun müsse er in der Fremde leben.

Lebte Margarethe in der Fremde? Oder war ihr San Remo längst Heimat geworden? Ihr Sohn war noch in Köln geboren. Ein Jahr nach Hitlers Machtergreifung waren sie in die Heimat ihres Mannes gegangen, Bruno hatte den italienischen Faschismus erträglicher gefunden als den deutschen, doch auch das Klima am Kölner Museum, in dem er Kurator gewesen war, hatte sich verändert.

Margarethe Canna, geborene Aldenhoven, seufzte, als sie an ihre Schwiegermutter und den Hermelin dachte. Brunos Mutter führte die eigene Vornehmheit darauf zurück, aus einer venezianischen Familie zu stammen, dabei war sie in keinem Palazzo aufgewachsen, ihr Elternhaus hatte in einem Arbeiterviertel gestanden. Wohlstand war erst durch die Heirat mit einem Sohn der Cannas in ihr Leben gekommen.

Hatte Margarethe je die Erwartungen ihrer Schwiegermutter erfüllt? Sie kam aus keinem Kohlenkeller, auch wenn Agnese gelegentlich so tat, sondern aus einer angesehenen Kölner Familie. Margarethe schüttelte den Kopf. Warum machte sich Brunos Mutter derart breit in ihren Gedanken? Deren Dünkel ertrug sie doch seit bald sechzehn Jahren.

«Dann zieh den Mantel einfach nicht an.»

«*Prego?*», fragte Margarethe, obwohl ihr Mann deutsch gesprochen hatte.

«Den Hermelin», sagte Bruno. «Ich sehe dich den Kopf schütteln. Und deine Schultern sind hochgezogen. Zeichen deines Missvergnügens.»

Sie drehte sich um. «Das ist mal wieder einer der Momente, in denen ich genau weiß, warum ich dich vor zwanzig Jahren geheiratet habe.»

«Du hast mich geheiratet, weil du unser Kind erwartet hast. Gianni ist übrigens schon wach. Ich war eben bei ihm, er macht Liegestütze. Ich nehme an, er hat gute Vorsätze gefasst.»

«Es wäre mir viel lieber, nur mit euch beiden nach San Romolo hochzufahren und in einer der Locandas zu essen statt im Royal.» Margarethe hatte bereits das Bild vor Augen, ihre Schwiegermutter am Kopfende der Tafel, der ölige Padrone, der um die Matriarchin dienerte. Die große Silberplatte mit dem Fasan, der viel zu lange vor dem Laden des Geflügelhändlers in der Via Palazzo gehangen hatte. Im Royal wurde die Küche des nahen Frankreichs gepflegt. Samt Hautgout.

«Würdest du lieber wieder in Köln leben?»

«Nein, Bruno. Ich lebe gerne hier. Nur Agnese macht mir das Leben schwer, und sie wird mit jedem Jahr ungnädiger. Dass ich katholisch bin, ist das Einzige, was sie mir zugutehält.»

«Und dass du ihr einen Enkel geschenkt hast.»

«Doch die Fehlgeburten wirft sie mir vor.»

«*Questo non è vero*», sagte Bruno.

«Du weißt, dass es wahr ist.»

«Komm in die Küche und trink einen Kaffee mit mir. Dann können wir über den gestrigen Abend lästern und auch noch ein paar Linsen essen. Das wird Mammas erste Frage sein. Seit ich denken kann, ist ihre Sorge, dass uns das Geld im neuen Jahr ausgehen wird, weil wir an Silvester nicht genügend Linsen gegessen haben.»

«Lass uns lieber den Panettone anschneiden.» Der locker gebackene Kuchen mit kandierten Früchten war ihr zum Kaffee deutlich lieber als kalte Linsen.

«Nimm wenigstens einen Löffel voll», sagte Bruno. «Dann muss ich nicht lügen.»

Margarethe ging an ihm vorbei in den Flur. Als er in die Küche kam, kaute sie schon auf den Linsen, die zu al dente waren.

«Du denkst, ich bin ein Feigling.»

«Im Falle des Hermelins wirst du heute zum Helden werden, wenn du mit einer Frau im roten Mantel das Restaurant betrittst.»

«Ja», sagte Bruno. «Das werde ich. Mit einer Frau in einem sehr roten Mantel.» Er zog die Schüssel zu sich heran und fing an, die Linsen aufzuessen.

«Ich fand den gestrigen Abend mit deinem Bruder und Donata gelungen», sagte Margarethe. «Ihre Freunde aus Bordighera sind sympathische Leute.» Sie nahm das große Messer, schnitt den Panettone an und legte je eine Scheibe auf die Teller aus dickem weißen Porzellan, das sie nur in der Küche benutzten.

«Ich will auch nur den Augenblick nachschmecken, in dem meiner Schwägerin die Brüste aus dem Ausschnitt gefallen sind. Das wäre ein Fest für meine Mutter gewesen. Mindestens ein Dutzend *Gegrüßet seist du, Maria* hätte sie von Donata verlangt, als Buße für dieses Dekolleté.»

Donata hatte keinen leichteren Stand als Margarethe, sie war zwar eine San Remeserin, doch noch immer kinderlos und mit ihren nun bald zweiunddreißig Jahren nicht ein einziges Mal schwanger gewesen. *Una colomba secca*, nannte Brunos Mutter die Frau ihres jüngeren Sohnes. Ein trockenes Täubchen. Sie war ganz und gar nicht zufrieden mit der Fruchtbarkeit ihrer Schwiegertöchter.

Warum ertrugen sie alle Agnese Canna? Dazu noch oft genug klaglos? Weil sie das Geld in den Händen hielt, das die Cannas seit Jahrzehnten mit dem Blumenhandel verdienten? Nein, dachte Margarethe. Nicht das Geld, die Familienbande fesselten sie. Bruno und sein Bruder Bixio würden sich zu Tode schämen, wären sie ihrer Mamma keine guten Söhne oder übten gar Kritik an ihr. Solange der Vater lebte, war alles leichter gewesen, er hatte viele von Agneses Bosheiten abgefangen. Doch Bruno Canna senior war im

Mai 1945 gestorben, nicht durch eine letzte Kriegseinwirkung, sondern an seinem lebenslangen Herzleiden.

«Ich ziehe mich jetzt an», sagte Margarethe.

Bruno nickte. «Auf in den Kampf.» Er gönnte sich den Gedanken, seine Mutter möge mit ihren neuen teuren Zähnen auf eine Schrotkugel beißen. Der Fasan war ganz sicher von einem der hiesigen Jäger erlegt worden. Er grinste und griff nach dem Teller mit dem Panettone.

Köln

Heinrich Aldenhoven blickte in den Rasierspiegel und zog die Augenbrauen hoch. Sein Gesicht wirkte noch immer hager wie auch seine ganze Gestalt, als seien die Hungerjahre nicht vorbei. Dabei konnte man den Menschen dabei zusehen, wie sie dicker wurden, nur ihm gelang nicht, Gewicht zuzulegen. Er tauchte den nassen Dachshaarpinsel in die Porzellanschüssel und rührte den Schaum. Atmete den Duft von Kaloderma ein, seine Rasierseife, seit ihm Barthaare wuchsen. Nie hatte er die Marke gewechselt. Anfangs, um sich abzuheben vom türkisgoldenen *4711*, das seine Heimatstadt durchtränkte, nun aus tröstlicher Gewöhnung an den sauberen Duft der Kaloderma.

Den Heringssalat hatte er brav gegessen, auch Billa ertragen, die vom Kinobesuch gestern erzählte und der Notwendigkeit, eine Stola aus Silberfuchs zu besitzen, wie der Heldin des Films eine auf den Schultern gelegen hatte. Vermutlich wussten seine Kusinen wirklich nicht von der misslichen Lage der Galerie. Billa war talentiert darin, unliebsame Tatsachen auszublenden, und weder sie noch Lucy kümmerten sich um die Geschäfte, seit sie den Anteil ihres Vaters an der Galerie geerbt hatten.

In den Jahren nach der Gründung waren die Brüder Aldenhoven erfolgreich gewesen mit den Künstlern des Expressionismus, doch schon im Laufe der zwanziger Jahre hatten sie keine großen Namen mehr vertreten, und mit der Machtübernahme der Nazis wurden sie endgültig zu Händlern beschaulicher Malerei.

In diesen Tagen lag ihm nur ein Bild in der Galerie am Herzen, und das würde er Gerda zum Geburtstag schenken. Das Werk eines jungen Künstlers, genial und mit leichter Hand gemalt. Aus der Erinnerung, denn auch das Kaffeehaus am Ananasberg im Düsseldorfer Hofgarten gab es seit dem Krieg nicht mehr.

«Brennsuppe an Neujahr», sagte Billa. «Das ist nicht dein Ernst.»

«Was hättest du denn gern? Langusten?» Gerda hörte den gereizten Ton in ihrer eigenen Stimme, sie war diejenige, die am meisten Geduld hatte mit Billa, doch nun reichte es bald.

«Heinrich und du tut so, als ob wir noch den Hungerwinter von 1946 hätten.»

Gerda häutete eine zweite große Zwiebel und legte sie auf das Schneidebrett. «Ich mache sie mit Grieß statt mit Mehl.»

«Wenn das mal nicht zu extravagant ist.»

«Dann tu doch was in die Haushaltskasse.»

«Lucy und ich haben unser Geld in der Galerie gelassen, als Vater starb. Wir hätten uns auch auszahlen lassen können.»

«Besser, du gehst spazieren, Billa. Sonst kriegen wir zwei noch Krach. Vielleicht kommt ein älterer Herr des Weges und lädt dich zum Essen ins Marienbildchen ein.»

«*Älter* hättest du dir sparen können.»

«Du wirst fünfzig in diesem Jahr.»

«Aber erst im Herbst, und du bist auch nicht viel jünger.»

«Nein», sagte Gerda. Am 12. Januar würde sie achtundvierzig werden, acht Tage später wurde Heinrich achtundfünfzig. Vor dem Krieg hatten sie ihre Geburtstage gerne gemeinsam mit einem Karnevalsfest gefeiert, hin und wieder war Elisabeth, ihre Hamburger Freundin, zu Besuch gekommen. Vielleicht sollten sie das mal wieder aufnehmen. Sie blickte zur Küchenuhr, kurz vor halb zwei, ein spätes Mittagessen würde das werden nach dem Heringssalat am Morgen, danach wollten sie endlich in Hamburg bei den Borgfeldts anrufen.

«Mach doch wenigstens eine Einlage für die Brennsuppe. Altes Brot werden wir ja wohl haben. Oder ist Heinrich noch immer so gierig nach Brot, dass es hier nicht alt wird?»

«Da ist ein dicker Kanten in der Speisekammer, wenn dir gelingt, den klein zu schneiden, kannst du Brotwürfel rösten.»

«Croûtons», sagte Billa. «Obliegt allein mir, Eleganz in diesen Haushalt zu bringen. Früher haben wir die feinste Feinkost bei Hoss eingekauft. Ich sage nur Gänseleber-Pastete mit Trüffeln.»

«Ist dir wirklich entgangen, dass Heinrich kaum mehr Bilder verkauft?»

«Kaufmännisches Talent hat er noch nie besessen, und wenn er auch vor den Kunden dieses heilige Gesicht macht, dann verschreckt das die Leute. Hast du sein Gesicht gesehen, als ich vom Silberfuchs sprach?»

Gerda hackte auf die Zwiebeln ein. Ihre Augen fingen an zu tränen. «Vielleicht solltest du mal Margarethe in San

Remo besuchen. Ich könnte mir vorstellen, dass du dich blendend mit ihrer Schwiegermutter verstehst. Von Pelz zu Pelz.»

«Ganz bestimmt», sagte Billa. «Ich habe die alte Signora Canna als elegante Erscheinung in Erinnerung. Doch leider bin ich in Köln unabkömmlich. Eines *jüngeren* Herrn wegen.» Sie genoss Gerdas Erstaunen.

«Und dann verbringst du den Silvesterabend mit deiner Schwester?»

«Er ist auf einer Gastspielreise im Holsteinischen.» Billa verschwand in der Speisekammer und kam mit dem Brotkanten zurück. Der ließ sich nur noch in der Suppe versenken, so hart war der. Sie würde ihn Heinrich neben den Teller legen. Bei dem Gedanken musste Billa lächeln.

Brot. Dass sie alle schon den Wert des Brotes vergessen hatten. Wie kostbar es gewesen war. Heinrich fing Billas lauernden Blick auf und zögerte, den Kanten in die Brennsuppe zu tunken. Nein. Den Gefallen tat er ihr nicht. Wenn sie aufgestanden war, nach dem Essen, dann würde er das Brot in die Tasche der Strickjacke stecken und bei einer anderen Gelegenheit aufweichen.

Doch nicht nur Billa beobachtete ihn, auch Gerda tat es. Besorgt? Lucy schien unbefangen und löffelte ihre Suppe. Die Kinder waren nicht da: ihren Freunden beim Aufräumen helfen, Reste essen, Reste trinken.

Nachher muss ich dir was erzählen, hatte Gerda vor dem Essen gesagt. *Ich denke, es wird dich freuen.*

«Was willst du mir erzählen?», fragte er, als sie alle aufgestanden waren, das Geschirr in die Küche trugen und er seinen Brotkanten in der Tasche hatte verschwinden lassen.

«Wollen wir nicht erst einmal in Hamburg anrufen?»

«Ja», sagte Heinrich. «Sie werden jetzt auch zu Mittag gegessen haben.»

Doch als dann das Gespräch vermittelt worden war, erreichten sie nur Elisabeths und Kurts Tochter Nina. Die anderen gingen gerade an der Alster spazieren.

Da war er wieder, Gerdas Blick. «Manchmal siehst du wirklich ein wenig heilig aus», sagte sie. «Billa liegt gar nicht so falsch.»

«*Du leeven Jott*», sagte Heinrich Aldenhoven.

Hamburg

Nina legte den Hörer auf die Gabel des Telefons, das auf einem Tischchen im kleinen Flur stand. Zwischen Küche und dem einstigen Schlafzimmer ihrer Eltern, nun Jans und ihr Zimmer. Ein Stuhl daneben, falls die Telefongespräche länger dauerten, doch sie blieben fast immer kurz. Käme Joachim unerwartet, er liefe am Tischchen vorbei, würde die Treppe zum ersten Stock hinaufstürmen, um Frau und Sohn in die Arme zu schließen. Wusste ja nicht, dass dort nun die Blümels wohnten, aus der Gegend von Breslau geflohen. Mutter, Vater und drei Kinder.

Unerwartet? Sie wartete seit dem letzten Feldpostbrief auf ihn. Der war aus dem Januar 1945. Die Nachricht, dass er Vater geworden war, hatte ihn da gerade erreicht.

Joachim, den sie Jockel nannte. Immer seltener tat sie das in ihren Gedanken.

Nina ging in die Küche und trat ans Fenster. Der Himmel war wieder dunkler geworden, wie lange würden Jan und ihre Eltern bei dem Wetter spazieren gehen? Sie frösteln, hatte sie ihrer Mutter gesagt, habe sich wohl eine Erkältung eingefangen, besser, sie bliebe zu Hause. Um allein zu sein mit den Gedanken an einen Mann, der nicht Jockel war.

Vinton. Hatte sie den Namen je vorher gehört? Vinton Langley. Engländer. Vor anderthalb Jahren für den *Manchester Guardian* als Korrespondent nach Hamburg gekommen, doch nun arbeitete er für die *Welt*, die Zeitung, die 1946 von der britischen Militärregierung gegründet worden war.

So viel wusste sie schon von Vinton Langley. Und was wusste er von ihr?

Dass sie einen kleinen Sohn hatte, zu dem sie dringend zurückkehren wollte, noch vor dem Glockengeläut, dem Gläserklirren, den guten Wünschen zum neuen Jahr. Er hatte ihr nachgeschaut, als hoffe er, dass sie wenigstens einen Schuh verliere, der ihm helfen könnte, Cinderella zu finden. Doch sie waren in keinem Märchen, und er brauchte nur die Clarkes zu fragen.

Nein. Es war nicht möglich, dass sie Hals über Kopf einen anderen liebte. Liebe geschah einem nicht jäh. Wie war es bei Joachim gewesen? Damals im ersten Jahr des Krieges. 1940. Da waren sie beide zwanzig Jahre alt. Nina glaubte, sich an eine zögernde Annäherung zu erinnern. So jung und verlegen waren sie gewesen.

June Clarke würde Vinton Langley auch erzählen, warum sie davongelaufen war. Von Ninas Warten sprechen. Vom Warten auf einen Mann, der vielleicht lange schon nicht mehr lebte. Nur ihre Mutter und sie glaubten noch daran, dass Joachim zurückkehrte. Und Jan, in dem sie Hoffnung weckten und ihn damit nur verunsicherten.

Vinton. Was hatte er gesagt? Dass er in den nächsten Tagen nach London fahren würde, um vier Wochen lang an einer Schulung der BBC teilzunehmen. Sie hatte nicht verstanden, warum. Er war kein Rundfunkmann, schrieb für Zeitungen. Das hatte er betont. Doch es konnte nur gut sein, wenn er fern von Hamburg war. Am besten, er bliebe in England.

Der große helle *living room* der Clarkes war voller Menschen gewesen, sie hatte nahe der Balkontür gestanden, sich an ihrem Glas festgehalten, da kam er auf einmal vom anderen Ende des Raumes auf sie zu und tat, als habe er sie endlich gefunden.

Nina drückte die Stirn an die Scheibe, von der nun Tropfen rannen, es hatte zu regnen angefangen. Da waren sie, die Spaziergänger, eilten zur Tür des alten Hauses in der Blumenstraße, das schon vor dem Krieg nicht mehr herrschaftlich gewesen war, das Mauerblümchen in einer herrschaftlichen Straße.

Sie schaltete das Licht in der Küche an, die vier weißen Glasschalen standen wie Kompottschüsseln auf dem Kreuz aus dunklem Holz. Im Sommer würden sich dort wieder tote Tierchen sammeln, die an den Hundertwattbirnen verglühten. Das hatte sie schon als Kind gehasst.

Helle Möbel, dachte Nina. Wie bei den Clarkes. Wenn Joachim nach Hause kam, dann wollte sie helle Möbel haben. Alles neu. Sie lächelte. Sich festhalten an diesem Gedanken.

Ein Lächeln im Gesicht ihrer Tochter, Elisabeth Borgfeldt nahm es dankbar auf. Sie hängte die schweren Holzbügel mit den beiden Wollmänteln zum Trocknen an das Geländer des Treppenhauses. Ihre Tochter war dabei, dem Jungen den Anorak auszuziehen, der Reißverschluss klemmte.

«Geht es dir besser?», fragte Elisabeth.

«Die Kölner haben angerufen», sagte Nina.

«Werden sie es noch mal versuchen?»

«Ja.» Nina nahm die kalten Hände ihres Sohnes zwischen die eigenen warmen. «Hast du deine Fäustlinge nicht angehabt?»

«Damit kann ich die Griffe vom Roller nicht gut halten.»

«Ist dir denn wieder warm? Kein Frösteln mehr?» Elisabeth blickte ihre Tochter aufmerksam an. Nein. Nina sah nicht erkältet aus. Eher weit weg mit ihren Gedanken. Sanft schob sie ihren Enkel in die Küche. «Du wolltest doch mit Opa *Mensch ärgere dich nicht* spielen, Jan.»

«Wollten wir das?» Kurt Borgfeldt sah vom *Abendblatt* des Silvestertages auf, das er gerade zur Hand genommen hatte. «Wenn Lilleken das sagt.» Jan brachte schon die rote Schachtel und fing an, die Figuren auf das Spielfeld zu stellen.

«Und *wir* kümmern uns mal um den losen Saum deines Kleides.» Elisabeth zog Nina in das Schlafzimmer nebenan, ehe Zweifel an losen Kleidersäumen aufkamen.

«Mama, was soll das? Ich habe dir nichts zu erzählen.»

«Ist es wegen Joachim?» Elisabeth setzte sich auf die Bettkante.

Nina blieb vor dem kleinen Sekretär stehen, der noch aus ihrer Kindheit stammte. «Geht es nicht immer um Joachim?», fragte sie.

«Was ist gestern bei den Clarkes passiert?»

«Nichts. Ich hatte nur viel zu schnell einen Schwips. Darum wollte ich keinen Sekt mehr mit euch trinken, mir war schon schwindelig.»

Elisabeth nickte. «Du weißt, dass du mir alles sagen kannst.»

Beide hörten sie das Klingeln des Telefons.

«Das werden die Kölner sein», sagte Nina. Sie klang erleichtert.

Ihre Mutter stand auf und drehte sich in der Tür noch einmal um. «Und es war wirklich nichts? Ist dir jemand zu nahe getreten?»

«Lass deine Gerda nicht länger warten», sagte Nina. Die inquisitorischen Fragen gingen ihr auf die Nerven. Ihr charmanter Vater, dem ihre Mutter gerne Leichtsinn vorwarf, zeigte da viel mehr Zurückhaltung. Ihm hätte sie sich vielleicht anvertraut, schon als Kind hatte sie kleine Geheimnisse mit Kurt geteilt. Aber es war besser zu schweigen.

«Jan braucht Fingerhandschuhe», sagte Elisabeth, ehe sie aus dem Zimmer ging, um Neujahrswünsche mit ihrer Freundin auszutauschen.

Bei den ersten Sätzen waren ihre Gedanken noch bei Nina. Nicht, dass ihre Tochter anfing, an Joachims Heimkehr zu zweifeln.

San Remo

Wärest du breiter gebaut, ich hätte dich für ein Feuerwehrauto gehalten, hatte ihre Schwiegermutter gesagt. *Una autopompa.* Margarethe war rot geworden, was gut zum Mantel passte, den der Padrone ihr da gerade abgenommen hatte, um ihn an die Garderobe zu hängen. Den Hermelin hätte er fürsorglich in sein Büro gebracht, da wurde schon der Pelz von Agnese aufbewahrt. Einer ihrer Pelze.

Bruno hatte gelacht. Den Kommentar seiner Mutter weglachen wollen, vielleicht hätte Margarethe das auch tun sollen, doch das war ihr erst bei den Antipasti eingefallen, als sie in den marinierten Steinpilzen stocherte und die Linsenfrage ausführlich geklärt worden war.

«Ich verstehe nicht, warum das nicht längst abperlt an dir. Du solltest sie doch nun kennen», sagte Gianni auf der Fahrt nach Hause. Ihr Sohn saß am Steuer des alten Lancia, im vergangenen Sommer hatte er den Führerschein gemacht, er war ein viel leidenschaftlicherer Fahrer als sein Vater.

Gianni sprach deutsch, wenn er mit seinen Eltern allein war, obwohl er Köln im Alter von drei Jahren verlassen hatte, eine kleine Rebellion gegen seine Nonna, der nicht gefiel, dass Margarethe und Bruno ihn zweisprachig hatten aufwachsen lassen. Dabei kam er gut aus mit Agnese, deren Kronprinz er war. Er blickte in den Rückspiegel zu seinem Vater. «Was meinst du, Papa?»

«*Sono d'accordo*», sagte Bruno.

«Du und Onkel Bixio, ihr müsst mutiger sein. Man hat es leichter bei Nonna, wenn man Widerworte gibt, ich glaube, das gefällt ihr sogar ganz gut.»

«Hm», sagte Bruno. Er hatte da andere Erfahrungen.

«Lancia bringt in diesem Jahr ein neues Modell auf den Markt. Wir sollten uns von der alten Karosse hier trennen», sagte Gianni.

«Diese Karosse hat dein Großvater 1937 neu angeschafft. Ich glaube nicht, dass es deiner Nonna gefallen würde, wenn wir uns ein anderes Auto kaufen.»

Gianni grinste und sah zu seiner Mutter. «Was sage ich.»

«*Pazienza*. Wartet nur ab. Ihr werdet euch noch wundern», sagte Bruno.

«Vielleicht könnten wir im März nach Köln fahren. Ich würde gerne meinen Bruder und Gerda wiedersehen.» Margarethe drehte sich zu Bruno um.

«Ich chauffiere euch», sagte Gianni. Er parkte das Auto vor dem ältesten und prächtigsten Palazzo der Via Matteotti, das schmale vierstöckige Haus der Cannas lag nur ein paar

Schritte entfernt. Der Mann der englischen Kronprinzessin war vor gut einem Jahr in dem Palazzo beherbergt worden, Agnese hatte schwer darunter gelitten, dass sie nicht zum Empfang für den Herzog von Edinburgh geladen worden war.

«Gleich melden wir erst einmal das Gespräch nach Köln an», sagte Bruno. Zwei, drei ungestörte Stunden lagen vor ihnen, seine Mutter besichtigte zusammen mit Bixio und Donata in Ospedaletti ein Grundstück für Gewächshäuser.

Am Abend würde Agnese dann noch einmal in den gläsernen Aufzug steigen, der von schmiedeeisernen Ranken umgeben war, und zu ihnen in den vierten Stock kommen, um von ihrem Dienstmädchen Rosa die *cicchetti* servieren zu lassen, kleine geröstete Brotscheiben mit Stockfisch, Tomaten, Eiern, Sardellen, Oliven. Eine venezianische Spezialität zum Wein, die bei ihnen den ersten Tag des Jahres abschloss. Viele Traditionen, in die sie gebettet waren. Oder gezwängt.

Margarethe lag auf der Chaiselongue und hörte ihrem Mann zu, der das Gespräch nach Köln anmeldete.

«Das kann dauern», sagte Bruno, als er den Hörer auflegte. Die Drähte glühten von all den guten Wünschen zum neuen Jahr.

Heinrich und sie waren die einzig Überlebenden von vier Geschwistern, ihre beiden Schwestern waren vor Margarethes Geburt an Scharlach gestorben. Ein Segen, dass die Amerikaner nach dem zweiten Krieg das Penizillin nach Europa gebracht hatten, so viel größer war seitdem die Chance, eine Epidemie zu überleben, sei es Scharlach oder Diphtherie.

Sie rückte ein Stück zur Seite, als Bruno sich an das untere Ende der Chaiselongue setzte und damit begann, ihre Füße zu massieren. Er machte das gut.

«Vielleicht sollten wir doch noch mal ein zweites Kind versuchen», sagte er.

Margarethe lachte. «So viele Grappe hat der Padrone doch gar nicht ausgegeben. Bruno, ich bin dreiundvierzig Jahre alt. Als ich vierzig wurde, haben wir uns dafür entschieden zu verhüten.»

«Du bist keine Erstgebärende, ich habe gehört, das sei den Medizinern wichtig.»

«Unser Sohn wird zwanzig am Ende des Jahres.»

«Lass es uns versuchen», sagte Bruno.

Margarethe entzog ihm die Füße und setzte sich auf. «Geht es dabei um deine Mutter?»

«Meine Mutter hat damit nichts zu tun. Ganz im Gegenteil. Ich denke sogar, dass du eher eine Chance hast, ein Kind zur Welt zu bringen, wenn wir von hier weggehen.»

«Du willst San Remo verlassen?»

«Nicht San Remo, nur Agneses Haus. Ich erinnere mich gut, wie sie sich bei deiner letzten Schwangerschaft dauernd eingemischt und dir Vorhaltungen gemacht hat.»

«Weil ich mich weigerte, die neun Monate liegend zu verbringen. Deine Mutter fürchtete eine weitere Fehlgeburt, und leider hat sie recht behalten.»

«Dottor Muran teilte ihre Meinung nicht. Dass du die Zeit nur in der Horizontalen verbringen solltest, habe ich als Machtwort von Agnese in Erinnerung.»

«Könnten wir uns denn eine andere Wohnung leisten? Sie wird weiterhin auf deinem Firmenanteil sitzen.»

«Wir verkaufen einfach den Hermelin.» Bruno lachte kurz auf. «Nein, im Ernst. Die Restaurierung bei den Dominikanern bringt ja auch was ein.»

«Vergiss nicht, dass sie nun alt wird und von ihrer Familie versorgt sein will.»

«Das wäre sie nach wie vor. Bixio und Donata im zweiten Stock, unser Sohn im dritten. Ich habe mich gewundert, dass Agnese ihm die Wohnung schon jetzt überlassen hat, vielleicht will sie Giannis Verheiratung und Vaterschaft vorantreiben.»

«Was treibt *dich* an, Bruno?»

«Mein Vorsatz fürs neue Jahr: mich von den Fesseln meiner Mutter zu befreien. Einmal ist es mir gelungen, doch als ich dann aus Köln zurückkam, hat Agnese sie erneut angelegt.» Er stand auf, als das Telefon klingelte. «*Pronto? Si si.*» Bruno hob die Schultern. «Bei deinem Bruder ist dauernd besetzt.»

«Vermutlich meine Kusinen», sagte Margarethe.

Doch weder Billa noch Lucy telefonierten.

Köln

Gerda sank immer tiefer in den Gobelinsessel, er war wirklich sehr durchgesessen. Ein kurzes Gespräch hatte es sein sollen, und nun sprachen sie und Elisabeth schon seit einer guten halben Stunde.

Was das kosten wird, dachte Heinrich, der ab und zu ins Wohnzimmer kam, doch er sagte nichts, kehrte zurück in die Küche, wo er sich von Tochter und Sohn über deren Silvesterabend berichten ließ. Die Kinder hatten ihn an der Ehrenstraße verbracht, in einem halben Haus, dessen untere Stockwerke bewohnbar waren. Um Mitternacht waren sie in das nächste Stockwerk geklettert, hatten keine Zimmerdecke mehr über sich gehabt, nur den weiten Himmel. Vom Dom hatte die Petersglocke geschlagen.

Gerda und Elisabeth sprachen über ihre Männer, das hatte Heinrich schon verstanden beim Ohrenspitzen im Wohnzimmer. *Schlechte Geschäfte* hatte er aufgeschnappt, aber auch das Wort *heilig*, das ihm Billa angehängt hatte. Das Leben war eine ernste Angelegenheit für ihn. Ging es darum?

Er hatte sich immer in der Verantwortung gefühlt, bei den Eltern, den Schwestern, von denen ihm nur die jüngste geblieben war. Bei Gerda und den Kindern. Der ganzen verdammten Familie. Streich das Wort *verdammt*, dachte Heinrich. Er liebte sie alle, vermutlich sogar seine Kusinen. Er hing an der Galerie, die Vater und Onkel gegründet hatten. Ein beständiger Mensch. War das zu tadeln?

Elisabeths Mann in Hamburg war leichtblütiger. Er hatte Kurt bei den Begegnungen der letzten Jahrzehnte darum beneidet. Ein schmaler gutaussehender Mann mit langer Nase und lächelnden Augen, eine große Freundlichkeit für die Menschen darin, doch auch Ironie. Irgendwas mit Werbung machte er. Bei der *Hamburger Sparcasse von 1827*. Schrieb Texte für die hauseigene Zeitschrift. Verteilte Werbegeschenke an die Kunden am Weltspartag. Vermutlich suchte er auch die Sparbüchsen aus. Ein Reklamespruch der Nazizeit kam Heinrich in den Kopf: *Dein Sparen hilft dem Führer.* Den würde wohl kaum Kurt verbrochen haben.

Er ging noch mal ins Wohnzimmer, Gerda runzelte die Stirn, als er auf das Zifferblatt der Pendeluhr zeigte.

«Ich wäre gern großzügiger», sagte er, nachdem sie das Gespräch beendet hatte.

«Es gab viel zu erzählen», sagte Gerda. «Vielleicht kommt Elisabeth im Februar zum Rosenmontag nach Köln.»

Heinrich nickte. Hatte er wieder Sinn für den Karneval? Im vergangenen Jahr war der Rosenmontagszug zum ersten Mal nach dem Krieg durch Köln gezogen.

Mer sin widder do un dun wat mer künne.

Ja. Sie waren wieder da und taten, was sie konnten. Prinz, Bauer und Jungfrau. Die ganze Kölner Seligkeit. Die Jungfrau war in der vergangenen Saison zum ersten Mal wieder von einem Mann gegeben worden, während der Nazizeit hatten Frauen die Rolle übernommen.

Der diesjährige Prinz war ein wohlhabender Kartoffelhändler. Geld musste man haben, um zum Kölner Dreigestirn zu gehören. Das kostete. Allein die Orden. Und was da alles ins Volk geworfen wurde. Mimosensträußchen. Fläschchen mit Kölnisch Wasser. Pralinen. Im Vorjahr waren die Gebrüder Stollwerck auf der Rechnung für die gelieferten Kamellen sitzengeblieben. Heinrich seufzte. Hoffentlich wurde das nicht manisch, dass er dauernd über Geld nachdachte.

«Was war es, das du mir schon nach dem Mittagessen erzählen wolltest?»

«Billa hat einen Galan.»

«Einen Galan? Warum hat er sie an Silvester nicht ausgeführt?»

«Er befindet sich auf Gastspielreise im Holsteinischen, sagt Billa.»

«Als was?»

«In künstlerischer Tätigkeit, nehme ich an.»

«Vielleicht ist er ein Krätzchessänger.»

«Ich glaube kaum, dass er im Norden Kölner Mundart vorträgt.»

«Er kann gerne um Billas Hand anhalten», sagte Heinrich. Er sah Hoffnungsstreifen am Horizont, Billa, die auszog. Ein viel zu früher Gedanke. Egal. Sie sollten gleich noch mal anstoßen auf das neue Jahr. Gerda und er. Vielleicht brachte es vor allem Gutes.

Hamburg

Die Klänge eines Saxophons erfüllten die Küche im Erdgeschoss der Blumenstraße, als Elisabeth vom Telefon zurückkehrte. Der sanfte Jazz des Tanzorchesters hatte vor kurzer Zeit noch zu Kontroversen zwischen den Hörern des NWDR geführt, viele verbaten sich die angloamerikanische Musik. Doch Elisabeth gefiel sie besser als Rudi Schurickes Gesang von den Caprifischern, der aus Blümels Küche im ersten Stock schallte.

All the things you are ließ der Orchesterleiter Franz Thon seine Musiker spielen. Elisabeth kannte den Titel nicht, doch ihrer Tochter schien er vertraut, und er tat ihr nicht gut. Nina sah aus, als ob ihr gleich die Tränen kämen.

«Was ist los, Nina? Du kennst das Lied?»

Nun wurden auch Kurt und der Junge aufmerksam, die am Tisch saßen, Kurt die Zeitung lesend, Jan über ein Bilderbuch gebeugt.

«Papi kommt bestimmt zurück», sagte Jan. Er stand auf und kletterte seiner Mutter auf den Schoß. Eifrig bemüht, sich zu sehnen nach einem Menschen, den er nicht kannte und der ihm kaum fehlte.

«Was gibt es denn Neues bei den Kölnern?», fragte Kurt.

Elisabeth zögerte.

«Erzähl, Mama», sagte Nina. «Ich will es auch hören.»

Aufmerksamkeit von sich lenken. Nicht länger daran denken, wie Vinton auf sie zukam, während dieses Lied spielte.

«Heinrichs Geschäfte gehen schlecht. Gerda sagt, um sie herum wachse der Wohlstand, und ihr Leben würde immer bescheidener. Wenigstens haben sie das Haus, das Heinrich von den Eltern geerbt hat.»

«Irgendwann werden die Leute auch wieder Bilder an den Wänden brauchen.»

«Geht es den Sparkassen gut, Kurt?»

«Was ist das für eine Frage», sagte Kurt. «Ob es den Sparkassen gut geht? Oder den Sparern? Den Kreditnehmern? Die Leute übernehmen sich bei den Ratenkäufen. Doch wir haben hübsche bunte Bilder auf den Sparbüchsen für die Kinder. Oben auf der Brücke braust der Zug nach Italien, und unten auf der Straße sitzt eine rotbackige Achtjährige am Steuer eines Cabriolets.»

«Hast du die Sparbüchsen ausgesucht, Opa? Bringst du mir eine mit?»

«Das mache ich.»

Nina kam aus ihrer Trance. «Italien. Cabriolet. Das lässt sich alles erfüllen, wenn man seine Groschen in die Büchse tut?»

Kurt Borgfeldt grinste. «Und ab und zu mal einen Heiermann.»

«Du hättest Zauberer werden sollen, statt zur Sparkasse zu gehen.» Seine Frau warf ihm einen tadelnden Blick zu.

«Ja, Lilleken. Das hätte ich. Du hast immer schon gesagt, dass ich meine Arbeit nicht ernst genug nehme.» Er lavierte sich durch. Das hatte er auch bei den Nazis getan. Und in den ersten Nachkriegsjahren.

Als *Die Worte zum Jahreswechsel* die Tanzmusik des Orchesters Franz Thon ablösten, stand Elisabeth auf und schaltete das Radio aus. Das kam ihr jetzt zu getragen daher. «Ich mache uns Omelettes», sagte sie. Eier hatten sie da, auch ein Stück Emmentaler. Leichtes bieten, wenn schon keine Leichtigkeit.

Vinton Langley hatte am frühen Abend begonnen, die letzte der Kisten auszupacken, mit denen er im Juli 1948 kurz nach der Währungsreform in die kleine Wohnung an der Rothenbaumchaussee eingezogen war. *Folder and Files* stand auf der Kiste. Er hatte diese Ordner mit alten Texten und Studienunterlagen bislang nicht vermisst. Doch nach anderthalb Jahren war es Zeit, endlich anzukommen.

Ihn erstaunte, einen in Leinen gebundenen Band mit Gedichten von Keats in der Kiste zu finden. Ein Zigarrenetui aus schwarzem Krokodilleder, das seinem Vater gehört hatte und dessen Initialen trug. Das gerahmte Bild seines Elternhauses in Shepherds Bush. Zwei grobe Handtücher unbekannter Herkunft, Schallplatten lagen darin eingewickelt. Er hatte ganz vergessen, dass er Bing Crosbys *White Christmas* besaß. Er nahm die andere Platte in die Hand und lächelte, als er das schwarze Etikett mit der goldenen Schrift der Decca sah. Eine Aufnahme mit Tony Martin aus dem Jahr 1947. *All the things you are.*

Er wollte es als Zeichen nehmen.

San Remo

Dass sie endlich ihren Bruder am Apparat hatte, abends um halb zehn. Der erste Tag des Jahres 1950 war schon bald wieder vorbei. Sie hatten die Cicchetti gegessen, eine Flasche

Pigato dazu getrunken, den hiesigen Weißwein. Zu viert. Bixio und Donata waren nicht erschienen, ihrer Schwägerin war schlecht geworden auf der Autofahrt zurück von Ospedaletti, sie hatte sich am Straßenrand übergeben.

Brunos Mutter hatte sich zeitig verabschiedet, ihre Knöchel seien geschwollen, Rosa müsse ihr ein Fußbad mit einem Sud aus Löwenzahnblättern anrichten. *Foglie di tarassaco.* Gianni war gleich danach gegangen, um sich noch mit Freunden zu treffen.

Viel Heiteres, das Heinrich erzählte. Von Gerdas morgendlichem Blick auf den Pan, dessen Flöte ihre Schwägerin zu hören glaubte. Von Billa, dem ersehnten Silberfuchs und einem Verehrer, der es hoffentlich ernst meinte mit ihrer Kusine. Margarethe lächelte. Ihr Bruder hatte schon immer über Kreuz gelegen mit Billa, obwohl er doch beinah neun Jahre älter war. Bei ihr verlor er seine Besonnenheit.

«Und wie geht es euren Kindern?», fragte sie. Ihr Neffe war nur eine Woche älter als Gianni, während der ersten Lebensjahre der beiden, als sie noch alle in Köln lebten, hatten die Jungen aneinandergeklebt.

«Ulrich wird endlich sein Abitur machen. Was danach kommt, steht noch in den Sternen. Und Ursula findet großes Gefallen an der Kunstgeschichte. Leider. Eine brotlose Kunst, Bruno ist da eine Ausnahme.»

«Bruno hat in Köln gut verdient, im Kloster bei den Dominikanern tut er es nicht.» Margarethe glaubte, ihren Bruder nicken zu hören. «Ich bin froh, dass Gianni eine kaufmännische Lehre macht», fuhr sie fort. «Er wird in den Blumenhandel einsteigen. Und wie geht es bei dir in der Galerie?»

«Selbst im Dezember habe ich nur wenige kleinere Bilder verkauft.»

«Wovon lebt ihr?»

«Das wird im Frühjahr eine interessante Frage werden.»

«Im Frühjahr kommen wir wahrscheinlich nach Köln. Spätestens dann sollten wir Lösungen finden, Heinrich. Vielleicht können wir helfen.»

«Du hast gerade selbst von Brunos eher bescheidenen Einnahmen gesprochen. Und auf dem Vermögen sitzt doch wohl noch immer deine Schwiegermutter.»

«Bruno kommt gerade ins Zimmer und lässt herzlich grüßen.» Bruno nickte zustimmend. Margarethe hatte kaum Geheimnisse vor ihm, doch sie zögerte, die Kalamitäten in Köln länger zu erörtern. «Und mach dir keine Sorgen wegen Ursels Zukunft, Köln hat noch ein paar romanische Kirchen, derer sie sich annehmen kann.»

«Ursels Zukunft?», fragte Bruno, als Margarethe das Gespräch beendet hatte. Er ließ sich auf der Chaiselongue nieder.

«Sie hat angefangen, Kunstgeschichte zu studieren. Du warst bei Agnese?»

Ja. Er war noch bei seiner Mutter gewesen, hatte es ausgenutzt, dass sie im Salon festsaß, die Füße im Löwenzahnsud, und eine Flasche Sangiovese aus dem Regal in der großen Speisekammer genommen. Agnese geizte mit dem Rotwein.

«Ich habe uns einen Roten entkorkt. Er atmet in der Küche, aber ich denke, das hat er nun lange genug getan.» Bruno stand auf, um zwei Gläser aus der Vitrine zu nehmen und den Wein einzuschenken. Als er zurückkehrte, lag Margarethe auf der Chaiselongue. Ihr enger Rock mit dem Seitenschlitz war hochgerutscht, sie trug die Seidenstrümpfe, die er ihr zu Weihnachten geschenkt hatte. Er war eigens nach Nizza gefahren, um sie zu kaufen. Dort tummelten sich die Amerikaner und der Luxus.

«Das könnte ein guter Abend für die Liebe werden. Eigentlich schade, dass du das Pessar hast.»

«Dir ist also ernst mit alldem?»

«Sehr ernst.»

«Das alles ist völlig unvernünftig.»

«Ist erwiesen, dass die Vernunft den Menschen glücklich macht?»

«Kein Kind, Bruno. Ich traue mir das nicht mehr zu.»

«Ich habe dich überfallen. *Mi scuso.* Doch denke bitte noch mal darüber nach.»

«Donatas Übelkeit. Vielleicht ist sie ja schwanger. Ich wünsche es ihr.»

«Meine Mutter mutmaßt, dass Donata zu viele Steinpilze gegessen hat, die liegen schwer im Magen.» Er setzte sich neben Margarethe und reichte ihr ein Glas. «Ich hätte gleich zwei Flaschen vom Sangiovese aus ihrer Kammer nehmen sollen.»

«Sie zählt den Wein bestimmt täglich durch», sagte Margarethe. «Nachher gerät Rosa noch in den Verdacht, eine Trinkerin zu sein.»

Bruno stieß sein hochstieliges Kristallglas gegen ihres. «Auf unsere Zukunft, *carissima*. Du und ich sind jung genug, um noch vieles vor uns zu haben.»

Margarethe lächelte. Auch ohne ein zweites Kind, dachte sie.

— 11. JANUAR —

Hamburg

June stand am Fenster und blickte hinaus auf den Klosterstern, in dessen Kreisverkehr nur wenige Autos fuhren, einer der neuen Peterwagen der Polizei und zwei Land Rover der Briten, die in die Rothenbaumchaussee einbogen.

«Wirst du ihm eine Chance geben?» Sie drehte sich zu Nina um. Betrachtete dann die kleine Schachtel mit den kalifornischen Rosinen, die sie in der Hand hielt und beinah zerdrückt hätte.

Nina sah von ihrer Olympia auf, ein Vorkriegsmodell. Die einzige moderne Schreibmaschine im Übersetzungsbüro der Clarkes war eine zwei Jahre alte IBM, an der June arbeitete. Doch nun gab es im Westen ein neues Werk der Erfurter Firma Olympia, Junes Mann Oliver hatte dort in Wilhelmshaven zwei der modernen Maschinen bestellt. Das Büro lief gut. Sie hatten sich auf Pressetexte spezialisiert und arbeiteten vor allem für die Redaktionen der *Zeit*, der *Welt* und für die Nachrichtenagentur *Reuters*.

«Du sprichst von Vinton, nehme ich an», sagte Nina.

Zwei Briefe, die sie von ihm bekommen hatte. Einen kurzen, der am Tag nach Neujahr hier auf ihrem Schreibtisch gelegen hatte, wohl von June deponiert. Vinton bat darin, sie vor seiner Abreise noch einmal sehen zu dürfen. Dieser Brief war genauso unbeantwortet geblieben wie der zweite, längere, am Tag seines Abflugs nach London aufgegeben.

Als Absender hatte er die Adresse eines Hotels in Bayswater genannt. Gab es keine Familie, die ihn in seiner Heimatstadt hätte aufnehmen können?

«Willst du gar nichts über ihn wissen?», fragte June.

Doch. Nina lechzte danach, etwas aus dem Leben des Mannes zu erfahren, der angefangen hatte, sich in ihrem Herzen einzunisten. Wenn ihr nur gelänge, Vinton Langley weniger liebenswert zu finden.

«Was hat er im Krieg gemacht?»

«Eine interessante erste Frage», sagte June. «Er hat geschrieben. Aber nicht als Frontberichterstatter, Vinton hat Nachrichtentexte für die BBC verfasst.»

June Clarke hätte ihr dazu viel mehr sagen können. Doch sie tat es nicht. Sie trat an ihren Schreibtisch und fing an, das knappe Dutzend kleiner Schachteln in eine Tüte zu tun, die sie für Ninas Sohn Jan packte. *Sun Maids.* Von den alliierten Freunden aus Kalifornien. Der kleine Jan liebte die Rosinen.

«Du kennst ihn schon lange?»

«Ja», sagte June. Sie kannte Vinton nicht erst, seit er in Hamburg angekommen war und sie ihn unter ihre Flügel genommen hatte in der fremden Stadt. Aber von ihrem Kennenlernen würde sie Nina ein anderes Mal erzählen, nicht heute.

«Er war also kein Soldat?»

June stellte die Tüte auf Ninas Schreibtisch. «Eine frühe Verwundung», sagte sie. «Kurz nach seiner Rekrutierung. Darum ist ihm der Fronteinsatz erspart geblieben.» Sie dachte über das Wort Verwundung nach. War es das richtige, für das, was Vinton geschehen war am Ende des Jahres 1940?

«Weißt du was von seiner Familie?»

«Nur, dass seine Eltern tot sind.»

«Ist er deinetwegen nach Hamburg gekommen?»

«Nein. Er wollte weg aus London. Vinton hat unsere Wohnung in der Rothenbaumchaussee übernommen, als er hierherkam. Sie war zu klein geworden für Oliver und mich. Wir fingen an, uns zu streiten, wenn wir die Schrankbetten aufklappten.»

«Vielleicht will die BBC ihn nach England zurückholen.»

«Wünschst du dir das?», fragte June.

Nina blickte auf den Text über Erdnussfelder in Rhodesien, den sie gerade ins Deutsche übersetzte, und tat, als konzentriere sie sich darauf. Viel zu weit schon hatte sie sich vorgewagt mit ihren Fragen.

June setzte sich an ihre Schreibmaschine. «Gestern hat mir unsere Nachbarin eine dieser Karten vom Roten Kreuz gezeigt. Im März 1946 geschrieben. Ihr Mann ist als Kriegsgefangener in einem Lager im Kaukasus. Sie nimmt an, dass die Russen ihn nicht gehen lassen, weil er Arzt ist. Er ist noch nützlich für sie.»

«Warum erzählst du mir das, June?»

«Unsere Nachbarin hat Kontakt zu ihm über eine Postfachnummer, die auf dieser Karte genannt ist. Sie schreiben einander.»

«Ich habe keine Karte vom Roten Kreuz.»

June nickte. Das war ihr bekannt.

«Willst du mir sagen, dass mein Mann tot ist? Das ist er nicht. Joachim wird seit dem März 1945 lediglich vermisst.»

Sie schwiegen beide für die verbleibende Stunde des Nachmittags.

«*Don't forget the raisins*», war das Erste, was June wieder sagte, als Nina aufstand und ihre Tasche packte. Selten, dass sie englisch sprach. Deutsch hatte sie schon als Dreijährige von ihrer Kinderfrau gelernt.

Nina trat aus dem Haus und ging quer über den Klosterstern, um den Weg zur Streekbrücke einzuschlagen. Die kahlen schwarzen Bäume des Januars, die dort im Kreis standen, schienen sich zum Totengesang aufgestellt zu haben für einen, den Nina nicht loslassen wollte.

Köln

Heinrich Aldenhoven war vor die Galerie getreten und sah hinüber zum Denkmal des Adolph Kolping, das vor den hohlen Fenstern des Wallraf-Richartz-Museums stand. Schnee war gefallen und hüllte die Ruinen der Fassade gnädig ein.

In einer halben Stunde würde er den Laden schließen, kaum zu erwarten, dass bis dahin noch ein Kunde kam. Er drehte sich um und betrachtete das eigene Schaufenster, ein Aquarell war nun das zentrale Bild der Auslage. Er hatte es in Kommission genommen, eine Landschaft im Vorfrühling, Birken, ein noch kahles Feld, von Stacheldraht umgeben. Zarte Farben. Helles Grau. Ein Hauch von Aprikose.

Das Ölgemälde vom Ananasberg hatte er heute aus dem Fenster genommen. Am Ladentisch lehnte es nun, bereit, in festes weißes Papier gepackt und mit einer Kordel verschnürt zu werden, um morgen auf Gerdas Gabentisch zu liegen.

Er kehrte in den Laden zurück, schloss die Tür hinter sich und trat an den Tisch. Lange hatte er nicht mehr ein solch beglückendes Geschenk für Gerda gehabt. Heiterer heller Sommer leuchtete aus dem Bild. Den Preis hatte er von zweihundert auf vierhundert Mark hochgesetzt, um zu verhindern, dass es im letzten Augenblick einen Käufer fand. Dabei hätten knisternde Hundertmarkscheine in der Kasse das Haushaltsgeld für viele Wochen garantiert.

Heinrich zuckte leicht zusammen, als die Ladentür vehement geöffnet wurde, der Luftzug das Papier auf dem Tisch wehen ließ. Ihm fehlte die Klingel, die zerbrochen war, ihre angenehme kleine Tonfolge, er wollte sich um eine ähnliche kümmern.

Es hatte wieder zu schneien angefangen, dem Mann, der eintrat, lagen weiße Flocken auf Hut und Schultern. Hatte er den Gruß überhört?

«Das Bild im Fenster.» Die Augen des Mannes blickten umher.

«Das Aquarell», sagte Heinrich. «Eine anmutige Vorfrühlingsstimmung.»

«Nein. Das Bild, das vorher im Fenster war. Dessen Preis sich verdoppelt hat.»

Heinrich zögerte. Er hätte den *Ananasberg* längst aus dem Schaufenster nehmen sollen. Aber das Bild als Aushängeschild hatte der Galerie Glanz gegeben.

Nun fiel der Blick des Mannes auf das Ölbild, das am Tisch lehnte. «Da ist es ja. Ich zahle Ihnen den höheren Preis, auch wenn mich dieses Gebaren befremdet.»

Heinrich Aldenhoven schwieg.

Gerdas Gabentisch. Die Kinder schenkten ihr eine Mappe mit Briefpapier. Von Margarethe war ein Päckchen angekündigt. Heinrich wusste nicht, was seine Kusinen vorgesehen hatten. Aber ihm bliebe dann nur der schmächtige Band mit der Erzählung eines jungen Kölner Schriftstellers. *Zwischen Lemberg und Czernowitz.* Eine Kriegsgeschichte. Für das Heitere sollte der *Ananasberg* sorgen.

«Sie wollen das Bild nicht verkaufen?»

«Es ist als Geburtstagsgeschenk für meine Frau gedacht.»

«Geht Ihre Galerie so gut, dass Sie auf mein Angebot verzichten können?»

Heinrich hasste Versuchungen. Wann hatte er das letzte Mal vierhundert Mark in den Händen gehabt? «Warum liegt Ihnen so viel an dem Bild?»

«Ich kann mir leisten zu kaufen, was mir gefällt. Nehmen Sie das als Erklärung.»

«Gefällt Ihnen nichts anderes hier?», fragte Heinrich. Ihm kam in den Sinn, dass sie eine Ladung Briketts brauchten und die letzte Rechnung beim Kohlenhändler noch nicht bezahlt worden war.

«Nein. Keine bunten Bilder vom Heinzelmännchenbrunnen. Und das Aquarell sieht aus, als sei es euphemistische Kunst aus einem russischen Kriegsgefangenenlager.»

Heinrich zwang sich zu einem Lächeln. «Das tut mir leid.» Er atmete tief durch, endlich hatte er sich entschieden. «Das Bild ist tatsächlich nicht verkäuflich» sagte er. «Sie und ich sollten nicht länger des anderen Zeit in Anspruch nehmen.»

Der Zorn des Mannes war noch zu spüren, als er längst den Laden verlassen hatte. Und dennoch. Eine große Erleichterung, die über Heinrich kam. Er war standhaft geblieben. Der heilige Heinrich einmal gänzlich unvernünftig.

Das Hochgefühl trug ihn durch die dunklen winterlichen Straßen hin zum Neumarkt, das gut verschnürte große Paket unter den Arm geklemmt. Er stieg in die Straßenbahn, die durch das Hahnentor fahren würde und die Aachener Straße entlang. Keine Seele durfte wissen, dass er all das Geld ausgeschlagen hatte.

Hamburg

Die Tür zur Küche war nur angelehnt. Nina hörte Jans Stimme und die vom Jüngsten der Blümels, der von *Kließla* erzählte. Was immer sich dahinter verbarg, es war vermutlich essbar. Der Junge konnte ausdauernd über die Freuden der schlesischen Küche sprechen, er schien nie satt zu sein. Waren die Kinder ohne Aufsicht? Nein. Sie hörte die Stimme ihrer Mutter. Erst einmal ins Schlafzimmer schleichen. In diesen Tagen hatte sie ein großes Bedürfnis, allein zu sein.

Auf dem Ehebett der Eltern, in dem Jan, Nina und der Bär schliefen, lag ein kleiner Stapel Blusen. Das Kleid mit dem Samtbolero, das sie an Silvester getragen hatte, hing gebügelt am Kleiderschrank. Frau Tetjen hatte es auf ihrer alten *Adler* genäht, schwarze Kunstseide, kleine goldene Monde darin, den Stoff hatte Kurt kurz vor der Währungsreform gegen ein Raucherservice aus Kristall getauscht. Sie konnte sich nicht erinnern, ob ihr Vater oder ihre Mutter je geraucht hatten, dass sie dieses Service so lange in ihrer Vitrine aufbewahrten.

Jockel rauchte. Ob er in Russland an Zigaretten kam? Was wusste sie denn von seinem Leben als Kriegsgefangener. Fünfunddreißig Grad unter null seien die aktuellen Temperaturen dort, hatte June aus der Zeitung vorgelesen. Nina hob den Stapel Blusen auf, doch dann legte sie ihn zurück aufs Bett, ging zu dem Nachttisch, der auf ihrer Seite stand, und nahm das gerahmte Foto von Jockel. Er hatte sich nicht in Uniform fotografieren lassen, trug auch auf diesem Bild zivile Kleidung, den grauen Wollpullover, den seine Mutter ihm gestrickt hatte, ein kühler Apriltag war es gewesen. Der letzte Heimaturlaub. Hoffentlich fror er nicht allzu sehr.

Die alte Frau Christensen. Sie war schon so genannt

worden, als Jockel und Nina einander kennenlernten. Vierundvierzig Jahre alt war sie gewesen, als ihr einziger Sohn geboren wurde. Ihren Enkel hatte sie noch gesehen, doch sie war gestorben, ohne zu wissen, dass Joachim Christensen in Russland als vermisst galt. Nina setzte sich auf das Bett neben den Stapel Blusen, die Fotografie in der Hand.

Das war das Bild, das sich Elisabeth bot, als sie die Zimmertür öffnete. «Du bist ja schon da, Nina», sagte sie. «Komm zu uns in die Küche. Ich habe ein Stück Aal. Papa hat ihn mitgebracht, ein Bestechungsgeschenk für den Werbeleiter der Sparkasse. Dazu gibt es Schwarzbrot.»

«Ist Papa denn da?»

«Er ist noch mal zur Zentrale zurückgefahren. Der Neujahrsempfang.»

«Isst der kleine Blümel bei uns?»

«Otto geht nach oben. Da gibt es Klöße mit Specktunke.»

«Ich habe kalifornische Rosinen für Jan.» Sie schämte sich, weil sie nicht wollte, dass ihr Sohn die kostbaren Päckchen mit Otto teilte. Der würde den Rosinen, die sich Jan sorgsam einteilte, in Sekunden den Garaus machen.

«Papa hat heute endlich an die Sparbüchse für Jan gedacht. Ein großer Fliegenpilz, unter dem zwei Zwerge sitzen. Die beste Büchse aus der Kollektion, sagt er.»

Nina stand auf und stellte die Fotografie zurück. Nahm eines der Rosinenpäckchen aus der Tüte. Otto kam aus der Küche, als sie in den Flur traten. «Nu geh ich hinauf zu den Kließla», sagte er.

«Dann nimm noch das hier für den Nachtisch mit», sagte Nina.

«Recht schönen Dank.» Otto machte einen kleinen Diener. June hatte einmal gesagt, wie sehr es sie erstaune, dass die Mädchen in Deutschland knicksten und die Jungen einen Diener machten. In England tat man das nur vor der königlichen Familie.

Jan saß auf dem Küchensofa und schepperte mit seiner Sparbüchse. «Guck, Mami. Ein Fliegenpilz. Schon vier Groschen drin. Von Opa.»

«Opa ist von der großzügigen Sorte», sagte Elisabeth. Sie wickelte den Aal aus dem Zeitungspapier. Kurt hätte ihn nicht annehmen dürfen.

«Igitt. Den esse ich nicht», sagte Jan. «Kein Stück.»

Elisabeth schnitt den Aal in drei Stücke. «Das dritte ist für Kurt», sagte sie zu Nina. «Ich mache dem Jungen Rührei.»

«Du bist auch von der großzügigen Sorte. Gleich Rührei anbieten.»

«Zu essen haben wir Gott sei Dank genügend. Anders als die Kölner. Gerdas größter Wunsch ist, dass Heinrich endlich ein Bild gut verkauft», sagte ihre Mutter.

«Hungern werden sie hoffentlich nicht», sagte Nina.

Köln

Das Haus erleuchtet, als gehörten ihnen die Elektrizitätswerke. Er hatte es schon von weitem gesehen, als er durch die Paulistraße ging. Heinrich trat auf die Tür zu und zog den Schlüssel aus der Tasche des Wintermantels, öffnete, schob das Paket mit dem Bild hinter die langen Mäntel an der Garderobe. Erst schauen, wer zu Hause war, dann den *Ananasberg* ins Wohnzimmer bringen und oben auf den Bücherschrank legen, bis er später am Abend mit den Kindern den Gabentisch deckte.

Aus der Küche kam Kuchenduft. Gerda würde doch wohl

nicht ihren eigenen Geburtstagskuchen backen? Aber es war seine Tochter, die in der Küchentür erschien.

«Du bist es, Papa. Ich dachte, Mama und Lucy seien von Stüssgen zurück. Mir fehlt die Blockschokolade für den Guss.»

«Gut. Dann trage ich mal das Geschenk ins Wohnzimmer.»

«Ist es das, von dem du mir erzählt hast?»

«Willst du das Bild sehen?»

Ursula öffnete die Backofentür und warf einen Blick auf den Rodonkuchen, den sie gerade hineingestellt hatte. «Lass uns in mein Zimmer gehen. Dort können wir das Bild auch erst einmal deponieren.»

«Wo sind Ulrich und Billa?», fragte Heinrich, als sie zu den beiden kleinen Zimmern unter dem Dach stiegen, die von den Kindern bewohnt wurden.

«Wo mein Bruder steckt, weiß ich nicht. Billa ist bei ihrem Galan, Günter heißt er.»

«Hat den eigentlich schon jemand zu Gesicht bekommen?»

«Ich jedenfalls noch nicht. Zeig mir mal das Bild», sagte Ursula.

Er legte das Paket auf das Schlafsofa, löste den Knoten der Kordel und das Papier. Blickte beinah andächtig auf das ihm seit Wochen vertraute Gemälde.

«O ja. Das ist schön. Ich begreife nicht, dass es keinen Käufer gefunden hat, es hätte uns sicher einen Haufen Geld gebracht.»

Heinrich blickte zu dem kleinen Fenster, die schwarze Nacht davor ließ die Eisblumen glitzern. «Ist es hier oben immer so kalt?», fragte er.

«Uli und ich arbeiten in der Küche. Und nachts ziehen

wir unsere alten Skipullover über den Schlafanzug. Ich schaue mal nach dem Kuchen.»

Er packte das Bild wieder ein, bevor er seiner Tochter nach unten folgte. Besser, es auf den Bücherschrank zu legen. Wenn Gerda zurück vom Einkaufen kam, gelänge ihm kaum, den *Ananasberg* unbemerkt nach unten zu tragen. *Einen Haufen Geld gebracht* hallte es noch in seinen Ohren.

Auf dem Telefontisch stand ein Postpaket, das schon geöffnet war. Kemm'sche Kuchen, das deutete auf die Hamburger hin. Vier Tafeln Sprengel Vollmilch. Ein kleiner Karton, der mit Schleifenband umwickelt war. Eine verschneite Ansicht der Lombardsbrücke auf der Karte. Er erkannte Elisabeths Handschrift.

Wo war es geblieben, das Hochgefühl, dem potenziellen Käufer widerstanden zu haben? Die Kinder froren, Gerda kaufte bei Stüssgen nur noch das Nötigste.

Er hörte Geräusche und trat in die Diele, in der Gerda mit dem vollen Einkaufsnetz stand.

«Gut, dass du schon da bist», sagte sie. «Die Straßen fangen an, glatt zu werden.»

«Und du hast deine leichten Schuhe an. Warst du nicht mit Lucy unterwegs?»

«Sie trifft sich noch mit Freundinnen auf ein Schnitzel im Haus Scholzen.»

«Wo haben meine Kusinen nur das Geld für die Vergnügungen her?»

«Lucy hat erzählt, dass ihr Vater ihnen ein kleines Aktienpaket vermacht hat.»

«Das wusste ich nicht.» Heinrich sah konsterniert aus. «Und das ließ sich über die Währungsreform retten? Doch sicher nur mit großen Einbußen.»

«Langsam steigt es wieder an Wert.»

«Seit wann weißt du das alles?»

«Seit sie vorhin zwei Flaschen Deinhard und Lachsschinken gekauft und mir für morgen geschenkt hat.»

Er fühlte sich hintergangen. Seit Sommer '43 lebten die beiden bei ihnen. Hatten nichts in die Haushaltskasse getan außer den zehn Schachteln Lucky Strike, die Lucy kurz nach dem Krieg von einem amerikanischen Verehrer bekommen hatte. Heinrich nahm Gerda das Netz ab. «Geh schon mal ins Wohnzimmer. Ich will dir was zeigen.» Ein jäher Entschluss, ihr das Bild schon am Vorabend des Geburtstags zu präsentieren.

Hielt er den Atem an, als er den *Ananasberg* enthüllte? Was hätte man alles kaufen können. Doch das Glück in Gerdas Gesicht erlöste Heinrich Aldenhoven.

— 24. JANUAR —

San Remo

Margarethe traf Dottor Muran im Treppenhaus, als der gerade die Tür im zweiten Stock hinter sich zuzog. Donata litt seit Wochen an Magenschmerzen. Dass der Arzt der Familie nun einen Hausbesuch machte, schien Anlass zur Sorge zu sein. Doch Dottor Muran schüttelte den Kopf.

«*Chiede a Donata cosa le sta sullo stomaco*», sagte er nur.

Was Donata im Magen lag? Nein. Sie war nicht darauf gekommen, ihrer Schwägerin diese Frage zu stellen. Was meinte der Dottore? Donatas Kinderlosigkeit? Muran war ihr schon vorausgeeilt, als Margarethe über den gepflasterten Hof des Erdgeschosses ging, wo in alten Zeiten die Kutsche durch das Tor hineingefahren war. In der Remise standen Bixios Alfa und der alte Lancia, falls Bruno das Auto zuletzt benutzt hatte. Gianni machte kaum Gebrauch von der Remise, zog das Parken am Straßenrand vor, als trainiere er den Beruf des Fluchtwagenfahrers.

Sie trat auf die Straße und entschied, einen Blick in die Schaufenster von Enrico Cremieux zu werfen, bevor sie in die Via Palazzo ging, um *Trippa* zu kaufen, die es nur am Dienstag in der Macelleria gab. Trippa mit weißen Bohnen. Eines von Brunos Leibgerichten. Zu Beginn ihrer Ehe hatte Margarethe sich geweigert, die Kutteln zuzubereiten, doch die adretten weißen Streifen, die der Metzger hier anbot, hatten nichts mit den Innereien zu tun, die Kölner als Hundefutter kannten.

Erste Frühlingskleider bei Cremieux, vielleicht konnte sie eines anprobieren und Gerda im März mitbringen, ihre Schwägerin und sie hatten die gleiche Kleidergröße. Die Handschuhe, die sie ihr zum Geburtstag geschickt hatte, waren erst Tage danach in Köln angekommen, das leidige Lied mit der italienischen Post.

Es mache nun wieder Freude, über die Hohe Straße zu gehen, hatte Heinrich gesagt, viele Geschäfte seien zurück, wenn auch meist noch in einstöckigen Gebäuden. Billa drücke sich die Nase am Schaufenster vom Pelzhaus Malkowsky platt. Margarethe war vor zwei Jahren zum letzten Mal in ihrer Heimatstadt gewesen, da hatten noch fliegende Händler vor den Trümmern gestanden.

Wenn Bruno seine *Trippa con fagioli* gegessen hatte, wollte sie die Märzreise in trockene Tücher bringen. Gianni hatte am Ende des Monats Ferien, an Ostern konnten sie dann wieder zu Hause in San Remo sein.

Glaubte sie daran, dass sich bald etwas an ihrer Adresse Via Matteotti ändern würde? Halbherzige Versuche, ein anderes Domizil zu finden. Zu teuer. Zu ländlich. Eine Wohnung in bester Lage aufgeben, um sich Agnese vom Hals zu halten?

Donatas Magen. Ihre Schwägerin und sie sprachen viel zu wenig miteinander, Gerda in Köln stand ihr näher, obwohl sie entfernt voneinander lebten.

«*Buon giorno, Signora Canna.*»

Margarethe grüßte lächelnd zurück. Eine junge Frau aus Giannis Freundeskreis. Carla. Die würde ihr gefallen, als Schwiegertochter. Später einmal. Gianni war noch keine zwanzig. Ihr Sohn wurde schon von seiner Großmutter gedrängt, eine Familie zu gründen, Grund genug, sich zurückzuhalten.

Vor der Via Palazzo zögerte sie. Vielleicht doch noch ein paar Schritte über den Markt gehen. Am Blumenstand blieb sie stehen, kaufte von den tiefroten Ranunkeln, entschied sich wie immer gegen die Mimosen, als dürfe es die nur als *Strüssjer* im Rosenmontagszug geben. Keine Blume, die auf Vasen verteilt werden wollte.

Mimöschen hatte ihre Mutter gesagt. Meinte nicht Margarethe oder ihre beiden Schwestern, Heinrich war das Mimöschen gewesen. Das sensibelste der vier Kinder.

Sie ging zur Via Palazzo zurück, die Bars füllten sich an den Markttagen schon am Vormittag. Nicht nur Espresso, der über die Theken ging, auch kleine Gläser Wein.

Vor dem Laden des Wild- und Geflügelhändlers hing neben Fasan und Schneehuhn ein Eichhörnchen. Abstoßend. Nach wie vor.

Eine große Portion Trippa, die sie in der Metzgerei kaufte. Erst einmal in den Kühlschrank damit, dann die Bohnen einweichen. Auch wenn ihre Schwiegermutter oft Margarethes Eignung zur gnädigen Frau anzweifelte – dass sie selbst kochte, wurde gebilligt. Am Herd überließ auch Agnese längst nicht alles ihrem Dienstmädchen.

Die roten Ranunkeln würde sie Donata bringen. Vielleicht ließ sich erfahren, was deren Magen zu schaffen machte.

— 2. FEBRUAR —

Hamburg

Vinton trug den Koffer aus dem Gebäude des Fuhlsbütteler Flughafens, der im Krieg kaum Schaden genommen hatte. Der Betrieb war von der britischen Armee gleich nach Kriegsende wiederaufgenommen worden. Noch war sie die Hausherrin des Airports Hamburg, auch wenn er seit September 1946 wieder für den zivilen Luftverkehr genutzt wurde. In den Jahren 1948 und 1949 war er einer der Flughäfen gewesen, von denen die Rosinenbomber zur Versorgung der Berliner Bevölkerung während der sowjetischen Blockade starteten und landeten.

Nicht nur des Regenschauers wegen, dass er in ein Taxi stieg, er wollte rasch ankommen in der Rothenbaumchaussee. Eine erste Ahnung, heimisch zu sein in dieser Stadt.

Er hatte sich gegen London entschieden, das Angebot der BBC, zu einem Team zu gehören, das mit einer neuen Nachrichtensendung vors Mikrophon trat, kam zu spät. Vor Jahren hätte es ihn glücklich gemacht, doch zu der Zeit war noch ein Kratzen in seiner Stimme gewesen, und das Zittern, das abrupt kam, hatte er kaum kontrollieren können. Der Traum, Rundfunkreporter zu werden, hatte sich damals nicht verwirklichen lassen.

Jetzt war er längst ein Zeitungsmann geworden, es ging ihm gut dabei, der gedruckte Text schien ihm weniger flüchtig. Doch gelegentlich dachte er mit Wehmut an sein

Idol. Im Herbst 1940 war er neunzehn Jahre alt geworden, hatte darauf gewartet, Soldat zu sein, als er zum ersten Mal von jenem Journalisten hörte, der von Londoner Dächern aus seine Radioreportagen nach Amerika sendete, um den Hörern dort live vom Luftkrieg über Großbritannien zu berichten.

Erst nach dem Krieg hatte er dann mit eigenen Ohren eine der Reportagen des Ed Murrow gehört. Das Heulen der Sirenen. Die Flugabwehrkanonen. Die Explosionen. Und über dem Knistern der Flammen die Stimme des Reporters, nahezu literarische Worte aus dem Inferno.

Einer wie Murrow wäre er gern geworden. Doch die Zeit ließ sich nicht zurückdrehen. Nicht bei der BBC im Bush House in London würde er arbeiten, sondern hier in Hamburg in der ehemaligen Druckerei Broschek, in der die Redaktion der *Welt* saß.

Nina nah sein. Würde sie denn Nähe erlauben? Er hatte nach dem zweiten Brief keinen Versuch mehr unternommen, Kontakt aufzunehmen. Briefe konnten zerrissen werden. Türen zugeschlagen. Telefonhörer auf die Gabel gelegt. Was sollte er tun? Vor ihrem Haus kampieren? Vielleicht am Nachmittag zum Klosterstern gehen?

I capture the office, dachte Vinton Langley, als er in der Rothenbaumchaussee aus dem Taxi stieg und seinen alten Koffer vom Fahrer entgegennahm. Nun schien schon wieder die Sonne.

Nina hatte einen Gang über den Eppendorfer Baum gemacht, der Tag arbeitete die eine Stunde Sonne ab, die vorhergesagt war für diesen regnerischen Donnerstag. Sechs Grad plus, sie nahm die Temperaturen aufmerksamer wahr, seit sie von den Minusgraden in Russland wusste.

Im Fischladen von Schmidt kaufte sie ein Krabbenbrötchen, das gönnte sie sich gelegentlich, ging bis zur Hegestraße vor und wandte sich dann der Buchhandlung Heymann zu. Ins Brötchen beißen und dabei Bücher in der Auslage betrachten. Gute Augenblicke, die nur ihr gehörten.

Das Buch von Truman Capote hatte sie schon im Original gelesen, June hatte es ihr geliehen. Besonders war ihr die Fotografie des Autors auf der Rückseite des Umschlags im Gedächtnis geblieben, ein kindlicher Mann, dem daran zu liegen schien, lasziv zu wirken. Daneben im Schaufenster lag Werner Bergengruens *Der Teufel im Winterpalais*. Als Kind hatte sie seine Geschichten vom Zwieselchen geliebt, später vor allem seine Erzählung vom *Spanischen Rosenstock*, da kannte sie Joachim schon. Ihr Blick blieb an einem Buch der Anna Seghers hängen. *Die Toten bleiben jung*. Warum zog sie dieser Titel an? Sie sollte aufhören, morbide zu sein.

Blieben Witwen jung? Oder alterten sie früher? Im September würde sie dreißig Jahre alt werden. In einer Schaufensterscheibe ihr Spiegelbild, ein letzter Strahl Sonne, bevor sich dunkle Wolken davorschoben. Nein. Sie war keine Witwe.

Nina ging auf den Klosterstern zu, um an der Ecke Jungfrauenthal vier Treppen hochzusteigen und sich einer Übersetzung zur Lage im Saarland zu widmen.

«Das ist keine gute Idee», sagte June. Sie war viel zu spät von einem Termin in der Stadt zurückgekommen, als sie vor dem Haus eintraf und in Vinton hineinlief.

Er zog die Brauen hoch und sah sie fragend an.

«Ich nehme nicht an, dass du meinetwegen einen Besuch im Büro machst. Du, Oliver und ich sehen uns heute

Abend.» Sie waren in einem Club verabredet, der den Briten vorbehalten war, Begrüßungsdrinks zu Vintons Rückkehr.

«What about *Welcome home, Vinton?*»

«*Welcome home, Vinton*», sagte June. «Das Büro ist für Nina ein Zufluchtsort. Da kannst du sie nicht überfallen.» Sie schaute auf ihren tröpfelnden Schirm.

«Dein Büro ist ein Zufluchtsort? *You really mean a retreat?*»

«Verglichen mit dem Schlafzimmer ihrer Eltern, wo sie das Bett mit ihrem fünfjährigen Sohn und einem Bären teilt, der Küche, in der sie selten allein ist.»

«Einem Bären?»

«Einem Stoffbären.»

«Was soll ich tun, June? Vier Wochen London, und ich bin nicht geheilt. Warum darf ich sie nicht lieben? Glaubst du, der Wehrmachtssoldat lebt?»

«Nenn ihn nicht so in ihrer Gegenwart.»

«Nein», sagte Vinton.

«Geh nach Hause und pack deine Koffer aus. Wir sehen uns heute Abend.»

«Du überschätzt den Umfang meines Gepäcks.»

«Nimm meinen Schirm», sagte June. Doch er drehte sich um und ging im Regen Richtung Rothenbaumchaussee. June schaute dem hochgewachsenen jungen Mann nach, er schien ihr noch immer so schutzbedürftig wie als Neunzehnjähriger in Shepherds Bush, als er am 29. Dezember 1940 in ihr Leben gekommen war.

Die Saar sei deutsch. Nina übersetzte Adenauers Zitat und las sich eher lustlos durch den laufenden Text. Der Kanzler der jungen Bundesrepublik war eigens von Bonn ins hessische Homburg gereist, um den Hohen US-Kommissar McCloy auf seine Seite zu bringen und deutlich zu machen, wie sehr ihn die starre Haltung Frankreichs in der Saar-Frage beunruhigte. Ein Seufzer, mit dem sie June begrüßte.

«Ich war zu lange weg», sagte June. «Tut mir leid.»

«Keine Sorge. Nur der Text für *Reuters*, der nicht sehr anregend ist.»

«Vinton Langley ist zurück aus London.»

Nina sah hoch. «Um in Hamburg zu bleiben?»

«Ich sehe ihn am Abend. Dann erfahre ich mehr.»

«Vielleicht hat er einen Vertrag bei der BBC unterschrieben und löst hier alles auf.»

«Ja», sagte June. «Dann könntest du in deinem Dornröschenschlaf verharren.»

«Das ist nicht nett von dir.»

«Ich war froh, als du unsere Einladung zu Silvester angenommen hast. Nicht, um dich mit Vinton zu verkuppeln. Ich konnte kaum vorhersehen, dass da zwischen euch etwas aufblitzt. Doch dann läufst du davon vor lauter Angst, das Leben könne noch anderes vorhaben mit dir, als auf deinen Joachim zu warten.»

Nina stand auf und trat ans Fenster. Kaum zu glauben, dass am Mittag die Sonne geschienen hatte. Alles dunkel und nass. Leute zogen die Köpfe ein, eilten mit ihren Schirmen zum Postamt. «Ich kann nicht anders», sagte sie. «Verstehst du das nicht? Keiner, der mir garantiert, dass Joachim lebt. Aber auch keiner, der seinen Tod bezeugen kann.»

«Du verpasst dein Leben, Nina. Pendelst zwischen diesem Büro und der Küche deiner Eltern, dem Bett, das du dir mit deinem Sohn teilst.»

«Ich weiß.» Nina setzte sich wieder an ihre Schreibmaschine. Sah auf den Text. Konrad Adenauer, der seinen

Chauffeur über die Höhen des Westerwaldes und des Taunus hetzte, um den Deutschen das Saarland zu erhalten.

«Nimm dir das Heitere. Tanzen mit Vinton. Einen Cocktail trinken.»

«Er ist keiner, der mit einem kleinen Amüsement zufrieden wäre.»

«Das stimmt», sagte June. «Er ist ein sehr ernsthafter junger Mann.»

«Er ist jünger als ich. Nicht wahr?»

«Nur ein Jahr.»

Beide blickten zur Tür, in der Oliver Clarke erschien, Pakete im Arm. Kohlepapier. Schreibmaschinenpapier. Der Schriftzug von *Pelikan* auf den Paketen. «Darlings, ihr solltet Schluss machen, der Abend bricht an.»

June seufzte. Olivers Erscheinen unterbrach ein Gespräch, das sich hoffnungsvoll entwickelt hatte. Vielleicht ließe sich Nina doch auf eine Verabredung ein.

«Wo treffen wir uns heute Abend mit Vinton?», fragte Oliver.

«Im Four Seasons», sagte June. Der Club im Keller des Vier Jahreszeiten.

«Grüße ihn von mir», sagte Nina. Kaum hörbar. Doch June hörte es.

Köln

«Ursel und du», sagte Heinrich Aldenhoven.

Er hatte von Anfang an Gerda in dieser jungen Frau gesehen, die das Kind an der Hand hielt und mit ihm unter den Bäumen des Hofgartens spazieren ging.

Gerda lächelte. «Du hältst abendliche Andachten vor dem Bild.»

«Dir gefällt es doch?» So oft schon hatte er sich dessen versichert, und noch immer verschwieg er, dass er einen Käufer für den *Ananasberg* gehabt hätte.

Gerda setzte sich auf die gepolsterte Armlehne des Gobelinsessels, in dem Heinrich saß. «Du weißt, dass es mich beglückt», sagte sie.

Das Aquarell hatte er am vergangenen Freitag verkauft. An eine Frau, die sich erinnert fühlte an die Kargheit der Landschaft ihrer kurischen Heimat. Hundertzwanzig Mark hatte er verlangt, die sie gerne bezahlte. Vermutlich war der Preis viel zu niedrig angesetzt. Billa hatte recht, wenn sie ihm vorwarf, kein Kaufmann zu sein. Diese Seite der Galerie hatte ihn so lange nicht interessiert, bis die finanzielle Lage prekär wurde.

«Vielleicht sollten wir die Galerie gemeinsam führen», sagte Gerda, als läse sie seine Gedanken. «Die Kinder sind groß, keiner, um den ich mich den ganzen Tag kümmern müsste. Du könntest dich auf die Kunst konzentrieren.»

Heinrich legte den Arm um seine Frau. «Viel Kunst ist nicht mehr bei uns.»

«Das ließe sich ändern.»

«Ich würde gerne wieder zu einem anderen Niveau finden. Das die Galerie vor dem ersten Krieg gehabt hat und kurz danach. Neue Kunst einkaufen. Es tut sich was im Land. Nicht nur die Literaten gründen Gruppen, auch die Maler. Gustav Deppe. Emil Schumacher. Die Künstlervereinigung Junger Westen.»

«Du hast noch Ambitionen als Kunsthändler. Das ist gut.»

«Ja», sagte Heinrich Aldenhoven. «Auch wenn die anderen Galerien uns längst überholt haben. Deren Vorsprung werden wir kaum aufholen.»

Gerda nahm einen der Clips vom Ohr, die Elisabeth ihr zum Geburtstag geschenkt hatte. Bernstein, den sie als Kinder immer vergeblich am Strand von Timmendorf gesucht hatten. Damals, als sie sich kennenlernten, zehn und elf Jahre alt. 1912.

«Drücken sie?»

«Ja», sagte Gerda.

«Deine Ohrläppchen gefallen mir gut ohne die Clips.»

«Ich weiß, dass du ein Purist bist.»

«Die Konkurrenz ist groß», sagte Heinrich. «Alle stürzen sich auf die Kunst, die als entartet verpönt war. Nun wird sie nahezu gefällig. Wenn ich daran denke, dass Vater die Galerie einst mit den frühen Bildern Mackes begann.»

Er hatte an der Front in Frankreich gestanden, als er Ende Oktober 1914 aus einem Brief des Vaters erfuhr, dass August Macke in der Champagne gefallen war. Nicht weit von dem Graben, in dem Heinrich kämpfte, war er gestorben.

Hatte Heinrich gekämpft? Sein Vaterlandsgefühl nach der Kriegserklärung war flüchtig gewesen. Er versuchte früh, einfach nur zu überleben. Dass er es geschafft hatte, nur einen Armdurchschuss erlitt, der gut verheilt war, betrachtete er als eines der Wunder seines Lebens.

«Wir werden eine Nische finden. Warum nicht auf einen impressionistischen Maler setzen, wenn sich alle auf die Expressionisten stürzen.» Gerda blickte zum *Ananasberg*.

«Uns fehlt das Geld für große Ankäufe. Nicht alles lässt sich in Kommission nehmen. Wir haben kein Kapital, Gerda. Auf dem Haus liegt noch eine Hypothek.»

Die lag da, seit er Margarethe ausbezahlt hatte nach dem Tod der Eltern.

«Ich habe noch Schmuck von deiner Mutter.» Sie hatte ihn damals mit Margarethe geteilt. Trug das schwere goldene Medaillon kaum. Auch nicht die Kamee-Brosche.

«Den behalte bitte, und wenn es für Ursel ist und Ulis zukünftige Frau.»

«Dann geh auf Talentsuche. An die Kunstakademie in Düsseldorf. Und auch in Köln wird es doch sicher Ateliers junger begabter Maler geben.»

«Ja. Ich habe von einem gehört. Dessen Zeichnungen vom zerstörten Köln im Dialog mit meiner bunten Heimatkunde, das könnte interessant werden.» Nahm er denn ernst, was er da sagte?

«Lass es uns versuchen», sagte Gerda. «Nur wer wagt, gewinnt.» Sie löste sich aus seinem Arm und lauschte in die Diele hinein, dachte, Ursel sei gekommen.

In dem Augenblick stieß Ursula gerade gegen den kleinen viereckigen Tisch, in der Absicht, die Beine elegant übereinanderzuschlagen. Schwarze lange Wollstrümpfe, die sie zum engen Rock trug, ihre Beine sahen gut darin aus. Das Cocktailglas mit dem Rest des Americano und der Apfelsinenscheibe am Rand schob sich gegen den gläsernen Aschenbecher. Das Glas klirrte.

Eleonora Campi, Gigis Schwester, die hinter der Theke stand, beobachtete sie und lächelte. Ihr gefiel die Studentin, die oft mit einer Gruppe junger Leute in der Eis-Diele saß und zu den wenigen gehörte, die sich nicht in Gigi verguckten.

«Noch einen Americano, Ursula?»

«Besser einen Espresso.» Sie hatte nicht vor, lange zu bleiben. Eigentlich war sie in der Erwartung gewesen, Freunde zu treffen, nun würde sie den Abend nutzen, um häuslich zu sein. Doch Ursula blieb sitzen und änderte ihre Bestellung in einen zweiten Americano, nachdem eine neue Platte aufgelegt worden war, sie die Trompete von Dizzy Gillespie hörte statt der Schlager, die während des Tages liefen.

Am Abend war Gigi Campis Eis-Diele auf der Hohe Straße trunken vom Jazz, der längst nicht immer nur vom Plattenteller kam.

Das Lokal füllte sich im Nu, als würden die Passanten von einer großen Kraft hereingezogen. Keiner, der jetzt noch drei Kugeln Eis löffeln wollte, lieber einen der bunten italienischen Cocktails trinken. Ein ganz gewöhnlicher Donnerstag, der da auf einmal vibrierte.

Zwei Leute, die sich an ihren Tisch drängten, ein Mann, ein Mädchen, die nicht fragten, ob Platz sei, sie nur anlachten und im nächsten Moment im Takt wippten zu *The Way You Look Tonight*. Campi bot ihnen allen ein flirrendes Lebensgefühl.

Ursula sah zu Eleonora, die gerade nach der Flasche Cinzano griff, doch es war nicht der Blick von Gigis Schwester, den sie dann auf sich liegen fühlte. Eleonora nickte und hob das Kinn leicht, lenkte Ursulas Aufmerksamkeit zu einem Mann, der wenige Tische entfernt von ihr saß und gerade aufstand.

Ursula glaubte nicht an Blitze, die einen trafen, es sei denn, man stand während eines heftigen Gewitters auf einem freien Feld. Aber ihr Herz geriet in Unordnung, als er zu ihr kam und sie bat, sich auf den vierten Stuhl an ihrem Tisch setzen zu dürfen.

«Ich heiße Jef», sagte er. «Und ich würde Sie gern kennenlernen. Wenn Sie das nicht wollen, werde ich mich zurückziehen.»

Er sprach mit einem weichen Akzent, den sie für niederländisch hielt. Hatte wilde dunkle Locken. Trug eine Jacke, die wohl aus einer alten Armeedecke genäht worden war. Er konnte kaum jünger als Anfang vierzig sein.

«Ist Ihnen nicht zu warm, Jef?»

«Jetzt ja.» Er stieß gegen den Tisch, als er die Jacke auszog. Die Gläser klirrten.

«Ich bin Ursula.» Sie erwiderte Jefs Lächeln, das auch in seinen Augen war, und wusste schon, dass da eine Liebe begann.

San Remo

Agneses Geburtstage begannen jedes Jahr in der *Madonna della Costa* mit der Kerzenprozession zu Mariä Lichtmess. Die ganze Familie versammelte sich am Geburtstagsmorgen in der Kirche, um das Fest der *Candelora* zu begehen, unabhängig davon, ob der Tag auf einen Sonntag oder Wochentag fiel. Bixio und Gianni blieben dem Blumenhandel fern, Bruno den Arbeiten am Kloster in Taggia.

Margarethe vermutete, Brunos Mutter habe längst vergessen, dass die Prozession nicht ihr galt. Ihr Sohn Bixio an *Tutti i Santi* geboren, dem Allerheiligentag, ihr Enkel Gianni an der *Festa di San Nicolò*, dem 6. Dezember. Ging es denn heiliger?

Nach der Messe gab es ein frühes Mittagessen im häuslichen Rahmen, von Rosa zubereitet. In den Zeiten vor Margarethe hatte es als Festmahl Fettammern gegeben, sie war dankbar, dass diese Tradition abgeschafft worden war, ohnehin wurden in Italien viel zu viele Tiere für essbar gehalten.

Vor zwei Jahren, an Agneses siebzigstem Geburtstag, hatte der Bürgermeister gratuliert, doch erst ab achtzig würde das an jedem ihrer Geburtstage der Fall sein. Bis dahin musste die Zeitlücke zwischen Kirche und Essen anders gefüllt werden, Gianni hatte als Kind Gedichte aufgesagt, nun hielten die Söhne *Laudationes*.

Bixio sprach, und sie trauten ihren Ohren kaum, als er Agnese um Verzeihung bat, dass Donata und er ihr keine Enkel schenkten. Margarethes und Brunos Blicke trafen sich, dann sahen sie zu Donata, die das Zimmer verließ.

Margarethe kam nur ein paar Schritte später im zweiten Stock an und trat zusammen mit ihrer Schwägerin in deren Wohnung ein.

«*Lasciami in pace, Margarethe.*»

Nein. Darauf nahm sie kein zweites Mal Rücksicht. Margarethe sah zu den roten Ranunkeln, die noch in der Vase standen und den Reiz des Verfalls darboten. Diesmal würde sie ihre Schwägerin nicht in Ruhe lassen. Was immer ihr auf dem Magen lag, es würde nicht besser werden, wenn sie das weiter für sich behielt.

Doch in der Sekunde als sie sprechen wollte, betrat Bixio die Wohnung, forderte die beiden Frauen auf, am Essen zu Agneses Ehren teilzunehmen. Kurz drückte sie Donatas Hand und ging.

Gerade wurde der Hauptgang serviert. *Stinco brasato.* Geschmorte Rinderhaxe. Der Barolo, der dazu getrunken wurde, war Bruno schon zu Kopf gestiegen. Margarethe setzte sich auf ihren Stuhl und schickte warnende Blicke zu ihm hinüber, doch nur Gianni fing sie auf. Er saß neben seiner Großmutter und verströmte als Einziger Charme.

«Schade um das schöne Essen», sagte Bruno, als sie wieder in ihrer Wohnung im vierten Stock waren. «Die Frittata hast du verpasst. Und einen sehr feinen Schinken, den Rosa dazu serviert hat.»

«Kannst du mir sagen, was in deinen Bruder gefahren ist? Warum wirft er Donata der Löwin vor?»

Bruno wirkte vom einen auf den anderen Augenblick nüchtern. «Das war kein Lapsus», sagte er. «Auch kein Kniefall. Bixio ist ein Taktiker.» Er ließ sich auf die Chaiselongue fallen. Barolo am helllichten Tag ging auch ihm in die Beine.

«Und welche Taktik verfolgt er?»

«Keine Ahnung. Er legte schon als kleiner Junge gerne Feuerchen. Hast du mit Donata gesprochen?»

«Bixio hat das Gespräch gesprengt. Ich werde Donata vorschlagen, am Sonntag einen Spaziergang in die Giardini Marsaglia zu machen.»

Ein kurzes Klingeln an der Tür. Dann Giannis Schlüssel im Schloss. Er trat in den Salon seiner Eltern. «Bei Bixio und Donata ist Geschrei», sagte er.

«Und was sagt Nonna dazu?», fragte Bruno.

«Sie ist verärgert, dass ihr der Geburtstag verdorben wird.»

«Da nutzt auch keine Kerzenprozession», sagte Margarethe.

«Donata habe daran schuld, sagt sie.»

Bruno stand auf. «Ich brauche noch einen Espresso.»

«Kannst du dir einen Reim auf Bixios Taktlosigkeit machen?», fragte Margarethe ihren Sohn, nachdem Bruno in die Küche gegangen war.

«Er will Nonna vorführen, wie schwer er es mit Donata hat.»

«Und warum? Vielleicht ist ja auch er schuld an der Kinderlosigkeit.»

«Damit Nonna ihm verzeiht, dass Bixio fremdgeht», sagte Gianni. Er ließ sich auf die Chaiselongue fallen wie zuvor sein Vater.

— 17. FEBRUAR —

Köln

Heinrich schloss die Ladentür ab. Ein stiller Freitag. Keine Kundschaft hatte den Weg zu ihm in die Drususgasse gefunden. Noch nicht einmal Lärm von der Baustelle, an der er vorbeikam, störte die Stille.

Das Funkhaus des NWDR. Seit April 1948 wurde am nahen Wallrafplatz daran gebaut, die Ruine des Hotels Monopol war in den Bau integriert worden, Material blieb knapp. Aber in eine aufwendige Schallverkleidung wurde investiert, der Dom mit seinen Glocken war zu nah, sie hätten in die Sendungen hineingeläutet.

Der Freitag nach Weiberfastnacht hatte stets ein Atemholen für ihn bedeutet, die Kölner kehrten für einen Tag zum Alltag zurück, bevor die nächsten tollen Tage an die Tür hämmerten und es dann nach dem Rosenmontag endlich ausklang. Heinrich Aldenhoven war in Köln geboren, wie seine Eltern und Großeltern, doch er haderte mit der Herrschaft des Karnevals in seiner Heimatstadt.

Die Kinder liebten den Karneval, auch wenn Ursel nie ein Funkenmariechen hatte sein wollen, immer nur Holländerin mit Haube und Holzpantinen, vielleicht noch eine Blumenfrau vom Alten Markt, während Ulrich im Lumpenkostüm loszog, ein Landstreicher mit Strohhalmen im löchrigen Hut, als hätte er die Nacht in einer Scheune verbracht.

Auch Gerda konnte dem Karneval vieles abgewinnen,

trug dann Brokatkleider, Strass an Hals und Ohren, glänzte auf den Bällen und Prunksitzungen, wie sie im Gürzenich stattgefunden hatten und jetzt in den Sartory-Sälen, die vor zwei Jahren wiedereröffnet worden waren. *Sein* Kostüm war immer nur ein roter Fez gewesen, den er zum dunklen Anzug trug. Heinrich, der Emir.

Für den Rosenmontag hatte er einen Tisch in einem Café am Hohenzollernring reservieren lassen, um Elisabeth das Spektakel des vorüberziehenden Festzugs zu bieten. Aber Gerdas Freundin hatte ihren Besuch zum Karneval abgesagt, Nina sei krank, sie müsse sich um den Enkel kümmern.

Nun würde Lucy mit ihnen am Fenstertisch im ersten Stock sitzen, die Kinder gingen lieber in Campis Eis-Diele, hörten Jazz statt der Schunkellieder.

Warum sah er den Karneval so kritisch? Weil die Jecken ihm als ein satter Klüngel erschienen? Viele von ihnen Dreck am Stecken hatten? Der Zugleiter des diesjährigen Rosenmontagszuges hatte mit den Nazis kooperiert, antisemitische Karnevalswagen zugelassen. Nach kurzer Zäsur kehrte der Getränkegroßhändler nun zurück.

«Lass den Leuten den Spaß an der Freud», hatte Billa gesagt. «Da muss man doch mal drüber wegsehen.» Musste man das?

Eine Gruppe von Clowns auf der Treppe zum Domportal. Ein Drehorgelmann, der den Ohrwurm der Karnevalssaison spielte: *Wer soll das bezahlen.* Heinrich ging zum Café Reichard hinüber, in den Mauern waren noch die Einschüsse zu sehen, die der Straßenkampf im März 1945 hinterlassen hatte.

Im Innern des Cafés Wärme und heitere Gäste. Er fand einen freien Tisch und setzte sich, bestellte ein Kännchen Kaffee, einen Weinbrand dazu, blickte aus dem Fenster hin zum Dom-Hotel, an dem auch gebaut wurde, in den letzten Tagen des Krieges noch war es zerstört worden. Ein Jahr vorher, im März 1944, hatte sich der Direktor des Hotels im Dachstuhl erhängt, um der Verhaftung durch die Gestapo zu entgehen, die ihn seiner nazifeindlichen Haltung wegen verfolgte.

«Die Welt es schlääch», sagte da jemand am Nebentisch.

Da hätte Heinrich nun doch widersprochen. Der Wirkung des Weinbrands wegen? Er überlegte, einen zweiten zu bestellen. Kalte Luft kam in die Wärme des Cafés, trotz des schweren Vorhangs hinter der Tür, und mit der kalten Luft ein Trio. Zwei Männer. Eine Frau. Laut. Alle drei. Als er Billa erkannte, die am Arm des einen Mannes hing, hätte er sich gern geduckt. Sein üblicher Reflex bei Billa. War das Günter? Der gastspielreisende Galan?

«Der heilige Heinrich», sagte seine Kusine.

Er hatte nun die Aufmerksamkeit aller, als die drei an seinen Tisch traten. Heinrich stand auf und spannte sich im nächsten Augenblick an, der Mann neben Billa und ihrem Galan war kein anderer als der verhinderte Käufer des *Ananasberg*. Wie lange kannte ihn Billa schon? Er hatte keinen Zweifel, dass Billa bald alles wissen würde.

Das glaubte er im Gesicht des Mannes zu lesen.

Hamburg

Kurt Borgfeldt stand am Fenster und winkte Elisabeth und Jan nach. Der Junge drehte sich ein paarmal um zum Großvater, als ginge er nicht auf den Spielplatz an diesem sonnigen Tag, sondern auf große Fahrt.

Das Tablett hatte Elisabeth schon vorbereitet, die hohe Keramiktasse, ein Glas Honig mit einem langstieligen Löffel, eine Schale mit Keksen. Kurt hatte nur noch den Tee durch das Sieb zu gießen, Pfefferminztee, er blickte auf die Uhr, acht Minuten sollte er ziehen, davon fehlten noch zwei.

Nina saß auf der Bettkante, als er ins Zimmer kam. Über das Nachthemd hatte sie eine alte Strickjacke gezogen, doch ihre Beine und Füße waren nackt. Er stellte das Tablett auf den Sekretär, dessen Klappe geöffnet war, wollte Nina die Tasse reichen. Sie schüttelte den Kopf, suchte nach den Socken, fand die halb unter dem Bett und zog sie an. «Ich stehe auf», sagte Nina. «Im Bett liegen tut mir nicht gut.»

«Der Pfefferminztee wird auch wenig helfen», sagte Kurt.

«Du bist mir böse, weil Mama meinetwegen nicht nach Köln gefahren ist.»

«Ich mache mir Gedanken, Nina. Was dir fehlen könnte.» Er trug ihr das Tablett nach, als sie hinüber in die Küche ging. Goss eine zweite Tasse Tee ein und setzte sich zu seiner Tochter an den Tisch.

«Solltest du nicht längst in der Sparkasse sein?»

«Sollte ich», sagte Kurt. «Doch vorher will ich mit dir reden.»

Nina tat Honig in die Tasse und hörte nicht auf zu rühren.

Er wartete. Diesmal keine acht Minuten.

«Ich habe Fieber», sagte sie.

«Keines, das von einer Infektion kommt, Nina.»

«Frag Mama. Sie hat auf das Thermometer gesehen.»

«Du hattest schon als Kind deine Tricks.»

Nina nahm den Löffel aus der Tasse. «Ich kann es dir nicht erzählen.»

«Und warum nicht?»

«Ich will keine Tatsachen schaffen, Papa. Worte schaffen Tatsachen.» Sie fiel ins nächste Schweigen.

Kurt blickte erneut zur Küchenuhr. In einer halben Stunde begann eine Konferenz, an der er teilnehmen sollte. Das konnte er kaum schaffen. Der unzuverlässige Herr Borgfeldt. «Dann fange *ich* mal an», sagte er. «Du hast nicht länger die Hoffnung, dass dein Mann zurückkehren wird.»

Nina schüttelte den Kopf. «Das ist es nicht.»

Er stand auf. Vielleicht gelänge ihm doch noch, zeitig einzutreffen zur Konferenz.

«Ich habe mich verliebt. *Obwohl* ich denke, dass Jockel zurückkehrt.»

Ihr Vater setzte sich wieder.

«Auf der Silvesterfeier der Clarkes. Er ist Engländer. Journalist. Im Januar war er auf einem Lehrgang bei der BBC in London. Ich hatte gehofft, dass er dortbleibt, wenigstens aber, dass er mich vergisst und ich ihn. Seit zwei Wochen ist er wieder da. Streicht um das Büro herum. Schreibt mir Liebesbriefe.»

Was durfte er nun sagen? Dass von Joachim seit ziemlich genau fünf Jahren kein Lebenszeichen gekommen war?

«Du flüchtest dich in eine Krankheit, um dem zu entgehen?»

«Mir ist elend», sagte Nina. «Das täusche ich nicht vor.»

«Darf ich ihn kennenlernen? Den englischen Journalisten?»

«Wozu soll das gut sein, Papa?»

Um Tatsachen zu schaffen, dachte Kurt. Damit Nina endlich das Leben einer jungen Frau aufnahm, vor Jahren hatte sie es auf Pause gestellt.

«Weil ich nicht will, dass meiner Tochter elend ist.»

«Du darfst Mama nichts erzählen. Sie ist überzeugt, dass

Jockel zurückkommt. Mama und ich, kein anderer glaubt mehr daran.»

Am Mittwoch hatte Lilleken nach Köln fahren wollen. Lohnte es sich, das jetzt noch zu tun? Eine neue Fahrkarte zu kaufen? Kurt ahnte, dass seine Frau sich weigern würde. Er schien der einzige Vergnügungswillige in diesem Haus zu sein.

«Wie heißt denn der Engländer?», fragte er. Erste Schritte, die er da versuchte.

Köln

Kein zweiter Weinbrand, stattdessen ein eiliger Abgang. Als er in der Galerie ankam, fiel ihm auf, dass es wie eine Flucht gewirkt haben musste. Warum setzte er sich ins Unrecht, weil er ein Bild hatte behalten wollen? Noch war die Aktionärin Billa nicht gebeten worden, sich an den Haushaltskosten zu beteiligen.

Heinrich ging zum Schreibtisch, der im Hinterzimmer stand, zog die Schublade auf. Suchte die Karte, auf der er die Kontaktdaten des jungen Künstlers notiert hatte, dem Maler des *Ananasberg*. Ein Zeitungsausschnitt kam ihm in die Hand, vom Umzug der *Galerie Der Spiegel* in die Richartzstraße im vorigen Jahr. *Das* waren die Galeristen der Gegenwartskunst. Er war weit davon entfernt, mit ihnen konkurrieren zu können.

Teilte er Gerdas Glauben denn überhaupt, dass sie als Kunsthändler zu neuer Blüte kommen konnten? Er hatte jedenfalls nicht vor, sie zu desillusionieren. Oft genug warf ihm Gerda Schwarzmalerei vor.

Die Karte. Wo war sie? Ihm ging doch nichts verloren. Eine Karteikarte mit einer Handschrift in Sütterlin, die er hinten in der Schublade fand. Name und Adresse der *Rheinischen Rahmenfabrik*. Im alten Schreibtisch mit der Lederauflage hatte die Karteikarte den Krieg überdauert. Nicht die Handschrift seines Vaters, der hatte in der lateinischen Schreibschrift geschrieben.

Billa würde ihm Leichtsinn vorwerfen. Geschäftsuntüchtigkeit. Sie hatte ihn schon einmal der Lächerlichkeit ausgeliefert, eine alte Geschichte, die er da in sich trug und nicht vergaß. Er schien kein nachsichtiger Mann zu sein.

Vielleicht lachten sie schon über ihn im Café Reichard.

Heinrich trat an das schmale Regal und zog einen der Aktenordner hervor. Viele waren es nicht für eine Galerie, die seit Anfang des Jahrhunderts existierte, einiges war im Krieg verbrannt.

Da war die Quittung für das bar bezahlte Bild. Von Leikamp unterschrieben. Eine Krefelder Adresse. Krefeld, die Seidenstadt, in der auch Fallschirmseide hergestellt worden war. Hatte sie darum so schwere Bombardierungen erleiden müssen?

Konnte er irgendwas tun, ohne an den Krieg zu denken? Allen anderen gelang doch auch, das abzustreifen, Billa war ein gutes Beispiel dafür. Wie viel jünger mochte der Mann sein, an dessen Arm sie gegangen hatte? Heinrich nahm an, dass er in seinen späten Dreißigern war. Weit konnte er in seiner künstlerischen Karriere nicht gekommen sein, wenn er in dem Alter noch über die Lande tingelte und Liedchen sang.

Vielleicht sollte er versuchen, Billa anders zu betrachten, ihr Bewunderung dafür zollen, dass ihr gelang, mondän zu wirken. Ihre Stimme hatte schon tief gelegen, als sie noch im

Sandkasten spielte. Ihr Galan mochte Zarah Leander in ihr sehen. Kein Wunder, dass seine Kusine der Stola aus dem Fell eines armen Silberfuchses bedurfte.

Er nahm die Quittung des Krefelder Künstlers und setzte sich an den Schreibtisch, spannte ein Blatt Papier in die alte Reiseschreibmaschine ein, die einzige, die heil geblieben war. Es wurde Zeit, dass Gerda in die Galerie kam. Ihre leichte Hand fehlte, ihre Zuversicht. Er war der sentimentalere Mensch von ihnen beiden, auch wenn sie es war, die die Flöte des Pan hörte.

Heinrich hatte den kurzen Brief an den Maler des *Ananasberg* gerade zu Ende geschrieben, als er den Lärm vor dem Laden wahrnahm. Er stand auf, um in den vorderen Teil der Galerie zu gehen. Vor der Scheibe des Schaufensters stand eine kleine Gruppe von Männern, die leicht schwankten. Obwohl doch heute der stille Freitag zwischen den tollen Tagen war. Kostümiert waren sie nicht, eigentlich sahen sie eher grau aus in ihren Hüten und Wintermänteln. Einer gab den Takt an.

*Wer soll das bezahlen, wer hat so viel Geld,
wer hat so viel Pinke Pinke, wer hat das bestellt.*

War das ein Ständchen für ihn? Von Billa angeregt? Die vier Männer winkten ihm zu und gingen, Billas Galan war nicht dabei. Ein Zufall vielleicht, dass sie vor seinem Laden sangen. *Du beziehst immer alles auf dich*, hatte Billa einmal gesagt. Und seine Mutter hatte ihn *Mimöschen* genannt. Nun war er eine alte Mimose geworden.

Heinrich ging ins Hinterzimmer zurück und zog den Brief aus der Schreibmaschine. Unterschrieb ihn, adressierte das Kuvert. Klebte eine Zehnpfennigmarke darauf.

Den Brief würde er später auf dem Weg zur Straßenbahn

einwerfen. Er vermutete weitere Bilder von der Güte des *Ananasberg* in Leikamps Atelier. Die konnte er in Kommission nehmen und an die Käufer bringen. Mit dem Krefelder Maler ließe sich dann guten Endes doch noch Geld verdienen. Nur wer wagt, gewinnt.

San Remo

Warum erzählte sie Bruno nicht, was sie über seinen Bruder erfahren hatte? Misstraute sie der Information? Nein. Margarethe war sich sicher, dass Gianni nichts leichtfertig in die Welt setzte. Dennoch wich er ihr aus, als sie ihn um Details bat.

«Du weißt, wer diese Frau ist, nicht wahr?»

«Mama, lass es.»

Ihre Schwägerin hatte viel geschwiegen auf dem Spaziergang durch die Gärten der Marsaglia. Nur gelegentlich von den immergrünen Araukarien gesprochen, der Myrte, den Wolfsmilchgewächsen, als sei ihr die Botanik ein großes Anliegen. Dabei vergaß Donata dauernd, Thymian und Rosmarin zu gießen und den Oleander, die in großen Töpfen im gepflasterten Hof des Erdgeschosses standen. Das taten nur Margarethe und Rosa, das Dienstmädchen, zuverlässig.

Margarethe stellte die Gießkanne ab und setzte sich auf die steinerne Bank. Blickte zu den schmalen Fenstern des Innenhofs, die zu den Badezimmern gehörten und den Speisekammern. Im zweiten Stock öffnete Donatas Mädchen eines der Fenster und schüttelte den Staubwedel aus.

«*Ah. Scusi, Signora Canna. Non l'ho vista.*»

«*Nessun problema*», sagte Margarethe. Sie war die Einzige im Haus, die ab und zu auf dieser Bank vor den Remisen saß. Ihre Schwiegermutter hörte nicht auf, darauf hinzuweisen, wie sehr das Personal befremdet sei vom Benehmen der Ehefrau des älteren Canna-Sohnes. Margarethe glaubte ihr kein Wort.

Was hieß denn überhaupt Personal? Dienstmädchen gab es nur im ersten und im zweiten Stock des Hauses an der Via Matteotti. Zu Bruno und ihr kam einmal in der Woche Signorina Perla zum Putzen. Keine Perle, das ältere Fräulein.

Donata wusste nichts von den Eskapaden ihres Mannes, davon war Margarethe überzeugt. Vorsichtig hatte sie das Thema Treue berührt. Von Bruno gesprochen. Von sich und ihrer Freude an einem Flirt. Doch bei diesem Thema schien ihr Donata an diesem Nachmittag nahezu gelöst.

Margarethe stand auf und brach einen Rosmarinzweig für das Abendessen ab, Hühnchen sollte es geben, Bruno und Gianni aßen es gern mit Rosmarin gefüllt.

Als sie jedoch Dottor Muran erwähnte an dem Nachmittag in den Giardini, da war Donata zusammengezuckt. «*Cosa ti ha detto?*», hatte sie gefragt.

Nichts habe der Arzt gesagt, beteuerte Margarethe. Nur, dass sie ihre Schwägerin fragen sollte, was ihr im Magen liege. Donata schwieg. Doch danach war sie nervös gewesen, blieb das auch, als sie nach dem Spaziergang einen Aperitivo tranken.

Dottor Muran, der Geheimnisträger. Margarethe blieb weiter ahnungslos.

Vielleicht sollte sie sich mit Gerda beraten. Heute Nachmittag konnte ihr gelingen, sie zu erreichen, bevor die tollen Tage begannen. Am Montag würde Margarethe wieder voller Nostalgie sein, wenn sie an ihre Heimatstadt dachte.

Fastelovend. Heinrich war da eher verdrießlich gewesen. Schon als Kind.

In San Remo fand im März die Blumenparade statt. Mit geschmückten Festwagen und Marschkapellen. Doch das ersetzte nicht den Karneval, auch wenn es ein Fest war, das ihre Schwiegermutter auf sich bezog wie Mariä Lichtmess. War sie nicht eine Baronessa dell' fiori, stand einem der mächtigen Blumenhandelshäuser vor?

Margarethe blickte zu dem blauen Himmel, bevor sie in das Haus hineinging. Da lag schon Frühling in der Luft. Wie oft hatten sie in ihrer Kindheit in den Kostümen gefroren, waren an den Karnevalstagen durch Schneematsch gelaufen.

Nicht lange mehr, und Margarethe konnte auf Strümpfe verzichten, ein anderer Stein des Anstoßes. Nackte Beine hatten nur die Arbeiterinnen auf den Nelkenfeldern. Ach was. Sie dachte sich wieder in einen Groll hinein.

In der nächsten Woche würden Bruno und sie eine Wohnung in der Via Lamarmora besichtigen. Am östlichen Ende der Stadt. Von da wäre es für Bruno nur ein Sprung zu den Dominikanern in Taggia. Doch wie lange würde es dort noch Arbeit für einen Kunsthistoriker geben? Das Ende der Restaurierungen war absehbar.

Eine Verrücktheit, sich höhere Kosten aufzuladen. Das musste sie Bruno behutsam begreiflich machen. Er war noch immer sehr angeregt von seinen Aufbruchsgedanken. Vielleicht sollte sie ihn ablenken und von Bixio erzählen.

Hamburg

Vom Himmel schien noch immer die Sonne, doch ihnen war kalt geworden auf Wippe und Schaukel. Sie stapften die Böschung hinauf, die in anderen Wintern ihr Schlittenhügel war, als Jan ein erstes Schneeglöckchen im alten Laub entdeckte.

«Das bringe ich Mami mit. Ist sie schlimm krank?»

Eine Nachdenklichkeit in Elisabeths Gesicht, als sie Jan ansah. «Mach dir keine Sorgen. Sie hat sich erkältet, am Ende des Winters erkälten sich viele, daran ist das wechselnde Wetter schuld. Mami war wohl nicht warm genug angezogen.» Ihre Antwort gleich mal mit einer kleinen Lektion verknüpfen, Jan machte oft Theater, wenn er Mütze und Schal anziehen sollte.

«Sie niest aber nicht, und Husten hat sie auch keinen.»

«Man kann anders erkältet sein», sagte Elisabeth. Seit Tagen versuchte sie, etwas über die Andersartigkeit dieser Erkältung zu erfahren. Ihr war es schwergefallen, die Reise nach Köln abzusagen, ein Schnupfen hätte sie nicht daran gehindert zu fahren.

Nina wirkte seit dem Neujahrstag verzagt. Vielleicht hatte Kurt recht, und es war ein Fehler, daran festzuhalten, dass Joachim zurückkehrte.

Oben an der Straße nahm sie Jan an die Hand, auch auf der Maria-Louisen hatte der Autoverkehr zugenommen. *Nach Krieg und Vertreibung könne sie nun nichts mehr schrecken*, hatte Frau Blümel gesagt, Elisabeth hingegen fiel da noch einiges ein.

Die Bombennächte und die erste Nachkriegszeit hatten sie dünnhäutig werden lassen. Hätte Kurt nicht eine große Begabung für den Schwarzmarkthandel gezeigt, der sich am Goldbekufer abspielte, sie wären vermutlich verhungert.

Und ihr Schwiegersohn? War er in einem russischen Lager verhungert? Erfroren? Lag längst verscharrt, während sie an Hoffnung webte und Nina vom Leben abhielt?

«Gehen wir noch zum Schlachter?», fragte Jan.

«Wir können heute Bratwurst essen, wenn du auch das Gemüse dazu isst.» Beim Schlachter Schuster bekam Jan stets eine dicke Scheibe Fleischwurst über den Tresen gereicht, das schätzte er. An die Hungerzeit erinnerte er sich kaum.

Das Haus neben der Schlachterei sah hell und ansehnlich aus, beinah noch wie vor dem Krieg, die Clarkes wohnten dort im ersten Stock.

«Dann noch eine Scheibe Leber», sagte sie zur Schlachtersfrau. Ihrer blutarmen Tochter konnte eine erhöhte Eisenzufuhr nur guttun.

«Davon esse ich nichts», sagte Jan. Der Junge war krüsch geworden.

«Pass auf dein Schneeglöckchen auf», sagte Elisabeth, als Jan die in Wachspapier gelegte Fleischwurst entgegennahm. Sie blickte durch die Schaufensterscheibe, während Frau Schuster mit dickem Bleistift auf den Block schrieb.

Da war doch June Clarke. In Begleitung eines jungen Mannes im Trenchcoat kam sie gerade an der Schlachterei vorbei. Blieb einen Augenblick stehen, schaute in die Auslage. Was gab es da zu sehen? Dauerwürste, die von einer Stange hingen. Ein großes lächelndes Schwein, das aussah wie eine von Kurts Sparbüchsen.

Der junge Mann hatte den Gürtel des Mantels geknotet und nicht durch die lederne Schnalle gezogen. Das hatte Joachim auch so gemacht. Seltsam, dass ihr das auffiel.

June Clarke hatte sie wohl nicht erkannt. Sie hatten einander nur wenige Male im Büro am Jungfrauenthal gesehen.

Elisabeth legte das Geld auf den gläsernen Tresen.

«Da waren Ninas Mutter und ihr Sohn.»

Vinton hob die Augenbrauen.

«At the butcher's», sagte June. *«Don't turn around.»*

Doch er hatte sich schon umgedreht. Sah einen kleinen Jungen an der Hand einer blonden schlanken Frau aus dem Laden treten, die viel Ähnlichkeit mit Nina hatte.

«Ich würde gern zu ihr gehen und mich vorstellen.»

«Um außer deinem Namen was zu sagen? Es ist noch immer zu früh, Vinton.»

June Clarke strich ihm eine Haarsträhne aus der Stirn.

— 26. MÄRZ —

Köln

Die Cannas hatten die Route über Nizza und Lyon gewählt, in Colmar eine Nacht im Hotel verbracht, vorher in einem der traditionellen elsässischen Gasthäuser gegessen. Am nächsten Tag hatte bald schon Bonn hinter ihnen gelegen, die alte Residenzstadt, die nun die Hauptstadt der neuen Bundesrepublik geworden war.

Schließlich erreichten sie über die Landstraße erste Vororte von Köln, fuhren über den Militärring nach Braunsfeld, um dort am Pauliplatz anzukommen.

Margarethe blickte auf das vertraute Haus, das sie im Sommer 1914 kurz vor dem Ersten Weltkrieg mit ihren Eltern bezogen hatte. Acht Jahre alt war sie gewesen, die kleinen Schwestern schon seit 1902 tot und so für immer ihre *kleinen Schwestern* geblieben. Ihr Bruder Heinrich hatte in den letzten Friedensmonaten bei Alfred Flechtheim in dessen Düsseldorfer Galerie volontiert und war im September Soldat geworden.

All die frühen Erinnerungen kamen ihr, als sie aus dem Lancia stieg, die Tür des Hauses aufging, sie einander in den Armen lagen. Heinrich und sie. Gerda. Bruno. Ulrich. Gianni. Nur von Ursel und Lucy war nichts zu sehen.

Ein milder Nachmittag, die Tage schon wieder viel länger, Gerda hatte auf der kleinen Terrasse gedeckt. Servierte eine Biskuitrolle mit Zitronensahne. «*Unser* südliches Leben», sagte sie. «Ursel ist in Campis Eis-Diele, da sitzt sie mit einem, der ihr gefällt. Nun eilt es ihr auf einmal mit der Liebe.»

«Ursel hatte noch keinen Freund?»

Gerda hob die Schultern. Ulrich grinste zu Gianni hinüber.

Margarethe sah es und krauste die Stirn. «Ihr zwei scheint über die Liebschaften anderer gut informiert zu sein.»

«Mama, lass es», sagte Gianni mal wieder.

Bruno warf beiden einen Blick zu und schüttelte den Kopf. Er hatte seinen Bruder darauf angesprochen. Ein empörter Bixio. *Un pettegolezzo maligno.* Böser Klatsch.

«Ich schlage vor, dass wir reingehen», sagte Gerda. «Die Südlichkeit unseres Gartens scheint mir für heute aufgebraucht. Es fängt an, kühl zu werden.»

«Ist bei dir und Bruno alles in Ordnung?», fragte Heinrich seine Schwester, als sie ins Haus gingen, Bruno das Gepäck in das Zimmer der abwesenden Billa brachte, Gianni seinen kleinen Koffer zu Ulrich hochtrug und Gerda die Tüten voller Leckereien aus San Remo auspackte.

«Weil ich von Liebschaften sprach? Ich hatte noch keine, nicht einmal vor meiner Ehe. Eigentlich schade. Ich kann Ursel nur den Rat geben, das anders zu machen.»

Ihr Bruder sah beunruhigt aus.

«Du bist auf der falschen Fährte, Heinrich. Von Brunos Bruder wird vermutet, dass er eine Geliebte hat. Bruno hat Bixio darauf angesprochen und ist mit dessen Dementi zufrieden. Ich bin es nicht.»

«Du glaubst also, dass es wahr ist?»

«Ein kleiner Skandal täte meiner hochnäsigen Schwiegermutter ganz gut.»

«Vielleicht sollten wir ihr mal Billa schicken.»

Margarethe lachte. «Nun stellt sie uns erst einmal ihr Zimmer zur Verfügung. Ist Billa wirklich die ganze Zeit unterwegs, oder nehmen wir ihr das Bett weg?»

«Sie reist noch bis Palmsonntag mit den Odeon Gastspielen durch Westfalen. Bunte Abende zum Frühlingsanfang. Vielleicht singt und steppt sie schon längst mit.»

«Das klingt nach Marika Rökk», sagte Margarethe. «So sehe ich sie nicht.»

«Du hast recht. Sie würde am Flügel lehnen und frivole Lieder singen.»

«Kennst du ihren Freund?»

«Ich habe ihn einmal kurz gesehen. Zu jung für Billa, aber ganz sympathisch.»

Sollte er von der Begegnung im Reichard erzählen? Und preisgeben, dass er den *Ananasberg* hätte verkaufen können? Kaum klug, wo Margarethe finanzielle Hilfe angeboten hatte.

«Wie alt ist er?»

«Ich schätze ihn an die zehn Jahre jünger als unsere liebe Kusine. Komm, ich möchte dir das Bild zeigen, von dem ich dir erzählt habe.»

Margarethe stand im Wohnzimmer und betrachtete den *Ananasberg*. «Das wäre ein guter Neuanfang gewesen für die Galerie Aldenhoven», sagte sie schließlich. Drehte sich zu ihm um und sah ihn an. Bedeutungsvoll, dachte Heinrich.

Wusste sie was? Wer sollte ihr davon erzählt haben? Er fühlte ein leichtes Unbehagen. Der Begleiter von Billa jedenfalls schien geschwiegen zu haben.

Seine Schwester trat nah an das Bild, um die Signatur zu lesen. «Warst du in Leikamps Atelier? Da müssen doch noch mehr Bilder von dieser Art sein.»

«Er kam zu mir in die Drususgasse. Sagte, dass er den anderen Galeristen nicht modern genug sei. Denen gehe es zurzeit vor allem um informelle Malerei.»

«Hast du es gekauft oder in Kommission genommen?»

«Gekauft. Er schien mir dringend Geld zu brauchen.»

Margarethe lächelte. «Hier hängt es wunderschön», sagte sie.

Sie weiß es, dachte Heinrich. Er betrachtete das Muster des Teppichs, der kein echter Perser war.

«Du solltest Bilder von ihm in Kommission nehmen.»

«Ich habe vergeblich versucht, ihn zu kontaktieren. Der Brief, den ich ihm nach Krefeld geschickt habe, kam als nicht zustellbar zurück.»

Margarethe strich über die gelben Tupfer Sonnengeflirr, die in den Bäumen des Hofgartens hingen. Hier hatte der Maler die Ölfarbe dicker aufgetragen. «Erinnerst du dich noch an die beiden Bilder von Campendonk, die Vater in der Galerie hatte?»

«Wie kommst du auf Heinrich Campendonk?»

«Vielleicht wegen Krefeld», sagte Margarethe.

«Bilder in dieser Klasse kann ich mir lange nicht mehr leisten», sagte Heinrich. «Komm morgen zu mir in den Laden. Ich zeige dir ein paar schöne Graphiken.»

Hamburg

Ein leichter Wind wehte Nina das Haar ins Gesicht, als Jan und sie am Ende der Krugkoppelbrücke ankamen und den Weg zum Haynspark einschlugen.

«Das ist eine andere Brise als bei uns», sagte Jan, der voranfuhr, sich in den Wind legte, als teste er die aerodynamischen Qualitäten des Tretrollers.

Nina lachte. Zwischen hier und der Blumenstraße, in der ihre Eltern gerade im Garten gruben, Salat, Petersilie und Radieschen säten, einen letzten Schnitt an den Johannisbeersträuchern vornahmen, lagen vielleicht vierhundert Meter.

Sie hatte sich gedrückt. Weniger vor der Gartenarbeit als vor Kurts anhaltender Erwartung, sie möge endlich mehr offenbaren als einen Namen. Vor Elisabeths Hoffnung, dass Nina in der Erde wühlte, Dreck unter Fingernägeln schien ihrer Mutter robuste Frische zu versprechen und eine vitale Tochter, der man keine halbgare Leber aufzwingen musste.

«Das ist nun aber noch ein Stück Weg.»

«Hauptsache, das Tempelchen ist da», sagte Jan. Er liebte den Monopteros, der auf einer Wiese im Haynspark stand.

Der Wind schob die Wolken vor die Sonne. Nina fing an zu frösteln. War es eine gute Idee, noch weiterzugehen? Jan trug kurze Hosen. Im Garten war es warm und sonnig gewesen. «Lass uns umkehren», rief sie ihrem Sohn zu.

«Nee», sagte Jan. Er trat den Roller kräftig an.

«Stopp. Nur, wenn du neben mir herfährst.»

Jan kehrte um. «Ich will aber klettern im Tempelchen.»

Gut. Wenn das hieß, auf den drei Stufen zu hopsen.

Genau das tat Jan, als sie am Tempelchen ankamen. Doch auf einmal umklammerte er eine der Säulen, ohne dies mit seiner Mutter abzusprechen. Begann, die Säule zu erklettern, als sei er ein Affe am Kokosnussbaum. Ein ziemliches Stück weit kam er, dann rutschte er ab, scheuerte mit den nackten Beinen die raue Säule entlang und fing zu weinen an.

Ein anderer war noch schneller als Nina, half ihrem Sohn

auf. Sprach tröstende Worte. Nina nahm Jan auf den Arm und sah Vinton an. Lag er auf der Lauer, um eine Begegnung zu erzwingen?

«Ich hatte von dem Monopteros gehört», sagte er. «Im Hydepark gibt es nur den Wellington Arch. Ein Gedenken an Waterloo.» Was redete er da? Vinton hatte den Eindruck, kurz davor zu sein, ein eigenes Waterloo zu erleben. Nina schwieg.

«Du sprichst komisch», sagte Jan.

Ja. Sein Akzent war viel stärker, sonst hatte er nur einen leichten. Ein Umstand, der Nina weich stimmte. «Das ist wirklich ein Zufall», sagte sie.

«Vielleicht können wir noch einen kleinen Spaziergang machen», sagte Vinton und sah Jan an. «Oder in die Konditorei gehen und heiße Schokolade trinken.»

«Au ja», sagte Jan.

«Nein, Vinton. Jan und ich machen uns jetzt auf den Weg nach Hause. Vielleicht mögen Sie noch ein paar Schritte mit uns gehen.»

«*To the end of the world*», sagte Vinton.

«Das wäre zu weit», sagte Nina.

Sie hatte vermeiden wollen, dass er sie bis zum Haus in der Blumenstraße begleitete.

Stand da ihr Vater am Fenster, der einen Blick erhaschte und sich eilig zurückzog?

«Du bist nett», sagte Jan. Schob schon seinen Roller durch den kleinen Vorgarten, drehte sich um, Mami stand da noch mit dem Mann. Er und Vinton Langley winkten einander zu, ein Versprechen von heißer Schokolade lag zwischen ihnen in der Luft. Jan hatte vor, daran zu erinnern, Mami vergaß so was leicht. Ohnehin schien sie ihm fahrig zu sein, seit er am Tempelchen die Säule runtergerutscht war. Viel zu viel Angst hatte sie immer um ihn. Das war lästig.

Kurt stand am Spülstein und bürstete sich die Nägel, als Jan in die Küche kam.

«Mami steht noch vorm Haus.»

«Heißt der Mann Vinton?», fragte Kurt.

«Ja», sagte Jan. «Er spricht komisch. Aber wir trinken bald heiße Schokolade.»

— 27. MÄRZ —

Köln

Keine Trümmer mehr in der Drususgasse, die Grundstücke waren leer geräumt. Die eine und andere improvisierte Nutzung in beschädigten Häusern, auch das Haus, in dem die Galerie seit Jahrzehnten untergebracht war, gehörte dazu.

Margarethe sah zu den ausgebrannten Fenstern der oberen Etage. Im Erdgeschoss hatten kleine Feuer gelöscht werden können, Heinrich war einer der Brandwächter in jener Bombennacht gewesen.

«All die nackten Flächen in unserem dichtbesiedelten Köln», sagte Heinrich, als er ihren Blick schweifen sah.

«Wenn sie hier bauen, wird bestimmt auch der Abriss dieses Hauses diskutiert.»

«Ich hoffe nicht. Sollen sie oben was draufsetzen.»

«Vielleicht täten neue Räume dir und der Galerie gut.»

Margarethe trat durch die Ladentür, die Heinrich geöffnet hatte. Die Klingel ließ sie an das Geläut vor der heiligen Wandlung denken. «Was ist aus der alten geworden?», fragte sie. «Den Krieg hatte sie doch heil überstanden.»

«Da wird sie schon einen Schaden genommen haben. Sie ist zerbrochen.»

«Schade. Ich erinnere mich daran, wie Vater sie anschaffte. Vor der Hochzeit von dir und Gerda. Mir schien damals, als sei die Klingel ein Teil der Festlichkeit.»

«Das ist in diesem Jahr fünfundzwanzig Jahre her.»

«Und dann starben Vater und Mutter kurz hintereinander nach Ursels Geburt.»

«Sollte ich nur so alt werden wie sie, blieben mir noch fünf Jahre.»

«Du wirst dich hüten, früh zu sterben», sagte Margarethe. «Werdet ihr eure silberne Hochzeit denn feiern?»

«Das wäre im Wonnemonat November.»

«Den habt ihr euch ohne Not ausgesucht.»

«Ja», sagte Heinrich. «Gerda war nicht mal schwanger. Schau dir die Graphiken an. Von einem Künstler, der bis zur Einberufung an der Düsseldorfer Kunstakademie studiert hat. Nun arbeitet er als Werbezeichner.»

Margarethe betrachtete die Tuschzeichnungen. Kölner Nachkriegselend. Waren die Leute denn schon so weit, das an ihre Wände hängen zu wollen? Sie drehte sich zu ihrem Bruder um. «Hattest du einen Käufer für den *Ananasberg*?»

«Wer hat dir das erzählt? Billa?»

«Warum Billa?»

«Es stellte sich heraus, dass sie den verhinderten Käufer kennt.»

«Ich habe es nicht gewusst. Nur geahnt.»

Heinrich nickte. «Bitte erzähle keinem davon. Es war verantwortungslos von mir.»

«Nein. Das Bild tut euch gut in dieser grauen Zeit.» All die Tristesse, die noch auf der Stadt lag. Wie leuchtend war San Remo dagegen.

Sie drehten sich zur Tür, als das Wandlungsgeläut erklang und Bruno von seinem Gang um die leeren Fassaden des Wallraf-Richartz-Museums in die Galerie kam. «Santa Madonna», sagte er. «Das wäre eine Klingel für meine Mutter.»

Heinrich hatte seinem Schwager einen Hefebrand von der Mosel eingeschenkt, den er im Hinterzimmer der Galerie bereithielt. Bruno schien ihm ein hochprozentiges Getränk zu brauchen, nach dem Betrachten der Museumsruine.

«Dort habe ich beruflich meine glücklichsten Jahre erlebt», sagte Bruno. «Noch nicht einmal angefangen haben sie mit dem Wiederaufbau.»

«Doch. Sie sind dabei. Dasselbe Architektenteam, das auch den Gürzenich aufbaut.» Heinrich klang überzeugter, als er war. Kein Zweifel, dass da eine Herkulesaufgabe vor den Architekten lag, das zerstörte Köln auferstehen zu lassen. Die junge Generation fand sich leichter mit den traurigen Provisorien ab, ältere Kölner wie er waren weniger gelassen. Die Zeit lief ihnen davon.

«Ich möchte einen kleinen Spaziergang machen», sagte Margarethe. «Einmal durch die Hohe Straße.»

«Zumindest viele Läden sind wieder da, wenn auch nicht die oberen Stockwerke der Häuser», sagte ihr Bruder.

«Im Januar hast du mir gesagt, dass es wieder Freude mache, über die Hohe Straße zu gehen.»

Heinrich lächelte. «Der Mensch neigt dazu, schnell wieder Ansprüche zu erheben.»

«Ich begleite dich», sagte Bruno.

«Dann treffen wir uns im Früh», sagte Heinrich. «Gerda und ich kommen kurz nach eins direkt dahin. Der Tisch ist bestellt.»

«Dicke Bohnen mit Speck», sagte Margarethe. «Stehen die noch auf der Speisekarte? Die habe ich ewig nicht gegessen.»

«Ein paar Stangen Kölsch», sagte Bruno. Er fühlte sich schon wieder ganz beheimatet.

«Und Ursel hat nur dich eingeweiht?», fragte Gianni. «Dass deine Eltern ihre Geheimniskrämerei mitmachen, Margarethe hätte mir längst Löcher in den Bauch gefragt.»

Ulrich und er schlenderten am Rheinufer entlang, vorbei an der Ruine von Groß St. Martin, die neben ausgebrannten Altstadthäusern stand, kaum eines der schmalen *Hüüscher* war schon wieder neu erstanden.

«Meine Eltern ahnen nicht, wie ernst es Ursel mit Jef ist, sonst wären sie wohl weniger zurückhaltend.» Ulrich blieb stehen. «Ich würde dir zu gern was Heiles zeigen», sagte er.

Gianni grinste. «Der Rhein sieht doch ziemlich heil aus.»

Sie kehrten um und gingen Richtung Dom. «Heinrich kann kaum etwas dagegen haben, dass er Maler ist.»

«Er wird was gegen Jefs Jahrgang haben.»

«Da drüben steht unser Lancia», sagte Gianni, als sie eine der Leerflächen durchquerten, die als Parkplätze genutzt wurden. «Sie sind wohl erst einmal in den Dom gegangen.» Ulrich und er waren mit der Straßenbahn in die Stadt gefahren.

«Hast du Lust, im Früh dazuzustoßen?»

«Führe mich lieber ins Campi», sagte Gianni. «Weißt du, ich kann Ursel verstehen, dass sie das alles noch für sich behalten will.»

«Du wirst um diese Zeit weder sie noch ihn im Campi vorfinden.»

«Ich trinke gern ganz allein mit meinem Lieblingscousin einen Cappuccino.»

«Soviel ich weiß, hast du nur den einen Cousin», sagte Uli.

— 12. APRIL —

Hamburg

«Einer der schwersten Bombenangriffe auf London», sagte June. «Ende Dezember 1940. Ich war Luftschutzhelferin und habe ihn aus den Trümmern seines Elternhauses gezogen. Vinton war ansprechbar, wir dachten, er sei kaum verletzt. Als er versuchte zu antworten, hatte er keine Stimme, kurz darauf fing er an zu zittern und hat Jahre nicht damit aufgehört.»

«Warum erzählst du mir das erst jetzt?», fragte Nina.

June wartete, bis die Teller mit den Königinpastetchen vor ihnen standen, die gerade serviert wurden. Eine lange Lunchpause, zu der sie Nina in die Konditorei Lindtner eingeladen hatte. Um ihr all das zu erzählen?

«Du versperrst dich sehr, wenn es um Vinton geht. Noch immer. Und ich wollte nicht um Mitleid für ihn werben.» June hob den Blätterteigdeckel, das Ragout fin dampfte und duftete. «Er hat es ja auch überstanden.»

«Und Vintons Eltern sind dabei ums Leben gekommen?»

«Sein Vater kam bei dem Angriff um, seine Mutter war da schon Jahre tot.»

Nina trank einen Schluck von dem Tee, den June zu den Pastetchen bestellt hatte.

«Ich habe ihn unter meine Flügel genommen», sagte June.

«Wart ihr ein Paar?»

June lächelte. «Nein. Er war neunzehn und ich zehn Jahre

älter. Und Oliver stand schon in der Kulisse bereit. Lass dein Pastetchen nicht kalt werden.»

«Nein», sagte Nina und nahm die Gabel. «Ich habe ein schlechtes Gewissen, weil Jan ihn so gern hat. Sie waren schon zweimal heiße Schokolade trinken.»

«Wie kannst du da ein schlechtes Gewissen haben?»

«Joachim hat seinen Sohn noch nicht einmal gesehen.»

June schwieg. Sagte nicht, dass sie kaum glaubte, dass das je geschehen würde.

«In der Zeitung wurde von einem Heimkehrer berichtet, der nie das Glück gehabt hatte, eine der Karten vom Roten Kreuz zu erwischen», sagte Nina.

«Vinton liebt dich. *Ich* sage es, weil *er* sich nicht traut.»

«Er *hat* sich getraut, June. Ich liebe ihn auch. Doch vor allem liebe ich Jockel.»

Versperrt. Vertrackt. Verbohrt. Das ging June durch den Kopf. Schließlich blieb nur das Wort *Verzweifelt* hängen. Sie suchte und fand den Blick des Kellners und bestellte einen Sherry, den sie sich sonst erst gönnte, wenn Oliver die Cocktailfahne hisste, und das tat er selten vor sieben Uhr abends. «Für dich auch einen?», fragte sie.

Nina schüttelte den Kopf und widmete sich dem Pastetchen. Schob bald den Teller weg, eine große Esserin war sie wirklich nicht. «Der eine große Grund, warum ich mich nicht auf Vinton einlassen darf …» Sie brach den Satz ab.

«Der eine große Grund?», fragte June nach einer Weile.

«Ich will Vinton nicht weh tun, wenn Joachim zurückkommt.»

«Weil du ihn dann in die Wüste schickst? Das weißt du schon?»

«Alles andere ist nicht vorstellbar, nach dem, was Joachim erlitten hat. Ich bin seine Ehefrau. In guten und in schlechten Tagen.»

Bis dass der Tod euch scheidet, dachte June. «Ihr habt in der Kirche geheiratet?»

«Nur eine überstürzte Trauung auf dem Standesamt. Weil er in den Krieg ziehen musste, kaum dass er an der Uni war. Student der Philosophie im zweiten Semester. Das wird ihm in Sibirien oder wo immer nur wenig nutzen und spricht wohl nicht für seine Chancen zu überleben.» Nina war anzusehen, dass sie auf Widerspruch hoffte.

«Der eine große Grund ist, dass du und Vinton beide die Liebe sehr ernst nehmt und nicht fähig seid, eine leichte Beziehung einzugehen», sagte June stattdessen.

Als sie durch die Eppendorfer Straßen zum Klosterstern zurückgingen, nahm sich June vor, nicht länger in dieser Liebe vermitteln zu wollen.

Dennoch. Sie fühlte sich für Vinton verantwortlich, als sei er ihr kleiner Bruder. Und auch Nina lag ihr am Herzen, in ihrer Zerrissenheit noch mehr als zuvor.

«Eigentlich habe ich keine Lust mehr, ins Büro zu gehen. Es ist so viel Frühling in der Luft. Welchen Text hast du auf dem Tisch liegen?»

«Die Ernennung Kirkpatricks zum Hochkommissar in Bonn.»

«Der muss leider heute noch fertig werden», sagte June. «Ivone Kirkpatrick soll übrigens ein großer Imitator von Hitler sein.» Nina schien es nicht zu hören.

San Remo

Sie hatte ihre Einkäufe für einen Espresso und vielleicht für ein Stück Sardenaira unterbrechen wollen, war schon die Stufen zur Cantina hinuntergegangen, als sie zögerte, in der Tür stehen blieb und umkehrte. Weder Gianni noch Carla schienen ihre kurze Anwesenheit bemerkt zu haben. Carla hatte auf den kleinen Tisch, der nahe dem Eingang stand, gestarrt, Gianni konsterniert gewirkt, während er auf sie einsprach. Ein ernstes Gespräch, das sie da wohl führten. Margarethe konnte nur stören.

Erst in der Salumeria am anderen Ende der Straße, als sie in zweiter Reihe vor der Theke stand, das Geschwirr der Stimmen im Ohr, kam ihr der Gedanke, ob sie für einen Augenblick Zeugin einer Trennung geworden war, ohne eine Ahnung gehabt zu haben, dass Gianni und Carla ein Paar gewesen waren.

Margarethe hatte ein großes Stück Parmesan auf ihrem Zettel stehen, die kleinen schwarzen Oliven, die sie gerne zum Wein aßen, doch sie ließ zusätzlich ein paar Scheiben von der *Porchetta* aufschneiden, Gianni liebte den Schweinebraten.

Sie betrat das Haus in der Via Matteotti und fuhr mit dem gläsernen Aufzug in den vierten Stock. Versorgte die Einkäufe. Legte die Porchetta in den alten Bosch, den sie im Januar 1934 noch in Köln gekauft hatten, um ihn mit nach San Remo zu nehmen. Dann schrieb sie einen Zettel. *Porchetta für dich bei uns im Frigo.*

Margarethe lehnte die Tür nur an, als sie die Treppen zum dritten Stock hinabstieg, den Zettel vor Giannis Wohnungstür legte und zurückeilte.

In ihrer Küche zog sie eine der großen weißen Schürzen

an. Die Zeit, bis Gianni kam, um den Schweinebraten zu holen, ließ sich mit den Vorbereitungen für die Melanzane ausfüllen, die sie am Abend servieren wollte. Erst die Auberginen in dünne Scheiben schneiden und sanft anbraten. Eine große Dose Tomaten öffnen. Zwiebeln fein hacken, mit Knoblauch und Olivenöl anschwitzen. Alles in den Topf geben. Köcheln lassen.

Margarethe hatte gerade die Moka auf den Herd gestellt, den Espresso trinken, den sie am späten Mittag hatte ausfallen lassen, als es kurz klingelte und Gianni dann aufschloss.

«Das duftet», sagte er und gab seiner Mutter einen Kuss auf die Wange. «Eine Melanzane, die du da vorbereitest?»

«Magst du mit uns essen?»

Gianni schüttelte den Kopf. «Ich bleibe unten und esse die Porchetta. Danke, Mama, dass du an mich gedacht hast.»

«Setz dich und trink einen Espresso mit mir», sagte Margarethe.

Gianni setzte sich, griff in die Schale mit dem Mandelgebäck und ließ es laut zwischen den Zähnen knacken. Er sah nicht aus wie ein junger Mann, der einen großen Liebesschmerz erlebte.

«Du hast eine Freundin, Gianni?»

Er lachte. «Ich habe viele Freundinnen.»

«Verzeih mir meine Neugier. Gelegentlich begegne ich Carla auf der Straße, und dann grüßt sie mich herzlich. Ich dachte, dass sie dir vielleicht nähersteht.»

Gianni gab seine bequeme Sitzposition auf und setzte sich gerade hin. «Um was geht es dir, Mama?» Fing er an zu ahnen, dass die Porchetta ein Köder war?

«Genau darum. Ob Carla und du ein Paar seid.»

«Gut. Ich werde es dir sagen. Doch diesmal gibst du mir

dein Ehrenwort, dass du niemandem davon erzählen wirst. Auch nicht Papa. Er ist ein Feigling.»

«Du hast mein Ehrenwort. Geht es um deine Nonna?»

Er schüttelte den Kopf.

«Warum sagst du, Papa sei ein Feigling?» Wusste sie nicht selbst, dass Bruno den Weg des geringsten Widerstands ging? Wenn er auch ab und zu kühne Vorhaben im Herzen trug, umsetzen tat er sie selten. Aber war nicht sie es gewesen, die ihn abgehalten hatte, Agneses Haus zu verlassen?

«Er drückt sich vor Wahrheiten. Denk nur an Bixios Fremdgehen.»

«Um welche Wahrheit geht es diesmal?»

«Carla ist schwanger.»

Margarethe wurde blass unter der ersten Bräune des Jahres. «Das ist viel zu früh, Gianni. Du bist noch keine zwanzig.» Sie zögerte. «Habt ihr vor zu heiraten?»

«Mama, Carla ist nicht von mir schwanger. Das Kind ist von Bixio.»

Margarethe schaute in ihre leere Espressotasse und schwieg. «Carla ist seine Geliebte?», fragte sie schließlich. «Wie alt ist sie?»

Gianni stand auf und ging zum Kühlschrank, entnahm ihm das Päckchen mit dem Schweinebraten aus der Salumeria. «Im Mai wird sie einundzwanzig», sagte er.

«Lass mich jetzt nicht allein. Ich kann doch nur mit dir darüber reden. Du wusstest die ganze Zeit, dass es Carla war, mit der Bixio ein Verhältnis hat?»

«Bixio ist ein Mistkerl», sagte Gianni. Er blickte auf das Päckchen in seiner Hand. «Ich möchte zwar auch nicht mit Donata verheiratet sein, sie ist eine anstrengende Diva, doch dass er sich deswegen an Carla heranmacht? Er ist doppelt so alt.»

«Kennst du auch Donatas Geheimnis?»

«Hat sie eines?»

«Das sie wohl nur mit Dottor Muran teilt.»

Gianni hob die Schultern. Es schien ihm egal zu sein. «Carla ist keine *putanella*. Sie ist ein gutes Mädchen.»

«Weiß ihre Familie schon davon?»

«Da gibt es nicht viel Familie. Und wissen tun es nur Bixio, du und ich.»

«Wie hat Bixio reagiert?»

«Als guter Katholik denkt er über eine Abtreibung nach. Ihm fehlt nur die Adresse.»

Er legte das Päckchen zurück in den Bosch. «Ich hebe es für morgen auf und esse mit euch. Du bist mir zu erregt. Da passe ich lieber auf, dass du dich nicht verplapperst.»

Margarethe setzte zum Widerspruch an, doch sie war dankbar, dass er am Essen teilnahm, das würde Bruno ablenken, der oft in ihr las wie in einem offenen Buch. Sie stand auf und ging zum Herd, legte die Auberginen in die feuerfeste Form, gab die Soße aus Tomaten, Zwiebeln und Knoblauch darüber. Rieb den Parmesan.

Hatte sie Heinrich gesagt, dass ein kleiner Skandal ihrer Schwiegermutter guttäte?

«Warum hat sich Carla nur auf Bixio eingelassen?»

Gianni seufzte. «Ein bisschen Glanz. Ausflüge mit Bixios neuem Alfa nach Cannes. Schicke Läden auf der Croisette. Teure Lokale. Sie hat es genossen, verwöhnt zu werden. Das kennt sie von zu Hause nicht, da geht es trist zu. Ihr Vater ist tot, und ihre Mutter steht dem Leben eher hilflos gegenüber.»

«Wie können wir ihr jetzt helfen, Gianni?»

«Einen Zufluchtsort finden. Ehe das Geschwätz losgeht. Nun kommt es darauf an, wie ihre Mutter reagiert. Noch drückt Carla sich davor, es ihr zu sagen.»

— 15. AUGUST —

Köln

Die schönen alten Bäume am Ostwall empfingen Heinrich, als er in Krefeld aus dem Bahnhof trat, und wurden von ihm mit einem Lächeln begrüßt. Er hatte sich gesorgt, sie könnten abgeholzt worden sein in den kalten Wintern der Nachkriegszeit.

Die Gründerzeithäuser links und rechts der Allee, die zur Innenstadt führte, zeigten Zerstörungen, deren Ausmaß immer deutlicher wurde, je weiter Heinrich ging. Zweimal fragte er nach dem Weg, nannte die Adresse, die ihm Leikamp im Dezember 1949 hinterlassen hatte. Der Brief war zurückgekommen, aber er wollte mit eigenen Augen sehen, was sich hinter der Adresse verbarg.

Schließlich stand er vor dem Gebäude, in dem sich Leikamps Atelier befinden sollte, eine eingeschossige Baracke mit geflicktem Dach und einer Bäckerei, die er betrat, um nach dem Maler zu fragen.

Er kam aus dem Laden mit einer Tüte in der Hand und der Erkenntnis, dass hier niemand Leikamp kannte. Heinrich hatte die Tüte in seine Aktentasche tun wollen, doch nun nahm er die Nussecke heraus und biss die schokoladige Spitze ab, als könne die etwas dafür.

An der Glasscheibe der Bäckerei klebte ein Plakat der Odeon Gastspiele. Das waren doch Günters künstlerische Gefilde.

Heinrich zog ein Taschentuch aus der Hosentasche, säuberte die Hände von den Spuren der grimmig verschlungenen Nussecke und trat näher heran. *Musikalische Sternschnuppen.* Der Name von Billas Galan wurde an erster Stelle genannt, Günter schien die größte Schnuppe der Odeon Gastspiele zu sein.

Noch eine Viertelstunde bis zur ersten Vorstellung in einem Krefelder Gasthof. Kurz vor sechs trat Heinrich in einen vollen Saal und fand noch einen Platz an einem der hinteren Tische.

Ein Getöse auf dem Klavier, wohl eine Art Tusch. Noch nicht Günter. Heidi und Lilo wurden angekündigt. Mit Kastagnetten.

Der Kellner kam und fragte, ob der Gast eine Flasche Wein wünsche. Heinrich bestellte ein Bier, das er gleich bezahlte. Witze vom Conférencier. Heidi und Lilo steppend. Ein Orientfox vom Mann am Klavier. Heidi und Lilo, die Walzer tanzten.

Günter wurde begeistert empfangen. Er trat in den Lichtkegel, ließ den Applaus abklingen und versuchte, bescheiden auszusehen. Eine Blonde mit Hochfrisur erhob sich und warf Kusshände.

Hab mich lieb, sang Günter. *Märchen der Liebe.* Als die letzten Klänge von *Du bist einfach wunderbar* im Jubel untergingen, stand Heinrich auf, noch war es dunkel im Saal, er wollte vermeiden, dass Günter auf ihn aufmerksam wurde. Aber der beugte sich aus seinem Lichtkegel und blickte nur der Blonden tief in die Augen.

Heinrich erreichte den Zug, der kurz vor halb acht den Krefelder Bahnhof verließ, stieg in Neuss um. Als er zu Hause ankam, war es beinah schon Nacht.

Er fand Gerda und seine Kusinen im Wohnzimmer vor.

Eine Flasche Wein stand auf dem Tisch, Käsegebäck. «Wir haben eine Überraschung für dich», sagte Billa.

«Erzähl erst mal von Krefeld. Hast du Leikamp angetroffen?», fragte Gerda.

Er schüttelte den Kopf. «Ihn gibt es an der Adresse nicht.»

«Dann setzen wir jetzt auf Jef Crayer», sagte Gerda. Sie hatte vier der Bilder des Belgiers in Kommission genommen, den Ursel aus dem Campi kannte. Gerda gefielen dessen farbenfrohe Bilder, der *Ananasberg* wirkte verträumt dagegen.

«Da hättest du ja Günter treffen können. Er tritt in Krefeld auf.» Billa zog an ihrer Zigarette. Sie rauchte, seit Zigaretten keine Währung für Nylonstrümpfe mehr waren, doch eigentlich wollte sie die Güldenring nur elegant halten.

Heinrich nickte. «Was habt ihr für eine Überraschung?»

«Ich ziehe aus», sagte Lucy. «In der kommenden Woche schon.»

«Jetzt willst du wohl erst mal einen Schnaps», sagte Billa. «Weil du viel lieber mich losgeworden wärest.»

Heinrich nahm ein viertes Weinglas aus der Vitrine, schenkte sich vom Mosel ein. Hörte Lucy zu, die erzählte von den zwei Zimmern Neubau am Klettenberggürtel.

«Ziehst du dort allein ein?», fragte er.

«Jedenfalls nicht mit Billa.» Lucy lachte. «Es wird Zeit, mich mal loszumachen von meiner großen Schwester und noch ein paar Träume zu verwirklichen.»

Heinrich suchte den Blick seiner Frau. Was wusste er alles nicht? «Und wann ist es bei dir so weit, Billa?» Er setzte sich. Trank einen Schluck Wein.

Wurde da etwas düster in Billas Blick? «Wann *ich* ausziehe, meinst du?» Sie blies einen Rauchring, als wolle sie ablenken von der Frage.

«Günter scheint ein Herzensbrecher zu sein», sagte Heinrich.

«Das hast du bei der Begegnung im Reichard gesehen? Da bist du doch getürmt.»

«Das habe ich heute gesehen bei seinem Auftritt in Krefeld.»

«Du warst in den *Musikalischen Sternschnuppen*?»

Auch Gerda und Lucy sahen ihn erstaunt an.

«Ich wollte nicht ganz umsonst nach Krefeld gekommen sein.»

«Und? Ist dir jemand aufgefallen?»

«Heidi und Lilo?»

«Nein», sagte Billa. «Eine Blonde mit einer Haartracht wie der Turmbau zu Babel.»

«Die ist mir aufgefallen» sagte Heinrich. Er hatte nicht vor, gnädig zu sein.

Billa drückte ihre Zigarette aus. «Ich gehe besser schlafen.»

«Da gibt es eine Frau, die ihm nachreist», sagte Lucy, als sie allein waren.

«Sonst hat ihn doch Billa begleitet und aufgepasst.»

«Genau das will er nicht mehr.»

«Billa hat Pech mit den Männern», sagte Gerda.

«Sie ist zu anstrengend. Das hält keiner aus.»

«Heinrich, du musst morgen Margarethe anrufen, da ist was im Gange. Gianni will zu uns kommen.»

Er runzelte die Stirn. «So plötzlich? Weißt du, was dahintersteckt?»

«Nein, er hat nur mit Uli gesprochen.»

«Finde ich unseren Sohn oben in seinem Zimmer?»

Gerda nickte.

«Ich verabschiede mich», sagte Lucy. «Gute Nacht.»

«Und was weißt du von Lucys Träumen?», fragte Heinrich, als auch seine jüngere Kusine das Wohnzimmer verlassen hatte.

«Sie hat sich eine Nähmaschine gekauft.»

«Lucy kann nähen?»

«Vor allem kann sie zeichnen.»

Heinrich erinnerte sich dunkel, dass Lucy Kleider für ihre Puppen entworfen hatte. Ein Talent, das nicht weiter gewürdigt worden war in der Familie. Er stand auf. «Dann werde ich jetzt mal Uli interviewen», sagte er.

Ulrich saß an seinem Schreibtisch, nur die kleine alte Lampe mit dem Schirm aus Stahlblech gab Licht. Er hob den Kopf, als sein Vater eintrat.

Heinrichs Blick fiel auf das Abiturzeugnis des Apostelgymnasiums, das vor seinem Sohn lag. «Hast du dich noch immer nicht immatrikuliert? Ist es nicht schon zu spät?»

«Ich nehme an, du bist einer anderen Frage wegen zu mir hochgekommen.»

Heinrich seufzte. «Deine Mutter hat mir erzählt, dass Gianni uns besuchen kommt.»

«Ja. Freitag oder Samstag. Für zwei, drei Tage.»

«Für zwei, drei Tage aus San Remo nach Köln?»

«Er gehe sonst Agnese an den Hals, sagt er. Und er will mit dir und Mama reden.»

«Um was geht es denn um Himmels willen?»

«Die Kurzfassung», sagte Ulrich. «Giannis Großmutter erwartet, dass er sich zum Vater eines Kindes erklärt, das nicht seines ist.»

Eigentlich war er dankbar, dass die Aufregung um Gianni seinen Vater ablenkte. Die Fragen nach seiner Zukunft nahmen langsam überhand.

— 16. AUGUST —

San Remo

Am gestrigen Ferragosto war er mit dem Bus nach Imperia gefahren, um das Auto eines Freundes abzuholen, ein *amico* aus Schulzeiten, der schon an Autorennen teilgenommen hatte mit der Cisitalia 202, die er ihm nun für ein paar Tage lieh.

Gianni dachte nicht daran, den schwerfälligen Lancia zu nehmen für die Strecke von San Remo nach Köln. Vielleicht brauchte er die wilden Pferde für diese Reise, um den Zumutungen seiner Großmutter davonzureiten.

Margarethe betrachtete mit Misstrauen das Auto, das ihr Sohn vor dem Haus in der Via Matteotti geparkt hatte. «Es sieht so schnell aus», sagte sie.

«Das ist die Idee dahinter», sagte Gianni.

«Du bist viel zu zornig für ein hohes Tempo.»

«Verlass dich auf mich, Mama.»

War es nicht ihr Einfall gewesen, Gianni zu der Familie ihres Bruders fahren zu lassen, um ihn auf andere Gedanken zu bringen und Heinrich und Gerda einen Vorschlag zu unterbreiten? Bruno fand verrückt, was sie vorhatte, doch selbst er gab zu, dass ihre Idee längst nicht so verrückt war wie Agneses Ansinnen, ihren Enkel mit Carla zu verkuppeln.

«Gut, dass du noch nicht volljährig bist», hatte Bruno gesagt. «Von mir wirst du die Erlaubnis zu einer Heirat nicht bekommen.» Giannis Großmutter ging es einzig darum,

Bixio aus der Schusslinie zu bringen und einen Skandal zu vermeiden. Alles andere schien egal.

Ferragosto war wieder der übliche Hokuspokus gewesen, Agnese hatte sie alle zur heiligen Messe in die Kirche *Madonna della Costa* gedrängt, zu Ehren der Mutter Gottes, die an diesem Tag zum Himmel aufgefahren war. Gianni hatte sich geweigert, daran teilzunehmen, vorgezogen, diesen roten Teufel von Auto abzuholen. Er wusste zu schätzen, dass es ihm anvertraut wurde.

«Versprich mir, dass du nicht in einem Rutsch durchfährst», sagte Margarethe. Sie sollte mal aus der Sonne herauskommen, ihr wurde schon schwindelig, es war heiß auf der Via Matteotti. Früher hatte sie die Hitze besser vertragen.

«Ich fahre morgen früh um fünf.»

«Dennoch. Übernachte an der Grenze zu Deutschland. Und melde ein Gespräch an, wenn du im Hotel bist, damit ich weiß, dass es dir gutgeht.»

«Mama, ich melde mich, wenn ich in Köln bin.»

«Ich habe eine Pasta für heute Abend vorbereitet. Die gibt dir Energie.»

Gianni lächelte. «Du bist die Beste.»

Margarethe ging nach oben und dachte, wie gut es war, dass sie Brunos Wunsch nach einem weiteren Kind nicht nachgegeben hatte. Vielleicht wäre sie tatsächlich schwanger geworden und ginge mit dickem Bauch und dicken Beinen durch diesen glühenden August mit ihren nun vierundvierzig Jahren.

Wenn ihr doch nur gelänge, Carla zu helfen. Die junge Frau hatte Angst. Wäre es anders, hätte sie Margarethes Vorschlag wohl gleich abgelehnt. Doch so war Carla wenigstens bereit, darüber nachzudenken.

Am späten Abend stand Gianni am Fenster im dritten Stock und sah den Sternschnuppen zu, die quer über den Himmel zogen. Die *Tränen des Laurentius* nannte Nonna die Perseiden, die im August ihren Höhepunkt erlebten.

Tat er recht, ihr so böse zu sein? Agnese lebte für den Schein. Die Opfer, die seine Großmutter auf ihrem Altar darbot, hatten immer die anderen gebracht.

Gianni dachte an Carla, die auf Drängen ihrer Mutter nun bei deren alter Tante in einem Dorf im Hinterland von Imperia lebte. Ihre Stellung an der Rezeption des *Hotel des Anglais* hatte sie aufgegeben. Spätestens wenn das Kind geboren wurde, würde die Nachricht nach San Remo finden. Käme dann der Name Canna ins Spiel?

Wie einfach wäre es, wenn er Carla liebte, dann hätte er eingewilligt, das Kind großzuziehen. Doch auch Carla war nicht einmal verliebt in ihn. Sie waren *amici*, derselben Clique zugehörig, nichts sonst. Nein. Carla und er gehörten nicht der Generation an, die alles mit sich machen ließ. Wie Carlas Vater, der im letzten Moment zum Handlanger der Faschisten geworden und erschossen worden war.

Er würde sich auf keinen Altar legen. Warum war seiner Großmutter denn nicht egal, wer einen weiteren Erben des Hauses Canna auf die Welt brachte? Seit sie ihm die Schlüssel zur Wohnung in die Hand gelegt hatte, schien die Nonna in der Erwartung zu leben, dass er eine Braut über die Schwelle führte, die er schnellstens schwängern sollte. Agnese war im Verständnis ihrer Zeit schon ein altes Mädchen gewesen, als sie mit fünfundzwanzig Jahren Signora Canna wurde. Hatte sie so sehr unter dem Makel gelitten, dass sie die Leute nicht schnell genug unter die Haube bekam?

Margarethe und Bruno hatten aus Liebe geheiratet, dessen war er sicher. Doch Agnese? Die so lange an ihrem gesellschaftlichen Aufstieg gearbeitet hatte, bis ihr drohte, eine alte Jungfer zu werden? Gebrannt hatte sie wohl kaum für seinen Großvater.

Wenn er sich für eine Frau entschied, sollte sein Herz brennen. Das hatte es bisher nicht getan, die Mädchen, die er kannte, waren *belle ragazze*. Selbst Carla hatte sich aus lauter Lebenshunger in die Arme von Bixio begeben.

Noch eine von Laurentius' Tränen am Himmel, Gianni schaute ihr nach. Er hatte Zeit. Hoffentlich sahen die anderen das auch so.

Hamburg

Der Krieg in Korea lag auf Ninas Schreibtisch. Englische und amerikanische Texte von *Reuters* und *Associated Press*, die sie für die Hamburger Zeitungen übersetzte.

Ein Krieg, der im Juni angefangen hatte, wer hätte gedacht, dass es so schnell wieder einen geben würde? Die Wunden des letzten waren längst nicht verheilt.

Nina nahm seltsam stumpf auf, was zwischen Nordkorea und seinem chinesischen Verbündeten und Südkorea mit den verbündeten Amerikanern am 38. Breitengrad geschah. In den Texten der Kriegsreporter wurde von Nervenzusammenbrüchen junger Soldaten berichtet, die kaum fassen konnten, in welche Hölle sie fünf Jahre nach dem Weltkrieg geraten waren. Nein. Sie wollte das nicht an sich heranlassen, gerade machte sie erste Versuche, glücklich zu sein.

Sie sah von ihrer neuen Olympia auf, als einer der Botenjungen zur Tür hereinkam, sich schüttelte wie ein nasser Hund.

«Am Sonntag soll das Wetter besser werden», sagte der Junge. Öffnete die Tasche aus Wachstuch und nahm den kleinen Stapel Texte entgegen, die bereitlagen, um in die Großen Bleichen gebracht zu werden.

«Weiß man das heute schon?», fragte Nina. Doch er war bereits zur Tür hinaus.

Am Sonntag wäre Vinton aus Bendestorf zurück. Das erste Mal, dass er für den Kulturteil schrieb. Über einen Film, den Hildegard Knef in der Heide drehte statt in Hollywood, vorübergehend war sie aus Amerika zurückgekehrt.

Nina hatte die Fotos von ihrer Ankunft am Hamburger Flughafen gesehen, den eher trüben Tag hatten die Reporter mit ihren Blitzlichtern aufgehellt. Die Schauspielerin nahm lächelnd eine Flasche Kümmel, Pumpernickel und Katenschinken entgegen. Insignien der norddeutschen Landschaft.

«Sie sähe aus wie du, wäre sie nicht so stark geschminkt», hatte Vinton gesagt.

Nina fand nichts von Hildegard Knef in ihrem Gesicht.

An Junes neuem grünen Nylonmantel perlten die Regentropfen. «Ein Tag, um *Highballs* zu trinken», sagte sie. «Wieso bist du noch hier?»

«Der Junge hat eben erst die Korea-Texte abgeholt.»

«Und wie geht es Vinton bei der Sünderin? Hast du von ihm gehört?»

«Bei der Sünderin?», fragte Nina.

«Heißt so nicht der Film, den dieser Wiener Regisseur dreht?»

June hängte den Mantel zum Trocknen über einen Kleiderbügel. «Das Grün ist vielleicht ein wenig giftig im Ton», sagte sie.

«Vielleicht ein wenig.»

June hob die Schultern. «Grün macht kleine Füße.»

«Auch wenn man es als Mantel trägt?» Nina lächelte. June tat ihr gut. Ninas Eltern hatten vieles versucht, um die Leichtigkeit zurückzuholen, vor allem ihr Vater, der an keine Heimkehr Joachims glaubte. Doch June hatte den ersten Schritt getan, damit Vinton den zweiten tun konnte. Vielleicht war es wichtig gewesen, von den Brüchen in seinem Leben zu erfahren.

June kam mit der Sodaflasche aus der kleinen Teeküche. «Sollte hier nicht noch ein Rest *Teacher's* sein? Wo hat ihn Oliver versteckt?»

«Im Regal. Hinter den *Dictionaries*.»

«Trinkst du heimlich?» June fand den Scotch.

Keine Tumbler. Wassergläser. Ein Fingerbreit Whisky für jeden.

«Du weißt doch, dass ich gleich *dizzy* bin», sagte Nina.

«Wann kommt Vinton denn zurück aus der Heide?»

«Am Wochenende.»

«Hat er dir eigentlich von Flake erzählt?»

«Ja», sagte Nina.

«Wir haben auch ihn an dem Abend nach dem Bombenangriff gefunden. *A little dead dog. He was near by him.*» Einer der Fälle, in denen June ins Englische fiel. «Nina, ich bin froh, dass ihr euch liebt. Und dass du es zulassen kannst. Ihr seid zwei von vielen jungen Leuten, die dieser Krieg durchgeschüttelt hat.»

Durchschütteln. War das ein gutes Wort?

Jockel wird auch durchgeschüttelt, dachte Nina. Sie *musste* an ihn denken. Jetzt. Das war sie ihm und sich schuldig. Nina trank den Scotch mit einem Schluck aus. Hoffentlich fand sie noch den Weg nach Hause.

— 18. AUGUST —

Köln

Gianni hatte vorgehabt, seiner Mutter den Gefallen zu tun und hinter der deutschen Grenze ein Zimmer in einem Gasthaus zu nehmen, doch als er bei Basel über die Rheinbrücke fuhr, war er hellwach. Von einer Tankstelle in Lörrach rief er in Köln an, um zu fragen, ob man bereit sei, ihn mitten in der Nacht zu empfangen.

Der rote Teufel fuhr fabelhaft. Sein *amico* hatte ihm das Werkzeug im Kofferraum gezeigt, man müsse schon was von Autos verstehen, um mit dem 202 weite Strecken zu fahren, er neige zu Launen. Doch der Wagen lief satt aus, als er um halb vier Uhr morgens am Pauliplatz zum Stehen kam. Gianni sah zum Haus hinauf, nur die beiden Fenster unterm Dach waren noch hell, die Zimmer von Ulrich und Ursula.

Uli war es, der wohl auf der Lauer gelegen hatte, nun aus dem offenen Fenster winkte, Zeichen gab und hinunterkam. Er umarmte Gianni und stand in stummem Staunen vor dem Auto. So eines hatte er noch nie gesehen.

«Ist das deines?», flüsterte er.

Gianni hätte beinah zu laut gelacht in der nächtlichen Stille. «Ich habe es mir von einem Freund geliehen. Bei Papa scheitere ich schon daran, den alten Lancia gegen das neue Modell einzutauschen.»

«Bei uns wird immer noch Straßenbahn gefahren», sagte

Uli. «Komm, ich nehme deinen Koffer. Ursel hat Schnittchen gemacht, falls du noch hungrig bist.»

Gianni nahm den Koffer, der ein Köfferchen war, und bestand darauf, ihn selbst die Treppen hochzutragen, leise an den Schlafzimmern im ersten Stock vorbei und hoch zu den beiden Mansardenzimmern.

Er fiel über die Schnittchen her, trotz des Fladenbrots, das seine Mutter ihm als Proviant mitgegeben hatte, der in mundgerechte Stücke geschnittenen Melone, den weißen Pfirsichen, deren Saft ihm auf die helle Leinenhose getropft war, doch dem Schwarzbrot mit holländischem Käse und Gürkchen konnte er kaum widerstehen. Auch dem Mosel nicht, von dem Uli eine Flasche geöffnet hatte.

«Nun die ganze Geschichte», sagte Ursula. «Vorher gehe ich nicht schlafen.»

Und während die Flasche sich leerte, erzählte Gianni. Von Bixio, der seine Frau betrogen hatte mit Carla aus Giannis Clique. Carla, die nun im sechsten Monat war, von ihrer Mutter in ein Bergkaff verschickt. Giannis Nonna, die von ihm erwartete, Carla zu heiraten und Bixios Kind als seines auszugeben.

«Und zu allem zu schweigen», sagte Gianni. «Ewig und einen Tag.»

Uli schenkte noch einmal Wein nach. «Was sagt Bixio?»

«Er ist auf Agneses Drängen zur Beichte gegangen, hat dem Monsignore eine großzügige Spende für die Kirche gegeben und ein Dutzend *Padre Nostro* gebetet.»

«Und Bixios Frau? Da kommen doch keine Kinder. Vielleicht will *sie* Carlas Kind.»

«Das würde ich mir an Carlas Stelle verbitten», sagte Ursula.

«Donata ist die Einzige in der Familie, die keine Ahnung

hat. Das geht so lange gut, bis es Gerüchte gibt. Die gelangen leicht aus dem Hinterland nach San Remo.»

«Und was willst du nun mit unseren Eltern besprechen?»

«Margarethe hatte die Idee, Carla könne ihr Kind in Köln zur Welt bringen.»

«Hier bei uns?» Ulrich sah ehrlich entsetzt aus.

«Eher im Kreißsaal des Elisabeth-Krankenhauses», sagte Ursula. «Da trifft es sich doch gut, dass Lucy in der nächsten Woche auszieht.» Ihr gefiel der Gedanke, Carla aufzunehmen. Die Campis würden ihr gefallen. «Will sie denn überhaupt nach Köln kommen?»

«Mama hat bei ihr vorgetastet. Carla ist verzweifelt und zu allem bereit.»

Ulrich stand auf und schob die Hände in die Hosentaschen. «Fängt an, hell zu werden.» Er sah seine Schwester an. «Was glaubst du, was Mama und Papa dazu sagen?»

«Gerda wird zustimmen und Heinrich Bedenken haben.»

«Wovon soll Carla denn leben?», fragte Ulrich.

«Von Bixios Unterhalt», sagte Ursel. «Und du kannst ihr mit dem Baby zur Hand gehen, Zeit genug wirst du haben, das Wintersemester hast du in den Sand gesetzt.»

Gianni blickte zu Uli. «Hab die Anmeldung verpasst», sagte der.

«Uli weiß vor allem, was er nicht will», sagte Ursula. «Wir werden heute erst einmal Mama einweihen. Wenn Papa dann am Abend nach Hause kommt, ist schon alles in trockenen Tüchern.» Hoffentlich stellte sie sich das nicht zu einfach vor.

— 19. AUGUST —

San Remo

Refugio hatte ihre Mutter es genannt, doch es war eine Verbannung. Kein *refugio*. Wie sollte es in diesem stillen Ort in den Bergen erst werden, wenn der Herbst kam, das Kind im November geboren wurde. Die einzige Hebamme, die es gab, war uralt und die *Zia*, die Tante ihrer Mutter, kaum jünger.

Carla schlich sich in das Haus in der Via Matteotti, wie es verabredet gewesen war für diesen Vormittag. Nur nicht der alten Signora Canna begegnen und noch viel weniger Bixio oder seiner Frau. Doch von Giannis Mutter wusste sie, dass Bixio um diese Zeit in seinem Büro saß, um die Blumen in alle Welt zu verkaufen, und Donata kaum je vor zwölf Uhr vor ihre Tür trat.

Donata wusste nichts von Carla und deren Schwangerschaft. Bixios Schweigen wunderte Carla nicht, auch die Alte schien vor allem ihren Lieblingssohn schützen zu wollen. Nur bei Gianni und dessen Eltern fühlte sie sich in Obhut. Und vielleicht auch bald bei Giannis Onkel und Tante in Köln?

Giannis Mutter stand in der offenen Tür der Wohnung im vierten Stock, als Carla aus dem Aufzug kam. *«Vieni dentro»*, sagte sie. Carla trat ein.

Die Verständigung in Köln würde erst einmal ein Problem sein. Doch sie lernte Sprachen leicht, hatte im Hotel die ausländische Korrespondenz geschrieben und auch mit deutschen Gästen ein paar Sätze gesprochen.

Carla saß auf der Chaiselongue und zupfte an ihrem Kleid, das weiße mit den Mohnblumen, ihr bestes. Selbstgenäht. Man sah ihren kleinen Bauch kaum darin.

Die Zia hatte gezetert, als sie das Kleid am Morgen angezogen hatte. Ob Carla noch nicht genug davon habe, den Männern schöne Augen zu machen. Und was sie denn überhaupt schon wieder in San Remo wolle.

Giannis Onkel und Tante sollten es nicht bereuen, sie aufzunehmen. Ihrer Mutter musste sie noch beibringen, was sie vorhatte. In eine angstvolle Frau hatte sie sich verwandelt, seit ihr der Mann am Ende des Krieges erschossen worden war.

Und wenn das Kind ein paar Monate alt wäre, hätte sie auch die Kraft, mit ihm nach San Remo zurückzukehren und zu der Frau zu werden, die Carla angefangen hatte zu sein, bevor Bixio Canna in ihr Leben gekommen war.

Margarethe stand am Fenster und sah der jungen Frau nach, die im schwingenden Mohnblumenkleid auf die Via Matteotti trat, um zur Piazza Colombo zu gehen und dort den Bus nach Imperia zu nehmen. Ja, sie hätte sie gern zur Schwiegertochter gehabt.

Bixio ist ein Mistkerl, hatte Gianni gesagt. Dem stimmte sie zu. Was hatte Carla in ihm gesehen, als sie sich auf ihn einließ? War sie wirklich nur ob des Glanzes in ihn verliebt gewesen?

Am Montag würde sie zum Bahnhof gehen. Eine Fahrkarte für Carla kaufen. Von San Remo über Genua nach Mailand. Dort würde sie das erste Mal umsteigen, um über den Gotthard nach Basel zu fahren und dann weiter nach Köln.

Ein Segen, dass Carla volljährig war und einen Pass besaß, den sie 1948 beantragt hatte, um in Nizza am Lehrgang einer Hotelfachschule teilzunehmen. Auf einem so guten Weg war sie gewesen, um sich nicht in die Abhängigkeiten zu begeben, die überall auf Frauen warteten.

Carla war verlegen ob all der Zuwendungen. Auch des Geldes wegen, das sie ihr in Lira und Mark gegeben hatte.

«Heinrich weiß noch nichts», hatte Gerda gestern Nachmittag am Telefon gesagt. «Doch das kriege ich hin. Die Kinder und ich freuen uns, er wird erst mal erschrocken sein. Du kennst deinen Bruder.»

O ja. Sie kannte ihren zaudernden Heinrich. Und immer war er von Frauen umgeben gewesen, die Turbulenzen in sein Leben brachten.

In dieser Familie sind die Frauen die Helden, hatte ihre Mutter gesagt.

Traf das auf die Cannas auch zu? Agnese eine Heldin? Eher die Kartenkönigin aus *Alice im Wunderland*. Kopf ab, dachte Margarethe, als sie das Fenster schloss.

Das Kalkül ihrer Schwiegermutter, Giannis Leben zu zerpflücken, um es nach eigenem Gutdünken zusammenzusetzen, würde nicht aufgehen.

— 1. NOVEMBER —

Köln

Wie gut, dass sie nicht an einem dunklen Tag wie diesem in Köln angekommen war. Carla griff in den Kragen ihres Mantels, hielt ihn zu, damit der Wind ihr nicht durch die dünne Wolle blies. Allerheiligen. Bixios Geburtstag. Doch er war nicht länger vorhanden in ihrem Herzen, drängte nur noch ab und zu in ihre Gedanken hinein.

Ihre Mutter würde sich heute auf den Weg zum Cimitero Monumentale machen, um das Grab des Vaters zu besuchen, ein schlichter weißer Stein mit einem Medaillon aus Emaille, das einen noch jungen Mann mit einem steifen Schnurrbart zeigte, eine Würde ausstrahlend, die er nicht besessen hatte.

Carla griff nach Ursels Hand, die Wege auf dem Melatenfriedhof waren glitschig, sie hatten ein Stück weit zu gehen bis zu dem Familiengrab der Aldenhovens. Nur nicht fallen, vielleicht löste das dann die Geburt aus hier zwischen den Gräbern.

Weiße Chrysanthemen hatten Gerda und Heinrich in der Hand, Uli das rote Licht, das sie anzünden würden am Grab von Heinrichs Eltern, seinen kleinen Schwestern, Gerdas Mutter. Sie hätte zu Hause im Warmen bleiben können, doch gehörte sie nicht fast zur Familie?

Da war das Grab. Ein großer schwarzer Granitstein mit hellgrauen Buchstaben.

«Hat einer von euch Streichhölzer dabei?», fragte Uli. Er hatte vergeblich in seinen Taschen gesucht, Billa war die Einzige in der Familie, die rauchte. Doch Billas und Lucys Eltern waren auf dem Zollstocker Friedhof begraben.

Gerda, die eine Schachtel *Welthölzer* hervorzog. Dabei gab es nicht mal einen Gasherd im Haus am Pauliplatz. Er war schon vor dem Krieg einem elektrischen gewichen, was Gerda gelegentlich bedauerte.

Ulis und Carlas Blicke begegneten sich, als das Grablicht in der schweren Laterne aus Bronze brannte. Streifte sein Blick ihren gewölbten Bauch?

Im August war sie beinah noch so schlank und biegsam gewesen, wie sie sich kannte. Nun fühlte sie eine entsetzliche Schwere.

Alles schien ihr leicht zu sein, als sie am letzten Augusttag in Köln angekommen war und Gerda und Heinrich auf dem Bahnsteig gestanden hatten. Auch wenn die Ruinen Carla erschütterten, die unfassbare Zerstörung, die sie aus dem Fenster des Taxis sah. Auf dem Trümmerschutt, der in der Altstadt noch reichlich vorhanden war, blühten Disteln und Robinien, das helle Sonnenlicht hatte nichts beschönigt und doch den Anblick erträglicher gemacht.

Jetzt lag die Nässe des Novembers schwer auf den leeren Fassaden, ließ sie gespenstisch erscheinen. Nur zwei Stationen, die sie mit der Linie 8 vom Melatenfriedhof nach Hause fuhren. Nach Hause. Wie selbstverständlich sie das dachte, dabei bliebe sie nur bis Februar, dann würde ihr Kind ein Vierteljahr alt sein.

Tee und Spekulatius gebe es nachher, hatte Gerda gesagt, ein Ritual, wenn sie an Allerheiligen vom Friedhof zurückkehrten. Carla kannte keinen Spekulatius. Bei ihnen wurden Cantuccini gegessen, das traditionelle Mandelgebäck. Zia hatte die immer in Grappa getaucht, um ihre letzten Zähne zu schonen, ein Extra, das sie einforderte, dafür, dass sie jedes Jahr von ihrem Bergdorf hinabstieg, um in San Remo des Mannes zu gedenken, von dem sie ihrer Nichte dringend abgeraten hatte.

War das in diesem Jahr wieder so? Carla wusste es nicht, sie hatte wenig Kontakt. Auf die Briefe, die sie nach San Remo schrieb, kam selten eine Antwort, ihre Mutter tat sich schwer mit dem Schreiben.

Carla hatte kein Heimweh. Giannis Kölner Familie gab ihr Geborgenheit und Wärme, wie sie es kaum je gekannt hatte. Auch mit Billa verstand sie sich und besser noch mit Lucy, in deren neuer Wohnung eine Nähmaschine stand, die sie benutzen durfte, um für das Kind zu nähen.

Vielleicht konnte sie mit Nähen ihr Geld verdienen und daheim arbeiten, solange das Kind klein war. Später könnte sie ihre Arbeit in einem Hotel wiederaufnehmen. Wo würde sie wohnen? In die enge Wohnung an den Bahngleisen wollte sie nicht zurückkehren. Ihre Mutter würde sie nur endlos bedrängen, den Namen des Vaters zu nennen. Gianni half ihr sicher, etwas zu finden, und Margarethe. Sie empfand eine große Zuversicht, als sie sich dem Haus am Pauliplatz näherten.

Carla hoffte vor allem eines: dass ihr Kind seinem Vater nicht ähnlich sah.

Hamburg

In Köln läute es durch, sagte die Telefonistin. Erst da fiel Elisabeth ein, dass Allerheiligen dort ein Feiertag war und Gerda und ihre Familie vermutlich zum Friedhof gegangen waren. Elisabeth sah zur Uhr. Für dieses Gespräch wollte sie allein sein. Ohne Nina und Kurt. Auch den Jungen wusste sie lieber oben bei Otto.

Wem konnte sie den Zwiespalt ihrer Gefühle über Ninas neue Liebe wohl besser schildern als Gerda, die keine Konventionen kannte, eine junge schwangere Frau aufgenommen hatte, gerade dass mal ein Zimmer frei wurde im Haus. Die dennoch Verständnis haben würde für den Kleinmut im Herzen ihrer Hamburger Freundin.

Elisabeth stellte den Karton auf den Küchentisch, den sie eben aus der Kommode in der Kammer genommen hatte. Setzte sich. Hob den Deckel. Als habe sie gewusst, dass diese Fotografie die erste sein würde, auf die ihr Blick fiel.

Genauso hatte sie das Bild in Erinnerung, Joachim, der Nina voller Liebe ansah, während er ihr den Ring an den Finger steckte, diese eilige Heirat, die nicht nötig gewesen war, der Junge wurde erst vier Jahre später geboren. Doch Joachim hatte verheiratet sein wollen, bevor er in den Krieg zog. Noch trug er keine Uniform, aber in der hatte er sich auch später bei den Heimaturlauben nicht fotografieren lassen.

War denn ihr Wunsch nach Loyalität falsch? Die Treue Joachim gegenüber, der noch immer um ein Leben mit seiner Frau und seinem Sohn gebracht wurde? Beide waren sie jetzt dreißig Jahre alt. Joachim und Nina.

Kurt tat sich da viel leichter. Wie oft in ihrem gemeinsamen Leben. Hatte gern die Einladung in die Konditorei

Lindtner angenommen, zu viert hatten sie dort Kuchen gegessen, Nina, Jan, Kurt und der junge Engländer. Ein Jahr jünger war er als Nina. Als ob das nicht egal wäre in diesem Seelenschlamassel.

Sie sollte aufstehen und Licht machen, um weitere Fotografien zu betrachten. Wollte sie das denn überhaupt?

«Lilleken. Du sitzt hier im Dunkeln?»

Elisabeth zuckte zusammen. Sie hatte keinen Schlüssel im Schloss gehört.

Kurt schaltete die Lampe an. Vier Schalen aus weißem Milchglas am dunklen Holzkranz. Nina hatte diese Lampe schon als Kind nicht leiden können. Elisabeth lächelte. «Kompottschüsseln», sagte sie.

Kurt sah sie irritiert an. «Ach so», sagte er und blickte zur Decke hoch.

«Du bist früh dran.»

«Der Weltspartag liegt hinter mir. Ich bin kurzfristig ein freier Mann.» Kurt zog einen der Küchenstühle heran und setzte sich neben Elisabeth. Nahm die Fotografie in die Hand, die auf dem Tisch lag. «Du quälst dich», sagte er.

«In dieser neuen Liebe kann es nur Verlierer geben.»

«Vinton ist keiner, der leichtfertig in Ninas Ehe einbricht. Der Krieg hat auch ihn beschädigt. Er hat seinen Vater verloren, das Elternhaus.»

«Du stehst schon ganz auf seiner Seite.»

«Lilleken, ich stehe auf der Seite der Lebenden und bin dankbar, unsere Tochter wieder glücklich zu sehen.»

«Wie gut Joachim aussieht. Tut das der junge Engländer auch?»

«Ja», sagte Kurt. «Lern ihn endlich kennen. Wir laden ihn einfach ein.»

«Nein, Kurt. Nicht hier ins Haus.»

«Ich denke darüber nach, wohin ich uns fünf ausführe», sagte Kurt. Vielleicht ins neueröffnete Funk-Eck in der Rothenbaumchaussee, das war neutrales Terrain, von Joachim nie betreten. «Wo steckt der Junge?», fragte er.

«Er ist oben bei Blümels.»

«Weiht ihn Otto in ein weiteres Geheimnis der schlesischen Kochkunst ein?»

«Ich habe Knetgummi gekauft. Für Jan und für Otto.»

Kurt lächelte. Lilleken wollte die Kneterei nicht in ihrer Küche haben, Jan hatte die Stangen mal auf der gusseisernen Heizung weich werden lassen. Zu weich.

«Gerda und Heinrich waren heute sicher auf dem Friedhof, ich hatte versucht anzurufen. Zu den Gräbern müssen wir am Sonntag auch noch.»

«Wolltest du wissen, wie es der kleinen Italienerin geht? Wann soll denn das Kind kommen? Versuch es noch mal mit dem Gespräch.»

«Nicht mehr heute Abend.» Und nicht vor seinen Ohren.

«Womit kann ich dich aufheitern, Lilleken?»

Elisabeth legte das Foto in den Karton und tat den Deckel drauf. Den Karton in die Kommode zurückstellen, nicht Nina aufmerksam werden lassen, die bald nach Hause kommen müsste. Sie stand auf. «Ich werde jetzt mal Jan bei Blümels abholen.»

«Was hast du fürs Abendbrot vorgesehen?»

«Bratkartoffeln, Kurt. Du kannst schon mal die Kartoffeln schälen.»

«Wenn dich das heiter stimmt», sagte er.

«Ist dir warm genug?», fragte Vinton. Er zog die Decke aus schottischer Wolle über Ninas nackte Schultern. Eines der wenigen Stücke, die er in London vor dem Umzug neu gekauft hatte, diese Decke von Marks & Spencer. Ihm war gesagt worden, dass die Leute in Hamburg noch mehr frören als die Londoner und nicht zögerten, die Umrandungen der Sandkästen auf den Spielplätzen im Schutz der Nacht zu zersägen, um Holz für die Ofenheizung zu haben.

Bei seiner Ankunft im Juli 1948 war es angenehm warm gewesen, doch schon im frühen Herbst war er dankbar, eine Decke aus schottischer Wolle zu besitzen. Vielleicht hatte ihm am meisten die Beteuerung des Verkäufers gefallen, sie sei schwer entflammbar.

Er fürchtete sich vor Feuer seit damals. Vor Feuer und dem Geräusch einstürzender Mauern. Vor Wochen waren Nina und er einem Abriss von Ruinenresten zu nahe gekommen. Das Zittern, das ihn überfallen hatte, war zum Glück vorübergegangen.

«Noch eine Viertelstunde. Dann muss ich zum NWDR.»

«Das ist ja nicht weit», sagte Nina. June hatte ihr die drei nachmittäglichen Stunden geschenkt, das träfe sich doch gut mit Vintons Vorhaben, am Nachmittag nicht in die Redaktion zu gehen. Ein abendliches Interview stand an, mit einem jungen Mann, der eine heiße Geige spielte, zu heiß für einige.

«Wenn ich nicht aufpasse, bin ich bald der Mann fürs Leichte.»

«Wäre das schlimm?»

«Für einen, der auszog, Ed Murrow zu folgen?»

«Ich denke nicht, dass du dich zum Kriegsberichterstatter eignest.»

«Nein», sagte Vinton. «Nicht mehr.»

Nina hob den Kopf aus Vintons Arm. «Du musst dich anziehen», sagte sie. «Und kämmen vielleicht auch noch.»

«Von wem hast du die Vernunft?»

«Nicht von meinem Vater», sagte Nina.

Vinton lächelte. Er fühlte eine große Sympathie für Kurt Borgfeldt.

Als sie dann im nieseligen November standen, einander küssten, dachte er, dass er sich kaum noch vorstellen könne, ohne Nina zu leben. Ein gefährlicher Gedanke, den er da hatte, bevor er in das Funkhaus trat, um Helmut Zacharias zu treffen.

Nina ging davon, ohne sich noch mal umzudrehen. Hatte vor, zu Fuß zu gehen, doch dann war es ihr zu dunkel, zu nass, und sie stieg die Treppe zur Station der U-Bahn hinunter, die seit fünf Jahren wieder nach dem Architekten Martin Haller benannt sein durfte und nicht länger Ostmarkstraße hieß.

Sie war spät dran, ihre Mutter würde sich sorgen, ihr Vater hoffen, sie habe eine Verabredung mit Vinton gehabt. Sie wäre gern wie Kurt, doch sie hatte Elisabeths Schwere. Ausgelassen kannte Nina ihre Mutter nur im Zusammensein mit Gerda. Ninas Schuld, dass Elisabeth nicht zu ihr nach Köln gefahren war im Februar.

Mrs. Guilty nannte June sie manchmal. Eine Meisterin des schlechten Gewissens.

Ja. Das konnte sie gut. Doch es schien ihr abhandenzukommen, wenn sie neben Vinton lag. Erst auf den dunklen Straßen lauerte das Gewissen wieder.

Nina verließ die Bahn in der Sierichstraße und fragte sich bald darauf, warum sie diesen Weg für freundlicher und bequemer gehalten hatte. Sie hätte längst an der Maria-Louisen sein müssen, stattdessen lag rechts vor ihr die geisterhafte Ruine der Villa an der Bellevue. Auch in den heilen Häusern daneben kein Licht.

Einen großen Bogen, den sie gemacht hatte, um endlich in der Blumenstraße anzukommen. Nina atmete aus und dachte einen Augenblick, dass ihr Irrweg eine Warnung gewesen sei, weil sie anfing, Jockel für tot zu halten.

— 19. NOVEMBER —

Köln

Warum hatten sie damals ausgerechnet an einem Donnerstag im November geheiratet? Weil das Datum auf den Hochzeitstag von Heinrichs Eltern fiel, die eine gute Ehe geführt hatten?

Der November 1925 hatte viel Schnee gebracht, die Frauen froren in den festlichen Kleidern. Gerda war es warm gewesen im Brautkleid aus weißer Wolle, das sie mit ihrer Mutter bei Franz Sauer gekauft hatte. Den Schleier aus Brüsseler Spitze besaß sie noch immer. Er lag in seinem Karton und wartete auf Ursula.

An ihrer Silberhochzeit heute wehte auch ein kalter Wind. Was keinen wirklich störte, die Familie würde im warmen Haus bleiben, wie gut, dass ihr Jubeltag auf einen Sonntag fiel. Bei Carla tat sich noch nichts, selten nur eine Bewegung im Bauch, das Kind fand kaum mehr Platz zum Strampeln.

Heinrich allerdings war im Garten, hatte widerwillig den Mantel angezogen, ein heißblütiger Held, der der Kälte trotzte, seiner Liebsten Blütenstiele von der hellroten Zaubernuss schnitt, er würde hoffentlich nicht die Christrosen anrühren.

Gerda griff nach der Tasse Kaffee, echte Bohnen zur Feier des Tages. Die Kanne Kaffee hatte sie auf das Stövchen gestellt, ein Kännchen Sahne daneben, im Moment ging es ziemlich luxuriös bei ihnen zu. Drei Bilder hatten sie seit Anfang November von dem belgischen Maler verkauft, doch irgendwas war im Busche mit Jef Crayer. Sie hatte den Eindruck, dass er ihr aus dem Weg ging.

Ursula, die ins Wohnzimmer kam und nach dem Kaffee schnupperte.

«Hol dir eine Tasse», sagte Gerda. War es im März gewesen, dass sie Margarethe von Ursels erster Liebe erzählt hatte? Noch hatte Gerda den Auserwählten nicht zu Gesicht bekommen. Ursula gab sich schweigsam. War es längst vorbei?

«Uli und ich haben ein gemeinsames Geschenk. Du musst dich noch gedulden, Mama.» Ursula nahm einen Stuhl und zog ihn an den Gobelinsessel heran. In Gerda tat sich das Gefühl einer großen Nähe zu ihrer Tochter auf. Traute sie sich deshalb?

«Ursel, magst du mir mal von dem Mann deines Herzens erzählen?»

Ursula stellte die Tasse hörbar auf den Telefontisch. «Wart's ab», sagte sie.

Gerda nickte. Sie hatte gelernt zu schweigen bei ihren Kindern. Alles andere führte nur zu Blockaden in der Verständigung.

«Hat Papa dir schon sein Geschenk gegeben?»

«Er hat mir zum Geburtstag den *Ananasberg* geschenkt, das reicht für mindestens zwei Anlässe.»

«Was reicht für zwei Anlässe?», fragte Heinrich, der hereinkam. Die Zweige der Zaubernuss hatte er bereits in eine hohe Vase gestellt und trug sie nun zum Tisch.

«Der *Ananasberg*», sagte Gerda. Sie blickten beide zu dem Bild, das von einer Lampe mit gebogenem Wandarm angeleuchtet wurde.

«Das ist noch immer mein Liebling», sagte Heinrich. «Obwohl sich die Bilder von Jef Crayer wirklich gut verkaufen.»

Ursel schaute zu ihrem Vater. Um ihn an das Geschenk zu erinnern? Das zog er gerade aus der Tasche seiner Strickjacke und legte den flachen Karton neben die Vase mit den Zweigen. Gerda las beunruhigt den Schriftzug. *Hölscher.* Der Juwelier hatte ein elegantes Geschäft eröffnet, die geschwungenen Schaufenster waren eines der ersten Glanzstücke von Architektur auf der Hohen Straße.

«Nun öffne es schon», sagte Heinrich. «Wir können die Briketts dennoch bezahlen.»

Gerda stand auf. Dachte, dass das ganze Elend schnell zurückkommen könnte. Sie öffnete den Deckel. Ein schmaler goldener Armreif.

«Gerade breit genug, um das Datum des heutigen Tages einzugravieren. Du magst doch keinen schweren Schmuck.»

«Küsst euch», sagte Ursel. Sie sah zur Tür, wo ihr Bruder bliebe. Half er Carla noch immer mit dem Zubereiten der Involtini, den kleinen italienischen Rouladen? «Da Uli verschollen scheint, schenke ich euch schon mal ein kleines Geheimnis», sagte sie.

Die volle Aufmerksamkeit ihrer Eltern galt ihr. Ursula stand auf und schien nervös.

«Um deine Frage von eben zu beantworten, Mama, Jef ist der Mann, den ich liebe.»

«Jef Crayer? Er ist viel zu alt für dich», sagte Gerda. Hatte ihre Freundin Elisabeth nicht vor kurzem zu ihr gesagt, Gerda sei eine Frau, die keine Konventionen kenne?

Ursula setzte zu einer Erklärung an, als die Tür aufging und Uli ins Zimmer platzte.

«Carla läuft Wasser an den Beinen hinunter», sagte er. «Sie sagt, das Baby kommt.»

«Dann ruft mal ein Taxi.» Gerda ging in die Küche.

«Ich fahre mit ins Krankenhaus», sagte Ursula.

Heinrich hob den Hörer und wählte. «Wie viel älter ist Crayer?», fragte er, während er auf die Verbindung wartete.

«Fünfundzwanzig Jahre.» Sie hatte Einwände befürchtet und darum lange nichts erzählt. Warum fing sie heute davon an? Weil der Zeitpunkt günstig schien, ihre Eltern dankbar für den kleinen Wohlstand, den Jefs Bilder ihnen bescherten?

«Wir sprechen später darüber», sagte Heinrich. Fünfundzwanzig Jahre. So lange wie Gerda und er verheiratet waren. Er sprach ins Telefon und ging in die Küche hinüber, um das Taxi anzukündigen. Carla lag auf dem Wachstuchsofa und hatte Schweiß auf der Stirn. Heinrich sah, dass sein Sohn Carlas Hand hielt.

Auch Ulrich war dankbar, als das Taxi endlich vor der Tür stand, ein gelassener Chauffeur half, Carla in das Auto zu setzen, die Türen hinter den drei Frauen schloss und davonfuhr, um sie ins Elisabeth-Krankenhaus zu bringen.

Der 19. November schien ein guter Tag. Auch um geboren zu werden.

1951

— 8. FEBRUAR —

San Remo

Er hätte die Fenster schließen können, dann wäre der Jazz von Charlie Parker wohl kaum im ersten Stock bei Agnese zu hören. Gianni schloss die Fenster nicht, er drehte den Knopf des Schallplattenkoffers lauter.

«*Spegni lo stridio*», schrie seine Großmutter von unten.

Gianni grinste. Wo war da die venezianische Vornehmheit? Und wie kam Agnese darauf, dass hier jemand kreischte? Parkers Altsaxophon ließ sich nicht mit Gekreisch verwechseln. Doch es gab keinen Zweifel, dass die gute Nonna ungnädig war mit ihrem geliebten Enkel, seit er sich nicht Agneses Willen unterworfen und Carla geheiratet hatte.

Er hörte das Klingeln an der Tür erst beim zweiten Mal. Margarethe, die davorstand. «Lass es gut sein, Gianni. Sie ist eine alte Frau», sagte sie.

Den dreiundsiebzigsten Geburtstag hatten sie gerade überstanden, das gleiche fromme Procedere wie in jedem Jahr. Nur, dass Donata diesmal fehlte, das Gerücht war zu ihr gedrungen, Bixio habe eine junge Frau geschwängert. Darauf verwies Donata ihren Mann des Schlafzimmers und mied ihre Schwiegermutter.

Die lästigen Wahrheiten wurden nur in dem kleinen Kreis von Agnese, Bixio und Bruno besprochen. Brunos Bruder fürchtete sich vor dem nahen Tag, an dem Carla zurückkehrte. Was würde sich dann noch verheimlichen lassen?

«Setz dich, Mama. Ich mache uns einen Espresso.»

«Hast du Neuigkeiten von Uli? Wann wirst du nach Köln fahren?» Heinrich und Gerda hielten Margarethe auf dem Laufenden, was die kleine Claudia anging. Doch sie hatte noch immer nichts davon gehört, wann Carla und die Kleine nach Hause kommen wollten. Gianni hatte angeboten, die beiden mit dem Lancia abzuholen und zurück nach San Remo zu bringen. Dass er dadurch ein paar Tage der Familienfirma fernbleiben würde, störte ihn nicht. Im Augenblick gefiel es ihm, seine Großmutter zu provozieren.

Gianni ließ den Kaffee in der Moka hochbrodeln und schenkte ein. «Einen *corretto*?», fragte er und hatte schon die Flasche in der Hand, um den Schuss Grappa in den schwarzen Espresso zu geben. Seine Mutter würde protestieren, es war noch Vormittag. Aber tranken die Arbeiter den kleinen heißen Aufwecker nicht schon um sieben Uhr früh in den Bars, aßen höchstens ein *cornetto* dazu?

Margarethe protestierte nicht. «Schenk ein», sagte sie. *Wer Sorgen hat, hat auch Likör*, hatte schon ihre Mutter gesagt. Der Unfrieden in der Familie hier in San Remo belastete sie. Dagegen schien es in Köln idyllisch zuzugehen, auch wenn ihr Gerda gestanden hatte, längst vergessen zu haben, wie ein Säugling das Leben auf den Kopf stelle. Doch Heinrich sei ein talentierter Großvater. Großvater?

«Ich verrate dir, was ich vermute», sagte Gianni. «Carla wird nicht zurückkommen.»

«Und wie soll das gehen? Wo will sie leben mit Claudia?»

«In dem dir wohlbekannten Haus am Pauliplatz.»

«Das würde Bixio gerade recht sein», sagte Margarethe. Ihr gefiel nicht, dass es ihrem Schwager so leicht gemacht wurde und er keine andere Verantwortung trug, als gelegentlich Geld nach Köln auf Heinrichs Konto zu überweisen. Sie sah ihren Sohn an. «Du vermutest nicht nur, du weißt etwas, Gianni.»

«Carla und Ulrich. Sie sind einander zugetan.»

«Einander zugetan? Wir haben dir zu oft Grimms Märchen vorgelesen.»

Gianni schüttelte den Kopf. «Ich mag die Formulierung.»

«Er ist kaum älter als du.»

«Mama. Dass ich mich geweigert habe, auf Nonnas Pläne einzugehen, lag nicht daran, dass ich anderthalb Jahre jünger bin als Carla. Weder sie noch ich wollten was voneinander. Das hat es doch nicht mal mehr in deiner Generation gegeben, dass man sich hat verkuppeln lassen.»

«Uli ist noch völlig unentschieden, was er mit seinem Leben machen will.»

«Ich glaube, ihm gefällt nur nicht, dass es seinem Vater so wichtig ist, ihn an der Universität zu sehen», sagte Gianni. «Er hätte sonst schon Vorstellungen.»

«Du scheinst ja der Geheimnisträger in der Familie zu sein. Am Montag kommt Donata zu mir. Ich hoffe, wenigstens sie vertraut mir endlich ihr Geheimnis an.»

«Donata und Bixio sollten sich trennen.»

«Das wird deine Nonna nie erlauben», sagte Margarethe und nahm einen Schluck vom Corretto.

Köln

Ulrich blätterte durch den Skizzenblock, der neben der Nähmaschine lag, sein Blick blieb an einer der Zeichnungen hängen. Ein leichterer Strich als bei den übrigen Skizzen, im

Entwurf des Kleides ließ sich bereits die spielerische Bewegung einer jungen Frau erkennen.

Lucy sah ihm über die Schulter. «Die anderen Kittel habe ich gezeichnet.»

«Und dieses hier?»

«Deine talentierte Carla.»

Ulrich lehnte sich zurück. Eine zaghafte Februarsonne fiel in das zweite der Zimmer, die Lucy bewohnte, fing sich in den gelben und orangenen Klecksen eines Stoffes, der ausgebreitet auf dem Tisch lag. *Deine.* Zugehörigkeit zu einem Pronomen. Er lauschte ihm noch immer ungläubig nach.

Im November war er zwanzig geworden, zu jung, um die Stelle des Vaters von Claudia einzunehmen. Sagte *sein* Vater. Doch was tat er hier anderes, als auf Frau und Kind zu warten, die auf der anderen Seite des Klettenberggürtels beim Kinderarzt waren. Die Kleine hatte ein bisschen gefiebert.

«Du hast die zweite Gelegenheit verstreichen lassen, dich zu immatrikulieren.»

Er drehte sich zu ihr um. «Hat dir das Heinrich oder Gerda gesagt?»

Lucy hob die Schultern. «Ist das wichtig?»

«Ich will weder Arzt noch Architekt werden und noch weniger Anwalt.»

«Das ist es, was dein Vater sich wünscht?»

«Er fürchtet sich zwar davor, dass Ursel als Kunsthistorikerin kaum Geld verdienen wird, doch er will den akademischen Ritterschlag für seine Kinder.»

«Ich erzähle dir mal von der kleinen Lucy», sagte sie. «Die hatte ganz früh schon vor, sich Kleider auszudenken. Sie kannte das Wort *Modezeichnerin* noch nicht, doch genau das wollte sie werden.»

«Und warum bist du es nicht geworden?»

«Weil die Aldenhovens eine Kunstgalerie führten, die die Avantgarde des frühen zwanzigsten Jahrhunderts vertrat, da war Modezeichnen ein zu leichtes Gewerbe.»

«Dem hast du dich untergeordnet?»

«Die Rolle der Rebellin hatte bereits Billa eingenommen, obwohl ihr auch nicht gelungen ist, die neue Duse zu werden. Vielleicht waren wir beide zu phlegmatisch. Nun habe ich mit Ende vierzig eine Nähmaschine, Stifte und einen Skizzenblock gekauft und versuche ein spätes Glück.»

«Deinem Vater war es lieber, dass du und Billa ohne Beruf bleibt?»

«Als er seine Verbote aussprach, hat er das wohl nicht vorausgesehen.»

«Warum erzählst du mir das alles, Lucy?»

«Weil du darüber nachdenken solltest, was du wirklich willst.»

«Einen Laden», sagte Ulrich. Sagte das, als habe er lange darüber nachgedacht. «Keine Galerie. Keine Kunst. Gianni sagte, ich solle einen Blumenladen aufmachen, und er werde mich beliefern.»

«Warum nicht», sagte Lucy.

Ulrich lächelte. «Nichts, was im nächsten Moment schon anfängt zu welken.»

«Mode ist auch vergänglich, doch manches wird zum Klassiker.»

«Willst du mich einladen, einen Modesalon mit dir zu eröffnen?»

«Warum nicht», sagte Lucy zum zweiten Mal. «Mit mir. Und mit Carla. Ich nehme kaum an, dass sie nach San Remo zurückkehren wird.»

Ulrich zögerte. «Sie hat sich noch nicht entschieden.»

«Woran liegt das? Will sie Gerda und Heinrich nicht

länger zur Last fallen? Solche Gedanken macht sich meine Schwester nicht.»

Hatte sie selbst nicht auch viel zu lange gezögert, eigene Wege zu gehen? War es der Schock gewesen, die eigene Wohnung zu verlieren, vor den Trümmern zu stehen? Kein Zufall, dass sie wieder in ihrer alten Gegend war. Lucy trat ans Fenster, blickte hinüber zu der vertrauten Brunokirche. Sah Carla, den Kinderwagen schiebend, in dem schon Ursel und Uli gelegen hatten. «Carla kommt», sagte sie.

«Vielleicht liegt es an mir, dass sie es noch nicht weiß.»

«Erzähle ihr von deinen Plänen», sagte Lucy.

«Pläne?»

«Der Laden. Die Mode, die Carla und ich entwerfen werden. Die Carla näht.»

«Das zauberst du jetzt aus dem Hut?»

«Aus dem Hut zaubere ich lediglich den Gedanken, dass du ein guter Geschäftsführer für unsere kleine Modefirma sein könntest, Uli.»

«Du glaubst, dass ich kaufmännisches Talent habe? Anders als Papa?»

«Ich vermute mal, du kommst da auf deine Mutter», sagte Lucy. «Die Galerie läuft, seit Gerda sich einmischt. Du hast eben so prompt von einem Laden gesprochen, das hat was zu bedeuten.»

«Und dann wird Carla in Köln bleiben?»

«Carla denkt, dass du noch nicht weißt, wohin dein Weg geht, und kaum abschätzen kannst, was du dir da alles aufbürdest mit ihr und dem Kind.»

«Erzählen wir Carla von unseren Plänen», sagte Uli in das Klingeln hinein.

Einen Augenblick lang überlegte Heinrich, Jef Crayer auf die Ernsthaftigkeit seiner Absichten anzusprechen, doch dann schien ihm das lächerlich bei einem Mann von sechsundvierzig Jahren.

Er hatte Crayer lange nicht gesehen, auch beim kleinen Weihnachtsumtrunk in der Galerie hatte der Maler gefehlt. Vielleicht, weil er genau diese Art von Gesprächen mit den Eltern von Ursula zu vermeiden versuchte. Feigling, dachte Heinrich und ging lächelnd auf Jef Crayer zu, der ein großes, in grobem Stoff verpacktes Bild trug.

Sie brauchten dringend ein neues Werk von ihm, wenn auch die Graphiken und Aquarelle der anderen Künstler mittlerweile ganz gut verkauft wurden.

Crayer wickelte das Bild aus und legte es auf den Tisch. Ein knallbuntes Dorf, Heinrich fühlte sich an den Stil Ernst Ludwig Kirchners erinnert. Vorne ein Hügel mit hohen schwarzen Kreuzen. Die Trümmerberge fielen ihm ein, die überall in Köln entstanden. Wären sie erst einmal mit dichtem Grün bewachsen, würde keiner erkennen, was sich unter ihnen verbarg, und die Kinder konnten dort im Winter Schlitten fahren.

Er betrachtete den bunten Hügel mit den Kreuzen und nickte. Hatte keinen Zweifel, dass auch dieses Bild bald einen Käufer finden würde.

Gerda hatte die Idee gehabt, eine Vernissage zu veranstalten, den Maler dem Publikum vorzustellen, doch Jef Crayer hatte abgelehnt. Er verbrachte die Tage im Atelier, wenn er nicht bei Campi saß mit all den Künstlern, die dort ein und aus gingen, Ursel vermutlich oft genug neben ihm. Bei Campi und im Atelier.

«Ich kann Ihnen einen italienischen Kaffee anbieten», sagte Heinrich. Margarethe hatte diese kleine kuriose Kanne bei ihrem letzten Besuch mitgebracht, endlich wusste er, wie mit ihr umzugehen war, seit Carla ihm das geduldig vorgeführt hatte.

Er bat Crayer in das Hinterzimmer, dorthin, wo die elektrische Kochplatte stand.

«Viel Italien in Ihrem Leben», sagte Crayer. «Ihre Schwester in San Remo. Carla.»

«Sie sind gut informiert über die Familie», sagte Heinrich. Füllte sorgsam Wasser und Kaffeepulver in die Kanne.

«Ich liebe Ihre Tochter.»

Heinrich blickte den Belgier an, als erstaune ihn das.

«Sie fürchten, ich sei ein alter Wolf, der junge Beute will.»

Wurde das bestätigt von Heinrichs Schweigen? «Ursel war ein eigenwilliges Kind und ist eine eigenwillige junge Frau geworden», sagte er schließlich. «Eine Liebe zu einem eigenwilligen Mann scheint mir ins Bild zu passen.»

«Ich hatte meine Liebe schon gefunden. Das sage ich, damit Sie wissen, dass ich ein Mensch bin, der keine Bindung scheut. Meine Frau ist im Krieg umgekommen.»

Heinrich nickte. Was sollte er sagen bei all den Toten. Dass es ihm leidtat?

«Haben Sie Kinder, Jef?»

Crayer schüttelte den Kopf. Er nahm die Tasse entgegen, eine der Mokkatassen mit Goldrand, die Heinrichs Mutter gehört hatten.

Später, als sie sich über die Konditionen des Ankaufs einig waren, reichte Jef Crayer ihm die Hand. «Ursula und ich passen aufeinander auf, bitte sagen Sie das auch Ihrer Frau.»

Heinrich sah ihm nach, als er davonging, nun mit leeren Händen, die er in die Taschen seiner Jacke grub. Sie sah aus, als sei sie aus einer Armeedecke genäht worden. Er dachte, dass ihm nicht nur Jefs weicher flämischer Akzent gut gefiel.

Hamburg

«Ist dir aufgefallen, dass es still in unserem Keller geworden ist?»

«Wo du es sagst, Lilleken.»

«Jetzt sind nur noch zwei Schwestern aus Thüringen da, die mit dem Familiensilber in den Rucksäcken über die grüne Grenze gegangen sind. Die beiden werden nicht lange bleiben, sie scheinen mir tatkräftig zu sein. Aber Frau Blümel ist schwanger.»

«Ach du liebe Güte», sagte Kurt. «Er kellnert doch rund um die Uhr. Wann kommen sie dazu, Kinder zu zeugen?»

Würde Nina jemals wieder den ersten Stock bewohnen? Mit ihrer Familie? Kurt blickte zu seiner Frau. Noch war ihm nicht gelungen, Lilleken und Vinton einander vorzustellen. Sie hörte nicht auf, ihn *den jungen Engländer* zu nennen.

«Gestern war Aschermittwoch», sagte er. «Und du warst wieder nicht in Köln.»

«Da ist zu viel Trubel im Haus von Gerda und Heinrich. Und die Karnevalssaison war in diesem Jahr kurz.» Sie hob die Chintzhaube mit den englischen Rosen hoch, griff nach der Kaffeekanne. «Nimmst du auch noch eine Tasse, Kurt?»

Er schob ihr die Tasse hin.

«Das heißt, dass wir auch ein frühes Ostern haben werden. Ende März. Danach wird Jan gleich eingeschult. In der ersten Zeit werde ich ihn zur Forsmannstraße bringen und abholen.»

«Der Junge freut sich auf die Schule», sagte Kurt.

Elisabeth nickte. «Er fängt an, sich im Kindergarten zu langweilen.» Sie sah auf die Küchenuhr. «Kurt, ich genieße die Morgenstunden mit dir, doch müsstest du nicht spätestens um halb neun im Büro sein?»

Kurt Borgfeldt seufzte. Er hielt sich für alt genug, das selbst zu entscheiden. «Ich habe einen Außentermin, eine neue Filiale. Da brauchen wir Presse und Luftballons.»

«Du hast noch zehn Jahre bis zur Pensionierung.»

«Keiner wird mich entlassen, weil ich morgens um acht nicht schon die Bleistifte angespitzt habe. Lilleken, ich mach mir Sorgen um dich.»

«Um mich?» Sie krauste die Stirn.

«Ja. Kurt, der lustige Vogel, macht sich Sorgen. Dass du mir schwermütig wirst.»

Elisabeth lachte. «Wie kommst du darauf?»

Kurt spielte mit dem Kaffeelöffel. «Du klammerst dich an Hoffnungen, die nichts als Illusionen sind, Lilleken. Wir haben das Jahr 1951.»

«Noch immer stehen die Frauen mit ihren Schildern auf den Bahnsteigen», sagte Elisabeth. «Wenn die Züge mit den Heimkehrern kommen.»

Kurt nickte. «*Stalingradkämpfer. Wer kennt unseren Sohn?*»

«Joachim war nicht in Stalingrad.»

«Nein. In Kurland.» Hörte sich das nicht fast friedlich an? «Lass Vinton ein, Lilleken. Kein Feind. Einer, der Ninas Leben leichter macht.»

«Nu geh endlich», sagte Elisabeth.

«*Just go*», sagte June. «Da draußen ist das Leben. Geht lunchen.»

«Ich weiß gar nicht, ob er Zeit hat.»

June griff zum Hörer. Wählte. Verlangte nach Vinton. «Hast du Zeit? Ich habe Nina gerade vorgeschlagen, einen ausgedehnten Lunch mit dir zu haben», sprach sie ins Telefon.

«Der Text von den Kriegsverbrechern in Landsberg», sagte Nina. «Reuters will ihn heute haben. Ich bin als Übersetzerin bei dir angestellt, June.»

«Ich verlerne das noch, wenn ich nicht bald was übersetze. Mich interessiert diese Prinzessin, die versucht, die Hinrichtungen zu verhindern. Mutter der Häftlinge.»

«Und du bist die Mutter der Liebenden?», fragte Nina.

«Spotte nicht», sagte June. «Geht mal abends aus oder nehmt euch so was Wahnsinniges vor wie eine ganze Nacht.»

«Am Samstag sehen wir *All about Eve* im Lessing-Theater.»

«Bette Davis.» June nickte. «Und die lassen dich ins Truppenkino? Wart ihr schon in der *Sünderin*? Vinton hat ja Furore gemacht mit seinem Text. Wer hätte gedacht, dass aus einer Sekunde nackte Knef ein solcher Skandal wird.»

«Tötung auf Verlangen. Und ein Suizid. Das ist der eigentliche Skandal.»

«Kommt mir vor wie ein Klacks, nach alldem, was hinter der Menschheit liegt», sagte June.

«Um zwei Uhr bin ich wieder hier. Dann machst *du* Mittagspause.»

June winkte ab. «Oliver kommt nachher. Der weiß schon lange nicht mehr, wie Übersetzen geht. Ich frage mich, ob er eine Geliebte hat.»

«Das ist nicht dein Ernst.»

«Nein», sagte June.

«Was hat Vinton gesagt?»

«Er springt in ein Taxi, Ma'am.»

«Habt ihr eine Geheimsprache? Von einer Verabredung habe ich nichts gehört.»

June grinste. «Ich denke daran, Übersetzungen von Chiffren anzubieten. Nein. Er war so begeistert, dass er nur den einen Satz gesagt hat und dann gleich losgerannt ist. Ich hatte nur noch das Tuten im Ohr.» Sie trat ans Fenster. «Vielleicht gehst du schon mal vor die Tür. Er wird gleich hier sein. Und zieh Schal und Mütze an. Das ist kalt unten am Hafen.»

Nina hatte an ein Königinpastetchen bei Lindtner gedacht.

Vinton stellte den Kragen seines Mantels hoch und legte den Arm um Nina. «*Seute Deern*», sagte er und blickte auf den Dreimaster, der vor den Landungsbrücken lag. «Was heißt das?» Er sah Nina an.

Nina schwieg. «*Sweet lass*», sagte sie dann.

«*Sweet lass.*» Er küsste sie. «Lass uns doch schon weiter sein, Nina.»

«Was meinst du?»

«Wir kommen so langsam voran.»

«Ich finde, es geht sehr schnell», sagte Nina.

«Du warst noch keine einzige Nacht bei mir. Ich würde gerne mal neben dir aufwachen. Frühstücken. Meine *scrambled eggs* sind nicht zu verachten.»

«Eine ganze Nacht kann ich meiner Mutter nicht zumuten.»

«Du bist dreißig Jahre alt», sagte Vinton.

Nina nickte. «Und du bist ein geduldiger Mann.»

«*Who will be a single man for the rest of his life.*»

Eine Möwe, die sich vor ihnen auf das Geländer setzte. Sie sah Vinton und Nina an und lachte aus vollem Halse.

— 12. FEBRUAR —

San Remo

Selten, dass Margarethe zur Altstadt hinüberging. Ihr waren die Straßen zu steil, die engen Gänge zu dunkel, das Kopfsteinpflaster für Schuhe wie ihre mühsamer als anderswo. Doch sie wollte nach Signorina Perla, ihrer Putzfrau, sehen, die am heutigen Montag zum zweiten Mal ohne ein Wort weggeblieben war.

Margarethe blieb stehen und fluchte, dass sie wider besseres Wissen diese Schuhe angezogen hatte. Und nun auch noch ein Steinchen im linken, sie stützte sich an einer Mauer ab, zog den Schuh aus, schüttelte ihn. *No alla guerra* stand an der Mauer.

Schon verblasst, die Schrift. Stammte aus einem Krieg, der erst vor sechs Jahren zu Ende gegangen war. Damals war Gianni vierzehn Jahre alt gewesen, zu jung für die Partisanen. Dass er sich denen anschließen könnte, sobald er ein wenig älter war, davor hatten sie und Bruno große Angst gehabt.

Vom Himmel war nur ein Fetzen Blau zu sehen. Davor die Wäsche, die an den quer gespannten Leinen flatterte. Graue Büstenhalter und Schlüpfer. Sie wäre verlegen gewesen, ihre Wäsche derart öffentlich zu trocknen.

Da war das Haus. Ein schwindsüchtiges Haus, dachte sie. Als sei es zu dünn und klapprig, um sich noch lange aufrecht zu halten. Margarethe drückte auf den Knopf neben Signorina Perlas Namensschild. Hörte eine Glocke scheppern.

Danach Stille. Sie klingelte noch mal, hob den Kopf, drehte sich um die eigene Achse und suchte in den Fenstern nach jemandem, der aufmerksam geworden war.

Alles schien ausgestorben, als habe eine Evakuierung stattgefunden. Sie kehrte um, lenkte die Schritte zu einer kleinen Piazza, an der Signorina Perlas Schwester einen Kurzwarenladen betrieb. Margarethe nahm die ersten Stufen der Treppe, die hinunter zum Laden führte, als ihr in den Sinn kam, dass er geschlossen sein könnte wie beinah alle Geschäfte an einem Montagvormittag. Erst um vier Uhr öffneten sich die Türen wieder für die Kundschaft. Doch Margarethe glaubte, eine Gestalt hinter der Scheibe zu erkennen, stieg die weiteren Stufen hinab und drückte die Klinke.

Auch diese Tür blieb ihr verschlossen.

Wie fremd sie sich fühlte in diesem Teil der Stadt.

Erst als sie in die Nähe des großen Platzes kam, der am morgigen Markttag voller Menschen sein würde, ließ ihre Beklommenheit nach.

Sie würde Gianni bitten, die Spuren des Fräulein Perla aufzunehmen, er kannte sich aus in der Altstadt, als gehöre er zu den Gangs der Halbstarken dort. Vielleicht fand er heute schon Zeit, während sie mit Donata auf der Chaiselongue saß, einen Aperitivo in der Hand, der die Atmosphäre hoffentlich entspannte.

«Gib ihr einen Negroni zu trinken», riet Gianni. «Das ist einer der wirksameren Cocktails. Vielleicht solltest du dir auch einen gönnen.» Er stand in der Küche vor dem alten Bosch und studierte den Inhalt des Kühlschranks.

«Wirksam in welcher Hinsicht? Ich habe vor, einen Campari mit viel Soda anzubieten», sagte Margarethe. «Das steigt nicht so leicht in den Kopf.»

«Falsch gedacht. Du willst doch ihre Zunge lösen.»

«Gianni, bist du dabei, Blumengroßhändler zu werden, oder strebst du eine Laufbahn als Gangster an?»

Er hob die Brauen. «*La Famiglia* hat immer wieder interessante Aufgaben für mich. Ich werde also nachher in der Altstadt auf den Spuren der Schwestern Perla wandeln. Vielleicht kaufe ich mir Häkelwolle bei der einen. Ist dir der Gedanke gekommen, dass das Fernbleiben unserer Perle mit den Gerüchten zu tun haben könnte? In der Stadt summt es. Der Name Carla ist noch nicht gefallen, Bixios Name umso häufiger. Signora Grasso soll gesagt haben, unser Haus sei nicht länger ehrenwert.»

«Die alte Vettel steht seit Jahren auf Kriegsfuß mit Agnese.»

«Umso gefundener ist das Fressen. Die Cicchetti sind für Donata?»

«Nimm dir welche. Die Mortadella kannst du auch haben.»

Gianni nahm nur zwei der kleinen Brotscheiben. «Ich kehre nachher bei Mauro ein. Wenn ich mich in der Pigna herumtreibe, nutze ich die Gelegenheit, seine Spelunke aufzusuchen. Wann kommt Papa aus Mailand zurück? Hast du schon gehört, ob die Gespräche mit der Diözese was gebracht haben? Der Dom ist eine ewige Baustelle, da wird es doch Aufgaben für ihn geben.»

«Ich weiß noch nichts. Morgen Abend ist er wieder da.»

«Vielleicht komme ich nachher noch mal hoch. Wenn sie mich nicht unter den Tisch trinken bei Mauro. Wann gehst du schlafen?»

«Nicht vor Mitternacht», sagte Margarethe. «Pass auf dich auf in der Pigna.»

Die Uhr zeigte auf Viertel vor zwölf, als Margarethe das kurze Klingeln hörte, den Schlüssel im Schloss.

«*Sono io*», sagte Gianni.

«Setz dich. Nimm dir ein Glas.»

«Ich habe genug getrunken. Du glaubst nicht, wie viele Partisanen es in der Pigna gibt, jetzt wollen alle im Widerstand gewesen sein. Und Bixio kennen sie gut.»

«Als Widerständler?»

«Eher als Frauenheld.»

«Auch schon als außerehelichen Vater? Ist das ein Thema?»

Gianni zog sich einen der Sessel heran. «Das lässt sich sagen. Carla ist noch außen vor. Ihre Mutter und ihre Großtante haben verbreitet, sie arbeite jetzt in einem Hotel in Avignon. Keine Ahnung, warum Avignon. Vielleicht, weil es da den Papstpalast gibt. Das ist doch ein gesegneter Ort für eine katholische junge Frau.»

«Hast du was über die Perla erfahren?»

Gianni zog ein Tütchen aus der Hosentasche. «Weißes Nähgarn. Fürs Häkeln konnte ich mich doch nicht begeistern. Die Alte tat erst, als habe sie keine Ahnung, wer ich bin. Das gab sie auf, als ich nach ihrer Schwester fragte. Die hat eine neue Putzstelle, und zwar bei der Grasso.»

«Ohne die Freundlichkeit zu haben, mir das mitzuteilen?»

«Unsere Signorina Perla gehört ebenfalls zu den Bigotten, Mama. Im Haus der Cannas zu arbeiten, schade ihrem Ruf. Ich frage mich, ob Nonna davon weiß.»

«Dabei dachte ich, alles gut eingefädelt zu haben. Carla in Obhut. Bixio aus dem Gerede.»

«Du hast keinen Grund, dich um die Reputation von Bixio zu kümmern», sagte Gianni. «Was erzählt denn überhaupt Donata?»

«Sie hat sich Mut angetrunken. Und dann gestanden, dass sie seit langem weiß, keine Kinder kriegen zu können. Donata hatte mit sechzehn eine Abtreibung, bei der es Komplikationen gegeben hat.»

«Mit sechzehn.» Gianni zog hörbar Luft ein. «Darf ich raten, wer der Arzt war?»

«Falls du an Dottor Muran denkst, irrst du dich. Er ist erst dazugekommen, als Donata damals nicht aufhörte zu bluten. Er habe sie immer wieder gedrängt, Bixio die Wahrheit zu sagen. Das sei ein besseres Mittel gegen ihre Magenbeschwerden als die Rollkuren.»

«Ich glaube, ich trinke doch noch was.» Gianni stand auf und schenkte sich aus der Flasche Rotwein ein, die auf dem Buffet stand. «Du auch?»

Seine Mutter schüttelte den Kopf. «Donata sagte, sie hätte Bixios Geliebter zu gerne ihre Engelmacherin empfohlen.»

«O Gott. Diese *mammana* ist noch immer tätig?»

«Vermutlich erleichtert es Donata, zynisch zu sein.»

«Und was wirst du mit deinem Wissen machen, Mama?»

«Nichts», sagte Margarethe. «Wem soll das helfen? Du fährst in den nächsten Tagen nach Köln?»

«Erst im April», sagte Gianni. «Köln ist noch unentschieden.»

— 24. APRIL —

Hamburg

Nur wenige Mütter und Großmütter, die auf dem Schulhof warteten, obwohl in jeder der Klassen mehr als sechzig Kinder waren, die meisten von ihnen machten sich wohl allein auf den Weg. Vermutlich hätte Jan das auch gerne getan, doch da war Elisabeth vor. Eine Welt voller Gefahren, die sie für ihren Enkel fürchtete.

Kaum drei Wochen war es her, dass Jan mit ihr, Nina und Kurt hier gestanden hatte, der Junge den neuen Ranzen aus dunklem Leder auf dem Rücken, die Zuckertüte im Arm. Vieles darin hatte June beigesteuert, die Rosinen aus dem fernen Kalifornien, ein Glas Erdnussbutter. Aber in der Tüte fanden sich auch Ahoj-Brause, die Kurt aufgetan hatte, Buntstifte und ein kleines rotes Auto von Schuco, das als Muster in die Werbeabteilung der Sparkasse gekommen war.

Die Kinder waren von einem alten Lehrer begrüßt worden, der zurück in den Schuldienst geholt worden war, so viele von den jungen waren nicht zurückgekehrt aus dem Krieg. *Guten Morgen, Lehrer Wagner* hatten die Kinder geübt, im Chor zu sagen, danach in der Turnhalle *Brüderlein, komm, tanz mit mir* gesungen.

Jan hatte das alles gut gefallen. Doch heute sah er missvergnügt aus, als er ihr entgegenlief. Hatte Lehrer Wagner seine Buchstaben nicht gelobt, die er auf die Schiefertafel malte?

«Was ist ein *Tommy*?», fragte Jan, als sie aus der Semperstraße kamen und über den Goldbekplatz gingen, an dessen Kanalufer Jans Großvater vor wenigen Jahren noch in Schwarzmarktgeschäfte verwickelt gewesen war.

Elisabeth zögerte. «Tommy ist erst einmal ein Vorname», sagte sie dann.

«Ein englischer?», fragte der Junge.

«Auch ein deutscher. Die Abkürzung von Thomas. Es gibt einen berühmten deutschen Schriftsteller, der wird von seinen Kindern *Tommy* genannt.»

«Ist Mami das Liebchen von einem Tommy?»

Nun zuckte Elisabeth zusammen, sodass Jan es spürte, dessen Hand sie hielt.

«Wer hat das gesagt?», fragte sie.

«Ein Mädchen aus meiner Klasse. Es hat Mami und mich und Vinton gesehen.»

«Da hast du es doch schon», sagte Elisabeth. «Er heißt Vinton und nicht Tommy.»

Es war das erste Mal, dass sie den Namen des jungen Engländers aussprach.

«Alle haben mich komisch angeguckt. Vielleicht waren sie auch neidisch, weil ich das Taschenmesser in der Pause gezeigt habe.»

«Du hast ein Taschenmesser?»

«Vinton hat es mir zur Einschulung geschenkt. Opa sagt, das habe eine runde Klinge und sei darum ein Taschenmesser für Kinder. Ich sollte dir trotzdem nichts sagen. Du würdest dich nur aufregen.»

Elisabeth versuchte, gelassen zu bleiben. «So. Das hat der Opa gesagt.» In ihrem Kopf bereitete sich das Donnerwetter für Kurt vor.

«Ich darf es doch behalten, Oma?»

«Wenn wir zu Hause sind, schaue ich mir das Messer an. Ob du dich bestimmt nicht damit schneiden kannst.»

«Kann ich bestimmt nicht», sagte Jan.

«Vorher wird aber gegessen, und danach machst du die Hausaufgaben.»

Doch als sie zu Hause ankamen, vergaß Elisabeth das Taschenmesser erst einmal. Ein einziger Brief, den der Briefträger durch die Klappe der Haustür geworfen hatte.

Sie bückte sich und hob den Brief vom Boden auf.

Ungelenke Buchstaben, als sei der Schreiber nicht an die lateinische Schrift gewöhnt. Ninas Name. Die Stadt. Die Straße. Keine Hausnummer. Elisabeth drehte den Brief um. Und kein Absender.

Sie war vor den Stufen stehen geblieben, die zu ihrer Wohnungstür führten. Früher war das nur die Tür zur Küche gewesen mit schlichtem Schlüssel, nun hatte sie noch ein Vorhängeschloss. Jan hopste an ihrer Seite, wartete darauf, dass sie öffnete.

Einen Herzschlag lang war Elisabeth versucht, den Umschlag mit den russischen Marken aufzureißen. Doch als sie dann in der Küche standen, tastete sie ihn nur ab und dachte, dass sich da etwas wie zerpflückte Watte anfühlte.

Jan sah zu ihr hoch. «Du siehst erschrocken aus, Oma.»

Ihr fiel jetzt erst auf, dass das h in Christensen fehlte.

«Leg mal den Ranzen ab und zieh die Jacke aus.» In der Küche schien es ihr unerträglich warm zu sein. Elisabeth setzte sich und legte den Brief auf den Tisch. Knöpfte ihren Popelinmantel auf.

Sollte sie Nina im Büro anrufen? Die Vorstellung, bis zum Abend warten zu müssen, bevor sie den Inhalt des Umschlags kannte, war kaum auszuhalten.

Jan hatte sich auf das Küchensofa gesetzt, hielt still.

Elisabeth stand auf. «Bring den Brief mal in euer Zimmer und leg ihn Mami auf das Kopfkissen.»

«Steht was Schlimmes drin? Von Papi?»

«Mami wird ihn heute Abend aufmachen.»

Als Jan aus der Küche gegangen war, stieß Elisabeth einen tiefen Seufzer aus, bevor sie die Gaszange nahm, die Flamme am Herd anzündete und den kleinen Topf mit dem vorbereiteten Blumenkohl darauf stellte. Eine Bechamelsauce musste sie noch rasch anrühren, sonst verweigerte Jan das Gemüse. Sie nahm das Stück Butter aus der Speisekammer, einen zweiten Topf aus dem Schrank. Mehl anschwitzen. Milch dazugeben. Salz. Muskat. Sie legte den Löffel aus der Hand und schüttelte den Kopf.

Joachim konnte den Brief nicht geschrieben haben.

Ein ganz anderes Kuvert, das da zwischen Kurts und Vintons Kaffeetassen auf dem kleinen Marmortisch der Konditorei lag.

Der Reichsadler darauf hielt das Hakenkreuz fest in den Krallen. Lila Stempelfarbe, die leicht verwischt war, doch die Ziffern der Feldpostnummer ließen sich gut erkennen. Eine elegante Handschrift. Joachims letztes Lebenszeichen aus dem Januar 1945.

«Alle Spuren verlaufen im Nirgends», sagte Vinton.

Seit Wochen suchte er nach dem ehemaligen Funker der Wehrmacht Joachim Christensen, der am 22. Februar 1920 in Hamburg geboren worden war. Das Geburtsdatum hatte Kurt ihm genannt, Vinton auch das Kuvert mit der Feldpostnummer gegeben. Ein gut vernetzter Journalist und britischer Staatsbürger konnte viel in Erfahrung bringen, vielleicht mehr als das Rote Kreuz.

Kurt würde das Kuvert am Abend wieder in die Schublade von Ninas Nachttisch zurücklegen, zusammen mit dem Brief, den er entnommen hatte. Joachims Jubel zur Geburt von Jan.

«Eigentlich will ich nur seinen Tod bestätigt bekommen.»

Kurt nickte.

«Ich schäme mich dafür.» Vinton wickelte einen zweiten Zuckerwürfel aus dem Papier, ohne ihn in seinen Kaffee zu tun. «Standet ihr euch nahe, Joachim und du?»

«Ich habe ihn gerngehabt, doch wir hatten keine Gelegenheit, uns wirklich nahezustehen. Alles ging zu schnell. Kaum hatten Nina und Joachim einander kennengelernt, waren sie auch schon verheiratet. Und kaum waren sie verheiratet, zog er in den Krieg. Elisabeth ist es gelungen, ihn gleich in ihr Herz zu schließen.»

«Hat er noch Eltern, die auf ihn warten?»

«Nein. Er ist ohne Vater aufgewachsen. Der starb, als Joachim ein Kind war. Seine Mutter hat gerade noch Jans Geburt erlebt, aber nicht mehr, dass ihr Sohn als vermisst galt.»

«Du hast eben in der Vergangenheitsform von ihm gesprochen.»

«Ich glaube nicht, dass Joachim noch lebt», sagte Kurt.

Vinton versuchte vergeblich, die Zuckerwürfel wieder in das Papier zu packen, auf dem der Schriftzug *Café Hübner* war. Er tat die Würfel schließlich in seinen Kaffee und rührte nicht um.

«Du bist nervös», sagte Kurt.

«Vom ersten Moment an warst du voller Sympathie für mich, Kurt. Kaum ein anderer Deutscher hat mir gleich das Du angeboten.»

«Ich habe dich vom ersten Moment an gemocht.»

Vinton lächelte. «Ich wäre gern dein Schwiegersohn.»

Kurts Hand, die sich auf seine legte.

Köln

Die alte Frau mit der dicken Brille thronte hinter ihrem kleinen Stand, auf dem nichts anderes als Bündel von Suppengrün lagen, doch mit denen ging sie um, als seien das Juwelen. Carla zeigte auf eines mit einem besonders dicken Stück Sellerie, die Alte nahm die junge Frau ins Visier. Wusste sie diese Knolle überhaupt zu schätzen?

Carla hatte nur Stangensellerie gekannt, bevor sie in das Haus der Aldenhovens gekommen war, doch Gerda lehrte sie, auch deutsche Gerichte zu kochen.

«Ihr Suppengrün sieht sehr gut aus», sagte Gianni.

Die Alte blickte den dunkelhaarigen jungen Mann an, der anders als die junge Frau ein akzentfreies fließendes Deutsch sprach, und nickte.

Ein ganz anderer Markt, der da auf dem Mittelstreifen des Klettenberggürtels stattfand, als der, den Gianni aus San Remo kannte. Die Ware der Bauern aus dem Bergischen Land und der Eifel wirkte rustikaler als das südliche Obst und Gemüse.

«Darf isch mal luure», sagte die alte Händlerin, die nun ganz zutraulich geworden war, und zeigte auf den Kinderwagen.

Carla lächelte und schob den Wagen näher an den Stand heran.

«En staats Määdsche», sagte die Alte.

Weder Gianni noch Carla hatten eine Ahnung, was das hieß, doch es war ein Lob, das schien ihnen offensichtlich. Erst als sie wieder in Lucys Wohnung angekommen waren, wurden sie von Lucy aufgeklärt. *Ein prächtiges Mädchen.* Ja, das war Claudia, die nun schon aufrecht im Kinderwagen saß und sich die Welt anschaute. Gianni war sehr erleichtert gewesen, dass die Kleine keine Ähnlichkeit mit Bixio besaß.

Vorgestern, als er in Köln angekommen war, hatte er noch italienisch mit Carla gesprochen, nun sprach er ganz selbstverständlich deutsch mit ihr, während sie im guten alten Lancia zum Pauliplatz fuhren.

Nur seine Mutter wusste bereits, dass er ohne Carla und ihr Kind nach San Remo zurückkehren würde. Bixio sollte gerne noch schmoren in der Vorhölle, die ihm der Gedanke an Carlas Rückkehr bereitete, und Agnese schien die uneheliche Enkelin ohnehin nicht zu interessieren.

Welch eine Wendung alles erfahren hatte. Margarethes Wunsch, die Lage in San Remo zu entschärfen, hatte Carla und seinen Cousin Uli zueinander geführt.

«Bist du glücklich?», fragte er und sah zu Carla, die Claudia auf dem Schoß hielt.

«Tanto felice», sagte Carla.

Dass Ulrich die Kleine so selbstverständlich als sein Kind annahm, Gianni glaubte nicht, dass er dazu in der Lage gewesen wäre. Doch Carla und Uli liebten einander. Der entscheidende Unterschied.

Schade, dass aus dem Aufbruch seines Vaters nichts geworden war, es hätte Bruno und Margarethe gutgetan, nicht länger in Agneses Nähe zu leben. *Er* ging gelassener mit dem Herrschaftsanspruch seiner Großmutter um. Und wer wusste denn schon, welchen Weg er noch nehmen würde. Vor zwei Jahren hatte er zu bedenkenlos zugestimmt, in den Blumengroßhandel der Familie einzutreten.

«Was heißt *taciturno* auf Deutsch?», fragte Carla.

«Schweigsam», sagte Gianni.

«Du bist schweigsam.»

«Mir geht vieles durch den Kopf.»

Carla nickte.

Aus Carla würde nun eine Schneiderin werden, die mit Lucy Kollektionen entwarf. Und Uli, der kein Kaufmann war, arbeitete an einem Geschäftsplan, bereitete die Gründung eines Modesalons vor. Sie trauten sich was.

Es lag in der Luft, sich was zu trauen in diesen Nachkriegszeiten. Vor allem hier, vielleicht war Italien verschlafener. Er sollte damit aufhören, sich so oft in der Pigna herumzutreiben, dort lebten die Gestrigen. Viele Engländer und Niederländer ließen sich in San Remo nieder, der eine oder andere Amerikaner war auch dabei, Leute mit weitem Geist und dem Wissen von Abenteuern. Gianni wollte sie kennenlernen.

Hamburg

«Da liegt ein Brief für dich auf deinem Kopfkissen», sagte Jan. Er drängte sich ins Schlafzimmer, als Nina die Tür schon schließen wollte. Am liebsten hätte Elisabeth das auch getan. Doch sie setzte sich zu Kurt an den Küchentisch.

«Was kann das nur bedeuten?», fragte sie.

«Wir werden es gleich wissen.» Kurt sah auf die Uhr.

Sechs Minuten waren vergangen, als eine verstört wirkende Nina mit Jan in die Küche kam. Sie legte einen grauen Stoffstreifen auf den Tisch. Schwarze Buchstaben zwischen zwei Wappen. KURLAND.

«Das Ärmelband des Truppenteils Kurland», sagte Kurt nach einem kurzen Zögern. «Baltenkreuz und Elchkopf. Die Bänder wurden am linken unteren Ärmel getragen.»

«Ich habe es nie an seiner Uniform gesehen», sagte Nina.

Die hatte Jockel bei seinen Heimaturlauben immer gleich ausgezogen, wäre dieses Band ihr nicht dennoch aufgefallen?

«Hitler hatte vier von diesen Ärmelbändern genehmigt. Dieses als letztes. Ich meine, das ist erst im März 1945 gewesen.»

Kurz bevor Joachim gefallen war, dachte Kurt.

Kurz bevor er in Gefangenschaft geriet, dachten Nina und Elisabeth.

«Kommt Papi zurück?», fragte Jan.

Kurt blickte auf den Umschlag, den seine Tochter noch in der Hand hielt.

«Das war auch noch drin», sagte Nina. Ein kleines Stück Filz. Oval. Ein roter Blitz auf schwarzem Grund. Das Abzeichen der Funker. Sie erinnerten sich daran.

Elisabeth nahm es in die Hand. Das also hatte sich wie zerpflückte Watte angefühlt.

«Nichts Schriftliches?», fragte Kurt. «Ninakind, lass dir nicht alles aus der Nase ziehen.» Er erschrak über die eigene Ungeduld.

Nina zog einen Zettel aus dem Umschlag. Kyrillische Buchstaben. Das Papier so dünn, dass der Stift es an einigen Stellen eingerissen hatte. Es schienen keine ganzen Sätze zu sein. Nur Wortfetzen. Durch dicke Punkte getrennt.

«Wer schickt uns das?» Elisabeth sah ihren Mann an.

«Ich weiß es nicht, Lilleken. Ein Russe, der kaum geübt im Schreiben ist.»

Nina starrte auf die Wörter. «Ich kenne keinen, der russisch spricht.» Sie klang erschöpft. Nahm sich nur des Jungen wegen zusammen, der seine Mutter nicht aus den Augen ließ. Ob diese Buchstaben einen Sinn ergaben, der ihnen etwas über Joachims Schicksal verriet? Verständlich waren für sie nur die drei Ziffern: 194.

Gab es ein russisches Kriegsgefangenenlager 194? War Jockel dort?

«Vielleicht können die Clarkes uns weiterhelfen», sagte Kurt. Die sowjetische Handelsmission am Schwanenwik existierte nicht mehr, seit der Krieg gegen Russland begonnen worden war. Sonst fiel ihm nur die *Schwarzmeer Transport Versicherung* ein. Seit Ende der zwanziger Jahre in Hamburg angesiedelt. Die würden doch Leute beschäftigen, die russisch sprachen.

«Diese Abzeichen. Die hat ihm bestimmt jemand von der Uniform gerissen», sagte Elisabeth. «Als Joachim gefangen genommen wurde. Vielleicht der Schreiber des Zettels. Die Russen waren auf Trophäen aus.»

Kurt sah seine Frau an. Fast resigniert. Lilleken versuchte, alles als Lebenszeichen zu interpretieren. Sollte er ihr von Vintons Recherchen erzählen? Nein. Lieber nicht.

«Warum schickt er die Abzeichen dann sechs Jahre später nach Hamburg?», fragte Nina. «Weil ihn das schlechte Gewissen plagt?» Sie schüttelte den Kopf.

«Einverstanden, dass ich mich darum kümmere, diesen Zettel übersetzen zu lassen?», fragte Kurt. «Es sei denn, die Clarkes haben jemanden an der Hand.»

Nina stand auf. «Das kläre ich jetzt gleich», sagte sie und ging hinaus zum Telefon. Fühlte eine Verzweiflung wie schon lange nicht mehr.

— 2. JUNI —

San Remo

An der Großtante hatten Gianni und sie sich fast die Zähne ausgebissen. Die Alte aus dem Dorf im Hinterland von Imperia versuchte noch ein Geschäft daraus zu machen, dass Carla ihr Glück in Köln gefunden hatte.

Margarethe stellte das Porzellan von Ginori in die Spülschüssel und ließ heißes Wasser über die Tassen und Teller laufen. Sie hatte Carlas Mutter und deren Tante in den Salon gebeten, doch die Zia war wortlos in die Küche gegangen und hatte sich dort an den Tisch gesetzt. Zur großen Verlegenheit von Carlas Mutter.

Die sicher mal eine reizvolle Frau gewesen war, doch nun wirkte sie verzagt, die Neuigkeiten im Leben ihrer Tochter ängstigten sie. Erst als Gianni sagte, dass Carla im August mit der Kleinen kommen werde, ließ ihre Anspannung nach. Sie schien sich zu freuen, ihre Enkelin zu sehen.

Ob Gianni wisse, wer deren Vater sei? Vielleicht doch er selbst?

Ein festes *No* von Gianni.

Il padre è uno sporcaccione, hatte die Zia gesagt.

Die anderen drei waren zusammengezuckt. Claudias Vater ein Drecksack?

Fünfzigtausend Lire. Davon könne sich Carlas Mutter eine Vespa kaufen.

Lire wofür? Dass Carla im Haus von Margarethes Bruder

und Schwägerin aufgenommen worden war? Ulrich bereit war, dem Kind ein Vater zu sein?

Fünfzigtausend dafür, dass die beiden unverheiratet zusammenlebten. *Sodoma e Gomorra.*

«*Nella casa di mio fratello*», sagte Margarethe, noch immer empört. Gianni kam in die Küche, er hatte die Damen aus dem Haus geleitet.

«Reg dich nicht auf. Wir wissen beide, wie ehrbar das Haus deines Bruders ist, Heinrich ließe sie niemals im selben Zimmer schlafen», sagte Gianni. «Die Zia ist eine alte Heuchlerin. Sie will nur das Geld.»

Die Anteilnahme der Cannas sei auffällig. Auch wenn Carla seit Jahren zu Giannis Freundeskreis gehöre. Ja. Carlas Großtante war der Wahrheit sehr nahe gekommen.

Dieses Glatteis, auf das sie sich Bixios wegen begaben. Das Klima zwischen Gianni und seinem Onkel war abgekühlt, das gemeinsame Arbeiten in der Familienfirma der Cannas kaum leichter geworden.

«Du gehst nicht mehr gerne ins Büro.»

«Das hast du gerade meinem Gesicht angesehen?»

«Du wirkst weniger zufrieden, seit du aus Köln zurückgekehrt bist.»

«Ich bin ins Grübeln gekommen, ob ich mein Leben so leben will.»

«Was meinst du damit?»

«Zum Beispiel, ob ich Blumen verkaufen will.»

Margarethe nickte. Hatte sie das kommen sehen, als der achtzehnjährige Gianni seiner Nonna zusagte, in die Firma einzutreten?

«Hast du je bereut, deine Heimat damals verlassen zu haben?»

Margarethe antwortete nicht gleich. Nahm stattdessen das Geschirrtuch und trocknete Teller und Tassen ab. «Nein», sagte sie schließlich.

«Weil die Kriegsjahre in Köln viel härter waren als hier?»

«Auch.» Hatte sie in jenen Jahren nicht oft das Gefühl gehabt, Heinrich, Gerda und die Kinder im Stich gelassen zu haben? Hätte es ihnen denn geholfen, wenn sie gemeinsam in den Keller gegangen, zum Bunker gelaufen wären?

Anders als Genua und sein Hafen war San Remo selten Ziel der britischen und amerikanischen Bomber gewesen. Doch nach dem Waffenstillstand von Cassibile, den das eben noch mit den Deutschen verbündete Italien im September 1943 mit den Alliierten geschlossen hatte, war es auch bei ihnen gefährlicher geworden. Ligurien wurde zu einer Hochburg der Partisanen. Der Krieg gegen Wehrmacht und faschistische Milizen hatte viele Opfer auf beiden Seiten gefordert, die letzte große Schlacht fand kurz vor Kriegsende in Bajardo statt, keine dreißig Kilometer von San Remo entfernt.

Die verheerendste Zerstörung hatte es im Herbst 1944 an der Piazza Colombo gegeben, als die deutschen Soldaten von San Remos Hafen aus das Feuer auf einen französischen Zerstörer eröffneten, der vor der Küste Minenräumboote begleitete.

Die Antwort der Franzosen kam direkt, die zweite Salve traf die Blumenmarkthalle, von den Deutschen als Munitionslager genutzt. Bei der Explosion hatte es Tote und Verletzte gegeben. Die Markthalle und nahe Gebäude lagen in Trümmern.

An jenem 20. Oktober waren Bruno und Margarethe in Ventimiglia gewesen, um den dreizehnjährigen Gianni zu besuchen, dem im dortigen *ospedale* die Mandeln entfernt worden waren. Als sie zurückkamen, lag dichter Staub in der Luft, die große Erschütterung, die Brunos Mutter noch lange in der Seele und den Ohren dröhnte, war ihnen erspart geblieben.

Danach war Margarethe von Einheimischen geschnitten worden. Auf einmal war sie für einige *la tedesca* gewesen, die feindliche Deutsche.

«Willst du ein Glas Wein?», fragte Margarethe.

«Frag mich aber nicht nach Zukunftsplänen. Vielleicht bleibt es beim Blumenhandel der Cannas. Ich erlaube mir nur Zweifel, die ich vor zwei Jahren hätte haben sollen.»

Jules de Vries fiel ihm ein, der Holländer, dessen Vater auf Java Gummiplantagen besessen hatte, die alle bei der japanischen Invasion im März 1942 verlorengegangen waren. Jules war beinah erleichtert gewesen, nicht Herr über die Plantagen werden zu müssen. Das Leben selbst gestalten. Ohne Gummi. Ohne Blumen.

Gianni hatte den sechzehn Jahre älteren Jules und dessen englische Frau Katie in der Bar des Hotels Londra kennengelernt. Er war fasziniert von dem Paar, das seine Hochzeitsreise nach Java gemacht hatte, um die Plantagen zu besichtigen und gerade rechtzeitig mit den japanischen Invasoren einzutreffen. Den Rest der Reise und einige Zeit darüber hinaus hatten Jules und Katie in getrennten Lagern verbracht.

Heitere Gespräche darüber bei Gin Tonic. *I'm beginning to see the light* spielte der Pianist. Gianni hatte das Lied nicht gekannt und von Jules dessen Titel erfahren. Was faszinierte ihn? Dass die beiden ihr Leben so unabhängig führten? Keine Nonna im Hintergrund, die auf die Vornehmheit der Familie pochte? Ein Kind nicht als Enkel anerkannte, weil es unehelich geboren worden war.

Vielleicht hatte seine Entfremdung mit dieser Engherzigkeit seiner Großmutter begonnen.

«Du bist schweigsam», sagte Margarethe.

Das hatte schon Carla gesagt.

Never be too quick with words, sagte Katie gerne. War da die Rede von ihrer Zeit in der japanischen Gefangenschaft gewesen?

«Was hat Papa denn nun vor?», fragte er. Die Restaurierung bei den Dominikanern in Taggia würde Ende Juni abgeschlossen sein.

Margarethe hob die Schultern. Noch hatte sich nichts Neues ergeben. Auch im Mailänder Dom nicht. Ein Glück, dass sie in der Via Matteotti geblieben waren, die Wohnung in der Via Lamarmora hätten sie sich kaum mehr leisten können. Hier bei Agnese beteiligten sie sich nur an den Kosten für Elektrizität, Wasser, Grundsteuer.

«Wir werden an unsere Reserven gehen», sagte sie. Wohl auch das wenige Gold angreifen, das noch in einem Bankfach lag, ein Depot, von Bruno angelegt, nachdem Heinrich ihr den Anteil am Elternhaus und der Galerie gegeben hatte. Der Schmuck ihrer Mutter, den sie nach deren Tod mit Gerda geteilt hatte, war nicht wertvoll genug, um sich davon zu trennen. Vielleicht würde das ja auch alles nicht nötig sein.

«In Köln gibt es genug zu tun für Kunsthistoriker», sagte Gianni. «Den Gürzenich aufbauen, die Kirchen.»

«Du willst den familiären Schwerpunkt wieder nach Köln verlagern?»

«Nur in alle Richtungen denken», sagte Gianni.

«Wer hätte gedacht, dass Carla mit einer meiner Kusinen einen Modesalon in Köln eröffnet», sagte Margarethe.

«Genau das meine ich. In alle Richtungen denken.»

«Was ist mit *dir* und den Frauen, Gianni?»

«Du meinst, weil mein gleichaltriger Cousin nun der Mann an Carlas Seite ist, wird es höchste Zeit für mich?»

«Nein. Mit zwanzig wird nichts höchste Zeit.»

«Gut.» Gianni lehnte sich zurück und schenkte beiden ein weiteres Glas Wein ein.

«Beende erst einmal deine Kaufmannslehre.»

«Sie hören die Stimme der Vernunft.»

«Ja. Genau die», sagte Margarethe. Ein besorgter Blick, der Gianni galt.

Hamburg

Kurt trat auf ein Blechförmchen, das verborgen gelegen hatte im grünen Gras. Im hinteren Teil des Gartens gab es noch immer die Sandkiste, in der Jan gern buddelte, den Schuppen daneben hatten sie abgerissen. Kurt hob das Förmchen auf, das tief in die Erde gedrückt war, die Farbe ließ sich vor lauter Rost kaum mehr erkennen. Ein Fund aus der Frühzeit der Förmchen. Vielleicht noch eines von Nina.

Wo war seine Tochter an diesem heiter bis wolkigen Tag, an dem die Temperatur endlich wieder stieg? Das Thermometer am bröckligen Mauerpfeiler zur Terrasse zeigte 23 Grad an. Die Blechteile am Thermometer waren rostig wie das Förmchen.

Er blickte zum Haus hoch, zu den geöffneten Fenstern der Blümels, aus denen der Lärm von drei Kindern kam. Im August würde das vierte geboren werden. Im obersten Stock stand Frau Tetjen am Fenster, alt war sie geworden, seit sie vom Tod ihres Sohnes erfahren hatte, im Herbst 1949. Schon wieder lange her.

Kurt stieg die Stufen zum Keller hinunter, legte seinen Fund neben die Kannen aus Zink, die dort für die Beete bereitstanden. Endlich wieder mehr Blumen als Gemüse. Er nahm eine der Kannen und goss Wasser über die nackten Füße. Zog die Pantinen an. Er sollte sich um einen neuen Gartenschlauch kümmern, der Gummischlauch aus Vorkriegszeiten war längst löchrig.

In der Küche fand er Lilleken vor, die gerade einen Mürbeteigboden aus dem Ofen holte. Für den Erdbeerkuchen am morgigen Sonntag. Fast eine Idylle, dachte er.

«Wo sind eigentlich Tochter und Enkel?»

«Eisessen.» Lilleken stellte das heiße Backblech auf dem Gasherd ab.

«Mit Vinton?»

«Vermutlich.»

Lilleken reagierte weniger allergisch, wenn Vintons Name genannt wurde, so weit waren sie immerhin schon gekommen. Trotz der Rätsel, die ihnen die Post aus Russland aufgab.

Wortscherben. Von einem Kollegen aus Königsberg übersetzt, der seit kurzem an einem Schalter der Kassenhalle arbeitete. Kurt zweifelte nicht an den russischen Sprachkenntnissen des Kollegen, doch was er übersetzt hatte, ergab keinen Sinn.

Er ging in die Kammer, in der Lilleken und er noch immer schliefen. In der Tasche des leichteren seiner Sakkos steckte der Zettel mit der Übersetzung, das russische Original hatte Nina an sich genommen.

Krankenbaracke war das am besten lesbare Wort gewesen. Dann *Taiga*. Jockel war also in Sibirien. Kaum Grund zum Jubeln. *Reste Uniform*. Damit konnten nur das Filzstück und das Kurlandband gemeint sein. Hatte Joachim einen Russen gebeten, die zu schicken? Die Adresse aufgeschrieben? *Mücken. Fieber viel. Bisse.* Bisse?

«Es tut mir leid, Herr Borgfeldt», hatte der Kollege aus Königsberg gesagt. «Nichts, was hier zu lesen ist, lässt den Schluss zu, dass Ihr Schwiegersohn noch lebt. Sehen Sie, da ist der Zettel eingerissen. Die 194 wird zur Jahreszahl gehören, die letzte Ziffer fehlt.»

Ein Zettel aus den vierziger Jahren. 1951 losgeschickt?

Sie waren auf der falschen Fährte gewesen, als sie nach dem Kriegsgefangenenlager Nr. 194 suchten. Das Rote Kreuz hatte eines mit den Ziffern 193 in Nordwestrussland bestätigt, ein anderes in Wilna. 195. In keinem Joachim Christensen.

Joachim ist nicht gefallen. Er lebt. In Gefangenschaft. Hatte Lilleken gesagt. Die unermüdlich Hoffende. Jedenfalls tat sie so. Und Nina? Kurt seufzte. Lilleken hatte ihn ein Ungeheuer genannt, als er zu sagen wagte, dass Nina eine Todesnachricht wohl erleichtert aufgenommen hätte. Schrecken. Aber ein Ende.

In der Küche warteten drei Schüsselchen Erdbeeren. «Und du?», fragte er.

«Ich habe schon genascht.»

In der harten Hungerzeit hatte sie oft gesagt, sie habe schon vorweg gegessen. Um ihnen eine größere Portion zu lassen. Doch nun gab es längst wieder genügend.

Sie war dabei, die Erdbeeren auf dem Tortenboden zu verteilen. Nahm ein Tütchen von Dr. Oetkers Tortenguss aus dem Schrank. «Nina will Vinton einladen. Morgen. In den Garten», sagte sie.

«Und was meinst du dazu?»

Seine Frau machte viel Lärm in der Schüssel, in der sie den klaren Tortenguss mit Wasser anrührte. «Was soll ich dazu meinen, Kurt? Ich kann es ihr nicht verbieten.»

Sie kamen ja wirklich mit Siebenmeilenstiefeln voran.

«Sie sind seit über einem Jahr zusammen», sagte Kurt vorsichtig. «Und Jan liebt Vinton. Wie soll er verstehen, dass der nicht zu Oma und Opa darf?»

Lilleken nickte. Sie sah traurig aus, wie sie da viel zu lange rührte.

Kurt stellte sich ans Fenster und schaute auf den Flieder, der schon verblüht war. «Was hältst du davon, wenn wir eine kleine Rheintour machen? Von Köln aus nach Königswinter. Mit dem Schiff. Vorher besuchen wir Gerda und Heinrich, und dann sehen wir uns den Drachenfels an und unsere neue Bundeshauptstadt.»

«Die Schulferien beginnen erst am 18. Juli.»

Kurt setzte sich und zog eines der Schüsselchen Erdbeeren heran. Die dünne Zuckerschicht war zu rotem Saft verlaufen. «Ich werde nicht vor August Urlaub nehmen können, doch ich dachte, wir zwei fahren mal ganz allein in die Ferien.»

«Und was ist mit dem Jungen? Nina arbeitet doch.»

«Die Clarkes werden ihr gerne Urlaub geben.» Dessen war er sich sicher. Vinton hatte ihm erzählt, dass er mit Nina und Jan in den Ferien ein paar Tage an die See fahren wollte. Nach Travemünde oder an den Timmendorfer Strand. Es war zu früh, das Lilleken einzulöffeln. Sie kaute noch an Vintons Besuch im Garten.

Erst einmal schwieg sie. Schien sich ganz darauf zu konzentrieren, den Tortenguss auf dem Kuchen zu verteilen. «Es wäre schön, Gerda wiederzusehen», sagte sie dann.

«Genau das dachte ich.»

«Und es wäre auch schön, wenn Nina und Jan mal mehr Zeit füreinander hätten.»

Kurt hatte einen ersten Löffel Erdbeeren genommen und nickte. Das lief ja ganz gut, er hatte eine heftigere Abwehr seines Vorschlages befürchtet.

«Oder ist es wieder eine Konspiration von dir und Vinton?»

War er nicht der Meister der Unschuldsmiene? «Konspiration?», fragte er.

«Ich bin sicher, dass du dich auch allein mit ihm triffst.»

«Das streite ich nicht ab.»

Dass sie es häufig taten, verschwieg er lieber. Wenn Jan dabei war, gingen sie ins Lindtner, doch das Café Hübner Ecke Neuer Wall war ihr Geschäftstreffpunkt, weil es für ihn wie für Vinton günstig lag. Nur ein paar Schritte entfernt von der Redaktion der *Welt*, von der Sparkasse. Kurt schätzte den Austausch, Vinton und er fanden sich in der Liebe und Sorge um Nina und Jan. Aber auch darüber hinaus waren sie einander nah.

Eine Nähe, die seinem Schwiegersohn und ihm nicht vergönnt gewesen war, Joachims Heimaturlaube hatten Nina gehört.

Lilleken stellte den Erdbeerkuchen in den alten Eisschrank. Sie sollten in einen der neuen Kühlschränke investieren. Überhaupt mal investieren. Kurt blickte sich in der Küche um. Die Schwedenküchen gefielen ihm, doch Lilleken waren die zu genormt. Sie würde sich kaum trennen vom Küchenschrank mit den Glaskiepen aus Pressglas, die großen für Mehl und Zucker, die kleinen für Salz und die Tütchen von Oetker.

«Du guckst dich um, als wolltest du alles wegwerfen.» Sie zog einen Stuhl heran und setzte sich neben ihn. Sah hoch zu der Lampe mit den Kompottschüsseln.

«Du bist fünfzig Jahre alt, Lilleken. Und ich vierundfünfzig.»

«Warum sagst du mir das?»

«Weil wir beide nicht nur Oma und Opa sind. Die Kriegsjahre haben uns viel leichte Lebenszeit genommen. Wir haben was nachzuholen.»

«Erst werfen wir alles weg, und dann lassen wir Joachim für tot erklären?» Sie hatte ihn getroffen. Das war deutlich in seinem Gesicht zu lesen. «Es tut mir leid, Kurt.»

«Du quälst dich noch mehr, als Nina es tut.»

«Inzwischen ja. Dieser gute junge Mensch. Aufgegeben.»

«Wir haben sechs Jahre auf ihn gewartet. Und ihn lange nicht aufgegeben.»

«Aber jetzt willst du es tun.» Sie stützte die Arme auf und legte die Hände vors Gesicht. «Es tut mir leid», sagte sie noch einmal. «Ich kenne mich selbst nicht mehr.»

«Ich habe von einem Arzt gehört, der seelische Kriegsfolgen behandelt. Bitte geh mit mir dahin, Lilleken.» Vinton hatte ihn auf den Arzt aufmerksam gemacht.

«Du denkst, ich bin verrückt?»

«Nein», sagte Kurt. «Aber in einer ausweglosen Trauer.»

Köln

«Jesses, Maria und Josef», sagte Billa. «Das ist die drolligste Ladenklingel, die ich je gehört habe. Hast du nicht dauernd das Gefühl, zum Messdiener zu mutieren?»

Heinrich sah von seinen Notizen auf. «Du kennst die Klingel doch längst.»

Billa nickte. «Ich bin eigens hergekommen, um ihr noch mal zu lauschen, bevor hier alles vorbei ist. Wie lange dauert das denn? Der Abriss. Der Neubau.»

«Im nächsten Sommer soll alles fertig sein. Dann können wir einziehen in die neuen Räume. Mit der alten Klingel.»

Das war ein Schlag gewesen, als die Pläne für die Bebauung Ende April bekannt wurden. Er hatte gehofft, das geflickte Haus, das die Galerie beherbergte, würde Gnade finden, doch für die kleine Drususgasse waren Neubauten vorgesehen. Vorne an der Ecke war auf einem der leer geräumten Grundstücke ein fünfstöckiges Verlags- und Wohnhaus geplant. Rechts und links von ihnen wurde bereits gebaut. Ebenfalls fünf Stockwerke. Täglich kam er an den Kalkwannen vorbei, klangen ihm die Drehungen der Betonmischer in den Ohren.

Die Stadt wurde aufgebaut, wer wollte das beklagen, doch viele Chancen wurden vertan. Vor allem die Verkehrsplaner erlebten ihre große Stunde.

In den Ruinen war das alte Köln leichter erkennbar gewesen für ihn.

Gerda hörte nicht gern, wenn er das sagte. Sie sah dem Neuen freudig entgegen, sie war es auch gewesen, die das Übergangsquartier in der Herzogstraße gefunden hatte. Ganz in der Nähe. Dennoch sorgte er sich, dass der kleine Kundenstamm, den sie sich wieder aufgebaut hatten, verlorengehen könnte.

«Das ist das neue von Jef?» Billa betrachtete das Ölbild in Orange und Blau. Abstrakter, als Jef Crayer sonst malte. «Stell das ins Schaufenster, dann wird der Laden auch drüben in der Herzogstraße laufen.»

«Hast du den Eindruck, dass ich daran zweifele?»

«Dich konnte man immer schon schnell bang machen», sagte Billa. «Weißt du noch, wie ich dir das Bild von der Staffelei genommen und allen gezeigt habe?»

O ja. Das wusste er noch. 1916 war das gewesen. Ein Urlaub von der Front, um den Armdurchschuss heilen zu lassen. Sein alter Traum zu malen. Billas Hohn ob seiner

Versuche. Heinrich wollte sich nicht auf diese schmerzliche Erinnerung einlassen. Dann lieber ein Gespräch über Günter anfangen.

«Was macht eigentlich dein singender Galan, Billa?»

«Der will mir einen Fuchskragen mit Kopf schenken. Ich will aber eine Stola aus Silberfuchs und keinen Kopf. Die Glasaugen gucken einen doch nur traurig an.»

«Dann läuft es also noch mit Günter und dir?»

«Er betrügt mich, wo er kann. Der Fuchskragen ist das pure schlechte Gewissen. Aber immer wenn ich darüber nachdenke, Schluss zu machen mit ihm, säuselt er mir wieder ins Ohr. Und solange ich keinen Besseren habe...» Sie ließ den Satz in der Luft hängen.

«Du bist eine Pragmatikerin. Das muss man dir lassen.»

«Kannst du dich noch an den Mann erinnern, mit dem Günter und ich damals ins Reichard kamen und dich vor einem Kognak sitzend vorfanden? Im Karneval war das. Letztes Jahr.»

Heinrich spannte sich an. Und ob er sich an den verhinderten Käufer des *Ananasberg* erinnerte. Hatte der doch geplaudert?

«Nicht so wirklich», sagte er. «Warum?»

«Der könnte mir gefallen. Er ist Journalist und arbeitet für die *Neue Illustrierte.*»

«Ist der nicht noch jünger als Günter?»

«Er sieht nur jünger aus. Du erinnerst dich also doch.»

«Schwach», sagte Heinrich.

«Hans interessiert sich für Kunst», sagte Billa. «Aber nicht für die Kunst von Günter. Darum ist der Kontakt auch flöten gegangen. Ich versuche, an ihn ranzukommen, Lucys Modesalon ist ein guter Aufhänger. Da soll er mal drüber schreiben und Werbung machen.»

«Schreibt er nun über Kunst oder über Mode?», fragte Heinrich.

«Kunst, wie du sie anbietest. Wundert mich, dass er nicht längst auf Jef Crayer aufmerksam geworden ist. Lädst du mich auf ein Stück Torte ins Café Eigel ein?»

«Samstags öffnen wir die Galerie bis um zwei. Also noch anderthalb Stunden.»

Billa nickte. «*Üb immer Treu und Redlichkeit* als Ladengeläut würde auch gut zu dir passen», sagte sie. «Falls ich an Hans Jarre herankomme, statten wir dir einen Besuch ab, und du zeigst ihm Jefs Bilder.»

Das fehlte ihm gerade noch. «Lenk sein Interesse lieber auf Lucys und Carlas Mode», sagte Heinrich.

— 3. JUNI —

Hamburg

Jan lief über vor Glück. Er hielt Vintons Hand, seit der durch die Tür gekommen war. Zog ihn über die baufällige Terrasse, zeigte ihm blühende Bartnelken und das nackte Beet, in dem seine Großmutter gerade Dahlienknollen gesetzt hatte, zögerte auch nicht, auf den Rosenkohl für die Winterernte hinzuweisen. Damit wuchs er über sich selbst hinaus, Jan hasste Rosenkohl.

Nina kam mit dem Tablett aus dem Keller, seit Jahren ihr normaler Zugang zum Garten, ging zum schmiedeeisernen Tisch, der im Gras stand, und stellte Tassen und Teller darauf. Eine Vase für die Pfingstrosen, die Vinton gebracht hatte.

«Nina war sechs Jahre alt, als ich das Haus von meiner Tante erbte», hörte sie ihren Vater sagen. Und seitdem wurde nichts mehr daran getan, dachte Nina. Zu keiner Zeit war genügend Geld vorhanden gewesen, das geerbte Haus eine Nummer zu groß für die Borgfeldts. Eines Tages würde es kaum mehr zu retten sein, so wie der baufällige Schuppen im hinteren Teil des Gartens, auf dessen Abriss ihre Mutter gedrängt hatte.

«Es erinnert mich an das Haus meiner Eltern, in Shepherds Bush», sagte Vinton.

«Leben Ihre Eltern noch dort?»

Kurt warf seiner Frau, die in den Garten gekommen war,

einen entgeisterten Blick zu. Er hatte ihr schon vor Monaten erzählt, dass Vinton seinen Vater und das Elternhaus bei einem Bombenangriff auf London verloren hatte.

Vinton drehte sich zu Elisabeth um, die dort mit ihrem Erdbeerkuchen stand. Ein erster Augenblick der Begegnung, sie war in der Küche gewesen, als Jan ihn eilig durch das Schlafzimmer zur Terrasse gezogen hatte.

Wer von ihnen war verlegener? Elisabeth, die ihr Kreuz durchdrückte, die Kuchenplatte in der Hand? Vinton, der eine Verbeugung machte?

«Ich freue mich sehr, dass ich hier sein darf, Frau Borgfeldt», sagte er und klang heiser. Noch immer konnte er sich nicht auf seine Stimme verlassen, wenn er nervös war. «Um Ihre Frage zu beantworten, meine Eltern sind leider tot, und das Haus gibt es auch nicht mehr.»

Elisabeth nickte, als ob sie sich eben daran erinnerte.

Nina nahm ihrer Mutter den Kuchen ab. «Die Sahne ist noch in der Küche?»

«Die Schüssel steht auf dem Pflanztisch im Keller», sagte Elisabeth. Hoffentlich würde sie nicht davon anfangen, wie schwer ihr das fiel, einen anderen Mann als Joachim an Ninas Seite zu sehen. Das war der Tenor des Vormittags gewesen.

«Ich verstehe, wie schwer mein Hiersein für Sie ist», sagte Vinton. «Sie haben Ihren Schwiegersohn sehr geschätzt.»

«Ich schätze ihn noch immer.»

Schluss jetzt, hätte Kurt gern gesagt. Doch er schwieg. War nur dankbar, dass Vinton von der Sorge, die er sich um Elisabeth machte, wusste. Kurt hatte ihn nicht unvorbereitet in diesen Nachmittag gehen lassen.

«Willst du meine Schaukel sehen?», fragte Jan.

Vinton gab Anschwung. Ein guter Freund. Ein Vater,

dachte Nina. Ja. Das dachte sie. Jan jauchzte. Elisabeth verteilte die Stücke Erdbeerkuchen auf die Teller. Ihre Hand zitterte, doch sie lächelte. Ein Mittel, die Mimik unter Kontrolle zu halten.

Das Gespräch wurde gelöster, als Elisabeth ins Haus ging. Tat das denn eine gute Gastgeberin, sich zum Spülen zurückziehen, während der Gast noch anwesend war?

Sie kam auch nicht wieder, als Kurt Weingläser brachte und eine Flasche Mosel.

«Dr. Braunschweig hat eine Praxis im Neuen Wall eröffnet», sagte Vinton. «Ein Hamburger, er ist in den dreißiger Jahren nach England emigriert. Ich habe ihn in London bei einem Dinner kennengelernt.»

«Das ist der Arzt, von dem du mir erzählt hast?», fragte Kurt.

«Ja, er hat einen sehr guten Ruf als Psychotherapeut und Psychiater. Ich hatte daran gedacht, ihn aufzusuchen, sollten meine Probleme mit der Stimme noch mal dramatischer werden.»

«Würdest du einen Termin für mich und Elisabeth machen?»

«Sicher», sagte Vinton. «Wäre deine Frau denn bereit dazu?»

«Ich denke, dass Lilleken aus den Qualen finden will», sagte Kurt.

Nina blickte zu Jan, der im Gras saß und ein vierblättriges Kleeblatt suchte.

— 6. AUGUST —

San Remo

Er war allein in der Firma, nur auf den Feldern und in den Gewächshäusern wurde während des Monats August gearbeitet. Gianni hatte vorgehabt, für ein paar Tage mit Freunden nach Portofino zu fahren, ein Fischerdorf, idyllisch auf einer Halbinsel in der Nähe von Genua gelegen, doch dann hatten sich just für diesen Zeitraum Carla und Ulrich mit Claudia angesagt. Da wollte er dabei sein.

Einige, die sich das Maul zerrissen über Carla Bianchi und ihre angebliche Arbeit in einem Hotel in Avignon. Keiner wusste Genaues, doch das Gerücht, Carla habe sich von einem wohlhabenden Bürger San Remos schwängern lassen, waberte durch die Gassen der Altstadt. Vielleicht von der Signora Grasso in die Welt gesetzt oder den Schwestern Perla. Dem Bund der Bigotten.

Gut, dass Bixio und Donata ihre Ferien in Venedig verbrachten, ein Versuch, ihre Ehe zu retten. Vielleicht hätten sie sogar eine Chance gehabt, wären sie nicht wieder in die Fallstricke der Familienbande geraten. Donata hatte von eleganten Tagen am Lido geträumt, doch sie wohnten bei Agneses Schwester auf der Giudecca. Wenigstens blieben ihnen unangenehme Begegnungen in San Remo erspart.

Gianni stand am Bahnhof, als der verspätete Zug von Mailand einfuhr. Zuerst sah er Ulrich, der ihm zuwinkte, um dann den Kinderwagen aus dem Waggon zu heben, einem älteren Herrn die Hand reichte. Als Carla in der Tür des Abteils erschien, Claudia auf dem Arm, war Gianni bei ihnen angekommen.

«Darf ich dir Herrn Garuti vorstellen?», sagte Ulrich. «Wir haben uns ein Abteil geteilt. Er hat Familie in Hamburg.»

Der italienische Herr sprach Gianni auf Deutsch an. Sie begrüßten einander. «Ich wünsche Ihnen ein liebenswürdiges San Remo», sagte Garuti zum Abschied.

Carla blickte sich um, enttäuscht, ihre Mutter nicht zu sehen. «Ich habe ihr die Ankunftszeit geschrieben», sagte sie.

Vielleicht hielt die Zia sie zurück, zornig darüber, dass kein Geld für eine Vespa gekommen war. Doch das erzählte Gianni nicht, Carla schien ohnehin verlegen.

Sie stiegen in die alte Kutsche Lancia und fuhren zur Via Matteotti.

Gianni hatte der Nonna am Vormittag einen Besuch abgestattet, vor Agnese hatte ein Karton der Arancia Candita gestanden, den sie bereits leer gegessen hatte. Nonna liebte die in Bitterschokolade getunkten Orangenschalenstreifen von *Colavolpe* aus Kalabrien. Die seien gut für ihre Nerven, sagte sie. Gianni konnte sich vorstellen, dass Carlas Besuch sie nervös machte.

Hoffentlich wusste sie sich zu benehmen. Carla in Herzlichkeit begegnen. Der hinreißenden Claudia, die nun bald neun Monate alt war, das gehörige Interesse schenken. Die kleine Familie würde bei Gianni wohnen, er hatte genügend Platz.

Margarethe stand auf der Straße vor dem Haus. Im Gespräch mit Signora Grasso, Gianni traute seinen Augen nicht, als er das Auto wenige Meter weiter weg parkte.

Mio nipote di Colonia wehte die Stimme seiner Mutter zu ihm hin, als er ausstieg.

Nun trat auch Bruno heran. Begrüßte die Grasso. Eilte dann zum Auto. Half beim Aussteigen. Umarmte Carla und Ulrich. Scherzte mit Claudia. Wenn das keine glückliche Familie war, Gianni grinste.

Der Neffe aus Köln wurde Signora Grasso vorgestellt, die ihn als den Kindesvater in Augenschein nahm. Bald wohl verbreiten würde, wie wenig sie guthieß, dass Carla und er noch nicht vor den Altar getreten waren. *Un peccato.* Eine Sünde.

«Wo kam denn die Grasso her?», fragte Gianni, als sie oben bei seinen Eltern am Tisch saßen, Tagliatelle mit Ragù aßen.

«Ich habe die Signora herbeigewinkt, als ich sie auf der anderen Seite der Straße sah. Zur Fütterung mit Neuigkeiten für den Klatsch in den Gassen.»

Gianni stand als Erster auf, als es klingelte. Vielleicht war die Nonna doch nicht so verbohrt, wie er befürchtete, und tat einen ersten Schritt auf Carla und Claudia zu.

Doch es war die Zia, die sich hineindrängte und darüber erregte, dass Carla nicht zuerst zu ihrer Mutter in die Wohnung an den Bahngleisen gekommen war.

Non siamo più abbastanza bravi.

Carla zuckte zusammen bei dem Vorwurf, ihre Familie sei ihr nicht mehr gut genug.

Die Zia war so schnell gegangen wie gekommen, ihr Gift lag noch in der Luft.

Margarethe dachte, dass diese Frau und die Nonna eine große Gemeinsamkeit hatten: Beide waren kaum zu ertragen.

Köln

Lilleken schien ihm heiter unter dem flachen hellen Strohhut mit dem schwarzen Ripsband, den sie gerade eben gekauft hatten.

«Ich habe mir schon immer eine Frau gewünscht, die große Hüte trägt.»

«Warum hast du das nicht früher gesagt?»

Kurt machte einen Tanzschritt auf dem Trottoir der Herzogstraße. Wie erfreulich, dass neben der Galerie ein Hutladen war, der florentinische Hüte führte. Die Lilleken aus guten alten Tagen kam da hervor, gelöst und heiter. Er fasste nach ihrer Hand und vollführte eine Drehung, eine zweite. Wer hatte die Veränderung herbeigeführt?

Dr. Braunschweig, bei dem Lilleken im Juli viermal gewesen war? Der Arzt hatte seine Patientin davor gewarnt, dass es bei raschen Fortschritten auch Rückschläge geben könne, die Depression zurückkehre. Er vermute, dass Elisabeth etwas verberge, vor sich selbst und allen anderen. Elisabeth hatte Kurt davon erzählt und Braunschweigs Vermutung mit «höherer Blödsinn» kommentiert.

«Lass es gut sein, Kurt, du übertreibst», sagte Lilleken nach der dritten Drehung. «Wir sind den Leuten im Weg.»

Doch die Vorbeigehenden fanden Gefallen an der Tanzeinlage.

Gerda stand in der Tür der Galerie und sah ihnen amüsiert zu. Bei der Ankunft am gestrigen Sonntag hatte ihre Freundin angespannt gewirkt. Aber schon bald war laut gelacht worden im Haus, in dem gerade viel Platz war, Ulrich, Carla und die Kleine in San Remo, Ursel mit Jef in Brügge. Billa weilte in Günters Wohnung. Ob zwei Stunden oder zehn Tage. Eine stets offene Frage.

Elisabeth war der *Ananasberg* sofort aufgefallen, Heinrich hatte nur zu gerne über das Gemälde gesprochen, von dessen unauffindbarem Maler, den an der genannten Krefelder Adresse keiner kannte. Schließlich waren Kurt und Gerda in den Garten gegangen, Kurt hatte einen Stängel vom lila Zierlauch gepflückt, ihn in den Händen gedreht, einen jungen Engländer erwähnt, der Vinton hieß.

Hat Elisabeth dir nicht von ihm erzählt?

Nein. Wer ist das?

Er liebt Nina und sie ihn. Lilleken leidet daran. Denkt, dass wir Joachim im Stich lassen, wenn wir nicht länger an sein Überleben glauben.

Sind sie einander ähnlich?

Vinton und Joachim? Vielleicht ein wenig. Der eine ist gutaussehend wie der andere, als ich ihn zuletzt gesehen habe. Vinton dunkelhaarig. Joachim blond.

Dann ist es wohl das, was ihr auf dem Herzen zu liegen schien. Sie hat es jedenfalls nie zur Sprache gebracht.

Dann hatten sie geschwiegen, weil Heinrich und Elisabeth ihnen in den Garten gefolgt waren, deren Gesprächsfaden aufgenommen und von der Galerie gesprochen. Von Jef Crayer, der den Ruhm fürchtete, als trachte ihm der nach der Seele. Ursels Liebe zu dem viel älteren belgischen Maler. Die großen und kleinen Kinder und die Sorgen, die man sich ihretwegen machte. Doch auch da fiel der Name Vinton nicht. Um die Leichtigkeit des Augenblicks zu wahren?

«Heinrich muss gleich zurück sein», sagte Gerda an diesem Montagvormittag, als sie zu dritt vor der Galerie standen. «Lasst uns dann auf die Terrasse des Reichard gehen. Die ist genau richtig für große Hüte.»

«Kannst du dich an unsere Hütchen am Timmendorfer

Strand erinnern? Sie waren aus Seegras geflochten, hatten hellbeige Bänder und kleine Stoffblumen.»

«Gänseblümchen. Und wir freuten uns, wenn wir für Schwestern gehalten wurden.»

Sahen sie einander heute noch ähnlich? Gerda, die Jüngere, war ein wenig größer. Beide hatten schmale Taillen. Blonde Haare, in weiche Wellen gelegt. Doch Gerda strahlte eine Zuversicht aus, die Elisabeth abhandengekommen war.

Heinrich kam und stellte den Karton mit den Geschäftskarten ab, die er aus der Druckerei geholt hatte. Mit der neuen Adresse der Galerie, wenn die auch nur vorübergehend war.

Er schüttelte den Kopf, als seine Frau von einem Imbiss auf der Terrasse des Reichard sprach. «Ihr müsst ohne mich gehen», sagte er. «Ich kann nicht über Mittag schließen. Ein Kunde hat um einen Termin für ein Uhr gebeten.»

Gerda sah ihn erstaunt an. «Ein Käufer? Oder ein Künstler?»

«Ich erkläre es später», sagte Heinrich. Als er am Morgen als Erster in die Galerie gekommen war, hatte er ein Kuvert vorgefunden. Unter der Tür durchgeschoben. Ein kurzer handschriftlicher Text, dem eine Visitenkarte beilag.

Ein Treffen heute um eins. Ich bitte darum, die Uhrzeit einzuhalten. Auf der Visitenkarte war nur der Name gedruckt: *Hans Jarre.* Was wollte der von ihm, nach all der Zeit? Heinrich bitten, ihm Billa vom Hals zu halten?

Gerda sah ihren Mann nachdenklich an, als sie mit ihren Hamburger Freunden zum Café Reichard aufbrach. Heinrich schien ihr nervös zu sein.

Hamburg

Der erste von sechs Ferientagen. Jan und sie fingen ihn mit Ausschlafen an. Allein im Haus. Nein. Nicht im Haus, allein hier im Erdgeschoss. Doch wann war *das* zuletzt vorgekommen?

Ihre Eltern hatten angerufen, kaum dass sie gestern in Köln eingetroffen waren, Elisabeth hatte sie erinnert, die Tür vom Flur in die Küche gut abzuschließen, das Vorhängeschloss nicht zu vergessen, am Abend an die Kellertür zu denken, die in den Garten führte. Nina hatte den Eindruck, dass es lauter Warnungen davor waren, Vinton in ihr Bett zu lassen.

Das hatte sie ohnehin nicht vor, Vinton ließ sie in *sein* Bett.

Heute saß er noch in der Redaktion, auch gestern hatte er den Sonntag dort verbracht, Texte redigiert, die sich mit dem sechsten Jahrestag des Abwurfs der Atombombe auf Hiroshima befassten.

Vinton las aus ihnen eine größere Kritik heraus als in den vorhergehenden Jahren. Vielleicht wurde die lauter, weil auf einmal von einem westdeutschen Volksheer die Rede war und Franz Josef Strauß, Generalsekretär der CSU, öffentlich davon sprach, dass die jungen Männer des Jahrgangs 1932 die ersten sein könnten, die in jenem Volksheer ihre Wehrpflicht leisten würden.

Da wollten sie eine neue Generation in Uniformen stecken und mit Gewehren bewaffnen, dabei waren viele Unglückliche des vergangenen Krieges noch nicht zurückgekehrt. Gehörte Jockel zu denen, die noch auf ihre Heimkehr hofften?

Jan schlief noch immer. Besorgt beugte Nina sich über

ihren Sohn, horchte auf seine Atemzüge. Wie wichtig, dass er keinerlei Schaden nahm. Behutsam strich sie über seine schlafwarmen Wangen. In der ersten Zeit nach Jans Geburt hatte sie manchmal den Gedanken gehabt, Joachim ein Marzipankind schenken zu wollen. Ein makelloses Menschlein, an das nicht der kleinste Kratzer kam. Als dürfe das Leben keinerlei Spuren hinterlassen.

Nina schlich aus dem Schlafzimmer. Die kleine Auszeit in der sonnengefluteten Küche genießen. Sie zündete eine Flamme des Gasherdes an und setzte den Teekessel auf.

Ein großer Lärm in der Stille des Vormittags, der die Decke beben ließ. Vielleicht setzten bei Frau Blümel die Wehen ein. War es schon so weit? Das vierte Kind würde sich wohl nicht viel Zeit lassen, um geboren zu werden.

Als sie noch wünschen durfte, hatte sich Nina drei Kinder gewünscht.

Diese Liebe zwischen Jan und Vinton. Was wäre, wenn Jockel zurückkäme?

Weder Jockel noch Vinton wollten ein Marzipankind, und Jan hatte sicher nicht vor, eines zu sein. Erzählte froh, zu was ihn Vinton ermutigte auf dem Spielplatz, wenn die beiden allein dort waren und nicht die ängstliche Nina ihn zurückhielt.

Das Taschenmesser, das ihm Vinton zur Einschulung geschenkt hatte, war einer seiner großen Schätze. Und nun noch die kurze Lederhose.

Der Junge verwildere unter diesem Einfluss, hatte ihre Mutter gesagt.

Elisabeth wusste nichts davon, dass Nina, Jan und Vinton morgen für vier Tage an den Timmendorfer Strand fahren würden. Kurt hatte davon abgeraten, es schon im Vorwege zu erzählen. Das konnte nur die Rheintour verderben. Erst wenn alle wieder heil in Hamburg wären, sollte ihre Mutter von den Ferien an der Ostsee erfahren. Am Sonntag kehrten ihre Eltern zurück, Jan und sie waren dann schon wieder einen Tag da, um sie zu Hause zu empfangen.

Nina war nicht glücklich über die Geheimnistuerei.

Zwei Zimmer in einem *boarding house* habe er gebucht, hatte Vinton gesagt. Nina wäre gern an jedem Morgen der vier Tage neben ihm aufgewacht. Doch vermutlich würde sich die Pensionswirtin die Ausweise vorlegen lassen. Und für ihre Mutter zweifelsohne die Welt zusammenbrechen, wenn Jan von einem munteren Urlaub im Doppelbett erzählte. Verwildern. Verlottern.

«Freust du dich auf die Ferien, Mami?»

Nina drehte sich zu Jan um, der in die Küche tappte. «Und wie», sagte sie. «Und du?» Sie griff nach der Schachtel Cornflakes und stellte sie auf den Tisch. Teller und Löffel dazu. Nahm die Milch aus dem Frigidaire, den Kurt gekauft hatte, darauf hinweisend, dass der Kühlschrank keine luxuriöse Übertreibung aus Frankreich sei, sondern von Opel in Rüsselsheim hergestellt worden war.

Deutsche Wertarbeit. Man traute sich wieder, dies zu betonen.

Sie legte das Sieb auf die hohe Keramiktasse und goss den Tee ein. Setzte sich neben Jan.

Der senkte den Löffel in die Cornflakes. «Kann ich noch Zucker haben?»

«Da ist genügend Zucker drin», sagte Nina. Sie trank einen Schluck Tee.

«Du hast den Vinton doch lieb, Mami. Könnte *er* nicht mein Papi sein?»

Nina verschluckte sich. Jan schlug ihr die kleine Hand auf den Rücken, bis sie aufhörte zu husten. Sie stand auf und ging ins Schlafzimmer, kehrte mit dem Foto von Jockel in die Küche zurück.

«Ich bin sehr froh, dass Vinton dir ein so guter Freund ist», sagte sie. «Und auch, dass er morgen mit uns an den Timmendorfer Strand fährt.» Sie stellte den Rahmen auf den Tisch. Jockel mit kurzen blonden Haaren und einem erstklassig gezogenen Scheitel. Im groben grauen Pullover, den seine Mutter für ihn gestrickt hatte.

«Aber *das* ist dein Papi», sagte Nina.

Jan warf einen kurzen Blick auf das Bild. «Ich weiß», sagte er.

Noch nicht lange her, dass sie Sätze ihrer Eltern aufgeschnappt hatte. Vor der Küchentür war Nina stehen geblieben, als sie ihre Mutter hörte.

Er verwöhnt den Jungen doch nur, um Nina einzuwickeln.

Das ist kompletter Unsinn, hatte ihr Vater gesagt. Nicht einmal ein *Lilleken* hintendran geschoben, um den scharfen Ton zu mildern. Er war aus der Küche gegangen und hätte Nina beinah die Tür ins Gesicht geschlagen. Sie erschrocken angesehen. Einen Finger auf die Lippen gelegt. Seine Frau sollte nicht wissen, dass ihre Tochter diese Unterstellung gehört hatte.

Doch Elisabeth bekam davon nichts mit. Sie hatte ihre Arme auf den Küchentisch gelegt, schluchzte in die Ärmel ihres dunkelblauen Kleides mit den kleinen weißen Punkten. Auch dieses Kleid von Frau Tetjen auf der alten Adler genäht.

Nina war zu ihr gegangen, hatte sich neben ihre Mutter gesetzt, ihr den Nacken massiert. Elisabeth hatte das eine kleine Weile zugelassen, um sich dann aufzurichten und mit den Handballen über die nassen Augen zu wischen.

«Was lässt dich so verzweifeln, Mama?»

Ihre Mutter hatte nur den Kopf geschüttelt und geschwiegen.

Köln

Hans Jarre trug ein in Zeitungspapier verpacktes Bild in die Galerie, das in etwa das Format des *Ananasberg* hatte. Er lehnte das Paket an den großen Tisch, auf dem sonst die Zeichnungen und Graphiken für die Interessenten ausgelegt wurden.

«Der Mann, der keinen Widerspruch duldet», sagte Heinrich.

«Lassen Sie doch die ollen Kamellen.»

«Ich dachte eher an Ihre Art, mir einen Termin zu diktieren. Was bringen Sie da für ein Bild?»

«Das werden Sie gleich sehen. Seien Sie dankbar, dass ich Sie in meine Recherche einbinde.»

Heinrich hob die Augenbrauen. Welche Recherche? Er konnte sich kaum vorstellen, dass Jarre ohne Eigennutz handelte. Vermutlich brauchte er einen fachmännischen Rat.

Hans Jarre begann, das Bild von der Zeitung zu befreien. Hielt inne, schien die Spannung steigern zu wollen. Er drehte sich zu Heinrich um, der hinter ihm stand.

«Haben Sie je versucht, Leikamp zu kontaktieren?»

Heinrich entschied, sich auf das Spiel einzulassen. «Leikamp hatte mir eine Adresse in Krefeld genannt, an der er völlig unbekannt ist.»

«Herr Aldenhoven, den Maler Leikamp gibt es nicht.»

«Er hat vor mir gestanden. Ich habe seinen *Ananasberg* gekauft.»

«Die Betonung liegt auf *Maler*. Leikamp gibt es, doch er hat Ihr Bild nicht gemalt. Wenn Sie so wollen, ist er ein Betrüger.»

Heinrich verstand nichts mehr. «Der *Ananasberg* wurde von ihm signiert.»

Jarre nickte. Er widmete sich wieder dem Auspacken des Bildes. Heinrich hielt den Atem an, als der Journalist es auf den Tisch legte. Eine Szene aus dem Düsseldorfer Hofgarten. Jeder Pinselstrich glich dem *Ananasberg*. Derselbe Maler. Kein Zweifel. Das Motiv war diesmal die Allee, an deren Ende der Jägerhof lag.

Jarre tippte mit dem Zeigefinger auf die unteren Ecken des Bildes. «Unsigniert.»

Heinrich beugte sich vor, suchte selbst nach der Signatur Leikamps. «Wo haben Sie das Bild her?», fragte er schließlich.

«Ein Fund auf einem Speicher in der Pempelforter Straße.»

«Zum Stadtteil Pempelfort gehört auch der Hofgarten.»

«Sie kennen sich aus in Düsseldorf?»

«Ich habe vor dem ersten der Kriege in der Galerie Flechtheim volontiert.»

Diesmal war es Hans Jarre, der die Brauen hochzog. «Bei Alfred Flechtheim in der Königsallee? Das hätte ich nicht gedacht.»

«Weil das hier eine Galerie für Wald und Wiese ist?»

Jarre sah sich um, sein Blick blieb an zwei Bildern von Jef Crayer hängen. «Das ist der Belgier, nicht wahr? Ich habe schon von ihm gehört.»

«Wer ist Leikamp, Herr Jarre?»

«Ein junger Mann, der in der Pempelforter Straße einen Laden für gehobenen Trödel betreibt. Dass er Leikamp heißt und nicht *Lacour* wie seine Brocanterie ist eine neue Erkenntnis.»

«Und dort haben Sie diesen Fund gemacht?» Heinrich beugte sich über das Bild. Strich über die Stellen, an denen die Ölfarbe dick aufgetragen war. Genau wie beim *Ananasberg*, das bei ihnen im Wohnzimmer hing.

«Am vergangenen Freitag war ich wieder in der Brocanterie und habe eher zufällig erfahren, dass ich Leikamp vor mir habe, ein Nachbar hat ihn mit dem Namen angesprochen. Dass dieser zweifelhafte Brocanterist nicht der Maler des *Ananasberg* ist, schien mir klar. Ich habe es ihm auf den Kopf zugesagt, und er war so perplex, dass er es zugegeben hat. Den wahren Künstler kenne er nicht. Er hat einen Betrug begangen, als er seine Signatur unter den *Ananasberg* setzte. Dessen ist er sich bewusst. Darum ist er mit mir auch auf den Speicher gestiegen und hat mir den *Jägerhof* angeboten, als Schweigegeld sozusagen. Ich nehme an, dass er sich auch kaum mehr getraut hätte, ihn zum Verkauf anzubieten.»

«Wie sind die Bilder zu ihm gekommen?»

«Angeblich hat er die beiden Bilder auf dem Speicher vorgefunden, als er die Räume für seinen Trödel mietete.»

«Und das eine Bild hat er signiert und mir verkauft? Warum hat er nicht gleich ein zweites Geschäft mit dem *Jägerhof* gemacht? Er wusste, dass ich interessiert war.»

«Ich nehme an, dass ihm Skrupel kamen, auch das zweite Bild noch mit seinem Namen zu versehen. Es war ja nicht auszuschließen, dass Sie den *Ananasberg* herumgezeigt hatten und auf die Spur des Künstlers gekommen waren. Leikamp konnte nicht ahnen, dass Sie sich das Bild gleich über den Kamin hängen.»

«Wie sind Sie auf all das aufmerksam geworden?»

«Anfang Dezember 1949 erzählte mir ein Bekannter von einem unsignierten Bild in einer Pempelforter Brocanterie, das aussehe wie ein Monet aus dessen mittlerer Schaffensperiode. Ich habe es mir angesehen und das Motiv aus dem Hofgarten erkannt. Also kein Monet. Am nächsten Tag entschied ich mich, es zu kaufen. Doch die Brocanterie war geschlossen. Mitten im Weihnachtsgeschäft.»

«Und wie kamen Sie dann im Januar zu mir?»

«Das war Zufall. Ich hatte Ihre Kusine auf der Weihnachtsfeier des Bundes der Kulturschaffenden kennengelernt. Sie war mit Günter da, er hält sich für kulturschaffend. Wir sprachen über Kunst, und Billa erwähnte ein Bild im Schaufenster Ihrer Galerie, das den Ananasberg darstelle. Ich habe es mir über Weihnachten angesehen und staunte über die Signatur, die das Bild auf einmal hatte. Von da an wusste ich, dass was faul war.»

Heinrich dachte an Jarres Auftritt damals in der Galerie. Sympathisch war ihm der Journalist nach wie vor nicht. Er hatte den *Jägerhof* angenommen und war gleich damit zu ihm gekommen.

«Ich vermute, dass es wenigstens noch ein drittes Bild mit einem Motiv aus dem Hofgarten gibt», sagte Jarre. «Leikamp hat auf der Treppe zum Speicher versehentlich vom *Schwanenhaus* gesprochen, als er eigentlich den *Jägerhof* meinte.»

«Haben Sie eine Ahnung, wer der Maler ist und warum er nicht signiert hat?»

«Nein. Das Bild lässt an den Impressionismus des späten neunzehnten Jahrhunderts denken. Warum der Künstler es nicht signiert hat?» Jarre hob die Schultern. «Sie sind nicht der erste Kunsthändler, dem ich den *Jägerhof* zeige. Ich war am Samstag schon bei zwei Düsseldorfer Kollegen von Ihnen, keiner kennt den Maler. Doch ich gebe so leicht nicht auf. Ihr *Ananasberg* spielt da auch eine wichtige Rolle. Das wird eine ganz große Geschichte. Könnte der erste Kunstskandal der Nachkriegszeit werden.»

«Bauschen Sie das nicht sehr auf?»

«Liegt Ihnen daran, im Gespräch mit mir zu bleiben, wenn ich dem Geheimnis um den Urheber der Bilder näher komme?»

«Daran liegt mir allerdings.»

«Haben Sie noch Kontakte aus der Zeit bei Flechtheim?»

Nein. Die hatte Heinrich schon lange nicht mehr.

San Remo

Die Nonna hatte sich nicht blickenlassen, sollte sie doch im ersten Stock schmollen, Gianni beabsichtigte nicht, ihr entgegenzukommen. Jahrelanges Gejammer darüber, dass sie nur einen Enkel habe, nun war eine Enkelin geboren, und Agnese tat, als sei das Kind ein Sündenfall, für den sie sich beim lieben Gott entschuldigen müsse.

Gianni öffnete die Fenster weit, ließ die warme Luft des späten Nachmittags ein, blickte auf die Via Matteotti, in der an diesem Montag seit vier Uhr wieder das Leben pulste. Wie lange würden die drei noch bleiben in der Wohnung an den Bahngleisen? Der Antrittsbesuch konnte nicht leicht sein für Ulrich. Hoffentlich war die Zia bereits wieder auf dem Weg in ihr Hinterland.

Billa sprach gern von den *Kusängs*, wenn sie von Ulrich

und ihm sprach, sie war überhaupt die Einzige in der Familie, die immer wieder mal in ein maßvolles Kölsch fiel. Bei seiner Mutter nahm er lediglich einen leichten Singsang wahr. Den glaubte er nun auch bei Carla zu hören, die schon gut deutsch sprach.

Sie hatte drei Kleider ausgepackt, das kostbarste war für Margarethe, doch auch ihrer Mutter und der Zia hatte sie Kleider genäht nach dem Schnittmuster eines der Modelle im Modesalon. Gianni hoffte, dass Carlas Geschenke gnädig aufgenommen wurden. Für die Zia wäre ein Knebel aus durablem Stoff angebrachter gewesen.

«Ciao, Gianni.»

Er beugte sich vor und sah auf der anderen Straßenseite seinen *amico* stehen, der ihm im August des letzten Jahres den Cisitalia 202 für die Fahrt nach Köln geliehen hatte. Lucio hatte gute Augen, wenn er ihn von da unten am Fenster stehen sah. Und er war elegant wie sein Auto, in den weißen Slacks und dem marineblauen taillierten Hemd. Gianni winkte. Ein Aperitivo mit Lucio. Drüben in der Bar. Dann hatte er ein Auge darauf, wenn Carla, Claudia und Ulrich zurückkehrten.

«Vengo subito», rief er Lucio zu.

Ein Blick in den Spiegel. Er fuhr sich mit der Hand durchs Haar. Das genügte. Vielleicht noch das Leinenjackett über die Schultern legen.

Gianni nahm die Treppe und begegnete seiner Mutter im zweiten Stock. «Ich gehe mit einem Freund ein Glas trinken», sagte er.

«Der junge Mann war nicht zu überhören. Wer ist das?»

«Lucio. Der mir das Auto geliehen hat, das dir zu schnell aussah.»

«*Er* sieht mir auch zu schnell aus», sagte Margarethe.

«Reicher Leute Kind», sagte Gianni.

«Pass gut auf dich auf.»

«Mama. Ich gehe mit einem Freund aus Schulzeiten in die Bar gegenüber. Sollte ich meinen *cugino* und seine Frauen verpassen, schicke die drei zu mir rüber. Da ist kein Gelage geplant, nur ein Aperitivo.»

«Viel zu verqualmt. Das ist nicht gut für die Kleine.»

«Dann wiegst du das Kind für eine halbe Stunde.»

Gianni warf ihr einen Luftkuss zu und lief die Treppen hinunter.

Margarethe stand noch eine Weile im zweiten Stock, bevor sie in den vierten hochstieg. Was ließ sie in Sorge sein?

Am Ende war es herzlich zugegangen, da saß die Zia schon in ihrem Bus, der nach Imperia fuhr. Dort würde sie umsteigen und in das Bergdorf fahren. Die halbe Zeit hatte sie damit verbracht, in Claudias Gesichtchen nach vertrauten Zügen zu suchen. Wem vertraut? Der Zia, die in San Remo kaum einen kannte? Wie wollte sie da den Vater in Claudia erkennen?

«Sie sieht aus wie Carla», hatte Ulrich gesagt. Von Carla übersetzt. Von ihrer Mutter bestätigt. *Precisamente come Carla*. Die Zia hätte zu gerne im Familienalbum der Cannas geblättert. Hoffte sie noch immer auf Geld?

Eine *torta di formaggio* holte Carlas Mutter aus dem Ofen, nachdem die Zia gegangen war. Stellte eine Flasche Wein auf den Tisch. Könnte sie sich doch nur dem Einfluss ihrer alten Tante entziehen, vielleicht wäre sie ein glücklicher Mensch.

Die drei hoben die Gläser und tranken auf Claudia. Auf

all die Kinder, die noch kommen würden. *Tutti i bambini.* Ulrich grinste. Das Leben geschah ihm, ehe er einen Plan gemacht hatte. Ein derart guter wäre ihm wohl gar nicht eingefallen.

Hamburg

Früher Abend, als das Telefon lange klingelte in der leeren Wohnung. Oben im ersten Stock schrie das neue Kind, dessen Eintritt in die Welt nicht als Hausgeburt geplant gewesen war. Dr. Hüge hatte Frau Blümel die Finkenau zur Entbindung empfohlen, doch dazu ließ ihr Ottos Bruder keine Zeit. Acht Tage vor dem Termin wurde er geboren, ein kräftiger Junge, künftiger Konsument von schlesischen Klößen.

In Köln legte Elisabeth den Hörer auf das Telefon, fragte sich, warum Nina noch nicht zu Hause war und wo Jan wohl steckte. Aber dann brachen Gerda, Heinrich, Kurt und sie zum Decksteiner Weiher auf, um dort auf der Terrasse des Hauses am See zu essen. Als sie zurückkehrten, voll des guten Weines, war es spät geworden. Zu spät, um es noch einmal in Hamburg zu versuchen. Der Junge würde längst schlafen.

Nina und Vinton saßen da noch auf dem Balkon, der zur Rothenbaumchaussee hinaus lag. Im Zimmer nebenan schlief Jan, den Bären im Arm, der kleine Koffer stand vor dem Sofa, auf dem Vinton ihm ein Bett gebaut hatte. Der große Koffer wartete im Flur auf die Reise vom Bahnhof Dammtor nach Timmendorf.

«Ich kenne meine Mutter», sagte Nina. «Sie wird jeden Tag anrufen und panisch werden, wenn sie mich nicht erreicht. Wahrscheinlich hat sie es schon versucht.»

«Zu viel Heimlichkeit für vier Tage Ferien», sagte Vinton. «Dein Vater wird ihr von unserem Ausflug erzählen, bevor sie anfängt, sich zu quälen.»

Nina schaute in die schwarze Sommernacht. Erst Anfang August, doch sie glaubte schon, den Herbst zu ahnen.

«Hat es mit einem Kriegserlebnis zu tun, dass sie nervlich so angeschlagen ist?»

«Du denkst also auch, dass es nicht nur um Joachim gehen kann?»

«Wer denkt das noch?»

«Kurt.»

«Und du, Nina?»

«Ich fange an, das zu denken.»

«Wo wart ihr in diesen grauenvollen Bombennächten im Sommer 1943?»

«In den ersten beiden im Keller der Blumenstraße. Wäre unser Haus getroffen worden, hätten wir das kaum überlebt. In der dritten Angriffsnacht waren wir in einem Bunker nahe dem Winterhuder Markt. Elisabeth und ich sind da schon am späten Nachmittag hingegangen. Mit dem kleinen Koffer, der neben dem Sofa steht, auf dem Jan jetzt schläft. Kurt kam im letzten Moment.»

«Kann deine Mutter dort etwas erlebt haben, das dir entgangen ist?»

Nina schüttelte den Kopf. «Nur die übliche Hölle. Die nahen Einschläge. Der bebende Bunker. Das flackernde Licht. Die schlechte Luft. Du hast es doch auch erlebt.»

«Bei mir war es ein jähes Weltenende, während ich in unserem Haus saß.»

«Nun fahre ich nach vielen Jahren wieder in die Ferien, und statt in Sonne, Sand und Meer zu schwelgen, spreche ich vom Krieg.»

«Er ist in uns allen. Für immer, Nina. Vielleicht noch in den Genen der Kinder, die wir haben werden. Mein Vater hat mir einmal vom *Great Quake* 1906 erzählt, dem Erdbeben in San Francisco. Die Rehe in San Francisco trügen die Erinnerung daran noch nach Generationen in sich und reagierten angstvoll auf jedes Zittern der Erde.»

«*Die Kinder, die wir haben werden?* Du sprichst von den Kindern der anderen.»

Vinton schwieg.

«Wie alt war dein Vater in jener Nacht, als er ums Leben kam?»

«Vierundvierzig.» Vinton stand auf. «Ich habe noch eine halbe Flasche Port, davon schenke ich uns ein. Das ist gut für das Gemüt. Eine Weisheit meiner Mutter.»

«Lass uns auf Sonne, Sand und Meer trinken und verdrängen.»

«Du gehörst sicher nicht zu den Verdrängern, Nina.»

«Ich werde einunddreißig im September. Wenn ich im nächsten Sommer noch nichts von Jockel weiß...» Nina brach den Satz ab.

— 4. DEZEMBER —

Köln

Der Rücken des Fuchses. Gerda streichelte ihn, bevor sie das glasgeblasene Tierchen in den Karton zurücklegte. Ganz egal, wie sie den Fuchs in den Tannenbaum hängte, er drehte sich und verbarg vor ihnen Schnauze, Augen und die weiß glitzernde Brust.

Heinrich stand in der Küchentür und lächelte. «Die Freundin der Rituale», sagte er. «Der Blick zum Pan an Neujahr. Das Streicheln des Fuchses zur Adventszeit. Er wird uns dennoch nur wieder den Rücken zeigen.»

Eine Begutachtung des Baumschmuckes, die Gerda jeweils in den ersten Tagen des Dezembers vornahm, ihn von Wachsresten reinigte, die kleinen Aufhänger aus Draht zurechtbog. In ihrem Tannenbaum hingen keine Posaunenengel, nur die Tiere und Früchte des Waldes. Rotkehlchen. Eulen. Igel, Fuchs und Hase. Zapfen. Eicheln und Pilze. Und jedes Jahr schlich sich eine goldene Henne ein. Das hatte das verrückte Huhn schon bei Gerdas Mutter getan, die ihr die gläsernen Teile hinterlassen hatte.

«Du bist in Hut und Mantel?», fragte Gerda.

«Ich werde ohnehin zu spät kommen, um meine eigenen Ladenöffnungszeiten einzuhalten. Heute wird der Himmel gar nicht erst hell.»

«Ich habe diese Stimmung gern.»

Heinrich nickte. Von drinnen betrachtet, ließ sich das

nachvollziehen. Doch er musste gleich in den nebelverhangenen kalten Tag hinaus, um zur Haltestelle zu gehen.

«Was hieltest du davon, wenn wir wieder ein Auto hätten?», fragte er.

«Können wir uns das leisten?»

«Es muss ja kein Buckeltaunus sein wie vor dem Krieg.»

«Uli könnte den Führerschein machen. Sie müssten den Kinderwagen nicht in die Straßenbahn hieven. Die Stoffballen ließen sich auch leichter transportieren.»

«Ich würde das Auto ganz gern ab und zu selber fahren.»

Gerda trat zu ihm. «Das sollst du auch. Ist der Schal denn warm genug?» Sie fasste an das graue kunstseidene Teil mit Paisleymuster.

«Nicht wirklich. Ich wünsche mir einen wärmeren. Bald ist ja Weihnachten.»

Gerda küsste ihn ein wenig flüchtiger als sonst. Ihr Blick wanderte schon wieder zu dem Baumschmuck, von dem noch Teile auf dem Küchentisch lagen.

Weihnachten. Und dann kam der Januar mit zwei runden Geburtstagen. Gerdas und Heinrichs. Zu viele der Festlichkeiten.

«Bist du einverstanden, dass ich heute und morgen nicht in die Galerie komme? Ich möchte den Teig vorbereiten, um morgen mit Claudia Plätzchen auszustechen.»

«Ich bin eben mit der Weihnachtsfrau verheiratet.»

«Gehen die Kupferstich-Karten gut?»

Gerdas Idee, vorne am Eingang der Galerie einen Ständer mit kunstvollen Karten einzuführen. Innenansichten des Doms. Die Seitenaltäre. Der Dreikönigsschrein. Die Weihnachtskarten lockten die Leute in die Galerie.

«Die gehen gut. Gestern hat ein Kunde drei gekauft und sich noch einige Graphiken zeigen lassen. Er will heute wiederkommen. Gegen elf. Ich sollte mich sputen.» Heinrich ging zur Tür, Kälte kam herein, als er sie öffnete.

«Geh ins Warme und zünde dir die Kerze am Kranz an», sagte er.

«Also ein Auto», sagte Gerda und blieb in der Tür stehen, um ihm zu winken.

Erst nachdem sie noch die silbernen Tannenzapfen und die Eicheln versorgt hatte, setzte sie sich ins Wohnzimmer und zündete eine der vier weißen Kerzen an. Der Kranzhalter aus Holz, in dem der Adventskranz an roten Bändern hing, war eine weitere Erinnerung an ihr Elternhaus.

Am zweiten Advent jährte sich der Todestag ihrer Mutter zum zwölften Mal, den Krieg in Köln hatte sie in seiner ganzen Grausamkeit nicht mehr erlebt. Die Wohnung, in der Gerda ihre Kindheit verbracht hatte, war zerstört worden wie die von Lucy und Billa, da war Gerdas Mutter schon vier Jahre tot gewesen.

Bei ihnen hatte es keine Verluste an Hab und Gut gegeben, nur der Buckeltaunus war in der Drususgasse nach einem Bombenangriff ausgebrannt. Und nun waren sie wieder zu einem kleinen Wohlstand gekommen und dachten daran, ein neues Auto zu kaufen. Wer hätte das im Januar des vergangenen Jahres gedacht?

Hamburg

Der Tag hatte mit einem Lob der Chefredaktion angefangen. Eine elegante Feder für das Feuilleton habe er, obwohl er nicht einmal in seiner Muttersprache schreibe. Mit dem Text über das erstmals verliehene Filmband in Gold an Erich

Kästner und dessen Drehbuch zum *Doppelten Lottchen* war Vinton nun definitiv der Mann fürs Leichte.

Endgültig vorbei der Gedanke, doch noch ein Ed Murrow zu werden. Im Sommer hatte er zuletzt im politischen Ressort gearbeitet. Vermisste er das? Hatte sich der Traum, ein tougher Nachrichtenmann zu sein, nicht längst überlebt?

Am Mittag stand er am Jungfernstieg vor dem Schaufenster von *Brahmfeld und Gutruf*, sah sich den Schmuck an, wartete auf Nina, um mit ihr in das *Kinderparadies* im Neuen Wall zu gehen. Ein schmaler Ring mit einem Baguettebrillanten gefiel ihm. Durfte er Nina so etwas schenken, die nur immer ihren Trauring trug?

«Vergiss es», sagte Nina. Sie lachte, als er sich umdrehte. «Viel zu teuer.»

«Das wäre der einzige Einwand, den du hättest?»

Nina kommentierte das nicht, zog ihn zur Ecke und in den Neuen Wall hinein. «Ein Bagger ist doch viel reeller», sagte sie. «Sandkistentauglich sollte er sein.»

«Also eher aus Holz als aus Blech», sagte Vinton. Sein Blick blieb an einem Modell des Jaguar Roadster hängen, der in der Seitenvitrine des *Kinderparadies* ausgestellt war. Burgunderrot mit Weißwandreifen.

«Und zum Geburtstag schenken wir ihm einen Kipplaster. Den kann er dann mit Sand voll baggern», sagte Nina.

«Was wünscht Jan sich von deinen Eltern?»

«Vom Weihnachtsmann. Er tut uns den Gefallen, noch an ihn zu glauben. June hat mir deinen Text über Kästner hingelegt. Sie hat betont, wie gut er sei, obwohl du kein *native speaker* bist.»

«Ich bitte zu beachten, dass ich auch ein guter Feuilletonist bin.»

«Unbedingt. Ich freue mich über deine Bereitschaft, einer zu sein.»

«Als Murrow über die Befreiung des Konzentrationslagers Buchenwald berichtete, sagte er: *Ich bitte Sie zu glauben, was ich gesagt habe. Falls ich Sie mit dieser eher zurückhaltenden Darstellung verstöre, tut es mir nicht im Geringsten leid.*»

«Ich bin dankbar, dass du über Kästner und das Doppelte Lottchen schreibst.»

«*For most of it I have no words*, sagte Murrow.»

Sie stiegen die Treppe zum ersten Stock des Spielzeuggeschäftes hoch und schwiegen dabei. Einer der Augenblicke, in denen Nina wieder bewusst wurde, dass sie die Deutsche war und Vinton der Engländer.

«June hat Deutsch schon als Dreijährige von ihrer Kinderfrau gelernt», sagte Nina.

«Ich habe später angefangen.»

«Dass du es so selbstverständlich sprichst.»

«Noch habe ich einen Akzent.»

«Behalte ihn bitte.»

«Wo hast du die *englische* Sprache so gut gelernt?»

«In der Schule für Fremdsprachen in der Karlstraße.»

«Wahrscheinlich sind wir beide einfach begabt für Sprachen.» Dabei beherrschte er keine anderen außer Englisch und Deutsch. Sein Französisch war rudimentär.

«June meinte, es müsse ein Karma bei dir sein», sagte Nina.

«Was müsse ein Karma sein?»

«Deine Fähigkeit, deutsch zu sprechen und zu schreiben.» Sie wandte sich der Verkäuferin zu, die ihnen mit leichter Ungeduld zuhörte.

«Wenn Sie mir jetzt noch auf Deutsch sagen, was Sie

wünschen», sagte die ältere Frau. «Dann können wir loslegen.»

Sie entschieden sich für einen Bagger mit dreifachem Schwenkarm und einen Kipplaster. Beides aus Holz.

«Und was wünscht sich Jan nun vom Weihnachtsmann?», fragte Vinton, als sie wieder auf der Straße standen.

«Ein Fotoalbum mit Familienfotos. Meine Mutter hat ihm den Wunsch nahegelegt.»

«Ich vermute, dass ich nicht darin vorkomme», sagte Vinton.

Köln

Vor der Galerie stand ein schwarzer VW, Heinrich erkannte den Mann im Auto erst, als der ausstieg. Ein Déjà-vu, als es zu schneien begann, auf Jarres Mantel und Hut weiße Flocken liegen blieben. Erinnerung an den Januarabend im vorigen Jahr, als er zum ersten Mal in die Galerie gekommen, in Zorn geraten war, weil Heinrich sich geweigert hatte, ihm den *Ananasberg* zu verkaufen.

«Billa sagte mir, Sie seien ein Ausbund an preußischen Tugenden. Ihr Laden sollte seit einer Viertelstunde geöffnet sein.»

«Billa ist keine vertrauenswürdige Informantin», sagte Heinrich. Er schloss die Ladentür auf und drehte sich um, diesmal hatte Hans Jarre kein Bild dabei.

«Hat Ihre Frau das Geschenk eigentlich zu schätzen gewusst?»

«Das Bild? O ja. Ich bin froh, dass ich es vor Ihnen verteidigt habe.»

«Und die gefälschte Signatur?»

«Tut der Freude keinen Abbruch. Kommen Sie nach hinten. Ich mache uns einen Espresso. Meine Schwester hat mir eine Kanne zur Zubereitung geschenkt.» Er sagte nicht, dass er Gerda verschwiegen hatte, was Jarre über Leikamp zu wissen glaubte. Noch wusste sie lediglich von Jarres Begierde, den *Ananasberg* zu besitzen. Das hatte er ihr gestanden im August nach dem ersten Besuch von Jarre.

«Diese italienische Brodelkanne? Davon habe ich gehört.»

«Was haben Sie herausgefunden?» Heinrich füllte die Kanne und setzte sie auf die elektrische Kochplatte. Bot Jarre einen der hölzernen Drehhocker an. Das musste komfortabler werden, wenn sie in die neue Galerie einzogen. Stühle aus Leder und Chrom.

«Ich bin noch nicht am Ziel. Streckensiege. Leikamp hat seine Kindheit in Krefeld verbracht. Nicht im Haus des Bäckers, selbst als es noch drei Stockwerke hatte.»

«Das hat er Ihnen erzählt?»

«Was war Ihr Eindruck von Leikamp, als er im Dezember 1949 zu Ihnen kam? Hatten Sie keinen Zweifel an seiner Geschichte?»

«Da war keine Geschichte. Nur ein junger Mann, den ich für den Maler des Bildes hielt, das er mir anbot. Warum hätte ich Zweifel haben sollen? Vordergründig waren die Begeisterung für das Bild und mein Eindruck, der junge Mann brauche dringend Geld.»

«Die Brocanterie ist kein Erfolg. Darum ist ihm wohl auch die Idee gekommen, das Bild als seines auszugeben. Das ersparte die Provenienzforschung.»

Heinrich goss den Espresso in die Mokkatassen seiner Mutter, nachdem der Kaffee in den oberen Teil der Espressokanne gebrodelt war.

«Der *Jägerhof* ist noch bei Ihnen?»

«Ja. Ich bin nach wie vor überzeugt, dass es ein drittes Bild gibt. Leikamp streitet das ab. Vielleicht hat er es längst nach Nord- oder Süddeutschland verkauft.»

«Ich sehe noch immer nicht den großen Skandal, Herr Jarre.»

«Sagt Ihnen der Name Freigang etwas?»

Heinrich trank sein Tässchen leer. «Leo Freigang?», fragte er schließlich. «Ich kannte einen Expressionisten dieses Namens.»

«Aus Ihrer Zeit bei Flechtheim?»

«Nein. Mein Vater hatte Anfang des Jahrhunderts Bilder von Freigang in der Galerie. Was hat er mit dem impressionistischen Hofgarten-Zyklus zu tun? Sein Stil war ein anderer.»

«Freigang hat bis 1942 in Bonn gelebt. Vorher war er in Düsseldorf.»

«Er hat nie anders als expressionistisch gemalt. Noch weit nach dem ersten Krieg.»

«Wann haben Sie ihn aus den Augen verloren?»

Heinrich zögerte. «Das ist eine Weile her», sagte er.

«Freigang war Jude. Er hatte ab 1933 Malverbot. Inzwischen weiß ich, dass er 1942 deportiert wurde. Meine Theorie ist, dass er in den ihm verbliebenen neun Jahren Bilder gemalt hat, die zwar sein Talent und Können zeigten, sich aber nicht auf ihn zurückführen ließen. Er hat also bewusst eine komplett andere Stilrichtung gewählt. Um zu überleben, solange ihm das gelang. Darum waren sie auch nicht signiert.»

«Dann muss er einen Mittler gehabt haben, der die Bilder auf den Markt brachte.»

«Der sie Privatleuten anbot, die eine nostalgische Darstellung des Hofgartens zu schätzen wussten.»

«Vielleicht hat er sogar auf deren Auftrag gemalt.»

«Wir kommen der Sache näher», sagte Hans Jarre. «Leikamp ist viel zu jung, um der Mittler gewesen zu sein. Aber er maßt sich die Urheberschaft an.»

«Ist denn das eine schwere Schuld?»

«Irgendwem unterschlägt er die Bilder», sagte Jarre. «Sie haben ja nur Angst, dass man Ihnen den *Ananasberg* von der Wand nimmt.»

«Wie kamen Sie auf Leo Freigang, Herr Jarre?»

«Die Bemerkung eines der Düsseldorfer Galeristen, die ich im August aufgesucht habe. Dass der Strich ihn an Freigang erinnere. Er wusste nichts weiter über den Verbleib des Malers. Ich habe dann angefangen zu recherchieren. Leider hat es lange gedauert, bis ich Antwort auf meine Anfrage beim Internationalen Suchdienst in Arolsen bekommen habe.»

«Was haben die Ihnen geantwortet?»

«Dass Freigang am 20. Juli 1942 mit zwölfhundert anderen Juden von Bonn nach Minsk deportiert worden ist. Er hat bereits den viertägigen Transport nicht überlebt.»

Heinrich stand auf und blickte aus dem Fenster in den Hinterhof.

«Wie wollen Sie nun weiter verfahren?», fragte er.

«Ich werde Leikamp mit dem Namen Leo Freigang konfrontieren. Und versuchen herauszufinden, ob Freigang Erben hat.»

Heinrich begleitete Hans Jarre zur Tür. Stand dort, bis Jarre das Auto gestartet hatte und davonfuhr.

Zehn vor elf zeigte die Uhr im Hinterzimmer an, er entschied, schon nach vorne zu gehen, in Erwartung des Interessenten der Graphik von Joseph Faßbender. Die Klingel der Ladentür hörte er, als er sich noch im kleinen Flur zwischen Hinterzimmer und Laden befand. Eine lautstarke Glocke. Nicht das Wandlungsgeläut.

Heinrich war erstaunt, Billa statt des Kunden vorzufinden. Seine Kusine hielt eine vollgestopfte Tüte des Kaufhauses Peters in der Hand. Wohl kein Weihnachtseinkauf, eher eine Tüte mit getragener Wäsche. Obenauf lag ein in Spitze gefasster Unterrock.

«Was ist los, Billa?»

«Günter hat mich vor die Tür gesetzt. Ich brauch eine Tasse Kaffee, Heinrich.»

Er warf einen Blick aus dem Schaufenster. Jeden Augenblick konnte der Kunde kommen, aber die Klingel war hinten bestens zu hören.

«Was glaubst du, dass der Kerl gesagt hat?» Billa ließ sich auf einem der Hocker nieder. «Der Krug geht so lange zum Brunnen, bis die Wasserleitung kütt.»

«Verstehe ich nicht», sagte Heinrich.

«Et is endgültig vorbei. Ich bin der Brunnen, die Neue is die Wasserleitung.»

«Und Günter ist der Krug? Seit wann spricht er in Metaphern?»

«Mit einundfünfzig Jahren bin ich ihm nun doch zu alt.»

«Du bist noch immer prächtig, Billa.»

Billa sah ihn an. Beinah überwältigt vom Kompliment des heiligen Heinrich. «Warte nur, bis die Wasserleitung vereist», sagte sie. «Bei den Temperaturen.»

Hamburg

Einen kleinen Hund hatte er sich gewünscht. Keinen Spielzeugdackel, dem man den Kopf abdrehen konnte und der dann innen komisch roch. Auch keinen *Snobby* von Steiff mit einem Tuff auf dem Kopf. Den hatte der Pudel einer Frau, die ein paar Häuser weiter wohnte und immer sagte, ihr Hund sei ein Königspudel.

Einen lustigen Hund hätte Jan gerne gehabt. Keinen schicken.

Vielleicht später einmal, wenn du groß genug bist, um ihn auszuführen.

Hatte Oma gesagt. Gemeint, wie schön es sei, ein Album zu haben, das ihm allein gehöre. Jan wusste, dass *sie* die Bilder einklebte und nicht der Weihnachtsmann, im Papierkorb hatten die Überbleibsel gelegen. Vinton war auf all den Fotos vom Timmendorfer Strand weggeschnitten worden.

Jan sprang auf dem Bett herum und wäre beinah in den Spalt zwischen den Matratzen gefallen, den sein Großvater Besuchsritze nannte.

Spring ruhig auf dem Bett herum, wenn du Wut im Bauch hast.

Hatte Opa gesagt. Der Bilderrahmen, der auf dem Nachttisch stand, fiel um bei den Turbulenzen. Papi lag auf der Nase. Jan ließ ihn liegen und sprang weiter. Bald würde die kleine Lampe, die er angeknipst hatte, herunterfallen. Es war schon ewig dunkel an diesem Nachmittag. Den Bären. *Den* musste er festhalten.

Der Bär und er sprangen noch, als die Tür aufging.

«Was machst du hier eigentlich?», fragte Nina.

War es so spät, dass Mami schon da war? «Springen», sagte er. Doch plötzlich hatte er keine Lust mehr auf das Gehopse. Jan setzte sich auf die Bettkante und fing ein Jaulen an. Als sei er ein kleiner Hund. Drückte den Bären an sich.

«Jan. Was ist los?» Nina setzte sich neben ihn. Legte den Arm um seine Schulter.

«Oma hat Vinton weggeschnitten.» Er ließ den Bären los und wand sich aus Ninas Arm. Griff in die Tasche seiner Lederhose, die er im Winter mit langen Strümpfen und Strumpfbändern trug. Oben an den Beinen blieb immer ein bisschen nackte Haut.

Jan legte auf das Bett, was er im Papierkorb gefunden hatte.

Lauter Vintons, in die Omas Schere Zacken und Löcher geschnitten hatte, weil er sich nicht glatt von Nina und Jan trennen ließ. Wie sie in die Wellen der Ostsee liefen. Jan an der Hand, die nun ins Leere griff. Vor dem Seeschlösschen, in dem Oma einst ihre Freundin Gerda beim Kuchenessen kennengelernt hatte. Mami hatte ihnen davon erzählt.

«Opa ist mit mir nach Hause gekommen. Ich frage ihn mal, ob er mit dir *Spitz pass auf* spielt. Am Küchentisch. Magst du?»

Jan nickte. «Und wo gehst *du* hin?»

«Ich unterhalte mich mit Oma hier im Schlafzimmer.»

Nina und Kurt tauschten einen Blick aus, der Elisabeth nicht entging. «Was habe ich jetzt wieder falsch gemacht?», fragte sie. Band ihre Schürze los und wollte sich an den Tisch setzen, auf den Jan gerade den Deckel von der blauen Schachtel mit dem Spitz hob. Einen Spitz konnte er sich auch vorstellen als Hund.

«Du hast den Vinton weggeschnitten», sagte Jan.

Elisabeth sah betroffen aus, als sie Nina in das Schlafzimmer folgte. «Woher weiß er davon? Das Album bekommt Jan doch erst an Weihnachten», sagte sie.

«Er hat die Schnipsel gefunden, Mama. Jan liebt Vinton von Herzen. Wie er dich und Papa und mich liebt. Du kannst ihn nicht einfach aus seinem Leben schneiden.»

Elisabeths Blick wanderte durch das Zimmer, blieb an dem Bilderrahmen hängen, der umgefallen war. «Warum richtet denn keiner Joachim auf», sagte sie.

«Du darfst ihm nicht vorwerfen, dass er nicht die gleichen Gefühle für seinen Vater hat. Jan kennt ihn nicht. Jockel ist ein Phantom für ihn.»

Ihre Mutter stand schon vor dem Nachttisch, nahm den Bilderrahmen, betrachtete das Foto. «Ich sehe immer sein Gesicht vor mir.»

«Du hältst seine Fotografie ja auch gerade in der Hand.»

Elisabeth schüttelte den Kopf. «Nicht Joachim.»

Nina sah sie irritiert an. «Wovon sprichst du, Mama?»

Doch da brach ihre Mutter schon in ein lautes Schluchzen aus, sodass Kurt und Jan herbeigelaufen kamen.

«Von dem anderen», sagte Elisabeth.

San Remo

In seiner Kindheit hatte Gianni sich geehrt gefühlt, am Tag von San Nicolò Geburtstag zu haben. Mit dem Nikolaustag begann für Nonna eine vierwöchige Weihnachtszeit, die erst an Dreikönig endete. Eine einzige Hingabe an Oratorien und Weihrauch.

Doch mittlerweile war ihm das alles zu heilig. Der Gedanke, am Morgen des 6. Dezember in aller Herrgottsfrühe in der *Madonna della Costa* zu knien und in die noch leere Krippe des Jesuskindes zu schauen, behagte ihm gar nicht. Lieber ausschlafen und dann zu Margarethe und Bruno hochgehen. *Zum Geburtstag viel Glück.* Das wurde bei ihnen seit Kölner Zeiten gesungen. Genau wie sie auch den Heiligabend zu Ehren von *Bambinello Gesù* Geburt feierten und nicht erst am Morgen des 25. Dezember bescherten. Deutsche Sitten, die bei seiner Großmutter keine Gnade fanden.

Gianni sah vom Teller auf, aussortierte Stückchen Sellerie lagen auf dessen Rand, das einzige Gemüse, das er in einer Minestrone nicht mochte.

«Ich werde den Zirkus übermorgen nicht mitmachen», sagte er.

Margarethe nahm den Topf vom Herd, goss das kochende Wasser durch ein Sieb und schüttelte die Mandeln darin. «Hilfst du mir beim Häuten?», fragte sie.

«Mach ich. Mein Geburtstagskuchen?»

«Eine *Torta di Mandorle*. Es tut ihr gut, wenn sie einen Tag zieht.»

«Hast du gehört, was ich vom Zirkus gesagt habe?»

«Ich nehme an, du meinst die heilige Messe. Das ist ganz allein deine Sache, Gianni. Du wirst einundzwanzig Jahre alt.»

«Papa ist siebenundvierzig und traut sich nicht zu schwänzen.»

«Damit hätte er eben schon viel früher anfangen müssen. Auf den Gabentisch und das Geburtstagsständchen deiner Eltern legst du aber schon noch Wert?»

«Ich freue mich auch auf ein Essen mit euch beiden. Am späteren Abend treffe ich mich dann mit Freunden.»

«*Ragazzi e ragazze?*»

«Beiderlei Geschlechts. Warum fragst du?»

Margarethe stellte die Schüssel mit Mandeln auf den

Tisch, von denen sich einige schon aus den Häuten gelöst hatten.

«Warum fragst du, Mama?»

«Könnte es sein, dass dich Frauen nicht sehr interessieren?»

Gianni entglitten die Mandeln, die er gerade aus der Schüssel nehmen wollte. «Wenn das so wäre, hätte ich die Gelegenheit wahrgenommen, mich mit Carla zu verheiraten und zu Claudias Vater zu erklären. Das wäre doch die beste Tarnung, nicht wahr?» Er sah seine Mutter an. «Genügt dir diese Antwort, Mama?»

«Doch», sagte Margarethe. «Dieser Lucio, den du triffst, ist er schwul?»

«Ich treffe mich nur selten mit Lucio. Der übrigens mehr Frauen im Bett hatte als jeder andere, den ich kenne.»

«Vielleicht ist er nur ein Maulheld», sagte Margarethe.

«Ich will mich noch nicht binden. Weder an Blumen noch an Frauen. Doch ich schließe die Kaufmannslehre ab. Das verspreche ich dir. Dazu rät mir auch Jules.»

«Der Holländer ist dir wichtig, nicht wahr?»

«Auch Katie, seine Frau. Du wirst beide mögen.»

«Vielleicht können wir sie bald mal zu uns zum Essen einladen.»

«Du wirst dich wundern, wie viel er trinken kann. Jules sagt, in Holland komme den Frauen Genever aus der Brust, wenn sie ihre Babys stillen.»

Margarethe dachte an die große Flasche Grappa, die im Weihnachtspaket für die Kölner war. Doch Carla stillte Claudia schon lange nicht mehr. «Hast du Nonna noch jemals auf ihre Enkelin angesprochen?», fragte sie.

Non mi interessa.

«Nicht in deinem Interesse oder in ihrem?»

«Das ist die Antwort, die Agnese mir gegeben hat.»

«Meinen Segen hast du jedenfalls, wenn du am Nikolaustag nicht in die Kirche kommst», sagte Margarethe. «Papa und ich werden mit Agnese zur Messe fahren, doch danach feiern wir dich.» Zur Hölle mit ihrer Schwiegermutter. Margarethe nahm an, dass Wege dorthin auch über die *Madonna della Costa* führten.

1952

── 16. APRIL ──

Köln

Die Köpfe der Maiglöckchen wippten im Luftzug des offenen Fensters, der Wind fing sich gern im kleinen Hof der Galerie. Gerda war nach Lüften gewesen, den Frühling einlassen, auch in das dunkle Hinterzimmer hier in der Herzogstraße.

Die Maiglöckchen hatte sie vorhin am Neumarkt gekauft, als sie aus der Straßenbahn gestiegen war. Topf an Topf hatten sie auf dem Karren der Blumenhändlerin gestanden, und da war Gerda auf einmal jener Tag im Frühling 1927 vor Augen gewesen. Ihr erster Besuch in Hamburg, nachdem Elisabeth und Kurt mit der kleinen Nina in die Blumenstraße gezogen waren. Ihre Freundin hatte sie durch das Haus geführt, dann hatten sie auf der Terrasse gestanden und in den Garten geblickt. Die Wiese war voller Maiglöckchen gewesen.

«Eine schöne Erinnerung», hatte Heinrich gesagt, als sie ihm davon erzählte. «Teile sie auch mit Elisabeth. Das heitert sie auf.»

Hatte es das getan? Gerda hielt den Telefonhörer noch in der Hand. Sann dem Gespräch nach, das sie und Elisabeth eben geführt hatten. «Sie haben sich gefreut über die Ostereier von Eigel», sagte sie.

Heinrich sah vom Katalog auf. «Und wie geht es Elisabeth?»

Gerda hob die Schultern. In den Telefongesprächen gelang ihr kaum zu klären, was ihrer Freundin auf dem Herzen lag. Sie wirkte fahrig, wich aus. Wenn Gerda insistierte, dann klingelte es bei Elisabeth gerade an der Tür, oder ein Topf stand schon zu lange auf dem Herd. Das Gespräch wurde abgebrochen, bevor sie aus den Belanglosigkeiten fanden.

«Du hättest längst mal Kurt anrufen sollen. In der Sparkasse.» Heinrich sah auf die Uhr. «Da wird er um diese Zeit wohl sein.» Er griff nach der Kladde mit den Adressen, in der schon so viele Namen durchgestrichen waren.

«Du hast Kurts Büronummer?»

«Wir haben die Nummern im August ausgetauscht. Für alle Fälle.»

«Für alle Fälle», sagte Gerda. Sie legte den Hörer endlich auf und setzte sich. «Ich werde Kurt nur beunruhigen.»

«Nicht mehr, als er schon längst ist.»

«Es kommt mir beinahe so vor, als ob sich Elisabeth schuldig fühlt, dass Joachim nicht zurückgekehrt ist.» Sie blickte auf die Kladde, die Heinrich aufgeschlagen vor sie hingelegt hatte.

«Der Krieg lässt uns alle nicht los», sagte Heinrich. War das wirklich wahr? Wenn er an den Konsumrausch dachte, der vor Ostern in der Hohen Straße geherrscht hatte. Rein in den Kaufhof. Raus aus dem Kaufhof. Der einst von Leonhard Tietz gegründet worden war. Dachte noch einer an die jüdischen Besitzer? Von den Nazis enteignet?

Schuhe von Kämpgen. Jagdgewehre von Kettner. Die würden die Leute wohl nicht in ihren Tüten und Taschen haben. Dann lieber Knallfrösche vom Zauberkönig.

«Wo bist du mit deinen Gedanken?»

«Irgendwo unterwegs», sagte Heinrich. «Nun ruf schon

an. Nachher ist Kurt in der Mittagspause, und du sitzt in der Straßenbahn, um Claudia bei Lucy abzuholen.»

«Ich bin froh, wenn das Auto da ist», sagte Gerda. «Dann geht alles schneller.»

«Dann mach du auch den Führerschein.»

«Und wir fahren den VW zu dritt? Uli, du und ich?»

Im Februar hatte sich Heinrich endlich entschlossen und war zum Autohändler nach Ehrenfeld gegangen. Das graue Standardmodell hätte er kurz darauf haben können, doch er wollte das schwarze Exportmodell, das hydraulische Bremsen besaß statt der alten Seilzugbremsen. «Im Juli kommt es», sagte Heinrich.

«Das wird ja ein turbulenter Sommer. Das Auto. Der Umzug zurück in die Drususgasse.»

«Ist es unvernünftig, ein Auto zu kaufen?»

Gerda lachte. «Damit musst du jetzt leben, du Bruder Leichtfuß.» Sie nahm den Telefonhörer und bewegte die Lippen, während sie die Nummer las, die Heinrich mit grüner Tinte in die Kladde geschrieben hatte. *Hamburger Sparcasse von 1827.*

Kurt hatte dort eine Lehre gemacht, nachdem er aus dem ersten Krieg zurückgekehrt war. Mit gerade mal achtzehn Jahren war er im Herbst 1914 an die Front gekommen. Eine Generation nach der anderen wurde von diesem Jahrhundert verschluckt.

Kurt war nicht vom Krieg verschluckt worden. Doch er hatte Träume eingebüßt. Darauf verzichtet, Journalist zu werden. Sich in die Sicherheit der Sparkasse drängen lassen. Und schrieb nun Texte für die hauseigene Zeitschrift. Gerda dachte an den jungen Kurt, den sie erst bei der Hochzeit kennengelernt hatte im April 1920. Da war Elisabeth schon schwanger. Zu unernst wirke der Bräutigam, hatte ihre Mutter gefunden, von der Gerda begleitet worden war. Gerda fand ihn charmant und liebenswert. Das tat sie heute noch.

«Das ist aber ein langer Anlauf für dieses Telefonat nach Hamburg», sagte Heinrich.

Gerda blickte ihn an. Sechzig war er im Januar geworden. Und sie fünfzig. Da glitt einem die Zeit durch die Hände.

Als die Verbindung dann hergestellt wurde, Gerda sich durchgefragt hatte, war Kurt nicht da. Ein Termin außer Haus.

Hamburg

Kurt hatte nur Augenblicke zuvor das Büro verlassen. Nicht, um ins Hübner zu gehen und sich dort mit Vinton zu treffen auf einen Kaffee oder ein Gabelfrühstück. Er hatte Dr. Braunschweig um einen Termin gebeten. In der Aktentasche steckte der schmale Holzrahmen mit der Fotografie seines Schwiegersohns. Von Nina heute Morgen ausgehändigt, anders als Elisabeth wusste sie von seinem Besuch im Neuen Wall.

Er überquerte das Alsterfleet auf der Adolphsbrücke, die den Alten mit dem Neuen Wall verband, nur noch ein paar Schritte, dann betrat er das Geschäftshaus, stieg in den Paternoster ein, um in die Praxis im vierten Stock zu fahren.

Kurt klingelte, der Summer ertönte, die Tür ließ sich aufdrücken. Ein Vorraum mit Stühlen. Kein Empfangstresen. Keine Sekretärin. Nur die geschlossene Tür zum Sprechzimmer von Dr. Braunschweig. Im Juni des vergangenen Jahres hatte er Elisabeth zum ersten Gespräch hierherbegleitet.

Braunschweig hatte darum gebeten, dass sie zu künftigen Terminen allein käme.

O ja. Es hatte Fortschritte gegeben. Auf ihrer kleinen Reise an den Rhein war sie heiter gewesen. Die Stimmung trübte ein, als sie Nina nicht erreichte. Bis er ihr gestand, dass Nina, Jan und Vinton an der Ostsee waren.

Auch danach schien das Leben oft völlig normal. Dann dieser Zusammenbruch im Dezember, als sie laut schluchzend im Schlafzimmer gestanden hatte, das Bild von Joachim betrachtend. Nina schwor, dass ihre Mutter von *einem anderen* gesprochen habe, dessen Gesicht sie immer vor sich sehe.

Die Tür zum Sprechzimmer öffnete sich. Braunschweig begrüßte ihn freundlich. Ein großer Mann mit einer lässigen Eleganz, die Kurt britisch fand.

«Ich will meine Frau mit diesem Besuch bei Ihnen nicht hintergehen.»

«Das ließe ich auch nicht zu», sagte Braunschweig.

Sie lächelten einander an. Kurt öffnete die Aktentasche. Übergab die Fotografie.

«Das ist Joachim Christensen. Jahrgang 1920. Er gilt seit März 1945 als vermisst.»

Der Arzt nickte. «Ihr Schwiegersohn», sagte er.

«Kannten Sie ein Bild von ihm?»

«Nein.»

«Ich vermute, dass Sie viel von ihm gehört haben. Meine Frau ist übervoll von Erinnerungen an Joachim. Sie wird Ihnen erzählt haben, dass ich Joachim für tot halte, und ich nehme an, dass unsere Tochter es ebenfalls tut, wenn Nina auch noch nicht bereit ist, das vor sich selbst zuzugeben.»

Braunschweig gab ihm das Bild zurück.

«Wissen Sie von dem Vorfall Anfang Dezember? Ich habe

meine Frau dringend gebeten, Ihnen davon zu erzählen. Doch ich habe meine Zweifel.»

Braunschweig schüttelte ganz leicht den Kopf.

Kurt sprach vom lauten Schluchzen. Dem Gesicht, das Lilleken vor sich sehe. Das Gesicht eines anderen. «Dabei hat sie Joachims Bild nicht losgelassen. Vielleicht ist es *das*, was sie vor sich selbst und uns verbirgt. Ich weiß von Ihrer Vermutung, Elisabeth hat es mir erzählt. Entweder existiert dieser andere, oder es steht noch viel schlimmer um meine Frau, als ich fürchtete.»

«Hat sie seit jenem Tag im Dezember noch einmal diesen anderen erwähnt?»

«Nein», sagte Kurt. «Nicht mir und nicht Nina gegenüber. Und wem sonst?»

«Ich werde die Spur verfolgen», sagte Braunschweig. «Doch es ist Ihre Frau, die Ihnen davon berichten muss, wenn wir etwas aufdecken. Ich darf das nur, wenn sie mich von meiner ärztlichen Schweigepflicht entbindet.»

Dr. Braunschweig begleitete ihn zur Tür und gab ihm die Hand. «Sie sind ein fürsorglicher Ehemann, Herr Borgfeldt. Ich danke Ihnen, dass Sie gekommen sind.»

Kurt fuhr mit dem Paternoster ins Erdgeschoss und wäre beinah in den Keller und wieder hochgefahren, so sehr war er in Gedanken.

Ihn überraschte der Frühling vor der Tür. Als er herkam, war der Himmel grau gewesen. Im April vor zweiunddreißig Jahren hatten Lilleken und er geheiratet. Am siebten April hatten sie ihren Hochzeitstag begangen.

Das durfte noch nicht zu Ende sein, das Leben und das Glück.

San Remo

Gianni legte den zweiten Gang vor der ersten Serpentine ein, der Lancia gab unwillige Geräusche von sich. Zwölf Kilometer waren es zu Jules und Katie hoch, die längste Strecke lief über die Strada Marsaglia. Von hier oben hatte man einen wunderbaren Blick auf die Bucht von San Remo, die Olivenhaine, die in Terrassen zur Straße hinabfielen, und leider auch die Glashäuser, in denen die Blumen wuchsen. Schöner machten sie die Landschaft nicht.

Hatte er sich ablenken lassen? Gianni zuckte zusammen, als die Fanfare des Busses jenseits der Kurve erklang. Diese Straße war nichts für Träumer. Er steuerte das Auto nach rechts zur Felssteinmauer. Der blassblaue Bus der *Commune di San Remo* kam nun leicht vorbei, der Fahrer hob die Hand und dankte.

Gianni parkte auf dem schmalen Rechteck, das Jules vor dem Haus gelassen hatte, sein Auto stand meistens in der Garage. Er nahm den Topf mit dem Apfelbäumchen aus Südtirol, von denen heute Morgen einige geliefert worden waren. Ein nahezu exotisches Gewächs zwischen den Bougainvilleen, hoffentlich fanden Jules und Katie einen Platz im Halbschatten. Bei ihrem letzten Treffen in der Bar des Londra hatte Katie vom Garten ihrer Kindheit in Sussex erzählt. Weiße Apfelblüten.

Gianni blickte auf die hundert Jahre alte *casa rustica*, die jenseits der Straße hangabwärts lag. Bei seinem ersten Besuch hier hatte Jules ihm von einer englischen Geheimagentin erzählt, die angeblich während des Krieges in dem Häuschen gelebt hatte, im Keller der Casa hätten sie einen Schiffskoffer voller Abendkleider gefunden, die im Tageslicht zu Staub zerfielen, kaum dass der Koffer geöffnet worden war.

Woher hatte Jules diese Geschichte? Er war erst 1948 nach San Remo gekommen. Hatte dann das ganze Land der ehemaligen Villa Foscolo aufgekauft, das Anwesen reicher Großgrundbesitzer, die vom Wind zerstoben worden waren wie die englische Agentin und ihre kostbaren Kleider. Katie war die Trauer um die Kleider noch anzumerken.

Nein. Unten in der Stadt wussten sie nichts von der Geheimagentin. Sie waren zu beschäftigt gewesen mit den Partisanen, der Wehrmacht, den eigenen Faschisten.

Er stieg die Steinstufen zur Tür hinauf, wollte klingeln, doch er war schon bemerkt worden, Katie, die ihm öffnete. *An english rose.* So nannte Jules sie. Der helle Teint der englischen Rose war auch im April schon gebräunt. Eine Rose, die mit einem Garten voller Apfelbäume aufgewachsen war. Katie kamen die Tränen, als er ihr das Bäumchen gab.

«*You are prince charming*», sagte Katie.

«Du bist ein Mann der Frauen», sagte Jules. Er war auch ein Mann der Frauen, obwohl er als Jesuit begonnen hatte. Bis er Katie in einer Londoner Bar kennenlernte. Nicht unbedingt ein Ort für Exerzitien, Jules de Vries wurde dort aus dem Gelübde der Ehelosigkeit geführt.

Sie saßen unter dem großen Sonnenschirm und tranken San Pellegrino, obwohl es nach Jules' Zeitrechnung nicht zu früh für Gin und Tonic gewesen wäre. Aßen die kleinen schwarzen Oliven dazu, die Katie und Jules bei Nicolas Alziari in Nizza kauften. Fast schon ein Sommertag. Die Diesigkeit heißer Tage verhüllte bereits den Horizont, an klaren Tagen konnte Jules von hier oben Korsika sehen und dabei eine kleine Fuge auf dem Flügel spielen, der im großen Raum vor dem Panoramafenster stand.

Jetzt kam aus dem Haus die Jazzmusik, die Gianni im Londra kennen und lieben gelernt hatte.

«Eine neue Platte», sagte Jules. «*Honeysuckle Rose.* Hier von Art Tatum.» Er lächelte Katie an. «*Anyway I need a longdrink.*»

Er sah zu Gianni, der den Kopf schüttelte. Katie erhob sich und ging ins Haus, um einen Drink für Jules zu machen.

«Ich besäße gerne eine Bar. Aber ich habe ja die Arbeit für das Hochkommissariat der Vereinten Nationen am Hals. Das wird wohl noch eine Weile so bleiben.» Als die UNO im Januar 1951 die Arbeit für die Verschleppten und Vertriebenen des Krieges aufgenommen hatte, war es für drei Jahre gedacht. Ob der Zustand der Welt danach erlauben würde, die Arbeit zu beenden?

«Eine Bar wie im Londra mit Livemusik», sagte Gianni. «Aber moderner und viel mehr Jazz.»

Jules schnippte mit den Fingern.

«*You have an idea?*», fragte Katie, die mit dem Gin Tonic kam.

«*A great idea*», sagte Jules. Er sah Gianni an.

«*It's amazing what the Jesuits taught him*», sagte Katie.

Jules grinste. «Das sagt Katie immer. Egal in welchem Kontext. Sie glaubt an mich. Das kann nicht schaden.»

«*You are a lucky man*», sagte Gianni.

«Du wirst mir in nichts nachstehen», sagte Jules. «Ich bin gespannt auf die Frau an deiner Seite.»

Hamburg

June hatte in der Teeküche gestanden, dennoch war sie als Erste am Telefon. «Bis sechs sind wir hier», sagte sie. «Gern. Ich gebe ihr das weiter.» Sie legte den Hörer auf, trat ans Fenster und nagte an ihren Lippen.

Nina blickte von ihrer Schreibmaschine auf. «Wer war das?»

«Entschuldige. Dein Vater. Er holt dich um sechs Uhr ab.»

Das hatte Kurt noch nie getan, zum Klosterstern kommen.

«Hat er sonst was gesagt?»

«Nur gefragt, wann du Feierabend hast, und gesagt, dass er dich abholen will.»

«June? Für deine Verhältnisse bist du ein Nervenbündel.»

«Erinnerst du dich an meinen *joke*, ob Oliver eine Geliebte habe?»

Nina legte den Text zur Seite, den sie gerade zu lesen begonnen hatte.

«Die Nächte verbringt er in unserem Bett. Doch wo ist er in der Zwischenzeit? Oliver ist schon ziemlich lange auffallend faul, er lässt uns die ganze Arbeit allein tun. Zieht sich auf den Kauf von Farbbändern und Kohlepapier zurück. Tee und die trockenen Kekse aus der NAAFI.»

«Sprich ihn darauf an.»

«Nein.» June drehte sich um. «Nachher sagt er noch was, das ich nicht hören will.»

«Ich glaube nicht, dass Oliver dich betrügt. Der Laden hier läuft auch ohne ihn. Da segelt er vielleicht lieber auf der Alster.»

«Das sähe ihm noch ähnlich. Er langweilt sich leicht, wenn etwas gut läuft. Egal, ob der Laden oder unsere Ehe. *Ich* sollte eine Affäre haben. *To jazz him up.*»

«Hattest du eben seinen Anruf erwartet?»

«Nein. Ich dachte, das Ergebnis des Schwangerschaftstests sei da.»

Nina ließ den Mund einen Moment offen stehen. «Du glaubst, schwanger zu sein?»

June hob die Schultern. «Vierzig ist zu alt für ein Kind», sagte sie.

Von vierzig war Nina noch länger als acht Jahre entfernt. Sie griff nach dem goldenen Kettchen an ihrem Hals. Ihre Hand umschloss den Ring, der daran hing.

«Ist deiner Mutter der Brillant tatsächlich noch nicht aufgefallen?»

«Zu Hause stecke ich ihn unter die Bluse oder den Pulli.»

«Das wird ja ein hochgeschlossener Sommer. Wie ist es eigentlich bei Vinton und dir? Willst du noch ein Kind?»

Das Klingeln des Telefons bewahrte Nina vor einer Antwort. Hätte sie June erzählt, dass sie Vinton beinah ein Versprechen gegeben hatte im vergangenen August? Kein Versprechen. Ein unvollendeter Satz.

Wenn ich im nächsten Sommer noch nichts von Jockel weiß ...

«Gut», sagte June da gerade. Nina blickte zu ihr hinüber. Sah sie froh aus?

«Keine Versuchung, doch noch Mutter zu werden. Negativ. Ich bin auch nicht sicher, ob die Aussicht, Vater zu werden, Oliver wirklich aufgepeppt hätte.»

June setzte sich an ihre Schreibmaschine und schaute vor sich hin. «Ich bin neugierig auf deinen Vater, Nina», sagte sie. «Vinton sagt, er sei *very smart*.»

Kurt hatte den Hut im Büro vergessen. Doch ihm gefiel, Wind in den Haaren zu haben, vom lästigen Staubmantel befreit zu sein, den er neben dem Hut an der Garderobe hatte hängen lassen. Wo anders waren seine Gedanken als bei Lilleken?

Er liebte seine Frau. Ihm war vor zweiunddreißig Jahren klar gewesen, dass sich einige gewundert hatten, die ernste Elisabeth und Kurt, der alles auf die leichte Schulter zu nehmen schien. Doch ihre Ehe war immer gut gewesen.

Aber Lillekens zerrüttete Nerven machten ihm Angst. *Der andere.* War der eine Wahnvorstellung? Er wünschte, Dr. Braunschweig hätte ein erlösendes Wort gesagt. Was denn? *Wird schon wieder?* Der Arzt tastete sich auch heran. An seine Patientin, die sich bei dem Thema verschloss.

Kurt blieb vor dem Haus Ecke Jungfrauenthal stehen. Der japanische Kirschbaum, der im Vorgarten wuchs, begann schon zu blühen. Kurt lächelte dem Baum zu. Dann drückte er den Klingelknopf neben dem Metallschild von *Clarke. Translators.*

«Weißt du von deiner Wirkung?», fragte Nina, als sie wenig später auf der Straße standen, den Weg zur Alster einschlugen, um gemeinsam nach Hause zu gehen.

«Schau, die Japanische Kirsche», sagte Kurt. «Ist sie nicht schön?»

«Ich kenne June und weiß, wenn ihr jemand wirklich gefällt.»

Kurt lächelte. Er hakte sich bei seiner Tochter ein. Vielleicht sollte er das öfter tun, sie vom Büro abholen. *Die* Chance zu einem ungestörten Gespräch, dieser Gang an der Alster zur Blumenstraße. Eine kleine Weile, die nur ihnen gehörte.

«Bist du glücklich mit deinem Leben, Papa?»

«Ich werde wieder glücklich sein, wenn es Lilleken gut geht und Jockels Schicksal geklärt ist. Das scheint mir doch sehr zusammenzuhängen. Was wäre *dein* Glück, Ninakind? Traust du dich, das zu sagen?»

Nina blieb stehen, als könne sie nicht gleichzeitig gehen und das aussprechen. «Das sage ich nur dir. Ich glaube, Jockel ist tot, und ich hoffe, dass er keinen schweren Tod hatte. Daran zu denken, was wäre, wenn er jetzt zurückkäme, wage ich kaum.»

Nein. Ihr Vater war nicht schockiert von ihren Worten. Kurt versuchte, sich vorzustellen, Joachim lebe noch. Wer weiß, ob er in der Lage wäre, das Leben mit Nina wiederaufzunehmen. Eine Frau, mit der er nur kurze Monate der Ehe erlebt und die er vor acht Jahren zuletzt gesehen hatte. Vater eines Kindes zu sein, von dem er zwar wusste, doch das ihm völlig fremd war.

Eine Viertelstunde Fußweg vom Klosterstern zur Blumenstraße. Sie verlangsamten immer wieder ihre Schritte. Blieben auf der Streekbrücke stehen, sahen die *Aue* näher kommen. Voll besetzt war die Barkasse, Nina winkte einem winkenden Jungen zu.

«Du wolltest mir doch wohl von dem Gespräch mit Braunschweig erzählen.»

«Er weiß noch nicht, was er dazu sagen soll. Lilleken hat ihm verschwiegen, was im Dezember geschehen ist. Vom *anderen* kein Wort. Nina, ich habe Angst, dass es weder Trauer noch Verzweiflung ist, sondern schon Wahnsinn.»

Nina legte ihre Hand auf die ihres Vaters, die auf dem Brückengeländer lag. «Ich glaube, es gibt ihn, den anderen», sagte sie. «Er muss Jockel sehr ähnlich sehen.»

Köln

Wie elegant die Terrasse des Café Reichard schon wieder wirkte, als gäbe es die Einschusslöcher in den Mauern nicht mehr. Heinrich blinzelte zum Dom hin. Da drüben glitzerte das neue Blau-Gold-Haus in der Sonne. 4711. Hatte er dem Duft nicht immer zu entkommen versucht?

Jarre verspätete sich. Schon über das akademische Viertel hinaus. Warum ließ er sich noch immer auf Treffen ein mit dem Mann, den er für windig hielt? Weil er wissen wollte, ob der Maler des *Ananasberg* wirklich Freigang war? In den ersten Jahren der Galerie war Heinrich noch ein Kind gewesen, doch er erinnerte sich an den Tag, als ihm sein Vater eines der expressionistischen Bilder zeigte, dessen Schöpfer er für ein großes Talent hielt. Es war von Leo Freigang gewesen.

Heinrich blickte gerade wieder auf die Uhr, als Jarre an den Tisch trat.

«Setzen Sie sich. Auch ein Kännchen Kaffee?»

«Lieber einen Kognak. Ich habe schlechte Nachrichten. Deshalb wollte ich Sie sehen.»

«Hat Ihnen Leikamp endlich gestanden, dass Freigang der wahre Maler ist?»

«Leikamp ist tot.»

«Das glaube ich nicht», sagte Heinrich.

«Sie werden es glauben und als Nächstes sagen, ich hätte ihn da hineingetrieben.»

Heinrich schwieg. «Leikamp hat sich das Leben genommen?», fragte er schließlich.

«Ich fand die Brocanterie verschlossen vor. Habe herumgefragt und von Leikamps Tod erfahren.»

«Wann war das?»

«Vorgestern», sagte Jarre. «Ich war eine Zeitlang mit einer großen Recherche für meine Redaktion beschäftigt und habe unseren Brocantisten vernachlässigt.»

«Eine Recherche, die nichts mit unserem Fall zu tun hat?»

«Ich bin der Spürhund der *Neuen Illustrierten*, Herr Aldenhoven, und nehme viele Witterungen auf.»

Jarre sah Heinrich an und deutete die Missbilligung in dessen Gesicht falsch. «Vielleicht hält es Ihren Schmerz in Grenzen, wenn Sie sich veranschaulichen, dass er nicht der Maler des *Ananasberg* war.»

«Sie sind ein Zyniker», sagte Heinrich.

Hans Jarre nickte. «Das Traurigste ist, dass ich noch nicht genügend weiß. Über ihn und Freigang. Die Geschichte der Bilder.»

«Mit dem Tod von Leikamp wäre sie zu Ende erzählt.»

«Da irren Sie sich.» Jarre gab der Kellnerin ein Zeichen. Bestellte den Kognak.

«Was wissen Sie?», fragte Heinrich.

«Kennen Sie Kaiserswerth? Die Ruine der Kaiserpfalz nahe am Rheinufer? Dieser Ort ist beliebt. Romantisch sterben.»

«Wollen Sie mir sagen, er sei dort in den Rhein gegangen?» Heinrich wurde von einem großen Widerwillen erfasst.

«Warum sollte ich lügen?», fragte Jarre. «Ich bin ein Leidtragender. Noch Anfang April hat mir Leikamp telefonisch zugesichert, nach Ostern vieles offenzulegen.»

«Was wollen Sie denn eigentlich noch von mir?»

Die Kellnerin kam und hatte keine Gelegenheit, den Kognak zu servieren. Jarre nahm ihn vom Tablett, leerte das Glas, stellte es zurück. «Den *Ananasberg*», sagte er.

Heinrich rückte ab mit seinem Stuhl, als könne er nicht

länger ertragen, zu nahe neben Jarre zu sitzen. «Das kommt nicht in Frage.»

«Nur für ein, zwei Tage. Ich habe einen alten Kunsthistoriker an der Hand, der noch Kontakt zu Freigang hatte. Kurz bevor die Nazis kamen. Er nimmt an, dessen Strich einwandfrei zu erkennen, und würde uns eine Expertise anfertigen. Ich will ihm beide Bilder zeigen. Den *Jägerhof* und Ihres.»

«Und was soll das? Selbst wenn Sie beweisen, dass Freigang der Maler ist.»

Jarre sah ihn beinah verächtlich an. «Was sind Sie nur für ein Galerist? Vielleicht machen Sie sich mal die Mühe, in die Kataloge Ihrer Kollegen zu schauen und zu sehen, wie hoch die expressionistischen Werke von Leo Freigang gehandelt werden. Ein jüdischer Maler wird neu entdeckt. Eine Art Wiedergutmachung. Zwei Bilder aus einer ganz anderen Phase von ihm wären eine Sensation.»

Heinrich hatte seine Zweifel. Er stand auf und legte ein Zweimarkstück auf den Tisch. Damit war das Kännchen Kaffee großzügig bezahlt.

«Sie hören von mir», rief ihm Jarre nach.

Heinrich schüttelte den Kopf. Hatte nur noch Eile, in die Galerie zu kommen, in der Gerda ihn vertrat. Es wurde höchste Zeit, ihr all das zu erzählen. Er brauchte Gerdas klaren Blick auf diese haarsträubende Geschichte.

Doch es war nicht Gerda, die da auf ihn wartete, als er die Tür zur Galerie öffnete.

«Meine elusive Tochter», sagte Heinrich.

«Ich wollte nur bei euch reinschauen», sagte Ursula. «Und ehe ich es mich versah, wollte Mama schnell was erledigen. Was meinst du mit elusiv?»

«Quasi nicht vorhanden.»

«Tut mir leid, dass Jef kein Familienmensch ist.»

«Ich will dir eine Geschichte vortragen, Ursel, die mich gerade überfordert.»

Sie tranken jeder drei Tässchen Espresso, während Heinrich die Geschichte von Jarre, Leikamp und Freigang erzählte.

«Margarethe muss eine größere Moka schicken», sagte Ursula, als er geendet hatte. «Ich lese gerade eine Biographie über den Psychiater Anton Delbrück, der schon 1891 das krankhafte Verlangen zu lügen beschrieb. *Pseudologia phantastica.*»

«Du hältst es also für eine Lügengeschichte? Leikamp lebt?»

«Jef und ich hatten ohnehin vor, nach Düsseldorf zu fahren. Gespräche über eine Ausstellung in der Kunsthalle. Jef könnte den Kurator nach Freigang fragen. Stimmt es denn, dass dessen frühe Werke teuer gehandelt werden?»

«In den Katalogen, die ich jüngst in der Hand hatte, kam er nicht vor.»

«Ein komischer Typ, dieser Jarre. Wie bist du an ihn geraten?»

«Billa hat ihn mir eingebrockt. Eine Bekanntschaft von der Weihnachtsfeier des Bundes der Kulturschaffenden.»

«Was hat Billa denn da verloren?»

«Günter begleitet. Und Jarre auf den *Ananasberg* aufmerksam gemacht. Billa scheint mir ein Auge auf Jarre geworfen zu haben.»

Heinrich stand auf und stopfte die Hände in die Taschen seiner Anzughose. Billas Sympathie für diesen Mann war ihm unbegreiflicher denn je.

«Wann soll Leikamp ins Wasser gegangen sein?», fragte Ursula.

«Wohl in der Woche vor Ostern.»

«Vielleicht lässt sich eine Pressenotiz auftun.»

«In der *Rheinischen Post*?»

«Vielleicht eher im *Mittag*. Ich kümmere mich darum, Papa.»

«Hast du Zeit dazu? Neben dem Studium?»

«Das plätschert gerade dahin. Und so aufwendig wird die Recherche nicht werden.»

«Wie geht es dir mit Jef?»

«Er ist kein einfacher Gefährte, doch ich liebe ihn.»

Heinrich nickte. «Wir könnten viel mehr für ihn und seine Bilder tun.»

«Jef will keinen Ruhm.»

«Und was willst *du*, Ursel? Du wirst erst dreiundzwanzig nächste Woche.»

«Mein Leben mit Jef verbringen», sagte Ursula.

— 6. JULI —

Hamburg

Kurt legte den alten Liegestuhl ins Gras. Der ließe sich nicht mehr aufstellen, der Versuch eine verlorene Mühe, auch der Stoff war schon verschlissen. Er zog einen der schmiedeeisernen Stühle heran, die sie 1927 vorgefunden hatten, als sie das Haus übernahmen, vier Stühle und ein Tisch, deutliche Spuren von Rost an ihnen, überall Verfall. Gelegentlich sehnte er sich danach, in einem dieser nagelneuen Nachkriegshäuser zu leben.

«Tetjens wollen aufs Land ziehen», sagte Lilleken. «Ins Hamelwördener Moor. Tetjens Schwester ist dort verheiratet. Da gebe es viel Kinderlachen. Die Stille in ihnen, seitdem ihr Sohn tot ist, könnten sie nicht länger ertragen.»

Sie setzte sich neben ihn, stellte eine Schüssel Johannisbeeren auf den Tisch, die sie gepflückt hatten, eine erste Ernte, viele von den Beeren waren noch zu blass.

Söhne, die verlorengegangen waren. Vor einigen Wochen noch hätte dieses Thema eine neue Krise bei ihr auslösen können. Kurt sah seine Frau aufmerksam an, doch sie wirkte sachlich und gelassen.

Die Zeit seit Ende April hatte ihm und Nina ein Aufatmen beschert. Lilleken schien sich gefangen zu haben. Einmal in der Woche ging sie zu Dr. Braunschweig. Zu neuen Erkenntnissen schien es nicht gekommen zu sein, sonst hätte Lilleken davon erzählt.

Nicht dran rütteln, dachte Kurt. Er griff in die Schüssel mit den Johannisbeeren.

«Soll ich die nicht erst einmal von den Rispen ziehen? Und zuckern?»

«Nein», sagte Kurt. «Ich mag sie sauer. Hamelwördener Moor?»

«An der Elbe bei Wischhafen.»

Oben im ersten Stock bei Blümels brach ein Zank zwischen Otto und seinen älteren Schwestern aus. *Lärm* von Kindern gab es hier im Haus durchaus reichlich.

«Dann werden die zwei Zimmer unterm Dach frei. Oder glaubst du, wir bekommen gleich die nächste Einquartierung?»

«Vielleicht können wir geltend machen, dass Tochter und Enkel in unserem Schlafzimmer leben», sagte Kurt. «Und dringend eine kleine Privatheit benötigen. Der Junge wird acht und schläft noch mit seiner Mutter in einem Bett.»

«Die Leute in den Nissenhütten haben es beengter.»

«Für uns wäre es doch auch schön», sagte Kurt. «Keine Schrankbetten mehr. Das große Bett für uns. Die Terrasse zum Garten.»

«An der wir dringend was tun sollten. Sonst stürzt sie ein.»

«Im nächsten Frühling», sagte Kurt. «Wann werden Tetjens denn ausziehen?»

«Auch erst im Frühling. Der Schwager will ihnen einen großen Stall ausbauen.»

«Eine lange Vorankündigung.» Er blickte zu Lilleken, die auf einmal abwesend wirkte. Ihre Stirn krauste. Schon fühlte er sich wieder beunruhigt, ein brüchiges Glück, das sie erlebten.

«Der Liegestuhl ist wohl nicht mehr zu retten?»

«War es das, worüber du gerade nachdachtest?»

«Du weißt, dass ich Veränderungen nicht schätze, doch dieses Haus braucht die ganz große Renovierung. Könnten wir noch eine Hypothek aufnehmen, Kurt?»

«Ja», sagte er. Jetzt nicht zögern. Sie regte eine Renovierung an, das konnte nur ein gutes Zeichen sein. Kurt entschloss sich zu strahlen, als habe der Sparkassendirektor ihm gerade einen Sack Geld in die Hand gedrückt.

«Ich kümmere mich, Lilleken. Erst einmal freuen wir uns auf die Rückeroberung des Schlafzimmers. Lediglich noch ein Sommer, ein Herbst und ein Winter.»

«Darlings», sagte Oliver Clarke. «Quetscht euch in das Auto *for a little joyride.*»

Hatte Jan jemals eine Vergnügungsfahrt in einem Auto unternommen? Nein. Der schwarze DKW, auf dessen Rückbank er sich mit Nina und Vinton setzte, war das erste Auto, in das er stieg.

June setzte sich auf den Beifahrersitz und sah ihren Mann skeptisch an. «Als du das letzte Mal einen *joyride* angekündigt hast, fand ich mich in einem Heißluftballon von Marks and Spencer wieder und schwebte über Essex.»

«You didn't enjoy it?»

«Nicht, dass es eine Werbeveranstaltung für Unterwäsche war, und schon gar nicht die Turbulenzen bei der Landung.»

Oliver blickte in den Rückspiegel. *«Don't worry*, Jan. Heute bleiben wir auf dem Boden.»

«Ich worrie nicht», sagte Jan.

«That's the spirit.»

«Wohin fahren wir, Oliver?», fragte Vinton, da hatten sie

Winterhude schon eine Weile hinter sich gelassen. Ruinen und Baracken vor dem Autofenster. Brachen.

«Duvenstedt. Nördliche Stadtgrenze. Sie nennen die Ortsteile dort Walddörfer. Ich nehme nicht an, dass du da schon gewesen bist?»

«Nein», sagte Vinton. «Und wo sind wir hier?»

«Du scheinst mir wenig herumgekommen zu sein auf dieser Seite der Alster», sagte June. Sie war Luftschutzhelferin in London gewesen, Erinnerungen, die sie in ihren Albträumen heimsuchten, doch was die Royal Air Force unter dem Kommando von Arthur Harris hier angerichtet hatte, war ein Weltuntergang gewesen.

«Das ist Barmbek», sagte Nina leise. «Das riesige Treppenhaus da drüben und die Rückwand, das war mal das Kaufhaus Karstadt.»

«Ich dachte, es sollte ein *joyride* werden», sagte June. Sie blickte sich besorgt zu Jan um, doch dem schien es gutzugehen zwischen Nina und Vinton.

«Wir kommen gleich in heilere Gegenden», sagte Oliver. «Außerdem habe ich einen Korb voll Leckereien im Kofferraum. Bei Kruizenga gekauft.»

«Ein Picknick in Duvenstedt. Hast du den Pferdesport für dich entdeckt?»

«You're getting close to it, darling.»

Von Weiden und Wiesen waren sie umgeben, als Oliver schließlich anhielt.

«Look at this beautiful barn», sagte er.

Die schöne Scheune war rot angestrichen und beeindruckend groß. Ein schweres Vorhängeschloss hing an ihrem Tor. Oliver stieg aus. *«Come on, darlings.»*

«Sind wir schon da?», fragte June. Sie blickte einem Hasen nach, der davonstob.

Ihr Mann zog einen Schlüssel aus der Tasche der Manchesterhose. Trat zum Tor.

«Ich weiß nicht, warum ich einen Mann geheiratet habe, der Überraschungen liebt.»

«Weil du gern überrascht wirst», sagte Oliver.

«Nein», sagte June. «Das ist einer der großen Irrtümer unserer Ehe. Ich hasse Überraschungen. Was hat die Scheune zu bedeuten?»

Jan griff nach den Händen von Nina und Vinton, als Oliver den Schlüssel ins Schloss steckte und die Flügel des Tors aufstieß.

«Ladys and gentlemen. Here are my horses.»

Drei alte Autos, die vor ihnen standen.

«Oh dear», sagte June.

«Was sagst *du*, Vinton?», fragte Oliver.

«Ich bin beeindruckt. Zwei Rostlauben und eine Prachtkarosse.»

«Ein Bentley Continental von 1933. Den habe ich mir als Ersten vorgenommen. *A hell of a job.* Doch es hat sich gelohnt.»

«Mir genügt der DKW, um von A nach B zu kommen.»

«Hier geht es nicht um Logistik, Junie. Das ist eine Leidenschaft. Stell dir vor, ich hätte eine Geliebte. Sind dir da drei Autos nicht lieber?»

June tauschte einen Blick mit Nina aus.

«Als Nächsten nehme ich mir den kleinen roten Roadster von 1928 vor.»

«Einen Humber Snipe hast du auch. Genau das Modell hat mein Vater 1932 gekauft.»

«Alles britische Autos. Wo hast du die her, Oliver?»

«Hier hat es auch Leute mit Leidenschaft gegeben, die ein Herz für britische Autos hatten, Junie. In deren Remisen einiges den Krieg überdauerte. Gerade in ländlichen Gegenden wie den ehemaligen Herzogtümern Schleswig und Holstein. Ich habe noch einen Lagonda von 1939 in Aussicht.»

«Da steckst du also unser Geld hinein.»

«*I got the cars for a song, Junie.* Aber verkaufen werde ich sie teuer.» Oliver grinste. «Ein neuer Geschäftszweig, *darlings. And now have some highballs.*»

Oliver öffnete den Korb und packte die Sandwiches aus. Truthahn. Lachs. Ei. «Mix uns mal die Gin Tonics, Vinton. Für Jan gibt es Coca-Cola.»

Diesmal waren es Nina und Jan, die einen Blick austauschten. «Ausnahmsweise, Mami», sagte Jan. «Und nachher möchte ich mit dem zweifarbigen Auto fahren.»

Köln

Die Häupter ihrer Lieben. Gerda stand auf der kleinen Terrasse, das Tablett in der Hand, blickte in den Garten, in dem alle saßen. Heinrich, Ursel und Jef im ernsten Gespräch auf der halbrunden Bank, die Heinrichs Eltern um die Birke hatten bauen lassen. Billa und Lucy vorne am Tisch.

Zwei dunkle Häupter, Carla und Claudia, die zusammen mit Uli im Gras saßen und sich über die letzten Butterblumen beugten. Carla würde doch wohl wissen, dass Butterblumen giftig waren? «Nicht in den Mund stecken», rief Gerda zu ihr rüber. Carla nickte. «*Ranuncoli.*»

«Kann ich dir helfen, Mama?» Ulrich erhob sich aus dem Gras. Als Kind war er hellblond gewesen. Nun beinah brünett. Wie Ursel. Und Jef, dessen wildes Haar schon von weiß durchzogen war. Was waren das für Betrachtungen? Weil sie im Poesiealbum eine blonde Locke von Elisabeth gefunden hatte, als sie Claudia die Glanzbilder im Album zeigen wollte? Claudia liebte Glanzbilder, die Elisabeth Oblaten nannte.

Ulrich nahm ihr das Tablett ab. «Soll ich die Teller verteilen?»

«Stell das Tablett einfach auf den Tisch. Da werden wir ohnehin nicht alle Platz finden. Soll sich jeder einen Teller und eine Gabel nehmen. Das Kuchenblech lasse ich hier oben auf der Terrasse.»

Den Rhabarberkuchen hatte sie schon in rechteckige Stücke geschnitten, hoffentlich reichte er, sie hätte noch einen zweiten backen sollen. Dass Billa und Lucy den Tag hier im Garten verbrachten, war unerwartet gewesen. Auch dass Ursula gemeinsam mit Jef gekommen war. Was sie hinten an der Birke wohl besprachen? Den Umzug in die Drususgasse am kommenden Donnerstag?

Gerda mochte den spröden Jef. Er schien gelöst im Zweiergespräch mit ihr wie letzten Dienstag, als er ein neues Bild in die Galerie gebracht hatte. Eine Andeutung von Strand. Ein rotes Haus. Eine schwarzhaarige Frau. Jef hatte ihr Zögern bemerkt und die Antwort gegeben, ehe die Frage gestellt worden war.

Meine Frau. Aus der Erinnerung gemalt.

Was ist mit ihr geschehen, Jef?

Sie kam bei der Bombardierung von Kortrijk um. Am Passionssonntag 1944. Die Bomben waren für die deutschen Besatzer gedacht, doch es starben die Flamen.

Hatte es Gerda irritiert, dass er dieses Bild zum Verkauf freigab? Sie blickte zur Bank an der Birke, nur noch Heinrich und Jef saßen da. Ursel stand am Tisch, zog eine Zigarette aus der Schachtel, die vor Billa lag. Ließ sich Feuer geben.

«Das sind große Kuchenstücke», sagte Ursula, als sie zu ihr auf die Terrasse kam. «Du solltest sie noch mal teilen zur Speisung der Fünftausend.»

«So viele sind Gott sei Dank nicht in unserem Garten.»

Ursula zog an ihrer Zigarette. «Jef hat dir von Eefje erzählt.»

«So hieß seine Frau?»

«Hat er auch gesagt, dass sie schwanger war, als sie starb, und er sich auf dem Land aufhielt, um Lebensmittel bei den Bauern zu organisieren?»

«Nein», sagte Gerda. Sie nahm das Messer und teilte die verbliebenen Stücke.

«Nun will er keine Kinder mehr. Keinen Ruhm und keine Kinder.»

«Bringst du dich da nicht um vieles, Ursel?»

Ursula hob die Schultern. Suchte nach einer Option, die Zigarette auszudrücken. Entschied sich für den Teller, auf dem das Messer gelegen hatte.

«Ich trage den Teller in die Küche und spüle ihn ab», sagte sie.

«Seit wann rauchst du?»

«Noch nicht lange.»

«Worum ging es in eurem Gespräch mit Papa? Ihr hattet so ernste Gesichter.»

«Um Leikamp und den Maler Freigang. Wir haben Papa eben davon berichtet. Er will es dir heute noch erzählen.»

«Jef und du habt etwas herausgefunden?»

«Du hast zu wenig Kuchen gebacken», sagte da Billa hinter ihr.

«Übernimm du doch mal für eine Weile die Küche», sagte Gerda.

«*Ich* bin ja keine verheiratete Frau.»

«Ein kurioses Argument», sagte Ursula und nahm den Teller mit der Kippe.

«Dein Jef ist auch nicht gerade ein Charmebolzen», sagte Billa.

«Den Zusammenhang verstehe ich nicht», sagte Gerda, als Ursel in die Küche gegangen war. «Was hat das eine mit dem anderen zu tun?»

«Ich kann aus vollem Herzen sagen, dass ich noch immer eine flotte Frau bin.»

«Geht Jef nicht auf deine Tändeleien ein?»

«Er tut, als sei ich Luft. Lächelt nur völlig unverbindlich.»

«Nimm ein Stück Rhabarberkuchen, Billa.»

Gerda stieg die zwei Stufen zum Garten hinunter und trat den Weg zur Birke an.

Im Haus beruhigte sich Claudia, die über irgendwas sehr erbost gewesen war. Weil sie nun endlich ins Bett hatte gehen sollen? Das Kind war ein Nachtmensch.

Ulrich und Carla nutzten das Zimmer, das einst Lucy bewohnt hatte, und die zwei Zimmerchen unter dem Dach, Ursels und Ulis, in ihrem war Ursula selten, sie lebte bei Jef am Eigelstein.

Eine violette Dämmerung legte sich auf den Garten, es wurde still, nur die Heimchen waren noch zu hören und die leisen Stimmen von Gerda und Heinrich.

«An der Löricker Bucht ist eine Leiche angespült worden. Das linksrheinische Ufer von Düsseldorf. Nichts Näheres zur Identität des Mannes. Nur ein vermutetes Alter zwischen dreißig und vierzig. Ich habe Leikamp für deutlich jünger gehalten.»

«Wie alt ist die Meldung von der Löricker Bucht?» Gerda nahm ihr Glas. Trank einen Schluck des *Zeller Schwarze*

Katz, von dem Heinrich eine Flasche geöffnet hatte, als sie noch allein mit Carla und Ulrich zusammengesessen hatten.

«In der Zeitung vom 2. Mai hat Ursel sie gelesen. Die einzige Wasserleiche dort in dem Zeitraum. Anfang April will Jarre noch Kontakt zu Leikamp gehabt haben. Soll ich uns einen weiteren Mosel aus dem Keller holen? Diesen hier haben wir ja zu viert getrunken.» Heinrich stand auf. Kehrte kurz darauf mit Korkenzieher und Flasche zurück. «Jarre scheint sich jetzt auch in Luft aufgelöst zu haben.»

«Warum glaubst du das?»

«Er hatte sich den *Ananasberg* ausleihen wollen. Vielleicht ist der große Spürhund auf einer seiner Recherchen verschollen.»

«Wir könnten seine Kollegen bei der *Neuen Illustrierten* fragen, wo er ist.»

«Ich werde mich hüten, schlafende Hunde zu wecken», sagte Heinrich.

«Erfreuen wir uns einfach am *Ananasberg*. Egal, wer der Maler ist.»

«Dennoch wäre das schon sehr besonders, wenn es Leo Freigang wäre. Vater hat große Stücke auf ihn gehalten, als Freigang noch ein Maler des Expressionismus war. Als Impressionist war er kaum weniger begabt.»

«*Sein* Tod ist bestätigt?»

Heinrich nickte. «Auf dem Transport nach Minsk verstorben», sagte er. «Der Kurator bestätigte Jef eine Hausse der frühen Bilder, von denen die meisten nicht mehr auffindbar sind. Verschollen im Sturm der Nazis auf die Moderne.»

«Und die Brocanterie in Pempelfort?»

«Der Laden steht noch immer leer. Und keiner scheint was zu wissen.»

«Jetzt ziehen wir erst einmal in die neuen Räume», sagte

Gerda. «Jef und Ursel werden helfen. Und Ulrich. Eigentlich brauchen wir nur mit der Handkarre los.»

«Der VW kommt eine Woche zu spät.»

«Gut, dass der noch geschont wird», sagte Gerda. «Wenn ich meinen Führerschein gemacht habe, kriegt er früh genug die ersten Kratzer.»

«Jef kennt jemanden, der ihm einen Tempo Dreiradlaster leiht.»

«Ich mag Jef immer lieber. Auch ohne Dreiradlaster.»

«Ja», sagte Heinrich. «Ich auch.» Er hob den Kopf. «Was ist das für ein Lärm?»

«Billa, die heimkehrt, nehme ich an. Wollte sie nicht noch mal mit zu Lucy?»

«Wo hat sie die letzten beiden Nächte verbracht? Günter ist doch aus dem Spiel.»

«Auch in dem Fall weiß Ursel wohl mehr.»

«Mir war nicht klar, dass unsere Tochter und Billa so viel miteinander zu tun haben. Glaubst du, Ursel ist glücklich mit Jef? Beide wirken immer so ernst.»

Gerda zögerte mit der Antwort. Dachte an das, was sie heute erfahren hatte. «Wenn die Formel Liebe gleich Glück ist, dann ja», sagte sie.

Hamburg

Ein herrlicher Sommertag war es gewesen, auch nachdem sie sich von June und Oliver getrennt hatten. Jan hatte sich noch einen Spaziergang zum Tempelchen im Haynspark erbettelt, im März vor zwei Jahren war ihm da Vinton zum ersten Mal begegnet.

Der Junge habe Fieber, sagte Elisabeth, als Nina Jan nach Hause brachte, aber rotbackig war Jan nur vor lauter Glück und Sonne. Dass ihre Tochter danach noch einmal das Haus verließ, hatte Elisabeth nicht gutgeheißen. Doch Nina hatte an diesem Tag einen Entschluss gefasst.

«Bist du sicher, dass ich dich nicht in die Blumenstraße begleiten soll?»

Die blaue Stunde hatte begonnen. Von der nahen Johanniskirche am Turmweg schlugen die Glocken neunmal.

«Ich will genau auf diesem Balkon sitzen. Mit dir. Hab nicht länger Angst, meine Mutter zu verstimmen.»

«Hast du diese Angst nicht auch?» Vinton blickte auf den Ausschnitt des Kleides, Ninas nackten Hals. Kein Kettchen mit einem Brillantring daran.

«Ich werde heute Nacht bei dir bleiben», sagte Nina.

«Werden sie sich nicht sorgen?»

«Kurt weiß Bescheid. Er wird es Elisabeth einlöffeln.»

Vinton nahm ihre rechte Hand, an der sie noch ihren Trauring trug, und küsste sie. «Dein neues Kleid ist sehr schön. Habe ich das schon gesagt?»

«Ja», sagte Nina. Den weißen Stoff mit den Kirschblüten hatte ihr Kurt geschenkt, Frau Tetjen daraus das Kleid genäht, in dessen Tasche sie griff. Ein Leinensäckchen, das Nina hervorholte, ungeschickt mit einem Anker bestickt.

«Du siehst hier einen Beleg meines fehlenden Talentes für Handarbeiten. Im dritten Schuljahr fabriziert. Wenn Tetjens ausziehen, werde ich mir eine Schneiderin suchen müssen. Meine Mutter näht genauso schlecht wie ich.»

«Und was ist drin im Säckchen?»

«Sieh nach.»

Vinton zog das Zugband auf. Griff hinein. Entnahm den Ring. «Hast du ihn den ganzen Tag in der Tasche gehabt?»

«Nein. Ich habe ihn aus meiner Nachttischschublade genommen, als ich Jan nach Hause gebracht habe. Steck ihn mir an.» Nina hielt ihm die linke Hand hin.

I now pronounce you husband and wife.

«Willst du ihn vor den Augen deiner Mutter tragen?»

«Ich werde ihn jeden Tag tragen, Vinton.»

Der schmale Ring wirkte schlicht. Trotz des Baguettebrillanten.

«Ich denke, er ist alltagstauglich», sagte Vinton. «Anders als der Verlobungsring, den der Herzog von Windsor seiner Wallis angesteckt hat.»

Nina schüttelte den Kopf. «Kein Verlobungsring, Vinton. Noch ist Joachim nicht für tot erklärt, und vorher werde ich nicht aufhören, mit ihm verheiratet zu sein.»

Sprach sie das wirklich in diesen sanften Abend hinein?

Noch ist Joachim nicht für tot erklärt.

Vinton nickte. Ihm wurde die Grenze gezeigt, wann immer er glaubte, einen Schritt weiter gekommen zu sein.

«Wann hast du dich entschieden, den Ring zu tragen?», fragte er.

«Als Jan und ich mit dir im Auto saßen. Du am Steuer.» Nina lachte, als sie sein Gesicht sah. «Nicht des Bentleys wegen. Denkst du, ich will die Wallis Simpson geben? Nein, Vinton. Der Moment war gekommen.»

Er nahm ihre Hand, an der nun der Ring blitzte.

«Erinnerst du dich an den Vorabend unserer kleinen Reise an den Timmendorfer Strand? Als du mir von den Rehen in San Francisco erzähltest?», fragte Nina.

«Ich erinnere mich auch an deinen Halbsatz.»

«Wenn ich im nächsten Sommer noch nichts von Jockel weiß», sagte Nina. «Lass uns versuchen, ein Kind zu bekommen.»

San Remo

Eine Handvoll junger Leute, die am späten Abend an dem kleinen kaum bekannten Strand nahe Bordighera badeten. Gianni hatte die Shorts anbehalten, sein *cazzo* sei wohl zu klein, hatte Lucio gesagt und sich nackt über eine der Frauen hergemacht, sie geküsst, als sei das die Löwenfütterung im Zoo und er müsse den größten Brocken in das weite Maul kriegen. Vielleicht sei Lucio ein Maulheld, hatte Margarethe gesagt.

Warum war er mit zum Strand gekommen? Eigentlich hätte er lieber in der Bar des Londra gesessen, den amerikanischen Songs des Pianisten zugehört, mit Katie und Jules Longdrinks getrunken. Doch Katie hatte Jules nach Genf begleitet, dort saß die UNO und pochte auf die Menschenrechte. Das half weder den Koreanern noch den Vietnamesen, die den Indochinakrieg der Franzosen im Lande hatten.

Gianni ließ sich in den warmen Sand fallen, legte die Arme unter den Nacken, südlicher Himmel mit Sternen, der hellste war wohl die Venus und der andere der Sirio, den seine Mutter Hundsstern nannte. Er blickte zu Lucio, der versuchte, seiner Beute die dreiviertellange Hose auszuziehen. War das eine Caprihose, von der Carla gesprochen hatte? Ein großer Erfolg in ihrer Sommerkollektion. Doch den Namen kannten sie wohl nur in Deutschland, hier hatte er ihn noch nicht gehört.

Konnte die junge Frau sich wehren? Sollte er ihr zu Hilfe kommen? Dann hätte er es sich sicher verscherzt bei Lucio, doch die Frage stellte sich wohl nicht mehr, eher ein Kichern als ein Kreischen, das zu hören war. Sie hatte offensichtlich Freude an dieser Löwennummer. Eigentlich nur eine große

Schau, die Lucio da abzog, als demonstriere er seine Männlichkeit.

Verband sie wirklich eine Freundschaft? Auch auf dem *liceo* war sie eher lose gewesen. *Piccolo borghese* hatte ihn Lucio manchmal genannt. Kein Zweifel, dass Lucios Familie seit Generationen reich war, ohne dafür noch wirklich zu arbeiten, und die Cannas Blumenhändler waren, wenn auch wohlhabend.

Bruno allerdings war im Augenblick lediglich ein arbeitsloser Kunsthistoriker, der Expertisen für Museen und Händler schrieb. Doch keiner aus ihrer Familie verdiente den Ausdruck *piccolo borghese*. Nicht einmal die Nonna war kleinbürgerlich zu nennen, die hatte ein anderes Brett vor dem Kopf.

Gianni stand auf, schüttelte den Sand von seinen Shorts, nahm die Leinenschuhe in die Hand. Lucio schaute zu ihm hinüber, doch schien ihn nicht aufhalten zu wollen. Oben an der Straße angekommen, setzte Gianni sich auf die kleine Mauer aus Trockensteinen, zog die Schuhe an und ging zum Lancia.

Als er die Scheinwerfer anschaltete, sah er eine kleine Katze die Straße überqueren. «Pass auf dich auf, *gattina*», sagte er und fuhr langsam an.

Er parkte am östlichen Ende der Via Matteotti und hatte vorgehabt, sich ins dunkle Haus zu schleichen. Doch dunkel waren nur seine Zimmer im dritten Stock.

Im Hof fand er Rosa vor, das Dienstmädchen seiner Großmutter, das dort stand und die Hände rang, nicht bereit, ihm Auskunft zu geben. «Komm rauf, Gianni», hörte er seine Mutter aus dem vierten Stock rufen.

«Was ist mit Nonna?», fragte er, kaum dass er durch die offene Tür der elterlichen Wohnung gegangen war.

«Nichts ist mit deiner Nonna. Setz dich in die Küche.» Margarethe sah der feinen Spur Sand nach. «Du kommst vom Strand?»

«Rosa kam mir ziemlich dramatisch vor.» Gianni setzte sich an den Küchentisch.

«*Sie* hat ja auch die schreiende Donata im Hof gefunden.»

«Donata?»

«Sie ist aus dem Fenster ihres Badezimmers gesprungen. Gott sei Dank nur der zweite Stock. Dennoch hat sie Glück gehabt, weil sie im Rosmarin gelandet ist. Papa sagt, sie habe sich den Arm gebrochen und Prellungen am ganzen Körper.»

«Papa ist mit Bixio bei ihr im *ospedale*?»

«Nein. Bruno ist schon zurück und sitzt bei deiner Nonna.»

«Warum ist Donata gesprungen, Mama?»

«Bixio hat die nächste Frau geschwängert», sagte Margarethe.

— 14. OKTOBER —

Hamburg

Gerda hatte überlegt, das Auto zu nehmen, doch dann stieg sie lieber in die Eisenbahn, die Strecke schien ihr zu lang für eine Fahranfängerin, auch sollten Heinrich und vor allem Ulis kleine Familie den VW nicht vier Tage lang entbehren müssen. Solingen. Wuppertal. Dortmund. Münster. Osnabrück. Bremen. Wie dunkel Deutschland noch war, wenn Gerda vom Fensterplatz des Zuges in die Städte hineinsah.

Am Hamburger Hauptbahnhof stand Kurt im Gedränge des Bahnsteigs. Nahm ihr den Koffer aus der Hand. «Du musst erst einmal mit mir vorliebnehmen. Elisabeth ist am Herd unabkömmlich.» Er lächelte.

«Willst du mich nicht doch zu einer Pension bringen, Kurt? Mir gefällt nicht, dass Nina ihr Bett für mich räumt, der Junge auf dem Küchensofa schläft.»

«Jan findet das spannend, und Nina und mir tust du einen Gefallen, wenn du bei uns schläfst. Elisabeth leidet noch immer darunter, dass unsere Tochter nicht alle Abende und Nächte bei uns verbringt und lieber bei Vinton ist. Vielleicht lernt sie, lockerer damit umzugehen, wenn *du* Ninas Verhalten völlig normal findest.»

«Ursel lebt mit ihrem Jef in wilder Ehe. Tag und Nacht.»

«Bei euch gibt es keinen Schwiegersohn, dessen Schicksal ungeklärt ist.»

Gerda verlangsamte ihren Schritt, berührte Kurts Arm.

«Das ist wahr», sagte sie. «In den letzten Telefonaten schien mir, dass es ihr besser geht.»

«Bei Elisabeth kann alles leicht kippen», sagte Kurt. «Nina und ich sind in steter Anspannung, lauern auf jedes Zeichen, das einen neuen Zusammenbruch ankündigt. Wie im Dezember letzten Jahres. Von dem *anderen* hat Elisabeth nicht mehr gesprochen, doch noch immer beschwört sie Joachims Heimkehr und ist Vinton gegenüber fast feindselig.»

«Ich bin froh, dass Nina dennoch ihr Leben mit Vinton aufgenommen hat.»

«Ja», sagte Kurt. «Ich auch.»

«Werde ich ihn kennenlernen?»

Sie traten auf den Vorplatz an der Kirchenallee. Kurt stellte den Koffer ab.

«Ich führe dich ins Kaffeehaus und stelle ihn dir vor.»

«Und Elisabeth darf das dann nicht wissen?»

«Schauen wir mal, wie sie sein wird in den Tagen. Ich freue mich sehr, dass du da bist, Gerda.» Er nahm sie in die Arme. Dann winkte er ein Taxi heran.

Elisabeth stellte die ovale Silberplatte auf den Küchentisch und strahlte ihre Freundin an. «Brüsseler Gemüse-Allerlei», sagte sie. «Ein Rezept aus der *Constanze*.»

Die Kalbsschnitzel hatte sie beim Schlachter Schuster gekauft, sie in Sahne zubereitet, dazu gab es Kartoffelkroketten.

Gerda blickte auf den gedünsteten Blumenkohl, der in der Mitte der Platte lag, umgeben von feinen Möhrchen. Erbsen. Prinzessbohnen. Champignons. «Das sieht alles köstlich aus, Elisabeth.»

«Und das an einem Dienstag», sagte Kurt. Er setzte sich neben seinen Enkel, der eben aus der Schule gekommen war.

«Ein Festtag, wenn Gerda bei uns ist», sagte Elisabeth.

«Weiß ich doch. Ich genieße es, so was Feines auf dem Teller zu haben. Um zwei sollte ich allerdings wieder im Büro sein.»

«Nina wird am Donnerstagabend mit uns essen. Das hat sie fest zugesagt.»

Gerda war kurz davor zu fragen, ob Vinton dabei sein könnte. Sie warf Kurt einen Blick zu und schwieg. Sich nicht zu viel trauen, sie war gerade eine halbe Stunde da, lieber etwas völlig Unverfängliches zu Beginn. «Euer Michel wird ja eingeweiht», sagte sie. «Wie gut, dass die Kriegsschäden behoben sind.»

«Die dritte Einweihung in hundertneunzig Jahren. Immer an einem 19. Oktober», sagte Elisabeth. «Du bist am Sonntag ja leider schon wieder weg.»

«Bis dahin machen wir es uns schön», sagte Gerda. Sie spießte einen der Champignons auf die Gabel. «Die kommen aus der Büchse?»

«Aber von Bassermann. Gibt ja kaum frische zu kaufen. Wichtig ist, dass du das Gemüse nur leicht dünstest, damit alles knackig bleibt.»

«Das werde ich auch mal machen. Mit den Kalbsschnitzeln.»

«Ihr seid ja eine große Familie. Da ist es gleich teuer mit dem Fleisch.»

«Frauen unter sich», sagte Kurt.

«Hättest du lieber schwerere Themen?», fragte Elisabeth.

«Nein, Lilleken.»

Gerda schaute auf ihren Teller. Hatte Kurt das gemeint, als er davon sprach, dass alles schnell kippen konnte?

«Und euer belgischer Schwiegersohn?», fragte Elisabeth.

«Ich glaube nicht, dass Ursel und Jef heiraten werden. Er

war schon mal verheiratet und hat seine schwangere Frau im Krieg verloren.» Vielleicht sollte sie das nicht erzählen, während der Junge dabeisaß?

«Unter jedem Dach ein Ach», sagte Elisabeth. «Das ist Frau Tetjens Spruch. Die Nachbarin von oben. Ihr Sohn ist in russischer Gefangenschaft gestorben.»

Nun waren sie drin im Thema.

«Kann ich noch Kroketten haben?», fragte Jan.

«Vielleicht habt ihr nachher Lust auf einen Spaziergang», sagte Kurt.

Jeder schien ablenken zu wollen.

«Viel zu regnerisch für einen Spaziergang», sagte Elisabeth. «Reden können wir auch am Küchentisch. Jan geht nach den Hausaufgaben zu Otto hoch.»

Kurt stand vom Tisch auf.

«Es gibt noch Eis», sagte Elisabeth. «Fürst-Pückler.»

«Ihr habt den neuen Frigidaire?»

«Kurz vor unserer kleinen Rheinreise gekauft.»

«Für mich leider kein Eis», sagte Kurt. «Ich muss los.» Er ging in den Flur und kehrte im Staubmantel zurück. Eigentlich war schon das Wetter für den aus schwerer Wolle. Er beugte sich zu seiner Frau und küsste sie. Legte Gerda die Hand auf die Schulter, als wolle er die Freundin zur Tapferkeit ermuntern.

«Nicht, dass du dich verkühlst», sagte Elisabeth. «Viel Kummer, den ich habe», sagte sie, kaum dass Kurt die Küche verlassen hatte.

Jan tat sich zwei Kroketten in die Serviette und ging hinaus.

Köln

Heinrich stand am Zeitungsbüdchen und ließ den Blick gleiten. Sollte er den *Mittag* kaufen? *Die Neue Illustrierte*? Oder diese neue *Bild-Zeitung* für zehn Pfennig? Das Titelbild des *Spiegel* zeigte Charles Chaplin. Ein gutaussehender Mann mit dichtem weißen Haar. Ganz ohne Schnurrbart und Bowler.

Er kaufte den *Spiegel*, auch wenn morgen schon die nächste Ausgabe erscheinen würde. Doch er wollte den Text über Chaplins neuen Film *Limelight* lesen, dessen Premiere am Donnerstag in London stattfand. Er hatte Chaplin immer verehrt.

Ob Jarre noch im Impressum der *Neuen Illustrierten* genannt wurde? Er hatte nie nachgeschaut, ob er das je getan hatte. Was war Dichtung und Wahrheit bei diesem Mann? Aber war das noch wichtig? Nur um den *Jägerhof* tat es ihm leid, der vermutlich noch im Besitz des Herrn Jarre war, und um das *Schwanenhaus*. Doch das Inventar der Brocanterie war wahrscheinlich längst weggeschafft worden, und Freigangs *Schwanenhaus* stand zwischen irgendwelchem Trödel im Keller eines Krefelder Hauses, in dem noch Angehörige lebten. Sofern es denn stimmte, dass Leikamp seine Kindheit in Krefeld verbracht hatte.

Heinrich kehrte in die Drususgasse zurück. Von der Galerie aus in Hamburg anrufen und hören, ob Gerda gut angekommen war. Er schloss auf und ließ das Wandlungsgeläut klingen, nahm das Schild von der Tür, drehte es um. *Geöffnet.*

Eine feine Galerie hatten sie jetzt. Vorne zwei große helle Räume. Hinten einen kleinen, in dem Graphiken und Zeichnungen in großen Mappen dargeboten wurden. Dazu das

Büro mit Stühlen in Leder und Chrom. Neben Jef vertraten sie noch einen jungen Maler, den Ursel ebenfalls im Campi kennengelernt hatte. Die Eis-Diele auf der Hohen Straße war und blieb ein Zauberkessel der Künste.

Er hatte sich gerade an den Schreibtisch gesetzt, die Hand auf das Leder gelegt, mit dem der einst bezogen worden war, als Heinrich das Geläut an der Tür hörte.

«Keine Kundschaft. Ich bin et nur.»

Die formidable Billa. Unverkennbar ihre tiefe Stimme. Der Kölner Tonfall.

Heinrich ging nach vorne und sah seine Kusine, die ein Päckchen in der Hand hielt. Weißes Papier mit einer rotweißen Schnur. Klassisches Fotoformat, dachte er.

«Ein Geschenk, Heinrich. Eigentlich wollte ich dir das schon zur Eröffnung des neuen Ladens geben.»

«Ein Porträt von dir, Billa? Silbergerahmt?» Heinrich nahm das Päckchen entgegen.

«Mit Widmung. Für den heiligen Heinrich. Immer deine Billa.»

«Du beunruhigst mich.»

«Nun pack schon aus.»

Vorsichtig wickelte er das Päckchen aus. Sah erst einmal den braunen Velours der Rückseite. Drehte den Rahmen um. Lackiertes Wurzelholz.

Kamen ihm Tränen der Rührung, als er die alte Fotografie sah? Jedenfalls glänzten seine Augen beim Anblick der beiden noch jungen Herren in dreiteiligen Anzügen, hohen Hemdkragen und dunklen Krawatten.

«Wo hast du das her, Billa? Bei Lucy und dir ist doch alles verbrannt.»

«Nicht der Inhalt des Koffers, mit dem wir im Bunker saßen.»

Die Kunsthändler Aldenhoven. Heinrichs Vater und dessen Bruder, Billas und Lucys Vater. Im Jahr 1904. Vor dem neueröffneten Geschäft in der Drususgasse.

«Zu der Zeit war ich zwölf Jahre alt.»

«Ich keine zwei.»

«Da warst du noch niedlich.» Heinrich lächelte.

«Ich dachte, du hängst es dir ins Büro.»

«Das hänge ich hier vorne auf. Das sollen alle sehen.»

Billa hielt Nagel und Hammer, als er die Stelle mit einem Bleistift markierte.

Als das Bild ihrer Väter dann hing, standen sie beide andächtig davor.

«Der Menschen Zeit. Sie vergeht zu schnell.»

«Und manche vertun ihre Zeit», sagte Billa. «Ich zum Beispiel.»

Heinrich ging zur Ladentür und drehte das Schild um.

«Schließt du schon?»

«Ich lade dich ins Café Eigel ein», sagte Heinrich.

San Remo

Keine schüchterne Zwanzigjährige aus einem Haus an den Bahngleisen, die ihrem älteren Liebhaber verlegen ihre Schwangerschaft gestand, als sei sie die Schuldige.

Diesmal hatte Bixio eine Freundin Donatas geschwängert, ein doppelter Verrat, und jene Frau war nicht willig, leise zu leiden.

Lidia hatte einen Katalog von Forderungen vorgelegt. Wäre eine Scheidung in Italien nicht verboten, sie hätte auch die gefordert.

«*Una donna cattiva*», sagte Agnese.

War die böse Lidia nicht eine von Donatas Brautjungfern gewesen? Hatte Organzatüchlein für die weißen Mandeln ausgesucht, die den Hochzeitsgästen als Gaben mitgegeben worden waren? Jeweils fünf Mandeln für fünf Wünsche.

Glück. Gesundheit. Reichtum. Fruchtbarkeit. Ein langes Leben.

Agnese Canna spuckte beinah ob des Verrats, wenn der Name Lidia genannt wurde.

Und wieder fand sie kein Wort des Vorwurfes für Bixio, ihren Lieblingssohn.

«Lidia ist dreist», sagte Gianni. «Zeigt ihren dicken Bauch auf der Via Roma und im Ristorante Royal. Bald steht sie vor unserem Haus und begehrt Einlass.»

«So weit wird es nicht kommen», sagte Bruno. Doch er hatte keine Ahnung, wie es weitergehen würde. Er wünschte Bixio und dessen Schnepfe über alle Berge, aber wer sollte dann den Blumenhandel der Familie führen? Konnte er denn von Gianni verlangen, dass der sich nun endgültig dafür entschied? Seit September saß sein Sohn wieder täglich in der Familienfirma. Er wirkte wenig froh dabei.

«Setzt euch», sagte Margarethe. «Ihr steht nur im Weg.» Sie stellte den Topf auf das Olivenholzbrett. Nahm die Kelle.

«Reicht mir eure Teller an. Ehe du fragst, Gianni, da ist Sellerie drin. Er gehört einfach in eine Minestrone.»

«Du klingst auch schon so resolut», sagte Gianni. «Ich bin von resoluten Frauen umringt. Nonna. Lidia. Und nun auch noch du, Mama.»

Margarethe ließ die Kelle sinken. «Was hast du mit dieser Lidia zu tun?»

«Sie war bei Bixio im Büro. Danach ist sie zu mir gekommen.»

«Was wollte sie von dir?»

«Mich auf ihre Seite ziehen», sagte Gianni. Er hob den Löffel aus der Suppe und untersuchte das Gemüse auf Stücke von Sellerie. Erst dann sah er in die erstaunten Gesichter seiner Eltern. «Scheint mein Schicksal zu sein, mir den Jammer derer anzuhören, die von meinem Onkel geschwängert wurden.»

«Erzähle uns bitte, was sie nun genau von dir wollte», sagte Bruno.

«Dass ich ein gutes Wort für sie bei der Nonna einlege. Irgendwer muss ihr gesagt haben, ich hätte das beste Verhältnis zu meiner Großmutter.»

«Glaubt sie tatsächlich, dass Agnese ihr den Segen gibt?» Bruno schüttelte den Kopf. «Das nächste uneheliche Kind wird genauso wenig anerkannt wie Claudia. Meine Mutter denkt dynastisch. Bastarde haben in ihrer Dynastie nichts verloren.»

«Für mich ist mein Neffe Ulrich der Vater von Claudia», sagte Margarethe. Sie setzte sich an den Tisch. «Und ich sage euch, mit Bixio in einem Haus zu leben, ist mir allmählich zuwider.»

«Er lebt gar nicht mehr hier. Vom Büro aus geht er in die Wohnung seiner Geliebten, und aus der kommt er auch am Vormittag.»

«Warum hat diese Lidia keinen Mann?», fragte Bruno.

«Jetzt hat sie ja einen», sagte Margarethe grimmig. «Ich frage mich, was Signora Grasso und die Schwestern Perla zum neuen Skandal sagen.»

«Deren Stimmen hören wir gar nicht.» Gianni grinste. «Die gehen im großen Chor unter. Diesmal singt *tutto San Remo*.»

«Du klingst, als hättest du Freude daran.»

«Ich genieße die Ablenkung», sagte Gianni. «Jetzt, wo ich wieder im Blumenhandel gelandet bin. Doch das ist noch nicht mein letztes Wort, *cari genitori*.»

«Hast du mal mit Jules de Vries über Zukunftspläne gesprochen?», fragte Margarethe. «Du schätzt ihn doch als Ratgeber.»

«Habe ich. Jules hat eine großartige Idee, und die nimmt langsam Gestalt an. Wollt ihr wirklich schon jetzt davon hören, wo ihr noch an Lidia zu kauen habt?»

Margarethe und Bruno blickten beide von ihren Tellern auf.

«Du beunruhigst mich, *figlio*», sagte Bruno.

«Jules und ich werden eine Bar eröffnen.»

Geschockt schienen seine Eltern nicht zu sein.

— 16. OKTOBER —

Hamburg

Gerda hob das Glas. «Ist es nicht zu früh für einen Sherry?» Kurt schob die gestärkte Manschette zurück und sah auf die Uhr. «Zehn nach zwölf», sagte er und stand auf, Vinton trat an den Tisch. «Ich bin zu spät», sagte Vinton. Er verbeugte sich vor Gerda, die ihn lächelnd ansah. «Nicht *zu* spät», sagte Gerda. «Gut, dass Sie da sind.»

Der dritte Tag in Hamburg. Morgen würde sie nach Köln zurückfahren. Viel Nähe in diesen Tagen. Viel Kummer. Gestern hatte Elisabeth sie in den Garten geführt und ihr den Sandkasten gezeigt, das Gebüsch drum herum. Die Absätze ihrer halbhohen Schuhe waren im nassen Gras stecken geblieben. Gerda konnte sich keinen Reim darauf machen, was ihre Freundin da wollte im nebligen Garten.

Elisabeth hatte darüber geschwiegen. Nur immer wieder von Joachim gesprochen, wie es sie quäle zu sehen, dass Nina sich immer weiter von ihm entferne und auch Jan diesen Vinton heiß liebe. «Das hat Jockel nicht verdient», hatte Elisabeth gesagt.

Um ein Uhr würde Gerda die Freundin abholen, Braunschweigs Praxis lag nur wenige Schritte entfernt vom Café Hübner, in dem sie gerade ihren Sherry trank.

«Im Sommer vor vierzig Jahren haben Elisabeth und ich einander getroffen», sagte Gerda. «Ich habe gehört, Sie kennen den Timmendorfer Strand. Ferien mit Nina und

Jan. Vinton, ich hoffe sehr, dass Sie drei eine Familie sein werden.»

War Vinton erstaunt über die Herzlichkeit der Frau, die eine lebenslange Freundin von Ninas Mutter war? Vor allem fühlte er ihr gegenüber eine große Dankbarkeit, Elisabeths Zurückweisung verletzte ihn viel mehr, als er irgendwem gegenüber zugeben konnte. Nicht Nina und auch nicht Kurt.

«Gut, mit euch hier zu sitzen», sagte Kurt. «Ich kenne dieses Café seit vielen Jahren. Da gab es eine Garderobenfrau, die von den Kindern geliebt wurde. Bei ihr hinter dem Tresen haben sie gespielt, während die Eltern in Frieden Torte aßen.»

«Hat Nina auch hinter dem Tresen gespielt?», fragte Gerda.

«Nein. Das hat Elisabeth nicht erlaubt.» Schlug da die Uhr des Rathausturms? «Die Zeit vergeht zu schnell», sagte Kurt.

«Da habe ich nun meine beste Freundin hintergangen», sagte Gerda, als sie vor dem Hübner standen, Vinton nachsahen, der sich noch einmal umdrehte, ihnen winkte.

«Du kannst ihr alles vom Kaffeehausbesuch erzählen. Auch dass wir Sherry getrunken haben, nur Vinton darf in deiner Erzählung nicht vorkommen.»

«Dabei würde ich Elisabeth so gerne sagen, wie liebenswert ich ihn finde.»

«Verdirb dir nicht deinen letzten Tag in Hamburg», sagte Kurt. «Sie verschließt die Augen vor Vintons Qualitäten. Dabei können wir uns als Ninas Eltern glücklich schätzen, dass er in das Leben von Tochter und Enkel gekommen ist.»

«Du klingst traurig», sagte Gerda.

«Erzähle mir von dem Brunnen in der Kölner Kreissparkasse, aus dem Kölnisch Wasser fließt. Das heitert mich auf.

Vielleicht sollten wir so was auch in unserer Kassenhalle einführen. Doch was könnte da fließen? Köm?»

«Was ist Köm?»

«Schnaps.»

«In Köln sagt man Schabau.»

«Nun lachen wir wieder», sagte Kurt. Er hatte sie zu dem Haus am Neuen Wall geführt, in dem Braunschweigs Praxis war. «Ich warte mit dir. Elisabeth muss jeden Augenblick kommen. Sie will bestimmt noch zu Michelsen, Sardellenfilets, Kapern und Räucherlachs kaufen.»

«Und Nina ist heute Abend dabei?»

«Nina ist dabei. Sie weiß, dass du Vinton kennengelernt hast.»

Dessen Name war gerade erst verklungen, als Elisabeth aus dem Haus trat.

Am letzten Abend würde es in der Blumenstraße noch einmal ein großes Essen geben zu Ehren von Gerda. Elisabeth legte ihre ganze Liebe da hinein, leichter als jedes Gespräch, ein Essen zuzubereiten, trotz der vielen Beilagen, die ein Schnitzel Holstein begleiteten.

Elisabeth lehnte ab, dass ihr Gerda assistierte. «Das macht mich nur nervös. Mir ist lieber, wenn du auf dem Sofa sitzt und wir klönen.»

Über einen Klönschnack kam das Gespräch auch nicht hinaus. Jan saß am Tisch und brütete über sechs Kästchen Rechnen. Breitete danach die Buntstifte aus, um ein Bild zu seiner Sonntagsgeschichte zu malen.

«Sonntagsgeschichte?», fragte Gerda.

«Den Aufsatz habe ich schon geschrieben. Schreiben tu ich lieber.» Er verschwieg, dass Vinton ihm beim Aufsatz geholfen hatte. Jan war seit langem darauf geeicht, ihn weitgehend unerwähnt zu lassen in Gegenwart seiner Großmutter.

«Die Lehrerin lässt sie Aufsätze schreiben über ihre Erlebnisse am Sonntag», sagte Elisabeth. «Anfangs stellten wir uns unter den Druck, zu Hagenbeck zu gehen oder wenigstens auf den Spielplatz und nicht nur faul im Garten zu sitzen. Um der Lehrerin unser lebendiges Familienleben vorzuführen.»

Auch Elisabeth verschwieg Vinton, der Jans Sonntage oft gestaltete.

«Was wolltest du mir gestern im Garten zeigen, Elisabeth?»

Ihre Freundin hörte auf, die gekochten Roten Beten zu schälen. Drehte sich zu ihr um. «Ich habe dir im Garten was zeigen wollen?»

«Im hinteren Teil, da wo euer Grundstück endet. Wo auch die Sandkiste ist.»

Elisabeth schüttelte den Kopf und widmete sich wieder der Roten Bete. «Ich wollte nur mal mit dir in den Garten, auch wenn es da im Herbst nicht viel zu sehen gibt.»

«Ich weiß gar nicht mehr, ob euer Grundstück an den Kanal grenzt.»

«Der ist auf der anderen Seite. Gott sei Dank. Sonst hätten wir Ratten.»

Elisabeth legte das Messer ab. Stützte sich mit den Händen auf die Keramikablage des Spülsteins. Stand dort mit gesenktem Kopf.

«Geht es dir nicht gut, Elisabeth?» Gerda war aufgestanden.

«Schon wieder besser», sagte Elisabeth. Sie griff nach dem Messer.

Erzählte Nina zu Hause von ihrer Arbeit? Gelegentlich tat sie es. Doch dass sie nun von dem Text über die Deserteure der letzten Stunde sprach, war ungewöhnlich. Schwere Themen ließ sie am Küchentisch eigentlich aus. Schon gar bei einem Essen wie dem heutigen.

Einen Artikel aus dem *Daily Telegraph*, den sie übersetzt hatte. Fahnenflüchtige der deutschen Wehrmacht. Einer ihrer Boten hatte den übersetzten Text zur Redaktion der *Welt* gebracht, wo er für den nächsten Tag ins Blatt gehoben wurde.

«Die armen Kerle. Auch in Hamburg sind sie noch in den letzten Apriltagen erschossen worden, da rollten die britischen Panzer schon durch die Heide.»

Kurt stieß die Gabel in das Gelb des Spiegeleis, ließ es zerlaufen. «Bitte nicht, Nina», sagte er. «Nicht jetzt bei diesen köstlichen Holsteiner Schnitzeln.» Seine Tochter, die sonst so achtsam war. Der Text schien ihr sehr nahezugehen.

Elisabeth hatte aufgehört zu essen. «28. April», sagte sie. Flüsterte fast. «Der Schießplatz am Höltigbaum. Da wurden sie hingerichtet.»

«Woher weißt du das, Mama?»

«Stand das auch in deinem Text? Datum und Ort?»

Nun hörten sie alle auf zu essen. Nur Jan schob eine Bratkartoffel nach. Dass gerade etwas Schlimmes geschah, begriff er erst, als seine Großmutter zu zittern anfing, sein Großvater sie fest mit den Armen umschlang, als habe er Angst, sie könne sonst zerspringen.

«Soll ich Dr. Hüge holen?», fragte Nina. «Eine Beruhigungsspritze?»

Kurt schüttelte den Kopf. Er hielt nichts von dem Arzt, der seit Jahren ihr Hausarzt war. Der ließ Lilleken nachher noch zwangseinweisen.

«Es tut mir so leid», sagte Nina. Nie hätte sie von Kriegsgefangenen in Russland gesprochen. Dass bei dem Thema Deserteure Gefahr lauerte, hatte sie nicht geahnt.

«Lasst Elisabeth und mich mal zusammen aufs Sofa», sagte Gerda.

Da saßen sie, die Freundinnen. Gerda hörte nicht auf, Elisabeth über den Rücken zu streichen. Sie sanft zu wiegen. Wie lange? Eine halbe Stunde? Kürzer? Länger?

«Willst du darüber sprechen?», fragte Gerda irgendwann.

Kurt sah zu ihnen hinüber. Braunschweig anrufen? Würde er den noch erreichen in seiner Praxis? Dann dachte er, dass seine Lilleken in Gerdas Armen am besten aufgehoben war. Es sah ganz so aus. Beruhigte er sich da nur?

«Den lassen wir am Höltigbaum erschießen. Das hat der SS-Mann gesagt.»

«Von wem wurde da gesprochen?», fragte Gerda leise.

«Der junge Soldat, der sich in unserem Schuppen versteckt hat.»

«Kanntest du den Soldaten?»

Nina hatte Jan auf dem Schoß. Schaukelte ihn. Sie blickte zu Kurt, der den Atem anzuhalten schien. Elisabeth schüttelte den Kopf.

«Er sah aus wie Joachim. Nicht so groß. Doch er hatte Jockels Gesicht. Ihre Gesichter, die hättest du verwechseln können.»

Kurt setzte an, etwas zu sagen, doch Nina hielt ihn mit einer Geste zurück. Ihre Mutter schien bei Gerda unter einer Hypnose zu stehen.

«Wusstest du, dass er sich im Schuppen versteckt hatte?»

«Ich wollte den Wirsingkohl aussäen. Ein paar Hornspäne aus dem Schuppen holen. Da habe ich ihn entdeckt. Einen Tag, bevor sie ihn abholten.»

Elisabeth blickte auf. «Ich bin schuld an seinem Tod, Gerda. Er hat gebettelt, ihn im Keller zu verstecken. Das habe ich ihm verwehrt. Ich hatte den Säugling im Haus. Jan war vier Monate alt. Nina nicht da. Kurt beim Volkssturm.»

«Du darfst dir keine Vorwürfe machen», sagte Kurt nun doch. Welch ein alberner Satz. Wie gut verstand er ihre Gewissensnot. Diese schreckliche Geschichte, all die Jahre hatte Lilleken sie verborgen. Vor allen anderen und vor sich selbst.

«Hätte ich dem jungen Soldaten geholfen, dann wäre Joachim zurückgekommen.»

«Nein», sagte Gerda. «Das eine hat mit dem anderen nichts zu tun. Du hast dieses Erlebnis die ganzen Jahre mit dir herumgetragen?»

«Ich habe versucht zu vergessen. Doch den Blick, mit dem er mich ansah, als die SS ihn holte, den vergesse ich nicht. Durch den Keller haben sie ihn geführt, an mir vorbei. Ich stand im Flur. Danach habe ich mir geschworen, nicht auch noch Jockel im Stich zu lassen. Niemals, Gerda.»

Tränen, die nun über Elisabeths Gesicht liefen. Doch sie war ruhiger geworden.

«Darf ich dich morgen zu Dr. Braunschweig begleiten, Lilleken?»

Elisabeth sah ihren Mann an, als habe sie seine Anwesenheit vergessen.

«Joachim muss zurückkommen, Kurt», sagte sie.

— 17. OKTOBER —

Hamburg

Vinton stieg aus dem Taxi, das vor dem Haus in der Blumenstraße gehalten hatte, Gerda trat aus dem kleinen Tor des Vorgartens, den Koffer in der Hand. Er nahm ihr den Koffer ab, übergab ihn dem Chauffeur, öffnete die hintere Tür des Taxis.

«Ich danke Ihnen, Vinton», sagte Gerda. «Sicher hätte ich allein zum Bahnhof gefunden, doch ich freue mich, noch ein bisschen Zeit mit Ihnen zu verbringen.»

«Kurt war unglücklich, dass Dr. Braunschweig nur den einen Termin hatte, der mit der Abfahrtszeit Ihres Zuges kollidierte», sagte Vinton.

«Gut, dass er Elisabeth begleitet. Das ist viel wichtiger.»

Sie stand noch immer unter dem Eindruck des gestrigen Abends. Das Geständnis der Freundin. Geständnis? Wäre *sie* denn zur Heldin geworden, wenn sie dadurch die Kinder in Gefahr gebracht hätte? Ursel und Uli? Um eines fremden Soldaten willen?

Vinton setzte sich zu ihr nach hinten. «Nina hat mir heute Morgen am Telefon von den Geschehnissen des Abends erzählt», sagte er. «Vielleicht erklärt es, dass Ninas Mutter nicht in der Lage ist, Joachim Christensen loszulassen.»

«Sie hoffen, dass er tot ist, Vinton?»

Er sah Gerda an. Schwieg eine Weile. «Ich habe viel versucht, um eine Spur von ihm zu finden. Ja. Der Wunsch, eine Bestätigung seines Todes zu haben, ist groß.»

Gerda nickte. «Sie lieben Nina. Und Joachim ist seit bald acht Jahren verschollen.»

Vinton trug ihr den Koffer bis zum Gleis, der D-Zug nach Köln stand schon da.

«Noch Zeit, den Koffer ins Abteil zu bringen», sagte er.

«Ich nehme ihn schon», sagte Gerda. «Wichtiger ist mir, Ihnen ein paar Worte zu sagen, Vinton. Sie haben in mir eine Verbündete. Wenn es Elisabeth in den nächsten Tagen besser geht, werde ich ihr sagen, dass Sie mich zum Bahnhof begleitet haben und wie gut Sie mir gefallen. Ich kann Nina und Jan nichts Besseres wünschen, als mit Ihnen zu leben. Da stimme ich Kurt voll zu.»

«Sie glauben nicht, dass Joachim noch lebt?»

«Nein», sagte Gerda. «Es ist Zeit, sich von Illusionen zu verabschieden.»

— 9. NOVEMBER —

Köln

«Du wirkst deprimiert», sagte Ulrich. Er trat zu dem Erkerfenster, an dem seine Schwester stand und auf den Pan und dessen leeren Brunnen blickte.

«Das ist der November. Jef nennt ihn *Brumaire*. Der Nebelmonat. Schau dir das an, der Pan verschwindet im Nebel.»

«Der Staatsstreich Napoleons, der die Französische Revolution beendete, trägt den Namen Brumaire. 10. November 1799. Morgen vor hundertdreiundfünfzig Jahren.»

Ursula drehte sich um. «Du bist ja gebildet», sagte sie.

«Ich bin nur Teilhaber eines kleinen Kleiderladens in der Luxemburger Straße.»

«Stell dein Licht nicht unter den Scheffel. Der Laden läuft gut.»

«Dank der Entwürfe von Carla. Dass unsere Modeschöpferin Italienerin ist, hilft, alle sind verrückt nach dem südlichen Leben. Die Caprihose hat uns durch das Jahr getragen. Die bieten wir nun auch für den Winter an. Carla und Lucy nähen warme Hosen aus einem karierten Wollstoff in Schwarz-Weiß. Die gehen so gut, dass Carla nun auch am heiligen Sonntag an der Nähmaschine sitzt.»

«Vielleicht komme ich mal vorbei.»

«*Du* trägst doch die Uniform der Existenzialisten.»

Ursula sah an sich hinunter. Rollkragenpullover. Samthosen. Alles in Schwarz. «Hinter jedem Sein lauert das Nichts.» Ursula lachte. «Sartre und Camus tragen Hemden und Krawatten.»

«Bist du glücklich mit Jef?»

«Mit Jef ist man nicht zusammen, um glücklich zu sein.»

Ulrich schüttelte den Kopf. Das hörte sich kompliziert an. Er war dankbar für das brave Glück mit Carla und Claudia. Brav? Als Vater in die Bresche gesprungen für einen anderen. Und nun lebten Carla und er unverheiratet unter dem elterlichen Dach. Dass sein Vater das erlaubte. Doch das nächste Jahr, das schon hinter dem dünner werdenden Kalender des Jahres 1952 winkte, sollte das ändern. Heiraten. Eine eigene Wohnung.

Ursula trat aus dem Erker und lauschte ins Haus hinein. «Ich glaube, Claudia ist aufgewacht», sagte sie. «Lass uns mal nach ihr sehen.»

«Was ist mit dir und Kindern?», fragte Ulrich, als sie die Treppe hochstiegen.

«Jef will keine.»

«Das klingt nicht gut, Ursel.»

«Vielleicht will ich auch keine.» Sie betrat das Zimmer als Erste, Claudia saß in ihrem Gitterbett und strahlte. Streckte die Arme nach ihr aus. «Jetzt machen wir erst mal einen frischen Po.» Ursula legte die Kleine auf die Kommode, auf der schon sie und ihr Bruder gewickelt worden waren. Claudia giggelte, als Ursula anfing, mit ihr zu schmusen, sie zu kitzeln.

Ulrich hob die Augenbrauen. «Du willst also keine Kinder?»

«Hör auf, Uli. Wenn du mich quälst, hätte ich auch mit auf den Friedhof gehen können. Das ist genauso lustig. Warum sind sie nicht an Allerheiligen gegangen?»

«Weil sie vergessen hatten, Spekulatius zu kaufen. Kein Spekulatius. Kein Friedhof. Du kennst doch Mama.»

«Quatsch.»

«Mama hatte Kopfschmerzen an dem Tag. Irgendwas treibt sie um, seit sie aus Hamburg zurückgekommen ist.»

«Hat sie viel erzählt von ihrem Besuch?»

«Mir nicht. Nur Papa. Frag sie, wenn sie gleich kommen.»

Doch Ursula fragte nicht, als ihre Eltern gleichzeitig mit Billa eintrafen. Sie wurde von Billas dahingeworfenen Satz abgelenkt, sie habe Jef am vorigen Abend im Tabu gesehen. «Hatte aber keine andere Frau dabei», sagte Billa.

Jef und sie ließen einander durchaus von der Leine, sagte Ursula. Verstimmte es sie, nichts von Jefs Besuch in der Kellerbar am Hohenzollernring gewusst zu haben? Sie hatte über ihren Büchern gehockt und gedacht, Jef sei in seinem Atelier.

«Er hat nur gewohnt finster vor sich hingeguckt. Und mich übersehen.» Billa verzog das Gesicht.

«Wohnt Günter nicht über dem Tabu?»

«Da geht der aber nicht hin», sagte Billa. «Die ganzen Künstler, die da hocken, rücken von dem Schnulzensänger ab.» Es war wohl zappenduster zwischen Billa und Günter.

«Vielleicht mögen die Damen sich ins Wohnzimmer begeben», sagte Heinrich, der versuchte, an die Garderobe zu kommen, um Gerdas und seinen Mantel aufzuhängen.

Gerda war in die Küche gegangen, um den Kessel mit Wasser für den Tee auf den Herd zu stellen, doch das hatte schon ihr Sohn getan. «Das ist lieb, Uli. Die Schale mit dem Spekulatius steht ja auch schon bereit.» Claudia saß auf dem Küchentisch und hielt in jeder Hand einen Spekulatius, an denen sie geknabbert hatte.

«Ich weiß nicht, ob du davon gehört hast, aber meine Mutter liebt Rituale.»

Gerda lächelte. «Ich freue mich, dass ihr derer nicht überdrüssig seid.»

«Ich bin bereit, einige davon zu übernehmen, wenn Carla und ich mit Claudia in eine eigene Wohnung ziehen.»

«Vorher heiratet ihr aber doch. Oder?»

«Du willst, dass wenigstens eines deiner Kinder in geordneten Verhältnissen lebt.»

«Dein Vater wäre missvergnügt, wenn ihr es anders handhabt.»

«An Jef und Ursel traut sich sein Missvergnügen nicht heran.» Er nahm Claudia auf den Arm und schnüffelte an ihrer Hose. Ursula hatte ihr eben erst eine frische Windel gemacht. Wurde Zeit, dass das Kind aufs Töpfchen ging. In zehn Tagen wurde Claudia zwei Jahre alt.

«Kann ich dir den Tee überlassen, Mama? Da ist ein Windelwechsel fällig.»

«Uli, du bist ein sehr moderner Mann», sagte Gerda. «Ich bin stolz auf dich.»

«Ab Weihnachten gibt es Fernsehen», sagte Billa gerade, als Gerda mit dem Tablett ins Wohnzimmer kam. «Vom NWDR aus einem Hochbunker in Hamburg. Das stand in der *Bild*. Ich finde, wir sollten uns einen Apparat kaufen.»

«Wozu?», fragte Heinrich.

«Billa, verteilst du mal die Tassen und schenkst Tee ein?»

«Allein die Sportereignisse.»

«Als ob du dich für Sport interessierst.»

«Die Olympiade in Helsinki hätte ich mir angeschaut. Wo die deutschen Sportler wieder mitmachen durften. 1948 in London wollten sie uns ja nicht dabeihaben.»

Heinrich seufzte. Zögerte zu sagen, seine Kusine solle endlich ausziehen. Diese Grammophonplatte drehte sich seit Jahren im Kreis. Wäre Billa doch ein armes Fräulein aus der Verwandtschaft, die nur aus ihrer Kammer käme, um sich in der Küche nützlich zu machen und die Strümpfe zu stopfen. Und dabei stumm bliebe.

«Lockt dich das nicht, eine Wohnung ganz für dich, wie Lucy eine hat?», versuchte er es dann doch. «Da kannst du dir auch einen Guckkasten hinstellen.» Er kam sich vor wie der alte Cato, der nicht aufhörte, die Zerstörung Karthagos zu fordern.

«Kommt Zeit, kommt Wohnung», sagte Billa.

«Hoffentlich erlebe ich das noch.»

Gerda stand auf, um nach Uli und Claudia zu sehen. So lange konnte eine neue Windel nicht dauern. Von oben hörte sie dreistimmiges Lachen, Carla war wohl nach Hause gekommen. Die drei schienen glücklich zu sein. Wenigstens sie.

«Wie hältst du das nur aus?», fragte Ursel hinter ihr. «Ob das ewig so weitergehen wird mit Papa und Billa?»

«Dabei hat er sich so über das Bild der Brüder Aldenhoven gefreut, das sie ihm geschenkt hat. Eine liebe Idee von ihr.»

«Uli sagte, irgendwas treibe dich um seit deinem Besuch in Hamburg.»

«Ich mache mir Sorgen um Elisabeth, die mir vorwirft, dass ich als Vintons Fürsprecherin auftrete. Aber das ist eine längere Geschichte.»

«Dann lass uns zu mir nach oben gehen. Kenne ich Vinton?»

«Ein junger Journalist aus London, der in Hamburg bei der *Welt* arbeitet.»

«Und was ist mit ihm?», fragte Ursula, als sie schon auf der Treppe waren.

«Er liebt Nina und sie ihn.»

Ursula blieb auf der Stufe stehen. «Ist Joachim denn tot?»

«Das ist das, was Kurt, Nina und ich glauben. Doch wissen tut es keiner. Und Elisabeth hat nicht nur *einen* Grund, sich an sein Überleben zu klammern.»

Hamburg

Jan sprang auf dem Bett herum, Opa hatte ihm ja den Segen gegeben. «Was ist mit dir, Mami?», sagte er. «Denkst du über Papi nach oder über Vinton?»

«Warum fragst du, Jan?»

«Du siehst traurig aus.»

Nina drehte sich um. «Alles gut, Jan. Das ist nur der November. Du würdest nicht mal deine Sandkiste finden bei dem Nebel.»

Jan sprang vom Bett und trat ans Fenster. «Da drüben ist sie.»

«Und wenn Papi nicht zu uns zurückkäme?»

«Wir haben doch Vinton.» Wie gnadenlos Jan war, Nina sah ihren Sohn an. Nur endlich unbelastet sein. Sie verstand ihn.

«Ich geh mal zu Oma. Die will Waffeln backen. Mit viel Puderzucker.»

Puderzucker. Ließe der sich bloß über alles stäuben. Wie schön sähe die Welt aus.

Nina zog die Schublade ihres Nachttischs auf, kaum dass

Jan die Tür hinter sich geschlossen hatte, entnahm ihr den Umschlag mit den russischen Briefmarken.

Der Zettel, das Ärmelband mit den Buchstaben KURLAND, das ovale Stück Filz mit dem roten Blitz auf schwarzem Grund, das Jockel als Funker ausgewiesen hatte. Legte alles auf das Stück Bettdecke, das von Jans Gehopse nicht zerwühlt worden war, und setzte sich daneben. Als es an der Tür klopfte, hob sie den Kopf.

«Darf ich hereinkommen?», hörte sie Kurt fragen.

Gut, dass es ihr Vater war. Von Elisabeth wäre sie nicht gern dabei ertappt worden, diese Reliquien zu betrachten. Ihre Mutter hätte die Zeichen falsch gedeutet.

Kurt blickte auf Zettel, Ärmelband, Filzoval. Setzte sich neben Nina.

«Papa, was bedeutet das nur? Wer hat es uns geschickt?»

«Eines scheint mir sicher, Ninakind, der Russe, der den Zettel geschrieben hat, tat das noch im Krieg oder in den ersten Jahren danach. Vielleicht ein Wachmann. Oder einer, der im Lazarett gearbeitet hat.» Kurt nahm den Zettel mit den kyrillischen Buchstaben. Hinter ihnen verbarg sich *Krankenbaracke* und *Fieber viel*.

«Du denkst, dass ihm Joachim diese Abzeichen im Lazarett anvertraut hat, um sie mir zu schicken? Nur er kann dem Russen die Adresse gegeben haben. Warum hat Jockel dann nicht noch einen Brief für mich beigelegt?»

«Vielleicht hat er das getan und darin erwähnt, dass er dir seinen Trauring schickt. Wenn der Ring entwendet wurde, musste der Brief auch verschwinden.»

«Warum sollte mir Jockel seinen Trauring schicken?»

«Weil er dabei war zu sterben?»

Nina schwieg. Tat Zettel und Stoffstücke zurück in den Umschlag. «Vinton und ich verhüten nicht mehr», sagte sie.

«Wie lange schon nicht?»

«Seit Juli.»

Kurt atmete hörbar aus. Vier Monate schon.

«Ich weiß, was du denkst. Doch erinnere dich, wie viel Zeit verging, bis sich Jan angekündigt hat. Das dauert bei mir.»

«Nur sind Vinton und du nicht auf spärliche Heimaturlaube angewiesen.»

«In den ersten Jahren waren sie noch nicht spärlich.»

«Und wenn du schwanger wirst? Willst du Joachim dann für tot erklären lassen?»

«Papa, du warst es, der mich in meiner Liebe zu Vinton bestärkt hat.»

«Das ist wahr», sagte Kurt. Er stand auf und schob die Hände in die Hosentaschen. Trat ans Fenster und schaute in den trüben Sonntag hinaus.

«Ist irgendetwas leichter geworden, seit Mama uns die Geschichte vom desertierten Soldaten erzählt hat?»

«Da ist einiges leichter geworden, Nina. Ich habe keine Angst mehr, dass Lilleken dem Wahnsinn verfällt. Dr. Braunschweig ist zufrieden mit den Fortschritten, die sie macht. Er hat es mir gesagt. Deine Mutter hat ihn von der ärztlichen Schweigepflicht entbunden.»

«Doch noch immer hält sie daran fest, dass Joachim heimkehrt.» Nina erhob sich vom Bett. «Ich gehe in die Küche, Waffeln essen», sagte sie.

Kurt schaute ihr nach. Kein Zweifel. Nina hatte Jockel endgültig aufgegeben.

1953

— 9. MÄRZ —

San Remo

Ein sonniger Montag, an dem Gianni von der Besichtigung eines Ladenlokals am Corso Imperatrice kam. Vielleicht zu nah an den Luxushotels mit ihren Bars, das Objekt, andererseits verspräche das internationale Gäste.

Er nahm sich Zeit auf dem Weg ins Zentrum, schlenderte an der Promenade entlang, blickte auf das blaue Meer und zu den mächtigen Palmen hinauf. Schenkte der Marmorstatue der Primavera ein Lächeln, die Botin des Frühlings, der heutige Tag war ihr schon mal gelungen. Gianni wunderte sich, so gut gelaunt zu sein.

Das Leben im Haus an der Via Matteotti war kaum heiterer geworden, seit am 12. Januar ein Junge geboren worden war. Cesare. Was hatte die Mutter ihnen mit der Namenswahl sagen wollen?

Bixio jedenfalls lebte mit Mutter und Kind in einem der alten großen Mietshäuser aus der Belle Epoque, sechs Zimmer, weit genug oben, um die Bahngleise mit einem nachlässigen Blick zu streifen und schon das Mare Nostrum zu sehen. Nur Bruno war bereits dort gewesen, um im Auftrag der Nonna die Lage zu klären. Oder vielmehr von Bixio die Bestätigung zu bekommen, dass der Blumenhandel der Cannas von ihm nicht vernachlässigt werde, wenn Gianni bald andere Wege ginge.

Wenn seiner Großmutter überhaupt etwas gefiel an Bixios Geliebter, war es das Geld, das sie besaß. Keiner wusste genau, woher es stammte. Von einem Amerikaner war die Rede, der sie abgefunden habe.

Donata saß währenddessen im zweiten Stock der Via Matteotti und versuchte, ein Spinnennetz zu weben, die Spinnseide steuerten loyalere Freundinnen zu, als Lidia eine gewesen war. Noch verfing sich keine Beute darin. Die Spinne wurde magerer und böse.

Wenn Gianni bald andere Wege ginge. War das nicht der Grund seiner guten Laune, endlich zu wissen, was er wollte? Jules und Katie hatten ihn überzeugt. Italienische Lebensart und amerikanischer Jazz, ein vielversprechendes Zusammenspiel.

«*Bella Signora*», sagte er. «Sie haben den Frühling aus dem Kleiderschrank geholt und tragen keine Strümpfe. Nicht, dass Ihre Schwiegermutter das sieht.»

Margarethe drehte sich um. «Gianni, du Verrückter. Ich habe dich gar nicht gesehen. Wo kommst du her?»

«Vom Corso Imperatrice. Ich habe mir ein Lokal angeschaut.»

«Dir ist es also ernst damit.»

«*Si, Signora.*» Gianni steuerte einen der kleinen Tische der Eckbar an, die am Weg lag. «Lass mich dich auf ein Glas einladen. Der Tag ist zu schön.» Sie setzten sich, bestellten zwei Gläser Vermentino.

«Und wie war das Lokal?»

«Eigentlich ist mir der Corso Imperatrice zu mondän. Ich suche was Idyllischeres.»

«Genau das empfahl Jules.»

«Du tauschst dich mit ihm darüber aus?»

«Ich denke, er ist dein Kompagnon. Und der Geldgeber. Ich traf ihn in der Cantina, da erzählte er davon.»

«Etwas Geld gebe ich auch dazu. Ich bin Kaufmann und in der Lage, ein vernünftiges Konzept aufzustellen.»

«Du wirst an Schulungen teilnehmen müssen, Gianni. Gastronomie, Hygiene.»

«Lass mich mal machen, Mama. So schlimm, wie es in Köln wäre, wird es in Italien schon nicht werden. Was Uli da an Bürokratie am Hals hatte.»

«Unterschätze nicht die italienischen Bürokraten», sagte Margarethe. «Besonders die Herrn, die eine Uniform zum gelackten Schnurrbart tragen.»

«Vor allem brauche ich einen guten Klavierspieler. Leider habe ich versäumt, mich vorletzte Woche beim *Festival* umzuhören. Vielleicht überlässt mir Nonna ihr Klavier. Spielen kann sie ohnehin nicht darauf.»

«Ich nehme kaum an, dass sie auf das Kennzeichen eines kultivierten Haushalts verzichten will. Solange Rosa das Palisander auf Hochglanz poliert.» Margarethe hob ihr Glas. «Auf *Da Gianni*», sagte sie.

«Woher weißt du, dass die Bar so heißen wird?»

«Irgendwie naheliegend», sagte seine Mutter.

Köln

Carla legte den Stoff aus weißem Baumwollbatist auf ihren Zuschneidetisch. Zarte Gänseblumen waren in den Batist eingestickt. Durfte sie sich denn ein Brautkleid aus einem so jungfräulich wirkenden Stoff nähen? Sogar noch den Schleier aus Brüsseler Spitzen tragen, den ihr Gerda angeboten hatte?

«Die Zia wird sagen, ich sei eine Heuchlerin, in einem weißen Kleid zu heiraten.»

«Die ist weit weg, und ich will nicht hoffen, dass du sie einlädst», sagte Lucy.

«Vielleicht kann Gianni meine Mutter mitbringen.»

«Wissen er und seine Eltern schon von der anstehenden Festlichkeit?»

«Ulrich wird Gianni heute Abend anrufen und ihn bitten, sein Trauzeuge zu sein.»

«Nicht, dass ihr alles zu sehr auf Kante näht.»

Carla sah sie fragend an.

«Dass die Zeit zu knapp wird für die Vorbereitung.»

«Die Hochzeit ist erst im Juni.»

Lucy trat ans Fenster und blickte zur Brunokirche hinüber. Streng und grau wirkte die Kirche, keine frei stehende, sie war Teil der Häuserreihe des Klettenberggürtels. Lucy erinnerte sich daran, wie die Kirche Ende der zwanziger Jahre gebaut worden war, Billa und sie lebten schon in der gemeinsamen Wohnung. Hatten sie beide da noch Träume vom Heiraten gehegt?

Carla und Uli wollten in der Kapelle *Madonna in den Trümmern* getraut werden, wenige Schritte von der Drususgasse entfernt. Ein verklärter Ort war das geworden. Schon kurz nach dem Krieg wurde die Kapelle neben der zerstörten Kolumbakirche errichtet, von der nur noch ein Turmstumpf stand, Teile der Außenmauern und jene Figur der Muttergottes. Dass die Maria in jener Bombennacht unversehrt geblieben war, hatte ihr die Verehrung der Kölner eingebracht.

«Wie geht es Billa?», fragte Lucy. «Ihr lebt ja Tür an Tür.»

«Sie ist eine große *domatrice*. Wie immer.»

«Domatrice?»

«Eine, die wilde Tiere bändigt.»

Lucy lachte auf. «Das war schon immer Billas Trick. Tun, als könne sie gar nicht abwarten, dass die Löwen zu ihr in die Manege gelassen werden, doch kämen die, Billa würde schreiend weglaufen. Käbbeln sich Heinrich und sie noch viel?»

«Heißt das Zanken?»

«Käbbeln ist ein netteres Wort dafür. Carla, ich habe lange geglaubt, Billa sei eine Rebellin, doch allmählich verstehe ich, dass sie nur ein loses Mundwerk hat. Sie wird auch nicht aus Heinrichs und Gerdas Haus ausziehen, Billa hat viel zu große Angst vor Einsamkeit.»

«Du machst dir Sorgen um deine Schwester?»

«Sie gerät in Panik, der erste Lack ist ab, wenn nicht schon der zweite.»

«Billa will sich für die Hochzeit eine Stola aus Silberfuchs kaufen. Weil es noch kühl sein kann im Juni.»

«Billa wird schon einen Grund finden, sich endlich einen Pelz um die Schultern zu hängen. Dann näh du dir einen Bolero zum Kleid. Stoff ist genügend vorhanden.»

«Herzig», sagte Billa. «Der Scherenschnitt mit dem Biedermeierpaar. Die wollt ihr zu Ostern verschicken?»

Uli blickte auf die Karten, die er gerade aus der Druckerei geholt hatte. Herzig? Als seien das zwei dicke Hummelfiguren.

Carla Bianchi und Ulrich Aldenhoven geben ihre Verlobung bekannt. Ostern 1953.

«Du findest die Karten kitschig, Billa?»

«Deiner Carla würde ein Biedermeierkostümchen stehen. Zierlich genug ist sie ja. Eigentlich wäre sie auch ein feines Funkemarieche. Ich war immer zu kräftig.»

«Hm», sagte Uli. Eine Hebefigur würde den Offizier der Funken da wohl auch überfordern. Billa hatte eine gute, aber barocke Figur.

«Ein Hm ist da nicht hilfreich, Uli. Besser wäre: Billa, die Funken haben wirklich was verpasst.» Kein Zwinkern in ihren Augen. Sie schien es ernst zu meinen.

Billa *war* in einer Krise.

Hamburg

«Vor Sommer wird das wohl nix mit dem Auszug», sagte Frau Tetjen, als Kurt sie am Morgen im Flur traf. «Ich frag mich, ob meine Schwägerin uns überhaupt haben will. Die werden und werden nicht fertig mit dem Ausbau. Ich weiß ja, dass Ihre Tochter darauf wartet, mit dem Jungen in die zwei Zimmer zu ziehen.»

Kurt hob das *Abendblatt* von der Fußmatte hinter der Tür auf und seufzte. Er hatte schon einen großen Eimer Wandfarbe gekauft. Für die Zimmer unterm Dach und für ihr Schlafzimmer. Nina wollte keine Tapeten mit Muster. Alles nur weiß und licht, Lilleken hatte zögernd zugestimmt, auch das Schlafzimmer weiß zu streichen. Endlich wieder mit ihr in einem Doppelbett liegen nach acht Jahren.

«Machen Sie sich mal keine Sorgen, Frau Tetjen. Wann denn im Sommer?»

Das klang ungeduldig. Was konnten die Tetjens dafür, dass die Verwandtschaft im Hamelwördener Moor nicht damit zu Potte kam, den ehemaligen Kuhstall bewohnbar zu machen?

«Ich denk mal, früh, Herr Borgfeldt. Im Juni. Mein Mann drängt nun. Doch fließend Wasser würden wir schon ganz gerne haben.»

Elisabeth schien die Verzögerung eher zu freuen. «Dann

können wir vier hier noch gemütlich miteinander wohnen», sagte sie. «Was wäre denn überhaupt mit Jan, wenn Nina nicht zu Hause ist. Ganz allein da oben, da kriegt er ja Angst.»

«Der schläft dann zwischen dir und mir», sagte Kurt. Er legte die Zeitung auf den Küchentisch und setzte sich. Zog das Mützchen vom Ei. Nahm eine Scheibe Brot aus dem Korb. Ein freier Tag, den ihm die vielen Überstunden während der Eröffnung von drei Filialen der Sparkasse beschert hatten. Das Preisausschreiben vorbereitet. Die Reden des Direktors geschrieben. Die obligaten Spardosen verteilt.

«Um zwölf kommt der Maurer und schaut sich die Terrasse an», sagte er.

Elisabeth schenkte Kaffee ein und setzte sich ihm gegenüber. «Gut, dass es da endlich vorwärtsgeht. Irgendwann sind die Fenster dran.»

Das Dach. Die elektrischen Leitungen. Die Heizung. Ein Danaergeschenk, das ihm seine Tante gemacht hatte. Doch es war seit Jahrzehnten ihr Zuhause.

«Demnächst gehen wir zu *1000 Töpfe* und gucken, ob die Gartenmöbel haben», sagte Kurt. Ihm gefiel der Laden, der 1949 damit angefangen hatte, Kochtöpfe aus englischem Flugzeugblech zu verkaufen, und bald all das bot, was ausgebombte Hamburger dringend brauchten.

«Das können wir uns auch noch leisten?»

Kurt nickte. «Können wir, Lilleken. Mal was Modernes.»

«Aber die Stühle mit den bunten Plastikschnüren kommen mir nicht ins Haus.»

Er ließ das unkommentiert. Löffelte das Ei. Träufelte Honig auf das Brot. «Wie schön, mal in Ruhe frühstücken zu können», sagte er stattdessen.

«Das tust du doch jeden Tag.»

Verstimmte Lilleken ihn? Ein Widerstand baute sich in Kurt auf, ihr von der Spritztour zu erzählen, zu der Vinton ihn eingeladen hatte. Im alten Humber Snipe, der restauriert in Oliver Clarkes Duvenstedter Scheune stand und darauf wartete, nach einundzwanzig Jahren eine zweite Jungfernfahrt zu absolvieren.

Lilleken das zu erzählen, würde nur neue Misstöne erzeugen.

«Um halb drei werde ich mit dem Jungen in die Forsmannstraße gehen. Die Feier für die neuen Erstklässler vorbereiten, Jan wird in der Aufführung mitwirken. Ich bin auch eingeteilt. Kulissen malen.»

«Das ist ja großartig», sagte Kurt. Zeigte er zu viel Begeisterung?

«Schon gut, Kurt. Eine Aufführung in der Turnhalle. Nicht im Schauspielhaus.»

Er nahm sich gleich noch ein Brot, Butter, eine Scheibe Edamer. Vielleicht fiele ihr nicht einmal auf, dass er am Nachmittag unterwegs sein würde, um zu Vinton in den Humber Snipe zu steigen.

«Kurt, ich hätte gerne eine Gartenbank. Dort, wo der Schuppen gestanden hat. Und drum herum Pflanzen. Keine schweren mit dunklen Blättern. Sonnenhut. Hahnenfuß. Gelbe Blüten. Es soll leuchten hinten im Garten. Und ich setz mich auf die Bank, wenn Jan in der Sandkiste buddelt.»

Buddelte der Junge denn noch? Aber Kurt war sich im Klaren, dass hinten im Garten eine Gedenkstätte für den Deserteur entstehen sollte.

Köln

Ein Werkverzeichnis von Leo Freigang, das Jef in einem Antiquariat gefunden hatte. 1928 zum fünfzigsten Geburtstag Freigangs von einem Düsseldorfer Kunstverein herausgegeben.

Heinrich blätterte in der Broschüre, las die Titel, betrachtete die Bilder, einige von ihnen farbig abgedruckt, fand auch *Frau mit Eulenfedern*, das sein Vater ihm damals als erstes gezeigt hatte. Jef hatte recht, es war Zeit, an den jüdischen Maler zu erinnern.

«Die Menschen fangen an, das Geschehen in der Nazizeit nicht länger nur zu ignorieren», hatte Jef gesagt. Er wollte den Kurator der Düsseldorfer Kunsthalle bitten, auf die Suche nach Werken Freigangs zu gehen und eine Ausstellung zu organisieren.

«Ich würde gern noch einmal die Fährte aufnehmen», sagte Gerda.

«Welche Fährte?»

«Jarre. In Erfahrung bringen, ob er noch an Freigang dran ist. Wenn er den Wert von dessen expressionistischen Werken so im Auge hat, wird er vielleicht auch wissen, wer welche besitzt. Ich will Jefs Vorhaben unterstützen.»

Heinrich ließ sich auf einem der Stühle aus Leder und Chrom nieder, sah seiner Frau zu, die das Telefonbuch aufschlug. «Wen willst du anrufen?»

«Die Redaktion der *Neuen Illustrierten*.»

Gerda repetierte die fünfstellige Nummer und nahm den Telefonhörer auf. Dreimal nannte sie Jarres Namen, bevor sie mit einem Redakteur verbunden wurde, der Jarre kannte.

Eine lange Antwort auf Gerdas kurze Frage, wo der denn zu finden sei. Gerda sah nachdenklich aus, als sie auflegte.

«Und?», fragte Heinrich. «Was sagen die?»

«Dass sie auch gerne wüssten, wo Jarre zu finden sei. Er reist im Auftrag der Redaktion durch Argentinien, hat aber länger nichts von sich hören lassen.»

«Vielleicht hat der Spürhund eine der Rattenlinien erschnüffelt.»

Gerda runzelte die Stirn. «Rattenlinien?»

«Die Fluchtrouten der Nazis. Südamerika ist sehr angesagt. Immerhin wissen wir jetzt, dass er tatsächlich für die *Neue Illustrierte* arbeitet.»

Heinrich nahm noch einmal das Werkverzeichnis zur Hand.

«Je länger ich Freigangs Farben betrachte, desto überzeugter bin ich, dass er der Maler unseres *Ananasbergs* ist.»

«Mach uns doch einen Espresso», bat Gerda. Hier im Hinterzimmer der Galerie sagte sie das ganz selbstverständlich. Zu Hause wäre sie kaum auf den Gedanken gekommen, ihn aufzufordern, in die Küche zu gehen, um den Kaffee zu bereiten. Vielleicht sollte sie von ihrem Sohn lernen zum Thema Rollentausch.

Gerda setzte sich. Sie liebte diese Zeit mit Heinrich im Hinterzimmer. Ab und zu hörten sie das Wandlungsgeläut, dann ging einer von ihnen nach vorne in den Laden. Doch letztendlich waren sie hier ungestörter als in ihrem Haus am Pauliplatz.

Sie hatten gerade ihre Tassen leer getrunken, als das Geläut kein Ende nahm. Gerda und Heinrich gingen beide, um nachzusehen.

«Dir ist schon der Zusammenhang klar zwischen Dauergeläut und in der offenen Tür stehen», sagte Heinrich zu seiner Tochter.

«Ich dachte, das holt dich am schnellsten herbei. Jef steht mit dem Auto halb auf dem Trottoir. Ein Taxifahrer wollte ihm schon an den Kragen.»

«Und warum steht Jef dort?», fragte Gerda.

«Wir sind auf dem Weg nach Düsseldorf. Ich will nur schnell das Werkverzeichnis von Leo Freigang holen.»

Heinrich ging schon nach hinten.

«Fahrt vorsichtig», rief Gerda, als Ursula mit der Broschüre in den schwarzen Renault stieg, den Jef gebraucht gekauft hatte. Ein Auto mit stromlinienförmiger Karosserie und Scheinwerfern hinter dem Kühlergrill, Jef gelang vorzüglich, damit den Verkehr lahmzulegen.

«Hoffentlich fährt er besser, als er parkt», sagte Heinrich.

«Er hat ja nur kurz angehalten.»

«Konnte Ursel nicht einen der Jungen aus ihren Kunstseminaren zum Gefährten nehmen?»

«Ich finde, sie sieht glücklich aus», sagte Gerda. «Du und ich sollten uns hüten, Bedenken vorzutragen.»

Hamburg

Kurt stand auf der Krugkoppelbrücke und hielt das Gesicht in die Sonne, die ein kleines Gastspiel gab, nass und kalt waren die ersten Tage des März gewesen.

Ein frühes Ostern stand ihnen bevor, hoffentlich kehrte dann nicht der Winter zurück, der in diesem Jahr weniger eisig gewesen war. Im Vorjahr hatten sie lange Spaziergänge auf der zugefrorenen Alster gemacht.

Er glaubte, ein Schiffshorn zu hören, tiefer als die der Alsterdampfer, gelegentlich wehten Klänge der Hörner von den großen Schiffen auf der Elbe her, er drehte sich zur Wasserseite hin und wusste im nächsten Augenblick, dass es die Hupe des alten Autos war, das Vinton in Duvenstedt abgeholt hatte.

«Oliver Clarke hat viel Aufwand getrieben, diese Hupe zu finden», sagte Vinton, der ausgestiegen war. «Das Auto meines Vaters hatte keine so imposante.» Er strich über den grünen Lack. «*British Racing Green.* Wir hatten ein schwarzes. Ich war gerade elf geworden, als mein Vater es kaufte. Meine Mutter liebte das Auto, sie hatte Träume von der *upper class.* Nur ein halbes Jahr später ist sie gestorben.»

Eigentlich hatte Oliver erst den kleinen roten Roadster restaurieren wollen. Dass er den Humber Snipe vorzog, geschah um Vintons willen. «*He needs a sentimental journey*», hatte June gesagt. «*There is some elusiveness about his memories.*»

Nein. Er wich seinen Erinnerungen nicht aus. Da irrte June.

Vinton lenkte das Auto in den Harvestehuder Weg hinein und blickte zu Kurt, der links von ihm saß, das Leder der Sitze bewunderte, das Mahagoni des Armaturenbretts. «Schade, dass du und ich nicht rauchen. Es gibt einen feinen Zigarettenanzünder.»

«Mein Vater war ein starker Raucher», sagte Kurt. «Das Raucherservice aus Kristall, das er mir vererbt hat, habe ich auf dem Schwarzmarkt gegen Kleiderstoff getauscht. Schwarze Kunstseide mit kleinen goldenen Monden, Frau Tetjen hat Nina ein Kleid daraus genäht.»

«Sie trug es, als wir uns kennenlernten. *New Year's Eve* 1949. Ich habe Nina auf den ersten Blick geliebt, doch das hätte ich auch getan, wenn sie in einem Postsack der Royal Mail gekommen wäre.»

«Erzähle mir von deinen Eltern», bat Kurt. «Wenn dein Vater 1932 ein solches Auto gekauft hat, dann wart ihr *upper class*. Limousinen von dieser Klasse haben bei uns nur die Bankdirektoren gefahren. Das heißt, sie haben ihre Chauffeure fahren lassen.»

«Mein Vater war Professor für Philosophie. Er hatte ein bisschen Geld geerbt.»

«Joachim hat Philosophie studiert.»

«Ich weiß», sagte Vinton. Wusste er nicht viel zu viel von ihm? Am vergangenen Donnerstag war die Eilmeldung von Stalins Tod über die Fernschreiber gelaufen, kurze Zeit später lag das Gerücht in der Luft, Tausende Gefangene könnten aus den Straflagern freikommen. Eine Amnestie, die sich auf die Gulags und ihre sowjetischen Verbannten bezog, nicht auf verbliebene deutsche Kriegsgefangene. Dennoch hatte er einen Gedankensplitter lang die Vorstellung gehabt, Joachim lebe noch.

Sie fädelten sich zur Lombardsbrücke ein, blickten hinüber zu der noch nicht ganz fertiggestellten Neuen Lombardsbrücke, die Ende April freigegeben werden sollte. Der Trümmerschutt von St. Georg war in ihr verbaut.

«Wollen wir zu den Landungsbrücken fahren?», fragte Vinton. «Uns Seeluft um die Nase wehen lassen?» Er setzte den Blinker und wurde von einem alten Tempo Dreirad sofort in die Spur gelassen.

«Gern», sagte Kurt. «Fallen dir die ehrfürchtigen Blicke auf?»

«Ehrfürchtig? Ich finde, die Leute wirken eher erschüttert, dass wir uns trauen, mit einem solchen Schlitten durch die Straßen zu fahren.»

Kurt lächelte. «Die Hamburger haben durchaus Sinn für Glanz.»

«Wenn sie wüssten, dass ich Engländer bin, würden sie uns das Auto übelnehmen.»

«War deine Mutter lange krank, Vinton?»

«Nein. Es kam unerwartet. Eine *perforation* des Appendix.»

«Du warst erst elf Jahre alt.»

«Ja.» Vinton sah zu Kurt hinüber. «Doch der Tod meines Vaters acht Jahre später hat mir viel mehr zu schaffen gemacht.»

«Weil sein Tod gewaltsam war?»

Vinton nickte. Er fuhr an den Landungsbrücken vorbei.

«Was ist mit der Seeluft, die wir uns um die Nase wehen lassen?»

«Einverstanden, dass wir das in Övelgönne tun? Ein Spaziergang entlang der alten Lotsen- und Kapitänshäuser. Die Sonne scheint uns treu zu bleiben.»

«Du kennst dich gut aus hier.»

«Dafür sind andere Stadtteile leere Flecken für mich.» Er fuhr an den Schuppen der Fischgroßhändler vorbei. Hielt schließlich vor dem großen Union-Kühlhaus.

«*My Dad was my Mom*», sagte Vinton, als er den Zündschlüssel zog. «Meine Mutter hatte von dem zu wenig, von dem Elisabeth vielleicht zu viel hat. Die Sorge um ihre Familie. Jane Langley hatte andere Träume.»

«Du träumst von einer Familie.» Eine Feststellung.

Die Vinton bestätigte. Stand er einen Augenblick verlegen neben dem Auto? Er betrachtete seine Schuhe. Dann die von Kurt. «Traust du dich, darin den Weg am Strand entlang zu nehmen?», fragte er. «Die Elbe schwappt schon mal über.»

Kurt lächelte. Seine guten Sparkassenschuhe. «Das trau ich mich», sagte er. Vor dem Krieg war er zum letzten Mal hier am Strand entlanggelaufen.

«Vielleicht wird Elisabeth ja bald vor vollendete Tatsachen gestellt.»

Vinton hob die Augenbrauen. «Du meinst, wenn Nina schwanger wird? Manchmal denke ich, dass sie eine Blockade hat, die das verhindert. Bevor sie keine Nachricht von Joachim bekommt, wird sie nicht schwanger werden.»

Da war er wieder. Der allgegenwärtige Joachim Christensen.

«Vielleicht wird vieles transparenter werden nach Stalins Tod. Und wir erfahren endlich, was ihm geschehen ist.»

Sie gingen eine Weile lang schweigend nebeneinanderher.

«Lass uns die kleine Treppe hoch», sagte Kurt. Er fror. «Da oben ist ein Lokal. Heißes Wasser mit Rum und Zucker tut uns gut.»

«It's not the mediterranean», sagte Vinton. *«That's true.»*

Als Kurt anderthalb Stunden später an der Krugkoppelbrücke ausstieg, kam es ihnen beiden vor, als hätten sie eine lange Erfahrung als Vater und Sohn.

San Remo

Angefangen hatte es an einem der Markttage, ihr Treffen in der Cantina war da noch zufällig gewesen. Doch nun waren die Dienstage eine Gepflogenheit, die Margarethe und Jules beide schätzten und die nur dann nicht wahrgenommen wurde, wenn Jules als freier Mitarbeiter der UNO in Genf zu tun hatte. Das kam nicht allzu oft vor, das Geld, das ihm das Leben an der Riviera ermöglichte, erarbeitete Jules nicht bei den Vereinten Nationen, es stammte aus dem väterlichen Erbe. Wenn auch die Plantagen auf Java verloren waren, die

Delfter Bank der Familie de Vries verwaltete noch immer ein großes Vermögen.

Jules hatte meist schon ein Glas mit dem Hauswein der Cantina vor sich stehen, wenn Margarethe gegen elf Uhr mit den Einkäufen ins Lokal trat. Die erste Sardenaira kam da gerade aus dem Ofen.

«Nehmen Sie auch ein Glas Wein, Margarethe?»

«Das ist mir zu früh, Jules.»

«*Do as the romans do*, Margarethe.»

Sie schätzte die kleinen Fluchten aus dem Alltag. Von den Gesprächen mit Jules erzählte sie Bruno, seltener Gianni, dem zwar gefiel, dass ihr Jules am Herzen lag, jedoch fand, seine Mutter sei da sehr in seinen Gefilden unterwegs.

«Gianni und ich werden uns am Nachmittag zwei Objekte für die Bar ansehen. Unten am Hafen. Eines an der Piazza Bresca. Das andere an der Piazza Sardi.»

«Idyllisch», sagte Margarethe. «Aber sehr verwittert, das Viertel.»

«Das passt zu einer Bar, die guten Jazz und gute Drinks bietet. Allzu glatt darf die Umgebung nicht sein.»

Margarethe lachte. «Von glatt ist die Gegend am alten Hafen wirklich weit entfernt.»

«Dieses Viertel wird wie ein Phönix der Asche entsteigen», sagte Jules. «Sie werden noch an meine Prophezeiung denken, Margarethe. Ich bin jedenfalls erleichtert, dass mir Ihr Mann nicht böse ist, weil ich Gianni vom Handelshaus der Cannas wegführe.»

«Um das hat Bruno selbst einen Haken geschlagen.»

«Ja. Es tut den Kindern nicht immer gut, in Fußstapfen zu treten.» Jules drehte sich um und gab ein Zeichen für einen Cappuccino für Margarethe, einen weiteren Wein und zwei Stücke von der Sardenaira.

«Die Zusammenarbeit zwischen Gianni und seinem Onkel lief schon lange nicht mehr gut», sagte Margarethe.

«Seit der leidigen Geschichte mit Carla Bianchi.» Jules nickte. «Die dank Ihrer Familie ein glückliches Ende gefunden hat. Ich hörte, dass es im Juni eine Hochzeit in Köln geben wird.»

«Gianni, Bruno und ich werden dabei sein. Ich hoffe, dass Carlas Mutter uns begleitet.»

«Ich habe Anfang der dreißiger Jahre in Köln an einem Priesterseminar teilgenommen.» Jules schüttelte den Kopf. «Und nun spiele ich die Orgel bei den Anglikanern in San Remo.»

«Sie sind kein Katholik mehr?»

«Doch. Die Orgel spiele ich meiner Frau zuliebe.»

«Sie sind ein erstaunlicher Mann.»

Jules grinste. «*I work hard to be an amazing man*», sagte er. «Ich bin gespannt, für welches der Objekte Gianni und ich uns entscheiden werden. Glauben Sie mir, Margarethe, der Junge ist auf einem guten Weg. Es gibt keine günstigeren Zeiten für Quereinsteiger als die Nachkriegszeit.»

Köln

Schon tiefe Dunkelheit, als Jef vor dem Haus am Pauliplatz hielt, um Ursula aussteigen zu lassen.

Er kurbelte die Scheibe hinunter. «Im Erker ist noch Licht», sagte er. «Soll ich nicht doch auf dich warten? Im Auto?»

«Ich schlafe heute Nacht hier», sagte Ursula. Sie küsste ihre Handfläche und strich mit der Hand über Jefs Wange, die sich spät am Abend unrasiert anfühlte.

Sie sah ihm nach, wie er davonfuhr. Dann ging sie zum Haus und schloss die Tür auf. Zum zweiten Mal an diesem Tag, dass sie gleich von beiden empfangen wurde, Heinrich und Gerda, die ihre Tochter überrascht ansahen.

«Ich will euch was erzählen», sagte Ursula leise.

Sie gingen ins Wohnzimmer. Ursula lehnte das Glas Wein ab, das Heinrich ihr anbot. «Jef und ich waren in Düsseldorf noch in einer Altstadtkneipe und haben da was getrunken.»

«Wo ist Jef?»

«Zu uns gefahren. Er ist müde. Ich übernachte hier.»

«Was willst du uns erzählen, Ursel?»

«Es geht um Leo Freigang. Wir waren nicht nur im Museum, sondern auch noch in der Kunstakademie. Jef hat Kontakt zu einem Kommilitonen aufgenommen, der nach dem Krieg an die Akademie berufen wurde.»

«Hatte der schon von Freigang gehört?»

«Er hat ihn Anfang Juli 1942 zuletzt gesehen. Kurz vor Freigangs Deportation. Er war derjenige, der den Hofgarten-Zyklus an die Käufer gebracht hat, um ab 1933 Freigangs Lebensunterhalt zu sichern. Das *Schwanenhaus* gibt es tatsächlich, es ist 1934 entstanden. Als drittes der Bilder. Insgesamt sind es vier.»

Heinrich beugte sich vor in seinem Gobelinsessel. «Vier?»

«Eines heiße *Jröne Jong*. Ich kann mir darunter nichts vorstellen.»

«Aber ich», sagte Heinrich. «Der Meeresgott Triton auf einem Nilpferd. Eine Skulptur im Hofgarten, die ursprünglich einen anderen Namen hatte. Dank der Algenbildung heißt Triton in Düsseldorf der *jröne Jong*.»

«Wer sind die Käufer der Bilder?», fragte Gerda.

«Der Direktor einer Privatbank hat gleich drei gekauft. Später wurde er selbst von der Gestapo verhaftet, weil man ihn als homosexuell denunziert hat. Seine Wohnung im Zoo-Viertel fiel den Bomben zum Opfer. Walter Ay, Jefs Kommilitone, war davon ausgegangen, dass Freigangs Bilder dabei verbrannt sind. Bis Jef ihm vom *Ananasberg* erzählte.»

Sie blickten alle drei zu dem Ölbild, das Licht der Bogenleuchte fiel auf das Sonnengeflirr. Heller Sommer am dunklen Märzabend.

«Dann sind es die drei Bilder aus dem Besitz dieses Mannes, die auf Leikamps Speicher gefunden wurden?», fragte Heinrich.

«*Ananasberg. Jägerhof. Schwanenhaus*», sagte Ursula.

«Und der Käufer des vierten?»

«Walter Ay hat das Bild einem Jungen übergeben. Der ihm ein Kuvert mit Geld aushändigte. Er hat nie erfahren, wessen Bote der Junge war. Aber er erinnert sich genau an das Datum. Der 3. September 1939.»

«Kriegsbeginn», sagte Heinrich. «Wer wird dieses Datum vergessen.» Er stand auf und trat an das Bild. «Was wohl aus dem Sammler im Zoo-Viertel geworden ist?»

«Woher kennst du dich so gut aus mit den Motiven, Papa? Dass du sogar wusstest, wer sich hinter dem *jröne Jong* verbirgt.»

«Meine Mittagspausen in der Galerie Flechtheim habe ich im Hofgarten verbracht. Was vermutet ihr, wie die Bilder in die Pempelforter Straße gekommen sind?»

«Ein Freund des Sammlers könnte sie nach dessen Verhaftung dort untergestellt haben, vielleicht wohnte er in dem Haus», schlug Gerda vor. «Wie kam es überhaupt, dass Walter Ay dem jüdischen Maler zur Seite stand? Das allein genügte für eine Verhaftung.»

«Er ist in dem Haus aufgewachsen, in dem Freigang sein

Atelier hatte. Von ihm ist Ay an die Malerei herangeführt worden.»

«Hast du ihm die Namen Leikamp und Jarre genannt?», fragte Heinrich.

«Von denen hatte er noch nie gehört.»

«Danke, Ursel. Und sag auch Jef meinen Dank.»

«Er will Leo Freigang zu einer neuen Würdigung verhelfen», sagte Ursula. Aber Jef schien ihr auch Gefallen am Detektivspiel gefunden zu haben.

— 11. JUNI —

Hamburg

Nina hatte als Erstes daran gedacht, in die Finkenau zu gehen. Zu dem Arzt, der Jans Geburtshelfer gewesen war am vorletzten Tag des Jahres 1944. Dr. Unger sei leider nur noch an den ersten drei Tagen in der Woche da, hatte die freundliche Frau gesagt, als Nina um einen Termin für diesen Donnerstag bat.

Warum hatte sie sich nicht gedulden können, war stattdessen zu Hüge gegangen, ihrem Hausarzt, dem nur Elisabeth vertraute? Seit zehn Tagen war sie überfällig, einen Grund, alles zu überstürzen, hatte es dennoch nicht gegeben, denn wenn sich ihre Vermutung bewahrheitete, dann war es so. Vinton und sie würden ein Kind erwarten.

Hüge hatte sie kalt angesehen, ihre Urinprobe an die Sprechstundenhilfe gegeben, in einer Woche wüssten sie mehr. Warum dauerte das diesmal so lange? Nina glaubte sich zu erinnern, dass das Krötenweibchen nicht länger als zwei Tage brauchte zum Laichen, falls eine Schwangerschaft vorlag. Der Arzt hatte vor, sie zu quälen, das war ihr klargeworden, als sie schon in der Tür stand.

Ihre Mutter hätte mir erzählt, wenn Ihr Mann heimgekehrt wäre, Frau Christensen.

Tommyliebchen glaubte sie zu hören, als sie vor dem Tresen stand, darauf wartete, dass die Sprechstundenhilfe aufhörte, mit der Kollegin zu flüstern in ihrem Kabuff, nach vorne kam, um ihr endlich den Termin zu geben für den nächsten Donnerstag.

Was maßten die sich an, dachte Nina, als sie im Treppenhaus stand, auf die Risse im Terrazzo schaute, Not hatte, nicht in Tränen auszubrechen.

Vielleicht war es gut, dass sie die Tür des Büros abgeschlossen fand, June bereits zu ihrem Termin aufgebrochen war und Nina allein. Warum regte sie sich so auf? Weil sie gedemütigt worden war? Weil sie sich davor fürchtete, schwanger zu sein? Sie war es gewesen, die Vinton vor bald einem Jahr gebeten hatte, nicht länger zu verhüten.

Ein Kind von Vinton. Nun konnte sie sich nicht mehr vor der Entscheidung drücken, Jockel für tot erklären zu lassen.

Sie brachte sich mit Mühe durch den Text über den gärenden Groll der Arbeiter Ostdeutschlands, über den ein Reporter der *Times* vor Ort recherchiert hatte.

Wann war es geschehen? An dem langen Wochenende nach dem Maifeiertag? Als Jan in zwei hintereinander folgenden Nächten allein bei Oma und Opa gewesen war?

Ein warmes Wochenende. Frühling. Bundespräsident Heuss hatte zwei Tage vorher auf dem Gelände von *Planten un Blomen* die Gartenbauausstellung eröffnet, Vinton und sie an einem der Abende ein erstes Konzert der neuen Wasserorgel erlebt.

Ob ihre Mutter bemerkt hatte, dass der Karton Camelia im Badezimmerschrank nicht angebrochen war? Überprüfte Elisabeth Ninas Vorräte? Das konnte sie kaum glauben. Dennoch sehnte sie sich nach der Privatheit, die ihr die Zimmer unterm Dach versprachen, Tetjens zogen am Montag aus.

Die falsche Schrittfolge, die sie gegangen war. Der erste Schritt wäre gewesen, zum Amtsgericht zu gehen, Jockel für tot erklären zu lassen. Seinen letzten Feldpostbrief hatte sie im Januar 1945 erhalten, im März war er als vermisst gemeldet worden.

Nein. Sie hatte nichts übereilt. Den Vorwurf konnte ihr keiner machen. Doch nun wurde alles eilig, weil sie wohl ein Kind erwartete. Was würde Jan sagen? Der große Bruder. Acht war ihr Jan. Im April hatte sein drittes Schuljahr begonnen.

Nina beendete den Text über die angespannte Stimmung in der Ostzone. Tütete ihn für den Boten ein. Wandte sich einem Artikel aus *Westermanns Monatsheften* zu. Las den Titel. Das Thema unserer Zeit: Behaglichkeit.

Wie sollte sie das übersetzen? *Comfortableness? Coziness?*

Sie blickte auf den angeklemmten Zettel, las den Namen des Auftraggebers. Die Real-Film, die ihre Studios in Tonndorf hatte. Ein Film vom neuen Gemütlichsein?

Würde sie mit Jan in den Zimmern der Tetjens wohnen bleiben, wenn sie ein zweites Kind bekäme? Hätte der Vater des Kindes denn nicht das Recht, endlich eine Familie zu haben und mit ihr zu leben?

Kurz vor sechs, als Nina die graue Schutzhülle über ihre Schreibmaschine zog.

Wenn dann am nächsten Donnerstag die Bestätigung kam, würde sie zu Dr. Unger in die Finkenau gehen. Wann immer das Kind geboren werden wollte, Unger war nicht der Mensch, der auf seine freien Wochentage beharrte, dessen war sie sicher.

Doch erst einmal kein Wort. Auch nicht zu Vinton.

San Remo

Ein zartrosa Rosenstock auf der cremefarbenen Blechdose. Feinste Pralinen von Stollwerck. Der Deckel klemmte, Spuren von Rost am Rand. Die Dose hatte doch stets trocken in einer Schublade ihrer Kommode gestanden. Margarethe betrachtete den Inhalt, alles noch da. Der Myrtenkranz, das Myrtensträußchen. Auch die weiße Schleife, die Bruno zum Frack getragen hatte.

In St. Kolumba hatten sie 1930 geheiratet, da war die Kirche eine der größten Pfarrkirchen Kölns gewesen. Nun lag sie in Trümmern, und Carla und Ulrich heirateten in der kleinen Kapelle, die von Kolumba übrig geblieben war.

«Ich sollte noch mal in die Sartoria Perella», sagte Bruno.

«In einer Woche können sie dir keinen neuen Anzug nähen.»

«Sie sollen mir den alten nur weiter machen.»

«Vielleicht stelle ich weniger Pasta auf den Tisch und mehr *Bagna Cauda*.»

«Ich will keine Rohkost tunken. Nicht einmal in Olivenöl und Anchovis. Wie hältst du nur deine Figur? Dir würde dein Brautkleid noch passen.»

«Mit Disziplin», sagte Margarethe.

Bruno nickte. «Was wissen wir von der Garderobe des Trauzeugen?»

«Nicht viel. Aber ich denke, ihm ist daran gelegen, *bella figura* zu machen.»

«Er hat sich letztes Jahr einen Anzug aus grauem Gabardine schneidern lassen.»

«Ja», sagte Margarethe. «Du hast recht. Den kann er gut anziehen.»

«Und du setzt dein Myrtenkränzchen auf?» Bruno umfasste seine Frau, um sie zu küssen. «Nicht, dass man dich mit der Braut verwechselt.»

Margarethe lachte. «Das Kränzchen ließe mich nur älter aussehen. Ich dachte daran, auch auf einen Hut zu verzichten und keinen Hermelin zu tragen.»

«Davon würde sogar meine Mutter in dieser Jahreszeit abraten.» Liebte er seine Frau auch darum, weil sie so anders als Agnese war? Ganz ohne Dünkel? «Ich bin ein glücklicher Mann», sagte Bruno. Küsste sie noch einmal.

«Bist du es auch mit der neuen Arbeit?»

An zwei Tagen in der Woche fuhr Bruno über die Via Aurelia die Küste entlang ins französische Menton, um dort in der Kirche Saint Michel die Fresken zu retten. «In mir wächst eine tiefe Sehnsucht nach moderner Architektur», sagte er. «Wie weit sind sie in Köln mit dem Wallraf-Richartz-Museum?»

«Vor einem Jahr haben sie angefangen, es aufzubauen. Doch das wird noch Jahre dauern, sagt Heinrich.»

«Es war eine gute Zeit für mich dort, bevor die Nazis kamen.»

Viele Orte, an denen es gut gewesen war, bevor die Nazis kamen.

Nur ein paar Schritte zum alten Hafen. Vermutlich hatte Jules recht, dass auch die Gegend um den *porto vecchio* auferstehen würde. Der Eigentümer des Hauses an der Piazza Bresca, in dem er und Jules die Räume gemietet hatten, war nach der ersten Anfrage aus Genua gekommen, um sich die Verrückten anzusehen, die hier eine Bar mit Jazzmusik eröffnen wollten. Noch roch die Umgebung nach Urin.

Jules klappte den Zollstock zu. «Ich mag Köln», sagte er. «Habe Anfang der dreißiger Jahre dort mal an einem Priesterseminar teilgenommen in der alten Sankt Mariä Himmelfahrt am Bahnhof. Eine ehemalige Jesuitenkirche. Ich habe deiner Mutter schon davon erzählt.»

«Du würdest Köln nicht wiedererkennen.»

«Wollen wir ein Podest mauern lassen, auf das wir den Pianisten setzen?»

«Ich weiß nicht. Das ist mir zu sehr Bühne. Er soll mittendrin sein.»

«Auch Mariä Himmelfahrt wurde zerstört», sagte Jules. «Ich habe davon gehört.»

«Mein Cousin heiratet in der Kapelle einer Kirche, die ebenfalls den Bomben zum Opfer fiel. St. Kolumba. Ein Wunder, dass der Dom noch steht.»

«Die Menschheit ist gut darin, etwas kaputt zu machen», sagte Jules. «Aber du und ich bauen auf. Katie ist hingerissen, sie denkt daran, ihre Karriere fortzusetzen.»

«Karriere?»

«Hab ich dir nie von der Bar erzählt, in der ich Katie kennengelernt habe? Soho Square. Ähnlich abgerissene Gegend wie diese. Katie hat da gesungen.»

«Dieses Detail hast du verschwiegen», sagte Gianni.

Köln

Billa zog die Decke glatt, die sie die orientalische nannte, weil in den Rottönen des Stoffs goldene Arabesken eingewebt waren und sie Fransen hatte. Ihr Diwan. In der Nacht Bett, am Tag ein Sofa. Billa knuffte die Kissen und verteilte sie an der Wand.

Sie hatte ein Händchen für Dekoration. Vor allem das

Üppige lag ihr. Auch das Sinnliche. Was ließ sich daraus noch machen? Ausstatterin luxuriöser Bordelle?

Billa war überrascht worden von der Erkenntnis, dass einem das Leben durch die Finger rann. Auf einmal waren die Gelegenheiten verpasst, man stand herum und sah ihnen nach. Auch Günter gehörte dazu. Eine verpasste Gelegenheit.

Als Lucy und sie in die Klettenberger Wohnung zogen, hatten viele Verehrer ihnen den Hof gemacht, doch nie war es zu einer ernsthaften Beziehung gekommen. War sie voller Hochmut gewesen, die Prinzessin aus dem Märchen, die alle abwies? Sie blickte in den Spiegel mit Goldrahmen und sah zu, wie sie den Kopf schüttelte.

Kein Hochmut. Nur der Irrglaube, dass ihr immer wieder neue Bälle zugeworfen wurden. Eine dunkle Erinnerung, die ihr da kam, sie wandte sich vom Spiegel ab.

«Kauf dir die Stola, Mamsellchen», sagte sie. «Bei Weiss in der Schildergasse. Die sind nicht ganz so teuer wie die Malkowskys.»

Bar jeder Vernunft, den Silberfuchs zu kaufen. Auch wenn das Aktienpaketchen, das ihr Vater hinterlassen hatte, acht Jahre nach dem Krieg mehr abwarf als je zuvor. Der Dicke mit der Zigarre machte seine Sache gut als Wirtschaftsminister.

Doch Möbel brauchte sie dringender. Für das Zimmer, in dem einst Lucy gelebt hatte und das nun bald frei wurde, wenn Carla und Uli mit dem Kind in eine eigene Wohnung zogen. Gerda war bereit, ihr das Zimmer zu überlassen. Wusste Heinrich schon davon? Was der wohl dazu sagen würde.

Erst einmal in die Stadt fahren und sich die Stola kaufen. Hoffentlich gab es keine Hitzewelle am 20. Juni. Dann wären nackte Schultern angebrachter. Sie musste mal ihre Haut inspizieren nach dem nächsten Bad. Ob das noch ginge. Nackte Schultern.

Klopfen an der Tür. «Kommst du bitte mal in die Küche, Billa.» Gerdas Stimme.

Nun kam wohl die Absage. Heinrich wollte in dem Zimmer nebenan ein Atelier einrichten, endlich malen. Dazu fehlte ihm das Talent, das würde sie glatt sagen. Oder einen Billardtisch aufstellen. Dafür war das Zimmer zu klein.

Gerda füllte gerade zwei Kaffeetassen, als Billa in die Küche kam.

«Ich habe mit Heinrich gesprochen», sagte sie. «Er ist sich im Klaren, dass du dir eine Wohnung leisten könntest. Die nackte Not ist es nicht, was dich bei uns hält.»

Billa öffnete den Mund und schloss ihn wieder. Mal hören, was Gerda sagte.

Ich lebe nun bald seit zehn Jahren mit Billa.

Hatte Heinrich gesagt. Seit der Nacht vom 29. Juni 1943 war Billa bei ihnen, der Peter-und-Paul-Angriff auf Köln, in dem viertausendfünfhundert Menschen starben und die Wohnung von Lucy und Billa zerstört wurde.

Irgendwann muss doch mal Schluss sein.

Gerda hegte schon lange den Verdacht, dass Billa nie ausziehen würde. Aus Angst vor der Einsamkeit. Und tat ihnen das Zusammenleben mit Billa nicht auch gut? Heinrich hatte irritiert ausgesehen, als Gerda das sagte. Würden sie sich denn nicht viel mehr aneinanderreiben, wenn Billa fehlte?

Du meinst, sie ist unser Prellbock?

Vielleicht auch ein Korrektiv, wo bald keines unserer Kinder mehr im Haus ist.

Billa war einsam. Das hatte dann auch Heinrich verstanden.

«Als ich das Bild der Brüder Aldenhoven suchte, habe ich mir meine Kinderfotos angesehen», sagte Billa. «Ich war schon ein herziges Fräuchen.»

Gerda lächelte.

«Und dann hab ich das Heulen angefangen. All die Zeit, die vergangen ist.»

«Heinrich ist damit einverstanden, dass du bei uns wohnen bleibst», sagte Gerda. Sie war bereit, alle Tränen Billas zu trocknen.

— 17. JUNI —

Hamburg

Gehörte dieses regnerische Wetter in den Juni? In vier Tagen war Sommeranfang. Kurt blickte hinüber zur Börse, den leeren Vorplatz, auf die Uhr, die da drüben hing und die volle Stunde anzeigte.

Zwölf Uhr mittags. Er dachte an den Film, der seit dem vorigen Jahr Furore machte. Gary Cooper. Grace Kelly. In der Passage hatte er den Film gesehen. Mit Vinton. Wer sonst ging mit ihm ins Kino.

Seine Sekretärin kam herein. Berichtete von den Meldungen im Radio. In Ostberlin sei es zu Aufständen der Arbeiter gekommen, die heute seit der Frühschicht streikten. Panzer seien aufgefahren. Schüsse gefallen. Tote und Verletzte habe es gegeben.

«Gibt es Krieg, Herr Borgfeldt?»

«Das nehme ich nicht an, Fräulein Marx.»

Marx hieß sie auch noch. Kurt nahm die neue Sparbüchse in die Hand. Ein großes Campingzelt aus Blech. Orange und gelb. Davor ein aufgemaltes Paar in Shorts und Bikini. Sparen für die Ferien. Kurt gefiel die Büchse nicht, Fräulein Marx sollte denen das Muster zurückschicken.

Die armen Schweine im Osten. Wie gut verstand er sie. Noch immer saßen sie in ihren kriegsgrauen Städten. An Wirtschaftswunder nicht zu denken. Drüben galten noch Lebensmittelkarten, die im Westen seit drei Jahren abgeschafft waren. Kaum was *zu freten* dank der Kollektivierung der Landwirtschaft und des beschleunigten Aufbaus des Sozialismus. Und in der Stimmung wollten die Hornochsen von der SED die Arbeitsnormen erhöhen.

Sollte er nach vorne in das Sekretariat gehen? Dort schienen sich einige Kollegen vor dem Radio versammelt zu haben.

Kurt seufzte. Hatte er nicht schon genügend Geschichte in seinem Leben erlebt? Kaum achtzehn Jahre alt, war er an die Front geschickt worden. Er kehrte zum Fenster zurück. Noch immer leer da unten wie in der Westernstadt Hadleyville, als Gary Cooper den Rächer um zwölf Uhr mittags erwartete. Saßen sie alle vor den Radios oder standen bei Brinkmann in der Spitalerstraße vor den Fernsehapparaten?

Immer die Frage, ob es wieder Krieg geben würde. Jan stellte sie auch schon, lauschte nach unheilvollen Nachrichten im Radio. Der Krieg in Korea schleppte sich nun seit drei Jahren dahin, Zerstörung und Tod waren die einzigen Ergebnisse, die da in Fernost erzielt worden waren.

Kurt drehte sich um, als die Tür erneut geöffnet wurde. Fräulein Marx stand darin. «Der sowjetische Militärkommandant will den Ausnahmezustand erklären», sagte sie.

Er entschloss sich, zu den Kollegen zu gehen, sonst hieß es nachher noch, der Herr Werbeleiter interessiere sich nicht für Politik.

Nina hatte die Nachrichten gemeinsam mit June gehört. Doch dann hatten die Bauchschmerzen angefangen. War ihre Angst vor dem Termin bei Hüge morgen derart groß, dass sich ihr ganzer Körper verkrampfte?

«Geh nach Hause», sagte June. «Leg dir eine Wärmflasche auf den Bauch.»

Elisabeth blickte besorgt, als Nina vorzeitig in der Küche

stand. «Vielleicht habe ich was Falsches gegessen», sagte Nina. «Ich lege mich hin.»

«In Ostberlin kostet eine Tafel Schokolade acht Mark», sagte Jan. «Das haben die im Radio gesagt. Acht Mark.»

«Wir haben eben erst ausgeschaltet», sagte Elisabeth. «Genug der schlechten Nachrichten. Soll ich dir eine Hafersuppe kochen?»

Nina schüttelte den Kopf. Nur ein bisschen Ruhe wollte sie haben. Darüber nachdenken, wie es morgen weiterginge, wenn ihr Dr. Hüge verkündete, dass sie schwanger sei. Abfällig würde er klingen, das war klar.

Schon halb sechs, als sie aufwachte, weil sie das Klopfen an der Tür des Schlafzimmers hörte. «Komm ruhig rein, Jan», sagte sie.

«Jan ist mit deiner Mutter noch mal zum Schlachter gegangen. Ein Stück Fleisch kaufen. Du sähest so blass und blutleer aus, sagt Lilleken.» Kurt sah seine Tochter an, die mit angezogenen Knien auf dem Bett lag, Schmerzen zu haben schien.

«Was ist los, Ninakind?»

Sollte sie es ihm sagen? Kaum noch ein Tag trennte sie von der Verkündung.

«Du bist der Erste, der es erfährt, Papa. Aber bitte lass Vinton noch außen vor.»

Kurt setzte sich auf das Bett. Sah sie an.

«Ich bin morgen bei Hüge. Dann verkündet er mir das Ergebnis des Tests, den ich bei ihm vergangene Woche habe machen lassen. Ob die Kröte gelaicht hat.»

«Ein Schwangerschaftstest? Da gehst du zu Hüge?»

«Ich wollte zu dem Frauenarzt in der Finkenau. Bei dem ich Jan bekommen habe. Doch sie hatten so kurzfristig keinen Termin für mich.»

«Hat Hüge das kommentiert? Dass du einen Test machen lässt?»

«Er habe nichts davon gehört, dass mein Mann heimgekehrt sei. Schweig bitte noch. Nichts zu Mama. Ich spreche morgen mit ihr.»

«Ist dir überhaupt nach einem Stück kurzgebratenem Fleisch?»

Nina krampfte sich zusammen. «Ich muss ins Badezimmer», sagte sie.

Kurt half ihr hoch. Hörte, dass seine Tochter den Schlüssel im Schloss des Bades drehte. Im nächsten Augenblick sah er den Blutfleck auf dem Bettlaken.

«Dann waren es doch ihre Tage, die sie quälten», sagte Elisabeth. «Lass mich mal machen. Das Bett muss abgezogen werden. Wo ist Nina?»

«Noch im Badezimmer. Ich nehme an, sie duscht.»

Elisabeth trat an die Tür. «Ich höre kein Wasser rauschen.»

«Ich bin gleich fertig, Mama. Hab meine Tage wahnsinnig heftig bekommen.» Ninas Stimme klang kläglich.

Kurt sah seine Frau an. Glaubte sie das? Oder ahnte Elisabeth, dass ihre Tochter gerade eine Fehlgeburt erlitten hatte?

Da ging schon die Tür auf, und Nina trat in ihrem alten Frotteemantel heraus.

«Leg dich aufs Küchensofa», sagte ihre Mutter. «Ich brate gleich das Fleisch.»

Ein langer Blick, den Kurt und Nina austauschten, als sie allein waren.

«Ich nehme an, der Termin bei Hüge hat sich erledigt», sagte Kurt. «Bitte geh zur Kontrolle in die Finkenau. Wie hieß der Arzt noch?»

«Unger», sagte Nina.

— 20. JUNI —

Köln

Die Galerie war geschlossen an diesem Samstagmittag. Doch die Passanten, die einen Blick warfen, vielleicht vor den Schaufenstern stehen blieben, um die Bilder zu betrachten, sahen eine Schar von Menschen, die kleine weiße Tassen in den Händen hielten. Darin rührten. Redeten. Die Eröffnung einer Ausstellung?

Die Cannas waren mit zwei großen Paketen angereist. Das eine hatte die größte Espressokanne enthalten, die es im Haushaltswarenladen auf der Via Palazzo zu kaufen gab, im anderen waren zwölf schlichte Espressotassen.

«Die Zeiten der Mokkatässchen unserer Mutter sind vorbei», hatte Margarethe gesagt. Es waren ohnehin nur noch drei davon da.

Nur die Braut war mit ihrer Schwiegermutter im Hinterzimmer, wo Gerda dabei war, Carla den Schleier aus Brüsseler Spitzen anzustecken. Während sich vorne Claudia um Ulis Haare kümmerte, auf seinen Schultern saß und ihm Klammern mit emaillierten Gänseblümchen ins Haar steckte, die sie aus ihren eigenen zog.

«Das tut mir leid mit deiner Mutter», sagte Gerda.

«Ich schwöre dir, sie hat nichts verstaucht. Und wenn. Sie sollte ja nicht zu Fuß nach Köln kommen. Glaube mir, die Zia hat ihr die Hölle heißgemacht.»

«Warum sollte sie das tun?»

«Weil ich sie nicht eingeladen habe. Das ist die Rache. O Gerda. Ich bin froh, diese Frau los zu sein. Meine Mamma hat den Kampf mit ihr leider verloren.»

Heinrich steckte den Kopf hinein. «In einer halben Stunde gehen wir zur Kirche», sagte er. «Soll ich den Damen Aldenhoven meine Uhr hierlassen?»

«Wir sind gleich fertig», sagte Gerda.

Heute Morgen auf dem Standesamt waren nur sie und Heinrich und die Trauzeugen dabei gewesen. Gianni und Ursel. Alles war in Eile abgewickelt worden. Auf dem Flur hatten die nachfolgenden Paare mit ihren Familien Schlange gestanden.

«Wirst du den Brautstrauß werfen?»

«Ja. Ich will, dass Ursel ihn fängt.»

«Wer sonst», sagte Gerda. «Aber tu das erst in unserem Garten. Der Platz vor der Kapelle ist zu klein. Sonst landet er noch auf einem vorbeifahrenden Auto.»

«Denkst du, dass Jef und sie je heiraten werden?»

«Nein. Aber wirf ihr den Strauß trotzdem zu.»

Ein Spalier von Neugierigen vor der Kapelle. Alte Frauen, die es nicht verlegen machte, fremden Leuten bei der Hochzeit zuzuschauen.

«Luurens dä söße Fratz», sagte eine von ihnen und zeigte auf Claudia, die ein Organdykleidchen trug und Lackschuhe zu den weißen Söckchen. Das Körbchen mit den Rosenblüten hielt Margarethe noch fest in der Hand. In der Kapelle durfte nicht gestreut werden, ein Gebot, das Claudia kaum einzuhalten gedachte.

«Unser kleiner Uli», flüsterte Gerda ihrem Mann zu, als Ulrich das Jawort gab und Carla den Ring zum zweiten Mal an diesem Tag ansteckte, sie küsste. Was war das für ein Gelächter vorne bei ihnen, eine Heiterkeit, die auch den jungen Pastor lächeln ließ. Nun sah sie es, Carla, die aus Ulis Haaren eine Klammer mit einem emaillierten Gänseblümchen nestelte.

«Was doch Gutes aus Bixios Seitensprung geworden ist», sagte Margarethe zu Bruno, als er ihr ein Sektglas reichte. «Carla, Claudia und mein Neffe Ulrich.»
 «Aus diesem Seitensprung, ja. Dank der Großzügigkeit Gerdas und Heinrichs.»
 «Carla ist ein Schatz. Ich hätte sie auch gern zur Schwiegertochter gehabt.»
 «Apropos», sagte Bruno und blickte zu Gianni hinüber, der mit Heinrich an der Birke auf der halbrunden Bank saß.
 «Ich kenne keine Apropos.»
 «Der Brautstrauß wird geworfen», rief Billa. «Ursel, positionier dich mal.»
 «Das ist ja ein abgekartetes Spiel», sagte Ursel. Sie warf Jef einen Blick zu und trat unwillig vor die Terrasse, auf der Carla stand.
 «Du musst mit dem Rücken zu uns stehen, Carla, und dann werfen», sagte Uli.
 Als sie den Strauß auffing, rutschte Billa glatt der Silberfuchs von den Schultern.

— 9. JULI —

Hamburg

Einer der heißen Tage, an denen die Luft flimmerte, dennoch schien seine Großmutter nicht damit gerechnet zu haben, dass es in der Schule hitzefrei geben könnte und Jan früher nach Hause kam. Er hatte schon zweimal auf den Klingelknopf gedrückt, hörte das Läuten im leeren Haus. Nicht einmal bei Blümels wurde ein Fenster geöffnet, die waren sonst immer da. Die Zimmer unterm Dach standen noch leer, frisch gestrichen von seinem Großvater, in der ersten Woche der Schulferien würden Mami und er nach oben ziehen, danach mit Vinton an die See fahren.

Vinton hatte versprochen, ihm zu zeigen, wie man schnorchelt, obwohl er Zweifel geäußert hatte, ob es am Strand der Ostsee was anderes zu sehen gab als die kleinen Herzmuscheln und ab und zu eine Qualle.

Jan setzte sich auf eine der Stufen zur Haustür, wenigstens schattig war es hier, lange konnte das ja kaum dauern, bis Oma zurückkehrte. Drüben auf der anderen Straßenseite saß ein Mann auf dem Mäuerchen des Nachbarhauses, er wartete wohl auch darauf, dass einer nach Hause käme und ihn einließe. Warum zog der denn nicht seinen langen Mantel aus bei der Hitze.

Das Lesebuch für die dritte Klasse aus dem Schulranzen nehmen. Schon mal anfangen, das Gedicht auswendig zu lernen.

Herr von Ribbeck auf Ribbeck im Havelland
Ein Birnbaum in seinem Garten stand

Wo blieb Oma denn? Er fing an, Durst zu haben. Großen Durst. Im Kühlschrank stand ein Krug Limonade. Die machten sie selbst. Seine Großmutter hielt nichts von Sinalco und Fanta und schon gar nichts von Coca-Cola.

Und kam die goldene Herbsteszeit
Und die Birnen leuchteten weit und breit

Der Mann drüben war aufgestanden und kam über die Straße. Blieb auf dem Gehweg stehen. Am kleinen Tor, das zu ihrem Vorgarten führte. Noch ein paar Schritte weg, doch schon viel zu nah.

Da stopfte wenn's Mittag vom Turme scholl
Der von Ribbeck sich beide Taschen voll

Er sah in das Lesebuch, tat konzentriert, dabei konnte von Konzentration keine Rede mehr sein. Der Mann stand vor ihm. Jan blickte auf. Der wollte wohl was sagen und kriegte kein Wort heraus. Dem Jungen kamen alle Warnungen vor fremden Männern in den Sinn, die seine Oma je ausgesprochen hatte. *Mitschnacker.* Aber er ging ja mit keinem mit. Er saß hier vor dem Haus, in dem er wohnte. Jan zwang sich, den Mann gelassen anzusehen.

Das Schlimmste war vielleicht der Blick voll milder Gleichgültigkeit, den ihm der Junge gab. Was hatte er anderes erwartet? Jubel? Als sei er von einer langen Reise wiedergekommen? Er öffnete den Mund, unfähig zu sprechen. Jedes Wort konnte nur ein falsches sein. Alles fühlte sich falsch an. Er war am falschen Ort.

Die aufgeschlagene Seite des Buches, das auf den Knien des Jungen lag. Er las Theodor Fontanes Namen. Blickte auf bunte Bilder von einem lächelnden alten Mann, der Birnen pflückte. Sollte er sagen, dass er das Gedicht kannte, es als Kind gelernt hatte? Ein Anknüpfungspunkt? Ein heiseres Lachen saß ihm im Hals.

Er sah den Jungen an und wandte wie er den Kopf in die Richtung, an deren Ende die Maria-Louisen-Straße lag. Sie sahen beide erstaunt aus, der Junge und er, als die Frau, die sich von dort näherte, einen lauten Schrei ausstieß.

Elisabeth hatte ihren Schritt schon zweimal beschleunigt und dann doch gezögert. War stehen geblieben und hatte ihre flache Hand über die Augen gelegt, eine weiße grelle Sonne, die sie blendete.

Sie hatte die Mövenstraße schon hinter sich gelassen, als ihr der Schrei entfuhr, sie zu laufen anfing. Das Einkaufsnetz mit den Erdbeeren, den Tomaten und der Gurke, dem Laib Brot schaukelte an ihrer Hand.

Laufen. Sich vergewissern, dass ihren Augen zu trauen war nach all den Jahren.

Vor dem Haus stand ihr Schwiegersohn. Jockel.

— 10. JULI —

Hamburg

All the things you are. Von all den Liedern auf der Welt spielten sie dieses Lied, um ihm eine stumpfe Klinge ins Herz zu rammen und die langsam zu drehen.

Vinton stellte das Radio lauter. Ein Masochist war er, dass er die Sendung nicht ausschaltete. Der sanfte Jazz, den er liebte und der ihm nun dieses Bild vor Augen holte. Silvester 1949. Die Wohnung der Clarkes, Nina, die an der Balkontür stand, sich an ihrem Glas festhielt.

Er war in seinem Leben nie ein Draufgänger gewesen, dem es leichtfiel, eine Frau anzusprechen und um sie zu werben. Doch für Nina hatte er das große Zimmer voller Menschen durchquert und war völlig sicher gewesen, dass keiner anderen sein Herz gehören sollte, er um sie kämpfen würde. Komme, was wolle.

Kämpfen gegen wen? Joachim Christensen, der tatsächlich zurückgefunden hatte? Zerschunden von einem Krieg, in den er als Zwanzigjähriger geschickt worden war?

Was hatte er diesem Mann vorzuwerfen? Dass sie beide dieselbe Frau liebten?

Vinton Langley sank auf den Teppich vor dem Radio. Legte die Hände vor sein Gesicht, fing zu weinen an. Hob den Kopf, als er das Klopfen an der Tür nicht länger ignorieren konnte. Er stand auf und schwankte dabei. Hatte getrunken, seit er am Nachmittag nach Hause gekommen war.

«Ist deine Klingel kaputt?», fragte Kurt.

«Ich habe sie ausgeschaltet.»

Kurt nickte. Sah die Whiskyflasche auf dem Tisch, die nahezu leer war. «Trinken hilft auch nicht», sagte er. Hätte Vinton gern in die Arme genommen. Warum tat er das nicht? Aus Verlegenheit, weil Joachim wider aller Erwartung heimgekehrt war?

«Du hast dich vom häuslichen Idyll weggeschlichen?»

«Ach, Vinton», sagte Kurt. «Keinem von uns geht es gut.»

Doch. Elisabeth ging es gut. Sie hatte ihren Jockel wieder. War bestätigt worden in ihrem Glauben.

«Weiß Nina, dass du hier bist? Hat sie dir ein Wort für mich mitgegeben?»

«Dass sie dich liebt.»

«Schläft er schon im großen Bett mit ihr und Jan und dem Bären?»

«Er hat Elisabeth gebeten, ihm ein Lager in einem leeren Zimmer der Tetjens zu machen. Ein altes Feldbett, das noch im Keller stand.»

«Warum? Er ist endlich bei Frau und Kind.»

«Nina hat ihm gestern schon von dir erzählt.»

Vinton senkte den Kopf. *Try to see it his way.* Tat Joachim ihm leid? «Ich habe noch nichts von Nina gehört. Nur die Nachricht gestern», sagte er. «Wie geht es Jan?»

«Lass ihr Zeit. Ihr Leben steht kopf. Jan nimmt das alles mit einer großen Distanz auf. Für ihn ist Joachim ein fremder Mann.»

Das ist dein Papi. Elisabeth hörte nicht auf, ihn darauf zu trimmen. Sie träumte davon, dass Nina, Jockel und Jan oben unterm Dach leben würden. Doch sie schien die Einzige zu sein, die an die Verwirklichung dieses Traumes glaubte.

«Joachim war kein normaler Kriegsgefangener. Er wurde wegen angeblicher Partisanenbekämpfung zu fünfundzwanzig Jahren Zwangsarbeit verurteilt.»

«Darum kam nie eine Nachricht von ihm», sagte Vinton. «Ist er einer von denen, die nach Stalins Tod entlassen wurden?»

«Ja. Eine Amnestie im Mai.»

«Was soll nun werden, Kurt?»

«Ich weiß es nicht. Eine Lösung, die alle glücklich macht, wird es kaum geben.»

«Nina wird sich verpflichtet fühlen. Schließlich ist sie mit ihm verheiratet. All die Jahre hat sie gesagt, ein Zusammenleben von ihr und mir sei erst möglich, wenn sie sein Schicksal kennt.»

«Das kennt sie nun», sagte Kurt.

«Sag ihr, wie sehr ich sie liebe. Und dass ich warten werde.» Worauf? Dass Nina sich für ihn entschied und Joachim vom Hofe schickte? Einen Mann, der dreizehn Jahre lang durch die Hölle gegangen war?

«Ein Familienleben unter dem Dach findet nicht statt», sagte Kurt.

«Da wäre ich mir nicht so sicher», sagte Vinton. Er nahm die Whiskyflasche, in der ein letzter Schluck war, und trank. Dann ließ er sich von Kurt in die Arme nehmen.

— 19. SEPTEMBER —

Hamburg

Ein halbes Haus, dabei sah die Fassade fast heil aus. Doch der hintere Teil der einst großen Wohnung am Eppendorfer Weg war im Krieg zerstört, eine frische Mauer zur Hofseite hochgezogen worden. Ein großes und ein kleines Zimmer zur Straße hinaus, eine Küche, in der sie sich auch wuschen, eine Diele, zu geräumig für die Wohnung, kein langer Flur ging mehr von ihr ab.

Nina und Jan wohnten seit dem 1. September dort. Dass es schnell gegangen war, hatten sie June zu verdanken. Der Friseur unten im Haus genoss ihre Gunst, er schnitt June einen Bubikopf, der sie aussehen ließ wie Louise Brooks. Junes Freundin eine der halben Wohnungen anzubieten, die ihm gehörten, war dem Friseur eine Ehre.

Weder Joachim noch Vinton betraten die Wohnung. Darum hatte Nina gebeten.

Vermisste Jan das vertraute Leben? Er pendelte zwischen Eppendorfer Weg, Blumenstraße und der Rothenbaumchaussee. War dankbar, dass ihm keiner Vinton verbot. Er hätte die beiden Männer gern einander vorgestellt, damit Jockel sah, wie nett Vinton war, ihn gebeten, nicht traurig zu sein, wenn Mami und er mit Vinton lebten.

Manchmal traf er Jockel an Omas Küchentisch, wenn Jan nach der Schule zu ihr kam, um Mittag zu essen. Jan nannte ihn nie anders als Jockel. Das Wort Papi, das ihm all die Jahre der Abwesenheit so vertraut über die Lippen gegangen war, hatte er nicht mehr ausgesprochen.

Zwei Messer, die er an diesem Samstag vor sich auf sein neues Bett legte. Kein Kinderbett. Das hatte er übersprungen. Er wuchs und wuchs und würde groß wie Vinton und Jockel werden. Das sagte sein Großvater, der ein wenig kleiner war.

Jan nahm das Taschenmesser von Vinton, das der ihm zur Einschulung geschenkt hatte. Klappte es auf. Legte das Messer von Jockel daneben. Eine flachgehämmerte Klinge aus dem Blech einer Büchse, zwischen zwei Holzstücke geklemmt, die mit Draht umwickelt waren. Scharf waren beide Messer nicht.

Sollte er sich glücklich schätzen, zwei Väter zu haben? Von denen einer bei Oma und Opa unterm Dach lebte? Da, wo Mami und er hätten leben sollen?

«Wo hast du dieses Messer her?», fragte Nina.

Jan drehte sich um, er hatte nicht gehört, dass sie ins Zimmer gekommen war.

«Das hat mir Jockel geschenkt.»

Nina nahm das Messer. Drehte es in der Hand.

«Er hat es gebastelt. In Russland.»

Nina nickte und legte das Messer zurück.

«Hast du Jockel noch lieb, Mami?»

«Ja. Er tut mir schrecklich leid.»

«Weil du Vinton noch lieber hast? Vielleicht könnten wir zu viert zusammenleben.»

«Das ist keine gute Idee.»

«Du bist viel trauriger, seit Jockel gekommen ist.»

«Opa holt dich gleich ab. Hast du Lust, mit ihm Eis essen zu gehen?»

«Kommt Vinton mit Eis essen?»

«Ja», sagte Nina.

Dass ihr Vater, Vinton und Jan sich auf den Ohlsdorfer Friedhof verirrten, war Nina am unwahrscheinlichsten erschienen. Darum hatte sie Joachim vorgeschlagen, mit ihm zum Grab seiner Eltern zu gehen.

Bunte Herbstastern stellten sie hin, eine neue Kerze in das bronzene Gehäuse.

«Nun liegt auch meine Mutter hier», sagte Joachim.

Nina nickte. Ging in die Hocke. Zupfte an den Astern.

«Willst du dich scheiden lassen?»

«Wärest du damit einverstanden?»

«So sehr liebst du ihn?»

«Verzeih mir, Jockel. Ich weiß, was ich dir antue.» Nina stand auf. «Die Zeit, die du und ich miteinander hatten, war so kurz. Und Vinton ist mir vertraut, seit Jahren schon.»

«Ein Engländer. Während ich den Krieg verloren habe.»

«Macht es das schlimmer? Dass er Engländer ist?»

«Eigentlich hatte ich vor, nicht bitter zu werden.»

«Lass uns zum Ausgang gehen. Darf ich mich einhaken bei dir?»

Joachim sah sie überrascht an. Ein Gnadenakt von ihr, diese kleine körperliche Nähe? «Ab Herbst bin ich an der Universität eingeschrieben. Höheres Lehramt.»

«Meine Mutter hat mir davon erzählt.»

«Elisabeth ist die Einzige, die glücklich über meine Heimkehr ist.»

«Nein, Jockel. Das ist nicht wahr. Ich bin froh, dass du lebst. Du und ich sind nur in eine verzwickte Lebenssituation geraten, für die wir eine Lösung finden müssen.»

«Verzwickt», sagte er. «Ein komisches Wort in dem Zusammenhang.»

«Du hast Deutsch als Fach gewählt?»

«Ich hätte das gern mit Sport kombiniert. Doch ich bin kein guter Sportler mehr.»

«Du siehst körperlich unversehrt aus, bis auf die Narben am Handgelenk.»

«Mehr nackte Haut hast du von mir noch nicht zu sehen bekommen.»

Sie gingen durch das große Friedhofstor und steuerten eines der Cafés an, die für die Trauergäste Butterkuchen bereithielten und Schnäpse.

«Darf ich meine Frau zu einem Kaffee einladen?»

Sie setzten sich an einen kleinen runden Tisch mit grüner Marmorplatte. Nicht viel los an diesem Samstagnachmittag im September.

«Hat dir Elisabeth von dem Brief aus Russland erzählt, der mich im April vor zwei Jahren erreichte? Er hat uns viele Rätsel aufgegeben.»

«Nein», sagte Joachim. «Ist er auf Russisch? Hast du ihn noch?»

«Ich bring ihn morgen mit, wenn Jan und ich zum Mittagessen kommen.»

Joachim griff nach ihrer Hand. «Gib mir eine Chance, Nina», sagte er.

Kurt und Vinton saßen auf einer Bank und behielten Jan im Blick, der gerade das Klettergerüst erklommen hatte und aus ihrer Hörweite war.

«Wie geht es Nina?»

«Wann hast du sie zuletzt gesehen?»

«Am Montag. Bei June Clarke im Büro.»

«Euer konspirativer Ort?»

Vinton hob die Schultern. «Ich wünschte, er wäre es. Dann käme ich jeden Tag.»

«Lass ihr Zeit, Vinton.»

«Zehn Wochen sind es schon. Ich hielte alles aus, wenn ich wüsste, dass ich Nina nicht doch noch verliere. Jan hat mir erzählt, dass ihr jeden Sonntag gemeinsam esst.»

«Elisabeths Versuch, die Familie zusammenzuführen», sagte Kurt.

«Vielleicht gelingt ihr das, während ich von der hinteren Reihe aus zuschaue.»

«Ich vermute eher, dass Elisabeth das Gegenteil erreicht. Nina reagiert inzwischen ziemlich unwillig auf diese sonntäglichen Mittagessen. Sie tut es nur Jan zuliebe.»

«In meinem Haus wird eine Wohnung mit vier Zimmern frei. Ich könnte sie mieten für Nina, Jan und mich.»

«Du kannst sie dir leisten?»

«Ich täte es, um ein Zuhause bereitzuhalten.»

«Dass die Briten die *Welt* verkauft haben, birgt keine Unsicherheit für dich?»

«Der junge Lord Beaverbrook holt einen sehr konservativen Mann in die Chefredaktion. Das ist allerdings eine Unsicherheit.»

«Lord Beaverbrook?»

Vinton lächelte. «Ein Spitzname für Axel Springer, unseren neuen Verleger. Beaverbrook ist ein britischer Zeitungsbaron.»

«Vielleicht solltest du die vier Zimmer mieten. Deine jetzige Wohnung ist selbst für einen einzelnen Menschen klein.»

«Das haben damals schon die Clarkes gesagt.»

«Und wenn es finanziell eng wird?»

«Ich habe ein bisschen Geld auf der Bank. Vom Verkauf des Grundstücks in Shepherds Bush, auf dem mein Elternhaus gestanden hat.»

«Ninas Wohnung in Eppendorf wird ein vorübergehender Ort sein.»

«Vielleicht bist du zu optimistisch.»

«Guckt mal», rief Jan. «Ich kann einen Salto.»

«Vorsicht, Jan.» Kurt und Vinton sprangen beide auf. Doch Jan kam schon mit beiden Füßen sicher im Sand unter dem Klettergerüst auf. «Man muss sich nur was trauen», sagte er. «Das sagst du doch immer, Vinton.»

Köln

«Meide den Kummer und meide den Schmerz. Dann ist das Leben ein Scherz.» Zum vierten Mal sangen sie diese Zeile, das Lied ließ sich in einer endlosen Schleife singen und schunkeln. Das wurde selbst Billa zu viel.

Sie löste sich aus den Armen der beiden Männer links und rechts von ihr. Ihr war warm geworden, den Silberfuchs hatte sie schon vor einer Weile zur Seite gelegt, zu elegant für diesen Ort. Ihre Freundinnen hatten sie missbilligend angesehen.

«Wat is dat denn? Die ganz große Billa-Schau?»

Bei *den* Freundinnen brauchte sie keine Feinde. Aber hatte sie nicht schon immer polarisiert? Billa sah sich im Lokal um. Dieser lange Tisch, an dem sie saßen, war nichts anderes als eine Versammlung der einsamen Herzen.

«Trink, trink, Brüderlein, trink. Lass doch die Sorgen zu Haus.»

Schon wurde wieder nach ihren Armen gefasst, eine weitere Schunkelrunde. Im Karneval hatte sie das ja alles gern, doch hier schien es ihr aufgesetzt. Oder hatte sie einfach nicht genügend getrunken aus den Römern mit braunen und grünen Füßen? Rheinwein. Moselwein. Dazu nichts als trockene Röggelchen.

«Nu lass uns mal Spaß an der Freud haben», sagte der Mann neben ihr. «Bist du zum ersten Mal hier im Sälchen dabei?»

Spaß an der Freud. Das war doch eine ihrer Formulierungen. Warum stieß sie ihr heute sauer auf? Billa machte sich los und stand auf. Legte einen Geldschein auf den Tisch. Nahm ihre Handtasche und die Stola. Ging aus dem Saal.

«Die tut aber vörnehm», hörte sie noch.

«Darf ich der Dame ein Taxi bestellen?», fragte der Mann hinter der Theke.

«Vielen Dank. Ich habe es nicht weit. Nur zum Pauliplatz.»

«Draußen wartet ein lauer Septemberabend auf Sie.»

Billa sah ihn an. Der einzig gutaussehende Mann hier. Vermutlich in Heinrichs Alter. «Sind Sie der Veranstalter?»

«Ich vertrete den Patron.» Er verbeugte sich leicht, als Billa zur Tür trat.

Die Sonne war gerade dabei unterzugehen. Ein goldener Abend. Vielleicht saßen Gerda und Heinrich noch im Garten, was wahrlich vernünftiger wäre, als sich in ein tristes Sälchen zu setzen, wenn auch schon eine kleine herbstliche Kühle in der Luft lag. Sie hätte sich nicht überreden lassen sollen von den Freundinnen. Litt sie denn unter einer solchen Torschlusspanik?

Sie ging über die Aachener Straße, weg von dem Lokal, dessen französischer Name sie getäuscht hatte. *Chez Tony.* Welcher Tünnes da wohl hinter steckte?

Die Schranke war unten und legte den Verkehr auf der Aachener Straße lahm, die Klüttenbahn kam, die seit Jahrzehnten die Braunkohle zu den Hafenanlagen im Kölner Norden transportierte. In der ersten Nachkriegszeit hatten Uli, Ursel und sie Klütten von den Zügen geklaut, der heilige Heinrich verschloss die Ohren davor, dabei hatte selbst Kardinal Frings den Segen zum Kohlenklau gegeben in seiner Predigt in St. Engelbert am letzten Tag des Jahres 1946.

Der Mensch darf nehmen, was er zur Erhaltung seines Lebens braucht.

Was hatten sie gefroren in dieser Zeit. Billa kuschelte sich in die Silberfuchsstola, als sie daran dachte. Sie setzte ihren Weg fort, sah kurz zum Marienbildchen hinüber. Ein Wirtshaus, das es seit dem 18. Jahrhundert gab, auf Schunkeleien wurde dort wohl verzichtet.

Sie hörte schon die Stimmen, als sie die Tür aufschloss. Ursel und Jef schienen da zu sein. Der Maler fehlte ihr noch nach den Enttäuschungen des Tages. *Meide den Kummer und meide den Schmerz. Dann ist das Leben ein Scherz.*

«Da kommt die Frau, die mir den Brautstrauß weggeschnappt hat.» Ursel grinste.

«Du hättest sonst nur deinen Jef in Verlegenheit gebracht.»

«Ursula ist keine Frau, die geheiratet werden will», sagte Jef.

«Das trifft auf mich auch zu», sagte Billa. «Ich bin eine Frau, die ihre Rechnungen selber bezahlt.» Stimmte das? Eigentlich nicht. An Heinrichs Gesicht war zu lesen, was er von dieser Behauptung hielt. Aber er schwieg.

«Setz dich», sagte Gerda. «Wir sind schon beim Rotwein. Von der Ahr.»

«Ich hatte köstliche Stunden im Chez Tony», sagte Billa. «Begehrt von links und rechts. Beinah hätten sie mir die Arme ausgerissen beim Schunkeln.»

— 20. SEPTEMBER —

Hamburg

Sie hatten falschen Hasen gegessen, Kartoffelpüree dazu, Rosenkohl, den Jan auf dem Teller liegen ließ. Was nur Joachim tadelte. Ein ungnädiger Blick des sonst so gnädigen Jan, der deutlich machte, dass ihm sein Vater, der da auf einmal in sein Leben gekommen war, gar nichts zu sagen hatte.

Joachim fiel in ein Schweigen, sprach erst wieder, als Jan mit Otto in den Garten gegangen war und Nina den Brief mit den russischen Marken hervorzog. Das Band mit der Aufschrift Kurland auf den Tisch legte, das Filzstück mit dem Abzeichen der Funker, den Zettel.

Den nahm Joachim als Erstes in die Hand. Las die Worte vor, die schon der Königsberger Kollege in der Sparkasse übersetzt hatte.

Krankenbaracke. Taiga. Reste Uniform. Mücken. Fieber viel. Bisse.

«Matvej», sagte Joachim. «Er war einer der Aufpasser. Vollstrecker des Urteils, zu dem es keinen Prozess gegeben hat. Pure Willkür. Ich bin nie einem Partisan begegnet. Danach war ich aus der Welt, eigentlich existierte ich nicht mehr.»

«Wie ist dieser Aufpasser an die Hamburger Adresse gekommen?»

«Ich habe sie ihm gegeben. Im April 1947 war das. Mit

der Bitte, dir den Brief zu schicken, den ich geschrieben hatte. Der lag nicht dabei?»

Nina schüttelte den Kopf.

«Du hattest aber keine Wertsachen hineingelegt?», fragte Kurt. Er sah auf Joachims rechte Hand, an der er seinen Trauring trug.

«Doch. Ein silbernes Kruzifix. Ein Kamerad hatte es mir kurz vor seinem Tod gegeben mit der Bitte, seine Familie zu benachrichtigen, falls ich in die Heimat zurückkehre.»

Elisabeth gab die Pflaumen, die sie gerade gewaschen hatte, in eine Glasschüssel und stellte die auf den Tisch. «Hast du das getan?»

Joachim sah seine Schwiegermutter an. Zweifelte sie daran? «Gleich nach meiner Ankunft. Ich habe noch drei weitere dieser Briefe geschrieben und mit den passenden Marken versehen. Kahler Kopf und Stacheldraht.» Klang er sarkastisch?

«Die Marken gab es dieses Jahr zum Muttertag», sagte Kurt. «Zum Gedenken an die Kriegsgefangenen. Hattest du das Kruzifix im Brief erwähnt?»

«Ja. Matvej hat wohl beides an sich genommen. Schade. Ich habe ihm vertraut.»

Er nahm das graue Ärmelband, den schwarzen Filzfetzen mit dem roten Blitz. «Das hatte ich ihm auch mitgegeben. Damit ihr wisst, dass es tatsächlich von mir kommt. Meine Handschrift war kaum noch als meine zu erkennen.» Er legte beides zurück auf den Tisch. «Ich verstehe, dass dich das in große Verwirrung gestürzt hat, Nina. Das Gegenteil war gewollt.»

«Genau so hatte ich mir das gedacht», sagte Kurt. «Nur, dass ich vermutet habe, du hättest deinen Trauring in den Brief gelegt.»

«Von dem hätte ich mich nicht getrennt.» Joachim blickte zu Nina.

Elisabeth legte ihre Hand auf die Joachims. «Was sind das für Narben?», fragte sie.

«Die Bisse der Bienen, denen ich den Honig stehlen wollte.»

«Bisse?», fragte Nina. «Ich dachte, Bienen stechen?»

«Diese haben mir Haut und Gewebe herausgerissen.»

«Du lagst mit hohem Fieber in der Krankenbaracke?»

«Nicht nur einmal», sagte Joachim. «Wer sich von Wurzeln ernährt und steinaltes Brot im Tauwasser aufweicht, baut keine Abwehrkräfte auf. Das lässt einen schon mal ungeduldig sein, wenn der eigene Sohn den Rosenkohl verschmäht.»

«Es ist ein langer Weg zurück», sagte Elisabeth.

«Und dann bist du auf einmal in der Heimat und wählst Adenauer.»

Kurt lächelte. «Hast du dich von den Plakaten der CDU schrecken lassen? Die rote Hand, die nach Frau und Kind greift?»

«Ich will nichts mehr mit den Kommunisten zu tun haben.»

«Das zielte gegen die Sozialdemokraten», sagte Kurt. Er hatte Ollenhauer gewählt, den Kandidaten der SPD. Deren Wahlwerbung war weniger polemisch gewesen.

«Hört auf mit der Politik», sagte Elisabeth. «Die bringt nur Unglück.»

«Warum hat mich diese Post erst vier Jahre später erreicht?», fragte Nina.

«Ich weiß es nicht», sagte Joachim.

Köln

«Was trägst du denn da für Hosen?», fragte Gerda. Sie sah ihren Mann an, der in der Küchentür stand. «Ich dachte, die hätte ich längst aussortiert.»

Heinrich blickte an sich hinunter. Eine alte Hose. Am Knie ein langer Riss. Die Säume fransig. Aber sonst war sie doch noch gut.

«Die habe ich aus der Tüte im Keller genommen, um ihr ein Schicksal als Putzlappen zu ersparen», sagte er.

Gerda schüttelte den Kopf und wandte sich wieder den Pflaumen zu, die sie im Spülstein wusch.

«Ich will mich im Garten nützlich machen. Das Birkenlaub rechen. Die Tulpenzwiebeln einbuddeln. Dazu ziehe ich nicht den Anzug an, den ich bei der Hochzeit unseres Sohnes getragen habe. Hast du vor, einen Kuchen zu backen?»

«Wie hat deine Mutter den immer genannt?»

Heinrich lächelte breit. «Prummetaat. Das weißt du doch.»

«Ich höre gern, wenn du es sagst. In einer Stunde serviere ich den Kuchen auf der Terrasse», sagte Gerda. «Schneide auch den Rosenstock zurück. Aber bitte behutsam.»

Georg Reim schloss die Tür der Gästewohnung und stieg die Treppe hinunter, die zum *Chez Tony* führte. Er war allein im Haus, Tony, sein alter Freund aus Jugendtagen, zu einem Sonntagsspaziergang aufgebrochen. Er hatte ihn nicht begleiten wollen, zu sehr ging ihm die Begegnung des gestrigen Abends durch den Kopf und lenkte von allem anderen ab.

Ob Sybilla ihn ebenfalls erkannt hatte? Nein. Dann hätte sie das gesagt. Er erinnerte sich an eine Frau, die nicht auf den Mund gefallen war.

Wie viele Jahre das alles zurücklag. 1934 hatte er das Land verlassen, damals schon kein junger Mensch mehr, einundvierzig Jahre alt. Sybilla acht Jahre jünger. Und nun hatte er sich nach langer Abwesenheit entschieden, das Leben in seiner Heimatstadt wiederaufzunehmen. Noch war er zu Gast.

Georg Reim griff nach dem Telefonbuch, das in einem Fach hinter der Theke lag. Drei Einträge unter dem Namen Aldenhoven. Heinrich. Dann eine Galerie in der Drususgasse. Lucy. Die jüngere Schwester, er erinnerte sich. Keine Sybilla. Vermutlich trug sie längst einen anderen Namen. Er wählte die Nummer von Heinrich. Eine Adresse am Pauliplatz. Den hatte Sybilla doch erwähnt, als er ihr angeboten hatte, ein Taxi zu rufen.

In welche Leben mischte er sich da zu spät ein, um Antwort auf eine Frage zu suchen, die er lange verdrängt hatte?

Er hätte beinah schon aufgelegt, doch dann wurde abgenommen, und Georg Reim nannte seinen Namen, fragte nach Sybilla. Bat die sympathisch klingende Frau, die Telefonnummer des *Chez Tony* zu notieren mit einem Gruß von ihm an Sybilla.

Gerda blickte noch einmal zu dem Zettel, der nun auf dem Diwan lag. Gut platziert, damit Billa ihn gleich sah. Eine Werbung für Gütermanns Nähseide oben auf dem Zettel. Darunter der Name, den Gerda vorher nie gehört hatte, und die Telefonnummer.

Der Anrufer hatte wohl mit dem *Chez Tony* zu tun, in dem Billa gestern gewesen war. Einer, der mit ihr geschunkelt hatte?

In der Küche klingelte Heinrichs Prummetaat. Gerda verließ Billas Zimmer und eilte nach unten, um den Pflaumenkuchen aus dem Ofen zu holen.

San Remo

Keiner, der Lidia traf, konnte den Ring an ihrer Hand übersehen. Katie, die ihr bei Cremieux über den Weg lief, schätzte den lupenreinen Diamanten auf zwei Karat.

Margarethe sah Lidia in der Profumeria, eine große Parfümflasche von Jean Patou in der Hand haltend, und kehrte auf der Stelle um.

Agnese erblickte die Geliebte ihres Sohnes im Ristorante Royal, der Padrone trug einen Paravent herbei und trennte die Damen, ein diskreterer Tisch stand nicht zur Verfügung, das Ristorante war bis auf den letzten Platz besetzt. Agnese dachte einen Augenblick darüber nach, das Royal zu verlassen, aber sie blieb, den Triumph gönnte sie dieser *putanella* nicht.

Der Paravent, hinter dem auf der einen Seite Agnese saß und auf der anderen Lidia, wurde der Tratsch des Septemberwochenendes. Die vielen Gäste hatten sich prächtig amüsiert und nicht gezögert, *Ciao Lidia* zu rufen und ein *un bellissimo anello* hinterherzuschicken, um dann einen Blick auf Agnese Canna zu erhaschen, deren Sohn diesen kostbaren Ring geschenkt hatte.

An diesem Sonntag überbrachte Bruno einen Brief seiner Mutter, ein weiterer Appell an Bixio, zu seiner Ehefrau in die Via Matteotti zurückzukehren, und die Aufforderung, Agnese am Abend aufzusuchen. Allein. Bruno hätte den Brief gern vor die Tür im obersten Stock des Hauses aus der Belle Epoque gelegt und sich schnell entfernt. Doch die weiß lackierte zweiflügelige Tür war schon offen, als er aus dem Aufzug trat. Lidia stand dort, ihre juwelengeschmückte Hand winkte ihn hinein.

Wo Bixio denn sei?

«*Al parco giochi*», antwortete Lidia.

Auf dem Spielplatz? Mit dem acht Monate alten Kind?

Bruno lehnte den Cappuccino in aller Liebenswürdigkeit ab. Legte den Brief auf den Garderobentisch und verabschiedete sich. Wenn Agneses Aufforderung Folge geleistet wurde, dann würde er seinen Bruder in der Via Matteotti sehen.

Er fand Margarethe und Gianni noch am Küchentisch vor, anders als Bruno liebten Mutter und Sohn diese langen sonntäglichen Frühstücke.

Die Fenster standen weit auf, der Tüll der Gardine wehte leicht, aus dem ersten Stock war das Klappern von Topfdeckeln zu hören. Rosa kochte das Mittagessen, das Agnese um Punkt zwölf serviert haben wollte.

Bruno setzte sich an den Tisch und war nun gerne bereit, einen Cappuccino zu trinken.

«Was sagt Bixio?», fragte Margarethe.

«Nichts. Er war mit seinem Sohn auf dem Spielplatz.»

Gianni legte die *Domenica del Corriere* zur Seite, deren Rückseite die Illustration eines Jungen zeigte, dem die Mutter Gottes erschien. *La visione della Vergine.* «Diese Zeitung fängt an, unseriös zu sein», sagte er.

«Dein Großvater hatte sein Leben lang den *Corriere della Sera* abonniert», sagte Bruno. «Da gab es sie als Beilage.»

«Nonno ist seit acht Jahren tot.»

«Deiner Großmutter würde es nicht gefallen, wenn wir das Abonnement kündigen.»

«Genauso wenig, wie es ihr gefiele, wenn wir den alten Lancia ersetzten.»

«Würdest du nicht dein ganzes Geld in die feuchten Mauern an der Piazza Bresca stecken, dann könntest du dir ein eigenes Auto kaufen.»

«Schluss», sagte Margarethe. «Bixio ist mit dem Baby auf dem Spielplatz?»

«Vor allem ist es das Geld von Jules de Vries», sagte Gianni. Doch leider stimmte, dass die Eröffnung der Bar noch einmal verschoben worden war.

«Ja. Während die Mutter des Kindes noch einen seidenen Morgenmantel trug.»

«Sie hat dich im Morgenmantel empfangen?»

«Man muss ihr zugutehalten, dass sie nicht wissen konnte, dass ich am heiligen Sonntag mit Agneses Brief aufkreuze.»

«Hoffentlich liest sie ihn nicht», sagte Margarethe.

«Wieso ist es totenstill in Donatas Wohnung? Ich habe eben mein Ohr an ihre Tür gelegt. Wann habt ihr sie zuletzt gesehen?»

«Sie wird hoffentlich nicht noch einmal in den Rosmarin springen», sagte Gianni.

«Vielleicht etwas Effektiveres», sagte Bruno besorgt.

«Sie sinnt auf Rache», sagte Margarethe. «Das hält sie am Leben. Damals, als sie sich den Arm gebrochen hat, sagte sie mir, der Sprung sei dumm gewesen. Sie könnte Bixio keinen größeren Gefallen tun, als zu sterben.»

«Gütiger Himmel. Dass es sich so entwickelt hat bei Donata und Bixio.»

«Magst du dir die Bar heute mal anschauen, Papa? Du bist doch Experte für alte Wände, von denen die Farbe nicht aufhört abzublättern.»

«Ich schau es mir an, Gianni. Die Feuchtigkeit kann nur aus dem Keller kommen. Den werdet ihr erst einmal trockenlegen müssen.»

Margarethe blieb als Einzige oben in ihrer Wohnung, sie legte keinen Wert darauf, Bixio zu sehen. Ihr Verhältnis zu

Donata war nie eng gewesen, doch was ihr Schwager Donata antat, fand sie unerträglich. Trotz der Lüge, die Donata in die Ehe getragen hatte.

Bruno und Gianni saßen im ersten Stock und aßen Bruschetta, die Agnese statt der aufwendigeren venezianischen Cicchetti anbot. Gianni war bereits bei der vierten Scheibe Weißbrot mit gehackten Tomaten angekommen, als es endlich an der Tür klingelte. Kein Bixio, der davorstand, als Rosa öffnete.

«*Un ragazzino*», sagte sie und überreichte Agnese ein Kuvert. Ein kleiner Junge, der sich ein paar Lire verdient hatte und Bixios Brief brachte.

Agnese riss ihn auf und las. Reichte ihn an Bruno weiter.

Er setze erst wieder einen Fuß ins Haus seiner Mutter, wenn sie ihn nicht länger bedränge, zu Donata zurückzukehren, sondern bereit sei, Lidia und Cesare zu empfangen und sie als seine Familie anzuerkennen.

«*Non mi lascio ricattare.*»

Bruno hatte keinen Zweifel, dass sich seine Mutter nicht erpressen ließ. Nicht einmal von ihrem Lieblingssohn. Er gab den Brief an Gianni. Den erleichterte es, Bixios Beteuerung zu lesen, das Blumenhandelshaus Canna weiterführen zu wollen. Womit sollte sein Onkel sonst auch das Geld verdienen, um lupenreine Diamanten von zwei Karat zu kaufen?

Agnese stand auf und nahm die Grappaflasche aus dem Schrank. Füllte drei Gläser. «*Porca Madonna*», sagte sie. Ihr schien nichts mehr heilig zu sein.

1954

— 4. JANUAR —

Hamburg

Er erinnerte sich an die Nikotinfinger seines Vaters, gelbe Kuppen an der linken Hand, Teerablagerungen, die sich kaum wegwaschen ließen. Kurt sah ihn noch am Spülbecken stehen, um die Finger mit Bimsstein zu bearbeiten. Vielleicht waren die Nikotinfinger des Vaters einer der Gründe gewesen, sich selbst das Rauchen zu versagen.

Nun hatte er im Alter von siebenundfünfzig Jahren damit angefangen.

Kurt konnte auf einmal verstehen, dass man an einer Zigarette hing wie an einer Nabelschnur. Lilleken hatte keine Ahnung wie viel er rauchte, zu Hause tat er es seltener als im Büro. Anderthalb Päckchen Eckstein am Tag.

«Rauchen hilft auch nicht», hatte Vinton gesagt.

Kurt verließ sein Büro kurz nach zwölf, die vertraute Zeit, um hinüber zu Hübner zu gehen, einen Kaffee zu trinken, eine Kleinigkeit zu essen. Doch er steckte sich eine Zigarette an und ließ den Neuen Wall links liegen, holte zu langen Schritten aus, stand schließlich auf der Lombardsbrücke und legte die Hände auf die Balustrade. Die familiäre Lage zermürbte ihn.

Vinton vergrub sich in Arbeit. Er saß in seiner Nische Feuilleton, schrieb über das neue Buch des Dramaturgen Eckart von Naso und den Pantomimen Marcel Marceau.

Joachim stürzte sich ins Studium, lebte von dem Geld,

das ihm als Spätheimkehrer zustand. Schien sich nur Elisabeth zu öffnen.

Jetzt auch noch Schneeregen. Kurt stellte den Kragen des Mantels hoch. Zog den Hut tiefer ins Gesicht, ihm gelang nicht, die nächste Zigarette anzuzünden, zu stark der Wind. Eine Sturmflut war für die Küste angesagt.

Er sollte ins Büro zurückkehren. Fräulein Marx würde ihm Kaffee machen, Kekse auf einen kleinen Teller legen. Doch Kurt wurde weitergetrieben, als suche er sein Heil in der Flucht. Bald hätte er die Außenalster halb umrundet, stünde nachher noch auf der Krugkoppelbrücke, nur Schritte weit von der Blumenstraße. Er blieb an einer Baustelle am Schwanenwik stehen, ein Haus, das an der Ecke hochgezogen wurde. Nicht weit von hier hatten seine Eltern in ihren letzten Jahren gelebt.

Kurt schlug den Weg zur Haltestelle der Straßenbahn ein. Höchste Zeit, sich von der Linie 18 zurück in die Stadt bringen zu lassen. Er lächelte, als er das Ladenschild von Zigarren Döbbecke in der Papenhuder Straße las. Hier hatte sein Vater Zigaretten und Zigarren gekauft und vor Geburtstagen und Weihnachten Kurts Mutter wissen lassen, welches Kistchen Herr Döbbecke für ihn zurückgestellt habe. Kurt trat ins Geschäft. Einen kleinen Vorrat anlegen von der Eckstein N°5.

Zwei Herren, die hinter dem Tresen standen, Kurt zögerte, den älteren von ihnen zu fragen, ob er sich erinnere an Herrn Borgfeldt aus dem Erlenkamp. Fragte schließlich nur nach einer feinen Zigarre. Vielleicht tat ihm deren Genuss besser als Zigaretten in Kette.

Er nahm vier von den empfohlenen Zigarren, jede einzelne von ihnen in feine Zedernholzblätter gehüllt. Zu 58 Pfennig das Stück. Sechs Päckchen Eckstein.

Kurt verabschiedete sich. Hätte gern noch mehr von den Tabaken gehört. Eine friedliche Welt schien ihm das zu sein, viel friedlicher als der eigene Küchentisch.

Doch schon lief er nach der Straßenbahn, die sich klingelnd ankündigte.

Elisabeth stellte den Wirsingeintopf auf den Tisch, eines der wenigen Gemüse, die ihr Enkel gern aß, vor allem, wenn sie Hack in den Eintopf gab.

Nur sie und Jan heute. Jockel stand wohl wieder in der Staatsbibliothek an, versuchte, Bücher zu bestellen, um die sich die Studenten balgten, viele der Exemplare fehlten, die halbe Bibliothek war im Krieg verbrannt. Vielleicht war das aber auch nur eine Ausrede von Jockel, um seinem Sohn aus dem Weg zu gehen.

Neun Jahre alt war Jan vorige Woche geworden. Im April käme er ins vierte Schuljahr, das letzte auf der Volksschule, nachdem Max Brauer und seine SPD im November abgewählt worden waren und der konservative Hamburger Block mit CDU und FDP die sechsjährige Volksschulzeit rückgängig gemacht hatte.

Elisabeth fand das gut, dann konnte der Junge direkt aufs Johanneum gehen. Kurt fand es schlecht, er hatte schon immer linke Gedanken im Kopf gehabt.

«Kommt Vinton zu euch in die Wohnung? Hat er dir ein Geschenk gebracht?»

Jan schob eine vollgehäufte Gabel in den Mund. Das ersparte ihm die Antwort.

Doch seine Großmutter ließ nicht ab von ihren inquisitorischen Fragen. «Nun schieb dir nicht gleich die nächste Gabel rein. Antworte erst mal.»

«Das weißt du doch. Keiner kommt zu Mami und mir.

Nur Opa und June. Du kommst ja auch nicht.» Das stimmte. Seine Großmutter fremdelte mit der halben Wohnung am Eppendorfer Weg. Sie wollte Nina und Jan wieder im Haus haben.

«Vinton hat mir eine Stoppuhr geschenkt. Die habe ich mir gewünscht.»

«Du hast von ihm zu Weihnachten doch schon ein Fernglas bekommen.»

«Das eine ist Weihnachten und das andere Geburtstag. Ihr habt auch immer gesagt, dass ich nicht darunter leiden soll, kurz nach Weihnachten Geburtstag zu haben.»

Elisabeth nickte. «Das stimmt, Jan.» Die dumme Sorge, dass Vintons Geschenke größer sein könnten als die von Jockel, der über weniger Geld verfügte. Bei ihrem Telefonat an Neujahr hatte ihr Gerda wieder in den Ohren gelegen, neutral zu bleiben und den Jungen nicht unter Druck zu setzen. Aber Gerda war ja ohnehin auf Vintons Seite, seit sie ihn kennengelernt hatte damals im Oktober.

Jan blickte seine Großmutter an, die traurig aussah. Er ließ die Gabel im Auflauf und legte seine Hand auf ihre Hand.

«Einverstanden, dass ich meine Hausaufgaben bei dir mache?», fragte er.

«Die machst du doch meistens bei mir.»

«Aber diesmal werde ich noch den Winnetou weiterlesen.»

Jockel hatte ihm die in Leder gebundenen Bücher von Karl May geschenkt. *Winnetou I und II.*

«Du hast das Buch hier?»

Jan zeigte auf den Ranzen neben dem Küchensofa. Heute war der erste Schultag nach den Weihnachtsferien gewesen. «Ich habe es meinen Freunden gezeigt.»

Elisabeth merkte, dass ihr Gesicht zu glühen anfing vor Freude. Das würde sie Jockel erzählen, wie sehr dem Jungen die Bücher gefielen.

Jan verschwieg, dass Nina am 28. und 29. Dezember gearbeitet hatte und er bei Vinton in der Rothenbaumchaussee gewesen war, Vinton ihm in den beiden Tagen das Schachspielen beigebracht hatte, das hätte Oma wieder traurig gemacht.

Er verzog sich mit Winnetou aufs Küchensofa, kaum dass das Malnehmen und Teilen großer Zahlen erledigt war. Blickte nur einmal kurz auf, als seine Großmutter die Küche verließ und ins Schlafzimmer ging.

Oliver Clarke stellte eine Flasche Henkell Trocken neben Ninas Schreibmaschine. «Darlings, lasst noch einmal das neue Jahr hochleben», sagte er und ging davon, um sich einen Opel von 1927 anzusehen. Den Bentley und den kleinen roten Roadster hatte er teuer verkauft.

June löste die goldfarbene Folie und ließ den Korken knallen, füllte die zwei Gläser, aus denen sie alles tranken. «Auf das neue Jahr, Nina. Darauf, dass du eine Entscheidung triffst, und das bald. Ihr müsst euch befreien aus diesem Dilemma, das bist du dir schuldig und allen anderen.»

Sie hatte Joachim kennengelernt, als er im September in ihr Büro am Klosterstern gekommen war, in seinem Gesicht die Spuren von acht Jahren Zwangsarbeit gesehen, obwohl er noch immer gut aussah, wenn ihm auch die *smartness* von Ninas Vater und von Vinton fehlte. Wie sollte einem in Sibirien wohl gelingen, das Smartsein zu lernen?

Vielleicht war es auch nur seine Enttäuschung gewesen, Nina nicht anzutreffen, die Joachim Christensen spröde wirken ließ. Das Wissen, hier die Frau vor sich zu haben, die diesen Engländer in Ninas Leben gebracht hatte. Auch June hatte sich an dem Tag *not at her best* gezeigt, sich im Nachhinein eine Idiotin genannt, nicht herzlicher mit ihm umgegangen zu sein. Wie musste er sich fühlen, zurückzukehren und Nina in den Armen eines anderen zu finden?

Nein. Keiner von ihnen kannte einen Weg aus der Qual. Fast ein halbes Jahr schon war Ninas Mann zu Hause.

«Jan und ich sollten weggehen aus Hamburg», sagte Nina und leerte ihr Glas.

«To make all people miserable?»

«Ich halte es nicht länger aus, June. Ich will mit Vinton leben und weiß, dass ich das Joachim nicht antun darf. Das wäre der letzte Lanzenstich für ihn.»

«Ach, ihr Deutschen», sagte June. «Ihr seid ein sentimentales Volk.»

Köln

Billa griff in die Tasche ihres Wintermantels und vergewisserte sich des Zettels mit der Werbung für Gütermanns Nähseide. Die Telefonnummer kannte sie längst auswendig, aber Billa hatte Georg Reim nicht angerufen.

Sybilla. Nur er hatte sie so genannt.

Im April 1933 war diese Sybilla längst erwachsen gewesen und dennoch ein dummes Blach.

Hitler hatte gerade die Märzwahlen gewonnen, vor vielen Läden hatten SA-Männer gestanden und die Kunden daran gehindert hineinzugehen. *Kauft nicht bei Juden.* Hier am Anfang der Drususgasse hatte es doch den jüdischen Juwelier gegeben.

Billa ließ das Wandlungsgeläut ausklingen und wartete darauf, dass Heinrich vorne im Laden erschien. «Ich kam gerade vorbei», sagte sie.

Heinrich nickte. «Willst du einen Kaffee?» Er hatte den Eindruck, dass seiner Kusine etwas auf dem Herzen lag. Dafür war eigentlich Gerda zuständig.

«Erinnerst du dich noch an den Juwelier vorne in der Drususgasse?», fragte Billa.

«Himmelreich», sagte Heinrich. «Er ist nicht zurückgekommen.»

«Wir waren alle so ahnungslos.»

«Waren wir das wirklich?», fragte Heinrich, als er voran ins Hinterzimmer ging.

Billa blickte sich um. Betrachtete die Bilder, die an den Wänden lehnten, auf die Hängung warteten, von Jef Crayer war keines dabei. Sie zog ihren Mantel aus und legte ihn über die Heizung, setzte sich in einen der Stühle aus Leder und Chrom.

«Was ist los, Billa?»

«Ist es immer so still bei dir?»

«Nur am Montag. Da lohnt sich kaum, die Galerie zu öffnen.»

«Hat Gerda dir von Georg Reims Anruf erzählt? Schon eine Weile her. Nachdem ich im Chez Tony schunkeln gewesen war.»

«Ich erinnere mich, dass sie den Namen genannt hat.» Heinrich zögerte. «Du hast Gerda erzählt, er sei ein alter Verehrer von dir.»

«Er ist zurückgekommen. Anders als Himmelreich.»

Ihr Verehrer war Jude? Davon hatte sie Gerda nichts gesagt. Heinrich wartete ab.

Billa schwieg. In anderen Augenblicken hätte er das für

einen ihrer dramaturgischen Kniffe gehalten, aber ihr schien es schwerzufallen, darüber zu sprechen.

«Hast du ihn getroffen?»

«Nein. Ich habe gar nicht angerufen.»

«Er hat was mit dem Chez Tony zu tun?»

«Da haben wir uns wiedergesehen, er hat mich erkannt. Ich ihn nicht. Hab nur gedacht, dass er der einzige gutaussehende Mann in dem ganzen Laden ist.»

«Gehört das Lokal ihm?»

«Er vertrete den Patron, hat er an dem Abend gesagt.»

Heinrich goss den Kaffee ein. «Vielleicht fällt dir leichter, das alles Gerda zu erzählen oder Ursel. Du und ich sind ja nicht die engsten Vertrauten.»

«Gerade dir will ich das sagen. Weil ich dich immer als bang bezeichnet habe. Aber da kann ich durchaus mithalten.»

Heinrich schob ihr den Zuckertopf hin. Setzte sich. Sah sie an.

«Georg Reim hat um mich geworben. Im Frühling 1933. Das hat mir gefallen, ein Kaufmann aus der Rautenstrauchstraße, der vermögend war. Darum konnte er auch ein Jahr später das Land verlassen.»

«Und warum willst du ihn nicht treffen, Billa?»

«Ich hab ihn verleugnet. Vor einem strammen Nazi verleugnet. Ihn stehen lassen wie einen lästigen Bettler.»

«Und wer war der stramme Nazi?»

«Auch ein Verehrer», sagte Billa. «Ich bin zu feige, Georg zu treffen. Und damals war ich die Bangste von allen. Habe die Fahne komplett nach dem Wind gedreht.»

«Ein kollektives Fahnendrehen», sagte Heinrich. «Ich finde, du darfst dich nicht drücken vor einem Gespräch mit dem Mann. Wenn er den Wunsch hat.»

«Könntest du ein Treffen einfädeln, Heinrich? An einem neutralen Ort?» Billa stand auf und holte den Zettel aus der Manteltasche.

«Ich?» Nun war er ehrlich erstaunt.

«Du bist ein so ernsthafter Mensch», sagte Billa. «Ich will, dass er zuletzt noch einen guten Eindruck von mir und meiner Familie bekommt.»

«Aber schunkeln muss ich nicht?», fragte Heinrich. Den Karneval lebten sie im *Chez Tony* sicher in vollem Umfang aus.

San Remo

Viel zu viel Geld hatte Jules bereits in das alte Haus an der Piazza Bresca gesteckt, das vermutlich schon vor gut vierhundert Jahren von der Familie des Seefahrers Benedetto Bresca bewohnt worden war und seitdem vor sich hin alterte.

«Ich verstehe, wenn du hinwirfst», hatte Gianni gesagt.

Doch stattdessen schlug Jules de Vries dem Genueser Eigentümer vor, ihm das dreistöckige Haus abzukaufen, und machte ein Angebot, in dem er alle seine Investitionen mit dem Kaufpreis verrechnete.

«Voor een appel en een ei», sagte Jules, als sie sich an der Piazza Colombo trafen, nahe dem Notariat, in dem er gerade den Vertrag unterschrieben hatte. «Darauf trinken wir erst mal einen in der Cantina.»

Nun konnten sie an die Feinarbeiten gehen. Die Bar einbauen. Den Stutzflügel von Bechstein kaufen, den Jules ins Auge gefasst hatte. Noch stand er in einem Salon am Corso degli Inglesi, die alte Dame hatte vor, sich von ihrem geliebten *Liliput* zu trennen und in eine Residenza zu ziehen.

Gianni lag viel daran, die Bar vor dem diesjährigen *Festival della Canzone* zu eröffnen, das vom 28. bis 30. Januar im Casino stattfand.

Bis dahin hatte er noch einen Pianisten und den Barkeeper zu engagieren. Rosas beste Freundin war bereits in die Herstellung der Cicchetti eingewiesen worden, die sie jeden Abend um 17 Uhr in die Bar bringen würde. Gianni versprach sich viel von den venezianischen Häppchen, die in Ligurien kaum einer kannte.

Jules und er stießen mit den Wassergläsern voll des Hausweins der Cantina an, so fest, dass selbst das robuste Glas in Gefahr geriet, in Scherben zu springen. Zu groß war die Erleichterung über das gute Ende ihres Projekts.

«Katie und ich waren an Neujahr im Negresco», sagte Jules. «Da ist ein Pianist, der Lust hat, mal was anderes zu spielen als *Besame Mucho* und *As Time Goes By.*»

«Die Gage des Negresco können wir nicht zahlen», sagte Gianni.

«Hast du eine Ahnung. Die großen Häuser geizen.»

«Und was hat er zu deinem Vorschlag gesagt?»

«Er spielt am Donnerstag bei uns vor. Oben im Haus. Der Flügel der alten Dame kommt erst in der nächsten Woche. Der Junge wird dir gefallen, Katie ist hingerissen von ihm. Ich werde ein Auge darauf haben müssen.»

«Franzose?»

«Er kommt aus der Heimatstadt deiner Mutter.»

«Köln? Was verschlägt ihn nach Nizza?»

«Alle ziehen in diesen Jahren hin und her. Wie Moses mit den Israeliten. Ich weiß das, schließlich arbeite ich für das Flüchtlingskommissariat der Vereinten Nationen.»

Vielleicht tat er das wieder häufiger, wenn die Bar nun fertig war. Jules winkte nach Wein und der *torta di verdura*, die gerade aus dem Ofen kam. «Eine Besonderheit hat der Junge. Ihm fehlt der kleine Finger der linken Hand. Ein Kriegsschaden.»

«Unserem Pianisten fehlt ein Finger?»

«Django Reinhardt war ein Gott auf der Gitarre, und an seiner linken Hand waren nur drei Finger zu gebrauchen.»

«Katie und du werdet wissen, was ihr tut.»

«Das Konservatorium wollte ihn nicht länger zum Konzertpianisten ausbilden, als Interpret unseres geliebten Jazz wird er grandios sein.»

«Wo könnte er wohnen?»

«Über der Bar, Gianniboy. Da stehen Zimmer leer, und das Haus gehört mir.» Jules grinste, er erfreute sich enorm an diesem Coup.

«Wie bist du nur je darauf gekommen, dass ein Leben als Jesuit gut für dich wäre.»

«Unterschätze mir diese Truppe nicht. Bei den Jungs ist viel los. Das Einzige, was fehlt, sind die Frauen.»

«Am letzten Donnerstag im Januar beginnt das *Festival della Canzone.*»

«Wir eröffnen eine Woche vorher. Am 21. Januar. Katie, du und ich sollten noch über die Gästeliste nachdenken.»

«Kein Bixio und keine Lidia.»

«Wenn deine Nonna käme, könnte das doch lustig werden», sagte Jules.

Hamburg

Elisabeth hatte lange am Fenster des Schlafzimmers gestanden, auf die Terrasse geschaut, die im vergangenen Frühling renoviert worden war. Im Mai würde sie Fuchsien in die Kästen pflanzen, hellrosa Fuchsien, die mochte sie am liebsten, zuletzt hatte sie das 1940 getan, als Joachim und Nina heirateten.

Wie sehr wünschte sie sich, dass die beiden zusammenlebten mit ihrem Sohn. Glaubte sie denn noch daran?

Kurt hielt sie für verbohrt, das glaubte sie zu wissen. Ihr war Kurts Veränderung nicht entgangen, ihr leichtsinniger Kurt, der kaum mehr leichten Sinnes war, auch wenn er noch vorgab, das zu sein. Dagegen konnte sie nicht anlüften, weder gegen den Qualm seiner Zigaretten noch gegen das Niedergeschlagensein.

Dass ihm der junge Engländer so sehr am Herzen lag. Das größte Glück war doch, dass Jockel zurückgefunden hatte. Heil an Körper und Seele.

Er kenne Vinton seit vier Jahren, hatte Kurt gesagt. Mit seinem Schwiegersohn komme er nur auf Tage. Vielleicht seien sie ja auch wesensverwandt, Vinton und er.

Die Dämmerung zog schon auf, dabei war es keine vier Uhr, der Junge konnte doch in der Dunkelheit nicht allein nach Eppendorf gehen.

Elisabeth schloss die Tür des Schlafzimmers hinter sich und fand Jan noch auf dem Küchensofa vor. Welch eine gute Wahl Jockel mit dem Buch getroffen hatte.

«Nur noch das Kapitel zu Ende lesen, Oma», sagte er.

Die Straßenbahn bog an der Streekbrücke in den Mittelweg ab, von da aus war es viel zu weit in den Eppendorfer Weg. «Ich bringe dich.»

«Nach Hause? Nein, Oma, das kann ich allein.»

«Vielleicht kannst du es, aber mir ist lieber, wenn ich dich begleite.»

Jan seufzte. Ahnte, dass es kein Entkommen gab. Er hatte zwei Schuljahre lang darum gekämpft, am Mittag nicht mehr in der Forsmannstraße abgeholt zu werden.

Elisabeth knöpfte den langen Mohairmantel von Peek & Cloppenburg zu, Kurts Weihnachtsgeschenk. Der Mantel habe die Farbe ihrer Augen, hatte er gesagt, dabei waren die gar nicht tintenblau. «Nun komm mal in deinen Anorak, Jan», sagte sie. Wenigstens hatte der ein Innenfutter. Ob Nina den Jungen auch immer warm genug anzog?

Seit ihre Tochter in die halbe Wohnung gezogen war, sich nicht für ihren Ehemann entscheiden konnte, zweifelte sie vieles an.

«Aber nicht an die Hand nehmen, wenn wir über die Straße gehen.»

Genau das tat seine Großmutter, als sie die Maria-Louisen überquerten, sich dagegen entschieden, für die eine Station bis zur Streekbrücke auf die Straßenbahn zu warten.

«Ich bin kein Kleinkind», sagte Jan.

Elisabeth ignorierte ihn. Hielt ihn fest, um die Kontrolle nicht zu verlieren, während sie ihren Gedanken nachhing. An Gerda dachte, die alles leicht zu nehmen schien, wie es Kurt sonst getan hatte. Ob Elisabeth am 22. Januar nach Köln kommen wolle, dann würden Heinrich und sie ihre Geburtstage nachfeiern. «Wie in alten Zeiten», hatte Gerda gesagt.

Was sich ihre Freundin vorstellte. Als ob sie aus Hamburg wegkönnte in dieser Situation, um in Köln Geburtstage zu feiern und den Karneval.

Am Klosterstern blickte Elisabeth kurz zum Büro der

Clarkes hoch, Licht in allen Fenstern, gut eine Stunde saß Nina noch da. Sollte sie vielleicht besser bei Jan bleiben, bis seine Mutter in die Wohnung kam?

Nach Hause. Das käme ihr nie über die Lippen. Zu Hause war die Blumenstraße für Nina und Jan. Bei Jockel unterm Dach. Bei ihr am Küchentisch.

«Da ist ja Licht bei euch», sagte Elisabeth, als sie und Jan vor dem Haus am Eppendorfer Weg angekommen waren. Vinton vielleicht, der da oben saß.

«Wir wohnen auf der anderen Seite, Oma», sagte Jan.

Diesmal wäre sie sogar mit hinaufgegangen, sich vergewissern, doch Jan holte schon den Schlüsselbund hervor und gab ihr einen Abschiedskuss.

«Bis morgen, Oma. Da komme ich später. Hab noch Turnen.»

«Und dann liest du wieder Winnetou auf dem Küchensofa?»

O ja. Jan wusste, wie er seine Großmutter glücklich machte. «Dann lese ich wieder Winnetou. Sag Jockel, Karl May ist eine Wucht.»

— 3. FEBRUAR —

Köln

Heinrich hielt den Hörer in der Hand und lauschte dem Läuten. Nicht zum ersten Mal, dass er die Nummer des *Chez Tony* wählte, diesem Läuten zuhörte, dreimal, höchstens viermal, um dann aufzulegen. Viel zu rasch, bedachte man, dass sich das Telefon nahe der Theke befand, umgeben von Trubel und Stimmung.

Wer immer hinter der Theke stand, war vermutlich gerade dabei, Kölsch zu zapfen, die Stangengläser zu spülen, *zwei Portionen Halve Hahn* nach hinten zu rufen, einem Gast den Topf mit dem Mostrich rüberzuschieben, die Registrierkasse zu bedienen.

Am Vormittag dieses Februartages hatte er Tony am Apparat. «Den Georg Reim wollen Sie sprechen», sagte Tony. «Der ist nicht da. Kann ich was ausrichten?»

Nur eine Viertelstunde später, dass Georg Reim in der Galerie anrief. «Herr Aldenhoven?», sagte er. «Sie sind Sybillas Bruder?»

«Billa ist meine Kusine», sagte Heinrich. «Mögen Sie vielleicht erst einmal zu mir in die Galerie kommen? Am späten Mittag? Gegen zwei?»

«Die Kunstgalerie?»

«In der Drususgasse nahe dem Kolpingdenkmal.»

«Es ist Monate her, dass ich versuchte, Sybilla zu erreichen.»

«Kommen Sie», sagte Heinrich. «Es würde mich freuen.»

Das Schild *Geschlossen* hing in der Tür, doch Heinrich stand nahe am Schaufenster, hatte die Straße im Blick und sah den Mann sofort, der in seinem Alter sein mochte. Heinrich öffnete.

«Bitte treten Sie ein», sagte er. Das erste Mal, dass ihn das Wandlungsgeläut störte, das nicht aufhören wollte.

Georg Reim lächelte. «Das hillije Köln.»

«Ihre Vaterstadt?», fragte Heinrich.

«Vater, Großvater und Urgroßvater», sagte Reim. «Nur die Frauen waren Zugereiste aus dem Rheintal zwischen Godesberg und Bingen.»

«Sehr heilig sind wir nicht in unserer Familie. Obwohl mich Billa gern den heiligen Heinrich nennt. Darum hat sie mich auch vorgeschickt.» Er schloss die Ladentür und führte Georg Reim in das Hinterzimmer.

«Vorgeschickt?»

«Billa schämt sich, Herr Reim.»

«Warum?»

«Soviel ich weiß, hat sie sich Ihnen gegenüber schmählich verhalten.»

«Ich war nur ein Jud», sagte Reim. «Immerhin scheint Billa das heute anders zu sehen. Das tun nicht viele. Und wenn, dann erzählen sie Geschichten davon, wie sie Juden vor den Nazis gerettet haben.»

«Etwas, das ich von mir nicht behaupten kann», sagte Heinrich. «Vorne an der Drususgasse gab es den Juwelier Himmelreich. Eines Tages war er nicht mehr da. Doch ich bin nicht zum Appellhofplatz gegangen und habe die Gestapo nach ihm gefragt. Nur geschwiegen wie viele andere.» Er fing an, die Moka zu füllen, ohne zu fragen, ob Reim einen Espresso trinken wollte.

«Ich würde Sie gern näher kennenlernen, Herr Aldenhoven», sagte Georg Reim. «Nicht nur Sybillas wegen.»

«Das freut mich. Sie sind also nach Köln zurückgekehrt?»

«Ja. Ein Jugendfreund hat mich davon überzeugt. Ihm gehört das Lokal, in dem sich Sybilla wohl nicht sehr wohl gefühlt hat. Ich habe gerade eine Wohnung angemietet. Nicht mehr die idyllische Rautenstrauchstraße, in der ich lebte, bevor die Nazis kamen. Aber Lindenthal. Ich bin der Wanderschaft müde.»

Heinrich füllte die kleinen weißen Tässchen, die Margarethe aus San Remo mitgebracht hatte, und reichte Georg Reim eines.

«Was darf ich Billa sagen?», fragte er.

«Ich würde Sybilla gerne wiedersehen, ohne dass wir einander Vorwürfe machen.»

«Wie ich es sehe, hätte Billa dazu nicht den geringsten Grund», sagte Heinrich. «Ich werde meine Kusine bitten, sich bei Ihnen zu melden, Herr Reim.»

San Remo

Gianni liebte die morgendliche Stimmung in der Bar. Nach zehn Uhr, wenn die Putzfrau da gewesen war, die Spiegel glänzten, vor denen die gespülten Gläser standen, die vielen bunten Flaschen. Gelegentlich kam Pips aus dem ersten Stock, trank einen Kaffee, setzte sich ans Klavier und klimperte, wie er es nannte.

«Pips?», hatte Gianni gefragt, als er ihn in Katies und Jules' Haus kennenlernte. Ein schmaler Junge, den er für sechzehn gehalten hätte, doch Pips mit den roten Haaren war zehn Jahre älter.

«Ein Spitzname, der aus meiner Kindheit hängen geblieben ist», hatte Pips gesagt. Unter dem Vertrag stand der Name Joseph Sander.

Vielleicht waren es eher mütterliche Gefühle, die Katie hegte, hatte Gianni gedacht, doch als Pips am Flügel saß und spielte, verstand er, was sie faszinierte.

Tutte le mamme war der Siegertitel des Festivals gewesen, eine Ode an die Mütter. Gianni war bereit, den Gedanken mitzutragen, wenn er an Margarethe dachte, doch Bruno konnte das Lied nicht leiden, schon gar nicht nach dem gestrigen Geburtstag *seiner* Mutter. Er hatte als einzig anwesender Sohn Agneses miserable Laune voll abbekommen, die sich noch steigerte, als klar wurde, dass Bixio keine Blumen und kein Geschenk geschickt hatte, die Gelegenheit zur Versöhnung vorübergehen ließ und sogar versäumte, ihr zu gratulieren.

Gianni rührte den zweiten Löffel Zucker in den Caffè lungo. An die nächtlichen Arbeitszeiten konnte er sich schlecht gewöhnen, aber noch schien ihm die eigene Präsenz nötig zu sein, obwohl der Barkeeper und der Kellner ihr Metier bestens beherrschten.

Die Bar lief seit dem Eröffnungstag, wenn sie auch nicht mehr überfüllt war wie an den Tagen des Schlagerfestivals, da hatten die Leute mit ihren Getränken auf der Piazza gestanden, und das Ende Januar.

Er setzte sich auf eine der roten Lederbänke, legte die Beine auf den Hocker davor, war ganz dankbar, allein in der Bar zu sein, um seinen Gedanken nachzuhängen, den Tag gestern noch mal an sich vorüberziehen zu lassen.

Um seines Vaters willen war er mit in die *Madonna della*

Costa gekommen, damit die familiäre Schar nicht gar so geschrumpft wirkte, die Kerzenprozession zu Mariä Lichtmess hatte er über sich ergehen lassen, war nur nicht zum Altar vorgegangen, um die heilige Hostie zu schlucken, das wäre zu viel der Heuchelei gewesen.

Dann das gewohnte frühe Mittagessen bei der Nonna, das Rosa auf den Tisch brachte. Die Zeitlücke zwischen Kirche und Essen hatten Margarethe, Bruno und er in der elterlichen Küche verbracht, wo er die Nachricht des Tages erfahren hatte.

Carla und Ulrich erwarteten ein Kind. Das erste gemeinsame.

Im Juni des letzten Jahres hatten die beiden geheiratet, im August waren sie in eine eigene Wohnung nahe der von Lucy gezogen. Sein Kölner *Kusäng* stürmte voran.

Glaubte er das auch aus Margarethes Blick gelesen zu haben, als sie am Küchentisch saßen? Oder bildete er sich das ein, weil sich nichts tat in seinem romantischen Leben? Das hatte ihm Ulrich eingebrockt, er brachte Gianni in Zugzwang.

Seine Eltern waren beide bei der Eröffnung von *Da Gianni* gewesen, hatten ihm gesagt, wie stolz sie auf ihn seien. Der Blick seiner Mutter hatte auf Lucio gelegen, der unter den Gästen war, schließlich gehörte der zur *Jeunesse dorée*. Kein freundlicher Blick. Margarethe konnte Lucio nicht leiden.

Gianni stand auf, um sich einen weiteren Kaffee zu machen.

Vielleicht sollte er nachher mal zu Margarethe gehen, heute war Mittwoch, da fuhr sein Vater über die Grenze zur Saint Michel nach Menton, die Fresken zu retten.

Wo wäre es leichter für ihn, eine Freundin zu finden als

in der eigenen Bar? Auch wenn sich die Frauen am Flügel einfanden, sobald Pips zu spielen begann.

Flirteten sie nicht genauso mit ihm, wenn er im weißen Hemd und engen schwarzen Hosen an der Bar stand? Aber keine setzte sein Herz in Brand. Gianni seufzte. Vielleicht sollte er da mal seine Ansprüche herunterschrauben.

Hamburg

Wo ließe sich dümmer begegnen als auf dem vollen Jungfernstieg an diesem kalten Tag, an dem schon seit dem frühen Morgen Schnee fiel?

Jan war nach dem Mittagessen in die Stadt gegangen, um eine warme Winterjacke mit Vinton zu kaufen. Nicht nur Elisabeth war aufgefallen, dass der Anorak in diesem eisigen Winter, in dem die Alster wieder zugefroren war, kaum genügend wärmte. Auch nicht, wenn man Schal und Mütze dazu trug.

Joachim wäre an Vinton vorbeigegangen, hätte der nicht Jan an der Hand gehabt.

Jan löste seine Hand aus der Vintons und stellte sich zwischen die beiden Männer.

«Ich nehme an, Sie sind Joachim Christensen. Mein Name ist Vinton Langley.»

Joachim nickte. Sie wurden vom Strom der Passanten an ein Schaufenster des Alsterhauses gedrängt, dort standen sie und sahen einander schweigend an. Nicht einmal dem Jungen fiel ein, wie sie aus diesem Schweigen finden könnten.

«Meinen Sohn haben Sie mir schon genommen», sagte

Joachim schließlich. «Ich fordere Sie auf, meine Frau freizugeben.»

Jan atmete hörbar aus.

«Das entzieht sich meinen Möglichkeiten», sagte Vinton. «Nina ist seit dem Juli des vergangenen Jahres so wenig mit mir zusammen wie mit Ihnen.»

«Bitte vertragt euch», sagte Jan.

Vinton und Joachim sahen ihn an. Jans Gesicht sah klein aus unter der Mütze, auf der die Schneeflocken lagen wie auf Vintons dunklem und Joachims blondem Haar.

Standen hier denn nicht zwei kultivierte Männer, denen das Unglück geschehen war, dieselbe Frau zu lieben?

«Sie und ich sollten reden. Doch nicht hier und nicht jetzt», sagte Vinton.

«Ich sehe keinen Grund für ein Gespräch, ich bin der Ehemann. Es gibt für Sie nur eines zu tun: Ziehen Sie sich zurück. Auch von meinem Sohn.»

«Nein», sagte Jan. Er griff nach Vintons Hand.

Vinton sah, dass sich Joachim auf die Lippen biss, doch er ließ Jans Hand nicht los.

Er kam an die Grenze dessen, was er noch ertragen konnte. Versuchte seit einem halben Jahr, verständnisvoll zu sein und fair. Doch ihm ging die Kraft dafür aus.

«Kennen Sie Bertolt Brechts Geschichte vom kaukasischen Kreidekreis?», fragte Joachim.

Vinton hob die Brauen. «Ich werde Jan nicht aus dem Kreis zerren und ihn an mich reißen», sagte er. «Aber Sie können ihm und mir nicht die Freundschaft verbieten.»

«Nein, Jockel, das kannst du nicht», sagte Jan.

«Das geht so nicht länger», sagte Joachim. Auch er klang erschöpft. Er drehte sich um, ohne Gruß und ohne einen weiteren Blick, und eilte zum Eingang der U-Bahn.

Die Telefonkabine des Alsterhauses suchten sie auf, noch ehe Vinton und Jan in die Kinderabteilung gingen, um die warme Winterjacke zu kaufen.

«In einer halben Stunde im Café Hübner», sagte Kurt.

Er kam, als Vinton und Jan gerade einen Tisch gefunden hatten, die Tüte aus dem Alsterhaus darunterstellten.

«Mit der Jacke kannst du auf den Piz Palü», hatte der Verkäufer zu Jan gesagt.

In einem anderen Augenblick hätte Jan das gleich seinem Großvater erzählt, ihm die neue Jacke gezeigt. Doch er blieb still.

Kurt bestellte Kakao für ihn und zwei Kännchen Kaffee für Vinton und sich. Zog das Zigarrenetui aus schwarzem Krokodilleder aus der Tasche seines Jacketts. Das Etui, das einst Vintons Vater gehört hatte, Vinton hatte es ihm geschenkt, als Kurt das Rauchen anfing. Kurt nahm eine Zigarre heraus, doch er zündete sie nicht an.

«Es tut mir so leid», sagte Kurt. «Für euch beide.»

«Jockel tut mir auch leid», sagte Jan. «Mami muss sich endlich entscheiden.»

Kurt und Vinton sahen einander an. Der Junge klang, als sei er schon viel älter als neun Jahre. Was machte diese Konstellation aus ihnen allen.

«Willst du zur Kuchentheke gehen und dir ein Stück aussuchen?», fragte Kurt.

Jan wollte und stand auf.

«Du hast dunkle Schatten unter den Augen», sagte Kurt.

«Diese Begegnung gibt mir den Rest. Ich kann nicht mehr.»

«Ich werde mit Joachim reden.»

Vinton versuchte, die Heiserkeit wegzuräuspern. «Was

willst du ihm sagen? Dass er nach Sibirien zurückgehen soll? Nein, Kurt. Ich werde mich bei meinem alten Arbeitgeber *Manchester Guardian* bewerben und nach England gehen. Die große Wohnung wieder aufgeben.»

«Und nicht nur dich unglücklich machen, sondern auch Nina und Jan? Du bist es, mit dem meine Tochter leben will. Ihr und Joachim würde keine Ehe mehr gelingen.»

«Glaubst du denn, er könnte irgendwann akzeptieren, dass Nina, Jan und ich zusammenleben?»

«Ich denke, dass auch er in ein normales Leben finden will. Vielleicht lernt er eine andere Frau kennen.»

«*He is still a handsome man*», sagte Vinton.

«Was hast du gesagt?», fragte Jan, der der Kellnerin den Kuchenbon gab. «Ich habe mir Nusstorte ausgesucht.»

«Dass dein Vater ein gutaussehender Mann ist.»

«Das bist du auch», sagte Jan. «Geh nicht weg, Vinton.»

Der Junge hatte an der Kuchentheke kaum hören können, was Vintons Vorschlag gewesen war, Kurt und er tauschten erneut einen Blick.

«Versprich mir, dass du nicht weggehst.»

«Ich verspreche es dir», sagte Vinton.

Jetzt konnte Jan die Torte genießen.

Kurt stieg in den oberen Stock hinauf und klopfte an die Tür zu den zwei Zimmern unterm Dach. Joachim öffnete und sah ihn erstaunt an.

«Das ist das erste Mal, dass du zu mir findest», sagte er. «Hat das mit meiner heutigen Begegnung mit diesem Engländer zu tun?»

«Er heißt Vinton», sagte Kurt.

«Ich weiß, dass du auf seiner Seite stehst.»

«Vielleicht ist das zu verkürzt dargestellt», sagte Kurt. Er sah sich in den Zimmern um, die er im Juni nach Tetjens' Auszug weiß gestrichen hatte.

«Du und ich haben uns nicht gut gekannt, bevor ich in den Krieg zog.»

«Das stimmt, Joachim. Ihr habt euch kennengelernt und kurz danach geheiratet, und dann musstest du schon fort.»

Sein Schwiegersohn zeigte auf einen der beiden Stühle neben dem schlichten Tisch voller Bücher und Papiere.

«Du schläfst noch immer auf dem Feldbett?»

«Verglichen mit der Holzkoje in Sibirien ist es komfortabel.»

Durfte Kurt ihm anbieten, ein paar Möbel zu kaufen? Er entschied sich dagegen.

«Ich verstehe deine Bitterkeit, Joachim. Hätte uns dein Brief aus Russland 1947 erreicht, Nina wäre voller Hoffnung und Zuversicht gewesen, dich wiederzusehen. Doch so kam vier Jahre später nur die verstümmelte Nachricht, aus der wir zu lesen glaubten, dass du nicht mehr lebst. Sie kannte Vinton schon zweieinhalb Jahre, bevor sie seinem Werben nachgab.»

Das stimmte so nicht ganz. Im Sommer 1952 waren die beiden längst zusammen gewesen und hatten aufgehört zu verhüten. Wie gut, dass es zu einer Fehlgeburt gekommen war kurz vor Joachims Heimkehr. Oder hätte das vieles vereinfacht, wäre Nina von Vinton schwanger gewesen?

«Was erwartest du von mir? Dass ich das Feld räume?»

«Magst du erzählen, welche Pläne du hast?»

«Im Herbst 1955 das Studium abzuschließen und ins Referendariat zu gehen. Eine verkürzte Studienzeit, da mir die zwei Semester Philosophie angerechnet wurden.»

«Du wirst eine gute Stelle finden. An allen Schulen fehlen Lehrer.»

«Dann will ich eine größere Wohnung mieten für Nina, Jan und mich.»

Kurt dachte an die vier Zimmer in der Rothenbaumchaussee, in der es noch genauso improvisiert aussah wie hier. Wenn die wenigen Möbel auch luxuriöser waren.

«Ich werde dann fünfunddreißig Jahre alt sein. Nina ist auf den Tag sieben Monate jünger als ich. Wir können noch weitere Kinder haben.»

Kurt stand auf. «Vinton steht mir tatsächlich sehr nahe», sagte er. «Doch mir liegt auch an deinem Glück.»

«Dann trage Sorge, dass deine Tochter sich für mich entscheidet», sagte Joachim.

Was dachte Kurt, als er die beiden Treppen hinunterstieg, an der Tür der Blümels vorbei, hinter der das Leben summte, sich zu Lilleken an den Küchentisch setzte, die in der *Constanze* las und zu seiner Verwunderung nicht fragte, was gesagt worden war oben unter dem Dach. Eine neue Gelassenheit? Sie ging nicht mehr zu Dr. Braunschweig. Wahrscheinlich wusste sie längst von der Begegnung auf dem Jungfernstieg.

Kurt dachte, dass nur ein Mensch den Knoten lösen konnte. Nina.

«Ich habe es dir doch schon erzählt, Mami.»

«Erzähle es mir noch einmal», sagte Nina. Sie saß auf dem samtroten Sofa, das sie im September gekauft hatte, und ließ vor ihren Augen die Szene am Jungfernstieg erstehen. Vinton und Joachim, die einander gegenüberstanden. Jan, der sich zwischen sie drängte.

Jan zog die Jacke an, mit der man auf den Piz Palü steigen könnte, und ging in die Diele, um sich dort im Spiegel zu betrachten. «Die Jacke ist toll», sagte er.

«Wie hat Vinton ausgesehen?»

«Traurig», sagte Jan aus der Diele.

«Und Jockel?»

«Traurig. Und wütend. Auf Vinton. Vielleicht auch auf mich.»

«Warum sollte er auf dich wütend sein?»

«Weil ich Vintons Hand genommen habe.»

Als er sich zu ihr aufs Sofa setzte, sah er, dass sie zu weinen angefangen hatte. «Und Opa hat dich dann nach Hause gebracht?»

«Er ist noch eine Weile bei mir geblieben.»

Warum hatte Kurt sie nicht im Büro angerufen? Ihr von der Begegnung erzählt? Sie wäre früher nach Hause gekommen.

«Mami, bitte entscheide dich. Bitte entscheide dich für Vinton.»

Nina sah ihren Sohn an. Nein. Das konnte sie ihm nicht sagen, so vernünftig Jan auch schon war. Dass sie Angst hatte, Joachim tue sich dann etwas an.

Köln

Eine Zwickmühle, in der sie steckte. Der liebste Mensch in Hamburg war ihr Elisabeth. Die sich gegen Vinton stellte, der Gerda auch am Herzen lag. Er konnte Tochter und Enkel ihrer Freundin doch nur guttun.

Erkannte Elisabeth denn nicht, dass sie die Qualen aller mit ihrer Haltung vergrößerte? Auch Joachims Qual?

«Ich scheitere daran, Elisabeth aus ihrer starren Haltung zu helfen. Vielleicht sollte ich nach Hamburg fahren, um vor Ort zu sein. Da spitzt sich alles zu», sagte Gerda. Sie sah Heinrich an, der im Gobelinsessel saß, die Brille auf der Stirn, und im Katalog eines Berliner Auktionshauses las.

«Was hoffst du zu erreichen?», fragte er.

«Eine Versöhnung?»

«Zwischen wem?» Heinrich legte den Katalog zur Seite. «Was spitzt sich überhaupt zu?»

«Die unglückselige Konstellation Nina, Vinton und Joachim. Vielleicht kommst du mit mir nach Hamburg. Du hast eine befriedende Art. Könntest Elisabeth und Vinton versöhnen. Joachim und Nina. Vinton und Joachim.»

«Und obendrein für den Weltfrieden sorgen. Nach Hamburg käme ich gern mit, nur nicht in dieser Jahreszeit. Die Elbe ist aufgewühlt, und alles steht unter Wasser.»

«Im Augenblick ist eher Eis der Aggregatzustand.»

«Wann hast du mit Elisabeth telefoniert? Heute? Als du im Laden warst?»

«Ja. Sie hat mir von einer zufälligen Begegnung von Vinton, Joachim und Jan auf dem Jungfernstieg erzählt. Von der ihr Joachim gerade brühwarm berichtet hatte.»

«Elisabeths Schwiegersohn scheint dir wenig am Herzen zu liegen.»

«Ich bin ihm nie begegnet.»

«Das ist wohl die Tragik dieses Mannes, er wurde Soldat, kaum dass er in die Familie gekommen war. Er hatte keine Gelegenheit, Herzen zu gewinnen.»

«Elisabeths Herz hat er gewonnen.»

«Und Kurt steht an Vintons Seite. Für das Kind kann das auch nicht leicht sein. Fahr nach Hamburg, Gerda, wenn du denkst, helfen zu können. Dir ist ja auch bei deinem letzten Besuch gelungen, eine Bürde von Elisabeth zu nehmen. Ich komme gut ein paar Tage alleine klar in der Galerie.»

«Dagegen sind unsere Familienverhältnisse geradezu unkompliziert.»

«Was hören wir von Ursel und Jef?», fragte Heinrich. «Hat sie ihr Praktikum denn schon angefangen bei dem Mann, der uns den Gürzenich wieder aufbaut? Und das Wallraf-Richartz-Museum?»

«Rudolf Schwarz», sagte Gerda. «Am 3. März fängt sie an. Aschermittwoch.»

«Und im Juni werden wir ein Enkelkind haben.» Er griff zum Katalog.

«Ein zweites, Heinrich. Heute Abend sind Ursel und Jef bei Carla und Uli. Unsere Tochter hat es mir erzählt, als sie kurz vor Ladenschluss ein Bild brachte.»

«Ein Bild von Jef? Das sagst du jetzt erst?»

«Es steht noch unausgepackt da. Ich war in Eile.»

«Ich habe mir schon Sorgen gemacht, Jef könne in einer Krise stecken», sagte Heinrich. Er sah zum *Ananasberg*. Eigentlich hätte er dem Spürhund Jarre gern unter die Nase gerieben, dass er den Vermittler der Bilder kannte und von einem Käufer wusste, der gleich drei von Leo Freigangs impressionistischen Bildern besessen hatte. Doch Jarre und der *Jägerhof* blieben verschwunden. Wie die anderen Bilder aus dem Hofgarten-Zyklus.

Claudia dachte nicht daran, ins Bett zu gehen. Sie kletterte auf dem Sofa herum und ließ sich in Ursels Schoß fallen. Kicherte, schon ehe die zu kitzeln anfing.

Ulrich grinste. «In Italien gibt es nur lockere Schlafenszeiten für kleine Kinder», sagte er. «Anarchie allerorten. Das habe ich nun davon. Bald toben zwei herum.»

«Ich bekomme eine Schwester.» Claudia strahlte Ursel an.

«Oder einen Bruder», sagte Carla.

«Aber ein Baby?», fragte Claudia doch lieber nach.

Ulrich nickte ihr zu. «Ein Baby», sagte er. Stand auf und schenkte noch mal Wein aus der Korbflasche nach. Er sah aus wie ein glücklicher Mann.

Ursula betrachtete ihren Bruder und blickte dann zu Jef. «Du wärest eine gute Mutter», sagte der leise. Alle hatten es gehört.

«Nur zu», sagte Ulrich.

«Das ist vorbei.» Jef stand auf und ging aus dem Zimmer.

«Eine Krise?» Ulrich sah seine Schwester besorgt an.

«Er wird nur die Zigaretten aus seinem Mantel holen.»

Da war Jef auch schon wieder. «Ich geh auf euren Balkon, eine rauchen», sagte er.

«Lass uns schon mal den Schlafanzug anziehen und Zähne putzen», sagte Carla. «Dann darfst du noch ein bisschen aufbleiben.» Sie nahm die Kleine auf den Arm.

«Der gute Onkel Bixio ist auch nicht viel jünger als Jef und wird sicher nicht aufhören, Kinder zu zeugen», sagte Ulrich, als die Geschwister allein waren.

«Ach, Uli. Du kennst doch Jefs Vorgeschichte.»

«Ich mach mir Sorgen um dich, Schwester.»

Ursula schwieg. Sagte nicht, dass Jefs Bilder düsterer wurden. Das Bild, das sie am Abend noch in die Galerie gebracht hatte, zeigte ein hohes Haus, an dessen Fenster brennende Menschen mit schreienden Mündern standen. Jefs Malerei schien keine Therapie mehr zu sein, die ihm half, ein Trauma zu verarbeiten, eher riss er Wunden auf mit seinen Motiven. Vorher hatte er keine Feuer gemalt.

«Viele haben Schreckliches erlebt im Krieg.»

«Hast du von Billas Verehrer gehört, der aus der Emigration zurückgekehrt ist?»

«Ja», sagte Ulrich. «Billa scheint ganz verstört zu sein. Lucy sagt, Georg Reim sei ein begehrter Junggeselle gewesen, bis die Nazis kamen. Danach zeigte sich keiner mehr gerne mit einem Juden.»

Jef kam vom Balkon herein. Setzte sich neben Ursula aufs Sofa und legte seinen Arm um sie. Claudia erschien in einem rosa Schlafanzug mit weißen Schäfchen, ein Kuschelschaf unter dem Arm. Sie blieb vor Jef stehen.

«Soll ich dir den Weg frei machen zu deiner Ursel?», fragte Jef. Er lächelte.

Claudia nickte. Kletterte auf Ursulas Schoß.

«Ihr habt großes Glück gehabt mit der Wohnung», sagte Ursel, bevor Uli oder Carla sagen konnten, dass Jef ein guter Vater wäre. «Alles heil und neu. Eigentlich habe ich alte Gemäuer ziemlich satt.»

«Da bist du als Kunsthistorikerin goldrichtig.» Jef hatte seinen Arm zurückgezogen, doch er nahm Ursels Hand und küsste sie. An seiner Liebe zu ihr zweifelte keiner.

Hamburg

June stieg an der kleinen Wohnung vorbei, in der Oliver und sie in den ersten Jahren nach dem Krieg gewohnt hatten, bis Vinton sie im Juli 1948 übernahm. Zwei weitere Stockwerke und sie war oben bei ihm. Vinton stand schon in der Tür. Sie drückte ihm eine Tüte von Michelsen in die Hand. «Leckereien. Iss die bitte auf.»

«Ich esse», sagte Vinton. «Jeden Tag.»

«Jan sagt, du habest ihm beim Essen eines Stücks Nusstorte zugesehen und selbst nur Kaffee getrunken. Wenigstens hast du nicht das Rauchen angefangen.»

«Das hat Ninas Vater getan.»

June nickte. «*You look miserable*», sagte sie.

«Danke», sagte Vinton. «Trink einen Whisky mit mir. Wann hast du Jan gesehen?»

«Ich bin heute Abend als Florence Nightingale unterwegs. Nina und Jan haben auch eine solche Tüte bekommen.»

«Hummer mit Kaviarmayonnaise? Das kulinarische Glück meiner Mutter.»

«*Have a look.*» June sah sich nach einem Sitzplatz um. «Übermöbliert bist du nicht», sagte sie.

Vinton trug die Tüte in die Küche und kam mit einem Sodasiphon und zwei Gläsern wieder. «Lohnt sich noch nicht so richtig, die Möblierung. Du weißt also von der Gegenüberstellung auf dem Jungfernstieg. Von Nina?»

«Ihr Vater hat mich angerufen.»

«Wenn Kurt und Jan nicht wären, hätte ich mich längst schon aus dem Fenster gestürzt.»

«Dafür habe ich dich nicht in Shepherds Bush aus den Trümmern gegraben.» Sie saß inzwischen auf einem Stuhl aus der Zeit der Queen Anne. «*Wenn* du Möbel kaufst, investierst du in Antiquitäten?»

«Nina hat der Stuhl gut gefallen.»

«Als ihr noch an einem Nest bautet.»

«Du bringst es in aller Härte auf den Punkt, June.» Vinton zog den Schreibtischstuhl heran, stellte die Whiskyflasche auf den Tisch und goss zwei Fingerbreit in die Gläser.

«Wie soll es weitergehen, Vinton?»

«Sag es mir.»

«Ich hörte von Kurt, dass du darüber nachgedacht hast, zum *Manchester Guardian* zurückzugehen, dann aber dem Jungen versprochen habest zu bleiben.»

«*Exactly*», sagte Vinton. Er trank einen Schluck Whisky.

«Wie geht es dir bei der *Welt*?»

«Ich bin der Kulturkasper und werde in Frieden gelassen.»

June stand auf und trat ans Fenster. Sah hinunter. Ziemlich hoch hier, die Stockwerke in dem alten Haus aus der Gründerzeit.

«Ich springe nicht aus dem Fenster, June.»

«Du klingst heiser. Passt du auf deine Stimme auf?»

«O ja. Ich habe auf dem Jungfernstieg nur wenige Sätze gesagt.»

«Für Joachim Christensen kann es auch kein Vergnügen gewesen sein.»

«Er wird die Schnauze voll haben vom Kämpfen und Durchhalten.»

«Ich denke, dass er es ist, der kapitulieren wird», sagte June.

«Nina freigibt? *Wishful thinking.*»

June schüttelte den Kopf. Das war kein Wunschdenken.

«Und bei alldem habe ich Angst, dass Jan seinen Vater mit einem Strick um den Hals vorfinden könnte. Das darf der Junge nicht erleiden, June. Niemals.»

«In der Tüte ist kaltes Roastbeef. Die Röstkartoffeln werden nun auch kalt sein. Und weil Zucker die Nerven beruhigt, ist noch eine Vanillecreme dabei. Ich kehre jetzt mal zu Oliver zurück, ehe der mich vermisst meldet.»

Vinton stand auf. «Ich danke dir. Für alles.»

«Auch dass ich Nina in dein Leben gebracht habe?»

«Dafür besonders.»

Er begleitete sie zur Tür. «*Good Night and Good Luck.* Das sagt Ed Murrow immer am Ende seiner Fernsehshow.»

«Du hast Murrow noch im Blick?»

«*A little boys' dream*», sagte Vinton.

— 18. JUNI —

San Remo

Zwanzig Zitronen hatte er auf dem Zettel stehen. Die zwei Edelstahlkörbe auffüllen. Genügten zwanzig? An einem Freitag drängten sich die Gäste an der Bar. Dafür durfte es am Sonntag kaum voll werden, da spielten die *Azzurri* in Lugano in der Vorrunde der Weltmeisterschaft. Gianni hatte keinen Fernseher und kein Radio, er führte eine Jazzbar und keine Fußballkneipe.

Als er mit einer Kiste Zitronen zurückkehrte, fand er die vordere Glastür zur Bar geöffnet, Klavierklänge, keine Klimpereien, die da von Pips kamen, der auch nicht allein in der Bar war, Jules stand neben ihm und eine junge Frau, die Gianni nicht kannte.

«Ah», sagte Jules. «Da kommt Gianni.»

Pips Sander sprach ein rudimentäres Französisch, auch das Italienisch radebrechte er, war dankbar, dass die beiden Inhaber des *Da Gianni* deutsch sprachen. In Gegenwart von Italienern sprachen Jules und Gianni aber die Sprache des Landes. War die junge Frau, die ihre dunklen Haare lose aufgesteckt hatte, keine Italienerin?

Sie hatte sich umgedreht, sah Gianni erwartungsvoll an. Pips hörte auf zu spielen. Jules grinste, als habe er den großen Tombolagewinn zu verkünden.

«Juffrouw Corinne de Vries», sagte er.

«Deine Tochter?» Gianni stellte die Zitronenkiste ab,

reichte der jungen Frau die Hand. Eine Verlegenheit, die er sich kaum erklären konnte. Einen Augenblick lang ging ihm die Frage durch den Kopf, was er eigentlich am Leibe trug. Die ausgebeulte Leinenhose? Das angeschmuddelte Hemd?

«Ich habe als junger Novize der Jesuiten vieles angestellt, aber keine Töchter oder Söhne gezeugt. Da ist mein Bruder für mich in die Bresche gesprungen.»

Gianni bot Kaffee an. Espresso. Cappuccino. Die in Bitterschokolade getunkten Orangenschalenstreifen, die Nonna gerne aß. Hätte auch noch mit den Zitronen jongliert und zu gern Klavier gespielt. Das konnte er nicht. Darum tat es Pips.

I'm beginning to see the light, spielte Pips.

Kündigte dieses Lied nicht immer eine Veränderung in Giannis Leben an? Der Pianist im Londra hatte es gespielt, als er Jules und Katie zum ersten Mal begegnet war. Was hatte sich seitdem alles getan.

«Ich will Corinne nachher die Cantina zeigen, hast du Zeit?», fragte Jules. «Eine Sardenaira heiß aus dem Ofen essen. Das kennt sie noch nicht.»

«Ich bin gestern erst angekommen», sagte Corinne. Schenkte Gianni ein Lächeln.

Nein. Gianni hatte keine Zeit. Einen Termin in der Via Roma. Der Steuerberater, der ungeduldig auf die Unterlagen des Vormonats wartete.

«Ja», sagte Gianni. «Gerne in die Cantina.»

«Dann um halb eins», sagte Jules. «Wir holen noch Katie vom Friseur ab.»

Isn't it a lovely day, sang Pips. Den alten Song von Irving Berlin. «Du hast noch dreißig Minuten Zeit, aus deinen alten Hosen zu kommen», sagte er.

Gianni hatte erwogen, den Barbetrieb an diesem Freitagabend den anderen zu überlassen, um mit Jules, Katie und Corinne nach Nizza zu fahren. Neun Tage blieben ihm, um der jungen Frau aus Kerkrade an der niederländisch-deutschen Grenze San Remo zu Füßen zu legen und sich selbst dazu. Aber dann bat Margarethe ihn, einen Tisch für sie und Bruno freizuhalten, um das neue Kind in Köln zu feiern.

Maria war geboren worden. Claudias Schwester.

Er stellte höchstpersönlich den silbernen Kühler auf den Tisch, öffnete die Flasche Ferrari Brut, füllte vier Gläser, stellte eines zu Pips auf den Flügel und stieß dann mit seinen Eltern auf Carlas und Ulis Kind an.

«Du siehst so anders aus», sagte Margarethe. «Ich möchte sagen, du leuchtest.»

«Ich habe ein neues Hemd an», sagte Gianni.

«Das ist es nicht», sagte seine Mutter.

«Wann wird Katie das nächste Mal singen?», fragte Bruno.

Margarethe betrachtete ihn stirnrunzelnd. Fiel ihm denn nichts auf an ihrem Sohn?

Erst als Margarethe und Bruno sich vor der Bar von ihm verabschiedeten, sein Vater von einem Bekannten angesprochen wurde, sagte Gianni es Margarethe.

«Mama. Ich habe mich verliebt. In Jules' Nichte.»

«Aber sie wird wieder nach Holland zurückkehren.»

«Corinne und ich werden einen Weg finden.» *He was beginning to see the light.* Sein Herz brannte.

Köln

Sah das neue Töchterchen nicht aus wie Ulrich? Heinrich zögerte, das zu bestätigen, Männern entging manches, was Frauen auf den ersten Blick erkannten.

Gerda lachte. Sie hatte ohne Zweifel einen Schwips. Glücklich, dass die Geburt leicht gegangen war, Uli und Carla sich für den Namen Maria entschieden hatten.

Der Name von Gerdas Mutter. Nun einem neuen Menschenkind gegeben. Welch ein schöner Tag, an dessen Abend sie in ihrem Garten saßen.

«Schenk mir noch einen Sekt ein.» Sie hielt Heinrich das Glas hin, das er füllte.

«Notfalls trage ich dich über die Schwelle.»

«Wenn ich vor Trunkenheit nicht mehr auf den eigenen Füßen stehen kann, meinst du?»

«Hab ich dich bei unserer Hochzeit eigentlich über die Schwelle getragen?»

«Erinnerst du dich nicht? Du bist auf dem Schnee ausgerutscht. Beinah hätten wir beide auf der Berrenrather Straße gelegen.» Ihre erste Wohnung war dort gewesen, Carla und Uli wohnten jetzt ganz in der Nähe. In das Haus am Pauliplatz waren sie nach dem Tod von Heinrichs Eltern gezogen.

«Das waren nur diese albernen Lackschuhe mit den glatten Sohlen.»

«Du sahst wunderbar aus. Dein Anzug. Die Lackschuhe.»

«Wie jung wir da waren», sagte Heinrich. Er war bei seiner Hochzeit dreiunddreißig Jahre gewesen. Aus der Sicht eines Zweiundsechzigjährigen herrlich jung. «Du warst erst dreiundzwanzig, Gerda.»

«Das geht zu schnell, das Leben. Doch du und ich haben

es gemeinsam verbracht, und ich hoffe, dass wir das noch eine ganze Weile tun werden. Billa bereut, ihres nicht an der Seite von Georg Reim gelebt zu haben.»

«Dann hätte sie mit ihm in die Emigration gehen müssen.»

«Oder ihn als arische Ehefrau schützen können vor der Verfolgung der Nazis.»

«Arisch. Wie selbstverständlich haben wir das dumme Wort ausgesprochen.»

«Wir waren keine Helden, Heinrich.»

«Hat Billa dir gesagt, dass sie es bereut? Hat sie ihre Liebe zu ihm entdeckt?»

«Sie nähern sich einander sehr vorsichtig. Er führt Billa an Orte, an denen Silberfüchse getragen werden. Beide erzählen aus ihrem Leben.»

«Da wird er weiß Gott mehr zu erzählen haben.»

Gerda lehnte sich zurück und sah in den Himmel. Blaue Stunde. Behüte das Kind, sagte sie dem Himmel. Unhörbar für Heinrich. Dennoch eindringlich.

«Lass uns ins Haus gehen», sagte Heinrich. «Fängt an, kühl zu werden.»

Nicht nur Billa näherte sich Georg Reim vorsichtig, das Gleiche tat er auch mit seiner Geburtsstadt, die er kaum noch erkannte. Er hatte für diesen Abend die Rheinterrassen vorgeschlagen, gestaunt, dass es das vertraute Lokal dort nicht mehr gab, schon 1938 hatten die Rheinterrassen dem Bau der Rodenkirchener Brücke weichen müssen.

Nun saßen sie nah dem Rudolfplatz in einer Bar am Ring, Außenplätze, laut war es, gegenüber blinkten die Lichtreklamen von Dujardin Weinbrand und Deinhard Sekt und König Pilsener. In ihren Gläsern Campari Soda. Nüsse aßen sie dazu.

«Italienisches Lebensgefühl», sagte er und lächelte. Erzählte von den römischen Tagen, die nach dem Schweizer Exil gekommen waren. Als der Krieg schon vorbei war. «Ein privilegierter Emigrant», sagte er. «Ich bin beschämt, wenn ich von den anderen Schicksalen höre. Mein Genfer Geschäftsfreund hat elf Jahre lang seine schützende Hand über mich gehalten.»

Er erzählte nicht vom 12. Februar 1934, als er am Straßenrand gestanden hatte, während der Rosenmontagszug an ihm vorbeigezogen war. Der Festwagen, der die Juden verhöhnte. Die groteske Verkleidung der Karnevalisten. Schwarze Kaftane. Schwarze Hüte. Lange Bärte. *Die letzten ziehen ab* hatte auf dem Wagen gestanden.

Georg Reim, Kölner wie sein Vater, Großvater, Urgroßvater, zog ab. Sein Leben zu retten. Ein Haus in Lindenthal, das er zurückließ. Eiserne Kreuze in der Kommode. Die Gräber im jüdischen Teil von Melaten. Gut, dass er 1934 einzig Überlebender der nahen Familie gewesen war und die Generation vor ihm friedliche Tode gestorben.

«Und was willst du jetzt mit der Schickse?», fragte Billa.

«Ein Glück versuchen», sagte Georg Reim. Er war einer, der verzieh.

— 20. JUNI —

Hamburg

Nina stand auf der Terrasse, die dem Schlafzimmer vorgebaut war. Betrachtete die hellrosa Fuchsien in den Kästen. Am Tag ihrer Hochzeit mit Joachim hatte es auch Fuchsien gegeben, Sekt hatten sie getrunken hier auf der Terrasse, auf ein kurzes Glück angestoßen. Joachim hatte den Einberufungsbefehl des Wehrkreises X in der Tasche gehabt, nur noch wenige gemeinsame Tage hatten vor ihnen gelegen.

«Gefallen dir meine Fuchsien?», fragte Elisabeth.

«Ich freue mich, dass du wieder welche gepflanzt hast, Mama.»

Hörten sie das? Kam es von den Blümels, deren vier Kinder allein gelassen worden waren? Doch bei den Blümels schien keiner zu Hause zu sein an diesem Sonntag.

«Das ist oben bei Jockel», sagte Elisabeth. Sie wandte sich zur Terrassentür, ihre Tochter hielt sie fest. «Lass *mich* gehen», sagte Nina.

Der hohe Heulton hatte aufgehört. Nina klopfte an, drückte auf die Klinke, die nachgab. Joachim saß vor dem Tisch, hatte die Arme gekreuzt, hielt sein Gesicht darin verborgen. Hatte sie ihn im letzten Jahr je anders erlebt als beherrscht?

«Jockel?»

Er hob den Kopf. Drehte sich um. Zeigte ein tränennasses Gesicht. «Was willst du hier, Nina?», fragte er. «Die Schraube der Qual noch fester anziehen?»

«Lass uns die Qual beenden», sagte sie leise.

«Dich ihm überlassen? Wo ist er an einem Sonntagnachmittag mit unserem Sohn? Sitzen sie auf einem Karussellpferd? Füttern die Affen bei Hagenbeck? Oder sind Jan und er mit Kurt unterwegs, und sie essen Eis bei Lindtner?»

Ob Joachim ihrem Vater und Jan gefolgt war, um all die kleinen Vergnügungen zu kennen? Nina näherte sich ihm, legte ihm die Hand auf den Arm. Er schüttelte sie ab.

«Berühre mich nicht, Nina.»

«Was kann ich tun?»

«Zu mir zurückkehren.»

«Ich habe dich lieb, Jockel. Doch ich werde mein Leben mit Vinton leben.»

Elisabeth hörte Joachims entsetzte Stimme und lief die Treppen zum Dach hoch, wusste schon, dass Nina sie nicht da oben sehen wollte.

Ihre Tochter und ihr Schwiegersohn schienen ineinander verschlungen. «Nein», sagte Joachim noch einmal. «Nein. Das tust du mir nicht an.»

«Lieber lieber Jockel», sagte Nina. Streichelte seinen Rücken. Blickte zu ihrer Mutter. Schüttelte leicht den Kopf. Elisabeth setzte an, etwas zu sagen, das Kotelett zu erwähnen, das Joachim noch nicht gegessen hatte.

«Lass uns allein, Mama», sagte Nina.

Joachim sank erschöpft auf einen der Stühle, als Elisabeth gegangen war. Nina zog den zweiten Stuhl heran, setzte sich vor Jockel, nahm seine Hände. Eine Weile saßen sie so da und sagten kein Wort, bis er ihr die Hände entzog.

«Ich habe ein Kettenhemd angelegt», sagte er. «An jenem Tag, an dem ich nach Hause kam und dich in den Armen eines anderen fand. Das Kettenhemd zerreißt, sobald ich auch nur ein Anzeichen von Zärtlichkeit erkenne.»

Das war es, was in Ninas Blick lag. Zärtlichkeit. Für einen Mann, den sie geliebt hatte wie vorher keinen anderen. Den Vater ihres Sohnes. Auf den sie gewartet und um dessentwillen sie Vinton immer wieder Grenzen gesetzt hatte.

All das sagte sie Jockel in diesem Augenblick, an dem die Nachmittagssonne in die zwei Zimmer unter dem Dach fiel. Eine Gratwanderung, ihre Sätze.

«Ist unser Sohn bei ihm?»

«Jan und Kurt sind miteinander unterwegs. Vinton ist in England.»

Hoffnung in Jockels Augen. Sie machte es schlimmer mit jedem Wort.

«Er interviewt einen Philosophen. Arnold Toynbee.»

«*Der Gang der Weltgeschichte*», sagte Joachim.

Nina sah ihn fragend an.

«Toynbee. Ich habe mich für sein Werk interessiert, als ich anfing zu studieren. Du bist gut informiert über das, was Langley tut.»

«Er ist ein Freund von June, meiner Arbeitgeberin.»

«Ich müsste nur zum Klosterstern kommen, um euch in flagranti zu ertappen.»

Er zerstörte einen vertrauensvollen Moment. Das wurde ihm sofort klar. «Verzeih. Ich bin zwar dein Ehemann, doch ohne Anspruch.»

Nina stand auf. Ging ans Fenster. Sah in den Garten.

«Ich erzähle dir was, Nina. *Skoro domoi*. Weißt du, was das heißt? Das heißt *bald nach Hause*. Ich habe es im Frühherbst 1949 gehört und war wahnsinnig vor Hoffnung. Elisabeth sagte mir, du seiest deinem Engländer zur Jahreswende 1949/50 begegnet? Ich wäre wohl noch rechtzeitig gekommen. Aber ich blieb in Sibirien, um weitere Jahre zu hungern, zu frieren und Läuse zu knacken.»

War es, weil er gefasst wirkte? Schon nicht mehr das Bündel Elend, das in ihren Armen gelegen hatte? Nun wieder bitter klang? Dass sie sich traute, das zu sagen?

«Ich will dir immer ein naher Mensch sein, Jockel. Doch es gibt für dich und mich keinen Weg zurück. Ich habe mich entschieden.»

Joachim schwieg. «Geh», sagte er dann. «Ich will keine Almosen.»

Nina und Jan waren zu ihrer Wohnung am Eppendorfer Weg aufgebrochen, als Joachim in die Küche kam, wo Kurt und Elisabeth am Tisch saßen. Er wirkte beinah gelassen, zwei Valium, die er genommen hatte. Das neue Beruhigungsmittel, von Dr. Hüge verschrieben. «Sie sind weg?», fragte er.

«Komm, setz dich», sagte Elisabeth. Sie stand auf. «Ich brate dir das Kotelett. Du hast noch immer nichts auf den Rippen, Jockel. Iss doch wieder mit uns.»

«Willst du ein Bier?», fragte Kurt. Er sah seinen Schwiegersohn aufmerksam an, Lilleken hatte ihm berichtet von dem Zusammenbruch. Dass Jockel in Ninas Armen gelegen habe.

Joachim wollte kein Bier. Hüge hatte ihn davor gewarnt, Alkohol zu trinken, wenn er die Tabletten nahm.

«Es ist auch noch Rosenkohl da», sagte Elisabeth. «Vom Mittag.» Warum kochte sie immer wieder Rosenkohl, wo sie doch wusste, dass Jan ihn nicht ausstehen konnte?

Joachim erwiderte Kurts langen Blick und glaubte darin zu lesen, dass Kurt bereits wusste, wie sich Nina entschieden hatte.

Köln

Träge Sonntagsgedanken, die Ursula im Fenster des Hauses am Eigelstein hatte. Die nackten Beine ließ sie aus dem ersten Stock baumeln, hielt sie der Sonne hin, blass ihre Beine, zu oft steckten sie in schwarzen Hosen. Stimmte es, was Ulrich sagte? Knebelung der Weiblichkeit? Verglichen mit Carla war sie vermutlich burschikos.

Sie würde ein Kleid anziehen, wenn sie mit Jef ins Elisabeth-Krankenhaus führ, in dem schon Claudia geboren worden war. Rosa und weiße Stiele Lisianthus bringen. Ein Jäckchen aus cremefarbenem Strick von Derichsweiler. Den Haarreifen aus rotem Samt für die große Schwester.

Eines der hohen Gurkengläser für den Lisianthus mitnehmen, um nicht die Station nach einer passenden Vase abklappern zu müssen. Lieber das Neugeborene in den Armen wiegen, wenn es Carla zum Stillen gebracht wurde.

Hatte sie Sehnsucht nach einem Kind?

Jef war irritiert von ihrem Konsum an Salzgurken, die vielen Gläser, die sie leerte, er favorisierte ohnehin die Cornichons. Nein. Sie war nicht schwanger. Das sollte er am besten wissen, schließlich kaufte er die Präservative und zog sie über.

An wen erinnerte sie die Frau da drüben? Im Blumenkleid mit einem Gürtel um die Taille, einen Jungen an der Hand. Sie blieb vor Radio Simons stehen, eine Baracke, neun Jahre nach Kriegsende noch nicht wieder zu einem Haus aufgebaut. Doch in den Schaufenstern des Radiohändlers flackerten die Bilder der Fernsehapparate. Die Frau wollte weitergehen, der Junge zog sie zum Schaufenster zurück.

Spielten heute nicht die deutschen Fußballer? Uli hatte es

erwähnt. Er war der Einzige in der Familie, der sich leidenschaftlich für Fußball interessierte.

Jef käme gleich aus seinem Atelier zurück. Vorgestern hatte er ihr Porträt nach Hause getragen. *Ursel lesend.* Eine sinnliche Ursula mit grünen Augen und vollen Lippen. Ihr brünettes Haar eine Mähne. Ein Traumbild?

Jetzt fiel es ihr ein. Die Frau mit dem Jungen an der Hand hatte sie an eine Fotografie erinnert. Elisabeth mit ihrem Enkel. Der Junge, der nun zwei Väter hatte.

Die angekündigte Reise ihrer Mutter nach Hamburg hatte nicht stattgefunden. Von wem war sie verhindert worden? Fürchtete Elisabeth, dass ihre Freundin Gerda zu viel Einfluss nehmen könnte? Voller Sympathie für Vinton, jenen Joachim kaum wahrnehmend?

Sie kannte keinen von beiden. Nur Nina.

Ursula zog die Beine ein. Kletterte ins Zimmer. Das eine Kleid mit Blumen anziehen, das sie besaß.

Wie war das Gespräch auf den *Ananasberg* gekommen? Sprach Billa einfach gerne darüber? Auch wenn sie Heinrichs Geschick als Galerist gelegentlich spöttisch kommentierte, sobald er von den Bildern des Hofgarten-Zyklus erzählte, hing sie an seinen Lippen.

«Leikamp?» Georg Reim schüttelte den Kopf. Wenige Kunstwerke, die er damals aus dem Haus in der Rautenstrauchstraße gerettet und bei Tony versteckt hatte. Nun hingen sie an den Wänden der neuen Wohnung, in der sie saßen. Bilder, die von den Nazis beschlagnahmt worden wären. Expressionisten.

«Leikamps Signatur ist eine Fälschung. Der eigentliche Maler ließ sie unsigniert. Weil er Jude war und trotz Berufsverbot Bilder verkaufen musste.»

Georg Reim hatte gerade den Maximin Grünhaus eingeschenkt, einen kühlen Riesling. «Kennst du den Namen des Malers?», fragte er.

«Leo Freigang», sagte Billa.

Reims Hand zitterte leicht, als er Billa das Glas reichte. «Kam der Name eines Düsseldorfer Bankiers ins Spiel?», fragte er.

Billa hob die Schultern. «Frag Heinrich.»

«Ich habe Anfang der dreißiger Jahre einiges Geld seiner Bank anvertraut. Ihn auch privat gekannt. Er hat 1933 Bilder von Freigang gekauft. Ein Kunstsammler, der zu einem kultivierten Kreis von Künstlern und Geschäftsleuten gehörte.»

«Ich bin die schräge Type der Familie.»

«Warum sagst du mir das?»

«Ein anderes Leben, das du gelebt hast. Elegant. Teuer. Kultiviert.»

«Erinnere dich. Ich stand hinter der Theke einer Schunkelkneipe.» Er lächelte. «Du hast mir schon vor zwanzig Jahren sehr gefallen, Sybilla.»

San Remo

Die Bar bliebe wohl leer, wie es die *Spiaggia Comunale* war, der öffentliche Strand San Remos am Corso Imperatrice. Mütter mit Kindern suchten das Sandspielzeug zusammen, nur einige Touristen, die das Spiel Italien gegen Belgien kaum interessierte, blickten über das Meer und sahen den Schiffen am Horizont nach.

Gianni und Corinne hatten sich in den warmen Sand gelegt, ihre Gesichter einander zugewandt. Der Sand würde später aus Giannis Hemd und Hosen rieseln, aus dem weißen Kleid mit roten Tulpen, das Corinne trug. Nur Tannennadeln seien so hartnäckig wie Sand, sagte Margarethe.

«Und du wirst Bergwerksdirektorin in Kerkrade sein?»

Corinne lachte. «Nein. Es genügt, dass mein Vater Direktor ist. Vielleicht geht er auch zurück nach Delft. Das ist die Heimatstadt der De Vries.»

«Und du?»

«Ich lasse mich auf einen Barbesitzer in San Remo ein.»

«Der Besitzer ist dein Onkel Jules.»

«Der verrückteste Onkel, den man haben kann. Alle anderen in unserer Familie sind schrecklich seriös. Dass Jules nicht länger Jesuit sein wollte, hat sie empört.»

«Sind alle so katholisch bei euch?»

«Ziemlich», sagte Corinne.

«Da habe ich sicher gute Karten mit meiner Nonna.»

«Jules hat mir ein bisschen von eurer Familie erzählt.»

«Auch von Bixio?»

«Und dass du eine Kaufmannslehre in eurem Blumenhandel abgeschlossen hast.»

«Er hat also meine Bewerbungsunterlagen bei dir eingereicht.»

Nicht der erste Kuss, den sie sich daraufhin gaben, doch dieser war ihnen besonders gelungen. Eine Woge des Glücks, auf der sich Gianni befand. Was konnte ihnen denn passieren, wenn Jules ihr Fürsprecher war.

«Die Zutaten sind so gut bei dir.»

«Zutaten?» Gianni lachte. «Was meinst du?»

«Das Deutsche und das Italienische.»

«Das wird eine wundervolle Mischung, Juffrouw de Vries.»

«So weit denkst du schon?»

Wie lange war es her, dass er Margarethe gesagt hatte, er wolle sich noch nicht binden? Weder an Blumen noch an Frauen.

«Lass uns in die Bar gehen», sagte Gianni. «Wir haben die besten Chancen, genügend freie Fläche zu haben, um zu tanzen.»

Feiner Sand rieselte auf den alten Terrazzoboden, den sie bewahrt hatten bei all den Umbauten. Sechs Leute sahen ihnen zu, wie sie tanzten, nur ein siebter starrte in das Bier von Peroni, das vor ihm stand. «Herr Ober, ein Birra», hatte er gesagt, Giannis Barkeeper hatte ihn dennoch verstanden.

Pips zwinkerte Gianni zu, als der gerade zum Flügel hintanzte, Corinne in den Armen. *I'm confessin' that I love you.* Einer der ganz alten Jazzsongs, den Pips da gerade spielte. Konnte Gianni denn glauben, was ihm seit zwei Tagen geschah?

Pips begann zu singen, nicht seine große Stärke, doch ganz charmant. Warum schwang in den Texten der Liebeslieder immer die Ahnung von Abschied mit?

> *I'm afraid some day you'll leave me*
> *Saying can't we still be friends*

Gianni sah zu Pips. Konnte der keine hoffnungsvolleren Lieder singen?

Spektakel auf der Piazza Bresca. Eher Gejohle als Gesang. Die Türen der Bar öffneten sich. Ein Pulk von Feiernden. Die Azzurri hatten die Belgier besiegt.

Was war mit dem Deutschen an der Bar? Hatte Margarethe nicht erwähnt, dass Herbergers Mannschaft heute auch spielte?

Er führte Corinne zu dem kleinen Tisch hinter dem Flügel. Im Augenblick der verschwiegenste Ort. «Einen Sekt oder lieber einen Cocktail?», fragte Gianni.

«Einen Gin Fizz», sagte Corinne. «Am liebsten in deiner Gesellschaft.»

Pips spielte gerade *Fratelli d'Italia*, als Gianni mit zwei Gläsern zurückkam.

— 4. JULI —

Köln

«Nun hättest du wohl gern einen Fernsehapparat gehabt», sagte Billa. Sie nahm sich ein Schinkenröllchen mit Spargel vom kalten Buffet, das auf dem Tisch aufgebaut war, an dem Carla sonst die Stoffe zuschnitt.

Heinrich hatte keine große Leidenschaft für den Fußball, doch dass Deutschland im Endspiel stand, veränderte alles. Am Nachmittag um halb fünf versammelten sie sich bei Lucy vor dem Radio, eine Philetta, die seine jüngere Kusine bei ihrem Einzug in die eigene Wohnung gekauft hatte.

Billa nahm eine der Cocktailservietten, Mayonnaise, die aus dem Schinkenröllchen quoll. «Hat Georg Reim dich auf Freigang angesprochen?», fragte sie. «Er kannte den Düsseldorfer Kunden, der drei Bilder gekauft hat. Auch den *Ananasberg*.»

«Reim kommt am Freitag zu mir in die Galerie.»

«Herbert Zimmermann ist schon dran», sagte Ulrich. Er drehte das Radio lauter, um den Reporter zu hören, der das Spiel im Berner Wankdorfstadion kommentierte.

«Die Ungarn sind die Favoriten», sagte Billa.

Nach nur acht Minuten war das zweite Tor für die Ungarn gefallen. Uli seufzte. Ein Debakel bahnte sich an. Carla stellte ihm einen Teller mit Fleischsalat hin. «Ich kann jetzt nicht essen», sagte Uli. Doch dann schoss Max Morlock ein erstes Tor für die Deutschen, und Uli griff zur Gabel.

Gerda setzte sich neben ihn. Nahm Claudia auf den Schoß, die nach Ursel nörgelte. Ursula und Jef fehlten. «Weißt du, warum die beiden nicht gekommen sind?», fragte Gerda. Ihr Sohn schüttelte nur ungeduldig den Kopf. Rahn hatte ausgeglichen.

Erst in der Halbzeitpause wandte Ulrich sich seiner Mutter zu. «Jef ist heftig erkältet», sagte er. «Und das im schönsten Juli.»

Der Himmel über Bern sei eine dunkle Wolkendecke, aus der dichter Regen fiel, sagte der Reporter gerade. Sepp Herberger und seine Jungs hätten Besseres verdient.

Aber sie rannten über den nassen Rasen. Morlock und Rahn. Fritz Walter und sein Bruder Ottmar. Und Turek im Tor hielt und hielt die Bälle der Ungarn.

«Turek, du bist ein Teufelskerl. Turek, du bist ein Fußballgott.»

Die Emotionen des Reporters Zimmermann überschlugen sich im Wankdorfstadion, dessen Uhr im Ostturm das nahende Ende des Spiels anzeige. Auch am Kölner Klettenberggürtel gerieten sie in große Aufregung. Nur Maria war an der Brust ihrer Mutter eingeschlafen. Trotz des Gebrülls, als Rahn das 3:2 schoss.

«Aus. Aus. Das Spiel ist aus. Deutschland ist Weltmeister», schrie es im Radio.

Als das Deutschlandlied erklang, füllte Billa die Gläser mit Sekt.

«Da singen die Idioten doch tatsächlich die erste Strophe», sagte Heinrich.

«Nu trink erst mal», sagte Billa. «Das ist doch wirklich ein Grund, sich in den Armen zu liegen, du alter Heiliger.»

Um neun Uhr waren Gerda und Heinrich wieder zu Hause angekommen. Hatten gefüllte Eier und den halb abgegessenen Käseigel dabei. Carla hatte ihnen noch Bruschetta eingepackt, die nahmen sie mit in den Garten, Heinrich öffnete eine Flasche Wein. In der Nachbarschaft waren davon wohl etliche getrunken worden, lautstarker Jubel in den Gärten, der noch lange anhielt.

«Das ist der Abend, um über weitere Vergnügungen nachzudenken», sagte Heinrich. «Hättest du nicht Lust, dich mal mit Elisabeth am Timmendorfer Strand zu treffen, dort, wo eure Freundschaft angefangen hat?»

«Eigentlich ja», sagte Gerda.

«Eine komische Antwort.»

«Du erinnerst dich, dass sie schon im Januar unsere Geburtstagseinladung abgesagt hat, weil sie nicht wegkönne aus Hamburg?»

«Hat sich Nina noch immer nicht für einen der Männer entschieden?»

«Ich weiß es nicht», sagte Gerda. «Unsere Gespräche sind nicht mehr so offen, seit ich mich für Vinton ausgesprochen habe.»

«Vielleicht wäre es fair gewesen, Joachim erst einmal kennenzulernen.»

«Um sie dann in die Waagschalen zu setzen und gegeneinander aufzuwiegen?»

«Sprich sie einfach mal darauf an», sagte Heinrich.

Hamburg

Der Grundig, den sie 1948 nach der Währungsreform gekauft hatten, gab sein Bestes, doch er schien zu bersten im Berner Schlussjubel. Oben bei den Blümels war der Bär los. «Deutschland kann noch siegen», brüllte Herr Blümel aus dem Fenster.

Ließ sich denn noch ein anderes Geräusch hören bei ihnen unten in der Küche, in der Nina und Jan, Kurt und Elisabeth saßen? Jan noch immer mit dem Ohr am Radio.

«Komm, Lilleken. Lass uns erst einmal anstoßen», sagte Kurt, als seine Frau sich die Schürze umband. Leipziger Allerlei, das sie vorbereitet hatte. Hätte sie gewusst, dass es einen Grund zu feiern gäbe, wäre sie gestern noch zum Schlachter gegangen, um Schnitzel einzukaufen.

«Gib mal her, die Sektgläser», sagte sie. «Die sehen ja ganz matt aus.» Sie nahm das Geschirrtuch, um die Gläser zu polieren, und sah nicht, dass Nina aus der Küche ging.

Warum stieg Nina die Treppen zu den zwei Zimmern hoch? In der Hoffnung, dass es Joachim eine kleine Freude machte, dieses gewonnene Fußballspiel?

Die Tür war offen. Wie immer. Vielleicht hatte er in Sibirien verlernt, dass sich Türen abschließen ließen. Joachim war in keinem der Zimmer. «Jockel?» Ihr Blick streifte zwei Tablettenröhrchen, die auf dem Tisch lagen, und da nahm sie auch schon den Geruch von Erbrochenem wahr, der aus dem Badezimmer drang.

Joachim kniete vor der Wanne. «Nicht einmal das gelingt mir», sagte er.

Der Wunsch in Nina, das Fenster zu öffnen, nach Kurt zu brüllen, doch dann wüsste es das ganze Haus und vor allem Jan. Sie strich ihm die vom Schweiß feuchten Haare aus der

Stirn. Hielt ein Handtuch unter laufendes Wasser, wusch Jockel das Gesicht. «Bist du sicher, dass alles draußen ist? Wie viel Tabletten waren es?»

«Zweimal zehn. Phanodorm soll eine todsichere Sache sein.»

«Gott sei Dank nicht. Wo hast du sie her?»

«Hüge hat sie mir verschrieben. Genau wie das Valium.»

«Das nimmst du auch? Kann ich dich einen Augenblick allein lassen? Ich will Kurt holen, und meine Mutter soll Hüge anrufen.»

Joachim löste sich vom Badewannenrand. Sank nach hinten auf die Fliesen des Bodens. Blieb liegen. «Ich bin nur noch ein einziges Ärgernis für dich», sagte er.

«Das ist das falsche Wort», sagte Nina.

Kurt, der mit ihr nach oben kam, Elisabeth gebeten hatte, dafür zu sorgen, dass Jan bei ihr blieb, Hüge sich eiligst in Bewegung setzte. Nina und ihm gelang, Joachim auf das Feldbett zu legen.

«Jockel», sagte er. «Das kann es nicht sein. Da gibt es noch ein Leben für dich.»

«Du meinst, etwas Besseres als den Tod finde ich überall?» Jockel lächelte müde.

Als Hüge ins Zimmer trat, galt sein erster Blick nicht dem Patienten, sondern Nina.

«Das kommt dabei heraus», sagte er. «Ein wenig mehr Kenntnis ob des Phanodorms bei Ihrem Mann, und Sie hätten ihn auf dem Gewissen gehabt.»

Nina kam aus der Hocke hoch. Ging ans Fenster. Sah von dort zu, wie der Arzt den Puls maß, den Blutdruck prüfte, in Mund und Augen schaute, das Stethoskop auf die Rippen des Brustkorbs setzte. Wie dünn Joachim war.

«In welches Gefäß wurde erbrochen?» Hüge ging, die Wanne zu inspizieren.

«Da dürfte alles draußen sein. Ich hätte Ihnen sagen sollen, Herr Christensen, dass man sich mit Phanodorm kaum umbringen kann, wenn vorher kein Mittel gegen den Brechreiz eingenommen wurde.»

«Welch ein Zynismus», sagte Kurt.

Hüge würdigte ihn keines Blickes. «Ich kann Sie ins Krankenhaus bringen lassen. Oder haben Sie jemanden, der heute Nacht bei Ihnen wacht? Sie sollten nicht allein hier oben sein. Vielleicht erbarmt sich Ihre Frau?»

«Ich werde bei meinem Schwiegersohn bleiben.»

Hüge packte seine Tasche und ging. Wäre fast in Jan hineingelaufen, der in der Tür wartete. Hatten Nina und Kurt wirklich geglaubt, Elisabeth könnte ihn unten halten? Was wusste der Junge? Wie viel hatte er gehört von dem, was der Arzt gesagt hatte?

Zu viel, dachte Kurt, als er sah, wie sich Jan neben seinen Vater hockte und dessen Hand nahm. «Das darfst du nie wieder tun, Jockel», sagte er.

«In Ordnung, Jan», sagte Joachim. Er drückte Jans Hand.

— 9. JULI —

San Remo

Ein Geschrei aus dem zweiten Stock, das Margarethe am Morgen ans Fenster lockte. Sie schob den gefütterten Vorhang aus schwerem Leinen zur Seite, den Bruno in der Frühe zugezogen hatte, um die Sonne fernzuhalten, und sah von ihrem Platz am Schlafzimmerfenster einen Stuhl auf dem Pflaster der Via Matteotti zerbrechen.

Sie erkannte ihn am Seidenbezug. Luigi XVI. Ende des 18. Jahrhunderts. Eines der kostbaren Stücke aus Donatas und Bixios Wohnung. Margarethe beugte sich vor und sah Bruno, der aus dem Fenster des Salons lehnte. Sie sahen einander fassungslos an. In dem Augenblick zersplitterte der venezianische Spiegel im Goldrahmen auf der Straße. Sieben Jahre Pech.

«Du solltest zu Donata hinuntergehen», sagte Margarethe, als sie in den Salon trat.

«Bixio ist da», sagte Bruno. «Ich habe seine Stimme gehört.»

Sie gingen beide. Im sonst so stillen Treppenhaus herrschte geradezu Gedränge. Gianni, der in einer eilig angezogenen Hose und kaum zugeknöpftem Hemd aus seiner Wohnung kam, Agnese, die vor Donatas Tür stand und mit einem Stock aus Ebenholz gegen die Tür schlug. Der Stock, dessen Krücke aus massivem Silber war, hatte Brunos Vater gehört. Agnese schlug mit der Krücke.

«*Aprire*», schrie Agnese. Die Tür blieb verschlossen. Dahinter war es nun still.

«Sie erschlagen sich noch gegenseitig», sagte Margarethe, als sie und Gianni nach oben gingen, Bruno die Aufgabe übernahm, Bruder und Schwägerin zu beruhigen. Rosa hatte Schlüssel für die Wohnung im zweiten Stock gebracht. Besaß Agnese zu jeder Wohnung im Haus Schlüssel?

«Ein Glück, dass keiner vom herabstürzenden Mobiliar erschlagen wurde», sagte Gianni. Er setzte sich an den Küchentisch. Margarethe füllte die Espressokanne.

«Magst du was essen? Ofenwarme Cornetti? Dein Vater hat sie eben geholt.»

Gianni nahm eines der Hörnchen und biss hinein. Warm waren sie nicht mehr. Margarethe blickte aus dem Küchenfenster, Rosa war dabei, die Reste des Spiegels zusammenzukehren. Den Stuhl sah sie nicht mehr. Dafür aber die Signora Grasso.

Das gäbe wieder feinen Klatsch über das skandalöse Leben im Haus der Cannas.

«Was hörst du von Corinne, Gianni?» Sie setzte sich zu ihm an den Tisch. Am 28. Juni war die junge Frau abgereist, um nach Kerkrade zurückzukehren.

«Der elfte Tag ohne sie», sagte Gianni. «Wer hätte gedacht, dass ich mal so ein verliebter Ochse sein könnte. Corinne ist dabei, ihren Vater davon zu überzeugen, dass sie ein Jahr bei Onkel Jules verbringen will, um Italienisch zu lernen. Die Idee, später als Dolmetscherin zu arbeiten, stand ohnehin im Raum. Mijnheer de Vries hatte da allerdings an die englische Sprache gedacht.»

«Corinnes Mutter hat dazu nichts zu sagen?»

«Der Mijnheer ist wohl der Herr im Haus.» Gianni grinste. «Das ist nicht so wie bei uns, Mama. Bei den Cannas haben die Frauen das Sagen. Und wenn ihnen die Worte fehlen, dann werfen sie Antiquitäten aus den Fenstern.»

«Guckst du doch noch mal, was da unten los ist, Gianni? Vielleicht braucht Bruno Hilfe.»

Gianni stand auf. Nahm noch ein Hörnchen aus der Tüte. Er kam nur noch dazu, die elterliche Diele vollzukrümeln, Bruno stand schon in der Tür. Gianni folgte ihm in die Küche. «Erzähle», sagten Margarethe und er aus einem Mund.

«Bixio ist heute Morgen mit einer Liste erschienen. Lieblingsstücke, die er für Lidia begehrte. Die hat Donata dann lieber aus dem Fenster geworfen. Er hat sie nicht gerade gefesselt und geknebelt, doch er konnte sie von weiteren Würfen abhalten.»

«Dein Bruder ist ein kompletter Idiot.»

«Ich stimme dir zu», sagte Bruno. «Er ist ohne Beute abgezogen. Ein halber Sieg für Donata. Aber nur ein halber. Eine Freundin ist jetzt bei ihr. Die Damen werden sich schon was Schönes ausdenken für Bixio, und Lidia wird auch nicht aufgeben.»

«Da hat er seine Meisterin gefunden», sagte Margarethe.

«Und die Nonna?», fragte Gianni.

«Die hätte gern einen Schwächeanfall gehabt, um das Drama für Bixio größer zu machen. Doch ihr ist nicht einmal gelungen, einen vorzutäuschen, die Konstitution meiner Mutter ist viel zu gut. *Che famiglia.*»

Margarethe war die Erste, die zu lachen anfing. Was für eine Familie.

Köln

«Ein interessanter Maler», sagte Reim. Heinrich folgte seinem Blick. Ein Bild von Jef aus einer Periode, die beinah heiter zu nennen war, verglichen mit dem, was er in diesem Jahr gemalt hatte. Eine Frau mit violettem Schultertuch und blonden Haaren. In einer Landschaft, die niederländisch anmutete.

«Jef Crayer. Der Lebensgefährte meiner Tochter. Billa hat Ihnen vermutlich von ihm erzählt. Ein Belgier. Er verkauft sich gut. Leider ist er nicht im Geringsten an Ruhm interessiert. Alle Versuche in dieser Richtung boykottiert er.»

«Ich habe meine Bilder bei Alfred Flechtheim gekauft. Bis ihm die Nazis das Leben zur Hölle machten und er schon ein Jahr vor mir das Land verließ.»

«Im Frühjahr und Sommer 1914 habe ich bei Flechtheim volontiert.»

Reim sah ihn neugierig an. Dieser große hagere Mann mit der hellen Hornbrille gefiel ihm sehr. «Wir sind Jahrgangsgenossen, nicht wahr?»

«1892», sagte Heinrich.

Georg Reim nickte. «Sie waren im Krieg?»

«In der Champagne.»

«Bei mir wurde bei der Musterung eine Tuberkulose festgestellt, mein Vater schickte mich in die Schweiz. Dort habe ich den Mann kennengelernt, der mich Jahre später vor den Nazis gerettet hat.»

Heinrich nickte. «Die Zufälle.»

Reim setzte sich, als Heinrich den Kaffee servierte. «Ein Zufall ist es auch, dass bei Ihnen der *Ananasberg* von Leo Freigang hängt. Ich habe das Bild zum ersten Mal im Mai 1933 in einer Wohnung in Düsseldorf gesehen.»

«Eine Wohnung im Zoo-Viertel?»

Reim rührte in seiner Tasse. Eine normale Kaffeetasse, von denen Gerda ein halbes Dutzend angeschafft hatte. «Was wissen Sie davon?», fragte er.

«Crayer und meine Tochter haben an der Düsseldorfer Kunstakademie recherchiert, die Geheimnisse des *Ananasberg* lassen uns nicht los. Kennen Sie Walter Ay?»

Reim stellte die Tasse ab und beugte sich vor. «Das war der Name des jungen Mannes, der meinem Bekannten die Bilder vermittelt hat.»

«Ay unterrichtet heute an der Kunstakademie. Er ist ein ehemaliger Kommilitone von Jef Crayer. Ihr Bekannter arbeitete bei einer Privatbank?»

«Er war einer der Direktoren. Wissen Sie, was aus ihm geworden ist?»

«Er wurde als homosexuell denunziert und von der Gestapo abgeholt.»

Ein tiefer Seufzer kam von Georg Reim.

«Die Wohnung wurde im Krieg zerstört. Ay hatte geglaubt, Freigangs Bilder seien dabei verbrannt, doch wenigstens zwei davon haben ihren Weg auf einen Speicher in der Pempelforter Straße gefunden.»

«Pempelforter Straße? Ich erinnere mich. Der kleine Schwule wohnte dort», sagte Reim. «Er gehörte zum Umfeld des Bankiers. Vielleicht sollte ich Ihnen von dem Kreis erzählen, in dem ich anregende Abende verbracht habe. Einige Homosexuelle waren dabei. Ich habe allerdings nie den Wunsch gehabt, mich mit einem Mann zu liieren.»

Reim lächelte.

«Warum glauben Sie, mir das sagen zu müssen?»

«Weil ich wieder um Ihre Kusine werbe. Ich weiß, dass es Gerüchte um mich gegeben hat, als ich mit Ende dreißig noch keine Braut zum Altar geführt hatte, zu welchem Altar auch immer. Ich bin kein gläubiger Jude. Könnten Sie mir den Kontakt zu Walter Ay herstellen, Herr Aldenhoven? Ich würde gerne persönlich mit ihm sprechen. Vielleicht hilft das, Licht ins Dunkel zu bringen. Ich wüsste gerne mehr über das Schicksal des Bankiers.»

«Jef Crayer wird den Kontakt sicher vermitteln.»

«Vielleicht gelingt uns auch, die anderen Bilder von Freigang zu finden.»

«Eines ist bei einem Journalisten namens Jarre.»

«Welches der Bilder?»

«Der *Jägerhof*. Ich habe das Bild gesehen.»

«Ich auch. Es hing ebenfalls in jener Wohnung.»

«Lassen Sie uns das Geheimnis des Hofgarten-Zyklus lüften», sagte Heinrich.

Reim erhob sich, um Heinrichs Hand fest zu drücken.

Hamburg

Nina griff nach dem Telefonhörer, den June ihr hinhielt. Hatte sie einen Namen genannt? Nina war vertieft in ihren Text gewesen.

Vor fünf Tagen hatte sie Joachim gefunden. Seither keinen Kontakt zu ihm gehabt. Wusste nur von Kurt, dass es ihm besser ging. Noch nachdenklicher sei er geworden, falls da eine Steigerung vorstellbar sei, hatte ihr Vater gesagt.

Nina sah, dass June sie im Blick hatte. Die Stirn krauste, als Nina sagte, dass er vor der Tür warten solle, sie komme um sechs hinunter.

«Joachim will sich mit dir treffen?»

«Ja. Um einen Spaziergang hat er gebeten.»

«Ist dir wohl dabei?»

«Ein harmloser Wunsch», sagte Nina.

June sah auf die Uhr. In einer halben Stunde. «Ich überlege, was sein nächster Schritt sein könnte. Vielleicht tut er jetzt dir was an.»

«Jockel? Das ist Unsinn, June.» Beinah hätte Nina gelacht.

Einige Minuten vor sechs trat sie aus der Tür, Joachim war schon da. Betrachtete die japanische Kirsche im Vorgarten, als suche er Ablenkung. «Schau dir die harten kleinen Kirschen an.» Er zog einen der Zweige zu sich. Sah sehr verlegen aus. Nina blickte nach oben. June stand am Fenster. Das hatte sie sich gedacht.

«Ich habe sie auch schon gesehen. Weiß sie, was am Sonntag geschehen ist?»

«Ja.»

«Dann weiß es auch Langley.»

«Warum willst du mit mir einen Spaziergang machen?»

«Um dir etwas zu sagen.»

Doch er schwieg, bis sie beinah schon an der Alster waren.

«Jockel. Sag, worum es dir geht.»

Er schien einen großen Anlauf zu nehmen, um die nächsten Worte zu sprechen. «Ich will die Scheidung», sagte er. «Ich nehme an, du hast nichts dagegen.»

«Du erstaunst mich. Der Zeitpunkt, den du wählst.»

«Mich entsetzt, dass ich so weit war, mir das Leben nehmen zu wollen, nachdem ich dreizehn Jahre damit verbracht habe, es zu bewahren. Nina, ich kann nicht mehr, und du kannst auch nicht mehr. Wir sind einander nur noch ein Unglück.»

Nina blieb stehen. «Jan wird uns immer verbinden.»

«Jan liebt Langley, und der liebt ihn. Das ist mir klargeworden bei der Begegnung auf dem Jungfernstieg.»

«Ist dir am Sonntag denn auch klargeworden, wie eindringlich Jan dich bat, nie mehr zu versuchen, aus dem Leben zu gehen? Er liebt nicht nur Vinton.»

«Ja, Nina. Das ist mir auch klargeworden. Trotz meines Zustands. Vielleicht habe ich da den Entschluss gefasst, mich scheiden zu lassen. Den Weg frei zu geben.»

«Du warst zwanzig und ich war neunzehn, als wir heirateten.»

«Ich hätte dich nicht dazu drängen dürfen», sagte Joachim. «Doch ich wünschte mir so sehr, alles in Ordnung zu bringen, bevor ich in den Krieg ging.»

«Mir tut endlos leid, was dir geschehen ist. Was ich dir zugefügt habe.»

Joachim schüttelte den Kopf. «Komm, lass uns noch ein Stück gehen», sagte er. «Kennst du einen Anwalt, den wir aufsuchen können?»

«Ich kenne nur das Schild eines Anwalts. Am Eppendorfer Baum.»

«Willst du einen Termin machen? Trennungsjahre haben wir ja wahrlich genügend vorzuweisen. Und ein Vermögen ist auch nicht zu verteilen.»

«Wirst du in der Blumenstraße wohnen bleiben?»

«Wärest du einverstanden, wenn ich es während des Studiums täte? Deine Eltern lassen mich kaum was bezahlen, und das wenige habe ich ihnen aufgedrängt.»

«Meine Mutter wird erschüttert sein, wenn sie von unserem Entschluss hört.»

«Ich werde es ihr sagen. Sie soll wissen, dass *ich* die Entscheidung getroffen habe.»

«Was hat dich verändert in diesen fünf Tagen, Jockel?»

«Der Schock, Nina. Über das, was ich da versucht habe. Und das Bild von Jan, der neben mir hockt und meine Hand hält. Ich möchte ihm das Leben leichter machen.»

Sie umarmten einander, bevor sie sich trennten an diesem Abend.

Vinton hatte sich einen abendlichen Whisky angewöhnt, trank oft noch ein weiteres Glas Chivas Regal, aber auch zwei Whiskys gelang nicht, die einsamen Abende in den vier Zimmern der Rothenbaumchaussee angenehm zu gestalten. Das Radio lief nebenher, heute fand er kaum Konzentration für den Jazz, den sie in *Nach der Dämmerung* auflegten.

Ihm ging es lausig, seit er von Kurt wusste, dass Christensen versucht hatte, sich das Leben zu nehmen. Welch ein Wahnsinn, das tun zu wollen, wenn man diesen Krieg und die Gefangenschaft überlebt hatte. Welch eine Verzweiflung.

Das Versprechen, das Vinton Jan gegeben hatte. Ließ sich das denn noch halten?

Er musste mit dem Jungen reden, darüber, dass er wohl doch wegginge. Bevor er die Bewerbung an die Chefredaktion des *Manchester Guardian* schickte, die seit vorgestern auf seinem Schreibtisch lag. Für das Londoner Büro, nicht Manchester, obwohl der Ort egal sein würde, unglücklich wäre er überall.

Summertime and the livin' is easy, sang Ella Fitzgerald im Radio. Vinton nahm einen Schluck Chivas und trat auf den Balkon. Draußen war tatsächlich Sommer.

Er setzte sich auf einen der Stühle und blickte zur Johanniskirche. Der Zeiger auf dem weißen Zifferblatt der Turmuhr stand kurz vor der vollen Stunde. Elf Uhr.

Trug er nicht Schuld an der Verzweiflung des Joachim

Christensen? Er hätte sich zurückziehen müssen, statt das eigene Elend auszuleben. Auf den Tag genau vor einem Jahr war Ninas Mann heimgekehrt.

Das Läuten des Telefons hätte er beinah überhört. Er erschrak, als er Ninas Stimme erkannte. Bedeutete das Schlimmes? Von wo rief sie an? Der Lärm einer Kneipe, den er im Hintergrund hörte. «Jan ist eben erst eingeschlafen», sagte sie. «Ich bin gleich wieder bei ihm. Bitte komm, Vinton.»

Was war geschehen, dass er zu ihr kommen durfte? «Eine schlechte Nachricht?», fragte er. «Dein Mann?» Nein. Er wollte nichts über dessen Leiche tun.

«Die Heilsamkeit eines Schocks», sagte Nina. «Komm, und ich erzähle es dir.»

1955

— 9. FEBRUAR —

San Remo

Agnese arbeitete seit Juli daran, dass Donata das Haus in der Via Matteotti verließ.

Che scandalo. Der kostbare Stuhl. Luigi XVI. Der venezianische Spiegel. Halb San Remo hatte sich ergötzt. Allen voran die Signora Grasso.

War nicht immer noch ein Raunen zu hören? Auch in der *Madonna della Costa* bei der Kerzenprozession? *Tanti auguri, Signora Canna.* Glück hatten sie gewünscht an ihrem Geburtstag und hinter ihrem Rücken gegrinst.

Doch sie war beglückt worden von dem kleinen zweijährigen Prinzen, der im hellblauen Anzug vor ihr gestanden hatte, eine weiße Fliege zum plissierten Hemd, ihr einen Blumenstrauß überreichte. Rosen und Anemonen.

«Deine Mutter will, dass Cesare und seine Eltern in den zweiten Stock ziehen», sagte Margarethe an diesem Mittwochmorgen.

«Er hat Agnese verhext. Ein geschickter Schachzug von Bixio und Lidia, den Kleinen wie einen Edelknaben bei Hofe zu kleiden. Ich nehme meiner Mutter von Herzen übel, dass sie noch immer tut, als sei Claudia nie geboren.»

«Claudia und Carla könnten es kaum glücklicher getroffen haben als in Köln.»

Bruno zog eine Krawatte vom Bügel in seinem Kleiderschrank. Legte sie um den Kragen des Hemdes und begann, sie zu binden. «Vielleicht sollten wir auch wieder nach Köln gehen, Margarethe. Dort fände ich Arbeit. Spätestens, wenn das Wallraf-Richartz-Museum wiedereröffnet wird.»

«Das zieht sich hin, sagt Ursel.»

«Ist sie noch im Büro dieses Architekten?»

«Bis zur Wiedereröffnung des Gürzenich im Herbst.»

«Hilfst du mir mal mit den Manschettenknöpfen? Ich bin ungeschickt heute, mir steht dieses Gespräch bevor.»

«Ihnen gelingt, einiges von der alten Bausubstanz zu erhalten und in die neuen Entwürfe zu integrieren. Sie bauen Treppenhaus und Foyer des Gürzenich an die Ruine von St. Alban an.»

«Spannend», sagte Bruno. «Und ich kratze ein bisschen an Mauern herum. Damit ist nun wohl auch Schluss. Wer weiß, was mir der Bischof heute erzählen wird.»

«Hast du noch Zeit für einen Kaffee?»

«Nein. Ich muss los.» Er nahm sein Jackett. «Hoffentlich springt das Auto an.»

Margarethe seufzte. Der Lancia kam wirklich in die Jahre. Aber an ein neues Auto war kaum zu denken, solange Bruno keine großen Aufträge hatte. Sie küsste ihren Mann. «Fahr vorsichtig», sagte sie.

«Anders lässt sich die Kutsche nicht mehr fahren.»

Sie stand am Fenster des Badezimmers und sah Bruno über den gepflasterten Hof zur Remise gehen. Hörte das Motorengeräusch und schloss das Fenster, um von der Küche aus zu sehen, wie Bruno davonfuhr. Heute Abend würde sie ihm vorschlagen, endlich den Hermelin zu verkaufen, den sie nicht trug. Brachte der Mantel genügend Geld, um ein neues Auto anzuschaffen?

Köln. Wäre das eine Option? Gerade zu einer Zeit, in der Gianni hier sein Leben aufbaute? Corinne im April nach

San Remo kam? Ihr Vater hatte darauf bestanden, dass sie in Kerkrade eine Sekretärinnenschule besuchte, Stenographie lernte, das Schreiben auf einer Schreibmaschine, ehe sie sich dem Italienischen widmete.

Donata, die aus dem Haus kam und auf die Via Matteotti trat. Mit einem Mann. Margarethe zog sich vom Fenster zurück. Vielleicht hatte Donata ganz andere Pläne, als noch lange mit der Familie ihres untreuen Gatten unter einem Dach zu leben.

Ihre Schwiegermutter glaubte, dass Donatas Wohnung die Brutstätte aller bösen Gerüchte sei, die von Bixios Unfähigkeit flüsterten, den Schwierigkeiten, die im Blumenhandelshaus daraus entstanden seien.

Margarethe ging ins Schlafzimmer, um sich anzuziehen. Einen der engen Röcke. Den neuen Twinset. Das klassische Rot passte zu ihrem Lippenstift. Jules de Vries fiel immer auf, wenn eine Frau sich schmückte.

Nachher würden sie zusammen Sardenaira in der Cantina essen, danach blieb noch Zeit, in der Macelleria die Kalbshaxe zu kaufen, um Bruno am Abend ein Ossobuco zu servieren. Ihn verwöhnen nach dem Gespräch mit dem Bischof von Nizza.

Köln

Jef fuhr deutlich souveräner als vermutet. Heinrich hatte gezögert, ob sie nicht doch den VW nehmen sollten, mit ihm am Steuer. Aber Jefs Renault war komfortabler, um gemeinsam mit Georg Reim zur Kunstakademie zu fahren.

Heinrich saß hinten und hatte einen guten Blick auf das

Tachometer. Achtzig, die Jef auf der Landstraße fuhr, die B9 war trocken, der angekündigte Schneeregen noch nicht gefallen. Jef blickte in den Rückspiegel und lächelte.

«Ich überlege, wie alt Walter Ay jetzt ist», sagte Reim. «Persönlich bin ich ihm damals nicht begegnet, kenne ihn nur vom Hörensagen.»

«Ende vierzig wird er sein», sagte Jef. Er wirkte entspannt heute. Hoffentlich hielt das an und würde sich auch auf seine Malerei auswirken, obwohl die oft depressiven Werke ihre Käufer fanden.

«Hoffentlich kann er uns sagen, was aus meinem Bankier geworden ist.»

«Haben Sie nach dem Krieg versucht, ihn zu finden?», fragte Heinrich.

«Erst, als ich nach Köln kam. Die alte Adresse existierte nicht mehr. Ich habe versäumt, nach Düsseldorf zu fahren, um Spuren zu suchen. Vielleicht fürchtete ich mich davor, sie aufzunehmen.»

«Aber das Bankhaus existiert noch?»

«Es ist in einem Hamburger Bankhaus aufgegangen.»

«Heinrich erzählte mir von einem Mann, den Sie den kleinen Schwulen nannten.»

«Ein zierlicher hübscher Mensch», sagte Reim. «Damals kaum zwanzig Jahre alt.»

«Welche Rolle spielte er in dem Kreis?»

«Ich nehme an, dass er Alexander Boppards Liebhaber war.»

«Das ist der Name Ihres Bankiers?»

Reim nickte. «Der kleine Schwule war ihm treu ergeben. Wenn er Gelegenheit hatte, die Bilder zu retten, wird er es getan haben. Da müssen noch mehr Gemälde in Boppards Wohnung gewesen sein als die von Freigang.»

Sie hatten Düsseldorf erreicht. Schon den Schlossturm im Blick. Die Altstadt. Zehn Minuten noch bis zu ihrem Termin, als Jef in die Eiskellerstraße abbog.

«Sie kennen sich gut aus», sagte Georg Reim.

«Ich war hier schon ein paarmal», sagte Jef. «Auch vor dem Krieg, als es noch das originale Gebäude von 1879 war. Nur die Außenmauern sind stehen geblieben.»

Sie gingen durch das neugeschaffene Portal, und Jef erkannte Walter Ay im Foyer.

«Freigang hat bis Ende der dreißiger Jahre leben können von dem Geld, das ihm Ihr Bankier für die drei Bilder bezahlt hat», sagte Ay. «Boppard war ein sehr großzügiger Mann, und er wusste, unter welchem Druck der Maler ab 1933 stand.»

«Wann ist Leo Freigang deportiert worden?», fragte Reim.

«Im Juli 1942. Bis dahin hatte er vom Erlös des vierten Bildes gelebt, das weniger großzügig honoriert worden war. Da kenne ich den Käufer nicht. Damals bekam ich eine Nachricht, dass ich das Bild zum Corneliusplatz bringen sollte, ein Junge hat mir ein Kuvert mit dem Geld übergeben. Gedanken habe ich mir kaum darüber gemacht, an dem Tag hatten Frankreich und Großbritannien uns den Krieg erklärt, nachdem die deutschen Truppen in Polen einmarschiert waren.»

«Da sind noch andere Kunstwerke in Alexander Boppards Wohnung gewesen.»

«Ich erinnere mich», sagte Ay. «Boppard hatte eine bunte Sammlung. Vor allem Expressionisten. Darunter auch ein Kandinsky. Aber ich habe keine Ahnung, was daraus geworden ist. Erst durch Jef habe ich erfahren, dass die Bilder von Leo Freigang gerettet wurden. Es würde mich wundern, wenn derjenige nicht wenigstens noch den Kandinsky mitgenommen hätte.»

«Von Boppards Schicksal wissen Sie nichts?»

Ay schüttelte den Kopf. «Nur, dass er denunziert und von der Gestapo verhört wurde. Danach hat sich seine Spur für mich verloren.»

«Sie haben viel für Freigang getan, Herr Ay.»

Walter Ay sah Reim an. «Noch immer viel zu wenig, Herr Reim.»

Er drehte sich zur Tür um, die geöffnet wurde. Eine junge Frau schaute ins Zimmer. «Ich bin gleich da», sagte Ay.

«Gibt es die Brauerei *Zum Schlüssel* noch? Ich würde Sie gerne einladen, dort mit mir ein Alt zu trinken», sagte Georg Reim. «Auf der Suche nach der verlorenen Zeit.»

Er hätte gern auch Ay eingeladen, doch auf ihn hatten dessen Studenten gewartet.

Als sie vor dem Auto standen, entschlossen sie sich, zu Fuß zur Brauerei in die Bolkerstraße zu gehen. Nur ein kurzer Weg.

Sie tranken Alt. Aßen Schmorbraten. Und Reim dachte daran, wie er hier im März 1934 mit Alexander gesessen hatte, um ihm von der anstehenden Flucht zu erzählen.

Hamburg

«Was ist gesprochen worden in jener Nacht, die du bei Jockel verbracht hast, Kurt?» Elisabeth sah vom Kartoffelschälen auf und blickte ihrem Mann ins Gesicht, damit ihr kein Blinzeln entging.

«Nicht viel. Er war erschöpft. Hat die meiste Zeit geschlafen. Warum fragst du?»

«Er trifft sich nachher mit Nina. Alles scheint leichter geworden zu sein zwischen ihnen, und dennoch werden sie am Montag geschieden werden.»

«Hoffst du noch immer, dass sie den Termin absagen?»

Elisabeth hob die Schultern. Müde sah sie aus, wie sie da am Tisch saß, das Messer in der Hand, den Kochtopf mit Wasser vor sich, die Tüte Kartoffeln.

«Leg dich aufs Sofa, Lilleken. Lass mich die Kartoffeln schälen.» Er hustete in die Armbeuge hinein. Seit Tagen ein lästiger Husten. Heute war er zu Hause geblieben.

«Du solltest zu Hüge gehen.»

«Ganz sicher nicht», sagte Kurt. Er ging zum Spülstein, um die Hände zu waschen. Setzte sich an den Küchentisch, Lilleken hatte sich auf das Sofa gelegt.

«Salzkartoffeln?», fragte er. «Soll ich sie halbieren?»

«Ja. Kurt, hör bitte mit dem Rauchen auf. Du wirst den Husten nicht los. Das kann nur an der Raucherei liegen.»

Sie hatte recht. In der Nacht, von der sie eben gesprochen hatte, war es in kurzer Zeit ein Päckchen Eckstein gewesen, das er am Dachfenster geraucht hatte.

Du hast zu rauchen angefangen, als ich heimkam, Kurt?
Wann hattest du damit aufgehört, Jockel?
Als es nur noch Machorka gab. Den süßlichen Tabak habe ich nicht vertragen.

«Ich werde aufhören, Lilleken», sagte er. «Versprochen. Warum hast du nach jener Nacht gefragt?»

«Hast du Jockel aufgefordert, sich scheiden zu lassen?»

«Nein. Das habe ich nicht.»

«Ich denke noch immer an seine Verzweiflung, als er in Ninas Armen gelegen hat. Vierzehn Tage später versucht er, sich umzubringen, aus lauter Qual, sie zu verlieren, und dann schlägt er kurz darauf die Scheidung vor?»

«Siehst du da keine Kausalität? Er war tief schockiert, dass er sich das Leben nehmen wollte und nur die Kotzerei ihn davor bewahrt hat zu sterben.»

Kurt stand auf, um ihr den Inhalt des Topfes zu zeigen. «Genug Kartoffeln?»

«Bitte sag *Erbrechen*, Kurt.» Sie blickte in den Topf und nickte. «Es kann nur schrecklich für ihn sein, dass Nina und der Junge jetzt bei Vinton leben.»

Seit Januar erst. Joachim hatte Zeit gehabt, sich an den Gedanken zu gewöhnen.

«Ich denke, davor ist es schrecklicher gewesen. Siehst du denn nicht, dass jetzt alle glücklicher sind, Lilleken?»

«Jockel nicht.»

«Vielleicht nicht glücklich. Aber doch erleichtert ob dieser Entscheidung.»

«Du denkst dir immer alles schön, Kurt», sagte Elisabeth.

Sie saßen im Alsterpavillon, der aus Trümmern neu erstanden war. Tranken ein Glas Wein. «Jan ist gut versorgt heute Abend? Vinton ist da?»

Nina nickte. Noch nicht lange, dass Joachim den Vornamen aussprach.

«Stoßen wir gerade auf unsere Scheidung an?», fragte er, als sie das Glas hob.

«Darauf, dass wir uns gut verstehen, Jockel, und gemeinsam für unseren Sohn sorgen. Ich danke dir für die Größe, diesen Schritt zu tun.»

«Jan hat sich für das Johanneum entschieden?»

«Das Gymnasium, das am nächsten liegt, um bei Elisabeth zu essen.»

«Ich habe heute erfahren, dass ich im Herbst mein Referendariat dort anfangen werde.»

«Vater und Sohn an einer Schule?»

«Soll ich versuchen, mir einen anderen Referendariatsplatz zuweisen zu lassen?»

«Du hast dein Abitur am Johanneum gemacht. Dir ist dort vieles vertraut.»

«Vielleicht sollte ich diese Nähe nicht gerade suchen.»

«Du warst dreizehn Jahre lang weit genug weg.» Nina nahm seine Hand. Strich über die Narben. Schwieg zum Ring, den er trug. «Nimmst du noch Valium?»

«Gelegentlich», sagte Joachim. Am Montag würde er eine nehmen. Vor dem Termin am Amtsgericht. Er hatte Angst davor. Da half ihm keine Größe.

— 10. FEBRUAR —

Köln

Endlich ein sympathischer Kopf nach Hindenburg und Hitler. Die Briefmarken mit Heuss waren im vergangenen Jahr erschienen, nachdem man nach dem Krieg erst einmal darauf verzichtet hatte, Marken mit einem Porträt zu zieren.

Gerda klebte die Zwanzigpfennigmarke auf das Kuvert. Die vertraute Adresse der Blumenstraße. Ein langer Brief, den sie geschrieben hatte, in dem sie versuchte zu verstehen, warum die Freundin am Telefon noch immer traurig klang. Schien denn nicht auch Elisabeths Joachim stabiler, nachdem endlich eine Entscheidung gefallen war?

Die Pendeluhr schlug. In zehn Minuten wurde der Postkasten vorne an der Ecke geleert, Gerda zog den Mantel an, verließ das Haus. Ihr Brief sollte vor dem Tag ankommen, an dem die Ehe von Nina und Joachim geschieden wurde.

Wie wäre ihr denn ums Herz, würden Uli und Carla auseinandergehen? War sie nicht verwöhnt vom Glück der eigenen Kinder? Auch Ursel wirkte glücklich, die Liebe zwischen ihr und Jef war von großer Ernsthaftigkeit. Ein leichtblütiger Gefährte hätte kaum zu ihrer Tochter gepasst.

Der Brief fiel in den Kasten, Gerda schickte ihm noch einen Segenswunsch nach.

Hatte sie vorgehabt, in die Stadt zu fahren? Empfand sie das Klingeln der nahenden Straßenbahn als Aufforderung?

Sie griff in ihre Manteltasche, in der sie immer ein Zweimarkstück bereithielt, stieg ein und löste eine Karte bei der Schaffnerin.

«Ich habe Zauberkräfte», sagte Heinrich. «Gerade habe ich dich herbeigewünscht.»
«Vielleicht besitze ich den sechsten Sinn.» Gerda ließ sich den Mantel abnehmen.
«Zwei Bilder, die ich dir zeigen will. Jef hat sie gebracht.»
«Eine produktive Phase», sagte Gerda.
«Die Bilder sind nicht von ihm. Ein junger Maler, der ebenfalls ein Atelier in der alten Fabrik hat. Das passt zu Herrn Crayer, sich die Konkurrenz selbst ins Haus zu holen. Eitelkeit oder gar Eigennutz ist ihm völlig fern.»
Gerda trat an den großen Tisch, auf dem zwei eher kleinformatige Ölbilder lagen.
Abstrakte Bilder. Erdige Farben. Gerda erinnerte sich an das eine abstrakte Bild von Jef. In Orange und Blau. Nein. Dieser Künstler konkurrierte nicht mit ihm.
«Jef empfiehlt uns, den Maler zu vertreten.»
«Das empfehle ich auch.»
«Dann beuge ich mich eurer Meinung.»
«Dir gefallen sie nicht?»
«Das linke Bild heißt *Leni in den Dünen*. Da sähe ich gern eine Düne, und am liebsten auch eine Leni. Erinnerst du dich an Mackes *Dame in grüner Jacke*? Das ist mein Genre. Auch das, was Jef malt, wenn es nicht gar zu düster ist. Aber ich bin Kunsthändler und richte mir nicht mein Wohnzimmer ein.»
«Da hängt ja auch schon der *Ananasberg*.»
«Je älter ich werde, desto tiefer meine Sehnsucht nach leuchtenden Farben. Weißt du noch, wie wir Heitmanns

Eierfarben gemischt haben und die Ostereier in jenem Jahr von mausgrau zu taubenblau tendierten?»

Gerda lächelte. «Du tust diesen Farben hier unrecht.»

«Der junge Maler stellt sich morgen vor. Ich bitte dich, dabei zu sein. Den Brief an Elisabeth hast du geschrieben? Kurt rief übrigens eben aus dem Büro an.»

«Kurt rief bei dir an?»

«Er hat dich zu Hause nicht erreicht, da dachte er, du seist hier in der Galerie.»

«Da war ich schon auf dem Wege.»

«Elisabeth findet nicht aus der Trübsal, er hofft darauf, dass alles besser wird, wenn die Scheidung hinter ihnen liegt. Er hat es nicht leicht mit ihr. Sie war doch mal ein froher Mensch, wenn auch immer strenger als er.»

«Ihr würde sicher helfen, wenn auch ihr Schwiegersohn ein neues Glück fände.»

«Doch dir gefällt Vinton mehr?»

«Er ist ein sehr gewinnender Mensch, Joachim wirkt dagegen verschlossen. Aber ich kenne ja auch nur Fotografien von ihm.»

«Jef war gestern so gewinnend, wie ich ihn noch nicht erlebt habe», sagte Heinrich.

San Remo

Pips klimperte eine Weile, bevor er anfing, präzise zu spielen. Gianni legte die Zeitung zusammen. «Was ist das denn?», fragte er.

«Ein Menuett aus dem Büchlein der Anna Magdalena Bach, du Banause.»

«Hm», sagte Gianni. «Das hier ist eine Jazzbar.» Er stand auf, um Kaffee für Pips und sich zu machen.

«Morgens um elf darf es schon mal klassisch sein.»

«Trauerst du um deine Karriere als Konzertpianist?»

«Ja», sagte Pips.

Gianni nickte. Er mochte den Jungen, der drei Jahre älter war als er, von Herzen.

«Was sagen eigentlich deine Eltern zum Wechsel ins Jazzfach?»

«Sie sagen nichts mehr dazu.» Pips schlug andere Klänge an. Die Gianni so wenig kannte wie das Menuett. *«Die Bombe machte bumm»*, sang Pips. *«Da fiel mein Johnny um. Cherio. Cherio.»*

«Ist das die Antwort, Pips?»

«Nur ein Lied von Hans Albers. *Goodbye Johnny.*»

«Wie ist dir dein Finger abhandengekommen?»

«Du glaubst gar nicht, wie einfach das war. Kennst du Hans Albers?»

«Ein Schauspieler. Meine Mutter erwähnt ihn manchmal.» Gianni drehte den Hahn der Gaggia auf, ließ den Dampf zum Aufschäumen der Milch zischen. Pips schätzte kein Nachfragen. Das kannte er schon. Er stellte die beiden großen Tassen auf einen der Tische nahe der Bar. Legte vom Mandelgebäck dazu. «Kommst du?»

Pips stand vom Flügel auf und kam zu ihm an den Tisch.

«Soll ich ein Auto kaufen?», fragte Gianni. «Ein zwei Jahre altes Fiat Cabriolet, das ich im Auge habe? Allerdings fällt der alte Lancia, den mein Vater fährt, auseinander, und der Bischof von Nizza hat ihm gestern gesagt, dass kein weiteres Geld vorhanden sei, um die Kirche in Menton zu restaurieren. Bruno ist arbeitslos.»

«Das fragst du einen Mann, der nur ein altes Fahrrad besitzt?»

«Existenzielle Fragen», sagte Gianni. Hörten Kinder je auf, verantwortlich für das Wohlbefinden ihrer Eltern zu sein? Hatte er nicht nur ziemlich kurz in den Windeln gelegen? Auf ihre Zuwendung angewiesen? Vermutlich trog ihn da die Erinnerung.

Gestern beim gemeinsamen Abendessen hatte sein Vater niedergeschlagen gewirkt, sich kaum vom großartig gelungenen Ossobuco trösten lassen. Das Gespräch mit dem Bischof war wenig aufbauend gewesen. Margarethe hatte davon gesprochen, den Hermelin zu verkaufen. Den Mantel wäre sie nur zu gern los, dennoch ein Indiz, dass es nicht gut stand um die Finanzen.

Bruno ginge nie und nimmer zu Bixio, um ihn zu bitten, schon einmal einen Anteil an der Familienfirma auszuzahlen. Dabei lief die Firma gut, all den Gerüchten zum Trotz, die im Umlauf waren. Vermutlich hatte Nonna recht, dass Donata sie streute.

«Du bist in einer nachdenklichen Stimmung», sagte Pips.

«Den Lancia habe vor allem *ich* in den letzten Jahren gefahren. Da ist es fair, sich nicht für das Cabriolet zu entscheiden. Bruno chauffiert auch meine Großmutter, und die steigt nur in eine viertürige Limousine.»

«Ihr habt Sorgen», sagte Pips. Er stand auf. «Ich spiele dir noch ein Menuett.»

«Aus dem Büchlein der Anna Magdalena Bach.»

«Das hast du gut behalten.»

Gianni setzte sich auf einen der Barhocker und hörte zu. Doch seine Gedanken schweiften zum schwarzen Cabriolet mit Weißwandreifen, in dem Corinne und er sitzen könnten. Große Sonnenbrillen. Sie ein Seidentuch um den Kopf gebunden, damit ihr nicht die locker gesteckten Haare vom Wind verwehten. Am Meer entlangfahren. Im La Mortola zu Mittag essen. Ein Spaziergang in Dolceacqua zum Castello der Doria. Vieles, das er Corinne zeigen konnte.

Gianni nahm die Lederjacke vom Garderobenhaken. «Ich gehe noch mal zur *Carrozzeria*. Sie sollen die Augen nach einer Limousine vom Fiat 1400 aufhalten. Vielleicht will die ja demnächst einer verkaufen.»

Ein Gebrauchtwagen würde der Nonna kaum gefallen, doch wenn sie eine fürstlichere Kutsche haben wollte, sollte sie die kaufen.

Hamburg

Vinton sah sich im Büro des Werbeleiters der Sparkasse um. Fräulein Marx servierte Kaffee und Kekse, die auch nicht anders aussahen als das trockene Gebäck, das die Clarkes in den vergangenen Jahren im Laden der NAAFI gekauft hatten.

Das Fräulein warf ihm einen Blick zu. Wusste sie, dass er derjenige war, der mit Kurts Tochter lebte, den heimkehrenden Ehemann unglücklich gemacht hatte? Der Blick schien ihm kaum freundlich.

«Sie guckt immer so», sagte Kurt, als Fräulein Marx aus dem Zimmer gegangen war. Er hustete. Doch den Höhepunkt des Hustens hatte er wohl hinter sich.

«Hör mit dem Rauchen auf», sagte Vinton.

«Das hat Elisabeth gestern auch gesagt.»

«Ich trinke kaum noch Whisky.»

«Du willst sagen, dass wir aus der schweren See raus sind

und darum auf Drogen verzichten können?», fragte Kurt. «Geht es gut, das Leben zu dritt?»

«Sehr gut. Nina steht der Montag noch bevor, doch nach dem Termin wird sich vieles entspannen. Ich hoffe auch bei euch und für Joachim.»

«Gestern waren er und Nina im Alsterpavillon.»

«Ja. Sie kam ganz heiter nach Hause.» Ihr gemeinsames Zuhause. Vinton hing dem Glück des Gedankens nach. Verpasste Kurts nächsten Satz. «Bitte entschuldige.»

«Ich sagte, Elisabeth hält sich daran fest, dass Jan auch nach der Einschulung im April noch zu ihr zum Essen in die Blumenstraße kommt.»

«Joachims Referendariat wird am Johanneum stattfinden.»

«Oh», sagte Kurt. Er nahm einen Schluck Kaffee. «Vielleicht wäre die Oberschule für Jungen in der Hegestraße doch die bessere Wahl. Der Schulweg kürzer. Vater und Sohn kämen einander nicht in die Quere.»

«Jan ist gerade erst zehn. Da soll er nach der Schule gut behütet sein bei Elisabeth. Ein Mittagessen. Hilfe bei den Aufgaben», sagte Vinton. «Tagsüber sind weder Nina noch ich zu Hause. Wenn er älter ist, kann Jan noch immer nach Eppendorf wechseln, da hat er tatsächlich nur zwei Stationen mit der Bahn. Dann wird er auch endlich den Hund bekommen, den er sich so lange schon wünscht.»

«Ich erinnere mich. Einen lustigen Hund. Stattdessen bekam er ein Familienalbum.» Kurt griff nach dem Päckchen Eckstein, das auf dem Schreibtisch lag. Zündete eine Zigarette an. «Ich habe auf die Hälfte reduziert», sagte er. «Darf ich dir eine sehr persönliche Frage stellen?»

«Du und ich haben ein sehr persönliches Verhältnis, Kurt.»

«Werdet ihr nach dem Montag eure Familienplanung wiederaufnehmen?»

«Ja», sagte Vinton. «Gehe gut mit dir um. Viele Jahre als Großvater erwarten dich.»

Kurt drückte die gerade angerauchte Zigarette aus. Vielleicht war das der beste Augenblick, um ganz aufzuhören. Er stand auf und ging zu dem Rollschrank. Schob die Tür hoch. Ein Stapel Taschenkalender des Jahres 1955. Kugelschreiber. Malstifte. Schlüsselanhänger. Die unvermeidlichen Sparbüchsen. Er holte eine hervor.

«Die ist vorige Woche gekommen», sagte er. «Jan ist doch längst zu groß für den Fliegenpilz und die zwei Zwerge. Nimm ihm die mit.»

Ein schwarz-weißer Hund. Aus Blech. Aber ein Anfang.

Zwei Texte noch zu Kaiserin Soraya, die mit dem Schah Hamburg besuchen würde, Frauenzeitschriften vor allem, die im Vorfeld des Besuches am 23. Februar Berichte aus englischen Boulevardzeitungen nachdrucken wollten und übersetzen ließen.

«Gleich haben wir es geschafft», sagte June. «Willst du, dass ich dich am Montag zu dem Gerichtstermin begleite?»

«Um Himmels willen», sagte Nina. «Du bist für Joachim noch immer ein rotes Tuch. Gewisse Animositäten werden wohl bleiben.»

«Du gehst ganz allein dahin?»

«Jockel wird auch ganz allein sein.»

June nickte. Jockel. Der den Weg freigab. Traute sie dem Glück nicht? *Don't prophecy doom, June.* Du alte Unke. Sie war doch sonst ein sonniger Mensch.

«Mach dir keine Sorgen», sagte Nina. «Alles wird gut.»

— 1. APRIL —

San Remo

Katie sang Jules an. Hatte er nicht ein herrliches Zuhause geschaffen? An klaren Tagen ließ sich bis nach Korsika sehen. In ihrem Club am Soho Square hatte sie dieses südliche Leben nicht zu träumen gewagt. Ihr guter lieber Jesuit. Da sang sie ihm doch gern ein Lied von George Gershwin.

> *Some day he'll come along, the man I love*
> *And he'll be big and strong, the man I love*
> *And when he comes my way, I'll do my best*
> *to make him stay*

Jules bestellte eine Flasche Dom Perignon, die teuerste, die im *Da Gianni* auf der Karte stand. Als Erstes ließ er ein Glas für Pips einschenken, den Mann am Klavier. Morgen kam seine Nichte zurück nach San Remo, die Juffrouw de Vries. Er sah zu Gianni, der mit ihm am Bahnhof stehen würde. Ein Zug, der wie immer nicht pünktlich wäre.

«Bella Italia», sagte Jules. Er hob das Glas und blickte zum Flügel, an den sich seine Frau lehnte. *The man I love.* Pips war fair. Er flirtete nur so viel mit Katie, wie ihm nötig schien, um sie in der Stimmung zu halten, sich an seinen Flügel zu lehnen, Lieder lasziv zu singen. Zum Wohle des *Da Gianni*.

Margarethe und Jules waren sich einig, großzügig zu sein,

keine Strenge walten zu lassen im kommenden Jahr, das Corinne in San Remo verbrachte. Sie würde bei ihm und Katie wohnen, Gianni ein gerngesehener Gast sein.

Aber auch Gianni lebte in einer komfortablen Wohnung, und das mitten in der Stadt. Nur verständlich, wenn sich die jungen Leute lieber da aufhielten. Auch wenn die Nonna zum verlängerten Arm des Mijnheer aus Kerkrade werden könnte, Margarethe hoffte allerdings, ihre Schwiegermutter wäre abgelenkt vom kleinen Prinzen.

Er hatte die letzten Zeilen des Liedes verpasst. Doch er fiel in den Applaus ein, die Bar war gut gefüllt an diesem Freitag. Eine fabelhafte Idee von ihm, sich daran zu beteiligen. Das Haus zu kaufen. Auch Pips war ein Segen. Jules blickte zu Gianni, ihre Blicke trafen sich. Der Junge vibrierte seit Tagen in Erwartung der Juffrouw de Vries. Auch da schien ihm ein großartiges *Match* gelungen, wie Katie das nannte.

Jetzt würde er Gianni noch überzeugen, dass sie am Sonntag einen *giorno di riposo* einführten, die Sonntage waren die ruhigsten Tage in der Bar. Er nahm mal an, dass Gianni damit sehr einverstanden wäre.

Ein breites Lächeln für seine singende Katie und seinen Kompagnon. Jules war ein glücklicher Mann.

«Wann werden sie einziehen?», fragte Bruno. Er hatte es sich auf der Chaiselongue bequem gemacht, ein Glas Wein in der Hand. Blickte zu Margarethe, die am Tisch saß und Briefe schrieb. «Sind das Bewerbungsschreiben für mich?»

«Die Antwort zur zweiten Frage ist ein Nein. Zur ersten: Ende April.»

Donata war vor wenigen Tagen ausgezogen. Nun waren

die Handwerker in der Wohnung, in der Cesare und seine Eltern leben würden.

«Apropos», sagte Margarethe. «Behältst du im Blick, ob jemand in der Gegend einen Kunsthistoriker beschäftigen könnte? Du wirst erst einundfünfzig, definitiv zu früh, um über einen Ruhestand nachzudenken.»

«Ich bin nicht faul, Margarethe, nur resigniert. Sollte bei den Briefen, die du da schreibst, einer an deinen Bruder sein, frag ihn bitte, ob ich Chancen in Köln hätte. Dank Ursulas Tätigkeit wird er einen Einblick haben.»

Margarethe drehte sich um. Betrachtete ihren Mann auf der Chaiselongue. «Du hättest sicher Chancen dort», sagte sie. «Aber ich möchte in San Remo bleiben.»

«Giannis wegen?»

«Ja. Aber auch weil ich endlich weiß, dass San Remo meine Heimat ist.»

Bruno stand auf, eine Gelegenheit, seine Frau zu küssen. «Ich finde schon was», sagte er. «Gibt ja genügend bröckelnde Gotteshäuser in der Gegend.»

Köln

Das erste Mal, dass Ursel und Jef zum Essen einluden in den Eigelstein. Die Zimmer wirkten noch immer improvisiert, doch es gab einen guten großen Tisch und vier Stühle, die zueinanderpassten. Das Sofa vom Trödler. Gründerzeit. Geschnitzter Rahmen. Die verschlissenen Polster hatte Ursel neu bezogen. Der Stoff erinnerte Gerda an Billas Diwandecke. Über dem Sofa Jefs Porträt von der lesenden Ursel.

Heinrich und Gerda kannten die Wohnung, in der ihre Tochter seit drei Jahren mit Jef lebte. Aber dass sie sich an den Tisch setzten, der sorgfältig gedeckt war, Jef Wein einschenkte, Ursel Teller aus der Küche trug, auf denen sie Geflügelsalat mit frischer Ananas und Toast angerichtet hatte, schien andere Zeiten einzuläuten.

Hatten sie etwas zu verkünden? Ein Kind? Eine Heirat? Sechsundzwanzig würde Ursel bald werden, Jef hatte erst im Oktober Geburtstag. Ein später Vater. Weder Gerda noch Heinrich wagten zu fragen.

«Ich sehe es euren Gesichtern an. Doch ihr liegt falsch. Kein Glockengeläut.»

«Ganz falsch liegt ihr nicht», sagte Jef. «Ich habe Ursel einen Antrag gemacht. Aber sie hat ihn abgelehnt.»

«Weil ich weiß, dass Jef gar nicht heiraten will. Ihm geht es um das Häuschen in Brügge, das er von seinen Eltern geerbt hat. Um das Einkommen aus einem Fonds.»

«Ihr soll das alles gehören. Es liegt doch auf der Hand, dass ich vor Ursel sterben werde.» Jefs Stimme klang, als habe er bereits um die Letzte Ölung gebeten.

«Drängt es dich denn so, das zu regeln?», fragte Gerda. «Heinrich ist dreizehn Jahre älter als du, und ich hoffe, dass er noch lange lebt.»

«Hast du von einer Krankheit erfahren?», fragte Heinrich.

Jef schüttelte den Kopf. «Im Gegenteil. Ich war lange nicht mehr so gesund. Das kommt von dem vielen Obst, das Ursel und ich jetzt essen.» Er lächelte.

«Das würde uns freuen, wenn ihr heiratet, Jef», sagte Gerda. «Doch du weißt, dass du auch ohne Heirat zu uns gehörst. Für mich bist du mein Schwiegersohn.»

«Dem schließe ich mich an», sagte Heinrich.

«Ich weiß, dass ihr keine konventionellen Menschen

seid», sagte Jef. «Das habt ihr schon bei Carla bewiesen.» Er stand auf, Wein nachzuschenken.

Zum Nachtisch servierte Ursula Obstsalat.

«Jef ist und bleibt ein Grübler», sagte Heinrich. Er schaute zu Gerda, die am Steuer des VW saß. Die Scheibenwischer arbeiteten sich ab, ein regenreicher April.

«Dabei wirkt er verjüngt. Viel heiterer als am Anfang.»

«Nur nicht in den Motiven seiner Bilder. Obwohl ich zugeben muss, dass Jefs Farben leuchten. Er arbeitet gern mit Orange und Rot in letzter Zeit. Ein Kontrast zu unserem jungen Künstler, der sich erstaunlich gut verkauft.»

«Ich hab es dir gesagt.» Gerda bog von der Aachener in die Paulistraße ab. «Bei Billa ist Licht», sagte sie, als sie das Auto parkte.

«So spät ist es auch noch nicht.»

«Ich dachte, sie bliebe über Nacht in Lindenthal.»

«Hatte sie das angekündigt?»

«Ja.» Sie stiegen aus. Gingen auf das Haus zu.

«Ich hoffe, dass es klappt zwischen Billa und Reim.»

«Du magst ihn gut leiden.»

Heinrich nickte. «Es wird Zeit, dass du ihn kennenlernst.»

«Laden wir ihn bald zum Essen ein.»

«Du und ich kennen keine Konventionen.» Er grinste. Der Gedanke gefiel ihm. «Und das, obwohl ich der heilige Heinrich bin.»

«Ich wünschte, Elisabeth könnte sich von ihren Konventionen lösen. Sie hat noch keinen Fuß in die Wohnung gesetzt, in der Nina und Jan nun leben.»

Heinrich schloss die Tür auf. «Trinken wir im Wohnzimmer einen Kognak? Wenn meine Kusine will, kann sie dazukommen.»

«Du hast ein weites Herz heute.» Das Flurlicht im ersten Stock wurde angeschaltet. Billa hatte sie gehört. Gerda ging in die Küche, um Käsegebäck in eine Schale zu geben.

«Was gibt es Neues von Georg?», fragte Heinrich, als Billa ins Wohnzimmer kam.

Hamburg

Zu zweit saßen sie am Küchentisch, Elisabeth und Joachim. Erbsensuppe in den Tellern. Löffelten. Schwiegen. Bis Joachim fragte, wo Kurt an diesem Abend sei.

«Zum Essen eingeladen. In der Rothenbaumchaussee.»

«Du bist doch bestimmt auch eingeladen. Elisabeth, du brauchst keine Rücksicht auf mich zu nehmen. Warst du überhaupt schon mal bei ihnen?»

«Ich kann das noch nicht, Jockel.» Ihr Blick fiel auf den Trauring an seiner Hand. «Du kannst auch vieles noch nicht. Trägst deinen Ring weiterhin.»

«Nina sieht es ja nicht», sagte er. Am 14. Februar hatte er sie zuletzt gesehen. Auf dem Amtsgericht. Den Jungen sah er öfter.

Seit Mittwoch waren Osterferien, die Jan am Tage bei Elisabeth verbrachte. Für die nächste Woche hatte Nina Urlaub genommen, und nach den Ferien würde Jan aufs Johanneum kommen. Der Junge wäre ein alter Hase als Sextaner, wenn Joachim im Oktober als Referendar anfing.

«Du musst darauf dringen, dass *du* uns bei der Einschulung von Jan begleitest», sagte Elisabeth. «Du bist der Vater, Jockel.»

«Sprich Jan mal an, wie er sich das vorstellt.» Er stand auf und stellte die leeren Teller auf die Keramikablage des Spülbeckens. Ließ Wasser ein. Gab ein paar Spritzer Pril dazu. Half ihm denn, dass Elisabeth hartnäckig auf seine Rechte und Ansprüche bestand? Vinton ignorierte?

«Du bist ein guter Mann, Jockel.»

«Weil ich abspüle? Vielleicht tut Vinton das auch.»

«Fällt dir nicht schwer, den Namen auszusprechen?»

Er trocknete sich die Hände an dem grau-blau gewürfelten Tuch ab. Setzte sich an den Tisch. «Ich hätte es weiß Gott gern anders gehabt», sagte er. «Aber mir macht es das Leben nicht leichter, auf einen Status quo zu beharren, den es längst nicht mehr gibt, Elisabeth. Im Sommer ist es zwei Jahre her, dass ich zurückgekommen bin. Wenn ich sterben will, sollte ich das beim nächsten Versuch geschickter anstellen. Wenn nicht, muss ich mit dem Leben klarkommen. Ich will auch um Jans willen das Vorhandensein von Vinton akzeptieren.»

«Forderst du mich da auf, das auch zu tun?»

Joachim schwieg. Eine Weile lang war die tickende Uhr das einzige Geräusch.

«Hilfst du mir am Wochenende im Garten? Hoffentlich hört mal der Regen auf. Ich will hinten an der Bank Ringelblumen säen und einen Rhododendron setzen. Erst wollte ich keinen, doch da fehlt eine größere Pflanze.»

«Was ist eigentlich aus dem Schuppen geworden, der dort stand?», fragte Joachim. «War er baufällig?» Er dachte, Elisabeth habe die Frage nicht verstanden, so lange sah sie ihn an. «Ich erzähle es dir», sagte sie schließlich.

«Bei der nächsten Einladung werde ich nicht zu Hause sein», sagte Vinton. «Wenn du ihr meine Abwesenheit garantierst, wird dich Elisabeth vielleicht begleiten.»

«Dieser Firlefanz fehlte gerade noch», sagte Kurt. «Kommt nicht in Frage.»

Nina legte ihm eine Scheibe vom kalten Roastbeef auf den Teller. «Ich verstehe ihre Sturheit nicht», sagte sie. «Das macht sie nur unglücklich.»

«Ich kann doch mit Oma reden», sagte Jan.

Die drei Großen am Tisch lächelten. «Jan wird mal Diplomat», sagte Kurt. «Den schicken wir zu den Krisenherden der Welt. Wenn einer Lösungen findet, dann er.»

«Du kannst bei Oma immer mal wieder einen Satz fallen lassen», sagte Nina. «Wie froh du wärest, wenn sie Vinton leiden könnte.»

«Mach ich», sagte Jan. Er nahm noch einen Löffel Remoulade.

Ein stiller Abend im Erdgeschoss der Blumenstraße, nur bei Blümels im ersten Stock setzte der gewohnte Lärm ein. Irgendwann kam ein Seufzer von Joachim.

«Der Führerbefehl», sagte er. «*Jeden Drückeberger und Feigling trifft ohne Gnade das gleiche Schicksal.* Tod durch Erhängen oder Erschießen. Davor hatte ich größere Angst, als von den Russen erschossen zu werden.» Um des Ringes willen wäre ihm dieser Tod beinah geschehen.

— 20. APRIL —

Köln

«Dass man das Datum nicht aus dem Kopf kriegt», sagte Heinrich, als ein Sprecher die Tagesschau vom 20. April ankündigte.

«Auch in meinem Kopf ist es drin», sagte Georg Reim. «Führers Geburtstag. Ist das nicht absurd? Schon mit einem Fuß auf der Flucht habe ich den hehren Tag verinnerlicht.»

Sie blickten beide auf das Bild des Fernsehapparats, der in Reims Wohnzimmer stand. An drei Tagen in der Woche wurden die Nachrichten der Tagesschau gesendet. Sekundengenau um zwanzig Uhr.

«Hat meine Kusine angeregt, einen Apparat zu kaufen?», fragte Heinrich.

Reim lächelte. «Ich war leicht zu überreden. Noch spielen die Fernsehschaffenden vor fast leerem Haus, aber ich glaube an die Zukunft des Fernsehens.»

«Ich tue mich schwer damit», sagte Heinrich. Doch schon im nächsten Augenblick schaute er gebannt hin. Streik im Ruhrgebiet. Eine Menschenmenge. Transparente. Das Bild sprang zum nächsten, bevor Heinrich ihn mit Sicherheit erkennen konnte.

«Ihnen ist etwas aufgefallen?», fragte Reim.

«Wahrscheinlich irre ich mich. Wenn nicht, war in der Menge der Mann, der sich mir im Dezember 1949 als Maler des *Ananasberg* vorstellt hat.» Sah er Gespenster?

«Der sich im Rhein ertränkt haben soll?»

«Ja», sagte Heinrich. «Aber ich glaube an vieles nicht mehr, das mir Jarre erzählt hat. Meine Tochter hält ihn für einen krankhaften Lügner.»

War es wichtig für die Wahrheitsfindung, ob Leikamp noch lebte? Dass der junge Mann untergetaucht war, verwunderte nicht weiter. Hatte dessen Vergehen nicht vor der gefälschten Signatur angefangen, als er drei Bilder des Hofgarten-Zyklus an sich genommen hatte, ohne nach dem Besitzer zu forschen?

«Es ist immer gut, einen unter den Lebenden zu wissen, der für tot gehalten wurde», sagte Reim. «Wenn es sich nicht gerade um die großen Bösewichte handelt.»

«Lassen Sie uns versuchen, auf die Spur des Mannes zu kommen, der vermutlich die Bilder auf dem Speicher der Pempelforter Straße versteckt hat.»

«Der kleine Schwule. Anfang vierzig müsste er heute sein. Ich hoffe auf jeden Fall, ihn zu finden. Schon um das Schicksal von Alexander Boppard zu klären.»

«Boppard stand Ihnen näher, als Sie bisher zugegeben haben, nicht wahr?»

Georg Reim blickte ihn an. «Ja», sagte er.

Heinrich lächelte. «Ich würde dem jungen Mann aus der Pempelforter Straße gern einen Namen geben», sagte er.

«Sie haben recht. Ich weiß nicht, warum ihn alle nur so genannt haben. Er hieß Gus. Aber eigentlich wollte ich Ihnen ja die Wohnung zeigen.»

«Sie haben im späten Herbst Geburtstag, Georg?»

«Am 31. Oktober.»

«Dann bin ich der Ältere. Darf ich Ihnen das Du anbieten?»

«Das bedeutet mir viel, Heinrich. Danke.»

Zwei wohltemperierte Männer, die da Freunde wurden.

«Das ist eine feine Straße, in der er lebt», sagte Billa. Sie blickte zu Gerda, die auf Billas Diwan saß. «Hat er Heinrich eingeladen?»

Gerda strich die Fransen der Decke glatt. «Heinrich war neugierig auf Georg Reims Wohnung. Dort in der Straße sind viele der alten Villen stehen geblieben.»

«Soll ich zu Georg ziehen?»

«Will er das?»

«Vielleicht wäre es gut, die Zimmer bei euch zu behalten.»

«Ist das die Einsicht, dass du anstrengend sein kannst?»

«Lass mal meine Fransen in Frieden. Ich habe gern Zöpfchen da drin.»

Gerda stand auf. «Erst einmal in kleinen Dosen, das Zusammenleben. Du solltest ihm und dir Zeit lassen. Hat er nicht immer allein gelebt?»

Billa hob die Schultern. «Ich komme mit dir in die Küche», sagte sie.

«Was lässt dich denken, dass ich in die Küche gehe?»

«Um uns was zu kochen?»

«Komm gern mit ins Wohnzimmer und höre Musik mit mir», sagte Gerda.

Hamburg

Wie wohltuend war es gewesen, vor Ungers Schreibtisch in der Praxis am Neuen Wall zu sitzen. Von ihm die Schwangerschaft bestätigt zu bekommen, der Arzt, bei dem Jan geboren worden war. Schade, dass er die Kinder nicht mehr selbst auf die Welt holte in der Finkenau. Er hatte empfohlen, sich bei Dr. Geerts anzumelden.

Nina ging über die Bleichenbrücke zum Broschek-Haus. Noch nie hatte sie Vinton in der Redaktion besucht. Doch sie hatte ihm versprochen, nach dem Termin gleich zu kommen, um zu berichten von ihrem Besuch beim Gynäkologen.

Vinton wurde schwindelig vor Glück. Er setzte die deutlich standfestere Nina auf den einzigen Stuhl in seinem Büro und sich selbst auf den Schreibtisch. Brachte einen Stapel Bilder von Gustaf Gründgens in Gefahr, der von Düsseldorf an das Deutsche Schauspielhaus wechseln würde, um dort die Intendanz zu übernehmen.

«Dr. Unger wird deine Schwangerschaft begleiten?», fragte er.

Nina nickte. «Ich lasse Herrn Hüge nicht mehr an mich heran.»

«Der ist auch kein Facharzt.»

«Meine Mutter ließe sich von ihm sogar operieren.»

«Ihr wirst du noch verschweigen, dass wir ein Kind erwarten?»

«Nicht lange. Ich hoffe, sie wird sich über ein weiteres Enkelkind freuen.»

«Vielleicht hilft es ihr, die *facts of life* zu akzeptieren», sagte Vinton. «Wie können wir den großen Bruder heute Abend verwöhnen?»

«Mit einer Wurstplatte», sagte Nina.

«Dann besorge ich was Leckeres bei Michelsen. Magst du June anrufen und ihr sagen, dass ich dich noch ins Café ausführen will?»

«Ruf du sie an, Vinton. Ich stelle mir vor, du sagst ihr

gerne selber, dass du Vater wirst. June ist wie eine große Schwester für dich.»

Vinton griff zum Telefonhörer. «Danach bitten wir Kurt, ins Hübner zu kommen, und verkünden ihm das Kindchen.» Er hielt den Hörer in der Hand, doch er wählte noch nicht. «Nina, ich möchte deiner Mutter einen Brief schreiben.»

«Wenn einer Worte findet, dann du. Du bist ein begabter Schreiber.»

«Ich werde ihr Blumen von Lund schicken lassen und den Brief beilegen. Sie ist die Großmutter. Wann wird unser Kind geboren werden?»

«Anfang Dezember.»

Nina und Vinton dachten beide daran, dass Joachim kaum glücklich sein könnte über die Nachricht. Doch keiner von ihnen sprach das aus. Nur den Augenblick nicht trüben. Zu groß war das eigene Glück.

San Remo

Gianni blickte durch die große Glastür und erkannte Carlas Mutter, die auf der Piazza Bresca stand, die Zia am Arm, deren Krückstock auf die Bar zeigte. Konnte die Alte damit schießen?

Hatte Carla nicht an Margarethe geschrieben, dass die Zia jetzt endgültig aus ihrem Bergdorf gekommen sei, um bei ihrer Nichte an den Bahngleisen zu leben? Sie schien ihm kleiner geworden zu sein. Verhutzelt. Sie sollte sich besser auf den Krückstock stützen, als damit in der Luft zu fuchteln.

Er zögerte, zu ihnen hinauszugehen. Sollten sie etwas von

ihm wollen, wüssten sie ja wohl, dass sie ihn in der Bar antreffen konnten. Er blickte auf seine Armbanduhr, zwanzig vor fünf. Die Cicchetti waren bereits im Kühlschrank. Gleich trafen Jules und Corinne ein, dann würden sie öffnen.

Pips, der da über die Piazza kam. Eine deutsche Zeitung unter dem Arm. Er kaufte die *Frankfurter Allgemeine* gelegentlich am Kiosk eines der großen Hotels. Sprach ihn die Zia an, als er sich der Bar näherte? Pips war ein höflicher Mann. Er blieb stehen. Irgendwas wurde ihm in die Hand gedrückt. Ein Umschlag.

Gianni zog sich von der Glastüre zurück, nicht, dass die Frauen doch noch auf ihn aufmerksam wurden. «Freunde von dir?», fragte Pips, als er in die Bar kam.

«Mutter und Großtante von Carla, die in Köln mit meinem Cousin verheiratet ist.»

«Das soll ich dir geben.» Pips gab ihm den Umschlag, auf dem lediglich der Name Gianni Canna stand. Gianni nahm eines der Obstmesser und öffnete ihn.

Er schüttelte noch den Kopf, als Jules eintraf. Ohne Corinne.

«Ich soll dich küssen», sagte Jules. «Sie ist zu Hause geblieben. Morgen schreibt sie eine erste große Italienischarbeit. Willst du den Kuss haben?»

«Auf die Stirn, bitte», sagte Gianni. «Schau dir das an.» Er gab Jules das Schreiben. «Eine Geldforderung von der Schwiegermutter meines Kölner Cousins. Vermutlich steckt einzig und allein die alte Hexe von Zia dahinter. Wir hätten ihnen Carla entzogen, die in San Remo zur Pflege einer alten Verwandten gebraucht würde.»

«Stattdessen wollen sie eine finanzielle Entschädigung», sagte Jules. «Soll ich das meinem Anwalt geben?» Er steckte das Schreiben in den Umschlag zurück.

«Ich zeige es erst einmal Margarethe und Bruno», sagte Gianni. Allmählich kam bei ihm die Enttäuschung darüber an, dass Corinne nicht mitgekommen war.

Jules ließ sich nicht nehmen, ihn auf die Stirn zu küssen. «Kopf hoch», sagte er. «Morgen ist deine Liebste wieder da.»

«Das hat doch keinerlei juristische Relevanz», sagte Bruno.

«Carla wird es kaum froh machen, wenn wir es einfach ignorieren», sagte Margarethe. Sie waren beide in die Bar gekommen, nachdem Gianni angerufen hatte.

«Jetzt trinken wir erst einmal einen Negroni.» Bruno trat an die Bar. Margarethe setzte sich an den Tisch, der nah am Flügel stand. Winkte Pips, der zu spielen anfing. *Sophisticated Lady* von Duke Ellington. Das galt Margarethe. Bruno brachte die Cocktails. Ein drittes Glas für Gianni. Jules kam mit seinem Gin Tonic dazu.

«Hat sich der Bischof von San Remo und Ventimiglia schon gemeldet?», fragte er.

«Heute», sagte Bruno. «Ich bin am Freitag zu einem Gespräch geladen.»

«Ich denke, da gibt es viel zu tun in den Kirchen von Ceriana», sagte Jules.

Gianni schien der Einzige zu sein, der keine Ahnung hatte.

«Jules hat seine Beziehungen spielen lassen. Arbeit für Bruno», sagte Margarethe.

«Du darfst mich gleich noch mal auf die Stirn küssen.»

Jules grinste. «Und was macht ihr nun mit der Forderung der reizenden alten Dame?» Er zeigte auf den Umschlag, den Bruno auf den Tisch gelegt hatte.

«Erst einmal mit Carla und Uli sprechen. Und mit meinem Bruder Heinrich.»

I'm Gonna Lock My Heart and Throw Away the Key, spielte Pips.

Die Bar begann sich zu füllen. Gianni stand auf, um dem Barkeeper hinter der Theke zu helfen. Der Kellner kam mit den Cicchetti und stellte sie auf den Tisch.

«Dass ich die mal essen darf ohne den strafenden Blick meiner Mutter, wenn ich ein paar mehr davon nehme», sagte Bruno. Der Teller war bald leer.

— 2. OKTOBER —

Köln

Karges Tageslicht, das durch die hohen Fenster des Gürzenich fiel. *O Fortuna* stimmte der Chor an. Carl Orffs *Carmina Burana*. Die gotischen Mauern des Gürzenich waren mit einem neuen und modernen Innenleben gefüllt.

«Da hast du deinen Gürzenich wieder», sagte Gerda leise.

Heinrich griff nach ihrer Hand und drückte sie. Vor ihnen die Assistentin der Architekten, Ursel, die es möglich gemacht hatte, dass sie hier saßen. Neben ihr Jef. Wer hätte gedacht, dass er einen Anzug besaß. Vielleicht war er aus einem Fundus, gut sitzen tat der Anzug nicht. Jef wirkte verlegen darin.

Die Herren in der ersten Reihe trugen Stresemann. Schwarzes Jackett. Graue Weste. Gestreifte Hose. Kanzler Adenauer. Seine beiden ältesten Söhne Konrad und Max. Der Oberbürgermeister und sein Stellvertreter Burauen. Zwischen ihnen machte sich Kardinal Frings farbenfroh aus.

Der Kapellmeister des Gürzenich, Günter Wand, der vor genau zehn Jahren in das zerstörte Köln gekommen war, um Oper und Konzert neu aufzubauen, musste nicht länger auf andere Quartiere ausweichen, das Festhaus war auferstanden.

Heinrich blickte zur mächtigen Orgel, von weißen Säulen getragen. Der Klang des Orchesters. Beethovens Neunte. Am ersten Tag des nächsten Jahres würden sie hier wieder sitzen, Gerda und er. Vielleicht Schumanns Dritte. Die Rheinische Symphonie.

Die Hanse Stube des Hotels Excelsior Ernst war vor dem Krieg nur den ganz großen familiären Festlichkeiten vorbehalten gewesen. Geschäftlich hatte sein Vater öfter in die Hanse Stube geladen. In den Jahren nach dem Krieg hatten Gerda und Heinrich das gediegene Restaurant nicht mehr betreten. Doch der wiedereröffnete Gürzenich war ein Grund, auch diese Tradition aufzunehmen.

Sie waren nur zu viert, Carla und Uli mit Windpocken zu Hause. Vermutlich hätte es Claudia und Maria noch weniger zwischen Kristall, steifstehenden Servietten und kaum zu überblickendem Silberbesteck gefallen als Jef.

Ochsenbrust vom Wagen. Bouillonkartoffeln. Die alte Welt von Vater und Onkel war wiedergefunden. Gefiel sie ihnen?

Der dunkle Saal. Die dicken Teppiche. Der Schmuck an den Hälsen.

Dennoch. Auch das war Heimat. Von der so viel verlorengegangen war.

«Die Seezunge war *superbe*», sagte Jef, als sie im Hinterzimmer der Galerie saßen, aus der San Remesischen Kanne Espresso tranken. In der Hanse Stube wurde nur Mokka angeboten. Die ersten Gastarbeiter aus Italien waren gekommen, doch von ihrer Esskultur hatten lediglich die Spaghetti und Makkaroni Deutschland erreicht.

«*Superbe?*», fragte Ursula. «Habe ich von dir je dieses Wort gehört?»

«Du bist auch *superbe*», sagte Jef.

Eine Weichheit in ihm. Oder war es Müdigkeit?

Das neue Bild lehnte an der Wand. Jef hatte es im Kofferraum des Renault gehabt. Noch war es vom groben Stoff verhüllt, in dem er seine Bilder verpackte.

«Ein Geschenk für Gerda und dich», sagte Jef zu Heinrich, als er es enthüllte.

Eine Kohlezeichnung. Bereits gerahmt. Unverkennbar Ursula.

«Welch ein wunderbares Geschenk», sagte Gerda. Sie umarmte Jef.

«Das ist großartig», sagte Heinrich. «Hast du noch andere Kohlezeichnungen?»

Jef lächelte. «Nein, Herr Kunsthändler. In Kohle zeichne ich nur die Frau, die ich liebe. Von Eefje hat es auch eine gegeben, aber die ist mit ihr verbrannt. Diese hier wird ein glücklicheres Schicksal erleben. An euren Wänden hängt bisher ja nur der *Ananasberg*. Hat Reim eigentlich die Spur des kleinen Schwulen aufgenommen?»

«Der hat jetzt einen Namen. Gus. Ich habe darum gebeten.»

«Du hast recht. Obwohl es sicher nicht diskriminierend gemeint war. Er hat sich ja in einem Kreis von Homosexuellen aufgehalten.»

Heinrich nickte. Dachte an Georgs Geständnis, dass ihm Alexander Boppard nahegestanden habe. Wie nah? Vielleicht war da eine Ambivalenz in Georg. Nur nicht vergessen, ein Mann zu sein, der keine Konventionen kannte.

Er konnte da noch von Gerda lernen. Sie war die Königin der Toleranz.

— 19. OKTOBER —

Hamburg

Der erste Tag ohne Regen, beinah ein heller Himmel über Hamburg. Doch June hatte einen Schirm dabei. Sollte der Himmel sich nicht an sein Versprechen halten, standen Nina, Vinton und Jan trocken und gut unter dem großen englischen Herrenschirm aus der Schirmabteilung des Kaufhauses Harrods.

Kurt und June, die Trauzeugen. Oliver. Elisabeth hatte dabei sein wollen, doch dann waren die Kopfschmerzen gekommen. «Als ob in meinem Kopf ein Hammer auf den Amboss schlägt», hatte sie gesagt. Hielt Kurt das für eine Ausrede?

Die rosa Ranunkeln und blauen Hyazinthen, die ihr im April von Lund gebracht worden waren, Vintons Worte hatten gutgetan. Elisabeth freute sich auf das Kind, das in Nina wuchs. Sie kam in die Rothenbaumchaussee, ohne dass Vinton das Haus verlassen musste. Aber in die Blumenstraße lud sie ihn nicht ein. Aus Rücksicht auf Joachim, der noch unter dem Dach lebte.

Dessen Referendariat hatte vor acht Tagen begonnen, nach den Herbstferien. Keine Unterrichtsstunden in der Sexta für den jungen Referendar, der schon fünfunddreißig Jahre alt war. Vater und Sohn trafen sich auf dem Schulhof oder in den Fluren und an Elisabeths Küchentisch. Dort hatte Joachim von Jan vom neuen Kind erfahren.

June zückte ihre Kodak Retina. Der Schirm von Harrods lag noch im Vorraum des Trauzimmers. Auch der Himmel erinnerte nicht an ihn. Sie standen auf den Stufen des Standesamtes Rotherbaum. Nina, Vinton, Jan, Kurt, Oliver. Nina, Vinton, Jan, Kurt, June. Dem Selbstauslöser vertraute sie nicht. Der verwackelte nur alles.

Aus dem Taxi, das neben ihnen hielt, stieg eine Frau, die sonst nie mit einem Taxi fuhr. Zögerte Elisabeth, auch Vinton zu umarmen? Vielleicht einen Augenblick lang, ehe sie es tat. Kurt nahm seine Frau in den Arm und war gerade sehr glücklich. Er hatte schon einmal mit ihr auf der Straße getanzt.

«Nicht Kurt. In meinem Kopf ist lauter Watte von den Tabletten», sagte sie. Doch sie war dankbar, über ihren Schatten gesprungen zu sein. Selbst Jockel versuchte ja, mit der neuen Situation klarzukommen.

In der Konditorei Lindtner, dem Ort ihrer ersten Treffen, tranken nur Mutter und Tochter keinen Sekt. Die eine wegen der Watte, die andere, weil Dr. Unger davon abriet.

Jan nahm einen Schluck. Doch er entschied, dass der Sekt nicht süß genug war.

Königinpastetchen aßen sie alle.

Wer jetzt kein Haus hat, baut sich keines mehr
Wer jetzt allein ist, wird es lange bleiben
Wird wachen, lesen, lange Briefe schreiben
und wird in den Alleen hin und her
unruhig wandern, wenn die Blätter treiben

Joachim schloss das Buch und blickte auf die Quarta. Dachte an den Herrn von Ribbeck auf Ribbeck im Havelland. Auch

Herbsteszeit in dem Gedicht. Das ihm wiederbegegnet war, als er Jan zum ersten Mal gesehen hatte.

Die Jungen sahen ihn aufmerksam an. Merkten sie, dass seine Gedanken nicht bei ihnen waren? Sie mochten ihn. Das glaubte er zu spüren.

Ja. Er hatte mitbekommen, dass heute geheiratet wurde. Ja. Es tat weh. Wie es weh getan hatte, als Jan ihm erzählte, dass ein Kind auf dem Weg sei. Die Lider der Augen hatten ihm nervös gezuckt. Er hoffte, Jan habe das für ein Zwinkern gehalten.

Die Dreizehnjährigen, die vor ihm saßen. Möge keiner sie jemals in einen Krieg schicken. Nun hatte Deutschland wieder ein Heer. Ein Verteidigungsministerium, wie es euphemistisch hieß. Und einen Minister für Atomfragen.

Joachim lehnte sich an das Lehrerpult. Er erzählte den Jungen von Rilke, dem Dichter, der den *Herbsttag* geschrieben hatte. Ein Mann, der überall ein bisschen unglücklich gewesen war. Ein bisschen leidend. Sie hörten ihm zu.

«Sie sind sehr intensiv», hatte ein älterer Kollege gesagt. «Beinah suggestiv.»

Wollte er das sein? Eigentlich wollte er nur geliebt werden.

Jetzt war seine Frau mit einem anderen verheiratet.

San Remo

Was spielte Pips, als Gianni Corinne bat, sie möge ihr Leben mit ihm verbringen?

Oh, what a beautiful mornin', oh, what a beautiful day.

Dabei war schon Vormittag, und Corinne hätte längst in

ihrer *Scuola di Lingue* sitzen sollen, Gianni die Drahtkörbe von Alessi mit den Orangen und Zitronen aus der Via Palazzo gefüllt haben und Pips die Zeitung gelesen.

Alles lief anders an diesem Tag nach der Nacht, die Corinne in Giannis Wohnung verbracht hatte. Nicht ihre erste Nacht bei ihm. Doch irgendein heller Stern war vom Himmel gefallen.

«Ist das ein Heiratsantrag?», fragte Corinne. «Ich fürchte, du wirst bei Mijnheer de Vries um meine Hand anhalten müssen, und das in Kerkrade. Mein Vater ist streng.»

«Du meinst, es genügt nicht, das bei Jules zu tun?»
Corinne lachte herzlich.

«Hattest du was von Hörnchen gesagt?», fragte Pips.

Gianni drehte sich nach der Tüte um, die er auf der Bartheke abgelegt hatte. Cornetti aus der Pasticceria. Noch waren sie warm.

«Und von Cappuccino hast du auch gesprochen», sagte Pips. «Warum, glaubst du, sitze ich noch hier?»

«Um meinen Antrag musikalisch zu begleiten», sagte Gianni.

«Bilde dir nichts ein. Die Noten waren in der Post und wollten gespielt werden.»

«Und ich habe dich nur bis zur Bar bringen wollen», sagte Corinne. Sie nahm ein Hörnchen aus der Tüte und biss ab. «Und bin nun beinah verheiratet.» Sie küsste Gianni mit krümeligen Lippen. Eine Ahnung in ihr, dass ihr Vater sich für seine Tochter anderes vorstellte als den Besitzer einer Bar in San Remo. Vielleicht einen Anwärter der höheren Beamtenlaufbahn.

Er ist Kaufmann, würde sie ihm sagen. Der Vater Kunsthistoriker. Katholiken. Die Großmutter eine Heilige. Alle Register würde sie ziehen. Die ganz große Orgelmusik.

Onkel Jules um Fürsprache zu bitten, konnte nur kontraproduktiv sein. Da machte Gianni sich Illusionen. Seit ihr Onkel den Jesuitenorden verlassen hatte, um Katie zu ehelichen, die er in einem Londoner Tingeltangel kennengelernt hatte, wurde er in der Familie nicht länger für seriös gehalten.

«Ich geh jetzt mal», sagte sie. «Der Professore wird ohnehin schon empört sein.»

«Hattest du geplant, ihr heute einen Antrag zu machen?», fragte Pips, nachdem Corinne gegangen war. Er saß an der Bar und aß sein Cornetto.

«Nein», sagte Gianni. «Ich hatte eher eine Erleuchtung.»

«Du bist eben katholisch.»

«Bist du das nicht?»

«Auch unter den Kölnern gibt es Heiden», sagte Pips.

«Im Dezember werde ich schon fünfundzwanzig. Zeit zu heiraten.»

«Guck an. Ich bin achtundzwanzig.»

«Unsere Geburtstage liegen nur zwei Tage auseinander. Lass sie uns gemeinsam feiern.» Gianni stellte den Kaffee vor ihn hin. «Was ist mit *deiner* Lebensplanung?»

«An erlesenen Plätzen wie diesem hier Klavier spielen.»

«Und die Liebe?»

«Nächste Frage», sagte Pips. Doch er gab ein deutliches Zeichen, dass keine mehr zugelassen waren. Stand auf und ging zum Flügel, nahm die Popelinejacke, die er daraufgelegt hatte. Hob die Hand zum Gruß und war dabei, die Bar zu verlassen.

«Bis heute Abend», sagte er. «Oder bist du dann schon in den Flitterwochen?»

«Vorher muss ich den Mijnheer beeindrucken.» Gianni sah Pips nach, der über die Piazza hin zum Porto Vecchio ging, den Weg zum Gefängnis nahm, das in der alten Festung untergebracht war. Was war das Geheimnis seines Pianisten? Sicher war ihm im Krieg mehr verlorengegangen als der kleine Finger der linken Hand.

Er sollte mal in die eigene Wohnung gehen. Frische Blumen hinstellen, Kerzen in die Leuchter, für den Fall, dass Corinne heute Nacht bei ihm blieb. Margarethe besuchen. Ihr von dem Heiratsantrag erzählen, den er heute gemacht hatte. Gianni hatte kaum Geheimnisse vor seiner Mutter, nur das kleine, das er mit Carla teilte.

Köln

Um elf Uhr hatte sie sich in den Gobelinsessel gesetzt, den Schlägen der Penduluhr zugehört, an die Hamburger Freunde gedacht. Gerda hoffte, dass Elisabeth dabei gewesen war, als Nina und Vinton vor den Standesbeamten traten.

Am Abend würde sie einmal anrufen, eine große Feier war nicht vorgesehen, das wusste sie von Kurt, der ihr als Erster von der anstehenden Heirat erzählt hatte. In eine Konditorei wollten sie gehen, die in der Geschichte von Nina, Jan und Vinton Bedeutung hatte. Noch immer sei heikel, etwas zu tun, von dem Elisabeth annehme, es könne Joachim bekümmern.

Was konnte ihm größeren Kummer bereiten als die Trennung von Nina? Ihre Liebe zu einem anderen. Das Kind, das sie von Vinton erwartete. Ob die Hochzeit in einer Konditorei oder im Ballsaal des Atlantic gefeiert wurde, war ihm vermutlich egal.

Vielleicht wäre es doch interessant, sich diesen Mann mal

anzusehen, den Elisabeth seit so vielen Jahren im Herzen trug. Jockel halte sich jetzt tapfer, hatte Kurt gesagt. Er schien ihn ins Herz zu schließen, seinen einstigen Schwiegersohn.

Hofften nicht alle, dass auch Joachim eine neue Liebe fände?

Vinton hatte ihr einen Brief geschrieben. Ihr gedankt für die Sympathie, die Gerda ihm vom ersten Augenblick an entgegengebracht habe. Vom Glück berichtet, endlich eine Familie zu haben. Bald zu viert zu sein.

Gerda zupfte an den Fädchen, die lose aus den Polstern der Armlehne hingen. Der Sessel sollte dringend bezogen werden, auch neue Gurte wären wohl nötig, sie würde sich darum kümmern. Heinrich hatte das tun wollen, doch er hing an dem alten Stoff, den sein Vater einst auf einer Auktion ersteigert hatte, und kam nicht in die Hufe.

Er war keiner, der Veränderungen liebte. Darin glich er Elisabeth.

Und doch überraschte ihr Mann sie noch. Die Freundschaft mit Georg Reim. Sie hatte Reim kennengelernt. In der Galerie. Er gefiel ihr. Ein feinsinniger Mann, der Heinrich guttat und sich auch mit Jef verstand. Dass ihm Billa so viel bedeutete, erstaunte sie eher, Billa konnte ein altes Schlachtross sein. Aber waren ihr im Leben nicht öfter feinsinnige Männer begegnet, die alte Schlachtrösser liebten?

Die zwölf Flaschen Riesling von ihrem Cochemer Winzer waren hoffentlich heute angekommen in der Rothenbaumchaussee. Zusammen mit ihren Glückwünschen.

Gerda hob den Kopf. Hörte den Schlüssel, Billa, die ins Haus gekommen war.

«Hier bist du», sagte Billa. «Am helllichten Tage im Gobelinsessel sitzen.»

«Darf man das nur in der Dunkelheit?»

«Ich kenne es nicht von dir. Es ist doch schon zwölf.»

Gerda blickte zur Uhr, die zu den zwölf Schlägen ausholte. Als müsse sie tief Luft schöpfen, um das zu schaffen. «Ich bin in Gedanken versackt», sagte sie.

«Über das Leben an sich?»

«Über die Heirat der Tochter meiner Hamburger Freundin», sagte Gerda. Und über Schlachtrösser. «Komm. Gehen wir in die Küche. Ich mache uns Kaffee.»

«Ein Tässchen könnte ich brauchen», sagte Billa.

Gerda stand auf. «Du kannst doch immer einen Kaffee brauchen.»

«Lucy, das Biest, hat mir Gerüchte aufgetischt.»

«Gerüchte?»

«Dass Georg sich für Männer interessiere.»

Gerda lachte. «Ich nehme nicht an, dass er sich an Heinrich heranmachen will.»

«Lucys Gerüchte stammen aus dem Jahr 1933.»

«Billa, vergiss es. Was ist seitdem alles geschehen.»

«Als ich mit ihm ins Barberina gehen wollte, hat er sich geweigert.»

«Barberina? Ist das nicht die Bar, in der sich Homosexuelle treffen?»

«Ja, leev Mädsche. Ne Schwulenbar. Da war die Trude Herr Bardame, die jetzt beim Millowitsch im Theater spielt», sagte Billa.

«Und was tust du da?»

«Trinken und lachen.»

«Vielleicht ist das einfach nicht sein Milieu», sagte Gerda.

«Das kann sein», sagte Billa. Dachte daran, dass sie schon mit Zarah Leander verglichen worden war. Die scharte die Schwulen um sich. Sie sah zu, wie Gerda Kaffee in den Filter tat. Dass Gerda sich von nichts erschüttern ließ.

Hamburg

Jan schlief schon. Erschöpft von den Ereignissen des Tages. Sie saßen auf dem samtroten Sofa, das einzige Möbel neben dem Bett des Jungen, das Nina in die Rothenbaumchaussee hatte bringen lassen.

«Ich bin mit dir verheiratet», sagte Vinton und klang erstaunt. Er hatte einen Arm um ihre Schulter gelegt. Blickte auf den Ring, den er rechts trug, obwohl das mit der englischen Tradition brach. *«What a lucky guy I am.»*

Nina hatte den Ring mit dem Baguettebrillanten vor den neuen Trauring geschoben, der dem alten, an dem sie so lange festgehalten hatte, glich. Helles Gelbgold. Gerade breit genug, um Name und Datum zu gravieren. Ein neuer Name. Ein anderer Tag.

Hier saß sie mit dem Mann, den sie liebte, dessen Leben sie teilen wollte. Nina hatte keinen Zweifel daran, dass das die richtige Entscheidung gewesen war, und doch waren ihre Gedanken heute zu Jockel gewandert.

Trägt er den Ring noch? Die Frage hatte sie Kurt gestellt, als ihr Vater und sie für einen Moment allein gewesen waren.

Gestern hat er ihn noch getragen.

Joachim hing an Symbolen. Taten Vinton und sie das nicht auch? Sie hatten zwar den Aufzug in den dritten Stock genommen, aber dann hatte er darauf bestanden, sie über die Schwelle ihrer Wohnung zu tragen.

«Ich bin froh, dass Elisabeth doch noch gekommen ist», sagte Vinton. «Auch wenn sie die eigentliche Zeremonie verpasst hat. Und dass sie sich für das Foto neben mich gestellt hat.» Sie waren eingerahmt worden von Ninas Eltern. Der Junge hatte vor ihnen gestanden. Junes Idee, dieses Familienfoto.

«Ja», sagte Nina. Sie seufzte.

«You feel fine, Mrs. Langley?»

Nina nickte. «June sagt, Oliver sei untröstlich gewesen, dass der Humber Snipe in der Werkstatt war. Er hatte uns chauffieren wollen, anschließend eine Schleife um das Auto binden und ihn uns zur Hochzeit schenken.»

Vinton lachte. «Eine von Olivers *surprises*. Der Snipe ist öfter in der Werkstatt als auf der Straße. Wir werden einen Opel Caravan kaufen. Der ist vertrauenswürdiger.»

«Vielleicht wäre es vernünftig, keine großen Investitionen vorzunehmen. Wenn das Kind da ist, werde ich eine Weile nicht arbeiten.»

«Ich muss dem Autohändler nicht gleich das Geld in großen Bündeln geben. Sorg dich nicht. Ein bisschen habe ich auf der Bank. Irgendwann schauen wir uns mal an, was in London statt meines Elternhauses auf dem Grundstück steht.»

Er küsste sie. *Never been happier in his life.*

Elisabeth saß im kleinen Flur und sprach mit Gerda. «Grüß schön», sagte Kurt, als er vorbeikam, die Tür zum Treppenhaus öffnete. Ihr mit einer Geste zu verstehen gab, dass er nach oben ginge.

Er klopfte an, vermutete, dass nicht abgeschlossen war, doch Kurt wartete, bis ihm geöffnet wurde. «Lieb, dass du kommst», sagte Joachim.

Noch immer nur zwei Stühle. Aber einen Schreibtisch aus heller Buche hatte er angeschafft und ein schmales Bett. Als deute er damit an, dass er die Absicht habe, sein Leben in Enthaltsamkeit zu verbringen. «Setz dich. Wie war es?»

«Willst du das wirklich wissen?»

Joachim schüttelte den Kopf. Er sah auf seine rechte

Hand, die ringlos war. «Sag auch nicht, dass du auf ein neues Glück für mich hoffst, Kurt.»

«Ich bitte dich, hier wohnen zu bleiben, Jockel.»

«Ich habe Nina zugesagt, nach dem Studium zu gehen.»

Kurt nickte. Das wusste er. «Darauf wird sie kaum bestehen.»

«Jan sagte, Vinton dürfe nicht herkommen, weil ich hier oben wohne.»

«Dabei hatte ich ihn für einen großen Diplomaten gehalten.»

«Er hofft darauf, dass alle normal miteinander umgehen. Das verstehe ich.»

«Du fändest es in Ordnung, wenn Vinton zu Besuch kommt?»

«Es ist euer Haus. Solange ich nicht mit am Tisch sitzen soll.»

Große Sprünge über Schatten heute. «Bleib bei uns, Jockel», sagte Kurt.

— 11. NOVEMBER —

Köln

Da waren sie wieder, die Jecken. Heinrich sah sie an den Schaufenstern der Galerie vorbeilaufen, geschminkt und kostümiert zogen sie durch die Stadt, nutzten den einen Tag närrischen Lebens, bevor sie Frieden gaben bis zum Januar.

Um elf Uhr elf war die neue Karnevalssaison eröffnet worden auf dem Alten Markt. Das Dreigestirn. Jan und Griet. Rot-weiße Funken. Der ganze Kokolores. Ein Trupp kam vorbei, wollte wohl ins Örgelchen vorne in der Drususgasse, seit vier Jahren erfreute sich die Kneipe großer Beliebtheit, die zweite Kantine des NWDR.

Eine Gestalt im Brokatmantel mit einem Diadem und Federn auf dem Kopf löste sich vom Trupp und ging auf die Galerie zu. Billa. Er öffnete ihr die Tür.

«Die Königin von Saba?», fragte er.

«Hat die so ausgesehen?»

«Was stellst du denn dar?»

«Einen Paradiesvogel», sagte seine Kusine. Sie steuerte das Hinterzimmer an und ließ sich auf einen der Stühle fallen. «Ich bin k. o. Wie Müllers Aap.»

«Hast du auf dem Alten Markt zu kräftig geschunkelt?»

«Dass du dich des Karnevals derart erwehrst», sagte sie in nasalem Hochdeutsch. «Man könnte glauben, du bist ein Imi.»

Heinrich grinste. «Ganz im Gegenteil. Ich bin ein Gewächs aus dem Schmelztiegel der Völker. Römer. Franzosen.»

«Vergiss die ganzen Eifelbauern nicht», sagte Billa. «Georg erzählt mir, er habe eine Spur zu dem jungen Mann gefunden, der die Bilder auf dem Speicher versteckt hat.»

Heinrich nickte. «Gus», sagte er. «Georg und Jef fahren am Montag hin. Vielleicht schließe ich mich an. Er wohnt noch immer in Düsseldorf.»

«Du hast doch gesagt, der Montag sei ein ruhiger Tag hier im Laden. Was hält dich?»

Sollte er sagen, dass für ihn nicht vorrangig war, Gus kennenzulernen, nachdem er nun wusste, dass der die Bilder gerettet hatte nach Boppards Verhaftung durch die Gestapo? Jener Gus würde wohl wenig über den Verbleib des dritten Bildes sagen können, nur das interessierte ihn noch wirklich. Georgs Interesse war ein anderes. Ihm lag daran, das Schicksal von Alexander Boppard aufzuklären.

«Hat Gerda dir von Lucys Fiesitäten erzählt?»

Heinrich schüttelte den Kopf. «Was hat deine Schwester angestellt?»

«Durchblicken lassen, dass Georg den Männern nicht abgeneigt sei.»

«Willst du einen Kaffee?», fragte Heinrich. «Espresso?» Er machte sich schweigend daran, die Kanne mit Kaffeepulver und Wasser zu füllen.

«Sprich», sagte Billa. «Oder spielst du auf Zeit?»

«Ich nehme an, ihr seid euch schon nähergekommen, Georg und du?»

«Willst du wissen, ob wir im Bett miteinander waren? Ja.»

«War es zu deiner Zufriedenheit, Billa?»

«So kenne ich dich gar nicht, du alter Heiliger. War es.»

«Dann lass doch den alten Tratsch ruhen.»

«Was weißt du?»

«Er hat mir erzählt, dass es damals Gerüchte gegeben hat, weil er unverheiratet geblieben ist.» Heinrich stellte die Moka auf die elektrische Platte.

«Jetzt hat er ja die Richtige gefunden.»

Billa strotzte gerade vor Selbstbewusstsein. Er wünschte ihr alles Glück mit Georg. Der schien sie ehrlich zu lieben.

Das Wandlungsgeläut. Heinrich ging nach vorn. «Die Leute sind völlig verrückt geworden», sagte Jef. Er hielt einen abgerissenen Knopf seiner Jacke in der Hand, staunte den an. «Sie haben mich eingekreist und den Knopf abgerissen.»

«Du kennst doch den Karneval seit deiner Kindheit», sagte Heinrich.

«In Flandern ist er anders.»

«Komm. Ich hoffe, Billa hat die Kanne von der Platte genommen.»

«Billa», sagte Jef. «Noch eine Verrückte.»

«Sie ist als Paradiesvogel kostümiert.»

Jef nickte. Das glaubte er aufs Wort. Eigentlich hatte er sich nur in die Stille der Galerie flüchten wollen. Er folgte Heinrich ins Hinterzimmer.

San Remo

Allerheiligen war der Bär los gewesen im zweiten Stock des Hauses, Bixio hatte seinen siebenundvierzigsten Geburtstag im Kreis von Lidias Freunden gefeiert. Dass Agnese den Trubel duldete, konnte nur an der zunehmenden Taubheit der Nonna liegen. Oder genoss Bixio nach Zeiten des Zerwürfnisses nun Narrenfreiheit?

Das Ansehen des Hauses Canna litt laut vor sich hin bei den bigotten Damen der Stadt. Der Einzug der Mätresse. Die junge Frau, die im Haus ein und aus ging, deren Onkel obendrein mit Gianni Canna eine Bar betrieb. Nur gut, dass Signora Grasso den Mijnheer in Kerkrade nicht kannte, um ihm vom lockeren Treiben zu berichten.

«Du solltest dich Corinnes Eltern bald mal vorstellen», sagte Margarethe. «Das ließe sich doch mit einem Besuch in Köln verbinden. Heinrich könnte dich nach Holland begleiten. Er ist der ehrenwerte deiner Onkel, mit ihm kannst du nur den besten Eindruck machen.»

«Eine gute Idee», sagte Gianni. Er löste sich von der Betrachtung des regen Treibens auf der Via Matteotti an einem Freitagmittag und drehte sich zu seiner Mutter um, die am Küchentisch saß und Kartoffeln rieb. «Corinne und ich hatten überlegt, in der ersten Januarwoche nach Kerkrade zu fahren. Die *Scuola di Lingue* ist bis zum 10. Januar geschlossen, und Jules und ich wollen die Bar nach Silvester zehn Tage schließen, bevor der Festivaltrubel losgeht.»

«Von Köln nach Kerkrade ist es nicht weit.»

«Ich will den Kölnern ohnehin Corinne vorstellen. Lass mich mal Kartoffeln reiben, dir müssen ja schon die Handgelenke schmerzen.»

«Das ist ein großartiges Angebot, Gianni.» Margarethe stand auf. Einmal im Jahr wünschte Bruno sich Reibekuchen, ein rheinischer Klassiker, den er in den Kölner Jahren schätzen gelernt hatte, und da er allein ein Dutzend aß und Corinne mit ihnen essen würde, saß sie vor einem Berg geschälter Kartoffeln.

«Gianni, das ist ein großes Glück für uns, dass Corinne in

dein Leben gekommen ist. Genau so eine glückliche Fügung wie die Liebe von Carla und Ulrich.»

«Das haben wir Onkel Jules zu verdanken.» Gianni hatte sich die Hände gewaschen und setzte sich an den Tisch. Griff energisch nach der Vierkantreibe.

«Frag doch Pips, ob er mit uns essen will», sagte Margarethe. «Dann schäle ich noch ein paar Kartoffeln.» Sie fing an, Zwiebeln zu schneiden.

«Wann wollen wir denn essen?»

«Früh. Papa kommt heute schon um zwei.»

«Da ist tatsächlich viel zu tun für ihn in Ceriana?»

«Dieser Auftrag geht bestimmt über eine Zeit von zwei Jahren. Jetzt ist erst einmal San Pietro e Paolo dran. Danach kommt die Kapelle.»

«Unser holländischer Pate sei gesegnet», sagte Gianni. «Ich gehe rüber und frage Pips, sobald ich fertig gerieben habe.»

«Hast du eigentlich je etwas über Pips' Familie erfahren?»

«Nein. Ich nehme an, sie sind bei einem Bombenangriff ums Leben gekommen. Ist doch fast ein kollektives Schicksal in Köln.»

«Nicht nur in Köln», sagte Margarethe.

Pips saß am Flügel und schaute vor sich hin, als Gianni die Bar eine halbe Stunde später betrat. Gianni dachte, dass er aussehen konnte wie ein altes Kind.

«Ist dir eine Laus über die Leber gelaufen?»

«Lieber Läuse als Flausen. Das sagte mein Klavierlehrer gerne. Er hat gestaunt, als ich es aufs Konservatorium schaffte.»

«Könnten dich Reibekuchen erfreuen? Um zwei bei uns zu Hause?»

«Reibekuchen. Götterspeise einer untergegangenen Welt.»

«Grab dich nur gut in Geheimnisse ein.»

«Es ist nicht so, wie du denkst.»

«Wie denke ich denn?», fragte Gianni.

«Familie beim Bombenangriff verloren.»

«Wer hat mir denn das Lied vom Johnny vorgesungen?»

«Irgendwann erzähle ich es dir», sagte Pips.

Hamburg

Die Uhr drüben an der Börse ging nach. Hatte ihm Fräulein Marx darum den kleinen Wecker auf den Schreibtisch gestellt? Sie schien der Meinung zu sein, dass Kurt zu nachlässig mit der Zeit umging. Konnte man einem Menschen vertrauen, der nur in Ausnahmefällen eine Armbanduhr trug?

Um vier Uhr hatte er einen Termin beim Direktor. Kurt blickte noch einmal auf das Zifferblatt des Weckers. War er nervös? Die neue Ausgabe der Kundenzeitschrift stand an. Nichts anderes. Kurt würde die große Mappe aus grauem Karton öffnen und präsentieren, was er dafür plante. Ödete ihn das an?

Im kommenden September würde er sechzig Jahre alt werden. Und noch fünf weitere Jahre brav den Werbeleiter geben. Wenn sie ihn ließen. Hatte er Zweifel? Nein. Sie waren zufrieden mit ihm. Schätzten seine Art zu schreiben. Seine Ideen. Weniger wurde geschätzt, dass er zu Konferenzen zu spät kam.

Ein kurzes Klopfen an der Tür, Nina kam herein, die Marx drängte nach. Ob sie Kaffee kochen solle? Kurt sah Nina an und verneinte dankend. Die schwarze Plörre vertrug seine Tochter sicher nicht, das Kind schien auf ihrem Magen zu liegen. Die Marx blieb in der Tür stehen. Betrachtete ausgiebig die hochschwangere Nina.

«Ich danke Ihnen, Fräulein Marx», sagte Kurt. Die Tür schloss sich.

«Du warst bei Dr. Unger?», fragte er. «Alles, wie es sein soll?»

Nina nickte. Legte den Mantel ab. Setzte sich auf den Stuhl vor Kurts Schreibtisch.

«Mit ein wenig Glück werde ich die Hebamme haben, die mir schon bei Jans Geburt zur Seite gestanden hat. Ich erinnerte mich daran, dass sie Henny hieß, und habe Unger gefragt. Sie ist noch an der Finkenau und nun mit ihm verheiratet.»

«Das hört sich gut an», sagte Kurt. «Wie geht es Jan und Vinton?»

«Jan hat eine Vier in Latein geschrieben, und Vinton hat ein Auto gekauft.»

Kurt lächelte. «Von uns kann nur Joachim Latein», sagte er. «Oder kann es Vinton?»

«Keine nennenswerten Kenntnisse. Mama sagt, du gingest öfter zu Jockel hoch.»

«Ja», sagte Kurt. «Unser Verhältnis ist ein anderes geworden, seit Vinton und du geheiratet habt. Er hat losgelassen. Trägt auch den Ring nicht mehr. Nina, ich lerne ihn erst jetzt wirklich kennen. Eure überstürzte Heirat. Die kurzen Heimaturlaube. Joachim und ich hatten keine echte Chance.»

«Er und ich wohl auch nicht», sagte Nina.

«Jan sollte Jockel fragen, ob der ihm Nachhilfe in Latein gibt.»

«Eine gute Idee.»

Die Zeiger der Uhr standen auf halb drei. Noch anderthalb Stunden Zeit, bis er zum Appell antrat.

«Ich lade dich auf eine heiße Schokolade ein und setze dich dann in ein Taxi.»

«Schokolade ja. Taxi nein. Ich fahre mit der U-Bahn.»

Kurt half ihr in den Mantel. «Kurz ins Hübner», sagte er seiner Sekretärin.

Fräulein Marx sah ihm missbilligend nach.

Hatte Joachim losgelassen? Diese Annahme von Kurt hätte ihn erstaunt. Er gab der Arbeit am Johanneum seine ganze Konzentration. Die Anerkennung, die er bei den Schülern und im Kollegium fand, tat ihm gut.

Ansonsten zog er sich in seine zwei Zimmer zurück. Aß mit Jan bei Elisabeth, wenn sie zur selben Zeit aus der Schule kamen. Las den ganzen Goethe noch einmal, den er antiquarisch gekauft hatte. Wie er auch ein Kofferradio von Grundig anschaffte, um Nachrichten zu hören und das Kulturprogramm des NWDR.

Er ging oft um die Außenalster. Fand zu seiner Kraft zurück, die er in Sibirien verloren hatte. Sein Gesicht war längst wieder glatt geworden. Die Narben am Handgelenk waren die einzigen Spuren, die Krieg und Gefangenschaft äußerlich an ihm zurückgelassen hatten. Sah eine Frau ihn interessiert an, senkte er den Blick. Joachim konnte nicht sagen, ob er Nina noch liebte. Doch er glaubte, dass es keine andere für ihn geben würde.

«Du bist ein Einsiedler, Jockel», hatte sein Sohn gestern Mittag zu ihm gesagt. Von denen hatte Jan im Religionsunterricht gehört. War die Einsiedelei nicht eine Hinwendung zu Gott?

Seine war eine Abwendung vom Leben.

— 18. NOVEMBER —

Köln

«Vielleicht habe ich ein besonderes Geschenk für Gerda und Heinrich», sagte Jef an diesem trüben Novembermorgen. «Zum Hochzeitstag.»

«Du denkst an den Hochzeitstag meiner Eltern?» Ursula blickte in den Spiegel. Sah Jef an, der hinter ihr stand und sich mit seinem alten Kobler rasierte.

«Dein Vater redet seit Tagen davon.»

Ursula trug den Lippenstift von Riz auf, dem sie gestern in der Kosmetikabteilung des Kaufhofes nicht widerstanden hatte. Betrachtete sich. Griff nach einem Kleenex.

«Ich mag das mit dem Lippenstift», sagte Jef.

Sie stopfte das Tuch in die Box zurück. «Du willst wohl doch einen Vamp und keine Denkerin. Wenn ich *Ursel lesend* über unserem Sofa sehe, drängt sich mir der Gedanke geradezu auf.» Sie drehte sich zu ihm um.

Jef schaltete den Rasierapparat aus und hielt ihr die rechte bereits rasierte Wange hin, die Ursula küsste. «Was ist das für ein Geschenk?», fragte sie.

«Ay rief gestern an und hat mich gebeten, nach Düsseldorf zu kommen. Er habe was für mich. Da es in letzter Zeit nur um Freigang ging und nicht um *meine* Werke, hege ich die Hoffnung, dass eines der Bilder aus dem Hofgarten-Zyklus aufgetaucht ist.»

Die Begegnung mit dem Mann, der Gus hieß, war enttäuschend gewesen. Für Jef und für Reim, der nichts über seinen Freund, den Bankier, erfahren hatte. Gus lebte in einem schäbigen Haus in der Nähe des Derendorfer Schlachthofes. Konnte kaum älter als Anfang vierzig sein, aber er wirkte verwüstet. Reim war schockiert gewesen über den Zustand des Mannes, den er als kleinen Schwulen gekannt hatte. Er war sich sicher, dass Gus ihnen etwas verschwieg.

«Das würde Heinrich allerdings umhauen. Warum macht Ay es so spannend?»

Jef zuckte die Achseln.

«Du fährst also nach Düsseldorf. Kommst du spät zurück?»

«Nein. Am Nachmittag. Entscheidet sich heute, ob sie für dich Arbeit haben?»

Ursula nickte. «Wenn das klappt mit dem Wallraf-Richartz-Museum, könnte ich mich um die Kunstwerke kümmern, die während der Kriegsjahre ausgelagert waren. In der Hohenzollernburg haben sie in den kalten Wintern Schimmel angesetzt.»

«Vielleicht haben wir was zu feiern heute Abend», sagte Jef. «Ursel, denk bitte noch mal drüber nach, ob du mich nicht doch heiraten willst. Ich habe lange geglaubt, dass mir eine Ehe nichts mehr bedeutet. Aber da habe ich mich geirrt.» Er strich über Kinn und Wangen, die ihm glatt genug schienen, Ursels Lippenabdruck ließ er unberührt.

Gerda ging in den Salon Schweizer, um sich eine Wasserwelle legen zu lassen, Lucy hatte den Friseur in Klettenberg empfohlen. Sonst machte Gerda kaum Gedöns um ihre Frisur, ließ die Haare nach dem Waschen trocknen, tat höchstens den einen und anderen Wellenreiter ins feuchte Haar. Aber ihr lag daran, eine schmucke Jubelbraut zu sein am morgigen Samstag. Heinrich und sie würden die Galerie wie immer bis zwei Uhr am Mittag öffnen. Danach Kerzen anzünden in *Madonna in den Trümmern*. Um Gottes weiteren Segen bitten. Das konnte nicht schaden. Zu zweit essen gehen. Vielleicht im Weinhaus Wiesel. Eine lange Ehe bedurfte der Aufmerksamkeit. Wo hatte sie das gelesen? In der *Constanze*?

Uli hatte den VW genommen, um den Karton Riesling von Schloss Vollrads zu Lucy zu bringen, anschließend noch zu Feinkost Hoss zu fahren, Räucherlachs bestellen. Eine Überraschung, die Lucy, Carla und er in den Zimmern des Salons an der Luxemburger Straße vorbereiteten. Gerda sollte sich an einen festlich gedeckten Tisch setzen. In dreißig Jahren Ehe hatte sie das selten getan.

«Ich habe keine Erklärung», sagte Walter Ay. «Ein Düsseldorfer Poststempel. Das Hauptpostamt am Wilhelmplatz. Nicht Derendorf, wo dieser Gus wohnt. Dann hätte er euch das Bild ja auch schon am Montag mitgeben können. Es war fachmännisch verpackt.»

Freigangs *Schwanenhaus*. Heinrich würde es kaum fassen.

«Du willst mir das einfach so mitgeben?», fragte Jef.

«Mit herzlichen Grüßen an Heinrich Aldenhoven.»

«Dann lass mich dich einladen. Hast du diesmal Zeit?»

Zum Brauhaus Schlüssel. Zwei Glas Alt. Kraftbrühe mit Einlage. Schnitzel Wiener Art.

«Ende November werde ich nach Köln kommen», sagte Walter Ay. «Ich möchte Aldenhovens Galerie sehen und dich und Ursula treffen. Warum heiratet ihr eigentlich nicht?»

«Meinen ersten Antrag hat sie abgelehnt», sagte Jef. «Heute habe ich ihn beim Rasieren erneuert. Ich habe lange gedacht, dass ich keine lieben könnte wie Eefje.»

«Eefje», sagte Ay. Er hatte Jefs Frau gekannt.

«Ich liebe Ursel», sagte Jef. «Und behalte Eefje im Herzen.»

«Hast du darum einen roten Lippenabdruck auf der rechten Wange? Des Heiratsantrags wegen?» Walter Ay schüttelte den Kopf. «Beim Rasieren. Du bist ein Romantiker.»

Jef lächelte. «Ich hoffe, sie nimmt ihn heute Abend an.»

Ursulas Vertrag wurde nicht verlängert. Man wollte lieber einen erfahrenen Restaurator an die verschimmelten Bilder aus der Burg Hohenzollern setzen.

Vielleicht erst einmal auf Reisen gehen. Zu Margarethe nach San Remo. Mit Jef. Sie würde seinen Antrag annehmen. Jetzt, wo ihr klar war, dass er wirklich heiraten wollte.

Dann hatten sie doch was zu feiern heute Abend.

Kein bewusstes Tun. Er lenkte das Auto nicht willentlich an den Baum auf der Landstraße von Düsseldorf nach Köln, während er noch über das *Schwanenhaus* nachsann. Wer es wohl in einen festen Karton gepackt hatte. Das Packpapier verschnürt. An Ay geschickt.

Leo Freigangs drittes Bild aus dem Hofgarten-Zyklus lag im Kofferraum des Renault. Jef hatte zum Schutz des Bildes noch die alte Pferdedecke über den Karton gelegt.

Was ließ ihn das Lenkrad verreißen? Ein Tier? Jef hätte darauf keine Antwort gehabt. Er wurde aus dem Auto geschleudert, ehe der Renault am Baum zerbrach. Alles ging schnell. Ein gnädiger Tod. Viel gnädiger, als in einem Haus zu verbrennen.

War noch Zeit für diesen Gedanken gewesen?

1956

— 2. JANUAR —

Köln

Die Nachricht vom Tod der Zia an Silvester hatte Carla erst einen Tag später erreicht, die Trauer war nicht groß. Ursula bot an, Ulrich dabei zu helfen, Claudia und Maria zu betreuen, während Carla nach San Remo fuhr, um ihrer Mutter beizustehen.

Die Trauer um Jef war noch immer kaum auszuhalten. Ende November hatten sie ihn auf Melaten begraben, im Familiengrab der Aldenhovens, nur eine Urne fand noch Platz. Doch Jef hatte nach Eefjes Tod sowieso nichts mehr von Erdbestattungen gehalten.

Das Bild vom *Schwanenhaus* stand in der Galerie. Den Zusammenstoß mit dem Baum auf der Landstraße von Düsseldorf nach Köln hatte das Gemälde heil überstanden, nur das Holz des Rahmens war gesplittert. Hatte es diesen barocken Rahmen bereits, als es noch in der Wohnung von Alexander Boppard hing?

Georg Reim glaubte, sich an einen schlichteren zu erinnern.

«Carla müsste bald in Basel sein», sagte Heinrich. Er blickte zu seiner Tochter, die sich eine zweite Zigarette angezündet hatte. Seit Jefs Tod lebte Ursula mehr in ihrem alten Zimmer am Pauliplatz als am Eigelstein. Auch in die Galerie kam sie beinah täglich. Saß vor dem Bild, das unter der Pferdedecke sicher bewahrt worden war.

Ursula sah auf die Uhr und nickte. «Mama ist jetzt bei den Kindern. Ich übernehme nachher, bis Uli kommt. Lucy und er haben im Laden alle Hände voll zu tun wegen des Karnevals. Gut, dass Carla die meisten Kleider fertig hatte.»

«Das Hüten der Kinder wird dich ablenken, Ursel.»

«Ich will nicht abgelenkt werden.» Sie drückte die Zigarette im kupferfarbenen Drehaschenbecher aus. Versenkte den Stummel, auf dessen Filter Spuren ihres Lippenstifts waren. Hatten sich nicht alle gewundert, dass Ursula nach Jefs Tod angefangen hatte, Lippenstift aufzulegen?

Kurz vor Weihnachten war der Brief eines Notars eingetroffen, der Ursula bat, einen Termin im Notariat nahe der Galerie in der Drususgasse wahrzunehmen. Jef hatte ein Testament hinterlassen. Ihr das Häuschen in Brügge vererbt. Das Einkommen aus dem Fonds.

«Dieses Papier, das dir Walter Ay gegeben hat, hast du das noch, Papa?»

«Hier in der Schublade des Schreibtisches», sagte Heinrich. Ay hatte ihm das Packpapier auf dem Friedhof gegeben.

Ursel betrachtete das feste braune Papier mit der handschriftlichen Adresse der Kunstakademie in der Eiskellerstraße, den gut lesbaren Stempel des Postamts 1 am Wilhelmplatz in Düsseldorf. Nicht zum ersten Mal, dass sie das tat.

«Wer immer der Absender war», sagte Ursula. «Hätte er dieses Bild nicht an Ay geschickt, Jef würde noch leben.»

«Quäl dich nicht mit solchen Gedanken, Ursel.»

«Als ich vor dem Notar saß, habe ich zum ersten Mal gedacht, Jef sei absichtlich gegen den Baum gefahren. Warum hätte er sonst das Testament gemacht?»

«Weil du seinen Heiratsantrag nicht angenommen hast und er seinen Nachlass regeln wollte.»

Ursula stand auf. «Er hat ihn mir am Morgen jenes Tages noch einmal gemacht, Papa. Und ich hatte Jef am Abend sagen wollen, dass ich ihn von Herzen gern annehme.»

Heinrich schwieg. «Komm, ich fahr dich nach Klettenberg», sagte er schließlich. «Jef hat sich nicht das Leben genommen. Viel zu groß die Vorfreude, mir das *Schwanenhaus* zu bringen. Viel zu groß das Glück mit dir.»

Claudia kletterte von der Eckbank, als Ursula in die Küche kam, Ursel war vom ersten Augenblick an ihr Liebling gewesen. Sie streckte die Arme hoch und ließ sich durch die Luft schwenken.

«Auch», rief Maria, die im Hochstuhl saß.

«Bloß nicht», sagte Gerda. «Sie hat eine Menge Milchreis mit Apfelmus in ihrem Bäuchlein. Das kommt dann alles wieder hoch. Setz dich und iss auch was. Da ist noch von allem da.» Sie sah ihre Tochter an.

«Ich hab keinen Hunger, Mama.»

«Du bist dünn geworden, Ursel.» Und der rote Mund im weißen Gesicht sah aus wie eine Wunde. Viele Sätze, die Gerda nicht sagte. Auch, dass sie nachher noch in die Galerie führe, um mit Heinrich die Bilder eines neuen Malers anzusehen.

Von Jef war noch ein letztes in der Galerie. Ein unvollendetes stand im Atelier. Wie dankbar war sie über die Kohlezeichnung, die ihnen Jef im Oktober geschenkt hatte. War das Porträt von Ursel aus einer Vorahnung entstanden?

«Wann kommen Gianni und seine Freundin?» Ursula hatte ihnen die Wohnung am Eigelstein angeboten für die Tage in Köln. Von da aus würden Gianni und Corinne nach

Kerkrade fahren und am nächsten Tag zurückkehren. Sie beneidete ihren Cousin nicht darum, die Prüfung vor dem Mijnheer abzulegen.

«Am Mittwoch. Heute fahren sie los und übernachten im Elsass.»

Ursula hatte sich zu Claudia auf die Eckbank gesetzt, drückte die Fünfjährige an sich. «Hätte ich doch ein Kind von Jef.»

«Ja», sagte Gerda. Sie hob Maria aus dem Hochstuhl, nahm die Kleine auf den Schoß. Dachte, dass Ursel sechsundzwanzig Jahre alt war. Nina in Hamburg war fünfunddreißig und hatte vor vier Wochen eine leichte und glückliche Geburt gehabt. Noch viel Zeit für Ursula. Aber hätte sie etwas Ungeschickteres sagen können?

«Gianni und Corinne müssen am 10. Januar wieder in San Remo sein. Was hältst du davon, mit ihnen zu fahren? Sonne täte dir gut, das findet auch Margarethe.»

Ursula schwieg eine Weile. Hatte sie an Jefs Todestag nicht darüber nachgedacht, eine Reise nach San Remo zu machen? Mit ihm?

«Ich denke darüber nach», sagte sie. «Wann kommt Carla denn zurück?»

Gerda stand auf, um der Kleinen die Windel zu wechseln. Sie spürte eine feuchte Wärme am Hosenboden. «Die Beerdigung ist morgen. Danach bleibt sie noch einen weiteren Tag, um ihrer Mutter zu helfen, und reist dann zurück nach Köln.»

«Carla hat die Zia gehasst.»

«Ja. Sie tut das alles um ihrer Mutter willen. Hofft, dass die noch einmal ein neues Leben beginnt, Carlas Mutter ist erst fünfundvierzig Jahre alt und hatte die Tante seit dem frühen Tod von Carlas Vater am Hals.»

«Ich verpasse deinen Geburtstag, wenn ich nach Italien fahre.»

«Am glücklichsten würde mich machen, wenn es dir wieder besser ginge.»

«Ich weiß, Mama. Aber das ist nicht so leicht. Ich vermisse Jef endlos.»

Als Gerda die Kinder bei Ursula ließ, ihnen noch winkte, sich auf den Weg zur Straßenbahn machte, dachte sie, dass sie Jefs letztes Bild nicht verkaufen sollten.

Auch wenn es kaum heiter zu nennen war.

Hamburg

Joachim legte die Römischen Betrachtungen der Marie Luise Kaschnitz zur Seite und lauschte. Nicht das gewohnte Kindergeschrei bei den Blümels, das war die Stimme eines Säuglings, Nina und ihr neues Kind waren da.

Sollte er das Radio anschalten, um es nicht zu hören? Joachim saß still.

Am 2. Dezember war der Junge geboren worden. Ein zweiter Junge für Nina. Tom. Vinton Langleys Vater hatte Thomas geheißen. Wollte Joachim so viel wissen, wie Kurt ihm erzählte? Genau wie Jan suchte Kurt Normalität in ihrem Zusammenleben, das war Joachim klar, doch noch fiel ihm schwer, das immer auszuhalten. Als er im Sommer 1953 nach dreizehn Jahren Krieg und Gefangenschaft zurückgekehrt war, hatte er von weiteren Kindern mit Nina geträumt.

Er war froh, dass heute die Ferien zu Ende gingen, die Schule wieder begann. Die Tage seit dem 22. Dezember waren nicht leicht gewesen. Drei Weihnachten hatte er erlebt, seit er wieder in Hamburg war, doch dieses war ihm am schwersten gefallen, das Wissen, dass sie an Heiligabend unter dem Weihnachtsbaum saßen in der Rothenbaumchaussee. Sein Sohn. Das neue Kind. Nina, Vinton, Kurt, Elisabeth.

Am Mittag des ersten Weihnachtstages war Jan in die Blumenstraße gekommen. Joachim hatte unten mit ihm am Küchentisch gesessen. Von der Gans gegessen, die Elisabeth zubereitet hatte, den Rotwein getrunken, den Kurt in die Gläser füllte, roten Traubensaft für den Jungen. Sie taten alles, um ihm das Gefühl zu geben, dass er noch zur Familie gehörte. Er dankte ihnen dafür. Aber es war nicht wahr. Nur, dass er für immer Jans Vater blieb.

Engelsbrücke. Das in Leinen gebundene Buch der Kaschnitz hatte er sich selbst zu Weihnachten geschenkt. Für Jan die sechs Orientbände von Karl May. Weihnachten. Geburtstag. Die Indianerbände hatte Jan alle gelesen. Um Winnetou geweint.

Er hatte diese Bände als Kind auch besessen. Wie wenig ihn berührt hatte, dass die Wohnung seiner Kindheit im Juli 1943 ausgebrannt war. Wichtig waren ihm nur die Feldpostbriefe gewesen, die bestätigten, dass seine Familie lebte. Vom Tod seiner Mutter im Februar 1945 hatte er erst nach seiner Rückkehr erfahren.

Wäre er gern nach unten gegangen, Tom anzusehen? Er hatte Nina im Dezember einen kurzen Brief geschrieben, ihr und dem neuen Kind Glück gewünscht, auch einen Dank erhalten. Doch die Geburtsanzeige des Thomas Kurt Langley hatte er zufällig unten in der Küche gesehen. Ein zweisprachiger Text.

Nun war es still unten, Nina vielleicht gegangen. Joachim

schaltete das Radio an. Die neuen Pausenzeichen ließen ihn noch leicht zusammenzucken. Mit dem zwölften Glockenschlag der Silvesternacht war der NWDR zum Norddeutschen und zum Westdeutschen Rundfunk geworden. Da ein Motiv einer Symphonie von Brahms, dort eines aus einem Lied von Beethoven. Wenn morgen der Schulfunk wieder begänne, dann würde er hoffentlich die Arie des Papageno aus Mozarts Zauberflöte hören, dieses Erkennungszeichen gaben Hamburg und Köln wohl nicht auf.

Joachim setzte den Wasserkessel auf die elektrische Kochplatte, einen Tee zubereiten. Nachher würde er noch Einkäufe machen.

«Geh doch mal zu Jockel und zeige ihm den Kleinen», hatte Elisabeth gesagt.

«Ich habe nicht vor, Joachim zu quälen.»

Nina war nur mit Tom gekommen. Der nun elfjährige Jan hatte darum gebeten, den letzten Ferientag mit Karl Mays *Von Bagdad nach Stambul* im Warmen bleiben zu dürfen. Bei den Orientbänden rief er wenigstens nicht mehr nach Fleisch, das über dem Feuer gebraten und mit Schießpulver gewürzt sein sollte.

Tom lag schlafend in seinem Kinderwagen, nachdem sie ihn gestillt hatte. In der Küche war es warm, Nina nahm ihm die Decke ab.

«Nicht, dass der Junge sich verkühlt», sagte Elisabeth.

«Wenn wir gehen, packe ich ihn wieder warm ein.»

Um halb vier brach sie auf, Vinton würde heute früher kommen.

«Warte, ich helfe dir bei den Stufen», rief ihre Mutter. «Ziehe nur noch den Mantel an.» Da war Nina schon im Treppenhaus und stand vor Joachim, der gerade das Haus verlassen wollte. Er konnte nicht wissen, dass in dem Kinderwagen schon sein Sohn gelegen hatte, als er ihr bei den Stufen half. Damals war er nicht dabei gewesen.

San Remo

Ein Brot warm aus dem Ofen trug Margarethe in der Tüte, ein spätes Frühstück mit Bruno, der noch frei hatte. Gianni und Corinne hatten sich in aller Herrgottsfrühe auf den Weg nach Köln gemacht. Zwei von Giannis guten weißen Hemden waren von Margarethe noch gebügelt worden, nachdem die Familie vom Neujahrsessen aus dem Ristorante Royal gekommen war, zum ersten Mal hatten Lidia, Cesare und Corinne mit am Tisch gesessen. Kein Paravent war nötig gewesen. Agnese ging noch immer nicht herzlich mit Lidia um, doch Cesare hatte Gianni als Kronprinz abgelöst.

An einer Mauer der Via Palazzo sah Margarethe eine erste Todesanzeige kleben. Las die Namen von Nichte und Großnichte und wusste nur darum, wessen Tod da verkündet wurde. *Grazia Rossi di anni 78. Grazia.* Gnade hatte die Zia nur selten bewiesen.

«Nichts aus der Salumeria?», fragte Bruno, der den Tisch gedeckt hatte.

«Du solltest noch besser als ich wissen, dass am Montagvormittag nur der Bäcker geöffnet hat», sagte Margarethe.

Bruno schaute in den Bosch. «Hatten wir nicht noch *Porchetta*?»

«Die habe ich Gianni und Corinne in die Provianttüte getan.»

«So ist das also», sagte Bruno. Er entnahm dem Kühlschrank ein Glas Kirschkonfitüre. «Wann trifft Carla denn heute ein? Ich hole sie vom Bahnhof ab.»

«Ohne große Verspätungen kurz vor Mitternacht.»

«Dann kann ich es mir ja auf der Wartebank bequem machen.»

«Ich habe Carla gebeten, bei ihrem Aufenthalt in Mailand hier anzurufen. Dann lassen sich Verspätungen vielleicht schon absehen.»

Bruno nickte anerkennend. «Hast du schon Carlas Mutter kondoliert?»

«Das tue ich heute Nachmittag. In der Via Palazzo kleben Todesanzeigen für die Zia.»

«Ich habe Ursels Jef kaum gekannt, dennoch geht mir sein jäher Tod sehr nahe. Auf einmal endet alles an einem Baum. Er war jünger als ich.»

Margarethe nahm Brunos Tasse und schenkte Kaffee ein. «Ja», sagte sie. «Alles ist zu Ende. Die Liebe zu Ursel. Jefs Talent als Maler.»

«Ich hoffe, du hast Gianni das Versprechen abgenommen, vorsichtig zu fahren und sich bei uns zu melden, wenn sie in Colmar angekommen sind.» Er nahm ein Stück Brot und griff nach dem Glas mit der Konfitüre. *Salumi* waren ihm lieber.

«Darauf kannst du dich verlassen.»

«Vielleicht täte Ursel ein Tapetenwechsel gut», sagte Bruno.

«Den habe ich Gerda schon vorgeschlagen und Ursula eingeladen. Sie könnte mit Gianni und Corinne fahren, wenn die zurückkommen.»

«Ich bin mit einer sehr klugen Frau verheiratet.»

«Obwohl ich keine Mortadella habe und die Porchetta auf die Reise geschickt?»

«Es sei dir verziehen», sagte Bruno. Er strich Butter auf das Brot.

Chiuso per ferie stand an der großen Glastür der Bar. Bis zum 10. Januar würde die Bar geschlossen bleiben, doch durch die hohen Fenster kamen ungewohnte Klänge. Pips hielt es oben nicht aus, hatte beinah schon verlernt, allein zu sein. Er saß am Flügel und spielte, was er sich sonst nicht zu spielen traute mit neun Fingern.

Beethovens Klaviersonate No. 8 in c-Moll op. 13.

Die Klaviersonaten. Damit hatte Pips sich in den Konzertsälen gesehen. Er spielte den ersten Satz zweimal, bevor er aufstand, an die Glastür trat, auf die Piazza sah.

Ich will meinem Schicksale trotzen, obschon es Augenblicke meines Lebens geben wird, wo ich das unglücklichste Geschöpf Gottes sein werde.

Das hatte Beethoven gesagt, als im Jahr 1798 seine Taubheit begann. Man könnte Pips aus dem Tiefschlaf wecken, er wüsste diesen Satz. Ein Interpret des großen Beethoven zu werden, das war der Traum des kleinen Pips gewesen.

Flausen sind schlimmer als Läuse. Er kehrte zum Flügel zurück. Die *Pathétique* war die einzige Sonate, die er ohne Noten spielen konnte. Sollte er sich an weitere Sonaten wagen? Jules würde ihm sagen, wo es die Noten gab.

Wenn Jules und Katie aus Genf zurückkehrten.

Und wenn Gianni und Corinne aus Köln kamen, würde er ihnen die ganze *Pathétique* vorspielen. Sie waren beide sicher lernfähig.

Köln

Heinrich fand die Quittung in einem der Ordner. Von Leikamp unterschrieben. Auch die Krefelder Adresse hatte er hinzugefügt, an der ihn keiner kannte. Heinrichs Herz klopfte, als er die Schublade des Schreibtisches aufzog, ihr das braune Packpapier entnahm, neben die Quittung legte. Kaum vorstellbar, dass nicht beide Adressen vom selben Menschen geschrieben worden waren.

Er sah auf die Uhr. Halb sechs. Ob sich Ay noch in der Kunstakademie aufhielt? Ihm schien die Entdeckung zu wichtig zu sein, um sie nicht heute noch zu teilen.

Walter Ay war nach dem zweiten Läuten am Telefon. Hörte ihm zu. Schwieg, als Heinrich zu Ende gesprochen hatte.

«Woher sollte Leikamp meinen Namen kennen?», fragte er.

«Er ist kunstaffin. Vergessen Sie das nicht», sagte Heinrich. «So sehr, dass er sich als Maler des *Ananasberg* ausgab. Vielleicht hat er sich um die Aufnahme an der Kunstakademie beworben und ist abgelehnt worden.»

«Gott schütze uns vor verkannten Künstlern», sagte Ay. «Sie sind noch nicht bereit, diese Spur loszulassen?»

«Ich rede mir ein, es Jef schuldig zu sein.»

«Wie geht es Ursula?»

«Schlecht», sagte Heinrich.

«Hätte ich Jef nicht gebeten, wegen des Bildes zu kommen, dann lebte er noch.»

«Das hat meine Tochter auch gesagt. Aber das ist falsch.»

«Sprechen Sie mit Reim über die neuen Erkenntnisse. Ich bin am 16. Januar in Köln und würde Sie beide gern treffen.»

«Ja. Das sollten wir tun. Warum trennt Leikamp sich

von dem Bild und verlangt nicht einmal Geld dafür? Warum schickte er es ausgerechnet Ihnen? Lag es ihm auf dem Gewissen?»

«Ich weiß es nicht. Grüßen Sie Reim von mir. Wir hatten ein gutes Gespräch nach der Zeremonie auf Melaten. Mir hat auch gefallen, was Sie am Grab gesagt haben.»

«Ein Satz aus der *Brücke von San Luis Rey*. Thornton Wilder. Dessen Roman handelt vom Schicksalhaften. Jefs Tod war schicksalhaft, Herr Ay, und hat nichts mit dem Bild zu tun und sicher nicht damit, dass Sie ihn gebeten haben zu kommen.»

«Danke», sagte Walter Ay.

Ursula kam später als angekündigt in die Galerie. Sie hatte vorgehabt, nach dem Hüten der Kinder noch in den Eigelstein zu gehen, Heinrich fing an, sich zu sorgen. Als das Geläut vorne erklang, hoffte er, dass seine Tochter gekommen war. Wie dünnhäutig man wurde nach dem Tod eines geliebten Menschen.

«Ich habe die Betten bezogen für Gianni und Corinne», sagte Ursel. «Du glaubst nicht, wie schwer mir das gefallen ist. Ich hatte die Wäsche noch nicht gewechselt seit November, Jefs Duft war in den Kissen.»

«Meine Ursel.» Heinrich nahm seine Tochter in die Arme. «Wärst du dennoch bereit, dir etwas anzusehen?» Er führte sie zum Schreibtisch im Hinterzimmer.

Ursula setzte sich auf den Stuhl und betrachtete die Handschriften.

«Das ist eindeutig», sagte sie. «Wie bist du darauf gekommen?»

«Irgendwas irritierte mich an der Schrift auf dem Packpapier. Doch den Gedanken, dass es mit Leikamp zu tun haben könnte, die Quittung zu suchen und beide Schriften zu vergleichen, den habe ich erst heute Nachmittag gehabt.»

«Was wirst du nun tun?»

«Mich mit Georg und Walter Ay besprechen. Ay kommt am sechzehnten.»

«Da werde ich in San Remo sein. Ich habe mich entschlossen, mit Gianni und Corinne zu fahren. Mamas und Margarethes Idee. Ich weiß nicht, wie lange ich bleibe. Vierzehn Tage vielleicht.»

«Ich hoffe, dass es dir helfen wird», sagte Heinrich.

— 16. JANUAR —

Hamburg

In der Nacht verließ Vinton das große Bett, in dem Tom an der Brust seiner Mutter eingeschlafen war, auch Nina schlief nun. Er zog die Decke höher, hüllte die beiden darin ein, bevor er aus dem Zimmer schlich und zu Jan hinüberging.

Am Abend hatte Vinton dem Jungen Wadenwickel gemacht, das Fieber damit leicht gesenkt, doch nun glaubte er, gehört zu haben, dass Jan im Schlaf sprach. Das tat er sonst nie, vielleicht war das Fieber wieder gestiegen.

Die Stirn war heiß. Sollte er ihn wecken und vom Fiebersaft geben? War Jan dafür nicht schon zu groß? Für Aspirin war er noch zu klein. Er entschloss sich, abzuwarten und bei ihm zu bleiben. Schob den Sessel neben das Bett.

«Vinton», sagte Jan. «Bleib bei mir.»

«*Alright.* Ich bin hier.» Er strich ihm über die Stirn.

«Jockel», sagte Jan. Griff nach Vintons Hand.

Was trug der Junge da im Fiebertraum aus? Den Kummer, dass die beiden Väter in seinem Leben noch immer darauf achteten, des anderen Weg nicht zu kreuzen?

Ihm fiele kaum schwer, auf Joachim Christensen zuzugehen. *He himself was the winner.* Er war Ninas Mann. Lebte mit ihr und Jan. Hatte einen eigenen kleinen Sohn. Was blieb für Joachim? Ganz offensichtlich Jans Liebe. Wusste Joachim das?

Jan hielt noch immer seine Hand, doch er war wach geworden.

«Ich habe geträumt, Vinton.»

«Du hast im Schlaf gesprochen. Willst du noch einen Löffel vom Fiebersaft?»

Jan nickte. Er setzte sich auf. Ein großer Junge. Im April würde er in die Quinta kommen. Aber nicht groß genug, um mit dem Dilemma zu leben, zwischen Joachim und ihm zu stehen. Ob er den ersten Schritt zur Lösung des Dilemmas tun durfte?

«Du gehst heute nicht in die Schule», sagte er. «Ich arbeite zu Hause. Dann kann ich mich um dich kümmern und Nina um Tom.» Den Text zur Verfilmung vom *Mann im grauen Flanell* konnte er hier schreiben.

«Ist schon heute?», fragte Jan.

Vinton blickte auf die Leuchtziffern seiner Timor. Halb fünf. Vor den Fenstern würde es noch lange stockdunkel sein. «Ja», sagte er.

«Willst du nicht wieder zu Mami ins Bett gehen?»

«Sollte ich mit deinem Vater sprechen, Jan?»

«Mit Jockel? Über was?»

«Weil *ich* auch dein Vater bin und deine Väter einander verstehen sollten.»

«Das wäre 'ne Wucht. Versuchst du das, Vinton?»

«Ich weihe noch Nina ein. Gelingt dir zu schlafen?» Er deckte den Jungen zu.

«Vielleicht denk ich noch ein bisschen», sagte Jan. «Vinton, ich glaube, mir geht es schon besser. Du könntest Jockel bei Oma anrufen.»

Vinton zog vor, einen Brief zu schreiben. Auf seiner Remington, mit der er im Sommer 1948 von London nach Hamburg gekommen war, um in diesem Haus in eine kleine Wohnung zu ziehen. Eigentlich neigte er dazu, private Briefe mit der Hand zu schreiben, doch er suchte eine Distanz, die ihm die Remington gab.

«Wenn einer Worte findet, dann du», hatte Nina gesagt. So wie damals, als er an Elisabeth geschrieben hatte, nachdem sie wussten, dass ein Kind auf dem Wege war. Doch es fiel Vinton schwer, Worte zu finden.

Als er den Mantel anzog, um Texte zur Übersetzung bei June abzuholen, danach am Eppendorfer Baum einkaufen zu gehen, nahm Jan gerade *In den Schluchten des Balkan* zur Hand, den vierten Band der Orientreihe, Nina stand vor der Wickelkommode, um Tom eine saubere Strampelhose anzuziehen. Er küsste sie auf den Mund und Tom auf die noch nackten Füßchen, bevor er die Wohnung verließ.

Vor zwei Wochen hatte Nina angefangen, von zu Hause aus für June zu arbeiten. Nicht um Vintons willen, er war froh, seine Familie ernähren zu können. Aber er verstand, was es Nina bedeutete, zwischen Stillen und Windelwechsel ihre eigene Arbeit zu tun.

Für June war es eine Erleichterung, auch wenn Oliver aus der Scheune in Duvenstedt geholt worden war, um im Übersetzungsbüro zu arbeiten und nicht an seinem neuesten Fang, einem Jaguar aus der Zeit, als der noch Lyons hieß.

Den Brief an Joachim Christensen warf Vinton an der Post am Klosterstern ein, bevor er zum Büro von *Clarke. Translators* hochstieg.

Er sagte June nichts von dem Brief, sie war der Meinung, Vinton solle einfach nur sein Glück genießen und nicht zu viele Gedanken über Joachims Unglück hegen.

June bot ihm eine Tasse Tee an, Bahlsens Waffelmischung, eine Verbesserung im Vergleich zu den Keksen aus den Läden der NAAFI. Oliver war nicht da. Er hatte Auslauf bekommen zur Scheune in Duvenstedt.

«Er kriegt sonst nur schlechte Laune», sagte June. «Ich habe hier Brausepulver für Jan. Fürs Baby wird das noch nichts sein. Denk daran, sie mitzunehmen.»

Vinton blickte auf die Ahoj-Brause, die sie vor ihn hingelegt hatte. Vierzig Tütchen. Zehn von jeder Sorte. «Wie kommst du an die Ahoj-Brause, June?»

«Man kann sie in Geschäften kaufen.»

Vinton lächelte. Er steckte die Tüten zusammen mit den Texten für Nina ein.

«Leider komme ich nicht mehr so leicht an die Rosinen von Sun Maid. Sag Jan, dass ich mich weiter bemühen werde.»

«Warum haben Oliver und du keine Kinder?»

June hob die Schultern. «Chance verpasst. Vor ein paar Jahren glaubte ich, schwanger zu sein, ein Fehlalarm. Wollt ihr noch weitere?»

«Ich hätte gern noch mehr Kinder, doch Nina hat zu entscheiden, ob sie sich noch einmal auf eine Schwangerschaft einlassen will. Toms Geburt ist leicht und glücklich verlaufen. Was wohl auch an der vertrauten Hebamme lag, die schon Jan auf die Welt geholt hatte.»

Fünf Jahre, die sie gewartet hatten. Erst auf die Klärung von Joachims Schicksal. Dann auf die Scheidung. Vielleicht hätten sie mit Jan zusammen schon vier Kinder. Davon hatte er geträumt, wenn er mit seinen Eltern in Shepherds Bush am Ende eines zu langen Tisches allein saß und die Haushälterin das *Supper* servierte.

«Dass aus dem sprachlosen Jungen, den ich aus den

Trümmern zog und der Jahre nicht aufhörte zu zittern, dieser glückliche Mann geworden ist, bedeutet mir viel.»

Vinton umarmte June. «Mir auch», sagte er.

San Remo

«Ich weiß», sagte Pips. «Du kamst, sahst und siegtest. Kerkrade stand kopf.»

Gianni grinste. «Lass mich meinen Triumph ausleben und meine Erleichterung.»

Vor einer Woche waren sie aus Köln zurückgekehrt, Corinne und er. Hatten Ursel mit nach San Remo gebracht, die nun im vierten Stock der Via Matteotti in Giannis altem Kinderzimmer wohnte, ganze Abende mit Margarethe am Küchentisch saß.

Während der Autofahrt war Ursel schweigsam gewesen, nur am Abend im Colmarer Gasthaus hatte sie über Jefs Tod gesprochen, sein Porträt von Ursel hatten Corinne und er in der Wohnung am Eigelstein gesehen. Auch die Kohlezeichnung, die bei Gerda und Heinrich im Haus hing. Was half einem denn alles Talent.

«Kommt deine Kusine heute noch vorbei?», fragte Pips. Er hatte keine Gelegenheit gehabt, die *Pathétique* zu spielen, vielleicht wäre Ursula eine Zuhörerin. Zweimal war sie am Vormittag in die Bar gekommen, hatte Kaffee mit ihnen getrunken.

«Du magst sie», sagte Gianni.

«Kölner unter sich», sagte Pips.

«*Nicht alles ist sagbar.* Das steht auf deiner Stirn wie der von Ursula.»

Die Glastür wurde geöffnet, eine ihnen fremde Frau, die nicht grüßte, nur ein weißes Kuvert vor Gianni auf die Theke legte. Genauso grußlos verschwand.

«Du siehst, es gibt Leute, die noch weniger reden», sagte Pips.

Gianni drehte das Kuvert um. Donata Canna. «Ein Brief von Bixios Ehefrau an meine Großmutter. Warum lässt sie den bei mir abgeben?»

«Du scheinst der *postino* zu sein. Carlas dahingegangene Zia gibt hier die Post ab. Nun eine Frau im Pelz, deren Parfüm einen Schweif hinterlässt.»

«*Postino?* Lässt du dich auf die italienische Sprache ein?»

«Ich schnappe das eine und andere auf. Gibst du noch einen Espresso aus?»

«Sobald ich den Brief losgeworden bin. Soll ich Ursel mitbringen?»

«Wenn sie sich mitbringen lässt», sagte Pips. Er setzte sich an den Flügel, als sich die Tür hinter Gianni schloss. Fing an, die ersten Klänge der *Pathétique* zu spielen.

Adagio Cantabile. Diesmal lief es nicht so gut, der Finger schien heute mehr zu fehlen als beim letzten Mal. Beim Jazz fiel es kaum auf, da umspielte er die Stellen.

War es wirklich eine gute Idee, sich an weiteren Sonaten zu versuchen? Konnte das nicht nur Scheitern bedeuten? Jules und Katie waren noch am Genfer See, er hatte keine Gelegenheit gehabt, Jules nach einer Musikalienhandlung zu fragen. Er hörte auf zu spielen. Stützte sich mit den Ellbogen auf die Tasten. Katzenjammertöne.

«Könntest du es noch mal spielen, Pips?»

Er sah auf. Ursulas Stimme. Sie war nicht in Sichtweite. Aber nun kam sie aus dem vorderen Teil der Bar. Setzte sich auf einen nahen Stuhl.

«Willst du das wirklich?»

«Die *Pathétique* trifft meine Stimmung. Jef liebte sie.»

«Der Mann, der dir verlorengegangen ist.»

«Wer ist *dir* verlorengegangen, Pips?»

Pips schwieg. Wie immer. Aber er setzte noch mal an, die Sonate zu spielen, und hörte auch nicht auf, als Gianni zurück in die Bar kam.

Margarethe nahm eine Scheibe Brot aus dem Korb, brach kleine Stücke, tunkte sie in die Lache Olivenöl, die auf einem der Teller geblieben war. Leicht angetrocknet, das Brot seit dem Abendessen, nun ging es bereits auf Mitternacht zu.

Den Tisch hatte sie abgeräumt. Die Weißweingläser. Das Geschirr. Nur der eine Teller, die Karaffe mit dem Olivenöl, der Topf mit dem Salz standen noch dort. Bruno war bereits vor einer Stunde ins Bett gegangen.

Margarethe stand auf und stellte neue Gläser auf den Tisch. Machte eine Flasche vom Roten aus dem Piemont auf, der Wein war dunkel und rau.

«Am 30. Januar fährst du zurück nach Köln?», fragte sie.

«Ich hatte vor, nur zehn Tage zu bleiben», sagte Ursula.

«Du kannst für immer bleiben.»

«Das ist nicht die Lösung. Ich will nicht weglaufen, Margarethe.»

Margarethe nickte. Sie legte die Arme um Ursel und blieb eine Weile so stehen.

— 29. JANUAR —

Hamburg

Der Winter fing an, die Stadt fest im Griff zu haben, jetzt am Ende des Januars sanken die Temperaturen, blieben noch immer sanft im Vergleich zu denen, die er aus Sibirien kannte, doch das Eis an Alster und Elbe wuchs.

Joachim stand auf der Krugkoppelbrücke und blickte auf die Alster, die dennoch nicht zum Schlittschuhlaufen freigegeben war, eine Fahrrinne wurde freigehalten für die Schuten, die Kohlen transportierten. Er hatte dem Jungen vorgeschlagen, mit ihm zum nahen Rondeelkanal zu gehen. Sich dort auf das Eis zu trauen.

Er drehte sich nach einem Motorengeräusch um. Ein Ford, der vorbeifuhr. Vinton hatte ein Auto, das wusste er von Jan. Vielleicht sprang es nicht an bei der Kälte. Er selbst besaß keinen Führerschein. Das war nicht von Vorrang gewesen.

Was hatte Vorrang gehabt? Nina zurückzugewinnen? Das Studium? Die Seele zu stabilisieren? Zu überleben. Dieses Ziel hätte er beinah verfehlt, an dem Julitag, als Deutschland Fußballweltmeister geworden war.

Ihn betrübte Jans Dilemma, von dem Vinton schrieb. Wie leicht hatte der es, er musste den eigenen Sohn nicht teilen. Joachim sah auf seine Uhr. Schon sechs Minuten zu spät, der Herr Engländer.

Vinton stand auf einmal neben ihm. Leicht atemlos. Er

schien zu Fuß unterwegs zu sein. Dass er nicht von der Harvestehuder Seite kam, überraschte ihn.

«Verzeihen Sie mir die Verspätung, Joachim. Danke, dass Sie gekommen sind.»

«Ich tue es für Jan. Der zwei Väter hat. Wie Sie schreiben.»

«Darf ich Sie zu Bobby Reich einladen? Zu einem Grog? Kurt sagt, die seien nicht stark. Wir könnten uns aufwärmen und dennoch einen klaren Kopf behalten.»

«Was erwarten Sie von mir?», fragte Joachim, als der Grog vor ihnen stand.

«Dass Sie bereit sind, mit mir gut auszukommen. Jans wegen.»

«Dazu bin ich bereit», sagte Joachim. «Wie können wir das handhaben?»

«Gehen wir gemeinsam Schlittschuhlaufen. Auf dem Isekanal? Jan hat zum Geburtstag Schlittschuhe bekommen.»

Joachim nickte. «Laufen wir Schlittschuh. Auf dem Rondeelkanal.» Er fühlte sich längst nicht so überlegen, wie er tat.

«Einverstanden», sagte Vinton. Der Rondeelkanal war nahe der Blumenstraße. Der Isekanal näher an der Rothenbaumchaussee. Joachim steckte seinen Claim ab.

«Stimmt es, dass Sie verschüttet worden sind in Ihrem Elternhaus in London?»

«Wer hat Ihnen das erzählt?»

«Unser gemeinsamer Schwiegervater. Ich denke, seine Botschaft war, dass Sie auch Ihren Teil Leid getragen haben.»

«Das wollen wir nicht aufwiegen. Es geht nur um Jan.»

«Ja», sagte Joachim. «*I do my best.* Das würden Sie doch sagen.»

«Dann geben wir beide unser Bestes», sagte Vinton. Unter anderen Umständen hätten sie Freunde werden können. Eigentlich mochte er Joachim Christensen.

Sie standen noch einen Augenblick auf dem Steg von Bobby Reich, blickten über die vereiste Alster, bevor sie zur Straße hochgingen.

«Ihr Akzent ist kaum hörbar», sagte Joachim

«Warum sagen Sie mir das?»

Joachim lächelte. «Weil es mir auffiel.»

Vinton ahnte, warum er den Akzent erwähnte. Um eine kleine Grenze zu ziehen.

«Am nächsten Sonntag um zwei vor Ihrem Haus? Jan und ich werden da sein mit unseren Schlittschuhen. Wenn das Eis noch fest genug ist.» Sie gaben einander die Hand, bevor Joachim zur Brücke ging und Vinton sich dem Weg nach Harvestehude und Rothenbaum zuwandte.

Unter anderen Umständen hätten wir Freunde werden können, dachte Joachim, als er vor dem Haus in der Blumenstraße stand. Eigentlich mochte er Langley. Er ärgerte sich über die Arroganz, die er gezeigt hatte. Vor lauter Verlegenheit.

In die Eisblumen am Fenster im Erdgeschoss war ein Guckloch gehaucht, Joachim lächelte. Elisabeth hatte schon nach ihm Ausschau gehalten. Ihre und Jans Liebe hielten ihn emotional stabil. Alles andere war Funktionieren.

Nein. Das stimmte nicht. Ihm ging es gut in den zwei Zimmern unterm Dach, die allmählich wohnlich wurden. Er schätzte die Abende mit Büchern und dem kleinen Radio. Hörspiele. Die Aufnahmen des Sinfonieorchesters.

Als er ins Haus trat, stand Kurt in der Tür, die zur Küche führte. Dass auch er von dem Treffen wusste, war ihm klargeworden, als Vinton zu einem Grog einlud.

«Trinkst du einen Tee mit uns und rauchst eine Zigarre mit mir?»

«Gern einen Tee», sagte Joachim. Zog Handschuhe, Mantel und Schal aus. Setzte sich an den Tisch. «Wir werden Schlittschuh laufen. Am nächsten Sonntag um zwei. Jan, Vinton und ich.»

Da stand dieser Satz in der Küche und schien selbstverständlich zu sein.

Vinton hatte beim Konditor Besch im Funk-Eck noch Kuchen gekauft. Lübecker Nusstorte für Jan. Mandelhörnchen und Florentiner für Nina und ihn.

Jan stand oben am Fenster, als Vinton die Rothenbaumchaussee entlangkam. Winkte ihm zu. Wartete vor dem Aufzug im dritten Stock. «Und?», fragte Jan.

«Ich habe Kuchen mitgebracht», sagte Vinton.

«Wie war's?», fragte Nina.

«Wir werden Schlittschuh laufen. Am nächsten Sonntag. Jan, Joachim und ich.»

Jan sprang in die Luft. Galoppierte durch den Flur. Gleich würde Tom wach werden.

«Und wie war es für dich?» Nina stellte den Kuchen auf den Tisch.

«Wenn ich den Jubel sehe, dann war es das wert. Joachim strahlte große Arroganz aus. Ich bin auch noch zu spät gekommen, June hat mich festgehalten, die hatte keine Ahnung von dem Treffen. Als ich ankam, sah Joachim gerade auf die Uhr. Ich fand, er wirkte streng dabei.»

«Er hat Angst vor dir gehabt. Darum die Arroganz.»

«Zum Schluss hat er noch meinen Akzent lobend erwähnt.»

Nina lächelte und strich die Haare zurück, die Vinton in

die Stirn fielen. «Ich nehme an, Joachim hat auch den kürzeren Haarschnitt gehabt.»

«Vielleicht wird irgendwann eine Freundschaft daraus», sagte Vinton.

Köln

Gerda klappte das Buch mit Bernauers Erinnerungen zu, viele Eitelkeiten von dem großen Theatermann. Sie merkte zu spät, dass sie ihr Lesezeichen noch in der Hand hielt. Das Hamburger Hochzeitsfoto. Nina und Vinton vor dem Standesamt, Jan, der strahlend vor ihnen stand. Elisabeth neben Vinton. Kurt neben Nina.

Alles schien gutzugehen bei ihnen, die junge Familie glücklich, Joachim nicht mehr so gequält. Im Juli würde sie ihn wohl endlich kennenlernen, Heinrich und sie ließen sich diesmal die Sommerreise in den Norden nicht entgehen.

Sie legte das Buch auf den Telefontisch und stand aus dem Sessel auf, der zu ihrem Geburtstag einen neuen Bezug bekommen hatte. Englische Rosen. Vom Gobelin hatte Heinrich ein Karree ausgeschnitten, um das in seinem Schreibtisch zu verwahren.

Ihr sentimentaler Heinrich. Jetzt war er zum Melatenfriedhof gefahren. Das tat er in letzter Zeit oft. Vielleicht erzählte er Jef vom Leben.

Ursel kannte die englischen Rosen noch nicht, übermorgen würde sie wieder in Köln eintreffen, nach einer Übernachtung in Mailand. Vielleicht wohnte sie eine Weile bei ihnen. Vielleicht wollte sie zurück zum Eigelstein. Margarethe war am Telefon hoffnungsvoll gewesen, dass Ursula nicht mehr so litt.

Die sonntägliche Stille im Haus, Billa in Lindenthal bei Georg. Gerda blickte zum *Ananasberg*. Hatte mit ihm alles angefangen? Die vertrackte Geschichte des Bildes. Das Geheimnis um Leikamp. Letztendlich der Tod von Jef.

Heinrichs Worte auf dem Melatenfriedhof vor zwei Monaten.

Es gibt ein Land der Lebenden und ein Land der Toten, und die Brücke zwischen ihnen ist die Liebe, sie allein überlebt, sie allein ergibt einen Sinn.

Die Brücke von San Luis Rey. Heinrich war davon überzeugt, dass Jefs Tod Schicksal war. Wie der Tod der Charaktere im Buch von Thornton Wilder. Und sie? Dachte sie manchmal, es könnte ein depressiver Moment gewesen sein auf der Landstraße zwischen Düsseldorf und Köln? Keiner von ihnen würde das je wissen.

Gerda war gerade auf dem Weg in die Küche, um Kaffee zu kochen, als Heinrich kam.

«Ich bin durchgefroren», sagte er. «Es wird kälter.» Er zog den dunklen doppelt geknöpften Wintermantel aus, den er schon seit vielen Jahren besaß. So schwer wie eine Pferdedecke hatte er heute gedacht auf der großen Allee von Melaten.

«Komm zu mir in die Küche. Wie sieht es aus auf dem Grab?»

«Ich hab einiges vom Tannengrün entfernt. Ein neues Licht in die Laterne getan. Die kleine Messingtafel, die an deinen Vater erinnert, glänzt nun wieder.» Heinrich hatte seinen Schwiegervater nicht kennengelernt, der 1915 in Flandern gefallen war.

Nun befand sich die Urne des Flamen Jef im Familiengrab.

«Wann kommt das Steinkissen?»

«Anfang Februar. Haben wir eine genaue Ankunftszeit von Ursel?»

«Am späten Nachmittag. Ich schau noch mal nach.» Gerda stellte zwei Tassen auf ein Tablett. Das Stövchen. Den Zuckertopf. Sahne. «Trägst du das schon mal ins Zimmer? Ich komme gleich mit der Kanne.»

Heinrich betrat das Wohnzimmer. Die unvertrauten englischen Rosen. Er gewöhnte sich nur schwer an den Stoff, obwohl Gerda und er ihn gemeinsam ausgesucht hatten. Heinrich setzte sich. Sah das Hochzeitsfoto auf dem Telefontisch liegen. Das Glück war zurückgekehrt zu den Freunden in Hamburg. Nur nicht zu Ninas erstem Mann Joachim Christensen, Jans Vater.

Was würde aus seiner Ursel werden? Vielleicht hätte sie Interesse, vorübergehend in der Galerie mitzuarbeiten, bis sie eine Anstellung in einem Museum fand. Gerda könnte sich für eine Weile mehr um Maria und Claudia kümmern und Carla entlasten. Das täte sie gern.

Gerda kam mit der Kanne und schenkte Kaffee in die Tassen. «Ich habe noch englisches Ingwergebäck zu den englischen Rosen.»

«Ingwer soll ja gesund sein», sagte Heinrich.

Gerda nahm eine Schale aus dem Buffet. Die Blechdose mit dem Gebäck.

«Billa ist bei Georg?»

Gerda nickte. «Wenn die beiden am Freitag zum Essen kommen, würde ich auch gern Ursel einladen», sagte sie.

«Eine gute Idee», sagte Heinrich. «Ich hoffe, sie ist bereit dazu.»

San Remo

Gegen alle Gewohnheiten war er am Sonntag in die Bar gekommen und staunte, einen nervösen Pips vorzufinden.

«Ich kann erklären, warum ich hier bin», sagte Gianni. «Aber was ist mit dir? Du schläfst doch sonntags auf Vorrat.»

«Erst deine Erklärung», sagte Pips.

«Corinne hat im Februar Geburtstag, ich stelle eine Gästeliste für das Fest auf. Da es eine Überraschung werden soll, will ich das nicht zu Hause tun.»

«Ist Corinne jetzt jede Nacht bei dir?»

«Wir haben ja den Segen des Mijnheer.»

«Der gilt wohl kaum für voreheliches Geschlechtsverkehr.»

«Und nun erkläre du dich», sagte Gianni.

«Ich bin gleich mit Ursula verabredet. Das ist heute ihr letzter Tag.»

«Hat sich zu mir herumgesprochen. Willst du ihr einen Antrag machen?»

Pips atmete tief ein.

Ursel kam über die Piazza, Gianni konnte sie durch die Glastür sehen. Seine Kusine war wie immer schwarz gekleidet. Nur ihr Mund leuchtete rot.

«Ich lass euch allein», sagte er. «Tut mir einen Gefallen. Falls Unbefugte Post abgeben, verweigert die Annahme. Wann immer ich den Boten gespielt habe, durfte ich finanzielle Forderungen überbringen. Auch von Signora Donata.»

Er warf einen Blick auf die beiden, bevor er die Bar verließ. Bahnte sich da was an?

Ursel und Pips? Acht Wochen nach Jefs Tod? Zwei Verzweifelte, die sich aneinanderklammerten? «Ciao», sagte er. «Passt auf euch auf.»

«Spielst du mir was, Pips?»

Pips stieg vom Barhocker. Setzte sich hinter den Flügel. Dort saß er. Sah sie an.

Ursula wurde überrascht von den Klängen. Keine Sonate von Beethoven. Cole Porters *I've Got You Under My Skin*. Pips' Stimme schien bei jeder Zeile leiser zu werden. Bei *I have got you deep in the heart of me* erstarb sie.

«Entschuldige. Beethoven hätte nicht gepasst. Ich schenke dir zum Abschied das Geheimnis, das Gianni so gern kennen würde. Nimmst du das Geschenk an?»

«Ich vermute, es ist eher schrecklich als schön», sagte Ursula. «Dennoch danke ich dir, dass du mir vertraust.»

Pips nickte. «Kennst du das El-De-Haus in Köln?»

«Am Appellhofplatz. Von Leopold Dahmen erbaut, dessen Initialen das sind.»

«Ja», sagte Pips. «Die Gestapo hatte dort ihren Sitz und auch ihre Folterkeller.» Er spielte eine Kaskade von Tönen, die kaum harmonisch klangen. Stand auf.

«Ich habe davon gehört», sagte Ursula.

Pips stopfte die Hände in die Hosentaschen. «Ich war in einem der Keller. Mein Freund und ich haben Flugblätter verteilt. Völlig unnötig, das noch 1944 zu tun. Da wusste jeder, in welcher Scheiße wir steckten. Er war siebzehn. Ich noch sechzehn.»

«Sie haben euch geschnappt.»

Pips schüttelte den Kopf. «Nur mich.» Er ging zur Bar. Nahm eine Grappaflasche. Füllte zwei Gläser. «Wenn du keinen willst, trinke ich beide», sagte er.

«Erzähl weiter», sagte Ursula.

«Sie haben alles getan, um seinen Namen zu erfahren. Ich

habe alles getan, um den nicht zu nennen. Dann haben sie mir den kleinen Finger abgeschnitten und gedroht, das mit den neun anderen auch zu tun.»

Ursula schwieg. «Da hast du ihnen den Namen genannt», sagte sie schließlich.

«Sie haben ihn hingerichtet», sagte Pips. «Im Hof dieses verdammten El-De-Hauses, in dem ich noch immer in einer Zelle saß.»

«Mein Gott, Pips.»

«Erzähle es nicht Gianni. Das hier ist kein Ort für hässliche Geschichten.»

Ursel stand auf und umarmte den Jungen, der anderthalb Jahre älter war als sie und einen halben Kopf kleiner.

«Hast du je daran gedacht, nach Köln zurückzukehren?»

«Nicht, solange das El-De-Haus steht. *Das* hat den Krieg überstanden.»

«Ich sprenge es für dich, Pips», sagte Ursula.

— 13. JULI —

Hamburg

Ein ganz anderer Wind in ihren Haaren, Gerda stand an den Landungsbrücken und atmete die Luft ein, eine salzig schmeckende Luft wie damals in Timmendorf, als sie und Elisabeth zehn und elf Jahre alt gewesen waren. 1912.

Sie drehte sich zu Elisabeth um, die elegant aussah in dem hellblauen Kostüm mit passendem Hütchen. Viel zu elegant für die Fischbrötchenbuden auf Brücke 5, von denen Heinrich magisch angezogen wurde. Doch er hielt sich zurück. Gleich würden sie Kurt im Alsterpavillon treffen.

Gestern waren sie spät aus Köln gekommen. Gleich zum Smolka in die Isestraße gefahren, vom Hotel war es nur ein kleiner Spaziergang zur Blumenstraße. Heinrich hatte überlegt, vor der Reise neue Autokennzeichen anbringen zu lassen, seit dem ersten Juli galt wieder das gute alte K für Köln, für Hamburg das HH. Nicht länger die schwarzen Blechschilder der britischen Besatzungszone. Aber die Schlangen vor der Zulassungsstelle waren noch zu lang.

Gerda kaufte Ansichtskarten von Hafen und Landungsbrücken, bevor sie zu dritt in das Auto stiegen, das Heinrich vor dem alten Elbtunnel geparkt hatte.

Kurt saß schon an einem Tisch auf der Terrasse des Alsterpavillons und stand auf, um sie herzlich zu umarmen. Wer hätte gedacht, dass sie unter Palmen sitzen würden und dabei auf die Alster blicken.

«Und ihr fahrt am Sonntag weiter zum Timmendorfer Strand?» Kurt sah Elisabeth an. «Lilleken, vielleicht besuchen wir die beiden für einen Tag. Nehmen den Zug.»

«Das fände ich fabelhaft», sagte Gerda. «Du und ich könnten eine Sandburg bauen, Elisabeth, und wieder vergeblich nach Bernstein suchen.»

«Im Seeschlösschen Kuchen essen. Kannst du denn Urlaub nehmen, Kurt?»

«Kann ich», sagte der zuversichtliche Kurt. «Wie lange seid ihr da?»

«Bis zum 21. Juli», sagte Heinrich. «Länger wollen wir Ursel nicht allein in der Galerie lassen. Sie vertritt uns dort.»

«Wie geht es ihr?», fragte Kurt.

«Zu unserem Kummer zieht sie sich von vielem zurück», sagte Gerda.

«Nur mit Ulis Kindern lacht sie», sagte Heinrich. «Ihr würde wohl helfen, wenn sie eine Aufgabe fände in einem der Museen. Das Schnütgen Museum ist im Mai eröffnet worden, doch noch hat sich da nichts ergeben. Das Wallraf-Richartz-Museum wird erst im nächsten Jahr wiedereröffnet werden.»

«Ursel sollte zu uns kommen», sagte Kurt. «In der Kunsthalle ist es gleich 1946 weitergegangen. Da gab es Kriegsschäden, doch keinen totalen Verlust an den Museumsgebäuden wie in Köln.»

«Das Naturkundemuseum am Steintorwall. Das wurde zerstört. Die Reste der Ruinen haben sie Jahre später abgeräumt, aufgebaut wurde es nicht.» Elisabeth griff zum Glas mit dem leichten Mosel, von dem Kurt zur Feier des Wiedersehens eine Flasche bestellt hatte. Ihre Wangen röteten sich.

Gerda fand, dass ihre Freundin gut aussah. Anders als damals im Oktober. Die Dinge hatten sich für Elisabeth glücklich gefügt, Joachim war zurückgekommen, lebte bei ihr im Haus. Der Wermutstropfen war, dass ihm kein gemeinsames Leben mit Nina vergönnt gewesen war. Mit Vinton schien sie sich seit Toms Geburt zu verstehen. Tom würden sie am Abend kennenlernen, Nina und Vinton hatten zum Essen eingeladen.

«Schade, dass wir Joachim verpassen», sagte Gerda. «Ich bin neugierig auf ihn.» Joachim war in der ersten Ferienwoche mit Jan um den Plöner See gewandert, Vater und Sohn hatten gezeltet. Nun war Joachim nach Berlin gefahren, um zu sehen, was aus der alten Reichshauptstadt geworden war.

«Du siehst ja deinen Liebling Vinton», sagte Elisabeth. Sie war wie alle anderen erschrocken über die Worte, die sie da ausgesprochen hatte.

Heinrich hob die Augenbrauen, als Gerda Vinton begrüßte. Las er da in ihrem Gesicht Verliebtheit? Unsinn. Ein junger Mann von vierunddreißig Jahren, dem er anmerkte, wie groß seine Sympathie für Gerda war. Er würde doch hoffentlich nicht eifersüchtig werden mit seinen vierundsechzig Jahren. Vielleicht gerade darum, dachte Heinrich.

«Ich kenne dich noch», sagte der große Junge, der damals der kleine Jan gewesen war. Er lachte Gerda an. Sie hatte viele Herzen gewonnen in Hamburg.

Elisabeth hatte sich bei Gerda entschuldigt für die spitzen Worte.

«Ich habe dich damals verletzt, als ich mich auf Vintons Seite stellte», sagte Gerda. «Das tut mir leid.» Sie hatten einander umarmt. Doch die hochgezogenen Brauen von Heinrich im Augenblick der Begrüßung entgingen Elisabeth nicht.

Tom sah aus wie Vinton. Die dunklen Haare hingen dem

sieben Monate alten Kind jetzt schon in die Stirn. Noch hatte Tom sein Babynäschen, doch bald würde er die schmale lange Nase seines Vaters haben. Oder die seines Großvaters Kurt.

Tom saß auf seiner Babydecke, die auf dem Parkett des Wohnzimmers ausgelegt war, und lächelte jeden an. Lauter Charmeure, dachte Heinrich.

«So groß waren die Seeadler am Plöner See», sagte Jan und breitete die Arme weit aus, um die enorme Spanne der Flügel anzuzeigen.

«Geangelt habt ihr auch?», fragte Gerda.

«Nein. Wir sind auch nicht nah an die Weide mit den Pferden gegangen. Jockel hatte Angst vor dem Stacheldraht. Er hat dann angefangen zu zittern.»

«Das hast du noch gar nicht erzählt», sagte Nina.

Jan hob die Schultern. «Jockel sagte, das habe was mit Russland zu tun.»

Kurt hatte die Schlachtfelder an der Westfront des Ersten Weltkrieges gekannt, Vinton dachte an das Zittern, das ihn Jahre begleitet hatte, nachdem er verschüttet worden war. Doch keiner von ihnen wusste, was Joachim in dreizehn Jahren Russland erlebt hatte. Er sprach kaum darüber.

Vinton füllte die Gläser neu. Nina stand auf, um in der Küche das Roastbeef aufzuschneiden, eine ihrer Spezialitäten, seit sie mit Vinton lebte.

«Sie sind mit Ihrer Redaktion ins neue Hochhaus von Springer eingezogen?», fragte Heinrich. «Ich las von vierzehn Stockwerken.»

«Ja», sagte Vinton. «Da passen wir alle rein.» Er hob das Glas. «Ich ahne, dass ich der Jüngere bin», sagte er. «Aber es würde mich sehr freuen, wenn Gerda und Sie mich in den Kreis derer aufnehmen, die Sie duzen.»

Kein Wunder, dass er Gerda den Kopf verdreht. Heinrich ahnte nicht, mit welch großer Schüchternheit sich Vinton Langley lange herumgeschlagen hatte.

Köln

Die Tür stand weit auf, Sommer vor der Galerie. Heinrich hätte sich die offene Tür kaum erlaubt, auch wenn keine Mona Lisa bei ihnen hing, doch Ursel war selten im Hinterzimmer. Sie hatte einen der Stühle aus Leder und Chrom vorne in den Laden gestellt. Saß dort neben dem vorletzten Bild von Jef, das nicht verkäuflich war, sie hätte es längst mit in die Wohnung im Eigelstein genommen, aber da hielt sie sich noch seltener auf. Nur das unvollendete Bild aus dem Atelier war dort, das Atelier hatte sie gekündigt. Viele kleine Abschiede nach dem einen großen.

Eine Frau trat ein. Die große Sonnenbrille nahm sie erst ab, als sie vor Jefs Bild stand. Das eine schwarze Seebrücke zeigte, die über ein brennendes Meer führte.

In den letzten Bildern war Jef vom Feuer verfolgt worden, nur die liebevolle Kohlezeichnung von Ursel hatte er sich erlaubt.

«Jef Crayer?», fragte die Frau.

«Das letzte Bild, das er vollendet hat.»

«Ich kenne Sie», sagte die Frau. «Sie waren mit ihm im Campi.»

«Kannten Sie Jef?» Ursula erinnerte sich nicht an die Frau.

«Nur ein paar Worte gewechselt.» Sie wandte sich den Bildern zu, deren Maler von Jef empfohlen worden war. Schlammschlacht I und Schlammschlacht II hatte Heinrich die Bilder genannt. Dagegen war *Leni in den Dünen* eine Farborgie.

«Ich hatte gehofft, Herrn Aldenhoven vorzufinden.»

Ursula fing an, neugierig zu werden. «Er wird am 23. Juli wieder hier sein. Darf ich wissen, um was es geht?»

«Ich bin auf der Suche nach Herrn Jarre.»

«Da kann Ihnen mein Vater nicht helfen. Zu Herrn Jarre besteht kein Kontakt.»

«Ich dachte, er habe vielleicht seine Adresse in Hamburg.»

«Bleiben Sie bitte noch», sagte Ursula. Doch die Frau verließ die Galerie schon.

Jarre in Hamburg? Wäre Jef hier, dann würde sie nicht im Hotel anrufen, die Ferien ihrer Eltern stören. Ursula fühlte sich sehr allein.

Hamburg

Heinrich las den Zettel, der ihm an der Rezeption des Smolka überreicht wurde, und runzelte die Stirn. «Wie viel Uhr ist es?», fragte er. Gerda sah auf ihre Armbanduhr. «Kurz nach elf. Von wem ist die Nachricht?»

«Von Ursel. Ich soll sie in der Galerie anrufen.»

Gerda sah besorgt aus. «Da wird sie nicht mehr sein.»

«Ich würde gern ein Gespräch nach Köln anmelden», sagte Heinrich zu dem Rezeptionisten. «Kann ich von der Kabine drüben telefonieren?»

Heinrich nahm auch nicht an, dass Ursel noch in der Galerie war. Hoffte, dass sie zu Billa ins Haus gefahren war. In der Wohnung am Eigelstein gab es kein Telefon.

Nach dreimal Klingeln wurde abgehoben in Köln. «Georg?», fragte Billa.

Ursula war wenig später am Telefon. Wahrscheinlich saß sie im Sessel mit den englischen Rosen. Warum dachte er daran, während sie berichtete? «Billa soll dir eine heiße Schokolade machen», sagte er. «Die ist gut für die Nerven.»

«Eher mache ich Billa eine heiße Schokolade. Sie kann nur *Prairie Oyster*.»

«Auch gut. Soll sie dir ein Ei mit Worcestershiresauce verquirlen. Irgendein klarer Schnaps ist da noch.»

«Alles in Ordnung bei mir, Papa. Ich wollte es dir nur sagen.»

«Ursel ist bei uns zu Hause», sagte er, als sie zu ihrem Zimmer gingen. «Eine Frau war in der Galerie. Hat erst von Jef gesprochen und dann nach Jarres Hamburger Adresse gefragt. Das kam unserer Tochter so seltsam vor, wie es ist.»

«Ich hoffe, du willst deine Ferien jetzt nicht in Hamburg verbringen und Jarre suchen, statt am Timmendorfer Strand in die Ostsee zu waten.»

«In die Ostsee zu hechten, Gerda. Schmälere nicht meine Schwimmkünste.»

«Was willst du tun?»

«Ins Telefonbuch gucken. Ich vermute mal, dass unser Jarre da nicht drinsteht. Aber vielleicht kann uns Vinton helfen. Er arbeitet seit acht Jahren als Journalist in dieser Stadt, da wird ihm kaum schwerfallen, sich unter den Kollegen umzuhören. Ich gebe zu, mich interessiert, was aus diesem Spinner geworden ist. Vielleicht verkauft er mir ja Freigangs *Jägerhof*.»

San Remo

Ein großes Gedränge in der Bar an diesem Freitag. Stammgäste, aber auch Touristen, die vor der Theke standen, auf der Piazza, um Pips' Flügel. Gianni glaubte, Kölner Klänge zu hören. Um elf würde Katie singen, vielleicht war es darum so voll.

Noch saß Katie mit Jules an einem der kleinen Tische nahe dem Piano, Gianni hatte sie gerade mit einem Americano und Jules' obligatorischem Gin Tonic versorgt.

Corinne war in Holland. Der Mijnheer hatte von ihr die Teilnahme an einem Ehevorbereitungskursus des Bistums verlangt. Im August würde sie mit ihrer Mutter nach San Remo kommen, die den Ort inspizieren wollte, an dem die älteste ihrer drei Töchter leben würde.

Gianni stellte ein Glas Wein auf den Flügel. «Wer sind die Kölner?», fragte Pips.

«Ist das wichtig?»

«Eine Stimme, die ich hörte. Vielleicht bin ich da empfindlich.»

«Warum solltest du eine Empfindlichkeit bei Kölnern haben? Du betest Ursel an.»

«Das ist eine andere Geschichte», sagte Pips. Spielte Cole Porter. Übertönte die Stimme aus seinem Gedächtnis. Hatte er da etwas aufgerissen, als er Ursula davon erzählte? Er sollte seine Nerven beruhigen, Pips trank vom Wein.

«Soll ich dir Cicchetti bringen?»

«Ja. Die mit den Sardinen. Die sind ölig. Dann vertrage ich den Alkohol besser.»

«Warum hast du vor, viel Alkohol zu trinken?»

Pips blieb ihm die Antwort schuldig. Stürzte sich ins Klavierspiel. Katie trat an den Flügel. Das erste Lied, er erinnerte sich noch rechtzeitig. Gershwins *Someone To Watch Over Me*. Katies Lieblingslied.

Gianni setzte sich zu Jules an den Tisch. «Pips hört Stimmen», sagte er. Schwieg, weil Katie zu singen angefangen hatte.

«Ich bin nicht mehr so drin in der Mystik», sagte Jules in den Applaus hinein.

«Pips' Stimmen werden nichts mit Mystik zu tun haben.» Gianni stand auf, um sich die Kölner näher anzusehen, die jetzt an der Bar standen.

Stormy Weather sang Katie nun. Gianni machte sich hinter der Bar zu schaffen.

«*Tre vini bianchi*», sagte sein Barkeeper. «*Per la signora e i signori.*» Er zeigte zu der Frau und den beiden Männern. Gianni nahm eine Flasche vom einheimischen Pigato aus dem Kühlschrank und schenkte ein. Stellte die Gläser vor die drei. Füllte die Schale noch einmal mit gesalzenen Mandeln. Versuchte, mit einem Ohr bei ihrem Gespräch zu sein. Konnten sie denn wissen, dass er Deutsch verstand? Schnappte nur ein Mal *Fusskopp* auf. Er erinnerte sich, dass Billa das sagte, wenn sie von einem Rothaarigen sprach. Ging es um Pips?

Zwei Uhr morgens, als die Lichter ausgingen. Die Kölner waren längst gegangen. Einmal hatten sie Katies Gesang, Pips' Klavierspiel lobend erwähnt.

«Gib mir bitte noch einen Grappa», sagte Pips, der an die Bar gekommen war. Gianni und der Barkeeper waren dabei aufzuräumen.

Gianni schenkte den Grappa ein. Schob ihn zu Pips. «Erkläre mir, warum du empfindlich auf Kölner reagierst. Da wirst du im September schlechte Karten haben. Zu unserer Hochzeit kommen wenigstens acht.»

«Ursula auch?», fragte Pips. Er trank den Grappa in einem Zug.

«Unerfüllte Liebe, Pips? Auch deine Trinkgewohnheiten haben sich verändert, seit Ursel da war. Ich weiß nicht, was du mit den Kölnern heute Abend hattest. Touristen, die Katies Gesang und dein Klavierspiel lobend erwähnten.»

Pips nickte. «Freust du dich auf deine Hochzeit?», fragte er.

«Nicht gerade auf das heilige Spektakel, das sich meine Nonna und Corinnes Vater vorstellen oben in der *Madonna della Costa*. Aber auf das Fest hier in der Bar und vor allem darauf, mit Corinne verheiratet zu sein.»

«Ich werde schon mal Mendelssohns Hochzeitsmarsch üben.»

«*Someone To Watch Over Me* würde genügen. Das kannst du schon. Ich werde das Gefühl nicht los, dass du Ursel dein Geheimnis anvertraut hast?»

Pips sah ihn an. «Hast du sie danach gefragt?»

«Keine Bange», sagte Gianni. «Meiner Kusine würde nichts über die Lippen kommen. Ich mache mir lediglich Sorgen um dich.»

Köln

Ursula schlief nicht, obwohl längst schon ein neuer Tag angebrochen war. Sie stand am Fenster ihres Dachzimmers, hatte die Arme auf das Fensterbrett gelegt, blickte in den noch dunklen Himmel und zu den paar Sternen.

«*Isch han et ärm Dier*», hatte Billa gesagt und Ursula gebeten, zu ihr zu kommen. Auf Billas Diwan hatten sie gesessen, eine heulende Billa, als sei Georg gegen einen Baum gefahren und nicht Jef. Prairie Oyster hatten sie getrunken, und nur Billa trank dazu den Genever, den klaren Schnaps, von dem Heinrich gesprochen hatte.

«Urselchen, ich weiß nicht, wie das weitergehen soll mit Georg und mir. Mal denke ich, seine große Liebe zu sein, dann zieht er sich ganze Tage zurück. Was bei mir *dat ärm Dier* ist, nennt er *cafard*. Und den hat er dann auch gründlich.»

Vielleicht kam Billa in zu gewaltigen Portionen über Georg.

«Und was wird nun mit dir, Mamsellchen?», hatte Billa zum Schluss gesagt. Da war es schon nach zwei. «Vielleicht solltest du mal weg aus Köln?»

Ursula wandte sich vom Fenster ab und fing an, sich auszuziehen. Stand nackt vor dem Fenster, nachdem sie den Verschluss des Büstenhalters geöffnet hatte. Leichter Wind an ihrem Körper. Sie wolle nicht weglaufen, hatte sie zu Margarethe gesagt.

Wo sollte sie denn auch hin? Das Dümmste war, keine ernsthaften Aufgaben zu haben. Sie zog den Shorty an. Dass sie nicht nackt schlief, hatte Jef bedauert.

Als sie wach lag in ihrem Bett, hatte sie noch einmal die Szene in der Galerie vor Augen. Die Frau mit der großen Sonnenbrille. Jarres neue Adresse in Hamburg.

Hätte sie diese Begegnung erst einmal für sich behalten sollen, statt gleich zu telefonieren?

Hoffentlich hatte sie ihren Eltern nicht die Ferien verdorben.

Kurz bevor sie einschlief, dachte sie an Pips. Der war weggelaufen und nicht glücklich dabei geworden. Sie hätte Pips gern ein paar Tage hier gehabt. Ihm Jefs Bilder gezeigt.

Im Campi gesessen. Ein leichtsinniges Versprechen, das El-De-Haus zu sprengen. Es hatte schon genug in Trümmern gelegen in Köln. Gehörte sie nicht zu denen, die aufbauten? Ein Lächeln in ihrem Gesicht, als sie dann schlief.

— 2. OKTOBER —

Hamburg

Er tat sich schwer mit dem Text über Anne Frank, deren Tagebuch in diesen Tagen gleich an sieben Theatern im Westen und Osten Deutschlands aufgeführt wurde. Ein amerikanisches Autorenpaar hatte das Tagebuch für die Bühne adaptiert. Vor einem Jahr war es am Broadway uraufgeführt worden, gestern hatte das Stück Premiere am Thalia Theater gehabt. Die Theaterkritik würde morgen in der Zeitung stehen, dazu Vintons Hintergrundgeschichte.

Vinton schob den Schreibtischstuhl zurück und stand auf. Blickte aus seinem Bürofenster im sechsten Stock. Noch immer Brachen, leer geräumte Grundstücke. Hier, wo jetzt das Hochhaus des Verlages stand, war ein Konzertsaal gewesen, der Conventgarten. Kurt hatte es ihm erzählt.

Wie wollte er in den achtzig Zeilen, die ihm zugebilligt waren, Anne Frank gerecht werden, jenem jüdischen Mädchen, das mit seiner Familie in einem Amsterdamer Hinterhaus versteckt gewesen war, denunziert und verschleppt und schließlich im KZ Bergen-Belsen gestorben?

Ein schlechtes Zeichen, dass er anfing, sich abzulenken, das Zimmer verließ, um den Flur entlangzutigern, vor einem fremden Ressort unschlüssig stehen zu bleiben. *For most of it I have no words*, dieser Satz von Ed Murrow bei der Befreiung von Buchenwald kam ihm immer wieder in den Sinn.

«Habe ich Sie schon gefragt, ob Sie einen Journalisten

kennen, der Jarre heißt?», fragte er die Sekretärin der Kollegen von der Wirtschaft. Eine Verlegenheitsfrage, weil er hier herumschlich, Vinton erwartete nicht ernsthaft eine neue Erkenntnis. Die Suche nach diesem Jarre hatte er bereits im August aufgegeben, bedauert, Heinrich Aldenhoven enttäuschen zu müssen.

«Kenne ich nicht. Arbeitet der für uns?»

Das war die bei weitem häufigste Antwort gewesen.

Vinton kehrte in sein Büro zurück. Setzte sich an die Olympia, größer und schwerer als die, an der Nina bei June arbeitete. Drei halbe Tage in der Woche tat sie das nun, Dienstag, Mittwoch und Freitag, an diesen Tagen kam Elisabeth, um Tom zu hüten.

«Please concentrate, Mr. Langley», sagte er laut. Vinton spannte den Bogen Papier ein und begann, die traurige Geschichte der Anne Frank aufzuschreiben.

Elisabeth schob den Kinderwagen zur Blumenstraße, das tat sie sonst nicht, in der Rothenbaumchaussee war Tom leichter zu beschäftigen, die Spielsachen waren dort, und es gab einen langen Flur, um zu krabbeln.

Sie würde Tom eine Kissenburg auf dem Küchenboden bauen, ihm den Kasten mit den Bauklötzen geben, dann könnte sie dabei die Bügelwäsche machen, Hemden für Kurt, morgen hatte er eine wichtige Sitzung.

Tom saß im Kinderwagen. Lachte sie an mit seinen vier Zähnchen, zwei oben, zwei unten. Hatte der Junge Ähnlichkeit mit Jan? Dafür sah Tom viel zu sehr seinem Vater ähnlich. Genau wie Jan und Joachim einander glichen. Alle hatten sie blaue Augen. Wie Nina. Auch der dunkelhaarige Vinton.

Sie kaufte noch ein Netz von den neuen Äpfeln, den

Herbstprinz aus dem Alten Land. Einen großen Wirsing. Den Kinderwagen ließ sie hinter der Haustür im Flur stehen. Hob den Jungen heraus. Hatte Tom im Arm, den Wirsing, das Netz in der Hand. Am wenigsten durfte sie das Kind fallen lassen.

«Kann ich dir was abnehmen?», fragte Jockel, der die Treppe herunterkam.

Eigentlich hatte sie ihm den Wirsing geben wollen, doch sie gab ihm Tom.

«Entschuldige, Jockel. Ich wollte dir den Kohlkopf geben.»

Tom lächelte Joachim an. Der lächelte zurück. «Schließ mal die Tür auf», sagte er. «Ich trage dir den Jungen rein.» Er löste auch noch die Bänder von Toms Mütze, zog ihm die Jacke aus. «Und nun?», fragte er. «Vom Sofa fällt er uns zu leicht runter.»

«Ich will ihm eine Kissenburg auf dem Boden bauen.»

«Dann tu das mal.» Joachim setzte sich an den Tisch. Mit Tom auf dem Arm.

«Hast du heute keine Schule?»

«Erst zur vierten Stunde», sagte Joachim.

Elisabeth begann, die Decke vom Küchensofa zu einer dicken Wurst zu rollen. Die Kissen auf dem Boden zu verteilen. Nahm den Fröbel Baukasten aus dem Schrank, mit dem schon Nina gespielt hatte. Sie blickte zu Joachim und Tom.

«Du solltest noch Kinder haben, Jockel», sagte sie. «Bist um die ersten acht Jahre deines Sohnes betrogen worden.»

Joachims Gesicht verlor die Weichheit. «Mir fehlt die Mutter dazu», sagte er.

Ein gutaussehender Mann wie du. Beinah hätte Elisabeth das gesagt. Doch sie wusste, dass sie sich schon zu weit vorgewagt hatte.

Köln

Kopfsteinpflaster. Schade, dass es anderswo verschwand aus dem Straßenbild. Heinrich schätzte es, aber er war ja auch ein altmodischer Mann. Billa dagegen fluchte oft über das Pflaster der Fürst-Pückler-Straße, in der Georg lebte, sie blieb mit ihren Pfennigabsätzen darin hängen.

Heinrich ging mit den glatten Sohlen seiner schwarzen Budapester über die Straße zu Georgs Haus. Das Pflaster glänzte, Pfützen an den Bordsteinkanten, in der Nacht hatte es geregnet. Georg stand vor der offenen Tür seiner Wohnung.

«Noch nicht viel Gold im Oktober», sagte Heinrich.

«Lassen wir ihm eine Chance, er hat gerade erst angefangen. Komm herein. Ich habe einen Earl Grey auf dem Stövchen stehen.»

Sie gingen in Georgs Arbeitszimmer. Bücherschränke. Ein schwerer Schreibtisch. Zwei Ledersessel. Er war nur mit wenigen Möbeln aus dem Exil gekommen, hatte nicht mehr viel besitzen wollen, nun begann Georg, sich noch einmal zu etablieren.

«Es hängt gut da», sagte Heinrich. Er trat an das Bild im schwarzen Lackrahmen, über dem eine schmale Messingleuchte hing, Leo Freigangs *Schwanenhaus* im besten Licht.

Monate hatte das Bild in der Galerie gehangen, Kaufinteressierte waren abgewiesen worden, bis Georg im Mai darum gebeten hatte, es kaufen zu dürfen. In Erinnerung an seinen Freund und dessen elegante Wohnung im Düsseldorfer Zoo-Viertel.

«Das *Schwanenhaus* ist nicht zu verkaufen, Georg», hatte Heinrich gesagt. «Nur zu verschenken. Jefs Nachlass.»

Sie setzten sich in die Ledersessel, zwei Satztischchen vor ihnen, auf denen neben der Teekanne ein Teller mit Sandwiches stand. Teegebäck.

«Deine Lebensart lässt glauben, du wärest in England im Exil gewesen und nicht in Genf», sagte Heinrich.

«In Genf wurde die britische Lebensart geschätzt», sagte Georg. «Der Mann, der mir das Exil möglich machte, hatte vor dem Krieg viele geschäftliche Kontakte nach London. Er war auf englische Möbelstoffe spezialisiert. Vor allem William Morris.»

«Und was habt ihr während des Krieges angeboten?»

«Französische Stoffe. Bourbonische Lilien. Der Handel zwischen der Schweiz und dem besetzten Frankreich lief bestens. Ich wäre gern Innenarchitekt geworden, aber mein Vater hatte kein Ohr dafür. Der brave Sohn trat in die väterliche Firma ein und handelte mit Spirituosen. Das Excelsior Ernst gehörte zu den Kunden, auch der Breidenbacher Hof in Düsseldorf.»

«Billa hat mir davon erzählt», sagte Heinrich. Er nahm einen Löffel vom braunen Zucker und rührte ihn lange in den Tee. Zögerte, dieses Thema anzufangen.

«Willst du mit mir über Sybillas und meine Beziehung sprechen?»

«Das geht mich nichts an», sagte Heinrich.

«Doch. Sybilla ist deine Kusine, und ich bin dein Freund. Als ich mich vor drei Jahren entschied, in Köln zu bleiben, sehnte ich mich nach einer Beziehung. Leider bin ich kaum geübt darin, eine zu führen. Ich darf sagen, dass ich Sybilla liebe, obwohl wir auf den ersten Blick nicht zueinanderpassen.»

«Billa kann sehr anstrengend sein», sagte Heinrich.

Georg lächelte. «Vielleicht ist es darum besser, dass wir

nicht zusammenleben. Aber ich genieße es, wenn sie bei mir ist. Ganze Tage lang.»

«Darf ich deine Ambivalenz ansprechen?»

«Darfst du. Das ist vorbei. Ich habe es nur ein einziges Mal ausgelebt.»

«Dein Geschäftsfreund in Genf?»

«Der hatte Frau und Kinder. Du weißt es. Alexander Boppard.»

«Das lässt mich fragen, ob wir den Spuren weiter nachgehen wollen. Jarre interessiert mich nur noch des *Jägerhofs* wegen.»

«Eines der Bilder von Freigang, die bei Alexander hingen. Dessen Schicksal zu klären, liegt mir am Herzen. Ich will wissen, was ihm geschehen ist, ob er vielleicht noch lebt, Alexander war jünger als ich. Aber ich scheue mich davor, Gus noch einmal aufzusuchen, schiebe es vor mir her. Leider ist er derjenige, der am nächsten dran war ab 1934.»

«Dann nehmen wir den Faden noch mal auf. Ich wüsste auch ganz gern, warum Leikamp das *Schwanenhaus* an Ay geschickt hat. Georg, mir liegt daran, meine Tochter einzubeziehen. Außer der einen und anderen Expertise hat sie keine ernsthafte Aufgabe. Ursel liefert sich ihrer Trauer aus, ohne Chance auf Ablenkung.»

«Ich werde versuchen, mich zu überwinden und noch einmal Kontakt zu Gus aufzunehmen», sagte Georg Reim. «Dieses menschliche Wrack. Ich sehe noch immer sein hübsches Puppengesicht vor mir.»

San Remo

Ein sommerlicher Tag, Margarethe trug ein ärmelloses Kleid, als sie über den Markt ging, doch im Korb lag eine leichte Strickjacke. Weiße Feigen, die sie kaufte, blaue Trauben. Sie entschied sich gegen die Dahlien, wenn Jules und sie erst einmal ins Plaudern gerieten, würden die Blumen viel zu lange ohne Wasser bleiben.

Jules stand auf, als sie an den Tisch in der Cantina trat, den er erobert hatte, an Markttagen war das Lokal zum Bersten voll. *«Buon giorno, bella Signora Canna»*, sagte er. Setzte sich erst wieder, nachdem Margarethe Platz genommen hatte.

«Wie geht es unseren Turteltauben?», fragte er.

«Sie turteln noch immer. Obwohl sie schon gut drei Wochen verheiratet sind.»

Jules nickte. «Nun sitzt mein Bruder in Kerkrade und wartet darauf, dass der Herrgott ein Wohlgefallen hat und die Kinderchen geboren werden. Ich hoffe, Corinne und Gianni lassen sich Zeit für Zweisamkeit.»

«Ist dir aufgefallen, dass sich Bixio und Corinne gut verstehen?»

Jules hob das Becherglas mit Wein, von denen ihnen zwei hingestellt worden waren. «Du brauchst keine Angst zu haben, dass er ihr Avancen macht. Bixio ist viel zu dankbar, dass Lidia und Cesare gnädig aufgenommen wurden. Das gemeinsame Thema von Corinne und Bixio ist der Blumenhandel.»

Margarethe lachte. Nahm einen Schluck vom weißen Hauswein der Cantina.

«Du lachst. Aber Corinne ist daran interessiert, im Handelshaus der Familie zu arbeiten. Gianni hat ihr wohl einiges von seiner Arbeit dort erzählt. Unsere Ahnen sind Delfter Kaufleute. Das ist bei Corinne und mir im Blut.»

Er drehte sich um, die Sardenaira anzumahnen. Doch der Wirt war nicht zu sehen. Heute schien auch noch halb Frankreich in der Cantina zu sein. In Italien war alles billiger als in Menton oder Nizza. Vor allem der Alkohol.

«Eigentlich gar keine schlechte Idee», sagte Margarethe. «Gianni hat die Bar, Bruno macht von jeher einen großen Bogen um den Blumenhandel. Bixio ist allein damit.»

«Eine gute Idee ist das», sagte Jules, der aufstand, die Sache mit der Sardenaira nun selbst in die Hand zu nehmen.

Er kehrte mit einem Teller voll heißer *Pezzi* zurück und stellte sie auf den Tisch. Legte einen Stapel dünner Papierservietten dazu.

«Anders als mein Bruder halte ich für wichtig, dass eine Frau ihr eigenes Geld verdient. Das scheint Bixio schon großzügig in Aussicht gestellt zu haben, er ahnt, was er an einer Mitarbeiterin hat, die italienisch, deutsch und niederländisch spricht. Die Holländer wollen auch nicht nur Tulpen in ihren Vasen.»

«Ich fange an, das für eine großartige Idee zu halten», sagte Margarethe. Wie gut wäre es gewesen, hätte sie einen eigenen Beruf gehabt bei Brunos beruflichen Berg-und-Tal-Fahrten.

«Du stimmst mit mir überein, darauf noch einen Wein zu trinken?» Jules wartete die Antwort nicht ab und stürzte sich mit den leeren Gläsern ins Gewühl.

Gianni war sicher, dass Pips die italienische Sprache gut verstand, wenn er sie auch kaum sprach. Er hatte gesehen, wie Pips' Blicke zwischen ihm und Lucio hin und her gingen, als Lucio kurz vor fünf in die Bar gekommen war.

«Bist du dem Knaben was schuldig?», fragte Pips, nachdem Lucio die Bar verlassen hatte. «Oder warum glaubst du, dich verteidigen zu müssen, weil du geheiratet hast?»

«Lucio hat mich schon in der Schule als Kleinbürger beschimpft. Ich hab mir mal für eine Fahrt nach Köln seinen Sportwagen ausgeliehen, einen teuren roten Flitzer, aber sonst verbindet uns nichts. Warum gibst du nicht zu, Italienisch zu verstehen?»

«Ich reime mir lediglich was zusammen. Was ist ein *tipo strano*? Er sagte, der *pianista* sei ein *tipo strano*.»

Gianni sah Pips an. «Ein komischer Kauz», sagte er. «Vergiss Lucio.»

«Ich *bin* ein komischer Kauz. Apropos Auto. Du könntest dir doch das Cabriolet kaufen und die Limousine ganz deinem Vater lassen. So wie der Laden brummt.»

«Gut, dass du es sagst. Im Augenblick sind du und ich allein hier.» Er sah den Kellner kommen, eine Viertelstunde zu spät. Vielleicht hatte Anselmo geahnt, dass heute nichts los war. Der Barkeeper kam immer erst um sieben. Doch auch dieses späte Erscheinen schien sich heute nicht zu lohnen.

«Bist du glücklich?», fragte Pips. Er schlug ein paar Töne auf dem Klavier an.

«Ja», sagte Gianni. Er könnte die Gegenfrage stellen, ob Pips unglücklich sei.

«Hörst du was von deiner Kusine?»

«Gerda hat mir bei der Hochzeit einen Brief von ihr gegeben.»

«Deine Tante gefällt mir gut», sagte Pips. «Hat dir Ursula ihr Fernbleiben erklärt?»

«Das hat sie. Zwischen ihrer Entscheidung, Jefs Heiratsantrag anzunehmen, und der Nachricht seines Todes lagen nur Stunden. Sie bat um Verständnis, dass eine Hochzeit sie noch überfordere.»

«Hast du Jef gekannt?»

«Ja. Ich habe ihn auf Ulis und Carlas Hochzeit kennengelernt. Meine Tante wollte, dass Ursel den Brautstrauß auffing. Das hat dann Billa getan.»

«Und wie war Jef?»

«Ein interessanter Mann mit dunklen wilden Haaren, in denen schon Spuren von Weiß waren. Viel weicher, als er im ersten Augenblick wirkte. Ein Beladener.»

«Wieso?»

«Seine schwangere Frau ist bei einem Bombenangriff verbrannt.»

Pips nickte. Die Tasten unter seinen Fingern fanden sich zu was Düsterem. «Mach die große Glastür auf. Ich spiel mal ein bisschen. Vielleicht lassen sich noch Touristen anlocken. Ein paar Kölner.»

«Versuch's aber mit etwas Heiterem, Pips.»

«Was von Willi Ostermann. Der hat Kölner Stimmungslieder geschrieben. Als er 1936 starb, standen Zehntausende am Straßenrand und säumten den Trauerzug vom Neumarkt zum Melatenfriedhof.»

«Jef ist auf Melaten begraben», sagte Gianni. «Im Familiengrab.»

«Man liegt auf Melaten in Köln», sagte Pips.

«Nimm nach Silvester Heimaturlaub. Jules und ich werden den Laden wieder für zehn Tage schließen. Du verstehst dich doch bestens mit den Kölnern. Dann kannst du auch Ursel wiedersehen.»

Pips fing behutsam an, Porters *I've Got You Under My Skin* zu spielen.

1957

— 1. FEBRUAR —

Hamburg

Ursula traf an einem Freitag in Hamburg ein. Ein kleiner Koffer, mit dem sie am Hauptbahnhof aus dem Zug stieg, der Gambrinus hieß. Das Gespräch, das sie mit dem Leiter der Abteilung Alte Meister in der Kunsthalle führen wollte, war kaum etwas anderes als eine erste Kontaktaufnahme.

Sie hielt nach der Freundin ihrer Mutter Ausschau, doch Elisabeth war nicht zu sehen. Erst als der Bahnsteig sich leerte, fiel ihr ein noch junger dunkelhaariger Mann auf, der ein kleines Kind auf dem Arm trug. Entdeckte das improvisierte Schild in der Hand des Kindes. URSEL ALDENHOVEN. Sie ging lächelnd auf die beiden zu.

«Ursel? Tom und ich heißen Sie herzlich willkommen. Ich bin Vinton.»

Das war also der Mann, der ihre Mutter verzaubert hatte. Ja. Er sah gut aus. Vor allem gab er ihr aber den Eindruck, kaum etwas Beglückenderes zu kennen, als auf einem kalten Bahnsteig zu stehen, um einen ihm unbekannten Gast abzuholen, der für ein paar Tage im Kinderzimmer seines Sohnes wohnen würde.

«Darf ich Ihnen den Koffer abnehmen?»

«Sie haben schon Tom auf dem Arm.»

«Wählen Sie. Vermutlich ist Tom schwerer.»

Ursula entschied sich für Tom, der die Entscheidung freudig zu begrüßen schien.

«Verzeihen Sie die Umplanung, Elisabeth hatte Sie abholen wollen. Aber sie hat sich eine Erkältung eingefangen und daher entschieden, den Mann zu schicken, der ein Auto besitzt und Sie gleich in Ihr Quartier bringen kann. Tom und ich hätten ein größeres Schild malen sollen. Ich hatte nicht gedacht, dass so viele junge Frauen in Hamburg aussteigen.»

«Halte ich Sie nicht davon ab, in der Redaktion zu sein?»

«Ich schreibe heute zu Hause. Von hundert Zeilen fehlen nur noch neunzig. Nina kommt um zwei, an drei Vormittagen arbeitet sie im Übersetzungsbüro, dann hütet ihre Mutter Tom. Heute bin ich eingesprungen. Ich nutze gern das Privileg, nicht jeden Tag im Büro sitzen zu müssen.»

«Ich danke Ihnen und Nina sehr, dass Sie mich aufnehmen», sagte Ursel, als sie im Auto saßen. «Nur ein paar Tage. Ich erwarte mir von dem Gespräch am Montag nicht viel mehr als eine Erfahrung. Meine Abschlussarbeit habe ich über römische Gräber geschrieben, damit werde ich in der Kunsthalle keinem imponieren.»

«Die Kunsthalle hat eine beeindruckende Sammlung Alter Meister. Norddeutsche mittelalterliche Malerei. Altäre von Bertram von Minden und Meister Francke. Ein Canaletto mit römischen Ruinen ist den römischen Gräbern noch am nächsten.»

«Sie kennen sich gut aus.»

«Ich habe einen Text über den Canaletto geschrieben. Er ist erst im vergangenen Jahr von der Kunsthalle angekauft worden.»

«Sie sind Kulturredakteur?»

Vinton hielt vor der gelben Ampel und blickte zu Ursula hinüber. «Ja», sagte er. «Es hat sich so ergeben. Inzwischen fühle ich mich wohl damit.»

«Was hätten Sie lieber getan?»

«Oh. Ich hatte Träume, als Reporter die großen Themen der Welt zu erkunden.»

«In der Kunst liegen die großen Themen der Welt.»

Vinton legte den Gang ein wenig geräuschvoll ein. «Ich hab mich eine Weile lang für einen politischen Journalisten gehalten», sagte er. «Ihr Mann war Maler?»

«Ja», sagte sie. «Aber Jef und ich waren nicht verheiratet. Ich habe versäumt, seinen Antrag rechtzeitig anzunehmen.»

«Gerda sagte, Sie hätten seit 1950 zusammengelebt. Das ist so gut wie eine Ehe.»

«Sie haben ein vertrautes Verhältnis zu meiner Mutter.»

«Gerda ist eine wundervolle Frau. Ich werde ihr nie vergessen, wie weit sie ihre Arme für mich geöffnet hat.»

«Als Elisabeths noch verschlossen waren. Kommen Sie gut mit Joachim aus?»

«Kennen Sie ihn?»

«Nein.» Ursula betrachtete die hohen Gründerzeithäuser, vor denen sie zum Halten gekommen waren, Vinton parkte den Opel ein.

«Ich tue mich leichter mit Joachim als er sich mit mir.»

«Er ist der Verlierer», sagte Ursula. «Seine Rolle ist die undankbare.»

Vinton drehte sich zu Tom um, der auf dem Rücksitz saß, rechts und links zwei feste Kissen, die ihm Halt geben sollten. «Ich gestehe, dass ich verzweifelt war, als Joachim zurückkam. Nur Elisabeth hatte noch an seine Heimkehr geglaubt. Ich ging davon aus, der Verlierer zu sein, nach all dem, was er erlitten hatte, schien es gerecht. Dass sich für mich alles glücklich fügt, habe ich mir nicht vorstellen können.»

«Seit Jefs Tod habe ich kaum Hoffnung auf glückliche Fügungen.»

«Ich hoffe auf lange Gespräche an unserem Tisch, Ursel. Haben Sie noch andere Termine als den in der Kunsthalle?»

«Am Sonntag werde ich Elisabeth und Kurt besuchen», sagte Ursula.

Vier große Zimmer und eine Küche wie ein Tanzsaal in der Rothenbaumchaussee. Jan und Tom hatten jeder ein eigenes Zimmer, der Altersunterschied der Jungen war zu groß. Noch zog der vierzehn Monate alte Tom es vor, mit Mami und Papi in deren Schlafzimmer zu leben, wo sein Gitterbettchen stand.

Vinton öffnete ihr die Tür zum Kinderzimmer. Ein Bett, das aus Vintons kleiner Wohnung stammte, ein Schreibtisch, von dem Ursula vermutete, dass an ihm eigentlich die fehlenden neunzig Zeilen des Textes hätten geschrieben werden sollen, doch die Remington hatte Vinton ins Wohnzimmer gestellt. Ein großer brauner Bär auf Rollen. Bauklötze. Auf der Kommode saßen Kuscheltiere. Nur die Wände waren noch ganz undekoriert. Heinrichs Idee, Aquarelle mit Pu dem Bären zu schenken, schien ein Treffer.

Das Telefon stand im Flur. Von dort rief sie Gerda an und Elisabeth. Ging zu Vinton und Tom in die Küche, die Aquarelle zu überreichen, Stevensons Schatzinsel für Jan. Von einem Karton Kölnisch Wasser hatte ihr Vater abgeraten.

«Leg dich doch aufs Sofa, Lilleken, wenn du schon nicht ins Bett gehst. Du schnaufst wie ein Walross bei Hagenbeck.»

«Danke für den Vergleich», sagte Elisabeth.

«Ich spreche nur vom geräuschvollen Atmen. Ursel ist gut angekommen?»

«Ja. Am Sonntag kommt sie zu uns. Wenn es mir nicht

besser geht, dann nur zu Kaffee und Kuchen. Den müsstest du besorgen. Morgen will Ursel in die Kunsthalle, um schon mal zu schnuppern, damit sie am Montag Kenntnisse vorzuweisen hat.»

«Vielleicht klappt es ja mit der Kunsthalle.»

«Gerda glaubt nicht, dass ihre Tochter in Hamburg leben will», sagte Elisabeth.

«Es regnet ja nicht immer», sagte Kurt. Er stand auf, um eine Strickjacke aus dem Schlafzimmer zu holen. Hoffentlich hatte er sich nicht bei Lilleken angesteckt. Still war es im Haus. Zu still. Was war mit Blümels los?

Ob sie jemals ausziehen würden? 1946 waren sie vom Wohnungsamt einquartiert worden in die Zimmer im ersten Stock. Die Miete war vorgegeben und hatte sich in zehn Jahren staffelweise erhöht, doch mittlerweile wurden in der Gegend ganz andere Mieten verlangt.

Kurt blieb im Flur stehen. Radiomusik? Von Joachim? Auch die Konzerte hörte er in leiser Lautstärke. Hatte er denn immer schon auf Sparflamme gelebt? Oder hatten ihn Krieg und Gefangenschaft so werden lassen? Die Trennung von Nina?

«Du bist lange geblieben», sagte Elisabeth.

«Ich hab ins Haus hineingehorcht. Überlegt, ob Blümels je ausziehen werden und was wir dann machen würden mit dem ersten Stock. Ziehen wir wieder hoch?»

«Wir zwei haben es doch gemütlich hier. Ich denke, Nina sollte wieder da wohnen.»

«Mit Vinton und den Kindern? Und unterm Dach Joachim? Der sich Jan mit Vinton teilt und für Tom den gütigen Onkel gibt? Hältst du das für eine gute Idee?»

«Wenn sich alle verstehen», sagte Elisabeth. Dachte daran, wie liebevoll Jockel reagiert hatte, als sie ihm versehentlich Tom und nicht den Wirsing in die Hände gedrückt hatte. Warum erzählte sie Kurt nicht davon?

«Lilleken, ich bin im September sechzig Jahre alt geworden.»

«Ich merk das schon. Du bist ganz zappelig. Ist das eine Lebenskrise?»

«Lass uns mal ins Kino. Da läuft noch der *Hauptmann von Köpenick*. Den Heinz Rühmann hast du immer gern gesehen. Oder zum Tanzen ins Landhaus Walter.»

Nur nicht denken, dass er anfing, sich zu langweilen mit ihr.

Köln

Die Kinder schliefen. Endlich. Heute hatte der abendliche Ablauf von Ausziehen, Zähneputzen, Gutenachtgeschichte noch länger als sonst gedauert. Hatten Claudia und ihre kleine Schwester gemerkt, dass bei Mama und Papa ein Streit in der Luft lag, und darum erst recht gegen den Schlaf angekämpft?

Carla und Ulrich zogen sich in die Küche zurück, dort lag noch das Corpus Delicti auf dem Tisch. Carlas gebündelte Kontoauszüge.

Uli hatte schon am Anfang ihrer Ehe zugestimmt, dass Carla ein eigenes Konto führte, auf das ihr Lohn gezahlt wurde, schließlich war sie diejenige, die im Salon die meisten der Kleider entwarf und auch nähte. Weder Lucy noch sie lebten schlecht von den Einkünften des Salons. Dennoch war ein Fünfzigmarkschein ein Fünfzigmarkschein ein Fünfzigmarkschein.

Kein kontrollierender Blick, der auf Carlas Kontoauszüge gefallen war, eher ein zufälliger, dann ein systematischer.

War denn zu erwarten gewesen, dass sich Carla empörte, weil Uli die Auszüge durchblätterte und sie auf die fünfzig Mark ansprach, die an jedem Ersten abgehoben wurden?

«Das ist mein Geld, und ich schulde dir keine Rechenschaft darüber, wofür ich es ausgebe», sagte Carla, kaum dass die Küchentür geschlossen war.

Ulrich hielt sich für einen modernen Mann, der Windeln wechselte und sich nicht scheute, Camelia in der Drogerie zu kaufen. Der mit seiner Frau zur Kreissparkasse gegangen war, damit sie ein eigenes Konto anlegen konnte. Doch dieser Satz ging ihm zu weit.

«*Porca miseria*», sagte Carla. «Ich schicke das Geld an Gianni.»

«Gianni? Ich denke, er hat eine gutgehende Bar?»

«Ich unterstütze nicht Gianni. Er hat nur das Geld in Lire umgetauscht und in eine *busta* getan und die bei meiner Mutter eingeworfen.»

«Wie lange geht das schon?»

«Vor zwei Jahren hat die Zia einen Brief bei Gianni abgegeben. Dass ich mich vor meinen Pflichten als Tochter drücke, für die Pflege der Zia gebraucht würde, meine Mutter in Armut leben lasse. Da habe ich damit angefangen.»

«Du hast die Zia unterstützt?»

«Welch eine *assurdità*. Wie kommst du auf die Zia? Ich habe nicht die Zia unterstützt, das Geld war und ist für meine Mutter.»

«Komm, setz dich. Ich massiere dir die Füße», sagte Uli.

«Warum willst du mir die Füße massieren?»

«Weil das bei Claudia hilft, wenn sie wütend wird.»

Carla zog ihren Rock hoch und löste die Knöpfe ihres

Strumpfgürtels. Rollte die Nylons vorsichtig ab. Zog ihren Küchenstuhl näher zu Ulrich heran, hielt ihm ihren rechten Fuß hin. «Ich biete eine Versöhnung an», sagte sie.

Er begann zu massieren. «Das Geld hat in Zeiten der Zia also ausschließlich deine Mutter erreicht?»

«*Va bene*, Uli. Die ganze Wahrheit. Sie hat von den Umschlägen erst erfahren, als ich nach dem Tod der Zia in San Remo war. Ein Jahr lang hat die alte Hexe das Geld unterschlagen. Sie muss auf der Lauer gelegen haben.»

«Sechshundert Mark in Lire? Hat sie die ausgegeben?»

«Mamma sagt, bis zu Zias Tod wurde jede Lira umgedreht. Sie und ich haben nach dem Geld gesucht, das kannst du mir glauben.»

«Vielleicht hat sie es in ihre Büstenhalter eingenäht.»

«Komisch», sagte Carla. «An ihre *reggiseno* hatte ich auch als Erstes gedacht. Wir haben alle Kommoden und Schränke durchwühlt.»

«Grazia Rossis Rache an den Cannas, die ihr keine Abfindung gezahlt haben.»

«Sie hat es Brautgeld genannt.» Carla streckte ihm den linken Fuß hin. «Bist du noch böse?»

Ulrich schüttelte den Kopf. «Aber warum hast du es heimlich gemacht? Wir hätten darüber reden können.»

«Weil ich mich für die Gier der Zia geschämt habe. Deine Eltern nehmen mich großzügig auf, sind gut zu mir, du heiratest mich, obwohl ich das Kind eines anderen bekommen habe.»

«Ich habe dich geheiratet, weil ich dich liebe. Bixio ist uns übrigens fein aus dem Weg gegangen auf Giannis Hochzeit. Er hat sich nicht einmal für Claudia interessiert.»

«Umso besser», sagte Carla. «Du bist ihr Papa.»

«Ich gehe jetzt mal die Kinder wecken, um ihnen zu sa-

gen, dass Mama und Papa sich wieder vertragen haben.»
Ulrich grinste.

«Untersteh dich», sagte Carla. «Mama und Papa haben für den Rest des Abends andere Pläne.»

— 3. FEBRUAR —

Hamburg

Goethes Faust. Den hatte er aufgespart, als er begonnen hatte, das Gesamtwerk noch einmal zu lesen. Vielleicht wollte er sich auch nur vor dem Faust drücken.

> *Vorbei! ein dummes Wort.*
> *Warum vorbei?*
> *Vorbei und reines Nichts,*
> *vollkommnes Einerlei!*

Das Wort zum Sonntag. Gab es nicht eine wöchentliche Fernsehsendung, die so hieß? Seine Schüler würden sich schieflachen, wüssten sie, was Herr Christensen alles nicht wusste. So viele Jahre, in denen er nicht dabei gewesen war. Als Lehrer konnte er sich kaum leisten, aus der Zeit zu fallen. Keine Tertia, keine Sekunda erlaubte das.

Am Freitagabend war er in eine Hörfunksendung voller weicher Klänge geraten, die ihn noch mehr marterten als die Konzerte der Sinfonieorchester.

Joachim sah auf seine Armbanduhr, holte das Ei aus dem kochenden Wasser. Sechseinhalb Minuten. Er mochte es nicht, wenn das Eiweiß wabbelte. Wie wählerisch er wieder geworden war. Wo war die Erinnerung an das Moos und die Wurzeln, von denen er gelebt hatte, das steinharte Brot, im Tauwasser aufgeweicht, die abertausend Mücken?

Gut, dass es vorbei war. Warum tat er sich noch immer

schwer mit dem Schönen? Nein. Nicht mit dem Schönen. Mit dem Leichten, in das Elisabeth ihn immer wieder hineinzuziehen versuchte. Kuchenessen am Sonntagnachmittag. Apfelsinen hatte er ihr gebracht, einen Strauß Tulpen, wo sie erkältet war, sich schonen sollte, dennoch bat sie ihn, am Sonntag um drei mit ihnen Kuchen zu essen.

Er saß gerne mit Elisabeth und Kurt an der Kaffeetafel, freute sich, wenn Jan dabei war. Doch nun sollte die Tochter einer Kölner Freundin mit am Tisch sitzen, die vor einem Jahr ihren Gefährten verloren hatte. Gefährte?

Eine dunkle Ahnung, dass Elisabeth ihn verkuppeln wollte. Den Plan würde er ihr durchkreuzen. Er wollte keine Frau mehr in seinem Leben. Und sicher keine Frau ihn. Die jungen Frauen im Kollegium hatten längst aufgegeben, er sah sich nicht in der Lage, ihnen ein gewandter Liebhaber zu sein. Sehnten sie sich nicht nach dem Weichen und Schönen? Wie im gestrigen Lied?

Joachim setzte sich an den Tisch. Klopfte das Ei auf. Butter auf das Brot. Welch eine kaum vorstellbare Opulenz. Er sollte in sich bewahren, welch einen Wert das bedeutete. Wie schade, dass ihm das Talent zum Glücklichsein verlorengegangen war.

Alle freuten sie sich, als Kurt in die Küche kam, unerwartet, sie saßen noch beim Frühstück in der Rothenbaumchaussee. Nur Nina fragte: «Ist was mit Mama?»

«Nein», sagte Kurt. «Ich soll nur Kuchen kaufen für heute Nachmittag. Da ich euch alle sehen wollte, gönne ich mir, das im Funk-Eck zu tun.» Kleine Fluchten. Elisabeth würde erbost sein, dass er so lange wegbliebe, und das mit ihrer Sorge um ihn erklären.

«Bist du zu Fuß unterwegs? Ich kann dich mit dem Auto nach Hause fahren.»

«Schauen wir mal, wie sich das Wetter in der nächsten halben Stunde entwickelt.»

Kurt hatte Jockel liebgewonnen. Doch wie sehr genoss er die Vertrautheit mit Vinton.

Ursula blickte zu Kurt. Nina hatte viel von ihm erzählt, als sie gestern zu zweit in der Kunsthalle gewesen waren. Nina liebte ihren Vater, wie Ursula Heinrich liebte. Doch ihr Verhältnis zu Gerda schien um vieles inniger als das von Nina zu Elisabeth. Sie lasse nicht los, hatte Nina gesagt, und wolle nichts wahrhaben.

«Komm mit mir in Toms Zimmer. Ich zeige dir was.» Vinton hatte die vier kleinen Bilder mit Szenen aus dem Leben von Pu dem Bären gleich aufgehängt. Er war noch viel beglückter als Tom. *Winnie the Pooh.* Der Held seiner Kindheit.

Kurt lächelte. Ein einfühlsames Geschenk für Toms englischen Vater. Überhaupt gefiel ihm Ursel, die er seit ihrer frühen Kindheit immer mal wieder getroffen hatte.

Eine ernsthafte junge Frau war aus ihr geworden. Viel zu ernsthaft. Wen wunderte es. Dieser jähe Tod von Jef Crayer, Ursels Lebensgefährten.

Elisabeth lud Jockel oft zum Kuchenessen ein. Doch Kurt fürchtete, dass sie heute einen Plan verfolgte, wenn Ursel am Nachmittag zu ihnen kam.

Konnte er Ursel denn einen Partner wünschen, der sich vom Leben abgewandt hatte? Leuchtete sie nicht trotz ihrer Traurigkeit?

Er betrachtete die liebevoll gezeichneten Aquarelle mit Pu und Christopher Robin, Esel und Ferkel. Ließen sich damit nicht mal Sparbüchsen gestalten? Statt nur immer die rotbackigen Kinder in karierten Hemdchen und adretten Schürzchen.

Nein. Die Lösung, die Lilleken im Kopf hatte, war keine glückliche.

Ursula war nach dem späten Frühstück noch mal allein in die Stadt gefahren, durch die Säle der Kunsthalle gegangen, hatte sich Zeit für die Bilder von Caspar David Friedrich genommen. Noch einmal den Canaletto betrachtet, das Capriccio mit römischen Ruinen und Paduaner Motiven.

Am Bahnhof kaufte sie bei Blumen Petzold einen Strauß Perlhyazinthen, in ihrer Tasche trug sie eine Ausgabe von *Mit Goethe durch das Jahr 1957*. Dafür war es am Anfang des Februars noch früh genug.

Sie stieg in die Straßenbahn, ließ sich von der Linie 9 zur Maria-Louisen-Straße bringen. Ging in die Blumenstraße, um mit Elisabeth und Kurt Kuchen zu essen.

Eine herzliche Stimmung, in die er da verspätet kam. Eine Tasse Kaffee hatten sie schon getrunken, mit dem Kuchen auf ihn gewartet. Auf dem Tisch lag ein kleiner Band aus dem Artemis Verlag. *Mit Goethe durch das Jahr 1957*. Gestern Abend hatte er den aus dem Jahr 1955 in den Händen gehabt.

Joachim sah die junge Frau mit dem brünetten Haar und dem roten Mund an, die erstaunt schien, ihm vorgestellt zu werden. Hatte sie nicht gewusst, dass er eingeladen war?

Als sie seinen Blick erwiderte, sah er zu Boden.

Kurt tat alles, um das Gespräch im Fluss zu halten, Elisabeth trug nicht viel dazu bei, beobachtete vor allem jene Ursula und ihn. Eine Zeile aus dem Goethebändchen fiel ihm ein, die er gestern gelesen hatte.

Lächelnd sehn wir den Tänzer auf glatter Ebene straucheln

Vergeblich versuchte er, sich auf das Stück Schwarzwälder Kirsch zu konzentrieren, das ihm Elisabeth auf den Teller getan hatte. Der Apfelkuchen, den Ursula aß, wäre ihm leichter gefallen. Immer meinte Elisabeth es gut mit ihm.

Der Mund der jungen Frau war zu rot, wenn vom Lippenstift auch schon etwas weggegessen war, Nina schminkte sich die Lippen nicht, das hatte er geschätzt. Auch als er sie zuletzt gesehen hatte, auf dem Elternabend im Johanneum, war sie ungeschminkt gewesen.

«Jockel? Nimmst du noch Kaffee?»

Er bejahte. Hielt die Tasse mit dem Untertasser hin. Kein Zittern. Wenigstens das.

Kurt krauste die Stirn und glättete sie gleich, als ihm das bewusst wurde. Elisabeth lächelte, hoffte, ihr Plan sei aufgegangen, als Jockel nicht nach oben in seine Zimmer stieg, sondern bat, Ursula noch zur Haltestelle der Straßenbahn begleiten zu dürfen.

Keiner musste einen Schirm öffnen. Es regnete nicht. Ausnahmsweise.

«Sie wohnen bei Nina?»

«Bei Nina und Vinton und den Kindern.»

«Eines von den Kindern ist mein Sohn.»

«Das weiß ich. Ich kenne doch Jan.»

«Es tut mir leid, dass Sie von meiner Anwesenheit überrascht worden sind.»

«Lesen Sie vor allem Klassiker?»

Er lächelte. «Nein. Ich komme Ihnen steif vor, nicht wahr?»

«Ja», sagte Ursula. «Wie alt sind Sie, Joachim?»

«Bald siebenunddreißig. Ist das ein Hinderungsgrund?»

«Wofür?», fragte sie.

«Um mich näher kennenzulernen.»

Ursula blieb stehen und sah ihn aufmerksam an. «Nichts an diesem Nachmittag deutete darauf hin, dass Sie diesen Satz sagen könnten.»

«Ich habe vieles verlernt. Und in Elisabeths Gegenwart bin ich in Gefahr, zu einem Invaliden zu werden. Es berührt mich, dass meine Schwiegermutter alles an mir gutmachen will. Krieg. Gefangenschaft. Die Scheidung von Nina. Doch es hilft nicht.»

Ursula nickte. «Ich weiß, wie es ist, wenn alle einen trösten wollen.»

Beide hörten sie das Klingeln der Straßenbahn.

«Seien Sie gut behütet, Joachim», sagte Ursula, als sie einstieg.

— 2. APRIL —

Köln

Einmal hatte Ursula sich in den Dombunker geflüchtet, als sie vom ersten der Tagesangriffe überrascht worden war. Von der Drususgasse kommend, vierzehn Jahre alt. 1943 war das gewesen.

An die dumpfe Luft wurde sie nun beinah täglich erinnert, wenn sie die Stufen zum Bunker hinunterging, um das Römisch-Germanische Museum zu betreten.

Ein erster ernstzunehmender Arbeitsplatz, nachdem die Arbeiten am Gürzenich abgeschlossen waren. Seit 1946 gab es das Museum an dem Ort, wo fünf Jahre vorher bei der Aushebung des Dombunkers die Überreste eines römischen Hauses gefunden worden waren. Und mit ihm der Boden des ehemaligen Speisesaals aus dem Jahr 230 nach Christus. Das Dionysosmosaik.

Zwei römisch-germanische Abteilungen waren hier zusammengelegt, auch die des Wallraf-Richartz-Museums, das im Mai wieder ein eigenes Haus haben würde. Diese Sammlungen waren ihr Bereich. Vorläufig. Eine feste Anstellung hatte sie nicht.

Aus der Hamburger Kunsthalle war ein freundlicher Brief gekommen, man könne sich eine Zusammenarbeit gut vorstellen, später, vorläufig gebe es keine freie Stelle.

Dachte sie an den Mann, der noch immer so dünn war, als sei er gerade eben erst aus Sibirien zurückgekehrt? Den

Elisabeth mit Schwarzwälder Kirschtorte fütterte? Joachim. Jans Vater. Wann immer sie das tat, schob sich Jefs Bild über seines.

Ursula war in den Eigelstein zurückgekehrt, eine Straße, die es bereits zu römischer Zeit gegeben hatte. Manchmal sehnte sie sich nach norddeutscher mittelalterlicher Malerei. Wo immer gegraben wurde in Köln, man stieß auf die Römer.

Der Kontakt, den sie hielt, war der zu Pips, der von Gianni eingeladen war, sie vom Telefon der Bar in Köln anzurufen. Wann immer Ursula am El-De-Haus vorbeikam, ahnte sie, dass dieses Gebäude eines für die Ewigkeit war.

Fast ein Frühlingstag, an dem Ursula vom Dom zur Drususgasse ging, ihre Mutter antraf, die dabei war, die Galerie für den Tag zu schließen. «Wo ist Papa?»

«Bei Tony», sagte Gerda. «In dessen Lokal Billa mal geschunkelt hat.»

«Ich habe keine Ahnung, von wem oder was du sprichst.»

«Ein Jugendfreund von Georg Reim. Ihm gehört das Chez Tony.»

«Papa erschließt sich ja ganz neue Kreise. Und das, wo er so gerne schunkelt.»

«Das wird wohl bei ein, zwei Bier bleiben, Georg lag daran, ihm diesen Tony vorzustellen. Gehen wir gemeinsam zur Straßenbahn?»

«Ich hatte vor, dich ins Eigel einzuladen. Einen Campari lang haben sie noch geöffnet.» Nur ein paar Schritte zu dem Café, das nach dem Umzug von der Hohe Straße in die Brückenstraße neben dem Campi das modernste der Stadt war.

«Ich habe heute mit Elisabeth telefoniert. Sie fragte mich,

ob du Kontakt zu Joachim Christensen hast», sagte Gerda. Ihr Schritt verlangsamte sich.

«Nein. Habe ich nicht. Wir haben bei Kurt und Elisabeth Kuchen gegessen. Er hat mich noch zur Straßenbahn begleitet. Damit ist die Geschichte zu Ende erzählt.»

Gerda nickte. «Und wie geht es Pips, den magst du doch gut leiden. Mir hat der Junge auch gefallen. Wird er nach Köln zurückkommen?»

«Du bist kaum besser als Elisabeth, Mama. Ihr könnt keine alleinstehenden Menschen um euch ertragen. Lass uns mal schneller gehen, sonst schließt das Eigel vor unserer Nase.»

Keinen Campari, den sie getrunken hatten. Nur einen Kaffee mit Sahnehaube. Sie hatte ihrer Mutter nichts von Pips' Erinnerungen an Köln erzählt.

Ursula ging durch die Wohnung mit einem Glas Wein in der Hand. Betrachtete ihr Porträt, das über dem Sofa hing. Das Buch auf Jefs Nachttisch. Im Badezimmer schaltete sie den Kobler ein, hörte dem Surren des Apparates zu, mit dem Jef sich auch am Morgen seines letzten Tages rasiert hatte.

Was würde sie mitnehmen, wenn sie diese Wohnung verließe? *Ursel lesend* dachte Ursula. Auch das unvollendete Bild aus dem Atelier. Den Kobler. Aber sie blieb ja.

Ob Joachim Reliquien hatte, die er hütete?

Sie nahm die gerahmte Fotografie von Jef in die Hand, die auf ihrem Sekretär stand. Vielleicht war es leichter, durch den Tod geschieden zu werden.

Hamburg

Seien Sie gut behütet. Der Satz klang noch in ihm nach. Er hatte ihn so verstanden, wie Ursula ihn wohl gemeint hatte. *Bis hierher und nicht weiter.* Ein Satz aus dem Alten Testament. Das Buch Hiob. Er blieb ein ewiger Bildungsbürger.

Joachim nahm das oberste Heft vom Stapel. Wollte er wissen, was die Tertia zu Minna und deren Tellheim zu sagen hatte?

Ich korrigiere gerade eine Klassenarbeit zu Lessings *Minna von Barnhelm oder das Soldatenglück*, Fräulein Aldenhoven. Das steht auf dem Lehrplan der Tertia. Aber auf meinem Nachttisch liegt *Die Kirschen der Freiheit* von Alfred Andersch.

Konnte er sich noch länger vormachen, ihm bedeute Ursula nichts? Diese Frau, die jahrelang mit einem Mann zusammengelebt hatte, ohne mit ihm verheiratet zu sein? Einem belgischen Maler. Fünfundzwanzig Jahre älter als sie selbst.

Elisabeth hatte sich gerne nach Ursula ausfragen lassen. Es dürfte sie verwundern, dass kein Kontakt bestand zwischen ihnen. War es noch immer so, dass der Mann den ersten Schritt machen musste? Hatte er den nicht auf dem Weg zur Haltestelle der Straßenbahn getan? Zwei Monate waren seitdem vergangen.

Am Freitagabend hatte er die weichen Klänge wiedergefunden im Programm des NDR. *The Nearness Of You* hatte das Lied geheißen. Von Ella Fitzgerald gesungen.

Joachim legte das korrigierte Heft zur Seite. Die Gedanken in seinem Kopf hatten ihn die Arbeit wohlwollend beurteilen lassen.

Vinton lag auf dem samtroten Sofa, den Kopf in Ninas Schoß. Die Jungen schliefen. Auf dem Schallplattenspieler drehte sich die neue Platte von Ella und Louis.

> *It's not the pale moon that excites me*
> *That thrills and delights me, oh no*
> *It's just the nearness of you*

«*I love you, Mrs. Langley*», sagte er. Versuchte, an das Glas zu kommen, das neben dem Sofa auf dem Boden stand. Selten, dass er sich noch einen Whisky gönnte.

«Darf ich das Glas anreichen, Mr. Langley?»

«Mir fällt auf, dass ich meine Position ändern müsste, um einen Schluck zu trinken, ich ziehe vor, so liegen zu bleiben. Könntest du mir die Haare aus der Stirn streichen?»

Nina lachte. «Du hast Kurt heute getroffen?»

«Ja. Ich wollte dir noch berichten, was er mir erzählt hat. Dass deine Mutter im Februar versucht hat, Ursel mit Joachim zu verkuppeln.»

«Aber es ist ihr nicht gelungen?»

«Wohl nicht. Obwohl Joachim sie noch zur Straßenbahn gebracht hat.»

«Das wurde so interpretiert, dass er interessiert sei?»

«Elisabeth war wohl eine Weile hoffnungsvoll.»

«Ursel hat kein Wort darüber verloren. Wahrscheinlich war es nicht wichtig für sie.» Sie saßen so satt in ihrem Glück, und Jockel war der Verlierer. Hätte es ihr Gewissen erleichtert, wenn der Versuch ihrer Mutter erfolgreich gewesen wäre?

«Du sorgst dich noch immer um ihn», sagte Vinton.

«Seht ihr euch demnächst mal wieder?»

«Sollte das Wetter gut sein, spielen wir am Samstagnachmittag Fußball.»

«Wer ist der bessere Spieler?»

«Jan», sagte Vinton. «Danach ich. Aber Joachim ist der bessere Schlittschuhläufer. Er hat schon vorgeschlagen, auf die Eisbahn von Planten un Blomen zu gehen. Ihm hat gefallen, mir eine *helping hand* zu geben, wenn ich mal wieder auf dem Eis lag.»

«Dann tu ihm den Gefallen.»

«Soll ich die Platte noch einmal spielen?»

«Wenn du bereit bist, diesen Platz aufzugeben.»

Ein altes Lied von Hoagy Carmichael. Doch die Single mit Ella und Louis war aus dem vorigen Jahr. Vinton liebte diese Aufnahme. Er sollte einen Plattenspieler mit einer Wiederholungsfunktion anschaffen.

«Vielleicht besuchen wir in den Sommerferien mal Ursel», sagte Nina.

«Eine gute Idee», sagte Vinton. «Und anschließend die Burgen am Rhein.»

— 19. APRIL —

San Remo

Fünf Doraden, die Margarethe in zwei großen Pfannen briet. Die zweite hatte sie sich von Rosa geliehen, bei Agnese gab es heute gedämpften Lachs. Gebratenes vertrug sie nicht mehr gut. Fisch zu essen war Pflicht am Karfreitag, doch ansonsten fand das öffentliche Leben statt wie an jedem anderen Wochentag.

Nur die Nonna und Bruno waren in der Kirche gewesen, um des Todes Christi zu gedenken. Agnese hatte lamentiert, dass es nicht mehr die Prozessionen gab, die sie aus ihrer Kindheit kannte und die vor allem auf Knien vollzogen wurden.

«Sie käme gar nicht mehr hoch und bliebe auf dem Boden liegen», sagte Bruno, nachdem er seine Mutter in der Limousine zurückgefahren hatte. Agnese fing an, gebrechlich zu werden, den Ebenholzstock seines Vaters benutzte sie nun immer, wenn sie das Haus verließ. Im nächsten Jahr würde sie ihren achtzigsten Geburtstag begehen, dann konnte sie endlich wieder den Bürgermeister empfangen.

Margarethe stellte die große Schüssel mit Salat auf den Tisch zu den fünf Gedecken. Gleich kamen Corinne und Gianni und brachten Pips mit.

«Findest du es richtig, dass Gianni deiner Mutter nachgegeben hat und die Bar heute Abend wegen des Karfreitags nicht öffnet?», fragte sie.

«Ich halte mich da raus», sagte Bruno.

Margarethe nickte. Das hatte sie sich gedacht. «Hol mal die jungen Leute. Die Fische verbrutzeln mir in der Pfanne.»

Sie war sehr zufrieden, als alle um ihren Tisch saßen, Pips war auch schon Kind im Hause. Auch wenn sie noch immer nichts wusste von seiner Familie.

«Gab es bei euch zu Hause am Karfreitag auch Fisch?» Ein weiterer Versuch.

Pips durchschaute ihn lächelnd. Er mochte Margarethe von Herzen gern und war inzwischen bereit, das eine und andere preiszugeben. «Meine Eltern waren Kommunisten», sagte er. «Sie hatten es nicht mit der Kirche. Ihnen war es schon zu hehr, dass ich Klavierstunden bekam. Aber sie wollten weder meinem Glück noch meinem Talent im Wege stehen und haben die Kosten fürs Klavier abgestottert.»

«Leben deine Eltern noch?»

«Nein», sagte Pips. Er widmete sich dem Zerlegen seiner Dorade.

«Der Künstler wird keine weiteren Fragen beantworten», sagte Gianni im Tonfall eines Impresarios. Corinne warf ihm einen Blick zu und schüttelte leicht den Kopf.

«Schon gut», sagte Gianni.

Pips blickte auf und sah Margarethe an. «Meine Eltern saßen lange im Gefängnis, ihrer Mitgliedschaft in der Kommunistischen Partei wegen. Sie waren gesundheitlich angeschlagen und haben das Kriegsende nicht lange überlebt.»

«Mein Gott, Pips», sagte Margarethe. Wie gut waren sie und ihre Familie durch die Nazizeit und den Krieg gekommen. Lucy und Billa zwar ausgebombt, aber keinen einzigen Menschen verloren.

Pips schien verlegen. «Nun schließe ich mich den Worten meines Impresarios an.»

Der hätte gern selbst noch etwas dazu gesagt, doch Gianni schwieg. Er glaubte nicht, dass das schon das ganze Geheimnis von Pips gewesen war. Ursel kannte es, dessen war er sicher. Vermutlich hatte Pips sie zur Verschwiegenheit verdonnert.

«Wann färben wir die Eier?», fragte Bruno. Er hatte das große Bedürfnis, das Tischgespräch wieder in lieblichere Gefilde zu lenken.

«Ihr färbt Eier? Vielleicht auch noch mit Heitmanns Eierfarben?» Pips nahm den Themenwechsel dankbar an.

«Genau», sagte Gianni. «Die Tütchen schickt meine Tante aus Köln. Hast du Lust, mit uns zu färben?»

«Dann sitze ich morgen mit bunten Fingerkuppen am Klavier.»

«Diese österliche Zugabe plakatieren wir», sagte Gianni.

«Aber eine *Colomba* will ich auch haben», sagte Bruno. Die österliche Spezialität seiner Kindheit wollte er so wenig missen wie alles andere.

«Die bäckt uns Rosa», sagte Margarethe. Agneses Dienstmädchen war die beste Bäckerin des Hefekuchens in der Form einer Taube.

Pips hob das Glas. «Mir bedeutet es viel, dass ihr mich so einbezieht.»

«Am liebsten würden wir dich adoptieren», sagte Gianni.

Köln

Die Glocken schweigen. Wie immer am Karfreitag, doch Heinrich vermisste nicht nur den Dicken Pitter, die größte Glocke des Doms. Ihm schien Köln heute sehr still zu sein.

Zwitscherten nicht einmal die Vögel? Eine Weltuntergangsstimmung, die ihn befiel, wenn er keine Vögel hörte.

Er öffnete das Fenster des Hinterzimmers, das auf einen bescheidenen Hof ging. Ein einziger Baum. Eine Amsel sang darin. Heinrich war beruhigt.

Die Galerie blieb geschlossen am Feiertag, doch er hatte vor, den Tag zu nutzen, um die Unterlagen für den Steuerberater vorzubereiten. Damit tat er genügend Buße.

Nach anderthalb Stunden hatte er den Wunsch, um den Block zu gehen, vielleicht hatte das Reichard geöffnet am Karfreitag. Es waren viele Touristen in der Stadt.

Ein Mann stand vor dem Schaufenster. Betrachtete die Bilder darin. Er sah auf, als Heinrich den vorderen Teil der Galerie betrat. Ihre Blicke trafen sich. Kam der noch junge Mann ihm bekannt vor? Auf irgendeine Art vertraut? Nein. Er hatte ihn noch nie gesehen. Heinrich schloss die Ladentür auf. Ließ das Geläut erklingen. Schloss hinter sich zu. Der Mann stand noch immer an derselben Stelle.

«Herr Aldenhoven? Haben Sie einen Augenblick Zeit für mich?»

Hatte er mit Leikamp zu tun? Mit Jarre? «Ich hatte vor, einmal um den Block zu gehen. Mögen Sie mich begleiten?»

Sie gingen nebeneinanderher. Dem Mann schien schon schwerzufallen, seinen Namen zu nennen. Heinrich war erstaunt, ihn dennoch nicht abschütteln zu wollen.

«Ich bin Joachim Christensen. Vermutlich haben Sie meinen Namen schon gehört.»

Heinrich blieb stehen. «Ninas Mann.»

«Ninas geschiedener Mann.»

«Wie kommen Sie vor meine Galerie?»

«Ich bin nicht davon ausgegangen, dass Sie am Karfreitag hier sind. Ich wollte mir die Galerie nur von außen anschauen.»

Eine Ahnung stieg in Heinrich auf. Er blickte in den nieselnden Himmel.

Hatte ihm Gerda nicht erzählt, dass Ursel zum Kuchenessen eingeladen gewesen war in der Blumenstraße, und gemutmaßt, ihre Hamburger Freundin könnte einen Plan hegen?

«Lassen Sie uns in die Galerie zurückgehen», sagte er. «Hier draußen ist es ungemütlich. Wir können bei mir einen Espresso trinken.»

Heinrich räumte die Unterlagen beiseite, schuf genügend Platz auf dem Tisch, um wenigstens die Tässchen und den Zuckertopf hinzustellen. Warum fiel ihm der lang vergangene Tag ein, als er Jef zum ersten Mal einen Kaffee zubereitet hatte im Hinterzimmer der Galerie? Noch im alten Haus, dessen obere Stockwerke im Krieg ausgebrannt waren.

Sie fürchten, ich sei ein alter Wolf, der junge Beute will.

Heinrich hatte den Satz noch im Ohr. Damals war es das erste Mal gewesen, dass zwischen Jef und ihm private Worte gesprochen worden waren. Sehr private Worte.

Ich liebe Ihre Tochter, hatte Jef gesagt.

Heinrich füllte die Espressokanne, wie er es damals getan hatte.

«Ich bin kein spontaner Mensch», sagte Joachim Christensen. «Und doch habe ich heute Morgen in aller Frühe ein paar Sachen gepackt und mich in den Zug nach Köln gesetzt. Hier ein Zimmer in einem Hotel hinter dem Bahnhof genommen.»

«Weiß Elisabeth davon, dass Sie nach Köln gefahren sind?»

«Nein», sagte Joachim. Er hatte Angst, dass ihn der Mut verließ, der ihn bis hierher begleitet hatte. «Das wäre nicht gut, Elisabeth will mein Glück erzwingen.»

Heinrich stellte die Espressotassen auf den Tisch. Setzte sich Joachim gegenüber. Kurt hatte ihn Gerda mal als gutaussehend beschrieben. Wie Vinton es war. Er teilte die Meinung. Ein gutaussehender Mann. Doch ihm schien alle Leichtigkeit zu fehlen.

«Was führt Sie nach Köln, Joachim?»

«Ihre Tochter.»

«Weiß denn Ursel, dass Sie hier sind?»

Joachim Christensen schüttelte den Kopf. «Ich bin dabei, mir eine schmerzliche Niederlage einzuholen.» Er lächelte.

Das tat Heinrich auch. «Auf den ersten Blick hätte ich Ihnen Tollkühnheit nicht zugetraut.»

«Ich nehme an, Sie wissen, dass ich erst 1953 aus Russland zurückgekommen bin. Ich habe vieles von dem, was man zwischenmenschlich nennt, verlernt. Dass meine Frau einen anderen liebt, hat nicht gerade geholfen. Ich habe nach der Begegnung mit Ursula gezagt und gezaudert. Mir nicht eingestanden, wie sehr ich sie mag.»

«Ursulas Adresse haben Sie nicht?»

«Ich kannte nur diese hier und Ihre. Die steht im Telefonbuch. Herr Aldenhoven, ich hatte heute Nacht auf einmal das Gefühl, das sei meine letzte Chance.»

«Ich mache Ihnen einen Vorschlag. Da meine Tochter kein Telefon hat, fahre ich nun zu ihr in der Hoffnung, sie anzutreffen. Ich sage ihr, dass Sie hier in der Galerie warten, und dann ist es an Ursel zu entscheiden, ob sie Sie treffen will.»

«Das ist ein guter Vorschlag», sagte Joachim. «Ich danke Ihnen.»

«Nehmen Sie sich eines der Kunstbücher, die hier liegen», sagte Heinrich.

«Papa», sagte Ursula. «Ist was passiert?»

«Warum glauben nur immer alle, es sei etwas passiert, wenn man unerwartet vor der Tür steht?», sagte Heinrich.

«Komm herein. Willst du was trinken?»

«Ich will, dass du darüber nachdenkst, ob du mit mir in die Galerie fährst. Da sitzt Joachim Christensen.»

«Joachim sitzt in unserer Galerie? Warum?»

«Weil er nach der Begegnung mit dir zaghaft und zaudernd war und sich nicht eingestanden hat, wie sehr er dich mag. Er hat wohl eine schlaflose Nacht gehabt, bevor er heute Morgen in den Zug nach Köln gestiegen ist. Glaubte auf einmal, hierherzukommen sei seine letzte Chance.»

Ursula schwieg.

«Magst du ihn, Ursel?»

«Ich habe mehr an ihn gedacht, als ich mir eingestehen wollte», sagte sie. «Mir fällt gerade auf, dass das sein Text ist. Ja. Ich mag ihn.»

«Dann gib ihm eine Chance», sagte Heinrich.

Als sie in die Galerie kamen, stand Joachim am offenen Fenster zum Hof und schien der Amsel zuzuhören. Er drehte sich um und lächelte, als er Ursula sah.

Schau an, dachte Heinrich. Wie offen und liebenswert Joachim Christensen lächeln konnte.

«Ich lass euch jetzt allein», sagte er. «Ursel hat ja einen Schlüssel.»

— 14. JUNI —

Hamburg

War Kurt aufgefallen, dass Jockel verändert wirkte? Ja. Das war ihm aufgefallen. Doch er sprach nicht mit Lilleken darüber, wollte Joachim vor inquisitorischen Fragen bewahren.

Kurt stieg aus der Straßenbahn, hatte nur wenige Schritte vom Rathausmarkt zum Adolphsplatz, um dort sein Leben als Werbeleiter der Sparkasse fortzusetzen. Der sonnige Tag mit hellblauem Himmel und kleinen weißen Wolken schien für etwas Besseres gemacht, als in einem Büro zu sitzen.

Eben waren sie einander begegnet, Joachim auf dem Weg ins Johanneum. «Ein so schöner Tag», hatte Jockel gesagt und gelächelt. Ein neues Lächeln. Das alte Lächeln war Kurt eher schmerzlich erschienen. Etwas war geschehen während der Ostertage.

Seine Abwesenheit war ihnen aufgefallen. Elisabeth hatte sich gesorgt, ihm aber zugestimmt, als Kurt vermutete, Joachim sei auf einer einsamen Wanderung durch die Heide oder wo immer. «Er hätte uns doch was sagen können», hatte sie bemerkt.

Joachim fing an, sich von Elisabeth zu emanzipieren.

Kurt trat ins Büro. Sah Fräulein Marx in etwas Blumigem. Vielleicht half es ihnen beiden über diesen Freitag, wenn er ihr ein Kompliment machte. Doch das Gesicht der Marx war wie immer unfroh, als er es tat.

Er sollte Nina an einem ihrer halben Tage im Büro am

Klosterstern besuchen, ein Flirt mit June Clarke konnte ihm nur guttun.

Heute Abend würde er mal zu Jockel hochsteigen und ihn einladen, an dem langen Wochenende, das vor ihnen lag, in den Garten zu kommen.

Drei freie Tage. Nur ein kleiner Riss darin. Am Montag eine Feierstunde in der Aula, die dritte Strophe des Deutschlandliedes singen, der Opfer des 17. Juni gedenken. Doch es bliebe viel Zeit für Ursula und ihn.

Das erste Mal, dass sie einander sahen seit den Tagen in Köln. Telefonate hatten sie geführt, zu verabredeten Zeiten, er in einer öffentlichen Telefonzelle mit einer Börse voller Münzen im Wert von fünfzig Pfennig und einer Mark. Ursula in der Galerie.

Tasteten sie sich nicht noch immer vorsichtig heran an den anderen? Er kaum geheilt von seiner Trennung. Sie in ihrer Trauer um Jef.

Er hatte Ursula zu einem Zimmer im Hotel Prem eingeladen. An der Außenalster in St. Georg. Ein kleines feines Haus. Er wollte sie verwöhnen, fand nicht zumutbar, sie in seine zwei Zimmer zu bitten. Vor den Augen Elisabeths.

Nein. Er hatte noch nicht mit Ursula geschlafen. Sie schien mit einem viel freieren Leben vertraut als er. In ihm war eine einzige große Unsicherheit. Im April 1944 hatte er zuletzt mit einer Frau geschlafen und dabei seinen Sohn gezeugt.

Gelang denn überhaupt, mit Ursula auf ihr Zimmer zu gehen? Ihm sah der Portier auf zehn Meter an, dass er nur ein verlegener Liebhaber war, kein Ehemann, der berechtigt wäre, das Bett zu teilen.

Bertolt Brechts *Die Liebenden*, das er mit der Untersekunda las. Ein Gedicht, nach dem Ersten Weltkrieg entstanden. Waren die Jungen, die vor ihm saßen, empfänglich für diesen Text? Kaum sechzehn Jahre alt. Er war empfänglich gewesen und gut vier Jahre später mit Nina verheiratet. Zu jung.

Gerd, der nun vortrug. Stockend. Das Gesicht gerötet von Verlegenheit.

Ihr fragt, wie lange sind sie schon beisammen?
Seit kurzem. Und wann werden sie sich trennen? Bald.
So scheint die Liebe Liebenden ein Halt.

«Danke, Gerd», sagte Joachim. Klappte den Gedichtband zu. Die zweite Stunde war vorbei. Kurz vor vier würde er am Bahnhof stehen und Ursula in die Arme nehmen.

Eine große Scham in ihr, dass sie tat, was sie da gerade tat. Jockels Tür öffnen, die wie immer nicht abgeschlossen war. Ein Einsiedler, der jedem Zugang gewährte zu seiner Hütte im Wald. Dabei steckte ein Schlüssel in der Tür.

Elisabeth wusste schon, dass es wohnlicher geworden war hier unter dem Dach.

Sie ging durch die Zimmer, nur ein neuer leichter Anzug fiel ihr auf, der am Schrank hing. Auch der ein Zeichen. Aber sie suchte nach einem anderen. Fand es schließlich auf dem Nachttisch, der neben Jockels schmalem Bett stand. Ein Foto von Ursula.

Köln

Viel anstrengender, Billa zur Gartenarbeit zu bewegen, als sie selbst zu tun. Gerda zupfte den Giersch aus, der sich an den Zierlauch herangewagt hatte, lockerte die Erde um die Anemonen. Der Clematis müsste sie eine weitere Stütze geben, die violetten Blütensterne begannen gerade zu blühen.

«Kann ich mir von der Zaubernuss was abschneiden?», fragte Billa.

Gerda blickte zu den kugelrunden Köpfen. «Aber nur einen Stiel.»

«Dauernd geizt du mit den Blumen.» Billa ließ sich auf den nächsten Stuhl fallen. «Die sind ganz schön morsch», sagte sie.

«Kauf eine Hollywoodschaukel. Dann kannst du dich hineinlegen und mir bequem bei der Arbeit zuschauen», sagte Gerda. War sie nur wegen Billa gereizt?

Sie richtete sich auf und stützte den Rücken mit einer Hand. Das Gras sollte Heinrich morgen Nachmittag mähen, obwohl es schade um die Butterblumen wäre.

«Er gefällt mir», hatte Heinrich nach der Begegnung mit Joachim Christensen gesagt. Gerda hatte ihn nicht zu Gesicht bekommen, zum Osterfrühstück war nur Ursel erschienen, die übrige Zeit hatten sie und Joachim sich von allem ferngehalten.

Wusste Elisabeth, dass Ursel heute in einen Zug nach Hamburg stieg, um Joachim zu besuchen? In dem Fall hätte ihre Freundin wohl angerufen. Triumphiert, dass ihr gelungen war, die beiden zu verkuppeln.

«Ist schon heiß für Vormittag», sagte Billa. «Du kriegst einen Sonnenstich.»

War sie in Gefahr, Joachim schlechtzureden? Wie Elisabeth es mit Vinton getan hatte? Das durfte nicht sein. Vermutlich war sie nur gekränkt, ihn noch immer nicht kennengelernt zu haben.

«Gehst du ins Haus?», fragte Billa, als Gerda den Korb mit dem Giersch und die Gartengeräte nahm. «Bringst du die Flasche Limo aus dem Kühlschrank mit?»

Billa war wirklich in Hochform. Und seit Tagen anwesend. Hatte sie Knatsch mit Georg? Gerdas Sympathie war ganz auf dessen Seite.

«Und ein Glas», rief Billa. Da war Gerda schon beinah im Haus.

Es würde ja wohl einen Gegenbesuch von Joachim geben, wenn die beiden das in den nächsten Tagen nicht völlig vermasselten in Hamburg.

Dann würde sie Joachim mit ihren viel gerühmten weiten Armen empfangen.

Er hatte die Galerie am Vormittag für eine Stunde geschlossen. Einfach so. Heinrich lag daran, seine Tochter mit dem Auto abzuholen und zum Bahnhof zu bringen. Ursel war achtundzwanzig Jahre alt, eine erfahrene Frau, doch er wollte ihr noch den einen und anderen Satz mit auf den Weg geben.

«Um wen sorgst du dich? Um Joachim oder mich?» Ursula zog ihn von der Kante des Bahnsteigs weg, eine Dampflokomotive keuchte vorbei, auf der Strecke zwischen Köln und Hamburg fuhren nun Elektroloks.

«Ich weiß, dass du die Stärkere bist, Ursel. Das warst du bei Jef auch.»

«Expertin für traumatisierte Männer. Vielleicht gefällt mir Joachim darum. Mit einem, der das Leben liebt, käme ich kaum aus.»

«Joachim wird das Leben wieder lieben», sagte Heinrich.

Ursula lächelte. «Du wirbst für ihn, wie Mama es für Vinton getan hat.»

«Grüße Kurt und Elisabeth herzlich.»

«Joachim hat mich zu einem Hotelzimmer an der Alster eingeladen. Vermutlich muss ich mich dennoch in sein Dachstübchen schleichen. Ich habe die feste Absicht, mit ihm zu schlafen. Ob wir an dem Hotelportier vorbeikommen, ist zu bezweifeln.»

Heinrich schüttelte den Kopf. Doch er schien amüsiert. Die Heiligkeit, die ihm Billa unterstellte, erlangte er auf anderen Gebieten.

Ursula verschwieg, dass Joachim ihr gestanden hatte, endlos lange mit keiner Frau geschlafen zu haben und darum sehr nervös zu sein.

Zwei Minuten bis zur Abfahrt. «Eigentlich habe ich noch Ratschläge fürs Leben von dir erwartet», sagte Ursula und küsste ihren Vater zum Abschied auf die Wange. «In der Art von: *Borg dir kein Geld und wasch dir immer die Hände gründlich.*»

«Du hast mir den Wind aus den Segeln genommen», sagte Heinrich.

San Remo

Katie biss beinah hinein in das Mikrophon, sie war nicht ganz bei der Sache heute Abend, doch sie vergaß keinen Moment, Jules anzuschmachten.

«Ein Teil der Inszenierung», sagte Jules. «Bei uns fliegen gerade die Fetzen.»

Gianni sah ihn erstaunt an. Blickte dann aber zu Pips, der heute Mühe mit Katies Gesang zu haben schien, aufzufangen versuchte, dass sie im Tempo hing.

> *Ev'ry time we say goodbye*
> *I die a little*
> *Ev'ry time we say goodbye*
> *I wonder why a little*

«Ich bin gleich wieder bei dir», sagte Gianni. Bixio und Lidia hatten die Bar betreten. Nicht lange her, da hätte er ihnen am liebsten Hausverbot erteilt, aber das Leben war im ewigen Wandel und Corinne nun Bixios vielgelobte Assistentin.

«Entschuldige.» Gianni war an den Tisch zu Jules zurückgekehrt, der in einem unruhigen Takt wippte, der erfahrene Klavierspieler und Organist merkte auch, dass seine Frau heute nicht auf der Höhe ihrer Gesangskünste war.

«Was ist denn los bei euch?»

«Katie fängt an, sich zu langweilen in unserem schönen Haus. Der gelegentliche Blick auf Korsika genügt ihr nicht mehr und ihr Ehemann, der nun auch schon die vierzig überschritten hat, erst recht nicht. Sie hat sich einen viel zu jungen Franzosen geangelt, der im Casino die Chips zusammenkehrt.»

«Ich fasse es nicht. Für mich seid ihr das Traumpaar der Epoche. Du hast für Katie den Jesuitenorden verlassen.»

«Das schmerzt vor allem meinen Bruder. Auch ohne Katie wäre ich da in eine Krise gekommen. Aber wenn ich daran denke, was wir gemeinsam durchlitten haben. Von den Japanern auf der Hochzeitsreise ins Konzentrationslager verschleppt.»

Gianni sah seinen Freund und Partner an, der gerade in

einen heftigen Applaus fiel. Das konnte es nicht gewesen sein zwischen Katie und ihm.

Jules wischte sich mit einem großen weißen Tuch den Schweiß von der Stirn, faltete das Tuch sorgfältig und steckte es in die Tasche seiner Leinenhose.

«Kann ich irgendwas tun?»

«Nein, Gianniboy. Im Augenblick übe ich mich in Gelassenheit. Vielleicht hätte ich mich dem Buddhismus zuwenden sollen, statt den Katholiken treu zu bleiben.»

«Wie lange geht das schon?»

«Alles noch neu», sagte Jules.

Kurz vor Mitternacht, als Gianni nach Hause kam. Der Barbetrieb lief am Freitag bis zwei Uhr, doch er überließ ihn oft seinen Leuten, freute sich, wenn er Corinne noch wach vorfand. Er war erstaunt, Margarethe mit einer großen Gießkanne im Hof des Hauses anzutreffen.

«Ist die mitternächtliche Stunde besonders wachstumsfördernd?», fragte Gianni.

«Ich habe vergessen, den Oleander zu gießen. Die Blüten hängen schon traurig.»

«Mama, darf ich dich was fragen?»

«Du darfst mich immer fragen, Gianni. Alles *va bene* bei euch?»

«Bei uns, ja. Ich nehme an, du hast von den Turbulenzen im Haus de Vries gehört?»

Margarethe seufzte. Sie stellte die Gießkanne ab und nahm auf der Steinbank Platz.

«Komm, setz dich», sagte sie. «Katie hat eine Affäre mit einem Franzosen, der im Casino arbeitet. Jules versucht, das wegzulächeln, aber er leidet. Ich hab ihm gesagt, dass so was in den besten Ehen vorkommt.»

«In den besten Ehen? Ist das bei Bruno und dir auch schon vorgekommen?»

Zögerte seine Mutter? «Die eine und andere kleine Eifersucht hat es schon gegeben», sagte Margarethe. «Als wir aus Köln weggingen.»

«Wer hatte Grund zu einer kleinen Eifersucht?», fragte Gianni. Er sah die geheimnisvoll lächelnde Margarethe an. «Kinder erfahren nie etwas.»

«Wann erzählst du mir von dem kleinen Geheimnis, das du mit Carla hast?»

«Du scheinst es schon zu kennen.»

«Carla soll ihre Mutter fragen, ob die Zia Eingemachtes hinterlassen hat», sagte Margarethe.

— 28. DEZEMBER —

Hamburg

Vinton blickte zu Jan hinüber, der in zwei Tagen dreizehn Jahre alt werden würde. Die Scheibenwischer glitten über die Windschutzscheibe, regnerisches Wetter, während der Weihnachtstage hatten sie vergeblich auf ein Schneegeriesel gehofft.

War nicht eine der beiden Schallplatten, die er aus London mit nach Hamburg gebracht hatte, Bing Crosbys *White Christmas* gewesen? *All The Things You Are* von Tony Martin die andere. Ninas und sein Lied. Seit jenem Silvesterabend.

«Wohin fahren wir?», fragte Jan, als sie aus der Stadt hinausfuhren.

«Überraschung für ein Geburtstagskind», sagte Vinton.

Jan blickte aus dem Fenster auf die verregnete Landschaft. «Duvenstedt?», fragte er. «Olivers Scheune? Ihr schenkt mir doch kein Auto, Vinton?»

«Das wäre wohl fünf Jahre zu früh.»

Sie fuhren an Olivers roter Scheune vorbei zu einem kleinen Hof. Stiegen aus und wurden begrüßt von der Bäuerin. «Sie sind bei ihrer Mutter im Stall», sagte sie.

Kleine schwarz-weiße Welpen, die sich an die Hündin auf dem Heu schmiegten. «Such dir einen aus», sagte Vinton.

Jan sah ihn an. «Weiß Mami davon?»

Vinton nickte.

Eine willkürliche Entscheidung Jans. Sie waren alle wunderbar. Er drückte den kleinen schwarz-weißen Hund an sein Herz. «Der», sagte er. Wusste nicht, warum.

«Er muss noch etwa acht Wochen bei seiner Mutter bleiben», sagte Vinton. «Ende Februar holen wir ihn zu uns nach Hause.»

Jan wollte den Hund gar nicht loslassen. War erst beruhigt, als der ein rotes Band um den Hals gelegt bekam. «Wir haben für jeden eine eigene Farbe», sagte die Bäuerin. «Genau der wird zu dir kommen.»

«Wärest du damit einverstanden, dass wir ihn Flocke nennen?», fragte Vinton. Er hatte Tränen in den Augen wie Jan.

«Sehr einverstanden», sagte Jan.

Eine schwarz-weiße Flocke. Flake war weiß gewesen.

1958

— 14. JANUAR —

San Remo

«Was ließ dich darauf kommen, dass die Zia die ganzen Lire in einem Einmachglas mit getrockneten Steinpilzen versteckt hat?», fragte Gianni. Er sah seiner Mutter dabei zu, wie sie ihre Einkäufe verstaute. Trippa hatte sie in der Macelleria gekauft. Wenn es Trippa mit weißen Bohnen gab, dann wollte sie Bruno etwas einlöffeln.

«Ich erinnerte mich, dass meine Mutter genau so ihren Schmuck versteckte», sagte Margarethe. «In Einmachgläsern im Keller deponiert. Immer wenn wir in die Ferien gefahren sind. Nach Norderney oder Juist. Getrocknete Kamille. Keine Pilze.»

«Die Zia hat nicht eine Lira davon ausgegeben.»

«Ihr Fingerzeig, wie hoch die Sparsamkeit zu halten ist», sagte Margarethe. «Das wiegt schwer als letzter Gruß.»

Was nutzte ein Fingerzeig, der im Keller verstaubte. «Hätte meine Großmutter den Schmuck nicht in der Kamille versteckt, wären die Lire im Einmachglas geblieben.»

«Vielleicht hätte Signora Bianchi ja mal ein Steinpilzrisotto gemacht.»

«Habt ihr Kontakt?», fragte Gianni.

«Leider nein. Dabei wäre das naheliegend. Immerhin bin ich Ulrichs Tante. Aber Carlas Hoffnung, dass ihre Mutter nach dem Tod der Zia ihrem Leben eine Wende gibt, hat sich nicht erfüllt.» Margarethe legte das Päckchen Porchetta in den Bosch. Wenn sie Gianni davon anböte, wäre der Schweinebraten im Nu aufgegessen.

«Der große Bruch war wohl, als Carlas Vater im letzten Moment des Krieges zu den Faschisten überlief und erschossen wurde.»

«Und dann hat die Zia das Zepter übernommen. Willst du zwei von den *Scaloppine* mit zu euch nehmen? Oder gefiele es Corinne und dir besser, sie bereits zubereitet hier an diesem Tisch zu essen?»

«Ein verlockendes Angebot. Corinne arbeitet so viel, dass Bixio bald zu Hause bleiben kann. Sie verschickt demnächst tonnenweise Mimosen nach Köln.»

«Ich habe Donata in der Macelleria getroffen. Kühl bis zu den Haarwurzeln, die Gute. Sie scheint mir vorzuwerfen, dass ich unter einem Dach mit Lidia lebe.»

«Darauf hast du ja kaum Einfluss gehabt. Weißt du, was Donata macht?»

«Nur, dass sie einen reichen Freund hat und am Corso degli Inglesi lebt.»

Gianni nickte. «Ich treffe mich um halb eins mit Jules.»

«In der Bar? Ich hörte, Katies Croupier ist jetzt in Cannes.»

«Ja. Womit mag Jules ihm gedroht haben? Wenn das eben Porchetta war, würde ich eine Scheibe nehmen.»

«Würdest du», sagte Margarethe. Sie nahm das Päckchen aus dem Kühlschrank. Legte zwei Scheiben auf einen Teller und stellte ihn vor Gianni.

«Was willst du Papa denn einlöffeln?», fragte Gianni. Er kaute schon.

«Du meinst wegen der Trippa? Die gibt es nur dienstags in der Macelleria.»

«Aber an jedem Dienstag.»

Margarethe lächelte. «Nichts einlöffeln. Nur endlich mit ihm über den achtzigsten Geburtstag deiner Nonna sprechen. Vielleicht kann er den Papst einladen.»

«Was hieltest du davon, wenn wir an die Wand neben dem Flügel einen großen Spiegel hängen? Dann könnten mehr Leute Pips beim Spielen zusehen», sagte Jules.

«Ob ihm das gefällt? Er hat nicht gern, wenn man ihm auf die Hände guckt.»

«Ich denke, es hat sich herumgesprochen in San Remo, dass dem Pianisten im *Da Gianni* ein Finger fehlt. Hat er dir je erzählt, wie er ihn verloren hat?»

«Nein», sagte Gianni. «Wie groß soll denn der Spiegel sein?»

«Ich habe einen mit barockem Rahmen in dem Antiquitätenladen in der Via Roma gesehen. Eins dreißig mal eins zehn.»

«Barocker Rahmen?»

«Das können wir uns erlauben. Hier ist alles ultramodern außer dem Flügel.»

«Wie bist du eigentlich den Franzosen losgeworden?»

Jules grinste. «Er ist freiwillig gegangen. Cannes schien ihm aufregender, allein die Filmfestspiele mit den Starlets. Aber ich traue dem Frieden mit Katie noch nicht.»

«Du denkst, sie könnte wieder untreu werden?»

«Sie singt zu viele laszive Lieder», sagte Jules. «Ich gehe jetzt den Spiegel kaufen.»

Hamburg

Er stand oft vor dem Relief aus rheinischem Schiefer, das seit dem vergangenen Jahr nahe der Aula des Johanneums angebracht war. Als sei er das den vertrauten Namen schuldig. Das Ehrenmal für die Toten und Vermissten des Zweiten Weltkriegs. Einige von ihnen hatten seinem Abiturjahrgang angehört.

«Herr Christensen?»

«Ja.» Joachim drehte sich zum Rektor um.

«Ich will Ihnen sagen, dass ich zu schätzen weiß, dass Sie dem Johanneum auch als Studienrat auf Probe erhalten bleiben. Sollte es mir möglich sein, werde ich Ihnen die Probezeit verkürzen. Sie sind im Kollegium und bei den Schülern hochangesehen.»

Joachim lächelte. «Ich danke Ihnen.»

«Ich sah Sie schon öfter vor dem Ehrenmal stehen.»

«Viele meiner Mitschüler werden darauf genannt. Ich habe es knapp verpasst.»

«Mir kam zu Ohren, dass Sie acht Jahre in russischer Kriegsgefangenschaft waren. Ich hatte den Gedanken, Sie könnten der Mittelstufe davon erzählen. Es schleicht sich ohnehin die Erkenntnis ein, dass auch politische Themen in den Unterricht gehören. Was Sie bei den Russen erlebt haben, fällt durchaus in den Rahmen.»

«Darf ich darüber nachdenken?»

«Denken Sie darüber nach. Übrigens sind wir auch mit dem Christensen aus der Quarta sehr zufrieden. Das ist doch Ihr Sohn.»

«Das ist mein Sohn», sagte Joachim. Hoffentlich wurde nicht nach seiner Frau gefragt. Doch der Rektor verabschiedete sich knapp und kehrte ihm den Rücken.

Wie viel mehr hätte er das Lob für Jan und sich genossen, wüsste er nicht, dass der Herr Rektor ein überzeugter Nationalsozialist gewesen war, der dennoch der Schulbehörde geeignet schien, die ehrwürdige Gelehrtenschule zu leiten.

In der Pause traf er auf Jan, dem er vom Lob des Rektors für den Quartaner erzählte. Bald würden Vater und Sohn in derselben Stufe sein. Sie mussten beide sehen, ob das Probleme bereitete. Nur Jans Klassenlehrer wollte er nicht werden.

In der Blumenstraße fand er einen Brief von Ursula vor. Joachim war Kurt dankbar für die Initiative, drei Briefkästen am Haus anbringen zu lassen. Die Zeiten, in denen Elisabeth auch seine Post von der Fußmatte hinter der Haustür auflas, waren vorbei. Seit jenen Junitagen wusste seine einstige Schwiegermutter von seiner Freundschaft zu Ursula. Dennoch war er dankbar für jede Diskretion.

Elisabeth schien nicht einmal erstaunt gewesen zu sein, als er damals Ursula ins Haus brachte. Das hatten sie kaum vermeiden können, wollten sie nicht nur um die Alster gehen und einander an den Händen halten.

Joachim ging an Elisabeths und Kurts Tür vorbei, hinter der es still war, ließ die laute Tür der Blümels hinter sich und öffnete die eigene Tür.

«Ich kläre dich über den Gebrauch eines Schlüssels auf», hatte Ursula gesagt.

Noch viel Wichtigeres hatte sie ihn gelehrt. Dem eigenen Körper zu vertrauen. Vertraut zu werden mit ihrem. Sich nicht länger zu sorgen, er genüge ihr nicht.

Er setzte sich an den Schreibtisch und schnitt den Umschlag auf. Die Angst, ihr nächster Brief könne ein Abschiedsbrief sein, hatte ihn lange nicht verlassen.

Eine Geschäftskarte der Galerie Aldenhoven fiel heraus.

Er habe sich kurzfristig entschlossen, seinen Geburtstag, der auf einen Montag fiel, am Sonntag vorzufeiern, schrieb Heinrich.

Im kleinen familiären Kreis. Können Sie möglich machen zu kommen, Joachim? Höchste Zeit, meine Frau kennenzulernen. Sie ist schon ein wenig verstimmt.

Dass ihre Mutter nur ein wenig verstimmt sei, sei die Untertreibung des Jahres, schrieb Ursula. Lass uns nicht warten, bis ich an den Karnevalstagen zu dir komme.

Zweimal war er in Köln gewesen, hatte sich davor gedrückt, Gerda zu begegnen. Hatte ihm Elisabeth nicht erzählt, wie sehr Gerda Vintons Fürsprecherin gewesen sei?

Aber sie hatte geglaubt, er sei tot. Alle hatten das geglaubt. Nur Elisabeth nicht.

Joachim zog die Winterjacke an, die er eben erst auf das Bett geworfen hatte. Er musste weit laufen, um eine Telefonzelle zu finden, die intakt war und bereit, seine Münzen anzunehmen. Heinrich, der in der Galerie abnahm.

«Ich komme», sagte Joachim. «Küssen Sie Ursula von mir und grüßen Sie Ihre Frau herzlich. Heinrich, ich danke Ihnen für den *kleinen familiären Kreis.*»

— 17. JANUAR —

Köln

Heinrich, der am späten Freitagnachmittag am Bahnhof stand, Joachim empfing, Ursula hatte noch im Museum des Dombunkers zu tun.

«Ich habe den Schlüssel für die Wohnung», sagte Heinrich. «Wollen Sie dort auf Ursula warten oder mit mir in die Galerie kommen, in der meine Frau mich vertritt?»

«Mit Ihnen in die Galerie kommen. Ich möchte mich Gerda vorstellen.»

Heinrich blickte Joachim an, der ihm jünger erschien als bei den vorhergehenden Begegnungen. Joachim hielt dem Blick stand.

«Habe ich mich verändert?», fragte er.

«Sehen Sie das im Spiegel?»

«Ich fühle es vor allem», sagte Joachim. «Vielleicht wird Ihnen der Satz pathetisch vorkommen, doch wieder geliebt zu werden, ist ein unglaublich belebendes Gefühl.»

«Da stimme ich Ihnen zu», sagte Heinrich.

Sie traten aus dem Hauptbahnhof, gingen am Dom und dem WDR vorbei, hinter dem auferstandenen Wallraf-Richartz-Museum in die Drususgasse hinein.

«Wie gerieten Sie nur in den Verdacht, spröde zu sein.»

«Ich habe versucht, mich in Drachenblut zu tauchen, als ich Nina in Vintons Armen vorfand. Und verglichen mit Vinton bin ich vermutlich spröde.»

«Haben Sie Kontakt zu ihm?»

«Wir spielen Fußball und laufen Schlittschuh. Um Jans willen.»

«Die Frau, die da hinter dem Schaufenster steht und mit Argusaugen auf uns blickt, ist Gerda», sagte Heinrich. «Keine Angst. Sie werden ihr Herz gewinnen.»

Joachim drehte sich zu ihr hin. Gerda öffnete die Ladentür. Stand auf der Schwelle. Der Dauerklang des Geläuts umgab sie, als Joachim und sie einander ansahen.

«Ich habe einen zu langen Anlauf genommen», sagte er. «Bitte verzeihen Sie.»

«Gut, dass Sie angekommen sind», sagte Gerda.

Bevor sie in das Hinterzimmer der Galerie gingen, blieb Joachim einen Augenblick lang vor Jefs letztem vollendetem Bild stehen. Die schwarze Seebrücke über einem brennenden Meer. Er dachte oft an den Mann, dessen Unglück ihn in ein neues Leben geführt hatte. Lag nicht immer alles nah beieinander? Wie auch bei Vinton und ihm?

In Ursulas Wohnzimmer würde wohl wieder die große Luftmatratze liegen, breiter als seine Pritsche in der Blumenstraße. Er verstand gut, dass Ursula nicht Jefs und ihr Bett mit ihm teilen wollte.

«Ursel hat angerufen. Sie wird in einer halben Stunde hier sein», sagte Gerda.

«Diese Galerie ist bekannt für ihren Espresso», sagte Heinrich.

Joachim stellte die Reisetasche ab, eine Schallplatte der Deutschen Grammophon darin. Schumanns Dritte. Gespielt vom Kölner Rundfunk-Symphonie-Orchester. Die Rheinische Symphonie. Das Geschenk für Heinrich zu dessen Geburtstag.

Als Ursula kam, hatte er keine Hemmung, sie in die Arme

zu nehmen, vor aller Augen zu küssen. Joachim hoffte, dass Ursula bereit war zu heiraten. Ihn zu heiraten. Er hatte immer nur ein verheirateter Mann sein wollen.

Ihre Hände streichelten seine Rippen. Die glatte trockene Haut. «Ich bin zu dünn», sagte er. «Auch Elisabeth ist nicht gelungen, mir Fett anzufüttern.»

«Warte die Bergische Kaffeetafel ab. Rosinenstuten. Waffeln. Milchreis mit Zimt und Zucker. Dann kommen die Eierspeisen und danach der herzhafte Teil.»

Joachim lachte. «Wann erwartet uns diese Kaffeetafel?»

«Am Sonntagvormittag im Haus meiner Eltern.»

«Und wer wird dabei sein?»

«Mein Bruder und seine Familie. Die Kusinen meines Vaters, Billa und Lucy. Georg Reim, der mit Billa liiert ist. Georg hat Köln 1934 verlassen und im Exil gelebt. Er ist ein guter Freund von Heinrich geworden.»

«Warum war er im Exil? Weil er Jude ist?»

«Ja. Eine alte Kölner Familie.»

«Und ich bin für den verbrecherischen Herrn Hitler in den Krieg gezogen. Der Rektor hat mich aufgefordert, der Mittelstufe von meinen Erlebnissen zu erzählen. Er ist ein alter Nazi. Hat das Ideal einer nationalpolitischen Schule hochgehalten.»

«Wirst du das tun?»

«Ich weiß es noch nicht. Der Rasierapparat im Bad, ist der eine gehütete Erinnerung?»

«Ja. Hast du auch welche?»

«Ich habe meinen Ehering bis zu dem Tag getragen, an dem Nina wieder geheiratet hat. Vielleicht auch, weil ich ihn in Russland mit Zähnen und Klauen verteidigt hatte. Als wir gefangen genommen wurden, haben sie uns die Soldbücher abgenommen und die Ringe. Sie drohten mir, mich zu erschießen, wenn ich ihnen den Ring nicht gebe.»

«Du hättest dich erschießen lassen für deinen Ehering?»

«Er schien mir das Versprechen zu sein, zu Nina zurückzukehren. Ich durfte ihn dann behalten und habe meine Erkennungsmarke dafür hergegeben. Vielleicht waren sie letztendlich gerührt von der Sentimentalität dieses Deutschen.»

«Und wo ist der Ring jetzt?»

«In meiner Nachttischschublade. In einer kleinen Tabakdose aus Blech.»

«Du hast geraucht?»

«Ja. Ich habe es mir in Russland abgewöhnt.»

Ursula fuhr ihm mit der Hand durch die kurzen blonden Haare. «Lass sie dir ein wenig länger wachsen», sagte sie.

«Sie werden mir dennoch nicht in die Stirn fallen, wie sie das bei Vinton tun.»

«Du stehst nicht mehr in Konkurrenz zu Vinton», sagte Ursula. Ihr Körper schob sich auf seinen, und eine kleine Weile lagen sie nur still.

«Eine Ironie des Schicksals», sagte Gerda. «Statt Elisabeth werde nun wohl ich Joachim Christensens Schwiegermutter sein.»

«Kannst du damit leben?»

«Ja. Ich mag ihn. Er sieht mit bald achtunddreißig Jahren viel weniger streng aus, als er es mit Anfang zwanzig getan hat, wenn man einer Fotografie vertrauen darf. Und das bei alldem, was er hat erleben müssen.»

«Lassen wir den Dingen ihren Lauf», sagte Heinrich.

«Ich denke, sie werden ein gutes Paar sein, Ursel und er», sagte Gerda.

Hamburg

Vinton hatte den zweijährigen Tom an der Hand, als er das Büro der Clarkes betrat.

«Deine Frau ist seit Stunden zu Hause», sagte June.

«Tom und ich wollten *dir* einen Besuch abstatten.»

«Dann setz dich mal an den Schreibtisch deiner Mami, Tom, und hau ordentlich in die Tasten.» June nahm die Schutzhülle von der Schreibmaschine und hob den Jungen auf den Stuhl. Tom trommelte mit den Fäusten auf die Tasten und schien vergnügt.

«Du kannst einfach mit Kindern umgehen», sagte Vinton.

«Und du hast Jan einen Hund zum Geburtstag geschenkt?»

«Er kommt erst Ende Februar zu uns.»

«Hat er schon einen Namen?»

«Ja. Den bekam er im ersten Augenblick der Begegnung.»

«Vielleicht Flake?»

«Wir haben es verdeutscht», sagte Vinton.

«Ich bin entzückt, dir einmal einen Fehler im Deutschen nachweisen zu dürfen. Es heißt eingedeutscht.»

Vinton nickte. «Der Hund heißt Flocke», sagte er.

«*I have to hug you*», sagte June und umarmte ihn. Ganz leicht, sich das Bild des kleinen toten Hundes in den Trümmern des Hauses in Shepherds Bush vor Augen zu holen. Und das des neunzehnjährigen Vinton, der danebenkauerte, bei Bewusstsein, aber viel weniger ansprechbar, als sie vermutet hatten.

«Flocke ist schwarz-weiß», sagte Vinton. «Ein Bordercollie-Mischling.»

«Das wusste ich. Nur den Namen hat mir Nina nicht genannt. Vielleicht wollte sie das für dich aufheben.»

«Hat sie dir auch erzählt, dass Joachim Christensen eine neue Liebe gefunden hat?»

«Die Tochter der besten Freundin ihrer Mutter.»

«Ja.» Vinton hob seinen Sohn vom Stuhl. Toms Tastenanschlag hatte an Dynamik deutlich zugelegt. Das hielt die Olympia nicht lange aus.

«Des Lebens Launen. Oder ist da Kuppelei im Spiel?»

«Vielleicht auch das», sagte Vinton. «Was machen die Launen von Oliver?»

«Ich bin gespannt, wie lange das noch gehen wird mit der Scheune. Jetzt hat er einen Aston Martin, der aussieht, als habe er an allen Fronten gekämpft.»

«Ohne Olivers Scheune hätten wir nie erfahren, dass sich die Hündin nebenan mit einem vagabundierenden Border Collie zusammen getan hat.»

«Alles ist für irgendwas gut», sagte June.

Am Freitag verließ Kurt das Büro gegen halb sechs und erlaubte sich bereits ein Wochenendgefühl. Den Samstag sah er kaum noch als ernsthaften Arbeitstag. Das war er für die Kollegen in der Schalterhalle, oben in der Werbeabteilung schoben Fräulein Marx und er die Sparbüchsen hin und her.

Es wurde Zeit, dass der Deutsche Gewerkschaftsbund seine Kampagne zu einem erfolgreichen Ende führte. *Samstags gehört Vati mir.* An den Hamburger Schulen sollte im April der freie Sonnabend eingeführt werden. Wenn auch nur als Versuchsballon.

Er kam schon kurz hinter dem Adolphsplatz in einen Schlendergang, kaufte an einem Blumenstand vor der Petrikirche Tulpen für Elisabeth, stieg dann in die Straßenbahn. Elisabeth stand am Fenster und hielt nach ihm Ausschau.

Was würde sie von ihrem Tag berichten? Dass Jockel gut weggekommen war?

«Ich hab uns Königsberger Klopse gemacht. Die magst du doch.»

Ja. Die mochte er. Doch es musste noch mehr drin sein im Leben als Klopse. Er sah ihr zu, wie sie die Tulpen in die Vase stellte. Aus Kristall. Sie hatten sie zur Hochzeit geschenkt bekommen. Viele ihrer Hochzeitsgeschenke waren auf dem Schwarzmarkt getauscht worden. Diese Vase war wohl nicht wertvoll genug erschienen.

«Wollen wir uns einen Fernsehapparat anschaffen, Lilleken?»

«Die Blümels haben einen auf Raten gekauft.»

«Dann holst du mich morgen Mittag in der Sparkasse ab, und wir gehen mal zu Brinkmann in die Spitaler und anschließend zu Daniel Wischer auf einen Backfisch.»

Die kleinen Vergnügen. Sie hatten ihn doch früher erfreut.

— 12. APRIL —

San Remo

Pips hatte gehadert mit dem Spiegel, der seit Januar groß und lauernd neben ihm an der Wand hing. In den ersten Tagen verspielte er sich, zu sehr irritierte ihn das eigene Bild, das da reflektiert wurde.

Erst nach einer Weile fiel ihm auf, dass er nicht nur gesehen wurde, sondern auch sah. Den vorderen Teil der Bar hatte er vorher kaum wahrgenommen.

So war er vorgewarnt, als am Mittag Katie hereinkam. Katie machte ihm Kummer. Seit ihr Croupier nicht mehr verfügbar war, schien sie die Lieder, die sie zu seiner Klavierbegleitung sang, mit dem wirklichen Leben zu verwechseln. Ihr Verlangen nach Leidenschaft und Abwechslung machte auch nicht vor ihrem kleinen rothaarigen Pianisten halt.

«*Gianni is not in?*»

«*Coming soon*», sagte Pips. Mehr von seinem Englisch preiszugeben, war er nicht bereit. Er hoffte, dass Gianni tatsächlich bald aus der Via Palazzo zurückkehrte, kein Problem, mit Katie zusammen zu sein oder auch mit ihr zu flirten, wenn Gianni dabei war oder Jules. Vor ein paar Tagen hatte sie ihn überrumpelt und geküsst. Wenn er schon eine Frau küsste, dann doch lieber Ursula.

«Pips, *be cute*.» Katie näherte sich dem Flügel.

War Gianni noch auf den Markt gegangen? Katie meinte doch gar nicht ihn, brauchte nur ein Objekt der Begierde.

Die große Glastür. Pips warf einen Blick in den Spiegel. Atmete auf, als er Gianni und Jules in die Bar kommen sah. Katie blickte ihn böse an ob des Aufatmens.

«Hier steckt sie, Jules», hörte er Gianni sagen. Katie war wohl gesucht worden.

«Der Tisch im Rendez-Vous ist nur bis halb eins reserviert.» Jules klang verstimmt.

«Sag ihr, dass ich nur ein kleiner Junge aus Köln bin, der verstört ist durch ihre Avancen», sagte Pips, als Jules und Katie die Bar verlassen hatten. «Mein Englisch reicht für solch komplizierte Sachverhalte nicht aus.»

«Relativiere die Aussage wenigstens durch ein Grinsen», sagte Gianni. «Spiel schön. Ich treffe mich jetzt mit Corinne.»

Pips spielte einen lauten Akkord und stand auf. «Vielleicht gehe ich mal über den Markt», sagte er. «Gibt es Nachrichten von Ursula?»

Gianni zögerte. «Ein neuer Mann. Einer, der dreizehn Jahre in Krieg und russischer Gefangenschaft war und wohl erst wieder von ihr zum Leben erweckt wurde, wenn ich Ulrich richtig verstanden habe. Ursel neigt zu komplizierten Fällen.» Merkte man ihm an, dass er sich sorgte, wie Pips die Nachricht aufnahm?

«Ja», sagte Pips. «Kann ich mir vorstellen. Nur um das klarzustellen, Gianni, ich mag Ursula sehr. Doch ich habe keine große Neigung, den Liebhaber zu geben. Du musst keine Sorge haben, dass mich die Neuigkeit verletzt. Ich freue mich für sie.»

«Du bist aber nicht homosexuell?»

Pips lächelte und schüttelte den Kopf. «Nenn es asexuell», sagte er. Doch um das näher zu erklären, hätte er Gianni von den Misshandlungen der Gestapo im El-De-Haus am Appellhofplatz erzählen müssen.

«Willst du noch Polenta?», fragte Margarethe. Sie sah ihren Mann an.

«Nein danke», sagte Bruno. Er schob den Teller mit den Kotelettresten von sich.

«Muss ich mir Sorgen machen um deinen Appetit?»

Er schüttelte den Kopf. «Dottor Muran hat mich angerufen. Er meinte, der ganze Rambazamba zu Agneses achtzigstem Geburtstag habe meine Mutter erschöpft.»

«Aber genau so hat sie es haben wollen», sagte Margarethe.

«Ihr Herz scheint schwach geworden zu sein. Das habe ich immer nur von meinem Vater gekannt. Die laute Stimme meiner Mutter, die *silenzio* rief, damit Bixio und ich Rücksicht auf Papa nahmen.» Er lächelte. «Er war der Weichere von beiden.»

«Hat Muran einen Spezialisten genannt? In Genua?»

«Nein. Er sagt, es sei eine altersbedingte Insuffizienz, da helfe keine Chirurgie. Sie bekommt herzstärkende Medikamente.» Bruno klang traurig. Sein Leben lang war ihm Agnese auf die Nerven gegangen. Doch dass seine Mutter sterblich sein könnte, war ihm kaum vorstellbar.

Margarethe setzte sich neben ihn. «Ich denke mal, Agnese lässt das Leben nicht so leicht aus den Zähnen», sagte sie.

Köln

Der Wilhelmplatz hatte sich verändert, seit Georg das letzte Mal mit dem Zug in Düsseldorf angekommen war, ein Taxi nahm, um zu der Wohnung im Zoo-Viertel zu fahren. Doch was hatte sich nicht verändert seit dem Krieg.

Wenn Alexander Zeit gehabt hatte, dann war er zum Bahnhof gekommen im BMW 303, cremefarben, zwei wohlhabende Männer, die sich noch jung fühlten, obwohl sie es nicht wirklich waren, er vierzig Jahre alt, Alexander ein Jahr jünger. Heute staunte er, dass 1933 noch viel Vertrauen vorhanden gewesen war, in diesem Land zu leben.

Eine Adresse in Derendorf, die Georg Reim dem Taxifahrer nannte. Der Mann sah in den Rückspiegel. «Da wollen Sie hin?», fragte er seinen eleganten Fahrgast.

Heinrich hatte angeboten, ihn zu fahren. Die Landstraße von Köln nach Düsseldorf. Um ihn bei der Stange zu halten?

Gus wird gesprächsbereiter sein, wenn ich allein komme.
Dann gehe ich in der Zeit spazieren.
Lass mich mal mit dem Zug fahren.
Um im letzten Moment noch umkehren zu können?

Als Georg Reim vor dem deprimierenden Haus stand, fühlte er sich beklommen, Heinrich nicht an seiner Seite zu haben. Er kam unangemeldet, Gus hatte mehrfach abgelehnt, ihn zu empfangen, fast zu Georgs Erleichterung. Doch nun hatte er sich zur Überrumpelung entschieden.

Die Haustür stand auf, hinter der Tür sechs steile Stufen. Gus wollte die eigene Tür im ersten Stock gleich wieder schließen, als er ihn davorstehen sah.

«Um Alexanders willen», sagte Reim.

Gus räumte einen gelblichen Stapel der *Rheinischen Post* zur Seite, um einen Stuhl für ihn frei zu machen. «Alexander ist abgeholt worden. Von der Gestapo.»

«So weit waren wir schon.»

«Danach habe ich die Bilder aus der Wohnung geholt und auf meinen Dachboden in der Pempelforter gestellt.»

«Nur die drei Bilder aus dem Hofgarten-Zyklus?»

Gus blickte ihn das erste Mal an.

«Einige expressionistische waren noch dabei. Ich habe sie unter der Hand verkauft.»

«Das war so verabredet?»

Gus schüttelte den Kopf. «Alexander hat sich Illusionen darüber gemacht, wie diskret er sich verhielt. Glaubte, die Gestapo hielte das, was in der Wohnung vorging, für einen Gesprächskreis kultivierter Herren.»

Reim nickte. «War der Kandinsky bei den Bildern, die Sie an sich nahmen?»

«Er hat nicht so viel gebracht, wie Sie denken. Schwierige Zeiten für solche Bilder. Ich hatte keine guten Kontakte. Musste von was leben. Da habe ich nicht gefeilscht.» Gus trat ans Fenster, ein betonierter Hof, dahinter Gleisanlagen.

«Dort hinten ist der Derendorfer Bahnhof», sagte er. «Von da aus sind 1941 und 1942 die Deportationszüge gefahren. Der Sammelpunkt war hier am Schlachthof.»

«Die Deportationszüge waren für die Juden», sagte Georg Reim.

«Ja. Die Schwulen hat man in Gefangenentransportern ins KZ gebracht.»

«Ist Ihnen das auch geschehen?»

Gus schüttelte den Kopf.

Georg Reim ließ das Thema für einen Augenblick fallen. Fragte nach Leikamp.

«Ich habe schon gesagt, dass ich ihn nicht kannte.»

«Sie haben in der Pempelforter Straße im selben Haus gelebt.»

«Als er seinen Trödel eröffnete, war ich schon weg.»

Von der Brocanterie wusste er immerhin. «Warum haben Sie die Bilder auf dem Speicher gelassen, als Sie umgezogen sind?»

«Sie schienen mir da besser aufgehoben zu sein als hier, wo alles voller Schimmel ist.»

«Und dann sahen Sie eines Tages auf dem Speicher nach, und sie waren nicht mehr da. Wann war das?»

«Ich weiß es nicht genau. 1950 oder 1951. Was hat das mit Alexander zu tun?»

«Wissen Sie, wer Alexander denunziert hat?»

«Nein. Er war wohl einfach zu selbstgefällig.»

«Sie haben es getan, Gus. Nicht wahr? Diese Schuld hat Sie zerstört.»

«Raus», sagte Gus. Wenn ein Verfall seiner Gesichtszüge noch weiter möglich war, dann geschah das in diesem Moment.

Hamburg

Kein Stalin mehr auf den Marken. Stattdessen ein Sputnik. Elisabeth drehte den Brief in der Hand, war er noch von Bedeutung? Ninas Name in lateinischer Schrift. Die Adresse. Hatte damals nicht das h in Christensen gefehlt?

Elisabeth schloss den Briefkasten, in dem nur die Post aus Russland gelegen hatte, und trug den grauen Umschlag in die Küche. Legte ihn auf den Tisch. Wem sollte sie zuerst von dem Brief erzählen? Nicht Jockel, wer wusste, was das in ihm auslöste.

Sie ging in den Flur und setzte sich auf den Stuhl neben dem Telefon, die Knie gaben ein wenig nach, gerade war doch alles friedlich gewesen.

Vinton nahm den Hörer ab, gab ihn an Nina weiter.

«Mach ihn auf, Mama. Wenn wieder alles auf Kyrillisch ist, werden wir den Brief Joachim zeigen», sagte sie.

«Ein Zettel in kyrillischer Schrift», sagte Elisabeth. «Ordentlicher als damals. Und ein geöffnetes Kuvert, auf dem noch mal Nina Christensen steht.»

«Kein Brief darin?»

«Doch. Warte.» Elisabeth zog das dünne Papier hervor. Mit Bleistift beschrieben.

«Jockels Schrift», sagte sie. «Wenn auch wacklig.» Sie kniff die Augen halb zu. Fing an vorzulesen, «Meine geliebte Nina».

«Lies nicht weiter, Mama. Das will ich selber tun. Ich bin gleich bei dir. Versprich mir, dass du den Brief zurück in den Umschlag tust und ihn nicht liest.»

«Was denkst du denn von mir», sagte Elisabeth. «Ich bin keine Schnüfflerin.»

War Vinton ein wenig bange, als er Nina zur Blumenstraße fuhr, sie absetzte? Nina küsste ihn auf den Mund, drehte sich zu Tom um, strich dem Kleinen über den Kopf. «Ein Schicksalsbrief», sagte sie, bevor sie ausstieg. «Aber das Schicksal hat sich längst entschieden. Bei mir und bei Joachim.»

Nina nahm den Brief mit in den Garten, in dem es kalt und sonnig war. Das größtmögliche Alleinsein wünschte sie sich, während sie den Brief las, der vor elf Jahren geschrieben worden war und sie vor langer Zeit schon erreicht haben sollte.

Als sie ihn zu Ende gelesen hatte, sah sie ihre Mutter am Schlafzimmerfenster stehen.

Nina drehte sich um, Elisabeth sollte nicht ihre Tränen sehen. Sie ging zu der Bank neben dem blühenden Rhododendronbusch. Setzte sich und blickte zum Haus.

Oben im Fenster unter dem Dach stand Joachim. Er konnte kaum ahnen, was sie da in der Hand hielt. Würde sich nur wundern, warum sie bei den Temperaturen auf der Gartenbank saß. Nina gab ihm ein Zeichen. Deutete auf den Platz neben ihrem.

Verstand er? Nicht lange, bis er vor ihr stand. «Was ist das in deiner Hand?»

Nina gab ihm den Brief.

«Wo kommt der jetzt her?» Joachims Stimme klang heiser.

«Er ist heute mit der Post gekommen.»

Wusste er denn noch, was er damals geschrieben hatte? Joachim las nur die ersten Zeilen. «Ich nehme an, vieles wäre anders gekommen, wenn er dich damals erreicht hätte», sagte er. «Aber nichts ist zurückzudrehen.»

«Nein, Jockel. Doch ich danke dir für diesen Liebesbrief. Darf ich ihn behalten?» Sie streichelte seine Hand.

«Vinton wird nichts dagegen haben?»

«Hätte Ursula was dagegen?»

«Sicher nicht. Sie hat ein wunderbar weites Herz.»

«Du liebst sie und sie dich.»

«Ja», sagte Joachim.

«Kommst du noch mit in die Küche zu Elisabeth und Kurt? Er sollte jetzt auch da sein. Kurze Arbeitstage, die mein Vater sich am Sonnabend gönnt.»

«Ich komme mit.»

«Und wenn Vinton und Tom dazustoßen? Sie wollten mich abholen.»

«Auch dann», sagte Joachim.

Nina stand auf. Steckte den Brief in ihre Jackentasche, in der noch der Umschlag war. «Ich habe den Zettel vergessen, der dabei war.» Sie gab ihn Joachim, der ihn ein wenig mühsam entzifferte.

«Matvejs Tochter», sagte er dann. «Sie hat den Brief im

Nachlass ihres Vaters gefunden und wollte ihr Gewissen nicht damit belasten.» Ob Matvejs Tochter auch das Kruzifix gefunden hatte?

Kurt, Elisabeth und vor allem Vinton, die sie fragend ansahen, als sie zusammen in die Küche kamen. Tom war mit den Resten eines Schokoladenhasen beschäftigt.

— 9. NOVEMBER —

Hamburg

Das Zigarrenetui aus schwarzem Krokodilleder mit den geprägten Initialen. TL. Eines Tages würde das Etui seinem jüngeren Enkel gehören, es waren Toms Initialen und die von dessen Londoner Großvater Thomas Langley.

Kurt nahm eine der duftenden Zigarren von Döbbeckes Eigenmarke aus dem Etui. Das tat er nur an Sonntagen. Er war froh, sich das Rauchen von Zigaretten abgewöhnt zu haben, froh, dass aus dem Genuss der Zigarren etwas Besonderes geworden war.

Er schaute in den Himmel, der heute nicht ganz so dunkel war wie der gestrige. November, der neunte, ein deutscher Schicksalstag. Die Dolchstoßlegende am Ende des Ersten Weltkrieges. Der Marsch auf die Feldherrnhalle. Das Pogrom gegen die Juden, euphemistisch Reichskristallnacht genannt. Auch schon zwanzig Jahre her. Kurt fing an, zu frösteln auf der Terrasse. Trotz des milden Wetters. Er griff in die Tasche der Strickjacke, suchte vergeblich nach den Streichhölzern.

«Zünde sie gar nicht erst an, Frühstück ist fertig», sagte Elisabeth hinter ihm.

Er drehte sich um. Sah sie im Schlafzimmer stehen. Einen kurzen Blick, den sie im Vorbeigehen in den großen Spiegel warf.

«Wir sind allein im Haus?», fragte er, als er zu ihr in die

Küche kam. Wenigstens das Radio machte einen kleinen Lärm.

«Ja», sagte Elisabeth. «Wenn ich dran denke, wie voll das Haus mal war.»

«Das wird sich schon wieder füllen», sagte Kurt.

«Darüber wollte ich mit dir sprechen.»

Im Oktober waren die Blümels ausgezogen. Wer hatte denn gewusst, dass sie am Stadtrand bauten. «Ist doch besser, was Eigenes zu haben», hatte Herr Blümel gesagt.

Kurt zuckte leicht zusammen, als die Brotscheiben aus dem Toaster sprangen. «Du hast Pläne für den ersten Stock, Lilleken?», fragte er. Vielleicht war sie doch damit einverstanden, den selbst zu bewohnen. Er fühlte sich beengt in den zwei Zimmern mit Küche. Nun stand auch noch der Fernseher drin.

«Ursel wird im Januar nach Hamburg kommen.»

«Das tut sie doch oft.» Kurt butterte den Toast. Griff nach der Marmelade.

«Ganz nach Hamburg kommen.»

Kurt sah auf. «Heiraten sie?», fragte er.

Elisabeth hob die Schultern. «Mir hat Jockel nichts erzählt.»

«Du willst ihnen also die Wohnung anbieten.» Noch keine zwei Jahre her, da hatte er Lillekens Idee wahnwitzig gefunden, dass Nina, Vinton und die Kinder dort einziehen könnten. Mit Jockel in den Zimmern unter dem Dach.

Aber warum nicht Joachim und Ursula? Konnte Nina was dagegen haben?

«Jockel kommt heute Abend aus Köln zurück und bringt sie mit. Dann würde ich das gerne vorschlagen», sagte Elisabeth.

«Zum Wochenbeginn kommt Ursel nach Hamburg?»

«Sie wird morgen wohl einen Vertrag unterschreiben. In der Kunsthalle.»

Zu der Zeit waren Joachim und Ursula zehn Autominuten entfernt von ihnen. Herr und Frau Christensen hatten ein Doppelzimmer im Hotel Prem gebucht, dort die letzten zwei Nächte verbracht. Der Portier hatte sich beider Ausweise vorlegen lassen, die Brauen gehoben, als er die verschiedenen Familiennamen las. Erst dann hatte ihm Ursula den taufrischen Trauschein vorgelegt.

Joachim war nicht der Mann, der heimlich heiratete, doch Ursula hatte ihn darum gebeten. Keine große Hochzeit, die sie wollte, eigentlich nicht mal eine kleine. Als sie am Freitag aus dem Standesamt getreten waren, ihre Trauzeugen entlohnt hatten, die vom Studentenschnelldienst kamen, hatte Ursula gelacht über ihren Streich.

Er staunte, sich auf den eingelassen zu haben. Doch das Glück, mit ihr verheiratet zu sein, war größer als das Bedauern, das Heiraten nun zum zweiten Mal beinah nebenbei erledigt zu haben.

«Und deine Eltern?», hatte er gefragt. «Werden sie sich nicht von mir betrogen fühlen?»

«Sie werden keine Sekunde lang denken, dass es deine Idee gewesen ist», hatte Ursula gesagt. «Wir werden in Köln ein Fest mit ihnen feiern.»

Vielleicht war es besser so. Wie wäre es denn anders gegangen? Seine einstigen Schwiegereltern Elisabeth und Kurt. Seine neuen Schwiegereltern Gerda und Heinrich. Sein Sohn. Wären Nina und Vinton dabei gewesen? Mit einem blumenstreuenden Tom?

«Sie dürfen die Braut jetzt küssen», hatte der Standesbeamte gesagt.

Das tat Joachim nun auch in ihrem Zimmer mit Alsterblick, das sie um zwölf räumen mussten. Würden sie anschließend in die Blumenstraße fahren? Sagen, sie hätten in Köln einen früheren Zug genommen?

Aber Ursula hatte einen neuen kühnen Gedanken.

«Weißt du, ob Jockel krank ist?», fragte Jan beim Brunch, den Vinton zu aller Freude in ihre Sonntage gebracht hatte.

«Nein», sagte Nina. «Warum?»

«Er war am Freitag nicht in der Schule.» Jan biss in den Doppeldeckertoast mit Schinken und Käse. Fast ein Cordon bleu, eines seiner Lieblingsschnitzel. Tom saß im Hochstuhl und machte klar, dass er auch so eines haben wollte. Doch Toms Mund war noch nicht groß genug, um so weit aufzugehen.

«Wer ist *das* jetzt?», fragte Nina, als es klingelte.

«Vielleicht Opa, der wieder Hummeln im Hintern hat. Das sagt Oma immer.»

Jan stand in der Tür mit dem halben Doppeldeckertoast in der Hand. Hörte den Aufzug in den dritten Stock hochkommen. Jockel. War der jemals hier gewesen?

Jan war ziemlich platt, als er seinen Vater und Ursula in die Küche führte.

«Entschuldigt den Überfall», sagte Ursula. «Aber ihr sollt es als Erste wissen.»

Vinton war aufgestanden, sie zu begrüßen. Überrascht davon, Joachim ohne jede Vorwarnung zum ersten Mal in ihrer Küche zu sehen. Doch er hielt inne.

«Kriegt ihr ein Kind?», fragte Nina.

«Du kennst mich doch, Nina. Der zweite Schritt geschieht bei mir nicht vor dem ersten.»

Ja. Nina kannte Joachim. «Ihr habt geheiratet», sagte sie.

Dann passierte noch etwas zum ersten Mal. Vinton, der Joachim umarmte. Ihn vor allen anderen. Tom krähte ob des Spektakels. Und Jan war einfach nur froh.

Köln

«Ich werde später noch mal zu Georg fahren», sagte Heinrich. «Oder weißt du, ob Billa heute bei ihm ist?» Die Nachricht von Alexanders Tod hatte seinen Freund tief getroffen, obwohl damit zu rechnen gewesen war.

«Billa ist zu einem Geburtstag eingeladen», sagte Gerda. Sie stand auf. «Komm, setz dich wieder in deinen Sessel. Du sitzt ja ganz verspannt in dem Lehnstuhl.»

«Und du sitzt wirklich bequem darin? Wollen wir dir nicht auch einen Sessel kaufen? Einen, der zu den englischen Rosen passt. Vielleicht burgunderrot.»

«Ich sitze gut darin, Heinrich. Dass es Georg so trifft. Sie haben sich im Frühjahr 1934 ein letztes Mal gesehen.»

«Wahrscheinlich liegt es daran, dass er der einzige Mann war, den er je geliebt hat. Er glaubte, mir versichern zu müssen, danach keine homoerotischen Erlebnisse gehabt zu haben.»

Die Antwort auf seine Anfrage an die *Arolsen Archives*, die den Schicksalen NS-Verfolgter nachgingen, hatte Georg gestern endlich erreicht. Das Düsseldorfer Außenlager des KZ Sachsenhausen war der letzte Ort im Leben des Alexander Boppard gewesen. Nur einen Sprung von der Königsallee und seiner Bank entfernt, war er im November 1942 gestorben. Das Außenlager Stoffeln hatte nur fünf Monate existiert und eine der höchsten Todesraten gehabt.

«Weiß Billa von dieser Nachricht?»

«Ich glaube nicht», sagte Heinrich. «Georg lebt zwei Leben. Eines mit und eines ohne Billa. Vielleicht sollte er sie mehr fordern und nicht nur verwöhnen. Wann haben wir eigentlich das letzte Mal von Ursel gehört? Ist sie schon in Hamburg?»

Gerda nickte. «Morgen hat sie ihren Termin in der Kunsthalle.»

«Geht es uns gut dabei, dass unsere Tochter in Hamburg leben wird?»

«Das habe ich kommen sehen, seit Joachim und sie sich für ein gemeinsames Leben entschieden haben», sagte Gerda. «Er ist Studienrat an einem Hamburger Gymnasium, für Ursel ist es leichter, die Stadt zu wechseln.»

«Ich denke, die Aussicht, in einem halben Jahr Kuratorin an der Kunsthalle in Hamburg zu sein, ist für sie auch lockender als das Angebot des hiesigen Museums», sagte Heinrich.

Er rückte tiefer in seinen Sessel und schob die Brille auf die Stirn. Die gestrige Ausgabe des *Kölner Stadtanzeigers* lag noch jungfräulich auf dem Telefontisch. Der Leitartikel gedachte des zwanzigsten Jahrestages vom Novemberpogrom. Heinrich begann zu lesen. Als das Telefon klingelte, war Gerda gerade in die Küche gegangen.

Er saß eine Weile still da, bevor er zu Gerda ging, die damit beschäftigt war, einen Tortenboden zu backen. «Einen herzlichen Gruß von Frau Christensen», sagte er.

«Gibt es noch eine Frau Christensen? Nina heißt doch nun Langley.»

«Jetzt gibt es wieder eine Frau Christensen», sagte Heinrich.

Gerda sah ihn stirnrunzelnd an. «Sie haben geheiratet?», fragte sie dann.

«Am Freitag. Und wir wären noch immer ahnungslos, hätte Joachim unsere liebe Tochter nicht gedrängt, endlich bei den Eltern der Braut anzurufen. Keinen vorab zu informieren, ist auf Ursels Mist gewachsen, auf wessen sonst.»

«Wer war dabei?»

«Keiner», sagte Heinrich. «Außer dem Standesbeamten und den beiden Trauzeugen vom Studentenschnelldienst. Aber sie hat uns ein Fest in Köln versprochen.»

«Dass Joachim sich darauf eingelassen hat.»

«Ich nehme an, er hat genommen, was er bekam.»

Gerda drehte sich um. «Dann hol mal eine Flasche Sekt aus dem Keller. Die lege ich ins Eisfach. Dann können wir nachher auf das Glück von Joachim und Ursula Christensen trinken.» Sie lachte. «Ich freue mich», sagte sie.

«Und von wo, glaubst du, hat sie eben angerufen? Von Vinton und Nina. Vinton hat Joachim umarmt, als er von der Heirat hörte.» Heinrich staunte noch immer.

San Remo

An Sonntagen, wenn die Bar geschlossen blieb, erlaubte sich Pips, das eine und andere Stück von Beethoven zu spielen. Er wollte keine Zuhörer, schon gar nicht Jules, der zu viel davon verstand, um nicht genau zu hören, dass Beethovens Sonaten für Pianisten mit zehn Fingern komponiert worden waren.

Pips zog es vor, allein mit seinem Spiegelbild zu bleiben,

das einen Jungen zeigte, der Anfang Dezember einunddreißig Jahre sein würde. Die Zeit ging dahin.

Nach Silvester würde *Da Gianni* wieder für zehn Tage geschlossen bleiben. Ob er dann nicht doch mal nach Köln fahren sollte, um Ursula wiederzusehen? Eine Freundschaft, an der ihm gelegen war. Das bedeutete viel, aber auch nicht mehr. Er könnte ja die Gegend um den Appellhofplatz weiträumig meiden.

Auch Ursula hatte er nicht die ganze Geschichte erzählt. Was die Herren von der Gestapo mit ihren Tritten angerichtet hatten, behielt er für sich.

«*Cherio*», sang Pips zwischen zwei Sätzen von Beethoven. «*Cherio.*»

«Ich dachte, du widmest dich dem seriösen Klavierspiel.»

Pips schreckte zusammen. Er hatte Gianni nicht hereinkommen sehen, ein spärliches Licht in der Bar von den Lichtern auf der Piazza. Bei ihm war nur die Klavierleuchte an. «Was machst du hier an einem frühen Sonntagabend?»

«Nach dir schauen», sagte Gianni. Er schaltete ein paar Lampen an der Bar ein.

«Ist was mit deiner Nonna?»

«Nein», sagte Gianni. «Willst du was trinken? Wenn du *Cherio* singst, ist vielleicht was Stärkeres angesagt. Einen Whisky?»

Pips nickte. «Kreuder wirft der DDR vor, deren Hymne sei ein Plagiat seines *Goodbye Johnny*. Hanns Eisler beklaut Peter Kreuder. Das ist schon ein *Cherio* wert.»

«Kreuder ist der eine Komponist und Eisler der andere.»

«Genau», sagte Pips. «Du bist schwer auf Draht.»

«Heinrich rief eben aus Köln an, um meiner Mutter zu erzählen, Ursel habe am Freitag geheiratet. In Hamburg. Keiner wusste vorher davon.»

«Krieg ich darum einen Whisky?»

«Deine Freundschaft mit Ursel kann das doch nicht stören. Wo ich jetzt weiß, dass du asexuell bist.»

«Wird sie in Hamburg leben?»

«Sieht ganz so aus. Sie hat nun nicht nur einen Mann, der dort Studienrat ist, sondern auch eine feste Stelle in der Hamburger Kunsthalle. Morgen unterschreibt sie den Vertrag.»

«Wenn sie in Hamburg lebt, werde ich sie Anfang Januar besuchen. Das wäre ein wirklich weiträumiges Vermeiden des Kölner Appellhofplatzes.» Er sah zu Gianni, wie das bei ihm ankam.

«Hast du Appellhofplatz gesagt?» Gianni stellte die Flasche Scotch zurück, aus der er sich auch ein Glas eingegossen hatte.

«Spreche ich so leise?»

«Du hast Ursel deine Geschichte erzählt, nicht wahr?»

Pips nahm einen großen Schluck Whisky. «Einen Teil habe ich für mich behalten.»

Gianni kam hinüber zum Flügel, nahm einen der nächststehenden Stühle, drehte ihn mit der Lehne nach vorne und setzte sich rittlings. «Pips, ich weiß, dass die Gestapo am Appellhofplatz saß, Ursel hat mir mal das Haus gezeigt. Waren deine Eltern dort?»

«Die hatten gleich 1933 die Ehre. Da war die Gestapo noch in der Krebsgasse. Erst zwei Jahre später ist sie umgezogen.»

Gianni hob sein Glas. «Stoß mit mir an, Pips.»

«Tut man das mit Whisky?»

«In besonderen Augenblicken.»

Ihre Gläser klangen verhalten.

«Du brauchst nur mit Ja oder Nein zu antworten», sagte

Gianni. Er sah, dass Pips sich versteifte, aber er sprach weiter. «Dein fehlender Finger, hat das was mit Folter zu tun?»

«Ja», sagte Pips nach einer kleinen Weile.

«Der Appellhofplatz ist deine persönliche Erfahrung?»

Pips nickte.

«Und das, was du unter dem Begriff asexuell zusammenfasst, ist auch eine Folge?»

«Gib Ruhe, Gianni.»

«Ich bin dein Freund, Pips.»

«*Nicht alles ist sagbar.* Damals, als Ursula hier war, hast du gesagt, das stünde auf ihrer und meiner Stirn.»

«Ja. Ursel verschweigt ihrer Familie sogar ihre Hochzeit. Doch nun ist sie ja wohl wieder gesprächsbereit. Margarethe fragt, ob du um acht mit uns essen willst. Nach all den Jahren italienischer Küche schätzt sie noch nicht richtig ein, wie viel Fleisch sie für ein *Bollito misto* braucht. Sie kauft immer zu viel.»

Pips lächelte. «Ich durchschaue deine Mutter», sagte er. «Aber ich glaube nicht, dass ich heute Abend gut bei Appetit bin.»

«Ein paar Bissen kriegst du schon runter, Pips. Ich möchte dich nicht allein wissen.»

«Ich bin immer allein mit diesen Erinnerungen», sagte Pips.

Gianni trank den Whisky aus. «Bis nachher», sagte er.

1959

— 2. JANUAR —

Köln

Hatte sie gestern dem Pan genügend Aufmerksamkeit geschenkt? Die Brunnenfigur ausreichend beschworen, ihr und ihren Lieben ein gutes Jahr zu gewähren? Das letzte des Jahrzehnts. Der Krieg rückte weit von ihnen weg.

Gerda setzte sich in Heinrichs Rosensessel. Vieles, was an diesem neuen Jahr hing. Das Glück von Ursel in Hamburg. Am Montag würde ihre Tochter in der Kunsthalle anfangen. In der Sammlung Alter Meister die *Norddeutsche Mittelalterliche Malerei* betreuen, zuerst noch an der Seite der Kuratorin, deren Aufgaben Ursula nach den Sommerferien übernehmen sollte. Was wäre, wenn ein Kind käme?

Im Laufe des Januar würden Ursula und Joachim in den ersten Stock des Hauses in der Blumenstraße ziehen. Zwölf Jahre Blümels hatten Spuren hinterlassen und eine große Renovierung erfordert.

Noch immer schien es ihr irritierend, dass ihre Tochter nun in Elisabeths und Kurts Haus lebte, verheiratet mit Joachim, der der Schwiegersohn der beiden gewesen war und jahrelang verschollen. Aber sie wurde dort gut behütet. Ein wohltuender Gedanke, wo sie Ursel nun nicht mehr in ihrer Nähe wusste.

Was machte Billa denn so lange im Badezimmer?

«Eigentlich ist das gefährlich, was du da tust», hatte Heinrich gestern Morgen zu ihr gesagt, als sie am Erkerfenster stand, die kleine Brunnenfigur betrachtete, versuchte, die Töne der Hirtenflöte zu erlauschen.

Sie hatte sich zu ihm umgedreht. «Gefährlich?»

«Ich vermute mal, du hast dir lange den Kopf zerbrochen über den Neujahrsmorgen 1955, als uns am Ende des Jahres Jef verlorengegangen ist.»

Ja. Das hatte sie getan. Gefürchtet, nicht genügend aufmerksam gewesen zu sein bei der Betrachtung des Pans. Sie durfte sich nicht in einen Aberglauben verlieren.

Billa erschien in der Tür. Lockenwickler im Haar.

«Du hast heute Abend was vor?», fragte Gerda.

«Sartory Säle. Der Karneval geht los. Ist eine kurze Saison dies Jahr.»

«Und Georg begleitet dich?»

«Dazu habe ich ihn verdonnert. Ich höre mir am Montag seinetwegen den Béla Bartók im Gürzenich an. Lerne leiden, ohne zu klagen.»

Am 7. Januar würden Heinrich und sie zu Schumanns Klavierkonzert a-Moll in den Gürzenich gehen. Mit Wilhelm Backhaus am Flügel. Nicht gerade ihr Konzerttag, der Mittwoch. Aber sie hatten sich zu spät um Karten gekümmert.

Billa betrachtete ihre Nägel. «Wo ist Heinrich eigentlich?»

«Bei Georg.»

«Da ist der mehr als ich», sagte Billa.

«Es geht um ein Bild, das Georg kaufen will», sagte Gerda.

Georg und Heinrich saßen in den Ledersesseln in Georgs Arbeitszimmer, tranken Tee aus Tassen von Wedgwood. «Ein Wilhelm Morgner würde mich sehr interessieren», sagte Georg. «Alexander hatte den *Mann mit Karre*, den Gus wohl auch verscherbelt hat.»

«Wie viele von den jungen Malern auf den Schlachtfeldern des Ersten Weltkriegs gestorben sind. Macke. Marc. Morgner mit sechsundzwanzig in Flandern.»

«Gestern habe ich einen Gang zu den Gräbern meiner Eltern und Großeltern gemacht und bin auch zu eurem Familiengrab gegangen. Ihr habt den Satz von Thornton Wilder in den Stein für Jef gravieren lassen.»

«Ja. Nun ist unsere Tochter mit einem anderen Mann verheiratet.»

«Das ist das Leben, Heinrich. Jef war seit drei Jahren tot, als Ursel heiratete.»

«Ich weiß. Versteh mich nicht falsch, ich bin glücklich, dass sie mit Joachim lebt. Doch alles ist so vergänglich.»

«Ich darf das heute Abend beim Schunkeln mit Billa vergessen.»

«Du Armer.»

«Glaubst du noch, dass wir je von Leikamp hören werden?»

«Vielleicht ist er tot und das Bild an Ay war eine letzte Wiedergutmachung.»

Beide blickten sie zum *Schwanenhaus* hinüber.

Hamburg

Zwei große Zimmer und zwei kleine. Küche und Bad. Keine Tapeten. Weiße Wände wie in Ninas Wohnung. Nicht viel, was sie von ihrem bisherigen Mobiliar behielten. Den Schreibtisch aus heller Buche, an dem Joachim arbeitete. Die Bilder von Jef. *Ursel lesend* hing schon an der großen Wand des Wohnzimmers.

Wie gut, die Möbel gemeinsam auszusuchen, nicht in Vorgegebenes zu kommen.

Ein breites Bett würde in den nächsten Tagen geliefert werden, wie Ursula es in Köln gehabt hatte. Ein alter Kirschholzschrank, der im Keller der Blumenstraße gefunden worden war und den Kurt aufarbeiten ließ.

Doch noch wohnten sie in den zwei Zimmern unter dem Dach.

Joachim entnahm der Nachttischschublade die kleine Tabakdose. Legte den Ring auf Ursulas Handfläche.

«Um dieses Ringes willen hättest du dich erschießen lassen», sagte sie. Klang noch immer besorgt. «Ich bitte dich, unseren Trauring leichten Herzens wegzugeben, ehe du in Lebensgefahr gerätst.»

«Die Zeiten sind vorbei», sagte Joachim.

«Wer weiß», sagte Ursula. «Diese ganze Aufrüstung.»

Joachim hatte im neuen Schuljahr begonnen, in der Deutschstunde von seinen Erlebnissen in Russland zu erzählen. Von Elend und Tod. Der ewigen Kälte. Den Vergiftungen durch Solanin, weil sie rohe Kartoffeln aßen. Von der russischen Bevölkerung, die oft Mitleid hatte, einen Kanten Brot gab, die letzten Äpfel.

Nach dem zweiten Mal war er zum Rektor gebeten worden, der nicht guthieß, dass er da für die Russen warb. Joachim hatte aufhören müssen mit seinen Erzählungen.

«Was wird aus diesen zwei Zimmern werden?», fragte Ursula.

«Ich weiß es nicht. Vielleicht erst einmal ein Rückzugsort für Kurt. Vinton hat das vorgeschlagen, er glaubt, dass Kurt in einer Krise ist. Da würde es Elisabeth und ihm guttun, wenn sie einander mal ausweichen könnten.»

«Haben Vinton und du viel Kontakt?»

«Du weißt, dass wir mit Jan Schlittschuh laufen. Jetzt sprechen wir auch dabei.» Joachim lächelte.

«Wäre nicht naheliegend gewesen, dass Ninas Eltern in den ersten Stock ziehen?»

«Diesen Vorschlag von Kurt hat Elisabeth abgelehnt.»

«Als du mich damals zur Straßenbahn begleitet hast, sagtest du, in Elisabeths Gegenwart seiest du in Gefahr, zum Invaliden zu werden.»

«Ich war verunsichert von ihrer großen Sorge um mich. Mein Selbstwertgefühl hatte ohnehin schon schweren Schaden erlitten.»

Ursula legte den Ring zurück in die Tabakdose aus Blech.

«Wo bewahrst du Jefs Rasierer auf?», fragte Joachim.

«Noch ist er in einem der Kartons.»

«Vielleicht darf ich dir helfen, einen guten Platz zu finden. Hast du von deinem Freund Pips gehört? Er wollte doch in den ersten Januartagen kommen.»

«Ich fürchte, Pips hat Angst davor, das Versteck hinter dem Flügel zu verlassen.»

«Die Angst kenne ich», sagte Joachim.

Tom klärte das mit der Kinderfrau, deren Hilfe sie dringend brauchten, wollte Vinton ein ernstzunehmender Kulturredakteur bleiben und Nina bei June arbeiten. Tom saß auf Vintons Schultern, hielt sich an dessen Haaren fest und hatte den besten Blick über den Isemarkt und das Geschehen am Eierstand.

«Du bist ja ein charmanter Knopf», sagte die Frau, die hinter ihnen in der Schlange wartete. Tom bestätigte das mit einem tiefen Lächeln.

«Das ist er», sagte Vinton. «Lass deine Hände trotzdem aus meinen Haaren, Tom.»

«Steht Ihnen aber gut so, die Frisur.»

Vinton drehte sich zu ihr um. Eine Frau in ihren Sechzigern. Lachfalten um Augen und Mund. «Hätten Sie Zeit, den charmanten Knopf ein paar Stunden täglich zu betreuen?», fragte er.

«Ist die Mama eine dieser modernen Frauen, die obendrein einen Beruf haben wollen?» Sie lachte herzlich. «Das unterstütze ich gern. Hab mein Leben lang eigenes Geld verdient. Wenn das ein ernst gemeintes Angebot ist, nehme ich an.»

Vinton setzte Tom vor dem Eierstand ab, um Ninas und seine Telefonnummer auf dem Einkaufszettel zu notieren. So kam Lotte Königsmann in ihr Leben.

San Remo

Der beinah tägliche Weg zum Bahnhof, er hatte bald alle Abfahrtszeiten im Kopf, doch Pips blieb ein Mann, der den Zügen nachsah.

«Soll ich dich nach Hamburg fahren?», fragte Gianni.

«Ich weiß schon, wie man in einen Eisenbahnwaggon steigt», sagte Pips. «Das ist nicht das Problem. Abgesehen davon wirst du hier gebraucht.»

Agnese lag mit einer Erkältung im Bett. In ihrem Alter und bei der Herzschwäche nicht ungefährlich, hatte Dottor Muran gesagt. Die Nonna wollte abwechselnd alle Männer in ihrer Familie sehen. Bruno. Bixio. Gianni. Cesare. An den Frauen war sie weniger interessiert. Obwohl es Margarethe war, die Rosa bei der Pflege unterstützte.

«Du versäumst nichts», sagte Bruno zu seiner Frau. «Sie

erteilt Befehle, und dann segnet sie dich. Diese ganze *Zuppa di Pollo*, die Rosa und du kocht, wird meine Mutter bald wieder erstarken lassen.» Bruno hatte die Überzeugung gewonnen, noch nicht so bald auf Agnese verzichten zu müssen. Er erlaubte sich wieder den einen und anderen Groll gegen sie.

Pips zählte die freien Tage. An Neujahr wären es noch zehn gewesen, nun nur noch acht. Lohnte sich denn da die Fahrt nach Hamburg?

Einen langen Strandspaziergang, den Gianni und er am Freitag machten.

«Ursula hat bei Margarethe angerufen», sagte Gianni. «Ob es noch Sinn habe, an deinen Besuch in Hamburg zu glauben.»

«Sie soll herkommen und ihren Joachim hier vorzeigen.»

«Ich wusste gar nicht, dass du so an San Remo hängst», sagte Gianni. Er hob eine Muschel auf. Keine bemerkenswerten Muscheln an den Stränden Liguriens. «Sind die Leute, die dir das angetan haben, je zur Rechenschaft gezogen worden?»

«Die mir was angetan haben?», fragte Pips.

Gianni seufzte. Irgendwie fing man bei Pips immer wieder von vorne an. «Weißt du eigentlich, dass du mit dieser Haltung jede Aufklärung der Verbrechen verhinderst?»

«Ach, Gianni», sagte Pips. «Glaubst du an Gerechtigkeit?»

— 1. AUGUST —

Köln

Große Ferien. Ein Zauberwort ihrer Kindheit, das zu Ursula zurückkehrte, seit sie mit Joachim verheiratet war. Das Hinleben auf den letzten Schultag. Sechs Wochen, die am ersten Tag endlos schienen, Zeit, die einem dann zwischen den Händen zerrann.

Im Juli waren sie mit Jan nach Brügge gefahren, die Stadt im westlichen Flandern, in der Jef mit seinen Eltern gelebt hatte, ein Häuschen war von ihnen geblieben, das nun Ursula gehörte. Das Herz hatte ihr geklopft, als sie die alte Tür aufschloss, seit Jefs Tod war sie nicht mehr dort gewesen.

Ihr lag viel daran, am Häuschen festzuhalten, auch wenn es von Hamburg doppelt so weit entfernt war wie von Köln. Ließe sich das kleine Ferienhaus nicht mit Carla und Uli teilen, Nina und Vinton? Viel Sand für Burgen am Strand von Zeebrügge.

Jan und Joachim hatten die dreihundertsechsundsechzig Stufen des Belfrieds erstiegen, des mittelalterlichen Glockenturms, während Ursula im kleinen Garten gesessen und an Jef gedacht hatte. Im Schuppen die Spuren von Farbe, dort hatte er gemalt. Die Leinwände oft zu groß für den kleinen Schuppen.

Die Bräune von Brügge auf ihrer Haut, als Ursula im Garten des Hauses am Pauliplatz saß. Morgen stiegen Joachim und sie dann in den Riviera Express, der von Köln über den Gotthard nach San Remo fuhr, die erste südliche Reise in Joachims Leben.

«Geht es dir gut, Ursel?», fragte Heinrich, der mit ihr auf der halbrunden Bank an der Birke saß, die seine Eltern vor vielen Jahren hatten bauen lassen.

«In der Kunsthalle? Oder mit Joachim?»

«Beides.»

«In der Kunsthalle wird es erst nach den Ferien richtig ernst», sagte Ursula. «Und mit Joachim bin ich oft genug glücklich.»

«Anzunehmen, das Glück kenne Kontinuität, wäre auch vermessen.»

«Joachims Seele hat tiefe Schrammen. In manchen Nächten stammelt er russische Wörter, von denen ich nur *dawaj* verstehe und *skoro domoj*, viel schlimmer ist das Weinen, von dem er geschüttelt wird.»

«Was tust du dann?»

«Ihn in die Arme nehmen», sagte Ursula. «Bis er sich beruhigt.»

«Kanntest du solche Nächte von Jef?»

«Andere Nächte. Jef lag stundenlang mit offenen Augen und starrte ins Dunkel.»

«Am Neujahrstag sagte deine Mutter zu mir, der Krieg rücke nun von uns weg im letzten Jahr des Jahrzehnts. Aber er ist noch immer in uns.»

Ursula lächelte. «Nicht alle sind so traumatisiert wie die Männer, für die ich mich interessiere.» Kam ihr da Pips in den Sinn, den sie in San Remo wiedersehen würde?

«Da kommt eine Unerschütterte, obwohl ihr Hab und Gut verlorengegangen ist.» Er sah zu Billa, die auf die Birke zuging.

«Vielleicht lacht sie laut und munter, um sich nicht zu erinnern», sagte Ursula.

«Wo sind denn Gerda und dein Göttergatte?», fragte Billa.

«In der Galerie», antwortete Heinrich für Ursula.

«Am Samstag schließt ihr doch um zwei, dann werden sie wohl bald kommen. Im Kühlschrank steht eine Schüssel mit entsteinten Kirschen. Will Gerda einen Kuchen backen oder Marmelade einkochen?»

«Was schlägst du vor?», fragte Heinrich.

«Ich plädiere für Kuchen», sagte Billa. Sie setzte sich neben Ursula auf die Bank und zog eine Packung Lord Extra aus der Tasche ihrer bunten Sommerhose. Klopfte zwei Zigaretten hervor und hielt sie Ursula hin.

«Danke, Billa. Ich habe aufgehört zu rauchen.»

«Daran ist sicher Joachim schuld.» Billa klang vorwurfsvoll.

«Er war früher ein starker Raucher. Das hat er sich in Russland abgewöhnt.»

«Ich hab es mir im Bunker angewöhnt», sagte Billa. Sie zündete eine Zigarette an.

«Den Rauch bitte nicht mir ins Gesicht», sagte Heinrich.

«Jetzt haben wir schon zwei Heilige. Dein Mann ist auch so einer», sagte Billa. «Was ist denn eigentlich aus dem Fest geworden, das ihr nach eurer Hochzeit geben wolltet? Kriegen wir hier noch was zu feiern?»

So ist es mit den Festen, die verschoben werden. Sie finden kaum mehr statt.

Hamburg

Lotte Königsmann hob den Kirschpfannkuchen aus der Pfanne und legte ihn auf Jans Teller, Toms Augen verfolgten ihr Tun. «Du kriegst deinen gleich. Der muss erst noch abkühlen.» Kirschen hielten die Hitze lange.

Sie trat an den Küchentresen und schnitt längs und quer in den Pfannkuchen, der auf einem Schneidebrett lag. «Kann schon alleine», sagte Tom.

«Sprich in ganzen Sätzen, dann gebe ich dir dein Messer.»

Jan grinste. Er kam nicht so oft wie sein kleiner Bruder in den Genuss von Lotte Königsmann, doch hier ging es definitiv lustiger zu als bei seiner Großmutter, die daran festhielt, das ödeste Gemüse für besonders gesund zu halten.

An einem Tag in der Woche ging er noch nach der Schule in die Blumenstraße, eher ein Trostprogramm für Elisabeth. Ein vierzehn Jahre alter Tertianer kaufte eine Tüte Pommes, wenn der Hungertod drohte. Aber er blieb Omas Lieblingsenkel, weil sie ihn großgezogen hatte. Vielleicht auch, weil Jockel sein Vater war.

«Nimm mal den Ellbogen vom Tisch. Oder ist das deine Denkerpose? Noch einen Kirschpfannkuchen?»

«Gern», sagte Jan. Das ließ Lotte durchgehen statt *Ja, bitte*.

Nina arbeitete nun wieder an fünf Tagen bei June im Büro. Aber nur noch bis vier Uhr. Wenn er vorher aus der Blumenstraße oder von der Schule kam, holte er Flocke bei ihr ab. «Du bist Flockes Herr», hatte Vinton gesagt. «Er soll uns allen folgen, doch vor allem dir.» Was nichts daran änderte, dass sich Vinton und Nina heute den Hund geschnappt hatten, um mit ihm an die Alster zu gehen.

«Jan. Was ist los mit dir?», fragte Lotte Königsmann. «Betrübt, dass ihr nicht in die Ferien fahrt?» Sie setzte sich an den Küchentisch. Sah beide Jungen an.

«Ich war ja schon in Belgien mit meinem Vater und Ursula», sagte Jan. «Und Tom geht am liebsten auf die große Rutsche in *Planten un Blomen* und fährt mit der Kindereisenbahn.»

«Du bist da auch schon gerutscht», sagte Tom. Nur nicht hier als der Kleine gelten.

«Sehr gut, Tom», sagte Lotte. «Das nächste Mal kriegst du dein kleines Messer.»

Sie blickte auf die Uhr. Um halb vier wollten die Langleys wieder zu Hause sein, einen halben kinderfreien Tag, den sie sich gönnten. Lotte Königsmann lächelte.

Ein charmanter Knopf, Vinton Langley, genau wie sein Sohn.

Ninas Kopf lag an Vintons linker Schulter, an seine rechte Hüfte schmiegte sich Flocke. *A beloved man.* Er küsste Nina auf ihr Haar. Der Duft von *Posh On The Green.* Er hatte ihr das Londoner Parfüm von Atkinsons geschenkt.

Noch war er nicht gemeinsam mit ihr in London gewesen, Shepherds Bush. Ein paar Dienstreisen, die ihn in den letzten Jahren nach England geführt hatten. Doch er hatte vermieden zu sehen, was statt seines Elternhauses auf dem Grundstück stand.

Wusste er, wo Flake begraben war? Hatte ihm June das je gesagt? Oder hatten sie den kleinen Hundeleichnam einfach entsorgt bei all den Toten in jener Nacht?

Vinton kniff die Augen zu, um dann in den blauen Himmel mit den weißen Wolken zu blinzeln. Flocke nieste. Hatte die Nase zu sehr in das Gras der Alsterwiese gedrückt.

«Im nächsten Jahr fahren wir in den Ferien nach England», sagte er. «Nicht nur London. Vielleicht auch nach Cornwall. St. Ives. Und das Grab meiner Eltern auf dem Londoner Highgate will ich mit dir besuchen.»

«Flocke können wir dann nicht mitnehmen», sagte Nina.

«Nein», sagte Vinton. Seine Landsleute nervten mit ihrer Quarantäne.

«We cross that bridge when we come to it.» Nina lächelte. Erst einmal abwarten. Eine Reise nach England hatte er in den vergangenen neun Jahren öfter angekündigt.

«Oder wir fahren nach Italien zu Ursulas Tante Margarethe», sagte sie.

«Ursula und Joachim sind da jetzt?»

«Am Montag werden sie ankommen. Hat sich für dich vieles entspannt, als du hörtest, dass Jockel geheiratet hat?» Nina setzte sich auf, um ihn anzusehen.

«Ja. Eigentlich mochte ich ihn immer schon. Auch wenn er mir anfangs sehr steif erschien. Was ihm nicht zu verdenken war in der Situation, in der wir alle steckten.»

«Ich hoffe, dass sie ein eigenes Kind bekommen», sagte Nina.

Das wäre ihre endgültige Freisprechung.

— 4. AUGUST —

San Remo

Ihre Stimmen hörte er zuerst. Pips blickte in den Spiegel, um sich zu versichern, dass es Gianni und Ursula waren, die am Vormittag in die Bar kamen. Kühl war es hier drin, draußen brüllte bereits die Hitze.

Er warf keinen weiteren Blick. Stand auf, um auf Ursula zuzugehen und den Mann, der an ihrer Seite war. Hochgewachsen. Das Gegenteil von ihm.

«Das ist Joseph Sander. Genannt Pips», sagte Ursula. Umarmte ihn, er war sogar kleiner als sie. Dass sie seinen Namen nannte, rührte ihn. Er liebte Ursula. Ohne einen Anspruch zu erheben.

«Ich bin Joachim», sagte der Hochgewachsene. «Darf ich Pips sagen? Oder doch lieber Joseph?» Pips sah ihn an. Las in seinen Augen. Einer, der auch nicht verschont worden war. Wie gut, dass ihm Joachim gefiel. Das erleichterte vieles.

«Nicht, dass meine Mutter zu große Mengen eingekauft hätte», sagte Gianni. «Aber das Ragù reicht für das obere Ende der Via Matteotti. Um eins?»

«Ich komme gern», sagte Pips.

«Was ist Pips passiert?», fragte Joachim, als sie in Giannis ehemaligem Zimmer nackt auf dem Bett lagen. Viel zu heiß, um an den Strand zu gehen mit einem vollen Bauch.

«Er ist von der Gestapo gefoltert worden. Sie haben ihm

einen Finger abgeschnitten und wollten es mit den anderen tun. Wissend, dass er Konzertpianist werden wollte.»

«Und dann hat er einen Namen genannt?»

«Du kennst dich gut aus.»

«In den sibirischen Lagern gab es auch Denunziation und Folter.»

«Sprich ihn nicht darauf an», sagte Ursula.

All The Things You Are, spielte Pips. War dankbar, dass Katie heute nicht sang.

Joachim ahnte nicht, dass dieses Lied Nina und Vinton verband seit dem Augenblick, als es am Silvesterabend 1949 auf Junes Plattenteller gelegen hatte.

Some day my happy arms will hold you, sang Pips.

«Singen ist nicht sein hervorragendes Talent», sagte Ursula.

«Mir gefällt sein Gesang», sagte Joachim.

Selten, dass getanzt wurde in Giannis Bar und wenn, dann nur zur späten Stunde.

Nein. In Pips war keine Spur von Eifersucht, als er Ursula und Joachim zusah, nur eine Traurigkeit darüber, in diesem Leben viel zu versäumen.

«Gefällt er dir?», fragte Margarethe. Sie lag auf der Chaiselongue und ließ sich die Füße massieren von Bruno.

«Wer?»

Margarethe richtete sich auf, um ihn anzusehen. War es zu glauben? «Joachim», sagte sie. «Der Mann meiner Nichte Ursula.»

«Er gefällt mir. Aber er hat etwas sehr Deutsches.»

«Wie meinst du das?»

«Groß. Blond. Ehrenhaft.»

«Das trifft auf Heinrich auch zu.»

«Ja», sagte Bruno. «Das tut es.»

«Du denkst in Klischees, Bruno Canna. Nicht alle können kleine dunkelhaarige feurige Italiener sein.» Sie wollte ihm den Fuß entziehen, doch Bruno hielt ihn fest und küsste ihr den Spann.

«Jedenfalls scheint Ursel glücklich. Nach all dem, was sie erleben musste. Was hältst du davon, wenn ich die beiden morgen mit nach Ceriana nehme, ihnen die Fortschritte in San Pietro e Paolo zeige? In den Bergen ist es kühler.»

«Eine gute Idee.» Sie war schon wieder versöhnt. «Am kommenden Sonntag werden Corinne und Gianni mit ihnen die Küste entlangfahren. Vielleicht bis Portofino und da übernachten.»

«Wie lange haben sie Zeit?»

«Am Tag vor Ferragosto fahren sie zurück. Via Köln», sagte Margarethe.

— 8. SEPTEMBER —

Hamburg

Die ganz normale Hektik auf der Dammtorstraße, das Gehupe der Autos, klingelnde Straßenbahnen. Noch immer lag die Hitze auf der Stadt, ein ungewöhnlich heißer Sommer fand kein Ende. Wie still war es im Büro des neuen Leiters der Staatsoper gewesen. Rolf Liebermann war der große Griff, ein Glücksfall für die Oper wie Gustaf Gründgens für das Schauspielhaus an der Kirchenallee.

Vinton war in Gedanken noch beim Gespräch mit Liebermann, als er den Gänsemarkt überquerte. Von den Inszenierungen der ersten Spielzeit hatten sie gesprochen, den Regisseuren Walter Felsenstein und Wieland Wagner, aber auch über den Dichter Joachim Ringelnatz. Vielleicht sollte er mal mehr von dessen Gedichten lesen.

Eine angenehme Kühle bei Landmann, die Buchhändlerin hatte ihn schon oft gut beraten, seine Lücken in der deutschen Literatur geschlossen. Sie riet ihm zu einem Band aus dem Berliner Henssel Verlag, der vor vier Jahren erschienen war.

Nur ein paar Schritte zu seinem Büro, er würde den Text gleich schreiben, den nahen und starken Eindruck bewahren. Am späten Nachmittag holten Jan und Flocke ihn ab, er hatte beiden Auslauf in Övelgönne versprochen, um dort am Elbstrand bis Teufelsbrück zu spazieren, vielleicht einzukehren.

«Ich habe dir sehr viel zu verdanken», hatte er gestern zu Jan gesagt. «Ohne dich hätte ich die ersten Jahre vielleicht nicht überstanden.»

Jan ging hinüber zu Jockel, der oben auf den Stufen stand und versuchte, den Schulhof im Blick zu behalten. Er hatte die Pausenaufsicht.

«Ich habe gehört, du wirst mein Deutschlehrer», sagte Jan.

Joachim sah seinen Sohn an. «Glaubst du, wir beide schaffen das?»

«Dr. Kappus war nicht gerade mein Lieblingslehrer», sagte Jan. «Aber das nur unter uns Pastorentöchtern.» Er grinste. «Das schaffen wir, Jockel.»

«Wo hast du denn *den* Ausdruck her?»

«Das sagt Lotte Königsmann. Toms Kinderfrau.»

«Kommst du gut aus mit deinem kleinen Bruder?»

Jan nickte. «Er ist ein komischer Vogel. Aber ich mag ihn enorm.» Er überlegte, ob er fragen durfte, was das Kinderkriegen bei Jockel und Ursula machte, ließ es lieber sein. Vielleicht war das ein wunder Punkt, von denen hatte sein Vater noch viele.

Ursula kam aus der Praxis im Neuen Wall, dankbar für Ninas Empfehlung, zu diesem Arzt zu gehen. Konnte sie Joachim denn jetzt erreichen?

Sie ging am Thalia Theater vorbei und in die Rosenstraße hinein, hatte vor, das Rezept für die Eisentabletten in der Apotheke nahe der Kunsthalle einzulösen.

Die Galerie in der Rosenstraße, ähnlich der, die ihre Familie seit Generationen in Köln führte. Ein Blick in das Schaufenster. Ursula blieb stehen. Zögerte erst. Hatte dann keinen Zweifel. Sie trat ein, um nach Leo Freigangs *Jägerhof* zu fragen.

Einen Augenblick war sie versucht, Heinrich zu sagen, dass ein weiteres Enkelkind auf dem Weg war. Doch der werdende Vater hatte verdient, es als Erster zu erfahren.

Sie hielt den Hörer in der Hand. Sah aus dem Fenster ihres Büros zum Bahnhof hin.

«Ein Irrtum ist nicht möglich?», fragte Heinrich.

«Nein. Ich traue mir zu, Freigangs Strich zu erkennen. Ein unsigniertes Bild. Darum scheint es auch schwer verkäuflich zu sein. Der Galerist hat es in Kommission genommen. Ich habe den *Jägerhof* angezahlt.»

Heinrich lehnte sich zurück in einem der Stühle aus Chrom und Leder. Gut, dass er saß. «Und wer will das Bild verkaufen?», fragte er.

«Hans Jarre», sagte Ursula und versuchte, das ganz sachlich und beiläufig klingen zu lassen. «Ich habe die Adresse eines Gasthofs zum Blauen Hahn. Hier in der Neustadt. Keine feine Adresse, sagt der Galerist.»

«Du gehst mir da aber nicht alleine hin», sagte Heinrich.

«Ich werde Joachim bitten, mich zu begleiten.»

Sie lehnten an der Mauer, deren Steine noch immer durchglüht waren von der Hitze des Tages. Ihre langen Beine ausgestreckt im Sand des Elbstrands.

«Du bist schon genauso groß wie ich», sagte Vinton.

Flocke schleppte einen Ast heran, hell und ausgewaschen vom Wasser der Elbe. Legte den erwartungsvoll vor ihre Füße. Jan stand auf und tat das, was er seit einer halben Stunde ein Dutzend Mal getan hatte. Warf den Ast, so weit er konnte.

Er ließ sich wieder in den Sand fallen. «Wollt ihr noch ein Kind kriegen?» Warum war er heute so besessen von dem Thema?

«Deine Mutter zögert. Im nächsten Jahr wird sie vierzig.»

«Jetzt wird sie erst mal neununddreißig. Hättest du gerne noch eines?»

Vinton lächelte. «Gerne noch einen wie dich und Tom. *You're both adorable.*»

Joachim stand neben ihr auf der Lombardsbrücke und blickte auf die kleine Alster, blieb still, als habe sie ihm eben keine glückliche Nachricht überbracht. Nun wandte er sich ihr endlich zu, jetzt erst sah Ursula seine Tränen.

Er nahm sie in die Arme und küsste sie. «Entschuldige», sagte er. «Ich gerate seit Russland zu leicht in eine Heulerei. Immer dann, wenn mich etwas erschüttert.»

«Erschüttert es dich, noch mal Vater zu werden?»

«Es ist das größte Glück nach dem, dich zur Frau zu haben.»

Ja. Ursula liebte diesen sentimentalen Hund, der sie nun zum Blauen Hahn begleitete, um die Spur zu Jarre aufzunehmen.

«Der hat sich aus dem Staub gemacht. Im August schon. Spielschulden, nehme ich an. Einige verdächtige Typen haben oben an seine Tür geklopft.»

«Sie sind sicher, dass wir von Hans Jarre sprechen?», fragte Ursula.

Die Alte schob ihr das Meldebuch hin, blätterte Seiten um, ihr Zeigefinger blieb an einem Namen hängen. Eine Adresse in Köln. Die Straße kannte Ursula nicht.

«Er ist noch was schuldig geblieben.» Die Alte hinter dem

Tresen des Blauen Hahn blickte Joachim an, als hielte sie ihn für den Mann, der dafür einstehen müsse.

«Uns ist er auch viel schuldig geblieben», sagte Ursula.

Hand in Hand gingen sie den weiten Weg vom Zeughausmarkt in die Blumenstraße.

«Wirst du es morgen Jan erzählen?», fragte sie. «Er hofft auf ein Kind von uns.»

— 9. SEPTEMBER —

Köln

«Hast du je von einer Blunckgasse in Köln gehört?», fragte Heinrich. Er drehte sich zu Georg Reim um. «Nach wem soll die denn benannt sein? Nach dem Nazidichter?»

«Ich habe keine Ahnung, was in meiner Abwesenheit in Köln nach Nazidichtern benannt wurde», sagte Georg.

«Blunck verwob nordische Märchen mit völkischem Gedankengut.»

«Überrascht dich, dass Jarre ein Spieler ist?»

«Vor allem mit mir hat er gespielt», sagte Heinrich. Er seufzte. Blickte durch das Fenster zum Hof, das weit aufstand. «Er hat damals im Dezember 1949 den Eindruck gegeben, er könne sich Dutzende Bilder wie den *Ananasberg* leisten.»

«Wo spielt man in Köln? In Hinterzimmern?»

Heinrich hob die Schultern. «Er schien mir aufrichtig interessiert zu sein, die drei Hofgartenbilder zu finden und deren Geheimnis zu lüften.»

«*Aufrichtig* ist kaum das richtige Wort im Zusammenhang mit Jarre.»

«Er weiß nichts von dem, was du und ich wissen. Irgendwann hat Jarre den Bissen aus den Zähnen gelassen.»

«Vielleicht ist ihm das anständige Leben aus den Händen geglitten», sagte Georg. «Und wo ist der *Jägerhof* jetzt? Bei Ursula?»

«Sie hat das Bild erst anbezahlt. Dreihundert Mark will der Galerist haben. Jarre hat mir damals schon vierhundert für den *Ananasberg* geboten. Da wusste er noch nicht einmal, dass es ein Bild von Leo Freigang ist.»

«Das weiß der Hamburger Galerist wohl auch nicht.»

«Lass uns zur Terrasse von Reichard rübergehen», sagte Heinrich. «Ich hänge das Schild in die Tür. Vielleicht sind es die letzten schönen Tage.»

Die Tische auf der Terrasse waren gut besetzt mit heiteren Menschen, die noch dem Sommer huldigten. «Trinkst du ein Glas Wein mit mir?», fragte Heinrich.

Sein Freund sah ihn erstaunt an. «Auf den *Jägerhof* anstoßen?», fragte er.

«Auf die andere Neuigkeit, Ursel erwartet ein Kind. Das habe ich erst heute Morgen von ihr am Telefon erfahren.»

«Das erzählst du erst jetzt? Wolltest du das im Schatten des Domes tun?» Georg lachte. «Billa hat recht. Du bist schon ein Heiliger.»

«Lass dich nicht von ihr manipulieren in deiner Meinung.»

«Ich gratuliere dir, lieber Großvater.»

Grandpa, dachte Heinrich. Das hatte der amerikanische Soldat zu ihm gesagt.

Ein drittes Enkelkind. Waren sie nicht vom Glück begünstigt? Gerda blickte in den dunkler werdenden Garten. Dachte an Jef, der nicht vom Glück begünstigt gewesen war. Hätte er denn das Auto absichtlich gegen den Baum gelenkt?

Heinrich öffnete die Fenster, Musik strömte in den Garten. «Schumann muss man laut hören», rief Heinrich ihr zu.

«Du verwechselst ihn mit Wagner», sagte Gerda. Erst beim Scherzo im zweiten Satz erkannte sie Schumanns Dritte. Die Rheinische Symphonie. «Kommst du noch raus?», rief sie. «Es ist so schön hier draußen.»

Heinrich stellte die Flasche Rheingauer Riesling auf den Gartentisch. Zwei Gläser. «Zur Rheinischen Symphonie», sagte er. «Ich trinke schon den ganzen Tag, Georg und ich haben heute Mittag auf der Terrasse vom Reichard jeder einen Schoppen getrunken und dem Dom zugeprostet.»

«Ich fasse es nicht, dass Ursel den *Jägerhof* in Hamburg gefunden hat.»

«Was hältst du davon, wenn wir ihr den schenken? Aus der allgemeinen Freude über das Enkelkind von ihr und Joachim.»

Gerda nickte. «Das vierte Bild aus dem Zyklus wird wohl verschwunden bleiben. Von ihm hat es nie eine Spur gegeben.»

«Nicht mehr nach Ays Übergabe im September 1939 auf dem Corneliusplatz.»

«Es gibt keine Blunckgasse in Köln, Heinrich. Eine falsche Adresse, die Jarre in dem Hamburger Hotel angegeben hat.»

«Ein ewiger Lügner», sagte Heinrich. Er griff nach seinem Glas.

San Remo

Kaum mehr eine halbe Stunde bis Mitternacht und noch voll in der Bar für einen Mittwoch. Im September kamen die italienischen Touristen.

Pips wischte mit dem Ärmel seines Leinenjacketts über

die verschwitzte Stirn. Der Sommer war ihm zu heiß, er liebte die Hitze nicht. Gut, dass er nun in Italien lebte.

All The Things You Are, spielte Pips. Dachte dabei an Ursula und ihren Mann, wie sie auf der kleinen Fläche vor dem Flügel getanzt hatten. Joachim hatte ihn gebeten, bald einmal zu ihnen nach Hamburg zu kommen, beinahe eindringlicher als Ursula.

Die ersten Takte von *Bewitched*, als er Giannis Blick begegnete. Durch die große Glastür waren neue Gäste gekommen. Eigentlich hatten sie um Mitternacht schließen wollen, doch die ließen sich jetzt nicht rauskomplimentieren.

Deutsche. Pips versuchte, sich auf sein Spiel zu konzentrieren. Horchte dennoch auf. Hatte er sich nicht schon einmal von einer Stimme irritieren lassen? Er blickte in den Spiegel. Verspielte sich. Die Konzentration war weg.

Pips stand auf und ging an die Bar, vor der zwei Männer standen. Der ältere von ihnen mochte in seinen Vierzigern sein, er erkannte ihn sofort.

«Komme ich Ihnen bekannt vor?», fragte Pips. Seine Stimme zitterte bei dem kleinen Satz. Er bemerkte, dass Gianni aufmerksam wurde. Der Mann sah ihn gelangweilt an, wenn auch erstaunt, auf Deutsch angesprochen zu werden.

«*Dat Jüngelchen*», sagte Pips. «Keine Erinnerung?»

Erste Zeichen der Unruhe, die der Mann zeigte.

«Das ist der Gestapomann, dem ich die ganzen Qualen verdanke», sagte Pips laut.

Seit das Wort Gestapo gefallen war, hatte Pips die Aufmerksamkeit aller Italiener.

«*Fott he*», sagte der jüngere der Männer.

Pips, der als Erster wusste, dass dies eine Aufforderung zur Flucht war.

«*Chiama la polizia, Anselmo*», rief Gianni dem Kellner zu.

Da war Pips bereits den Männern gefolgt. Lief ins Dunkel hinein. Auf die Festung zu, die jetzt ein Gefängnis war. Hinter ihm Gianni, der immer lauter nach Pips rief.

Weitere Titel

Dunkle Idylle

Vorstadtprinzessin

Drei-Städte-Saga

Und die Welt war jung

Jahrhundert-Trilogie

Töchter einer neuen Zeit

Zeiten des Aufbruchs

Zeitenwende